itatoren

Zeichnung: Bernard Stoessel

Perry Rhodan

Gruelfin

Perry Rhodan

Gruelfin

Verlagsunion Erich Pabel-
Arthur Moewig KG, Rastatt

Redaktion: Horst Hoffmann
Titelillustration: Johnny Bruck
Druck und Bindung: Mohndruck
Graphische Betriebe GmbH, Gütersloh
Printed in Germany 1995
ISBN 3-8118-2069-9

Vorwort

In diesem 50. Band der PERRY RHODAN-Bibliothek wird eines besonders deutlich, das die gesamte Serie in den späten sechziger und den siebziger Jahren stark prägte – der »Hang« einzelner Autoren dazu, eigene Figuren zu kreieren (oder sich vorgegebener speziell anzunehmen) und weitgehend aus deren Sicht die Handlung zu strikken. Bei H.G. Ewers ist dies hier »sein« Patulli Lokoshan mit dem Großen Erbgott Lullog, bei Hans Kneifel ist es »sein« Joaquin Cascal. Und da drei der sieben hier enthaltenen Romane je von H.G. Ewers und Hans Kneifel sind, könnte statt »Perry Rhodan« auch »Lokoshan, Lullog & Cascal« über dem Titelbild stehen.

Diese Entwicklung zu eigenen Figuren hatte natürlich ihre Sonnen- und ihre Schattenseiten. Die Autoren konnten »voll vom Leder ziehen«, ihre Protagonisten ausbauen und ihnen eine echtere Persönlichkeit geben, als hätten sie sich diese Helden mit dem Rest der Autorenschaft »teilen« müssen. Es gibt viele andere Beispiele. Kein anderer Autor konnte (und kann) so über Gucky schreiben wie Clark Darlton, keiner einen Alaska Saedelaere so faszinierend darstellen wie William Voltz. Die Autoren identifizierten sich mit ihren Figuren und hatten doppelten Spaß am Schreiben, was ihren Romanen und – nicht zuletzt natürlich – den Lesern zu Gute kam.

Allerdings war auch die Versuchung groß, zu übertreiben und sich immer mehr auf einen schriftstellerischen Egotrip zu begeben, mit den Lokoshans, den Cascals, den Bontainers oder den Mausbibern, den Rorvics und a Hainus oder den Quolfahrts (in späteren Zyklen). In diesen Fällen war die Exposéfabrik gefordert, dann und wann die Zügel leicht anzuziehen. Aber alles in allem hat die »Freiheit« der Autoren, sich mit eigenen Helden und deren Geschichten in der RHODAN-Serie ein kleines Denkmal zu setzen, der Serie ganz bestimmt nicht geschadet, sondern viel eher ein Stück mehr »Human Touch« verliehen.

K.H.Scheer bildet mit seinem Roman *Aufbruch der MARCO POLO (450)* also die Ausnahme, bevor *H.G.Ewers* mit *Die falschen Götter (451), Die Operationsbasis (457)* und *Im Arsenal der Androi-*

den (458) Patulli Lokoshan in brenzligen Situationen vorführt oder *Hans Kneifel* mit den Abenteuern *Vorsicht – radioaktiv! (453), Der Archivplanet (459)* und *Zeitpunkt X (460)* Joaquin Manuel Cascal in den Einsatz schickt.

Bergheim, im Herbst 1994 Horst Hoffmann

Zeittafel

1971	Perry Rhodan erreicht mit der STARDUST den Mond und trifft auf die Arkoniden Thora und Crest.
1972	Mit Hilfe der arkonidischen Technik Aufbau der Dritten Macht und Einigung der Menschheit.
1976	Das Geistwesen ES gewährt Perry Rhodan und seinen engsten Wegbegleitern die relative Unsterblichkeit.
1984	Galaktische Großmächte (Springer, Aras, Arkon, Akonen) versuchen, die aufstrebende Menschheit zu unterwerfen.
2040	Das Solare Imperium ist entstanden und stellt einen galaktischen Wirtschafts- und Machtfaktor ersten Ranges dar.
2326–2328	Gefahr durch die Hornschrecken und die Schreckwürmer. Kampf gegen die Blues.
2400–2406	Entdeckung der Transmitterstraße nach Andromeda; Abwehr von Invasionsversuchen von dort und Befreiung der Andromeda-Völker vom Terror-Regime der Meister der Insel.
2435–2347	Der Riesenroboter OLD MAN und die Zweitkonditionierten bedrohen die Galaxis. Perry Rhodan wird in die ferne Galaxis M 87 verschlagen. Nach seiner Rückkehr Sieg über die Erste Schwingungsmacht (Uleb).
2909	Während der Second-Genesis-Krise kommen fast alle Mutanten ums Leben.
3430–3434	Um einen Bruderkrieg zu verhindern, läßt Perry Rhodan das Solsystem in die Zukunft versetzen. Bei Zeitreisen in die Vergangenheit lernt er den Cappin Ovaron kennen, der entscheidenden Anteil an der Vernichtung des Todessatelliten hat, durch den die Sonne zur Nova zu werden drohte.
3437	Um Ovaron, dem Ganjo, zu seinem Recht zu verhelfen und einer befürchteten Invasion zuvorzukommen, beschließt Rhodan eine Expedition in die Heimatgalaxis der Cappins.

Prolog

Die Jahre des Versteckspiels sind endgültig vorbei – seit Mitte Juli 3434 existiert das Solsystem wieder im normalen Zeitablauf. Der Rücksturz aus dem Antitemporalen Gezeitenfeld, in dem das Heimatsystem aller Menschen vor den Macht- und Kriegsgelüsten rivalisierender Sternenreiche relativ sicher war, beendete gleichzeitig den Alptraum der Terraner, durch den cappinschen Todessatelliten qualvoll sterben zu müssen.

Der Satellit, der die Sonne zur Nova aufzuheizen drohte, konnte mit Ovarons und Merceiles Hilfe endlich vernichtet werden. Die beiden Cappins, 200.000 Jahre in der Vergangenheit auf der Erde gegen verbrecherische Experimente von Artgenossen tätig, wurden mit dem Nullzeit-Deformator der Terraner mit in die Gegenwart genommen und sind inzwischen willkommene und angesehene Freunde der Menschheit.

Doch die Vergangenheit läßt sie nicht ruhen. Vor allem Ovaron, den ehemaligen Ganjo des Cappin-Volkes der Ganjasen, zieht es in seine Heimat. Er hat allen Grund zu der Annahme, daß dort, viele Millionen Lichtjahre entfernt, schreckliche Dinge geschehen.

Perry Rhodan ist bereit, ihm den Wunsch zu erfüllen, aber nicht ganz uneigennützig. Nachdem sich die galaktopolitische Lage entspannt hat und die Imperien der Menschheit wieder in Frieden miteinander umgehen, nachdem die Bedrohung durch Ribald Corello gebannt ist und von der Sonne keine Gefahr mehr droht, erreichen Berichte die Erde, daß an verschiedenen Orten der Milchstraße Cappins aufgetaucht seien und mit ihrer Fähigkeit der Pedotransferierung Menschen geistig übernommen hätten. Diese Vorfälle wecken die Befürchtung, daß die Cappins der Jetztzeit, aufmerksam geworden durch die Impulse ihres Satelliten, eine Invasion der Milchstraße planen könnten.

Um diesem Verdacht nachzugehen und nötigenfalls an Ort und Stelle Gegenmaßnahmen zu treffen, läßt Perry Rhodan drei Jahre nach dem Rücksturz des Solsystems in die Gegenwart die größte und gewagteste Fernexpedition ausrüsten, die Menschen je unternommen haben . . .

1.

Juli 3437

Zuerst hatte es gezischt; dann geknallt; schließlich hatte jemand unverständliche Worte geschrien und dann – ja, was war dann geschehen?

Mentro Kosum wußte es nicht genau. Er fühlte lediglich eine warme, klebrige Flüssigkeit über seine Stirn rinnen. Das mußte wohl die Folgeerscheinung einer unsanften Berührung mit der Stahlbetonmauer sein.

»Hurra!« sagte Kosum zu einer Person, die er nur schattenhaft wahrnehmen konnte. »Bist du menschlich oder mechanisch? Wenn ja, dann . . .!«

»Keine Drohungen«, lachte jemand mit tiefer Stimme. Sie klang angenehm. »Ich bin menschlich. Junge, hast du ein Glück, daß deine Haare ohnehin so schön rot sind. Da sieht man das Blut nicht so. Übrigens nur eine harmlose Schramme.«

Kosum fuhr sich mit dem Handrücken über die Stirn. Er konnte wieder klarer sehen. Vor ihm stand ein schwarzhäutiger Riese von über zwei Meter Körpergröße und prächtig weißen Zähnen.

»Nur eine Schramme? Vielen Dank, ich spüre es. Welcher Narr hat eigentlich den Roboter in die Luft fliegen lassen?«

Der Dunkelhäutige grinste noch breiter und deutete mit dem Daumen über die Schulter.

»Dieser völlig untalentierte Oberst der Hafenabwehr hat versucht, der Maschine einen Befehl zu erteilen. Da löste sie sich in ihre Bestandteile auf. Junge, gehst du immer so langsam in Deckung? Ich spürte bereits die Druckwelle, noch ehe unser positronischer Kampfgenosse den Geist aufgab.«

Mentro grinste jetzt ebenfalls; aber nicht über die Belehrung seines neuen Bekannten, sondern ausschließlich über das ergrimmte Gesicht jenes Mannes, der als »untalentierter Oberst« bezeichnet wurde.

Die schwelenden Trümmer des Kampfroboters wurden von anderen Exemplaren seiner Art zur Seite geräumt. Die Sicherheitsschleuse des Gobi-Raumhafens West wurde wieder begehbar.

»Ich darf doch sehr bitten!« schrie der gemaßregelte Wachoffizier und kam auf die beiden Männer zu.

»Das ist die Stimme, die ich noch vernahm«, seufzte Mentro Kosum weinerlich. Er erhob dozierend einen blutverschmierten Zeigefinger. »Quäle einen Robot nie zum Scherz, denn er hat wie du ein Herz.«

Der Chef der Sonderwache Gobi West blieb stehen. Offenbar wollte er heftig werden, doch dann entschloß er sich zu einer ironischen Frage.

»Ach, Sie sind wohl der neue Bordkomiker, was? Ich sehe, Sie sind verletzt. Ist eine Behandlung erforderlich?«

»Das sollten Sie einen Arzt fragen«, warf der schwarzhäutige Hüne ein. »Seit wann erkundigt man sich beim Patienten . . .!«

»Beruhige dich, unbekannter Wohltäter«, unterbrach Kosum die hitzig werdende Debatte. »Ich fühle immer, wenn es mir an den Kragen geht. Der Kratzer ist unwichtig. Übrigens, Sir, dürfen wir nun endlich jenes Areal betreten, das allen Mutmaßungen nach in die Geschichte der Menschheit eingehen wird?«

Der Wachoffizier wurde plötzlich sehr dienstlich. Wahrscheinlich ohne es bewußt zu wollen, drehte er den Kopf und schaute zu jenem Gebirge aus Stahl hinüber, das kilometerweit entfernt war.

»Sie dürfen. Die Kontrollen sind bis auf eine letzte ID-Vergleichsaufnahme abgeschlossen. Tragen Sie bitte Ihre Kodemarken deutlich sichtbar auf der Brust.«

»Erst mal eine haben«, beschwerte sich Kosum und sah an seinem spindeldürren, dafür aber fast zwei Meter langen Körper hinunter. »Mir wird klar, durch welche unlauteren Forderungen Sie Kampfroboter zur Explosion bringen.«

Der Afroterraner neben Kosum lachte Tränen. Andere Männer folgten seinem Beispiel; nur nicht so deutlich! Schließlich waren sie dem Chef der Spezialwache unterstellt.

So lernten sich Mentro Kosum und Menesh Kuruzin kennen. Die Freundschaft begann am 1. Juli 3437 und sollte ein Leben lang währen. Das wußten die beiden Männer zu diesem Zeitpunkt aber noch nicht.

Sie durchschritten die Strahlschleuse des Flottenhafens Gobi West, ertrugen geduldig die Gehirnschwingungskontrolle und verließen danach die Halle, in der diese robotisch gesteuerte Prozedur stattgefunden hatte. Erst dann nannten sie gegenseitig ihre Namen. Mehr als eine oberflächliche Vorstellung war nicht erlaubt. Militärische Ränge, Laufbahnen und was der Dinge mehr waren, galten seit Wochen und Monaten als Geheimnis der Solaren Flotte.

Der Stammbesatzung des Riesenraumschiffes weit draußen auf dem Wüstenhafen waren die Neuankömmlinge ebenso unbekannt wie jenen die Mitglieder der bereits eingefahrenen Crew.

Selbst der Name des Kommandanten war geheim geblieben. Das überraschendste war aber für viele abkommandierte Männer die Tatsache, daß sogar ihr zukünftiges Raumschiff keinen Namen hatte. Nicht einmal eine Nummernbezeichnung war ihnen verraten worden.

So war es auch als selbstverständlich anzusehen, daß weder Kosum noch Kuruzin eine normale Uniform trugen. Ehe sie von ihren angestammten Flotteneinheiten, Stützpunkten oder Raumstationen abkommandiert worden waren, hatten sie einheitlich dunkelblaue Kunstfaserkombinationen und schmucklose Schirmmützen erhalten.

Kein Rangabzeichen deutete darauf hin, mit wem man es eigentlich zu tun hatte. Die Marschbefehle wurden in Spezialbehältern mitgeführt, die nur mit einem positronischen Impulskodeschlüssel der Solaren Abwehr geöffnet werden konnten.

Einige Neugierige hatten versucht, die flachen, einer Brusttasche angepaßten Behälter zu öffnen. Die Folgen waren unangenehm gewesen. Bei der thermischen Selbstvernichtung des Inhalts war es zu Verletzungen gekommen.

Kosum und Kuruzin wußten das alles. Man hatte sie nicht nur zehnmal, sondern tausendmal belehrt. Mindestens fünfzig Kontrollen verschiedener Art hatten sie überstehen müssen, ehe sie mit kleinen Spezialraumschiffen der Abwehr zur Erde befördert worden waren.

Die Prozeduren vor der Strukturschleuse im systemumspannenden Paratronschirm waren nahezu menschenunwürdig gewesen. Sie hatten jedoch alles über sich ergehen lassen, weil sie sich zu diesem Einsatz freiwillig gemeldet hatten.

Nicht jeder Freiwillige war allerdings angenommen worden. Einige zehntausend Männer, die sich für hochqualifiziert hielten und es auch beweisen konnten, waren von den Verantwortlichen zurückgewiesen worden.

Kosum blieb stehen und sah sich um. Es war heiß. Ein warmer Wind, trocken und zum Husten reizend, wehte von den Wüstenbergen der westlichen Gobi herüber.

Einige hundert Fahrzeuge verschiedenster Größenordnung und Konstruktion standen vor bunkerähnlichen Versorgungsmagazinen. Andere heulten auf ihren Energiekissen zu dem Schiffsriesen hinüber. Plötzlich schien sich niemand mehr um die beiden hundertfach kontrollierten Männer kümmern zu wollen.

»Siehst du, Junge, siehste«, sagte der Afroterraner resignierend. »Da wird man vorher halbwegs auseinandergenommen, mit modernsten Teufelsmaschinen schikaniert, und dann . . .?«

Er ließ die Antwort offen. Kosum gähnte ungeniert. Die Hände in den Beintaschen seiner Kombination vergraben, zeigte er einem vorüberfahrenden Offizier der Abwehr sein Gebiß. Der Mann hielt den Gleiter an. Er schien Humor zu haben.

»Möchten die Herren laufen oder zu Fuß gehen?«

Kosum machte den Mund zu. Das Aufeinanderschlagen seiner Zähne war deutlich zu hören.

»Freund Kuruzin, wir müssen es mit einem Mathematiker zu tun haben. Bemerkst du die Gesetzmäßigkeit in seiner Begriffsfassung?«

Schnaufend und die Hitze verwünschend, zwängte sich Mentro Kosum auf die hintere Sitzbank des offenen Prallfeldgleiters. Der Dunkelhäutige lachte nur noch. Er schien es mit Behagen zu tun. Offenbar hatte er während der letzten Monate nichts zu lachen gehabt.

Sie fuhren Kilometer auf Kilometer. Das Gebirge aus Stahl wurde immer größer und mächtiger. Schließlich erreichten sie eine rotmarkierte Zone, die einige Meter weiter durch ein Energiegatter abgeschlossen wurde. Der Gleiter hielt.

»Ende der Reise, meine Herren. Die letzten Kilometer müssen Sie nun wirklich gehen. Sie können aber auch versuchen, einen zugelassenen Lastengleiter zu erwischen. Viel Erfolg und«, er zögerte, »vielleicht auch etwas Vergnügen. Wir beneiden euch nicht. Nein, fragen Sie bitte nicht. Erstens habe ich selbst keine Ahnung, was da gespielt wird, und zweitens dürfte ich keine Auskünfte geben, selbst wenn ich etwas erfahren hätte. Ihr Gepäck ist bereits an Bord. Sie können sicher sein, daß bei der perfekten Organisation nichts vergessen wurde, was Sie eines Tages benötigen werden. So können Sie als gegeben annehmen, daß die Organbank der Medizinisch-Biologischen-Abteilung mit passenden Ersatzgliedern und Innenorganen ausgerüstet wurde. Die Positronik der Zahnbank wird haargenau wissen, wieviele Wurzeln Ihre letzten Backenzähne besitzen, wie sie eingepflanzt werden müssen und wie Ihre vielleicht zu Bruch gehenden Kiefer ausgetauscht werden sollen. Man kennt Sie da drüben besser als Sie sich selbst. Genügt das als Auskunft?«

Selbst Mentro Kosum, sonst vorlaut in seiner Art, war beeindruckt. Sie stiegen aus. Der Wagen surrte davon.

Menesh Kuruzin warf einen Blick nach oben.

»Bemerkst du etwas?«

»Tausenderlei fremdartige Dinge«, entgegnete Kosum überraschend ernst. »Der Triebwerkswulst ist verändert. Stärker und höher. Seltsame Halbrundungen mit erkennbaren Schleusentoren an der Abschlußkante.«

»Und die Impulsstrahlabweiser?«

Kosum ließ seine Blicke tiefer wandern. Es war ein Kunststück, am gewölbten Rumpf dieses zweieinhalb Kilometer durchmessenden Kugelungeheuers *überhaupt* Details entdecken zu können.

Beide Männer waren noch einige hundert Meter von einem der säulenartigen Landebeine entfernt. Die unteren Hydraulikglieder waren nur zu zehn Prozent ausgefahren. Die klaffenden Einfuhröffnungen lagen bereits dreihundert Meter höher. Noch weiter oben, mindestens zwölfhundert Meter über den Betrachtern, erkannten sie die graublau schimmernden Strahldüsen der Korpuskulartriebwerke, die nur bis zur einfachen Lichtgeschwindigkeit reichten.

»Mich interessieren mehr die Projektoren für die Umlenkfelder. Siehst du sie? Seitlich hinter dem unteren Hochenergie-Verdichtungskranz. Mensch, das mußt du doch sehen! Das ist neu, völlig neu!«

Kuruzin wischte sich den Schweiß von der Stirn. Ahnungsschwer meinte er:

»Junge, paß auf, wir kommen auf das unwahrscheinlichste Schiff, das Terraner jemals gebaut haben. Das ist zweifellos ein Ultraschlachtschiff der Galaxisklasse. Vieles aber stimmt nicht damit überein. Mir scheint, als hätte man lediglich auf die bewährte Kugelzelle zurückgegriffen, um daraus ein neuartiges Etwas zu machen. Den Kahn möchte ich nicht in manueller Notsteuerung fliegen; bestimmt aber nicht alleine.«

Plötzlich stand ein Leutnant vor ihnen.

»Habe ich die Ehre mit den Herren Kuruzin und Kosum?«

Mentro versuchte, seine ausgedörrte Kehle durch kräftiges Schlukken geschmeidig zu machen.

»Freund Kuruzin, der junge Mann hat dich zuerst erwähnt. Daraus folgert mein Verstand, daß du vielleicht ein Oberst bist und ich unter Umständen ein Kochsergeant. Wie vereinbart sich das mit unserer Duzerei?«

Der Dunkelhäutige lachte schon wieder. Er winkte ab. Dabei konnte er es aber nicht unterlassen, ständig nach neuen Einzelheiten zu suchen. Viel konnte er nicht erblicken. Ihm erging es wie einem

Bergsteiger, der am Fuße eines Dreitausenders steht und versucht, von dort aus einige Einzelheiten, zweitausend Meter über sich, zu erkennen.

Der Leutnant tastete mit einem Identifizierungsgerät die beiden Impulsmarken ab. Auf und in ihnen waren Namen und sämtliche Individualdaten gespeichert. Er schien zu wissen, daß man soeben angekommene Raumfahrer bei *diesem* Anblick nicht zu klaren Auskünften bewegen konnte. Die Eindrücke waren übermächtig.

»Danke, meine Herren. Die Schleuse ist für Sie offen.«

Kosum und Kuruzin passierten schweigend die letzte Absperrung. Über ihnen wölbte sich der äquatoriale Ringwulst mit seinen zwanzig gigantischen Impulstriebwerken.

Kosum blieb unvermittelt stehen und schlug sich mit der Hand gegen die Stirn. Ein Laut, fast ein Seufzer, wurde hörbar.

»Schmerzen?« erkundigte sich Kuruzin besorgt.

»Unsinn, du Vielleicht-Oberst. Weißt du, was wir beide übersehen haben? Freund, schau dir die Farbe des Zellenmaterials an! Das ist die neue Ynkelonium-Terkonit-Legierung. Seit wann glänzen die Wandungen terranischer Schiffe in einem rötlichblauen Farbton?«

Sie schauten sich eine Weile schweigend an. Dann gingen sie weiter. Der Schlagschatten des Ringwulstes schirmte sie jählings vor den Glutstrahlen der Sonne ab. Sie mußten vierhundert Meter weit gehen, ehe sie die untere Rundung des eigentlichen Schiffskörpers erreichten.

Wieder blieben sie stehen. Eine Flut von Fragen drängte sich ihnen auf. Sie fanden keine Antwort. Plötzlich jedoch riß Kuruzin die Augen so weit auf, daß sie hell aus dem dunklen Gesicht hervorleuchteten.

»Das – das gibt es doch gar nicht. Junge, ich muß wahnsinnig geworden sein. Das ist doch . . .!«

Obwohl Kosum dem Blick des Freundes folgte, bewahrte er die Fassung. Allein das war bewunderungswürdig!

Schließlich war es nicht alltäglich, mitten im fünfunddreißigsten Jahrhundert einem blauen Pferd mit ockergelbem Schweif zu begegnen, auf dem obendrein noch ein düsterblickender Mann und eine lächelnde Frau mit kupferfarbenen Haaren ritten.

Und das unter dem Triebwerksringwulst eines terranischen Ultraschlachtschiffes, dessen Schubaggregate längst nicht mehr mit dem Begriff »Pferdestärken« gemessen werden konnten. So viele Pferde hatte es auf dem Planeten Erde niemals gegeben.

»Diese Raumfahrt, die wird lustig«, meinte Kosum. »Als historisch geschulter Mensch mit prähistorischen Sprachkenntnissen würde ich dieses vierbeinige Lebewesen als Gaulewitsch, als den Sohn des Gauls bezeichnen, verstehst du? Unsere Vorfahren hängten damals immer ein ›witsch‹ hintendran. Ich – ach du Schande . . .!«

Diesmal schwieg sogar der unerschütterliche Mentro. Der Anblick verschlug ihm die Sprache.

Hinter dem elegant trabenden Pferd tauchte ein dunkelbehaarter Neandertaler auf. Nur mit einem Lendenschurz bekleidet, eine riesige Holzkeule geschultert, rannte er zähnefletschend neben dem Reiterspaar her.

Das war aber noch nicht alles!

Ein Individuum, der Figur nach offenbar menschlicher Abstammung, umkreiste die fremdartige Gruppe mit Hilfe feuersprühender Rollschuhe. Kosums technischer Instinkt verriet ihm sofort, daß der buntgekleidete Kerl zwei Mikro-Strahltriebwerke in diese Sportgeräte eingebaut hatte. Sie fauchten, zischten und pfiffen zusammen mit den überbeanspruchten Rollenlagern derart heftig, daß sogar das Anlaufgeräusch eines schiffseigenen Hilfsaggregates übertönt wurde.

Kosum begann zu grinsen.

»Freund, *den* da kenne ich. Das ist Roi Danton alias Michael Rhodan, dem man nachsagt, er wäre vor etwa tausend Jahren erschossen worden. Plötzlich war er wieder da. Und *wie* er erschien! Erst raubte er seinem werten Vater, den wir als Großadministrator des Solaren Imperiums kennen, den letzten Nerv und behauptete anschließend, für ihn wären nur ein paar Wochen verstrichen. Ich – he, wo willst du hin?«

Menesh Kuruzin, gewiß bärenstark, ergriff die Flucht. Er rannte zu einem Landeteller hinüber und ging dahinter mit einer derartigen Schnelligkeit in Deckung, daß Kosum endgültig begriff, weshalb der Afroterraner bei der Explosion des Kampfroboters unverletzt geblieben war.

Der Rollschuhläufer hatte den Vorgang bemerkt. Er sauste auf Kuruzin zu, fuhr einige verwegene Achter und schwang dabei affektiert den pelzbesetzten Federhut sowie in wechselseitiger Anhebung beide Beine durch die Luft.

Kuruzin brüllte etwas. Infolge des Fauchens war aber kein Wort zu verstehen. Der rotbefrackte Düsensportler kam nun auf Kosum zugedonnert. Die Flammen des Gegenschubs schienen aus den Spitzen der Schnallenschuhe hervorzuschießen. Mentro nahm sich vor, sich nicht nochmals verblüffen zu lassen.

Disziplinwidrig feixend, die Hände in den Taschen, betrachtete er des Läufers weiße Perücke, seine honiggelben Kniehosen und die offenbar echt seidenen Kniestrümpfe.

Danton begutachtete den Rothaarigen durch eine Stielbrille.

»Äh – Seine Haare sind lang. Hat Er auch keine Läuse?«

»Faustgroße«, konterte Mentro. »Linksseitig amputiert und rotgepunktet.«

»Wieso rotgepunktet?«

»Linksseitig amputierte Läuse sind *immer* rotgepunktet.«

Roi Danton runzelte die Stirn. Dezent hüstelnd, umrollte er den hageren Neuankömmling.

»Mir scheint, Er ist flink mit dem Maule nach des Pöbels Art. Warum macht Er keinen Kratzfuß? Sieht er nicht, daß Er mit einem General aus vornehmstem Geblüte spricht?«

»Da mußt du dir aber ein Informationsschild um den Hals hängen. Ich bin kein Hellseher.«

Mentro Kosum wurde unsanft angestoßen. Er taumelte nach vorn und klammerte sich haltsuchend an dem Rollschuhläufer fest.

Als Kosum den Kopf wandte, erblickte er das unwillig stampfende Pferd.

»Verzeihung«, sagte der Gaul. »Sie haben wohl auch noch nie gehört, daß vernunftbegabte Lebewesen dummen Kreaturen besser aus dem Weg gehen sollten, wie? So etwas . . .!«

In Mentros Gesicht waren die Sommersprossen deutlicher zu sehen als sonst.

»Ich wäre Ihm verbunden, wenn Er Seine schmutzige Nase aus meiner Puderdose zöge«, erklärte Roi Danton. »Außerdem ist Er dabei, mir in den Oberschenkel zu beißen. Parbleu – das tut nicht einmal ein echter Neandertaler. Hinweg mit Ihm.«

Der Affenmensch lachte brüllend. Auf seine Keule gestützt, stand er vor Kosum und zeigte ihm sein mächtiges Gebiß.

»Da staunst du, was? Terraner, wenn ich *deine* Figur hätte, beginge ich auf Rois Rollschuhen Selbstmord. Wenn du wissen willst, wie Markknochen geknackt werden, wende dich vertrauensvoll an mich.«

Kosum stöhnte nur noch. Kuruzin schrie aus seiner Deckung heraus allerlei Warnungen. Die junge Frau mit den kupferfarbenen Haaren lachte melodisch, und der hochgewachsene Mann auf dem Rücken des sprechenden Pferdes lächelte. Gleichzeitig unternahm er etwas, was ihm ums Haar das Leben gekostet hätte. Er tastete mit seinen pedoorientierten Parasinnen nach Kosums Wachbewußtsein, um die Geisteskapazität dieses zerbrechlich wirkenden Terraners zu testen.

Mentro Kosum handelte mit einer Schnelligkeit, wie es nur Männer seiner Art konnten. Roi Danton bemerkte nicht einmal, daß seine elegante Strahlwaffe plötzlich aus der Gürtelschärpe verschwand, um dafür in Kosums Hand aufzutauchen.

Kosum sprang zurück. Der Reiter schaute in zwei wachsam blikkende Augen, aus denen der Funke des Humors verschwunden war.

»Absteigen, Cappin! Hände über dem Kopf falten und keine falsche Bewegung, oder ich verwandle Sie zu Asche. Sofort!«

Der Angesprochene zögerte keine Sekunde. Er *wußte,* daß der Tod vor ihm stand. Er riß beide Hände nach oben, rutschte aus dem Sattel und blieb reglos neben dem Pferdekörper stehen. Das rotflimmernde Abstrahlungsfeld der Mündung redete eine unmißverständliche Sprache.

Plötzlich war eine Stimme aus unsichtbaren Lautsprechern zu vernehmen.

»Atlan spricht. Bleiben Sie ruhig stehen, Ovaron. Er meint es ernst. Das gilt auch für Zwiebus und Takvorian. Warten Sie.«

Der Sprecher wandte sich nun an den Terraner.

»Ich benutze die Außenbordsprechanlage, Mister Kosum. Machen Sie keinen Unsinn, und sichern Sie die Waffe.«

»Der Fremde ist ein Cappin, Sir«, entgegnete Kosum. Die Außenbordmikrophone nahmen seine Worte auf. »Er versuchte, mich auf Pedoebene einzupeilen.«

»Das wurde mir aus Ihrer Reaktion klar. Ein Mißverständnis.«

»Ein Test«, warf der Cappin ein. »Er interessierte mich.«

»Jeder einzelne Mann an Bord dieses Spezialschiffes ist interessant«, wies Atlan die Entschuldigung ab. »Ich darf Sie darüber aufklären, daß Mentro Kosum jener Terraner ist, der vor vier Monaten im Alverhei-Top-System zwei Pedotransferer erkannte und tötete, bevor er übernommen werden konnte. Und ausgerechnet *ihn* wollen Sie testen. Meine Herren, nehmen Sie Vernunft an. Weg mit der Waffe, Kosum. Ovaron ist ein zuverlässiger Sonderbeauftragter der Menschheit. Ich werde Sie später mit den Einzelheiten bekannt machen.«

Mentro senkte zögernd den Lauf. Danton nahm ihm wortlos den Kombistrahler aus der Hand und steckte ihn in die Schärpe zurück.

»Sie sind ein USO-Spezialist, nicht wahr? Verzeihen Sie. Wir waren in etwas zu ausgelassener Stimmung.«

»Was man nicht in jedem Falle sein sollte«, entgegnete Kosum leise.

Der Neandertaler seufzte hörbar und schulterte seine Keule.

»Ich bin natürlich kein ganz echter Gaul«, erklärte das Pferd.

»Gestatten, Takvorian ist mein Name. Der Pferdekörper ist echt, doch darauf sitzt ein menschlicher Oberkörper. In Ihrer Sagenwelt wurden Geschöpfe wie ich Zentauren genannt. Wir waren eine erbbiologische Fehlkonstruktion verbrecherischer Wissenschaftler aus dem Gesamtvolk der Cappins. Ovaron und ich stammen übrigens aus einer Epoche, die zweihunderttausend Jahre vor Ihrer Jetztzeit liegt. Das möchte ich Ihnen sofort mitteilen, damit der Schatten des Todes aus Ihrem Gesicht entschwindet. Der Pferdekopf mitsamt dem Hals ist eine Maske.«

Menesh Kuruzin war plötzlich auch wieder aufgetaucht. Er stellte sich neben den neugewonnenen Freund und beobachtete den 2,20 Meter großen Urmenschen.

Roi Danton bückte sich und löste die Düsenrollschuhe aus den Magnethalterungen. Er betrachtete sie mit einem Ausdruck des Bedauerns.

»Sie haben uns den Spaß verdorben. Ovaron ist übrigens ein wirklicher Freund der Menschheit. Er vernichtete vor knapp drei Jahren den Sonnensatelliten und befreite mich aus der Gefangenschaft der Zeit. Das aber nur nebenbei.«

Mentro trat vor und streckte dem Fremden die Hand hin. Er war ebenfalls fast zwei Meter groß, nur kräftiger als der Terraner.

»Wollen wir uns vertragen?«

»Gerne! Sie haben enorm schnell reagiert. Mir scheint, Perry Rhodan hat sich für dieses Raumschiff genau die richtigen Männer ausgesucht. Es tut mir leid. Ich werde mich zukünftig hüten, jemand zu testen.«

»Was für Sie naturgemäß reizvoll ist«, nickte Kosum. »Ich möchte mich entschuldigen.«

»Dazu haben Sie durchaus keinen Grund. Das ist übrigens Merceile, eine Frau aus meinem Volk. Wir kommen beide aus der Vergangenheit. Das Unternehmen *Nullzeit-Deformator* dürfte Ihnen bekannt sein.«

Mentro begrüßte sie.

»Madame, es ist mir eine Ehre, Sie . . .«

»Auch das noch«, unterbrach Danton weinerlich. »Bewahre Er die Dame meines Herzens vor Seinen Redensarten. A bientôt, Monsieur, der Informationsoffizier des Schiffes erwartet Sie.«

Mentro schaute den vier so verschiedenartigen Lebewesen versonnen nach. Kuruzin nahm die Mütze ab und wischte sich erneut den Schweiß von der Stirn.

»Das ging hart auf hart, Junge. Was denkst du wohl, was Rhodan mit dir gemacht hätte, wenn du ausgerechnet *den* Mann erschossen hättest, der vor drei Jahren den Satelliten sprengte?«

»Nichts, überhaupt nichts«, entgegnete Kosum erstaunlich reserviert. »Ich hätte als freier Bürger des Imperiums sogar eine Entschuldigung der Verantwortlichen verlangt.«

Kuruzin pfiff leise durch die Zähne.

»Individualist, wie?«

»Nein, nur ein Mensch, der seine Rechte fordert. Wenn man – so wie wir – wochenlang von der Außenwelt abgeschlossen wird, dann ist es nicht verwunderlich, daß man im gegebenen Augenblick so reagiert, wie man normalerweise reagieren muß. Wenn ich von einem Cappin eingepolt werde, ist er erledigt; vorausgesetzt, er gibt mir noch die Zeit dazu. Das wäre es, Großer. Gehen wir? Ich bin gespannt wie ein Flitzbogen.«

»Was ist denn das schon wieder?«

Kosum gewann seine gute Laune zurück.

»Historischer Begriff. Ich liebe es, die Leute zu belehren.«

Sie hatten etwa eineinhalb Kilometer unter der immer drohender wirkenden Rundung des Schiffskörpers zurücklegen müssen, ehe sie die kleine Mannschleuse am tiefstliegenden Punkt der Zelle erreicht hatten.

Zahlreiche Lastenfahrzeuge waren an ihnen vorbeigesurrt. Es waren nur noch kleinere Versorgungseinheiten gewesen, die jene Güter herbeibrachten, die zur sogenannten Minimalausrüstung eines Ultraschlachtschiffes gehörten.

Eine tausendjährige Erfahrung in der Ausrüstung fernflugtauglicher Großraumschiffe sorgte dafür, daß selbst absurd wirkende Kleinigkeiten nicht vergessen wurden. Dazu zählten beispielsweise bestimmte Duftstoffe, die dem Wasser des bordeigenen Schwimmbades zugesetzt wurden. Die Galaktopsychologen wußten seit vielen Jahrhunderten, daß terrageborene Menschen hier und da nach dem Duft von Tannen verlangten.

Das bislang namenlose Großraumschiff hatte in den vergangenen Wochen etwa siebenhunderttausend Tonnen *direkte* Bedarfsgüter an Bord genommen. Darunter waren in erster Linie dehydrierte Lebensmittel aller Art, Frischwasser und lebensnotwendige Artikel zu verstehen.

Die wichtigste Voraussetzung zur Genießbarkeit staubtrockener und steinharter Dehydrate war ihre Anreicherung mit Wasser. Erst dann gewannen sie im Verlauf der Zubereitung ihr tatsächliches Volumen zurück. Eine Verschwendung des vorhandenen Lagerplatzes konnte man sich nicht erlauben. Ein Großraumschiff dieser Art mußte in der Lage sein, drei Jahre lang, maximal vier Jahre lang, ohne Inanspruchnahme einer Versorgungsbasis operieren zu können.

Das unerläßlich notwendige Wasser jedoch konnte man auf zahllosen Planeten finden. Die chemisch absolut reine Regenerierung ausgeschiedener Flüssigkeiten aller Art gehörte zu jenem Wasserhaushalts-Kreislauf, der in akuten Notfällen sogar die Übernahme natürlicher Wasservorräte erübrigte.

Das erdgebundene Gewicht der sogenannten *indirekten* Bedarfsgüter lag bei eins Komma eins Millionen Tonnen.

Hierbei handelte es sich um Ersatzteile aller Art; angefangen vom Mikroschraubenzieher bis hinauf zu Waringschen Kompakt-Kompensationskonvertern, mit denen ausgelaufene Aggregate der Beiboote ersetzt wurden. Hinsichtlich dieser Größenordnungen war es bedeutsam, daß die unerläßlich notwendigen Kernbrennstoffe nur einen Bruchteil des Ladevolumens beanspruchten.

Ultrakatalysiertes Deuterium, dessen Fusionsprozeß im *kalten* Verschmelzungsvorgang schon bei knapp über dreitausend Grad Celsius erreichbar war; KATALY-D-ULTRA, das den einzigartigen Kohlenstoffzyklus der Sterne exakt kopierte, versorgte die Hochenergiereaktoren der Kraftwerke, die Direktstrahlmeiler der Korpuskulartriebwerke und die Autarkversorger der Überlichtflugkonverter mit nur winzigen Mengen verschmelzungsfreudiger Einspritznebel.

Kernbrennstoffe dieser Art konnten überdies auf jedem wasserhaltigen Himmelskörper mit bordeigenen Anlagen hergestellt werden. Es hatte in der Geschichte der Solaren Flotte nur wenige Fälle gegeben, in denen Kommandanten mit ihren Kernbrennstoffen in Schwierigkeiten gekommen waren. Niemals aber war ein Schiff durch den totalen Verbrauch seiner Vorräte manövrierunfähig geworden.

Besonders die neuartigen Schwarzschild-Reaktoren solarer Raumschiffe verwerteten notfalls auch andere Elemente.

All diese Dinge hatten so erfahrene Männer wie Kosum und Kuruzin stillschweigend als selbstverständlich vorausgesetzt. Sie sahen mit offenen Augen und bemerkten mit geschärften Sinnen, daß dieser Schiffsriese startklar war. Die Restbeladung betraf nur noch Luxusgüter, auf die man hätte verzichten können.

»Langfristiges Fernflugunternehmen!« hatte Kuruzin behauptet, ehe er zusammen mit Kosum in das Antigravfeld der Mannschleuse gesprungen und nach oben geschwebt war.

Beide kannten derartige Vorbereitungen aus vielen gleichartigen Einsätzen. In diesem Falle sah die Lage aber noch komplizierter aus. Hier wurde an alles gedacht.

Als sie vom Wachoffizier der Polschleuse empfangen und nochmals kontrolliert worden waren, hatten sie hinsichtlich des Flugziels keine besonderen Fragen mehr gehabt. Es mußte weit entfernt sein – sehr weit sogar!

Sie hätten um ihre Köpfe wetten mögen, daß dieser Ynkelonium-Terkonit-Gigant ein Dimetranstriebwerk zum Anflug fremder Galaxien besaß. An Lineartriebwerke für den normalen Überlichtflug in der Heimatgalaxis dachten sie keine Sekunde lang. Das war seit tausend Jahren üblich. Bestenfalls hätten sie noch an eine Vervollkommnung der Waringschen Kompensationskonverter geglaubt; den wesentlich besseren und leistungsstärkeren technischen Nachkommen der ehemaligen Kalups.

Was jedoch tatsächlich auf sie wartete, hatten sie nicht einmal in ihren kühnsten Träumen erahnen können.

Der Ertruser erhob sich. Der Empfangsraum lag dicht hinter der Mannschleuse. Er war klein, spartanisch eingerichtet und mit Kommunikationsgeräten überfüllt. Der umweltangepaßte Mensch füllte den Raum nahezu aus. Er trug die einfache Borduniform der Flotte. Seine Rangabzeichen wiesen ihn als Oberst des Solaren Imperiums aus. Weitere Symbole, klein, kaum zu bemerken, verrieten, daß er dem Stabsführungskommando angehörte.

Der über zweieinhalb Meter große und etwa zwei Meter fünfzehn breite Gigant trug die sichelförmig geschnittene Haartracht seines Volkes. Die übrigen Schädelpartien waren enthaart. Seine Stimme klang dröhnend und überlaut.

»Oberst Toronar Kasom, Zweiter Stellvertretender Kommandant des Schiffes, nebenbei Sonderoffizier der Raumflotte«, stellte er sich vor. »Willkommen, meine Herren, nehmen Sie Platz.«

Er deutete einladend auf zwei Schwenkschemel. Sie waren an der Wand befestigt.

»Es ist meine Aufgabe, neu eintreffende Besatzungsmitglieder zu begrüßen und sie oberflächlich mit den bisher streng geheimen Einzelheiten bekanntzumachen. Dieser Raumflugkörper ist der Prototyp einer neuartigen Großserie. Die exakte Bezeichnung lautet ›Ultraschlachtschiff der Trägerklasse‹. Aufgebaut auf der bewährten Kugelzelle eines Raumers der Galaxisklasse, führt das Schiff außer den üblichen fünfzig Beiboot-Korvetten und den fünfhundert Lightning-Space-Jets noch fünfzig Hundertmeter-Kreuzer der völlig neuentwikkelten *›Planetenklasse‹* mit. Daher der Begriff ›Trägerklasse‹. Sie werden den umgestalteten Äquatorialwulst bemerkt haben. Die Normaltriebwerke sind kompakter und dennoch leistungsfähiger geworden. Die äußere Ringwulstzone enthält fünfzig Großhangars zur Aufnahme und Ausschleusung der fünfzig Kreuzer. Sie, Oberstleutnant Kuruzin, sind als Chef der Ersten Kreuzerflottille vorgesehen. Sie werden später den Ihnen unterstehenden Kommandanten vorgestellt. Jede Flottille besteht nach dem altbewährten Muster der Trägerkorvetten aus zehn Einheiten.«

Menesh Kuruzin atmete schwer. Er hatte viel erwartet; *das* aber nicht.

Kasom, der Urenkel des in die Menschheitsgeschichte eingegangenen Ertrusers Melbar Kasom, verlor keine Zeit. Er sah geflissentlich über die verstörten Blicke des Afroterraners hinweg.

»Übrigens wird Ihr Schweigeverbot ab sofort aufgehoben. Sind Sie mit Ihrem neuen Kommando einverstanden, Mr. Kuruzin?«

»Ja – aber ich – ich . . .!«

»Wir wissen natürlich, daß Sie bisher als Kommandant des Schlachtkreuzers GONAPALA fungierten«, unterbrach der Ertruser. Ein Lächeln umspielte seinen Mund. »Lassen Sie sich dadurch nicht stören. Sie haben durch Ihr geschicktes Vorgehen mehrere Male politische Verwicklungen größten Ausmaßes vermieden. Wir wissen nicht, was uns am Reiseziel der MARCO POLO erwartet.«

»Endlich hört man einen Namen«, warf Mentro Kosum ein. Er schaute düster vor sich hin. »Siehst du, Freund Kuruzin, ich habe doch geahnt, daß du ein verkappter Oberst bist.«

»Ein Beinahe-Oberst«, lachte der Afroterraner. »In Ordnung, Sir, ich nehme das Kommando an. Wann kann ich einen der neuen Kreuzer sehen? Taugen sie etwas?«

»Das darf man behaupten. *Achthundert Kilometersekunden hoch zwei* im Beschleunigungswert; durch Vollautomatisierung nur noch sechzig Mann Besatzung; Reichweite mit zwei Waring-Ultrakomp-Konvertern zwei Millionen Lichtjahre, Ynkelonium-Terkonit-Zelle, drei Transformkanonen à eintausend Gigatonnen TNT, enorme

Manövrierfähigkeit, stützpunktunabhängige Operationszeit zwei Jahre Standard. Kampfkraft identisch mit der eines Schweren Kreuzers der Solarklasse. Dazu wesentlich schneller, handlicher und bedarfsunabhängiger. Mit den zehn Planetenkreuzern Ihrer Flottille können Sie Entscheidungen treffen. Reicht Ihnen das?«

»Jaha, röchelte der Große und sank ohnmächtig zu Boden«, ließ Kosum einen seiner Knüttelverse verlauten.

Der Ertruser lachte dröhnend. Mentro verzog das Gesicht.

»Nun zu Ihnen, Major Kosum. Ich darf Sie als Zweiten Kosmonautischen Offizier der MARCO POLO begrüßen. Kommandant ist der Emotionaut Oberst Elas Korom-Khan, ehemals Chef der INTERSOLAR, deren Besatzung überwiegend auf die MARCO POLO übernommen wurde. Sie ersetzen den ausgeschiedenen ehemaligen Zweiten Offizier, Major Trec Lacuert. Perry Rhodan legt größten Wert darauf, infolge der Einmaligkeit des bevorstehenden Unternehmens mindestens *drei* Emotionauten an Bord zu nehmen, die sich in der Führung moderner Großkampfschiffe bewährt haben. Das USO-Ultraschlachtschiff MAPIRAMOS wäre von einem Verband der Zentralgalaktischen Union fraglos vernichtet worden, wenn Sie nach dem Ausfall des Kommandanten nicht die SERT-Steuerung übernommen und den angegliederten Schlachtkreuzerverband indirekt geleitet hätten. Wäre einem normalen Menschen, darunter verstehe ich auch einen Ertruser, diese Verantwortung ohne jede Vorbereitungszeit übertragen worden, hätte eine Katastrophe nicht ausbleiben können. Die von Cappins übernommenen Flottenkommandeure des Alverhei-Top-Systems hatten die Absicht gehabt, die wichtigsten Kalfaktoren der ZGU ebenfalls zu unterjochen und die Regierungsgewalt anzutreten. Das hätte in letzter Konsequenz zu einem Krieg geführt. Sie haben sich freiwillig zu unserem bevorstehenden Einsatz gemeldet. Nun kennen Sie die von uns für Sie vorgesehene Position. Sie werden Zweiter Offizier. Wollen Sie das Kommando annehmen?«

»Ich nehme die Position als Zweiter Offizier der MARCO POLO an.«

Toronar Kasom nickte.

»In Ordnung, dann wären wir uns einig. Ich . . .!«

Er zögerte, stand auf und grüßte. In der Tür, die lautlos aufgeglitten war, stand plötzlich ein mittelgroßer, dunkelhaariger Offizier. Es war ebenfalls ein Oberst. Auf seinem linken Uniformärmel glänzte jedoch ein Symbol, das unter vielen Milliarden Menschen nur ganz wenige Männer tragen durften.

Es stellte Gesicht und Schädel eines Mannes dar, dessen Hirnschale von einer leuchtenden Metallhaube umschlossen wurde. Die Augen wirkten ausdruckslos.

Dieser Mann war ein Emotionaut. Er besaß die Fähigkeit, seine Gedanken- und Vorstellungsmuster über Schaltvorgänge aller Art *unter Umgehung* der befehlsleitenden Nervenbahnen und der ausführenden Hände direkt auf eine Spezialpositronik übertragen zu können. Sie verwirklichte die Befehlsimpulse seines Gehirns mit Lichtgeschwindigkeit und nahm all jene Schaltvorgänge vor, die von dem Emotionauten lediglich gedacht, niemals aber mechanisch durchgeführt wurden. Die Vorteile lagen klar auf der Hand. Emotionauten handelten tausendfach schneller, sicherer und präziser als Menschen, die das Vorstellungsgut ihres Gehirns über den Umweg der Nervenleiter und der dadurch angeregten Fingermuskulatur erst einmal in Knopfdruckvorgänge, Schalterbewegungen und was der rein manuellen Tätigkeiten mehr waren, umsetzen mußten.

Die Hirnimpulse von Emotionauten wurden von den sogenannten SERT-Hauben direkt aufgenommen und mit Hilfe der synchron geschalteten Sonderpositroniken augenblicklich auf die Ausführungsorgane übertragen. Dazu zählten nicht nur Triebwerke aller Art, sondern auch Manövervorgänge, Funksprüche, Aktivierung der Defensivwaffen, Feuereröffnung der Breitseiten und zahllose andere Direktschaltungen.

Die Abkürzung SERT beinhaltete den Begriff »Simultane Emotio- und Reflex-Transmission«.

Auch Menesh Kuruzin stand auf. Kosum tippte mit dem Zeigefinger an die Mütze.

Oberst Elas Korom-Khan, der Mann, der die veraltete INTERSOLAR bravourös geführt hatte, dankte mit einem Nicken. Er wirkte so ruhig und gelassen wie immer.

»Guten Morgen, meine Herren. Willkommen auf der MARCO POLO. Bitte, behalten Sie doch Platz. Ich konnte es nicht unterlassen, jene Männer zu begrüßen, die unseren Freund aus der fernen Vergangenheit beinahe ins Jenseits befördert hätten.«

Er lächelte und drückte zwei Hände.

»Wissen Sie, es ist schon erstaunlich, daß ein Mensch überhaupt in der Lage ist, die Tastimpulse eines Cappins auszumachen. Ihre Reaktion war dagegen *noch* bemerkenswerter.«

Kuruzin seufzte und warf dem neugewonnenen Freund einen anklagenden Blick zu.

»Junge, du hast mich ganz schön an der Nase herumgeführt. Soll ich dir die Füße küssen oder vor lauter Bewunderung einen Freudentanz aufführen?«

»Weder noch. Lache besser laut und herzlich. Das ist Balsam für meine Seele.«

Kuruzin wirkte etwas unsicher.

»Ich werde Sie nunmehr durch speziell programmierte Informationsroboter einführen lassen«, verkündete der Kommandant. »Jede Frage, die das Schiff und seine Gesamteinrichtung betrifft, wird Ihnen mit biopositronischer Exaktheit beantwortet werden. Unsere I-Robots kennen die MARCO POLO bis zur letzten Schweißnaht. Sind Sie fertig, Mr. Kasom?«

Der Ertruser nickte und nahm die beiden Identifizierungsmarken der Neuankömmlinge an sich.

»Die brauchen Sie jetzt nicht mehr. Der Gesamttest war wohl ziemlich aufregend, wie?«

»In der Tat, in der Tat«, bestätigte Mentro. »Ich durfte nur deshalb nicht vor Angst zittern, weil mir mein Verstand sagte, ich hätte heldenhaft zu sein.«

Der Ertruser lachte.

»Übrigens«, warf der Kommandant ein, »außer den drei Emotionauten, die in der Schiffsführung die unbedingte Vorrangstellung innehaben, befinden sich noch zwei Ertruser als Stellvertretende Kommandeure an Bord. Beide Ertruser sind Sonderoffiziere für den Fall, daß alle drei Emotionauten ausfallen.«

»Das Flottenkommando scheint sich gewaltig angestrengt zu haben«, spöttelte Mentro Kosum. »Darf man erfahren, wohin die Reise gehen soll, Sir?«

»Nein. Das ist das letzte Geheimnis. Sie werden im Leerraum zwischen dem Solsystem und Wega informiert. Bis bald, meine Herren.«

Elas Korom-Khan wurde durch Kosums Anruf aufgehalten.

»Noch eine Frage?«

»Jawohl, Sir, eine technische. Mir scheint, als bliebe mir sehr wenig Zeit, mich mit den SERT-Schaltungen vertraut zu machen. Ich kenne weder die sicherlich neuartigen Triebwerke noch andere Dinge, die es auf normalen Ultraschlachtschiffen der Galaxisklasse ebenfalls nicht geben dürfte. Hat man daran gedacht?«

»Man hat. Sie erhalten heute noch eine vorbereitete Hypnounterrichtung. In der SERT-Steuerung gibt es keinerlei Abweichungen. Sie müssen jedoch erfahren, daß unsere zwanzig Impulstriebwerke leistungsfähiger sind als die anderer Schiffe vergleichbarer Größenordnung. Eine Gesamtschubleistung von *maximal dreißig Millionen Megapond* will beherrscht und fein dosiert werden. Wenn Sie als Diensthabender die Defensivwaffen einsetzen müssen, sollten Sie bedenken, daß unsere zwölf Großkraftwerke zusammen *neunhundertsechzig Millionen* Megawatt leisten.«

»Megawatt, Sir?«

»Sie sagen es. Identisch mit neunhundertsechzig Milliarden Kilowatt. Darüber zu herrschen, ist eine Aufgabe für sich. Ich kenne keinen Gegner, der einen mit dieser Energieleistung aufgeladenen Paratronschutzschirm durchdringen könnte. Das kann sich natürlich ändern. Ich betone, daß wir nicht wissen, mit wem wir zusammentreffen werden.«

»Und das Ferntriebwerk, Sir? Dimetransausführung . . .?«

Elas Korom-Khan blickte zur Decke, als gäbe es dort interessante Dinge zu entdecken.

»Nein. Deswegen und nur deswegen erhalten Sie die Hypnounterrichtung. Die MARCO POLO wird nicht mehr mit einem Aggregat fliegen, das sich bei zahlreichen Unternehmen als gefährlich erwiesen hat. Sie sind doch selbst einmal zum Andromedanebel geflogen, nicht wahr?«

»Das stimmt, Sir«, bestätigte Mentro mit einem humorlosen Auflachen. »Ich kam im Zentrum dieser Galaxis heraus. Das entspricht der Eigenart eines Dimetranstriebwerkes. Intervall-Anflüge sind damit unmöglich. Man startet und landet naturbedingt im dichtesten Sterngewimmel einer Galaxis, von der man so gut wie nichts weiß. Ich mußte zwei Impulstriebwerke ruinieren und anschließend noch einen Waring-Konverter ausbrennen lassen, nur um schnell genug einer Sonnenballung ausweichen zu können. Sie stand genau in meinem Eintauchkurs.«

»Eben, das wollte ich festgestellt wissen. Etwa zweihundert Expeditionsschiffe sind verlorengegangen, weil nicht jeder Kommandant ein Emotionaut war. Man rast in ein energetisch überladenes Zentrum hinein, ohne zu ahnen, ob man im Zentrum einer Sonne herauskommt, oder – wenn man Glück hat – in einer relativ sternarmen Zone, die ein Ausweichmanöver erlaubt. Nein, Mr. Kosum, ein solches Triebwerk haben *wir* nicht an Bord! Auf günstige Zufälle zu hoffen ist im Zeitalter der Fernflugtechnik ein Ding der Unmöglichkeit. Die MARCO POLO wurde mit einer Anlage rein terranischen Ursprungs ausgerüstet. Das Waringer-Team hat sich einige Gedanken gemacht. Wir fliegen fremde Galaxien mit dem völlig neuartigen Dimextra-Triebwerk an, das erst konstruiert werden konnte, nachdem die Stabilität des Sextagoniums gewährleistet war. Es erlaubt die Unterbrechung eines Fernfluges von Galaxis zu Galaxis in beliebigen Etappenweiten. Aber das erfahren Sie noch. Bis bald, meine Herren!«

Der Kommandant der MARCO POLO ging. Zwei völlig verblüffte Männer und ein uninteressiert blickender Ertruser blieben zurück.

Kuruzin setzte sich wieder. Er atmete schwer.

»Habe ich nicht gesagt, daß wir auf dem unwahrscheinlichsten Raumschiff der Menschheitsgeschichte einsteigen? Beliebige Unterbrechung eines Fernfluges, ha . . .! Das zu hören, ist Musik für meine Ohren. Darf man den hier anwesenden ertrusischen Schwergewichtler fragen, ob die neuen Aggregate bereits erprobt sind?«

Toronar Kasom beugte sich weit über den Tisch und griff nach seiner Mütze.

»Ja. Keine Versager, keine Navigationsschwierigkeiten als Folgeerscheinung der Sprungunterbrechungen. Das Waringsche Dakkarfeld, also die Sextadim-Halbspurzone, bietet die gleiche Sicherheit wie der Linearflug. Wir hoffen wenigstens, daß dieser begrüßenswerte Zustand anhält. Nein, keine Fragen mehr! Sie werden alles erfahren. Oberstleutnant Kuruzin, ich darf Sie nun bitten, sich mit den Kommandanten Ihrer Kreuzerflottille bekannt zu machen. Sie und Kosum sind die letzten Abkommandierten, die an Bord gekommen sind. Sie haben tatsächlich nur noch wenig Zeit bis zum Start. Perry Rhodan wird morgen eintreffen. Es wäre mir lieb, wenn Sie bis dahin mit Ihren neuartigen Kreuzern vertraut wären. Sie, Major Kosum, setzen sich bitte mit den Paramechanikern der Hypnolehranstalt in Verbindung.«

Sie durchschritten, durchrollten und durchflogen das Labyrinth von Gängen, Hallen und Sicherheitsschleusen, die für ein Ultraschlachtschiff typisch waren.

Die beiden Informationsroboter, äußerlich menschenähnlich, wußten tatsächlich auf jede Frage eine Antwort. Es gab keinerlei Verständigungsschwierigkeiten. Technische Daten aller Art wurden von den Robots mit der monotonen Exaktheit solcher Maschinen definiert.

Noch ehe Kosum und Kuruzin den Rollenoffizier erreichten, der auch für die Ausgabe der Borduniformen, Dienstwaffen, Kampfanzüge usw. verantwortlich zeichnete, wußten sie, was der Begriff »Trägerklasse« bedeutete.

Es war die maximale Vervollkommnung jener bislang gebräuchlichen Großschiffstypen, die als Rückgrat der Flotte gegolten hatten.

Mittlerweile war man im Flottenführungsstab zu der Auffassung gelangt, daß kampfstarke Ultrariesen, die gleichzeitig als Trägereinheiten und Versorgungsbasen für ebenfalls leistungsfähige Trägerschiffe dienen konnten, enorme taktische Vorteile boten.

Allein die fünfzig Kreuzer der neuentwickelten Planetenklasse, die fünfzig Korvetten und die fünfhundert Lightning-Space-Jets stellten eine Zusatzbewaffnung dar, die *kein* Gegner übersehen durfte.

Bei diesen Trägereinheiten handelte es sich um supermoderne Raumschiffe, die infolge ihrer schweren Bewaffnung, defensiven Kampfkraft und bis zum Maximum gesteigerten Manövrierfähigkeit einen direkten Einsatz des Mutterschiffes in den meisten Fällen überflüssig machten.

Voraussetzung dafür war eine konstruktive Neuordnung des Trägerschiffes gewesen. Beiboote von dieser Größenordnung mußten speziell versorgt und gewartet werden. Ihre Kommandanten mußten die Gewißheit haben, daß bei Ausfällen und Versagern aller Art in erreichbarer Nähe ein Stützpunkt vorhanden war, auf dem man alles ersetzen und reparieren konnte, was sonst nur in bodengebundenen Werften möglich war.

Die MARCO POLO war als Schiff ihrer Klasse das erste Raumfahrzeug der Solaren Flotte, das gleichzeitig in den direkten Einsatz gehen, aber auch als Nachschubbasis im Hintergrund der Geschehnisse operieren konnte.

Mentro Kosum erfuhr somit sehr schnell, was ihn erwartete. Er als Zweiter Kosmonautischer Offizier und Emotionaut hatte einen großen Teil jener Verantwortung zu tragen, die zwangsläufig auf jeden Mann der Besatzung zukommen mußte.

Menesh Kuruzin dagegen war ein nicht minder großer Anteil an dieser Verantwortung übertragen worden. Wenn er im aktiven Einsatz mit den zehn Kreuzern seiner Flottille aus dem riesigen Ringwulst der MARCO POLO ausgeschleust wurde; wenn er sich demnach lichtjahreweit von dem Mutterschiff entfernte, hatte *er* die Entscheidung zu treffen. Für Rückfragen blieb erfahrungsgemäß selten Zeit. Es gehörte auch zu Perry Rhodans Prinzipien, seine Kommandanten nach der gegebenen Sachlage handeln zu lassen. Vom grünen Tisch aus konnten prekäre Situationen niemals genau beurteilt werden. Kleinigkeiten, die kein Außenstehender erfassen konnte, waren überwiegend handlungsformend.

In der Rüstkammer angekommen, erhielten sie ihre Borduniformen. Alle anderen Habseligkeiten waren bereits in die Kabinen befördert worden.

»Ihre Dienstwaffen, meine Herren«, erklärte der Rollenoffizier. »Vorsicht bitte. Scharf geladen, jedoch gesichert. Hier Ihre Spezialausweise. Immer mitführen, bitte. Sie, Mr. Kuruzin, wohnen an Bord des Kreuzers CMP-1. Sie, Mr. Kosum, belegen ein Quartier in unmittelbarer Nähe der inneren Kugelzentrale. Die Kammer besitzt eine separate Röhrenverbundleitung zum Kommandostand. Sie können im Alarmfall in drei Sekunden dort sein, vorausgesetzt, Sie schwingen sich schnell genug in das Abstoßschott hinein. Die Offiziersverpflegung entspricht der Mannschaftsverpflegung. Wir . . .«

»Ich bin Angehöriger der USO«, unterbrach Kosum. »Es ist üblich, daß wir auch die Verpflegung dieser Organisation erhalten.«

»Auf anderen Schiffen – ja! Auf der MARCO POLO nicht.«

»Hören Sie, das ist die letzte Zumutung. Der solare Flottenfraß ist berüchtigt. Ich . . .!«

»Befehl des Regierenden Lordadmirals Atlan, Sir. Es gibt keine Ausnahmen. Ich darf Sie jedoch darüber aufklären, daß die MARCO POLO nicht die übliche Synthesenahrung an Bord hat, sondern natürlich herangereifte Nährstoffe. Dazu zählen unter anderem dreihunderttausend dehydrierte und knochenlose Schweinehälften, hunderttausend terranische Ochsen, sechshunderttausend auf Eigröße geschrumpfte Hähnchen und Puten. Gemüse aller Art und so weiter.«

Kuruzin war fassungslos.

»Ich steige aus!« keuchte er. »Laßt mich gehen. Mir wird unheimlich! Echtes Fleisch auf einem Ultraschlachtschiff? Das hat es überhaupt noch nie gegeben. Ich habe im Bluessektor monatelang Synthobrei und Algengrütze gegessen, und hier soll es nun plötzlich Hähnchen, Schweinebauch und sonstige Leckerbissen geben? Verdammt, Junge, ich sage dir, daß wir in die Hölle fliegen. Gehst du mit?«

Kosum schüttelte grinsend den Kopf.

»Dann bleibe ich auch«, stöhnte der Afroterraner. »Hören Sie, liebster Rüstkammermensch, wohin fliegen wir eigentlich?«

Der Major zuckte die Schultern.

»Vielleicht haben Sie recht; aber wer kann sagen, wo die Hölle beginnt und wo sie endet?«

»Das ist ein Weiser«, lenkte Kosum ab. »In Ordnung, vielen Dank für Ihre Hilfe. Kann ich noch baden?«

»Natürlich. Die letzte Frischwasserübernahme ist noch nicht angeordnet worden. Verschwenden Sie also das kühle Naß nach Herzenslust.«

Die zuletzt angekommenen Besatzungsmitglieder der MARCO POLO gingen. Sie waren einigermaßen bedient, wie man zu sagen pflegte.

2.

Die MARCO POLO hatte nach ihrem Start am 3. Juli 3437 das Sonnensystem mit knapp Lichtgeschwindigkeit durchflogen.

Großadministrator Perry Rhodan, Chef der Expedition, hatte diese Gelegenheit benutzt, um die Ein- und Ausschleusung der großen Beiboote im Grenzbereich relativistischer Geschwindigkeiten nochmals zu erproben. Es hatte tadellos geklappt. Die einzelnen Kommandanten waren »eingeflogen«.

Das Leuchten des gigantischen Paratronschutzschirmes, der das System umhüllte, war immer intensiver geworden. Jenseits der Plutobahn hatte man schließlich jene energetisch bedienbare Strukturschleuse erreicht, durch die man das Solsystem verlassen oder in seinen internen Raum einfliegen konnte.

Die Strukturschleuse war die einzige ihrer Art. Es gab keinen anderen Punkt, der ein Durchdringen der Paratronschirm-Hohlkugel erlaubt hätte.

Seitdem der Sonnensatellit vor drei Jahren durch die von Ovaron gezündete Sextadim-Zeitbombe zerstört worden war, hatte das Solsystem den Schutz der Zukunft verloren.

Das so mühevoll errichtete Antitemporale Gezeitenfeld war in sich zusammengebrochen. Die Sonne und alle Planeten waren in die gültige Realzeit zurückgefallen.

Das Unternehmen LAURIN, das ehemals ins Leben gerufen worden war, um den geplanten Angriff der drei großen rivalisierenden menschlichen Sternenreiche ohne Blutvergießen abwehren zu können, hatte seinen Zweck erfüllt.

Seit dem 25. Juli 3434 war das einstige Imperium Dabrifa in die »Galaktische Föderation Normon« umgewandelt worden.

Mit dem Solaren Imperium hatte man eine Personalunion vereinbart. Wenige Wochen später war Perry Rhodan von der Bevölkerung des Sternenreiches in freier Wahl zum Regierungschef ernannt worden.

Dennoch hatte der riesige Paratronschirm über dem Solsystem niemals aufgehört zu leuchten. Nur wenige Fremdraumschiffe durften die Strukturschleuse passieren.

Der intergalaktische Handelsverkehr wurde nach wie vor über die Transmitter-Containerverbindung zwischen Olymp und den solaren Planeten durchgeführt. Das Prinzip hatte sich so hervorragend bewährt, daß eine Änderung nicht erforderlich war.

Seit drei Jahren konnte jeder Solarier wieder frei und ungebunden entscheiden, ob er seine Ferien auf einer Welt weit draußen in der Milchstraße, oder vielleicht auf Olymp, dem wohl interessantesten Handelsplaneten der Galaxis, verbringen wollte.

Die Solare Flotte operierte wie seit tausend Jahren an den Brennpunkten der Milchstraße. Die Machthaber der beiden großen Sternenreiche Carsual und ZGU waren nach dem überraschenden Wiedererscheinen des als vernichtet geglaubten Solsystems merklich zurückhaltender geworden.

Annexionen unabhängiger Planeten gab es nicht mehr. Die Solare Flotte war überall. Der Hilferuf einer legalen planetarischen Regierung mit der Bitte um Schutzgewährung gegen fremde Willkür genügte, um solare Kampfverbände in den Linearraum rasen zu lassen.

Nur wenige Männer und Frauen wußten, daß der vor drei Jahren gesprengte Sonnensatellit ein unheilvolles Erbe hinterlassen hatte.

In der Milchstraße waren die Cappins der Neuzeit aufgetaucht. Sie schienen dem gleichen Cappinvolk zu entstammen, das im Verlauf eines mißglückten Zeitexperimentes achttausend Personen zu dem ehemaligen Sonnensatelliten geschickt hatte.

Ovaron, der ehemalige Ganjo und Herrscher über das Ganjasische Reich, hatte aufgrund seiner Kenntnisse zuerst die Behauptung aufgeworfen, den Pedotransferern und Pedomeßstationen seines Volkes hätten die Dakkarkom-Impulse des Satelliten nie und nimmer entgehen können.

Ovaron hatte daran erinnert, daß der Satellit im Januar 3434 bei seinem Überraschungsangriff auf den Energiehaushalt der Sonne zusammen mit dem Solsystem kurzfristig in die Realzeit zurückgefallen war.

Es war allein dem Supermutanten Ribald Corello zu verdanken

gewesen, daß der Schutz der Zukunft wieder aufgesucht werden konnte.

Während des Aufenthaltes in der Realzeit hatte der Satellit jedoch unablässig seine vorgeschriebene Aufgabe erfüllt und sich als mechanischer Pedopeiler zu erkennen gegeben.

Entfernungen spielten beim sechsdimensionalen Dakkarkom-Funk keine Rolle. Die eindeutigen Rufzeichen *mußten* nach Ovarons Auffassung gehört und der Sender eingepeilt worden sein.

Perry Rhodan sah sich nach der vorläufigen Befriedung der weitverstreuten Menschheit plötzlich gezwungen, sich mit einer anderen Gefahr auseinanderzusetzen.

Sie *konnte* imaginär sein! Ovarons Behauptung, die Nachkommen der alten Ganjasen und Takerer würden ihrer Mentalität entsprechend alles versuchen, den Peiler zu finden, *konnte* ebenfalls hypothetisch sein.

Niemand wußte jedoch genau, was in einer fernen Galaxis geplant wurde. Rhodan hatte Ovarons Vermutungen zuerst abgelehnt. Diese Auffassung hatte sich schlagartig geändert, als man in der Milchstraße Menschen entdeckte, die eindeutig von Cappins übernommen worden waren.

Jählings hatte sich für Rhodan und zahlreiche wissenschaftliche Teams die bange Frage aufgeworfen, wieso diese Pedotransferer in der Milchstraße aufgetaucht waren. Schließlich gab es zahllose andere Galaxien im weiten Universum.

Ovarons Urteil hatte gelautet: gelungene Einpeilung des Sonnensatelliten, beginnende Invasion in der Form von ersten Tastversuchen und Erkundungsunternehmen.

Der wohl geheimnisvollste Fernflug eines terranischen Raumschiffes hatte begonnen.

Die MARCO POLO war jenseits der Strukturschleuse augenblicklich in den Linearraum gegangen, um anschließend zwischen Sol und Wega wieder aufzutauchen.

Nun schwebte das riesige Schiff mit gestoppten Maschinen zwischen den Sternen.

». . . Einsatzinformation. An alle: Hier spricht der Kommandant. Nehmen Sie bitte die für Generalunterrichtungen vorgesehenen Plätze ein. Einsatzinformation.«

Die MARCO POLO besaß eine Stammbesatzung von dreitausend Mann. Hinzu kamen noch die Mannschaften von fünfzig Kreuzern der Planetenklasse à zwanzig Mann und die Piloten der fünfhundert Lightning-Raumjäger zu jeweils zwei Mann.

Somit beförderte das Trägerschiff insgesamt achttausend Personen.

Achttausend Männer und Frauen, darunter die Angehörigen der zahlreichen wissenschaftlichen Abteilungen, begaben sich entweder direkt in den großen Informationssaal des Schiffes, oder sie schalteten die 3-D-Bildschirme der Interkomanlage ein. Rückfragen aller Art konnten von jeder Station aus gestellt werden.

Den I-Raum betraten nur die Kommandooffiziere des Schiffes, die Wissenschaftler und die Flottillenkommandeure. So geschah es, daß sich Mentro Kosum und Menesh Kuruzin vor der Sicherheitsschleuse trafen.

»Auf denn zur Besichtigung der Prominenz«, spöttelte der Afroterraner. »Ich habe gehört, du hättest uns in direkter SERT-Steuerung bis zu diesem imaginären Punkt unseres Universums gebracht. Stimmt das?«

»Es stimmt. Es war nicht problematisch. Außerdem wollte man mich testen. Elas Korom-Khan und sein Erster Emotio-Offizier, Senco Ahrat, überwachten jeden meiner Befehlsimpulse. Man scheint zufrieden zu sein.«

Der Saal füllte sich. Die Mitglieder des neuen Mutantenkorps erschienen. Zu ihnen zählten so berühmte Persönlichkeiten wie Gucky, der Mausbiber, der Teleporter Ras Tschubai und der Orter-Telepath Fellmer Lloyd.

Die neuen Mitglieder des durch die Second-Genesis-Krise reduzierten Korps waren der Pferdekopfmutant und Movator Takvorian, Merkosh, der Gläserne, als Frequenzwandler bekannt, und der Psychokopist Patulli Lokoshan mit der Statuette seines »Erbgottes« Lullog; dazu kamen die als Halbmutanten geltenden Männer Lord Zwiebus und Alaska Saedelaere.

Als fremdartige Expeditionsteilnehmer waren Ovaron und Merceile einzustufen. Der haluterähnliche Riesenroboter PALADIN III mit seiner sechsköpfigen Siganesen-Mannschaft stampfte ebenfalls durch die Sicherheitsschleuse.

Professor Dr. Geoffry Abel Waringer war mit dem wissenschaftlichen Team erschienen, das bereits die bedeutungsvollen Zeitexperimente im Verlauf des Nullzeit-Deformator-Programms geleitet hatte.

Kuruzin stockte der Atem. Er fühlte, daß eine bedeutsame Eröffnung bevorstand.

Perry Rhodan und Atlan erschienen Punkt 14 Uhr Standardzeit. Rhodan gab sich gelassen. Er glich äußerlich infolge seines Zellaktivators noch immer jenem Mann, der vor etwa vierzehnhundertfünfzig Jahren die seinerzeit zerstrittenen Bewohner der Erde geeint und anschließend den Grundstein zum Solaren Imperium des 35. Jahrhunderts gelegt hatte.

Rhodan hielt sich nicht lange mit Vorreden auf. Die primären Faktoren waren jedermann bekannt.

Die Kameras der bordeigenen Interkomverbindung richteten sich auf ihn. Er stand vor einer projizierten Sternkarte.

»Das ist die Galaxis NGC 4594, ihrer Gestaltung wegen auch unter dem Begriff ›Sombrero‹ bekannt. Entfernung von der Milchstraße rund fünfunddreißig Millionen achthundertsechzigtausend Lichtjahre. Das neue Dimesextatriebwerk der MARCO POLO befähigt uns, den Zielanflug beliebig oft zu unterbrechen. Genaue Positionsbestimmungen sind daher sicher. Im Gegensatz zu dem gefährlichen und auch veralteten Dimetranstriebwerk, das wir vor etwa tausend Jahren in seinen Grunddaten von den ULEB übernommen hatten, bietet das von terranischen Wissenschaftlern entwickelte Dimesextatriebwerk ein Höchstmaß an Sicherheit. Wir werden uns damit in der sogenannten Dakkarzone bewegen, auch Sextadim-Halbspur genannt. Hierbei handelt es sich um eine energetisch neutrale, jedoch äußerst scharf begrenzte und enge Zone zwischen dem fünf- und sechsdimensionalen Pararaum. Dort herrschen völlig andersartige Gesetzmäßigkeiten. Wir werden im Schutz des abschirmenden Waringschen Dakkarfeldes eine für *unsere* Bezugsverbindung vielbilliardenfache Überlichtgeschwindigkeit erreichen. Dieses typische Ferntriebwerk ist für den Flug innerhalb einer Galaxis unbrauchbar. Wir wären damit zu schnell. Für innergalaktische Reisen besitzt die MARCO POLO den bewährten Linearantrieb. Das in kurzer Form für die Neulinge an Bord, die, soweit wir uns noch nicht persönlich kennengelernt haben, ich sehr herzlich begrüßen möchte.«

Rhodan nickte zu den Kameras hinüber.

»Kommen wir zur Sache. Wir haben keine Zeit zu verlieren. Das Ziel ist nunmehr bekannt. Die Galaxis NGC 4594 gehört nicht mehr zur lokalen Gruppe, desgleichen nicht zum großen Virgo-Haufen. Sie ist diesem Cluster vorgelagert und als autarkes Sternsystem einzustufen. Ovaron, unser Freund aus der fernen Vergangenheit, bezeichnet diese in Form, Entfernung und Bewegung unverkennbare Sterneninsel als die Heimat aller Cappins.«

Die Erregung an Bord der MARCO POLO stieg. Endlich erfuhr man, wohin die Reise gehen sollte.

Rhodan wartete nicht auf eventuelle Reaktionen. Man fühlte, daß er die Informationen schnell abschließen wollte.

»Der Sombrero besitzt etwa hundertzwanzig Milliarden Sterne. Dazu noch zirka siebenhundert Kugelhaufen, die pro Einheit nochmals über hunderttausend Sonnen verfügen. Die Angaben stammen von Ovaron, der sich in seiner Heimatgalaxis besser auskennen dürfte als wir. Wir stoßen somit in ein Sternenmeer von unermeßlicher Größenordnung vor. Eine astronomische und astrophysische Vermessung in unserem Sinne würde Jahrhunderte beanspruchen. Wir greifen daher auf jenes Material zurück, das Ovaron in seinem Geheimstützpunkt auf dem Saturnmond Titan vorfand. Das hat einen Haken.«

Rhodan überlegte. Er schwieg einen Augenblick, dann fuhr er fort:

»Die kosmonautischen Unterlagen über NGC 4594 stammen aus einer Zeit, die zweihunderttausend Jahre zurückliegt. Unterdessen haben sich die Himmelskörper infolge ihrer Eigenbewegung verschoben. Da wir jedoch aus Ovarons Daten die jeweiligen Geschwindigkeiten und Bahnen genau kennen, und da nicht anzunehmen ist, daß sie sich verändert haben, werden unsere Spezialpositroniken die neuen Konstellationen unter Berücksichtigung der Positionsverschiebungen im erwähnten Zeitraum ermitteln. Die Positroniken werden Ovarons Alt-Unterlagen auf den heutigen Stand bringen. Alles in allem kommen wir in eine Galaxis, die uns durch die astronomischen Grundlagen der ehemaligen Ganjasen in gewissen Sektoren besser bekannt ist als unsere eigene Milchstraße. Das mag verblüffend klingen; aber Tatsachen sind Tatsachen.«

»Wau-wau, wieherte die Nachtigall!« sprach Kosum. Er sagte es ziemlich laut. Gelächter brandete auf.

Rhodan sah flüchtig zu dem Emotionauten hinüber.

»Ihre ›dichterische‹ Begabung ist bekannt, Mr. Kosum. In diesem Falle wollten Sie wohl Ihren Bedenken Ausdruck verleihen. Die Nachtigall spielte im alt-terranischen Sprachschatz eine gewisse Rolle, wenn es darum ging, Verdachtsmomente oder Unglauben auszudrücken. Sehr schön! Wir kennen NGC 4594 dennoch besser, als Sie annehmen.«

»Du solltest dich mit einem Aktivatorträger nicht anlegen«, flüsterte Kuruzin. »Was ist überhaupt eine Nachtigall?«

»Ein Flugsaurier aus der Kreidezeit. Mein Wort darauf. Vergiß nicht meine historischen Studien.«

»Ah . . .! Du bist ein Könner, Junge.«

Rhodan unterdrückte ein Schmunzeln. Er kannte mittlerweile Kosums Ambitionen.

»Warum fliegen wir zum Sombrero? Das zu klären, ist mein besonderes Anliegen. Sie wissen, daß unser Heimatsystem vor drei Jahren in die Realzeit zurückfiel. Die daraus resultierenden innenpolitischen Folgen – damit meine ich den Bereich unserer Milchstraße! – sind zur Zeit zweitrangig. Viel bedeutsamer ist die Tatsache, daß Ovaron meint, der Sonnensatellit hätte als Pedopeiler auf mechanischer Basis fungiert. Ich glaubte nicht daran, bis vor etwa Jahresfrist die ersten Cappins in unserer Galaxis auftauchten und wichtige Persönlichkeiten übernahmen. Da wurde die Lage prekär. Nun wirft sich für uns die Frage auf, wieso Pedotransferer ausgerechnet bei uns erscheinen, weshalb sie offenbar gezielt Regierungschefs und Flottenbefehlshaber ausschalten, die für die Erhaltung des Friedens zwischen der weitverstreuten Menschheit wichtig sind. Ich glaube nicht mehr an einen Zufall. Das wird von NATHAN bestätigt. Die MARCO POLO ist also gerade noch rechtzeitig fertig geworden. Was dieses Ultraschlachtschiff der neuartigen Trägerklasse leisten kann, haben Sie unterdessen erfahren. Ich darf unseren neuen Besatzungsmitgliedern versichern, daß die ersten Probefernflüge mit der Präzision eines normalen Linearfluges verlaufen sind.«

Niemand diskutierte, niemand machte eine Bemerkung. Kosum war sehr nachdenklich geworden. Er erinnerte sich an den Fall Alverhei-Top-System. Rhodan beendete seine Ausführungen.

»Detailinformationen werden Sie nachfolgend von den Fachwissenschaftlern erhalten. Sicher ist nur, daß wir versuchen müssen, die Verhältnisse in der Sombrero-Galaxis zu klären, ehe dort unter Umständen Planungen abgeschlossen werden, die zur ernsten Bedrohung der Menschheit führen können. Etwa fünfzehn Pedotransferer haben wir noch finden können. Sie verrieten sich alle durch Maßnahmen, die ihre Opfer *niemals* angeordnet hätten. Dafür kennt die Solare Abwehr jede bedeutungsvolle Persönlichkeit viel zu gut und zu genau. Intelligenzwesen vom Range der heutigen Cappins werden jedoch schnell lernen. Man wird begreifen, daß man einen ehrenhaften und unbedingt zuverlässigen Staatschef nicht nur deshalb geistig übernehmen kann, um anschließend in seiner Maske genau das Gegenteil von dem zu tun, was er ein Leben lang praktiziert hat. Wenn das erkannt und im Handlungseinsatz entsprechend berücksichtigt wird, dürfte uns die Erkennung wesentlich erschwert, wenn nicht gar unmöglich gemacht werden. Es gibt nur einige Mutanten und parapsychisch begabte Menschen, die sofort feststellen können, wer ein verkappter Pedotransferer ist und wer nicht. Diese wenigen Männer und Frauen können nicht überall anwesend sein. Normalmenschen bemerken die Übernahme erst dann, wenn es längst zu spät ist. Es ist daher mein Ziel, zu versuchen, die Ursache des Übels rechtzeitig zu entdekken und die entsprechenden Gegenmaßnahmen einzuleiten. Ich betone, daß dies durchaus nicht mit einer Kampfhandlung identisch sein muß, die sich sehr wohl zu einem Krieg zwischen zwei Galaxien ausweiten könnte. Die Aufgabe der MARCO POLO dürfte somit klar umrissen sein. Wir starten die Expedition. Wir wollen sehen, was im Sombrero gespielt wird. Wir werden ganz sicher Schwierigkeiten zu überwinden haben. Wir sind Fremde. Niemand kann sagen, was in den vergangenen zweihunderttausend Jahren dort geschehen ist.«

Rhodan winkte zu den Kameras hinüber.

»Damit wären meine Ausführungen beendet. Eine Diskussion ist vorgesehen. Fragen Sie die Fachleute. Sie werden erschöpfende Auskünfte erhalten. Danke sehr.«

Rhodan ging zu seinem Platz. Jedermann bemerkte, daß ihm Atlan nachdenkliche Blicke zuwarf. Der Arkonide schien eine besondere Meinung über die Gegebenheiten zu haben.

»Eine Frage, Sir«, meldete sich Oberstleutnant Rimano Betschul, der Chef der Zweiten Kreuzerflottille.

Rhodan blieb stehen.

»Ja, bitte . . .?«

»Hinsichtlich der Bedeutsamkeit unseres Unternehmens hätte ich gerne gewußt, warum Ribald Corello nicht an Bord ist.«

Ein fliegendes Mikrophon steuerte auf Perry zu.

»Ein berechtigter Einwand. Der Supermutant Ribald Corello ist soeben erst ausgeheilt aus der Paraklinik entlassen worden. Er ist physisch schwach. Seine früheren Parapsigaben haben sich verändert. Genaue Erkenntnisse über seine jetzigen Fähigkeiten sind noch nicht abzusehen. Dennoch wird er enorm leistungsfähig bleiben. Ribald Corello äußerte den Wunsch, im Sonnensystem zurückzubleiben, um dort bei eventuell auftauchenden Gefahren handeln zu können.«

»Danke, Sir. Die Sache ist klar.«

Die nachfolgende Diskussion dauerte fünf Stunden. Rhodan und Atlan achteten auf jeden berechtigten Einwand. Er wurde sofort ausgewertet und an die Bordpositroniken weitergeleitet.

Gegen neunzehn Uhr Standard, identisch mit der gültigen Bordzeit, war die Generalinformation beendet.

Das Ferntriebwerk der MARCO POLO war kein energetischer Selbstversorger, sondern ein Wandelkonverter nach dem ungefähren Prinzip eines alten Kalups.

Die Sextagonium-Bank, ein Transmissionsgerät zur Verformung ankommender Normalenergien, erzeugte das Waringsche Dakkarfeld, das genaugenommen nichts anderes war als ein hochgespannter Paratronschirm von allerdings pedogepolter Kapazität.

Das Dakkarfeld war in der Lage, die vier- und fünfdimensionalen hyperenergetischen Einflüsse völlig zu reflektieren. Die Gesetzmäßigkeiten der sechsten Dimension, einer Begriffseinheit, die im Vorstellungsvermögen eines Menschen nicht mehr logisch erfaßt werden konnte, wurde von dem Dakkarfeld ebenfalls abgewiesen.

Dimesextafelder dieser weit übergelagerten Rangordnung ermöglichten das Eindringen in eine Zone zwischen den fünf- und sechsdimensionalen Pararäumen.

Das Dimesextatriebwerk der MARCO POLO lag unter der gepanzerten Zentralekugel, jedoch noch oberhalb der riesigen Hallen, in denen die vier Waringschen Kompensationskonverter für den Linearflug aufgestellt waren.

Auch sie waren keine Selbstversorger, sondern Fremdenergieempfänger. Als bedeutsamster Stromverbraucher hatte sich jedoch die Sextadimanlage erwiesen.

Das Sextagonium, ein durch Quintronenbeschuß aufgeladenes und hyperenergetisch überwertiges Mineral, war das Endprodukt einer Howalgonium-Umwandlung. Es hatte zwei Jahre gedauert, bis seine strukturelle Flexibilität und Instabilität gebändigt werden konnte.

Alle Kommandostationen in der riesigen Kugelzentrale der MARCO POLO waren vielfach besetzt.

Die drei Emotionauten saßen reglos und anscheinend meditierend in ihren Spezialsesseln. Über ihren Köpfen hingen die SERT-Hauben.

Jede Emotio-Schaltstation verfügte über ihr eigenes Kontrollzentrum. *Jeder* Emotionaut konnte die Maßnahmen eines Kollegen verfolgen und notfalls eingreifen.

Normalmenschen konnten ein Schiff wie die MARCO POLO nur noch dann manuell fliegen, wenn mindestens sechs hochqualifizierte Kosmonauten an den Kontrollen saßen. Sie hatten die anfallenden Vorgänge bereits sechsfach aufzuteilen.

Oberst Elas Korom-Khan schaltete soeben das Kraftwerk Nummer 12 auf Absprungleistung.

Die acht Schwarzschild-Reaktoren der zwölften Versorgungseinheit wurden auf eine Leistung von zehn Millionen Megawatt pro Einheit hochgefahren. Das Arbeitsgeräusch der Thermoumformer, die ihre Energie über die drahtlosen Feldenergieleiter an die Großverbraucher abgaben, verursachten ein sattes Summen.

Kosum vernahm es nur unterbewußt. Er war voll konzentriert. Zur Entlastung des Kommandanten war ihm die Überwachung der Normaltriebwerke übertragen worden.

Sie liefen mit einer exakt synchronisierten Schubleistung von dreißig Millionen Megapond und beschleunigten die MARCO POLO bis in die Grenzbereiche der Einsteinschen Lichtmauer.

»Funktionskontrolle, vierte Durchsage«, wurde die Stimme des Leitenden Ingenieurs vernehmbar. »Alle Schaltungen kommen an. Einwandfreie Ausführung. Achtung, an Kommandant: Alle Nebenaggregate werden durch die Sekundärpositroniken tadellos bedient. Totale Synchronisierung ist erreicht. Ende.«

Perry Rhodan schaute gebannt zu den drei Männern hinüber, die jetzt über das Schicksal des Schiffes bestimmten.

Kosum gab über die SERT-Verbindung an den Kommandanten durch, die Absprunggeschwindigkeit sei erreicht. Korom-Khan bestätigte. Das Geräusch der zwölf Riesenkraftwerke wurde noch heftiger. Die neuen Schwarzschild-Reaktoren waren in ihren Abmessungen fünffach kleiner als die alten Meiler, sechsfach leichter, jedoch um etwa zweihundert Prozent leistungsfähiger.

Das Geheimnis dieser erstaunlichen Entwicklung lag im Wegfall der früher üblichen Druck-, Strahlungs- und Kühlumhüllungen. Sie wurden nunmehr durch ein vollpositronisch gesteuertes Paratron-Kugelfeld ersetzt, in dem der Kernverschmelzungsprozeß ablief.

Da sich die Kugelfelder mit steigender Leistungsabgabe der Fusionszentren optisch veränderten und einen schwarzen Farbton annahmen, sprach man von »Schwarzschild-Meilern.«

Die Sprungschaltung zum Eintauchen in den Dakkarraum wurde von der Hauptsteuerpositronik vorgenommen. Korom-Khan hatte dem Gerät die erforderlichen Voraussetzungen geboten.

Atlan saß neben Perry Rhodan im zweiten Kommandeurssessel. Auch er beobachtete fasziniert die geisterhaft anmutende Tätigkeit dieser drei so ausdruckslos und fast paralysiert wirkenden Männer, von denen zwei nahezu unbeschäftigt waren.

Die Kontrolle der Normaltriebwerke bedeutete für Mentro Kosum eine Kleinigkeit. Der Erste Offizier, Senco Ahrat, überwachte nur die Vorgänge.

Auf den riesigen Bildschirmen der Panoramagalerie waren die Sterne der Milchstraße nur noch in der Form kometenähnlicher Leuchtstreifen zu sehen. Die violetten Warnlampen leuchteten auf. Die MARCO POLO näherte sich dem genau berechneten Absprungspunkt.

Dann geschah es. Das Irrlichtern auf den Bildschirmen der Außenbordaufnahme verblaßte. Hochfrequente Schwingungen, schmerzhaft, fast sinnbetäubend, schienen von jedem metallischen Gegenstand auszustrahlen.

Kleine Spezialbildschirme zeigten das grellblaue Flammen des über dem Schiffskörper entstandenen Waringschen Dakkarfeldes.

Die MARCO POLO war durchgebrochen. Sie befand sich bereits auf der Sextadim-Halbspur, noch ehe die achttausend Lebewesen begriffen, was eigentlich geschehen war.

Ein leise summendes Geräusch, angenehm und keineswegs belastend, löste dasjenige der Kraftwerke ab. Dennoch liefen sie nach wie vor mit voller Leistung. Das Dakkarfeld mußte unter allen Umständen erhalten werden, wenn nicht ein sofortiger Rücksturz in den Einsteinschen Normalraum erfolgen sollte.

»Sextadim-Halbspur erreicht«, meldete die Ortung. »Dakkarpeiler stehen. Zielkurs liegt an. Bestätigung Hauptschaltpositronik ist eingelaufen. Ende.«

Rhodan atmete auf. Atlan sprach ihn an.

»Es ist doch immer wieder ein ungemütlicher Augenblick, nicht wahr? Siehst du, Terraner, das kommt davon, wenn man der Natur allzusehr ins Handwerk pfuscht. An solche Wagnisse haben nicht einmal die alten Arkoniden gedacht.«

»Vielleicht hat ihnen dazu das bißchen Können gefehlt, das die neue Menschheit auszeichnet? Was hältst du von dieser Version?«

Ovaron näherte sich. Atlan verzichtete auf eine Antwort. Aufmerksam sah er dem hochgewachsenen Mann entgegen.

Ovaron blieb stehen und schaute auf die Bildschirme. Auf ihnen war nur noch jenes dunkelrote Glühen und Wabern zu sehen, das einer geleeartigen Emulsion glich.

»Sie haben es endgültig geschafft«, bestätigte das ehemalige Regierungsoberhaupt des Ganjasischen Reiches. »Der erste Brückenschlag wird siebzig Minuten Standard dauern?«

»So ist es vorgesehen«, bestätigte Rhodan. »Wir werden den Sombrero in vier Etappen erreichen.«

»Gruelfin!« korrigierte Ovaron mit einem wehmütigen Auflachen. »Das ist meine Bezeichnung für Ihre NGC 4594. Aber bitte, stören Sie sich nicht daran. Wie sagte kürzlich Roi Danton in treffender Form?«

»Jedem Tierchen sein Pläsierchen, Monsieur!« rief Roi aus dem Hintergrund. Er hatte seine bunte Lieblingskleidung abgelegt und trug nun ebenfalls eine Borduniform, die gleichzeitig als leichter Raumanzug verwendet werden konnte. Nur auf seinen Degen hatte er nicht verzichten wollen. Er hing an dem breiten Kombigürtel und schlug mit der Scheide gegen den druckfesten Magnetverschluß zwischen Stiefel und Hosenbein.

Atlan trat hinter die Emotionauten. Senco Ahrat und Mentro Kosum hatten ihre SERT-Hauben zurückgeklappt. Sie entspannten sich.

»Nun, junger Freund, wie fühlt man sich beim ersten Dimesextaflug?«

Kosum lächelte geistesabwesend. Wie gebannt starrte er auf das düsterrote Wallen.

»Sie erhalten einen indirekten Einblick in den sechsdimensionalen Überraum«, erklärte Atlan. »Der optische Eindruck täuscht natürlich. Wir sehen die Dinge verzerrt und unwirklich. Immerhin ist es phantastisch, daß wir materiell stabil, also keineswegs entstofflicht, diese Reise unternehmen können. Wenn ich an die alten Transitionsschiffe meines Volkes und an die ersten terranischen Raumfahrzeuge dieser Art zurückdenke, glaube ich noch immer die qualvollen Schmerzen der totalen Entmaterialisierung und der nachfolgenden Wiederverstofflichung zu spüren. Das müßten Sie einmal erleben.«

»Sehr ungesund für Emotionauten, Sir. Aktivierte Gehirne sollen empfindlich sein.«

Die MARCO POLO raste weiter. Niemand bemerkte die enorme Geschwindigkeit. Auch der »über« ihnen liegende Sextadimraum veränderte sich nicht. Zu einem normalen Linearflug bestand kein großer Unterschied: wenigstens nicht gefühlsmäßig.

Hyperphysikalisch betrachtet war er jedoch so groß wie die Differenz zwischen einem Steinbeil und einem atomaren Kombithermlader.

Zwischenspiel

Scholschowo war sein Familienname. Der Zusatz »der Weise« war ihm erst verliehen worden, als er älter geworden war.

Nun glänzten seine Haare silberfarben, aber sein Gesicht war auffallend jung geblieben. Manchen Beobachtern war, als könnte dieser Mann nicht eher altern und sterben, bevor er nicht ein ganz bestimmtes Ziel erreicht hatte.

Niemand konnte auch nur entfernt ahnen, in welcher Form Scholschowo dieses Ziel suchte. Man hatte ihn mehrere Male danach gefragt.

Er hatte keine logische Erklärung finden können. Nicht einmal eine Vermutung hatte man ihm zu entlocken vermocht, obwohl man ihn mit paraphysikalischen und parapsychischen Hilfsmitteln verhört hatte.

Er war anschließend bereit gewesen, diese fürchterlichen Torturen zu vergessen, weil man ihm geraten hatte, er müßte sie aus seinem Gedächtnis streichen.

Scholschowo hatte es lächelnd getan. Niemals hatte er die Warnung jener Intelligenzwesen vergessen, die ihn so peinlich »befragt« hatten.

Er war Scholschowo, der Weise. Er wartete auf etwas, was er nicht erklären konnte. Selbst wenn er die Absicht gehabt hätte, all sein Wissen preiszugeben und seine Aufgabe zu definieren – er hätte es nicht gekonnt!

Eines wußte er jedoch bestimmt: Er war ein Moritator!

Er war ein fliegender Sänger, Berichterstatter und Friedensvermittler. Sein Raumschiff GONOMER war noch viel älter als er selbst. Er hatte es von seinem Vater geerbt, der ebensowenig wie Scholschowo der Weise gewußt hatte, weshalb er der mühevollen und auch gefährlichen Aufgabe eines Moritaten-Erzählers nachging.

Schon viele Männer und Frauen aus dem Volk der Moritatoren hatten sich gefragt, warum sie die Aufgabe auf sich nahmen, anderen Völkern dieser Galaxis von der fernen Vergangenheit zu berichten, sowie von der ehemaligen Größe und Bedeutsamkeit eines friedliebenden Volkes Kunde zu geben.

Dies geschah in der Form von kostbaren Uralt-Unterlagen, aus denen in Bild und Ton eindeutig hervorging, daß es einmal anders gewesen war; *ganz* anders!

Der Immerwährende Krieg war unbekannt gewesen. An die rücksichtslose Ausrottung von Völkern, die auf dem Weg waren, den Weltraum zu erobern, hatte niemand gedacht. Wenn es solchen Intelligenzwesen kraft ihres Könnens möglich geworden war, die erste Flüssigkeitsrakete zu einem Himmelskörper ihres eigenen Sonnensystems zu schicken, waren sie in die Familie der raumfahrenden Völker aufgenommen worden.

Nun war alles anders.

Rivalisierende Machtgruppen kämpften um die Vorherrschaft. Planeten vergingen im Feuerorkan detonierender Fusionsbombenteppiche; Sonnensysteme wurden durch die novaähnliche Aufheizung der jeweiligen Muttergestirne allen Lebens beraubt.

All dies zu verhindern, war die Aufgabe der Moritatoren.

Sie flogen von System zu System, um den dort wohnenden Intelligenzwesen, auch solchen von niederer Entwicklungsstufe, das längst Vergangene und Schöne vorzustellen. Sie benutzten die modernsten Hilfsmittel der Technik; hier und da sogar die ins Unterbewußtsein vordringende Hypnose, um ausdrücken zu können, was sie sagen und berichten wollten.

Auf Planeten, die von großen Machtgruppen beherrscht wurden, galten sie als harmlose Sonderlinge, über die man sich amüsieren konnte.

Selbst Geheimdienstorganisationen, die jeden internen Widerstand im Keim erstickten, ließen die Moritatoren gewähren. Sie waren in der Tat harmlos! Außerdem waren ihre kegelförmigen Raumschiffe unbewaffnet und überwiegend veraltet.

Welcher innere Drang war es nun, der die Männer und Frauen aus dem Volk der Moritatoren bewegte, Wagnisse auf sich zu nehmen, die gerade an solchen Orten, wo es auf eine Belehrung über das Wahre, Gute und Schöne angekommen wäre, zwecklos verpuffte?

Sie wurden verlacht. Ihre Besuche, die von den Machthabern wohlwollend geduldet wurden, weiteten sich hier und da zu Volksfesten aus, die eine gewisse Abwechslung versprachen.

Man bejubelte ohne jede innere Anteilnahme die Bildvorträge und Berichte. Dann ging man nach Hause mit der Gewißheit, etlichen unterhaltsamen Narren zugehört zu haben.

Besonders Männer wie Scholschowo wurden überall empfangen. Niemals war er kontrolliert worden; niemals hatte man ihn und seine wenigen Besatzungsmitglieder mit Zollabgaben, Hafenlandegebühren und ähnlichen Dingen belästigt. Die Mächtigen handelten nach dem Prinzip der Narrenfreiheit.

Sie hatten längst erkannt, daß die Moritatoren für ihre Zwecke nützlich waren.

Niemals war es den Moritatoren gelungen, durch die Verherrlichung längst vergangener Zeiten und die Verdammung gegenwärtiger Verhältnisse die geringste Änderung im derzeitigen Machtgefüge herbeizuführen.

Warum also sollte man sie verhaften? Warum vernichten? Warum verfolgen oder ihnen das Wort verbieten?

Man konnte während einer Vorführung der Moritatoren sehr gut die Reaktion der jeweils angesprochenen Völker beobachten und wichtige Rückschlüsse auf deren Loyalität ziehen.

Insofern erfüllten die Moritatoren eine Aufgabe, die ihnen niemals in ihren erschreckenden Ausmaßen bewußt geworden war.

Sie glaubten an das Gute; an das Schöne der Vergangenheit. Sie maßten sich keinerlei prophetische oder gar göttliche Weissagungen an. Das lehnten sie ab. Wenn man sie dahingehend befragte, so erklärten sie lediglich, ihre Zielsetzung wäre die Klarstellung längst vergangener Verhältnisse. Ihre Tätigkeit begründeten sie mit der Hoffnung, wenigstens hier und da durch das Mittel der rechtzeitigen Belehrung Unheil verhindern zu können.

Sie besaßen nur ein Privileg gegenüber allen anderen Völkern: Sie waren unantastbar! Niemand griff sie an, niemand schädigte sie an Leib und Seele. Man schenkte ihnen sogar oftmals wertvolle Schiffsausrüstungen und Lebensmittel.

Auf die Unantastbarkeit verließ sich auch Scholschowo der Weise. Er gehörte zu den berühmtesten Moritatoren.

Wenn er auf der ausfahrbaren Bühnenplattform seines Raumschiffes erschien und zu den dreidimensionalen Vorführungen das Wort ergriff, schwiegen sogar solche Leute, die prinzipiell die Macht vor das Recht setzten.

Die Frage, weshalb die Moritatoren all diese Mühen, den Spott und sogar hier und da stattfindende Verhöre auf sich nahmen, war noch immer ungelöst. Scholschowo fand dazu nur eine Antwort, indem er meinte, die Moritatoren besäßen wohl den Instinkt gewisser Zugvögel, die zu Beginn der kalten Jahreszeit in wärmere Gefilde reisen müßten.

Scholschowo stand noch immer in der kleinen Zentrale seines Raumschiffes. Die GONOMER verfügte über keine hervorragenden Ortungsgeräte.

Die rote Sonne, die Scholschowo angeflogen hatte, besaß drei Planeten. Die zweite Welt war besiedelt.

So veraltet die Ortungsgeräte auch waren, sie wiesen eindeutig nach, daß in den oberen Schichten der Atmosphäre radioaktive Bestandteile schwebten. Es handelte sich um Strontium 90.

Also hatte man dort die Kräfte des Atomkerns entdeckt und nach dem erschreckenden Vorbild zahlloser anderer Völker mit Kernversuchen begonnen. Andere Ortungsergebnisse wiesen darauf hin, daß man bereits die heiße Kernfusion entwickelt hatte. Der Verschmelzungsprozeß leichter Wasserstoffatome schien aber noch von der Anregungszündung einer Spaltungsmasse abhängig zu sein.

Die Intelligenzwesen auf dem zweiten Planeten der roten Sonne waren demnach in der nuklearen Technik noch nicht sehr weit fortgeschritten. Wahrscheinlich aber nahmen sie an, die bedeutsamste Lebensform aller Zeiten zu sein.

»Immer wieder der gleiche Irrglaube«, sagte Scholschowo bedrückt zu einem anderen Mann, der an seine Seite getreten war. »Sie lernen es nie! Wir werden landen müssen. Die Möglichkeit einer allgemeinen Furchtpsychose besteht. Man wird sich wohl auf dieser Welt in verschiedenartige Völkerschaften und Ideologien aufgespalten haben. Die Angst vor dem Nachbarvolk, obwohl körperlich gleichartig und dem gleichen Planeten entsprungen, ist dort noch so dominierend, daß wir mit unserer Belehrung sicherlich am falschen Ort landen werden. Dennoch sollten wir es tun. Ich habe in meinem Leben viele Planeten gesehen, deren Bevölkerungen sich gegenseitig atomar vernichteten, nur weil man annahm, man wäre alleine im weiten Universum, und es gäbe außer den örtlichen Zwistigkeiten keine anderen Probleme. Wenn die Großen dieser Galaxis durch ihre Geheimdienste erfahren, daß man dort unten die Atomkraft beherrscht und die ersten Raumschiffe zu den Nachbarplaneten sendet, wird es zu einer Katastrophe kommen. Gib den Anflugbefehl durch.«

»Sie werden uns für Invasoren aus dem All halten!«

»Sollen sie. Selbst unsere veralteten Schutzschirme sind ihren Offensivwaffen weit überlegen. Wir werden es wahrscheinlich mit den Spätnachkommen einer ehemals gelandeten Kolonialexpedition zu tun haben. Natürlich weiß man nicht mehr, von wem man eigentlich abstammt. Man wird bemüht sein, ein Bindeglied zwischen den auf dem Planeten selbst herangereiften Halbintelligenzen und der eigenen Daseinsform zu finden. Wir werden uns mit den verrücktesten Theorien, die angeblich wissenschaftlich erwiesen sind, auseinanderzusetzen haben. Gib den Anflugbefehl an den Maschinenleitstand durch. Wir wollen sehen, ob dort noch etwas zu retten ist.«

3.

Die Positroniken zur Annäherungsberechnung des Zielgebietes liefen. Der vierte und letzte »Brückenschlag« wurde vom Zweiten Emotio-Offizier, Mentro Kosum, geleitet.

Als die MARCO POLO nach siebzig Minuten Standardzeit in den Einsteinschen Normalraum eintauchte, glänzten auf den Bildschirmen die Milliarden Sterne der Galaxis NGC 4594.

Das Schiff war in den Randzonen herausgekommen. Ein vorgelagerter Kugelhaufen, eine Kleingalaxis für sich, aber dennoch zum Sombrero gehörend, füllte mit seiner Sonnenmasse die Bildschirme aus.

Die astronomisch-astrophysikalischen Spezialgehirne liefen ununterbrochen. Jetzt erst waren Vergleichsmessungen möglich. Schon die erste Auswertung ergab, daß sich die Konstellation der Sterne merkbar verändert hatte.

Die Korrekturen waren für die biopositronischen Rechenanlagen kein Problem. Ovarons Daten waren einwandfrei. Zweihunderttausend Jahre waren auch viel zu kurzfristig, um im Lebensrhythmus einer Galaxis entscheidende Veränderungen bewirken zu können.

Die altbekannten Sonnenleuchtfeuer und sonstigen Orientierungspunkte existierten nach wie vor. Sie mußten jetzt lediglich in einem anderen Sektor gesucht werden.

Ovaron und die führenden Kosmonauten des Schiffes standen in der Auswertungszentrale. Der Cappin blendete einen Leuchtpfeil in die dreidimensional projizierte Karte ein. Der Lichtbalken wanderte nach rechts oben.

»Hier, das Ogretan-System. Unverkennbar! Zu meiner Zeit ein wichtiger Flottenstützpunkt des Ganjasischen Reiches in den äußeren Randzonen Gruelfins. Gelbe Sonne, G-Typ nach Ihrer Skala, fünf Planeten, Nummer zwei ist Jambic. Wir könnten das Ogretan-System in einem kurzen Linearflug erreichen. Ihr Ferntriebwerk hat nun ohnehin ausgedient. Wären Sie einverstanden?«

Rhodan überlegte lange. Schließlich warf Atlan ein:

»Es dürfte relativ gleichgültig sein, bei welchem System wir mit unseren Nachforschungen beginnen. Für mich ist es von entscheidender Bedeutung, so schnell wie möglich mit den Nachkommen der damaligen Ganjasen zusammenzutreffen. Wenn sie nicht von den Takerern aufgerieben oder aufgesogen wurden, müßte man sehr rasch feststellen können, was in den vergangenen zweihunderttausend Jahren geschehen ist.«

»Sie hätten uns unser eigenes Leben vollenden lassen sollen«, sagte Merceile bedrückt. »Warum mußten Sie uns in Ihrer Vergangenheit finden? Warum mußten Sie uns mit Ihrem Zeitgerät in eine Epoche bringen, die uns nun vor fast unlösbare Rätsel stellt?«

»Diese Frage sollte als geklärt gelten«, wurde sie von Ovaron abgewiesen. »Ein ungeheures Zeitparadoxon wäre die Folge gewesen. Wir *mußten unsere* Zeit aufgeben. Vergessen wir es. Wollen Sie Ogretan anfliegen?«

Rhodan wendete sich an den ebenfalls anwesenden Kommandanten.

»Oberst Korom-Khan, lassen Sie den Anflugkurs absetzen. Gefechtsbereitschaft! Die gelbe Sonne ist unser Ziel. Entfernung von hier aus etwa zweieinhalbtausend Lichtjahre.«

Elas Korom-Khan ging. Eine Minute später begannen die Sirenen zu schrillen. Die Besatzung wurde jählings aufgeschreckt. Das Rennen und Hasten begann. Tausendfach geübte Handgriffe wurden erneut durchgeführt.

Rhodan hüstelte verlegen. Ohne Ovaron direkt anzusehen, meinte er:

»Es tut mir leid, mit einer gefechtsbereiten Kampfmaschine dieser Größenordnung in Ihre Heimatgalaxis einfliegen zu müssen. Wir haben uns jedoch abzusichern.«

»Solange Sie nicht blindwütig und bedenkenlos Sonnensysteme in glühende Gase verwandeln, bin ich damit einverstanden. Ich würde nicht anders handeln.«

Atlan lachte trocken auf.

»Sehr vernünftig, Ovaron. Ich an Perrys Stelle wäre sogar noch vorsichtiger. Ich würde hier warten und erst einmal die Kreuzerverbände zur Fernerkundung ausschleusen.«

»Das wird auch geschehen«, entgegnete Rhodan gelassen. »Ich

möchte jedoch das Mutterschiff etwas näher an das Operationsgebiet heranbringen. Jedes Lichtjahr, das die großen Beiboote mit ihren eigenen Triebwerken zurücklegen müssen, geht auf die Lebensdauer der Waringschen Konverter. Ich meine, ein Trägerschiff sollte dazu dienen, seine Beiboote so weit wie möglich an das Ziel heranzuführen. Das ist ein Prinzip, an das wir uns gewöhnen müssen.«

Nur eine halbe Stunde später nahm das erste Ultra-Trägerschlachtschiff der Menschheit Fahrt auf. Es stieß in den Linearraum vor. Auf dem Librationszonen-Tasterschirm glänzte die gelbe Zielsonne.

Die MARCO POLO war in den Ortungsschutz eines roten Riesen gegangen. Dieser Stern bot die Gewißheit, daß die energetischen Eigenstrahlungen des Mutterschiffes kaum oder überhaupt nicht ausgemacht werden konnten.

Er war nur fünf Lichtjahre vom Ogretan-System entfernt. Die Überbrückung dieser geringen Distanz konnte man den großen Beibooten zumuten. Schließlich waren sie für solche Zwecke konstruiert und ausgerüstet worden.

Perry Rhodan befand sich in der Kommandozentrale des Trägerschiffes. Er zog ein Mikrophon der Interkomanlage zu sich heran. Seine Worte wurden auf jeder Station vernommen.

Auch im Kreuzer CMP-1 (CMP stand für »Cruiser MARCO POLO«) leuchteten die Bildschirme auf. Die Maschinen des Trägerbootes liefen bereits.

»Rhodan spricht. An Oberstleutnant Kuruzin, Chef der Ersten Flottille. Ihre bisherigen Befehle werden aufgehoben. Fliegen Sie nicht mit allen zehn Kreuzern in das Ogretan-System ein, sondern benutzen Sie dazu nur drei Schiffe. Die restlichen sieben Kreuzer lassen Sie auf einer weiten Kreisbahn zurück. Befehl an die Kommandanten: Überwachung des umliegenden Raumes, Ortung und optische Beobachtung. Sie, Mr. Kuruzin, stoßen mit Ihren drei Schiffen alleine bis zum Planeten vor. Sehen Sie sich dort um. Sollte man Sie angreifen oder eindeutig orten, ziehen Sie sich sofort zurück.«

Menesh Kuruzin, bereits angeschnallt und klar zum Start, warf einen Blick zu Gucky hinüber. Er und der Haluter Icho Tolot befanden sich auf seinem Führungsschiff.

Gucky kicherte schrill. Es schmerzte in den Ohren.

»Melde dich, Großer, oder mein ältester Freund wird wild. Wahrscheinlich hat man neue Daten ermittelt. Na los schon.«

Kuruzin verwendete seinen Helmsender.

»Chef Erste Flottille an Einsatzleitung: Verstanden. Fliege mit nur drei Kreuzern Nummer zwei an. Sieben Schiffe bleiben auf differierenden Kreisbahnen zurück.«

»In Ordnung. Bringen Sie uns einwandfreie Unterlagen über die Verhältnisse auf dem Planeten Jambic. Start frei, Ende.«

Die quadratischen Schleusentore, die Seitenlänge betrug zweihundert Meter, schoben sich auseinander. Die bereits leergepumpten Hangarschleusen des Außenringwulstes verloren die letzten Reste ihrer Luft. Sie entwichen mit einem kaum vernehmbaren Fauchen.

Kuruzin stand mit den Kommandanten der anderen neun Planetenkreuzer über Telekom in Verbindung. Sein dunkles Gesicht war auf allen Bildschirmen zu sehen.

»Pulkanflug wie besprochen, Aufteilung nach Zielerreichung. An Schleusenkommando: Erste Flottille startklar. Antigravitatoren laufen. Geben Sie uns halbe Abstoßleistung.«

Nur wenige Augenblicke später wurden die Leichten Kreuzer der Planetenklasse auf ihren magnetischen Abstoß- und Prallfeldern nach vorn geschoben. Dann kam das harte Anrucken des Startschubs. Nacheinander verließen die zehn Schiffe das Mutterfahrzeug und schossen mit aufflammenden Ringwulsttriebwerken davon.

Nur wenige Sekunden lang waren die Flammenbündel der Impulstriebwerke zu sehen. Danach konnte nur noch die überlichtschnelle Fernortung feststellen, wo sich die Kreuzer befanden.

Sie gingen nach einem kurzen Sammelmanöver geschlossen in den Linearraum und verschwanden endgültig aus dem Erfassungsbereich der Ortung. Jetzt wären sie nur noch von einem Flugkörper auszumachen gewesen, der sich im Linearraum aufgehalten hätte. In diesem Falle hätte der wesentlich verbesserte Halbraumspürer den Kurs der Kreuzer verfolgen können.

Menesh Kuruzin hielt auf die gelbe Zielsonne zu. Als er die Eintauchpositionen erreicht hatte, wurde der Linearflug beendet.

Die zehn terranischen Schiffe erschienen wie hingezaubert in einem Sonnensystem der Galaxis Gruelfin.

Sieben Schiffe der Flottille schwenkten ab. Sie übernahmen die Rückendeckung und fungierten gleichzeitig als weit an die Grenzen des Systems vorgeschobene Beobachtungsstationen.

Zehn Minuten später wußte Kuruzin, daß es hier keine unbekannten Flugkörper gab. Ein kurzfristiger Alarm war auf die Ortung eines Kometen zurückzuführen. Die Meldung wurde annulliert.

Kuruzin stieß mit den drei Kreuzern bis zum zweiten Planeten vor und schwenkte dort in eine weite Kreisbahn ein.

Icho Tolot, der riesenhafte Haluter, sollte, wenn es die Sachlage erforderlich machte, zusammen mit Gucky auf Jambic landen und dort mit näheren Ermittlungen beginnen.

Der dreieinhalb Meter große Gigant stampfte nach vorn zur Schaltempore. Kuruzin flog das Schiff in Manuellsteuerung, die von zahlreichen Positroniken unterstützt wurde.

Icho Tolot, das zweigeschlechtliche Lebewesen, unterlag noch immer seinem charakteristischen Bemutterungskomplex. Es war daher nicht verwunderlich, daß er den Afroterraner in einer Form ansprach, die nur Halutern vorbehalten war.

»Ich befürchte, mein Kleines, daß Sie mit einem völlig negativen Ergebnis zur MARCO POLO zurückkehren müssen.«

Kuruzin hatte die Schiffsführung an den Kommandanten des Kreuzers abgetreten. Prüfend schaute er den Haluter an.

Der Bericht des Ortungsoffiziers lief soeben ein.

»Daten über den zweiten Planeten der Sonne Ogretan, Eigenname Jambic. Individualtaster geben negativ. Keine Spuren von intelligentem oder tierischem Leben. Physikalische Meßergebnisse ebenfalls negativ. Keine Radiostrahlung bis auf geringfügige Spuren erkennbar. Dafür stellt die Fernoptik fest, daß wir eine Trümmerwüste anfliegen. Die Spuren atomar ausgetragener Kämpfe sind unverkennbar. Riesige, verglaste Krater; eingeebnete Oberfläche; keinerlei Bauwerke; abgetragene Gebirge. Ehemalige Meere sind ausgetrocknet. Das Flachland liegt unter einer meterhohen Schuttdecke begraben. Die Massetaster reagieren positiv. Tief unter der verbrannten und aufgerissenen Bodenkruste existieren umfangreiche Materialmassen, überwiegend aus Stahl oder stahlähnlichen Legierungen. Es dürfte sich um ehemalige Tiefbunker handeln. Aber auch dort konnten durch gezielte Tastermessungen keine Individualimpulse festgestellt werden. Diese Welt ist tot; vernichtet durch einen atomaren Krieg. Ende!«

Die Fernmeßdaten wurden von den beiden anderen Kreuzern bestätigt.

Menesh Kuruzin hatte beide Hände auf einen positronisch belichteten Kartentisch gestützt. Ausdruckslos starrte er auf das optische Fernbild der rasch näher kommenden Planeten.

»Tot!« sprach er stockend vor sich hin. »Tot! Eine ehemals blühende Welt; Stützpunkt eines gewaltigen Sternenreiches. Warum . . .? Kann das nur mit der inzwischen vergangenen Zeit erklärt werden? Ein Volk mit den technisch-wissenschaftlichen Erkenntnissen der damaligen Ganjasen kann doch nicht einfach von der Bildfläche verschwinden. Etwas müßte übriggeblieben sein. Nein – damit meine ich nicht diese Trümmerwüste! Ortung, wann ist der Planet gestorben? Schätzungsweise . . .!«

Der Chef der Ortungsstation meldete sich nach wenigen Augenblicken.

»Auswertung liegt vor, Sir. Radiostrahler mit hohen Halbwertzeiten müßten noch feststellbar sein, vorausgesetzt, das Chaos läge nicht länger als dreißigtausend Jahre zurück. Strahlen dieser Art sind aber nicht zu ermitteln. Wir schätzen anhand des Staubniederschlages, der Bodengestaltung und sonstiger Merkmale, daß der Atomkrieg vor etwa zweihunderttausend Jahren stattgefunden hat.«

Kuruzin stockte der Atem. Bei der Nennung dieser Zahl dachte er instinktiv an Ovaron. Er wäre – hätte er normal weiterleben können! – nunmehr zweihunderttausend Jahre alt. So aber hatte er durch die Ereignisse die Zeit betrügen müssen. Er war in *seine* Relativzukunft transportiert worden.

»Auf Anflugkurs bleiben. Kreisbahn verengen«, sagte er heiser. »Gucky, bist du zu einer Erkundung bereit? Mich interessieren die Metallmassen, die von der Ortung ausgemacht worden sind. Wer hat dort gelebt? Wer hat sich dort vielleicht verteidigt? Ich möchte vorerst keine Landung riskieren.«

»Hyperfunkspruch an Rhodan?« meinte der Kleine.

»Noch nicht. Ich möchte jede Einpeilungsgefahr auf ein Minimum reduzieren. Wenn es sein muß, werde ich funken. Vorher kommt die Ermittlung. Also . . .?«

»Ich springe. Tolotos, kommst du mit? Ich kann leicht mit dir teleportieren.«

Die Anwesenheit des kampfgewaltigen Haluters wäre überflüssig gewesen. Selbst wenn es auf dieser Welt noch Leben in irgendeiner Form gegeben hätte, wäre Gucky wahrscheinlich auch allein damit fertig geworden.

Sie fanden beim Teleportations-Abstieg in völlig verschüttete Tiefbunker nicht einmal mehr die Überreste der ehemaligen Besatzungsmitglieder. Jambic war in der Tat eine tote Welt. Die Spuren einer ehemaligen Gewaltanwendung waren an Ort und Stelle noch unübersehbarer als vom Raum aus.

Unterdessen waren neue Meldungen der sieben Wachkreuzer an Bord der CMP-1 eingelaufen. Die beiden äußeren Planeten mit den Nummern vier und fünf existierten nur noch in der Form von gigantischen Trümmerfeldern, die beim Anflug und der ersten Fernmessung den Eindruck stabiler Himmelskörper vorgetäuscht hatten.

Tatsächlich aber waren es nur mehr oder weniger große Materieeinheiten, die sich bei näherer Betrachtung als eine Ballung von Gesteinsfragmenten aller Art erwiesen.

Zwei der fünf Planeten waren also im Sinne des Wortes zerbrochen.

Als diese Angaben nochmals überprüft worden waren, entschloß sich Oberstleutnant Menesh Kuruzin zu einem Hyperfunkspruch. Er bestand aus einem Kodesignal von einer Zehntausendstelsekunde Dauer.

Er wurde auf der MARCO POLO empfangen, ausgewertet und sofort an die Hauptzentrale weitergeleitet. Perry Rhodan las den Wortlaut. Er war kurz, jedoch inhaltsvoll.

Ahnungsschwer reichte er den Klartext an Ovaron weiter.

»Mein Freund, Ihr Flottenstützpunkt existiert nicht mehr. Kuruzin hat ein riesiges Trümmerfeld gefunden. Das System muß vom Raum aus angegriffen worden sein. Es ist nicht zu vermuten, daß die ganjasische Wachbesetzung außer Jambic auch noch die Welten vier und fünf vernichtet hat. Ich wenigstens könnte mir eine Begründung für ein solches Vorgehen kaum vorstellen. Ovaron – was ist aus Ihrem Volk geworden? Wenn Ihr Verdacht richtig ist: Wer könnte daran interessiert sein, die Milchstraße mit Hilfe der Pedotransferierung zu erobern? Denken Sie bitte in aller Ruhe darüber nach, Ganjo!«

»Das war ich einmal«, berichtigte Ovaron mit schwankender Stimme. »Kann sich der Flottillenchef nicht geirrt haben?«

Rhodan spürte die von Ovaron aufsteigende Verzweiflung. Dieser Mann suchte nicht nur seine Heimat, sondern auch die Nachkommen seines Volkes, dem er einmal vorgestanden hatte.

Roi Danton trat näher. Er verzichtete darauf, die Klarschriftmeldung zu lesen.

»Hinfliegen, sofort!« forderte er.

»Wir könnten einige Tiefenbohrungen vornehmen und Recherchen anstellen, die den Kreuzerbesatzungen unmöglich sind. Ich möchte vordringlich wissen, wann genau es auf Jambic zu dieser Katastrophe gekommen ist. Unsere Fachwissenschaftler werden wenigstens in dieser Hinsicht Klarheit schaffen.«

Ovaron war blaß geworden. Seine samtbraune Haut wirkte wächsern. Die schmale, leicht gekrümmte Nase stach plötzlich scharf aus dem Gesicht hervor.

»Ja, bitte, nehmen Sie Kurs auf Jambic. Ich war oftmals dort. Dieser Raumsektor war bereits zu meiner Zeit ein Unruheherd. Die Takerer versuchten festen Fuß zu fassen. Stützpunkte in diesem Gebiet waren strategisch wertvoll. Wenn Jambic im Verlauf dieser Bestrebungen angegriffen wurde und unterging, so bedeutete das den Anfang vom Ende.«

Die Tiefenbohrungen auf Jambic waren abgeschlossen. Die MARCO POLO hatte stundenlang über jenen Trümmerwüsten geschwebt, die nach Ovarons Aussagen früher einmal Städte gewesen waren.

Auf Jambic gab es kein Leben mehr. Selbst Pflanzenmutationen konnten nicht festgestellt werden.

Alle Meßdaten ergaben jedoch, daß der Planet vor etwa zweihunderttausend Jahren Standard vom Raum aus angegriffen und zerstört worden war. Die Verteidiger hatten erbitterten Widerstand geleistet.

Man hatte in einem riesigen Krater die Überreste eines abgestürzten Raumschiffes gefunden. Einige Innenräume waren noch erhalten gewesen. Ovaron hatte alleine an diesen wenigen Merkmalen erkannt, daß es sich um ein Kampffahrzeug des Takerischen Reiches gehandelt hatte.

Nach dem Abschluß der Desintegrator-Tiefenbohrung war die MARCO POLO wieder gestartet. Die zehn Kreuzer waren eingeschleust worden. Nun stand das terranische Ultra-Trägerschlachtschiff in der Nähe einer der zerplatzten Außenwelten.

»Cappins gegen Cappins«, sagte Rhodan leise. »Gebe Gott, daß der Menschheit ein ähnliches Schicksal erspart bleibt. Viel hätte nicht gefehlt, und vor einigen Jahren wäre das gleiche Unheil über uns hereingebrochen.«

»Sie waren im entscheidenden Augenblick bei Ihrem Volk. Ich war nicht mehr anwesend.«

Ovaron hatte eine Wahrheit ausgesprochen, die für ihn bitter sein mußte. Er fuhr sich mit dem Handrücken über die Stirn.

»Vergessen Sie es, Perry. *Ein* vernichtetes System muß noch nicht bedeuten, daß es den Ganjasen überall so ergangen ist. Fliegen wir weiter. Es gibt im Halbmesser von dreitausend Lichtjahren noch viele Planeten, die wir damals ausgebaut hatten. Fliegen wir weiter!«

Neue Kurse wurden berechnet. Eine blaue Riesensonne diente als

Treffpunkt. Während die MARCO POLO fahrtlos im Raum schwebte, schwärmten die Kreuzer- und Korvettenverbände aus. Die Kommandanten hatten Spezialbefehle erhalten.

Nach wenigen Tagen kehrten die ersten Einheiten zurück. Die Berichte der Besatzungen waren niederschmetternd.

Dieser Sektor der Galaxis NGC 4594 schien ein einziger Kriegsschauplatz gewesen zu sein.

Oberstleutnant Pawo Restonow, Chef der Fünften Kreuzerflottille, hatte als einziger Kommandant inmitten einer Trümmerwüste einen Planeten entdeckt, auf dem neues Leben herangereift war.

Seine Bildberichte waren erschütternd. Primitive Wilde, in ihren Körperformen kaum noch cappin- oder menschenähnlich, durchstreiften weite Urwälder und Savannen. Sie waren auf der Suche nach Nahrung. Ihre einzigen Waffen bestanden aus Holzknüppeln und Faustkeilen.

»Ich habe auf eine Kontaktaufnahme verzichtet, Sir«, berichtete Restonow abschließend. »Diese Lebewesen sind noch zu unterentwikkelt. Sie leben in Horden zusammen, sind typische Nomaden und haben kaum die Andeutung einer Sprache gefunden. Die Pflanzenmutationen sind dagegen weit fortgeschritten. Bestimmte Tierformen haben sich spezialisiert. Es wird noch einige hunderttausend Jahre dauern, bis aus diesen Wilden intelligente Wesen werden. Wenn überhaupt!«

Rhodan gab dem Flottillenkommandant einen Wink. Restonow warf einen verständnisvollen Blick zu Ovaron hinüber und ging.

Die Berichte der anderen Kommandanten waren durchweg negativ. Hier, in dem äußeren Randzonengebiet einer riesigen Galaxis, schien es überhaupt kein Leben mehr zu geben.

Ovaron wirkte blaß und abgespannt. Dennoch gab er sich alle Mühe, die Lage mit der gebotenen Sachlichkeit zu überdenken.

»Ich verstehe nicht, warum man diese Planeten niemals wieder besiedelte. Sie waren zumindest strategisch wertvoll, von den Bodenschätzen ganz abgesehen.«

Merceile, die Biotransfer-Korrektorin, fand eine Antwort. Es war eine glaubwürdige Hypothese.

»In den äußeren Zentrumsgebieten und dem direkten Kern gibt es einige hunderttausend besiedlungsfähige Planeten. Die Machthaber, die nach Ihrem spurlosen Verschwinden die Geschicke des Ganjasischen Reiches übernommen haben, waren offenbar unfähig, die takerischen Angriffe abzuwehren. Sie als Ganjo hätten sicherlich andere

Maßnahmen ergriffen. Der Nandor-Clan, der Ihre Familie mit größter Wahrscheinlichkeit verdrängte, war erwiesenermaßen unfähig. Man wollte die Macht, ohne in der Lage zu sein, sie auch auszuüben. Die Takerer, deretwegen Sie zur Erde kamen, um dort Genverbrechen zu verhindern, waren entschlossener, skrupelloser sowie militärisch und politisch tüchtiger. Es dürfte einige zehntausend Jahre gedauert haben, bis die Flottenkommandeure und Gouverneure des Reiches den Widerstand aufgegeben haben. Die vielen vernichteten Systeme deuten darauf hin. Wo aber sind sie und ihre Nachkommen geblieben? Ich kann mir nicht vorstellen, daß die tüchtigen Männer und Frauen meines Volkes keinen Weg gefunden haben sollten, der totalen Ausrottung zu entgehen. Wo sind ihre Nachfahren?«

Eine Stunde und zweiunddreißig Minuten später nahm die MARCO POLO erneut Fahrt auf. Ziel war das Foschtasch-System, sieben Planeten, Nummer drei und vier bewohnt. Die rote Sonne hatte zu Ovarons Zeiten als wichtigstes Leuchtfeuer für Anflugbestimmungen gegolten. Gleichzeitig war es ein schwerbewaffneter Stützpunkt der Ganjasischen Flotte gewesen.

In der noch sternarmen Zone des äußeren Randsektors war die Navigation einfach. Die Zielsonne wurde nach einer Linearetappe erreicht.

Rhodan ging vorsichtshalber weit vor der Umlaufbahn des siebten Planeten in den Normalraum zurück. Die überlichtschnelle Fernortung lief an. Die MARCO POLO war wieder voll gefechtsklar.

Rhodan war nicht bereit, sich überraschen zu lassen. Die Besatzungen aller Beiboote hatten Sitzbereitschaft. Ein Alarmstart konnte in wenigen Augenblicken durchgeführt werden.

Die riesigen Schleusentore der Kreuzer- und Korvettenhangars waren geöffnet. Die fünfhundert Lightning-Jets standen abschußbereit auf ihren energetischen Prallkissen. Wenn ein Soforteinsatz erforderlich sein sollte, konnte die Ausschleusung aller Beiboote durch einen einzigen Schaltvorgang vorgenommen werden.

In diesem Fall würden insgesamt sechshundert Raumflugkörper verschiedener Bauart und Kampfkraft aus den Hangars des Trägerschlachtschiffes rasen und sternförmig ausschwärmen.

»Ortung läuft«, meldete Major Ataro Kusumi aus seiner Hauptschaltzentrale. »Bisher noch keinerlei Ergebnisse. Die sieben Planeten sind noch vorhanden. Fremdimpulse können nicht festgestellt werden.«

Ovaron schaute hoffnungsvoll auf.

»Meinen Sie, wir würden dort etwas entdecken? Etwas Positives?«

Rhodan lächelte betont zuversichtlich, doch er ahnte, daß auch dieses wichtige Sonnensystem eine Trümmerwüste war.

Zwischenspiel

Die GONOMER glitt mit nur langsam ansteigender Fahrt in das System der kleinen roten Sonne hinein.

Die Moritatoren hatten ihre Kommunikationsgeräte für eine Verbindungsaufnahme und die anschließende Vorführung vorbereitet. Das Programm war auf die voraussichtliche Mentalität von solchen Daseinsformen abgestimmt worden, die soeben erst die Kräfte des Atoms entdeckt und die bemannte Raumschiffahrt entwickelt hatten.

Um eine Hysterie und Katastrophe bei seiner Entdeckung zu vermeiden, flog Scholschowo der Weise äußerst vorsichtig auf den zweiten Planeten zu.

Man ortete einige Raumschiffe, die von primitiven kernchemischen Strahltriebwerken beschleunigt wurden. Man war offenbar dabei, den dritten Planeten, eine kühle und unwirtliche Welt, anzufliegen.

Über dem zweiten Planeten wurden in geringer Kreisbahnnähe mehrere bemannte Weltraumstationen festgestellt. Wahrscheinlich waren sie entsprechend der Entwicklungsstufe in erster Linie für militärische Zwecke vorgesehen.

»Sie tun mir leid«, sagte Scholschowo bedrückt. »Wie wird man uns empfangen? Mit ferngesteuerten Atomraketen, gepanzerten Fahrzeugen und Millionenheeren? Oder wird unser Erscheinen dazu führen, daß man sich in der Gesamtheit bedroht fühlt und daher zu einem kompromißlosen Zusammenschluß aller Streitkräfte bereit ist?«

»Es wäre die beste Lösung«, bestätigte Scholschowos Vertrauter. »Die vermeintliche Faust im Nacken kann zu einer überraschend schnellen Überwindung ideologischer, militärischer und wirtschaftlicher Zwistigkeiten führen.«

Scholschowo kam nicht mehr zu einer Antwort. Auf einem Bildschirm erschien das Gesicht des Ortungsspezialisten. Es war blaß, etwas verzerrt, und die Augen waren erschreckt aufgerissen.

»Ortung, Scholschowo. Etwa dreitausend Fremdraumschiffe, die keineswegs mit den primitiven Fahrzeugen der Planetenbewohner identisch sein können, fliegen in das System ein. Wir empfangen zahllose Eigenstrahlungen von modernen Triebwerken. Rafferfunksprüche im Flottenkode werden pausenlos aufgenommen. Scholschowo – wir stehen genau auf dem Anflugkurs!«

Der alte Mann klammerte sich an der Lehne eines Sessels fest. Mit schwankender Stimme erkundigte er sich:

»Dreitausend Schiffe? Eiform?«

»Ja. Der Impulsstrahlung nach durchaus nicht die letzten Modelle; aber auch veraltete Einheiten dürften für den Fall völlig ausreichend sein. Scholschowo, dieser Planet wird untergehen! Das sind Einheiten einer vorgeschobenen Exekutionsflotte. Man wird durch die zahlreichen Atomexplosionen auf dem zweiten Planeten aufmerksam geworden sein. Wir sollten abdrehen.«

»Und die Bedauernswerten auf der zweiten Welt – was soll aus ihnen werden?«

»Scholschowo, wir sind unbewaffnet. Selbst wenn wir bewaffnet wären, hätten wir gegen die Schiffe nicht die geringste Chance.«

Der Mann mit dem silberweißen Haar sank wie betäubt in den Sessel.

»Zu spät«, flüsterte er, »wir sind zu spät gekommen. *Bei dem, den wir erwarten:* Warum haben wir dieses System nicht einige Jahre früher entdeckt? Wir hätten das heraufziehende Unheil vermeiden können.«

Nur fünfzehn Minuten später glänzten zahlreiche Leuchtpunkte auf den Orterschirmen. Die GONOMER stand zu dicht über dem zweiten Planeten, um noch mit Erfolg entfliehen zu können. Dazu wäre sie auch viel zu schwerfällig und langsam gewesen.

»Erkennungssignal abstrahlen«, ordnete Scholschowo der Weise an. »Hoffentlich wird man uns als Moritatoren respektieren.«

»Was ich bezweifle«, warf sein Vertrauter ein. »Wir würden Zeugen eines Geschehnisses werden, das man selbst in höchsten Kreisen gerne verschweigt. Siehst du – wir werden bereits eingepeilt. Wann kommt die erste Salve?«

Sie ließ nur noch zwei Minuten auf sich warten. Scholschowo hätte in diesem Augenblick nicht sagen können, ob die Angreifer das Feuer versehentlich oder gewollt eröffneten. Die Kegelform eines Moritatoren-Raumschiffes war bekannt. Selbst der jüngste Befehlshaber wußte, daß die fliegenden Sänger und Berichterstatter niemals anders gebaut hatten.

Die ersten Schüsse verfehlten ihr Ziel. Die zweite Salve lag schon näher.

Scholschowo, so friedfertig er war, ordnete eine Maßnahme an, die wenigstens zur moralischen Verurteilung der so plötzlich aufgetauchten Angreifer führen konnte.

»Notfunkspruch an alle Empfänger dieser Galaxis. Volle Kapazität. Unsere ohnehin untauglichen und energieverzehrenden Schutzschirme abschalten. Gebt alles auf den Sender. Funkschlüssel und Frequenz des Erwarteten benutzen. Wir sollen wenigstens von unseren Freunden gehört werden. Danach Frequenz ändern und auf den allgemein üblichen Notruf umschalten. Position angeben. Schiffsname, als Unterzeichner fungiere ich. Beeilt euch!«

Die Piloten eines alten Raumschiffes versuchten, dem Feuerorkan aus dem Weltraum zu entkommen.

Die GONOMER drehte scharf ab. Zu dem Zeitpunkt wurde noch beobachtet, daß aus den primitiven Raumschiffen der Planetenbewohner irrlichternde Feuerzungen hervorbrachen.

»Narren, arme, bedauernswerte Narren«, sagte Scholschowo fast weinend. »Sie glauben doch tatsächlich, mit ihren Raketengeschossen eine Exekutionsflotte abwehren zu können, die trotz ihrer technischen Veralterung milliardenfach überlegen ist. Warum haben sie es nicht unterlassen können, die überall umherstreifenden Überwachungsschiffe auf sich aufmerksam zu machen? Warum ahnten und begriffen sie nicht, daß die Mächtigen dieser Galaxis eine aufstrebende Atommacht nicht dulden? Sie könnte ja in tausend oder mehr Jahren gefährlich werden. Also wird man sie rechtzeitig vernichten. Das ist ein Gesetz innerhalb dieser Sterneninsel. Ist der Funkspruch draußen?«

4.

Ovaron zuckte zusammen, als hätte ihn ein Faustschlag getroffen. Das breite Vielzweckgerät über seinem linken Armgelenk hatte angesprochen. Aus dem eingebauten Mikroempfänger der Dakkarkom-Anlage erklang ein helles Pfeifen.

»Ruhe!« schrie der Cappin. »Ruhe! So seien Sie doch still!«

Er stand neben Perry Rhodan und Atlan in der Kommandozentrale der MARCO POLO. Das Schiff wurde zur Zeit vom Ersten Emotionauten geflogen. Merceile rannte quer durch die riesige Zentrale. Atemlos kam sie bei Ovaron an.

»Flottenkode des Ganjasischen Reiches«, erläuterte der Cappin aufgeregt. »Jemand sendet auf der Hypersexta-Halbspur im Rafferverfahren meiner ehemaligen Wacheinheiten. Befehlshaberdechiffrierung, höchste Alarmstufe. Helfen Sie mir, Merceile.«

In der MARCO POLO war nur noch das Geräusch der Kraftwerke zu hören. Rhodan winkte zu Senco Ahrat hinüber. Er verstand. Das Arbeitsgeräusch verstummte.

Das Pfeifen hielt an. Ovarons Vielzweckgerät war – relativ gesehen! – zweihunderttausend Jahre alt. Durch die Überwindung der Zeitbrücke war es als neuwertig einzustufen.

Ein Mikrostreifen, dünner als eine Kunstfaser, glitt langsam aus dem Schlitzwerfer. Ovaron schob das Band in den Entschlüsseler. Die Klarschrift erschien augenblicklich auf dem winzigen Bildschirm in der Mitte des Gerätes.

Ovaron las vor.

»Scholschowo der Weise an alle Moritatoren. Ich werde angegriffen. Die Vernichtung meines Schiffes ist sicher. Ich war bestrebt, unterentwickelten Intelligenzen Hilfe zu bringen. Ein Verband der Exekutionsflotte greift an. Ich werde als unerwünschter Zeuge unter Feuer genommen. Die genaue Position . . .!«

Daten folgten. Die Positroniken der MARCO POLO arbeiteten bereits. Das System wurde ermittelt. Es war namenlos und auch Ovaron unbekannt. Rhodan gab ihm die Bezeichnung »USy-1«. Unbekanntes System Nr. 1.

Es erwies sich, daß die erwähnte rote Sonne nur zweihundertzehn Lichtjahre vom derzeitigen Standort der MARCO POLO entfernt war. Die Position wurde in den korrigierten Sternkarten durch einen Leuchtpfeil markiert.

Vollalarm auf dem Trägerschlachtschiff. Rhodan zögerte, diese Sonne anzufliegen, um dort zu versuchen, dem bedrohten Absender des Notrufes beizustehen.

»Dreitausend fremde Schiffe, veralteter Typ«, erläuterte Ovaron hastig. »Es ist anzunehmen, daß nach dem lange zurückliegenden Vernichtungskrieg in diesen Regionen nur noch solche Raumschiffe eingesetzt werden, die an den Brennpunkten der heutigen Geschehnisse nicht mehr verwendbar sind. Für Entwicklungsvölker im Sinne der erhaltenen Informationen sind sie jedoch völlig ausreichend. Es ist weiterhin als glaubwürdig zu betrachten, daß die Kommandanten derart veralteter Einheiten einen brennenden Ehrgeiz entwickeln. Sie wollen sich bewähren, um möglichst schnell den Aufstieg in bessere Positionen zu erwirken. Ich weiß nicht, wer die Moritatoren sind oder was ich mir unter ihnen vorstellen soll. Wichtig ist allein, daß wir von diesem Scholschowo Dinge erfahren können, die uns bisher verschlossen blieben. Perry, fliegen Sie USy-1 an! Versuchen Sie, diesen Scholschowo aus dem Feuer herauszuholen.«

Rhodan kämpfte mit sich. Er schaute Atlan an. Der ehemalige Arkonidenimperator streckte den rechten Daumen nach oben und senkte ihn dann nach unten.

»Natürlich!« fuhr Rhodan gereizt auf. »Seine Erhabenheit denken keine Sekunde daran, daß wir hier ungebetene Gäste sind. Man senkt den Daumen nach dem Vorbild der römischen Kaiser.«

»Und wennschon!« sagte der mittlerweile zwölftausendjährige Arkonide. »Deine nahezu idiotische Toleranz verliert in dem Moment jede Berechtigung, wenn es um das Schicksal der Menschheit geht. Wir sind hierhergekommen, um festzustellen, ob eine Invasion geplant wird. Wie willst du das herausfinden, wenn du dich nicht um solche Leute kümmerst, die dir mit großer Gewißheit Auskunft geben können? Wo bleibt da die erforderliche Logik?«

»Schießen, natürlich!« schrie Rhodan außer sich.

»Wenn es sein muß – ja!« brüllte Atlan noch lauter zurück. »Du entwickelst dich mehr und mehr zu einem Zauderer und Schwächling, der die Realitäten vernachlässigt. Das wird von anderen Leuten, die weniger Gewissen haben, sofort ausgenutzt. Ich bedaure es außerordentlich, nicht mit einem neuen Fernraumschiff der USO hier angekommen zu sein. Wir haben ein gemeinsames Ziel. Wir wollen wissen, ob eine mit paramechanischen Hilfsmitteln unterstützte Invasion gegen unsere Milchstraße durchgeführt werden soll oder nicht. Du als gewählter Vertreter der Menschheit hast die Pflicht und Schuldigkeit, einen Mann zu retten, der sicherlich mehr weiß, als wir in zehn Jahren mühevoller Untersuchungen erfahren können. Hinfliegen und eingreifen; das ist die Auffassung eines alten Arkonidenadmirals. Wozu hat dir die Menschheit enorme Sondervollmachten verliehen? Um in ihrem Sinne zu handeln – deshalb!«

Atlan drehte sich um und ging.

Rhodan schaute ihm bebend nach. Bei Ovarons Bemerkung drehte sich der Großadministrator ruckartig um.

»Ich pflichte Atlan bei. Als Ganjo, Herrscher über das Ganjasische Sternenreich und alleiniger Befehlshaber einer Raumflotte, die der Ihres Solaren Imperiums mindestens vierfach überlegen ist, fordere ich von Ihnen sofortiges Eingreifen zugunsten dieses Scholschowo.«

»Sie sind nicht mehr ein autarker Regierungschef, der im Namen seines Volkes eine andere Macht um militärischen Beistand ersuchen kann!« entgegnete Rhodan erregt.

»Das bestreite ich! Ich, *und nur ich* habe Ihrer kostbaren Menschheit nicht nur das Heimatsystem, sondern auch Leben sowie Hab und Gut erhalten. Ich habe den Sonnensatelliten zerstört. Ich verlange von Ihnen eine Hilfeleistung. Fliegen Sie hin und holen Sie diesen Scholschowo aus dem Feuer heraus. Dies ist *meine* Heimat, *meine* Galaxis! Ich fordere von Ihnen eine Gegenleistung. Sie werden doch wohl nicht annehmen, inmitten dieser grauenhaften Wirrnisse ebenfalls den verständnisvollen Philosophen spielen zu können. Geben Sie den Startbefehl!«

Rhodan war erblaßt. Die Offiziere und Wissenschaftler seines Stabes verzogen keine Miene.

»Also eine indirekte Erpressung.«

»Unsinn! Nur ein Hilfeersuchen des rechtmäßigen Herrschers in Gruelfin. Glauben Sie nur nicht, ich würde auf meine Ansprüche verzichten. Ich habe niemals abgedankt.«

Perry Rhodan erlebte eine der härtesten und erbittersten Auseinandersetzungen seines Lebens. Er fühlte sich alleine gelassen.

»Oberst Korom-Khan, Kurs absetzen auf USy-1«, befahl der Terraner schließlich. »Klar Schiff zum Gefecht. Ich nehme als gegeben an, daß wir vom regierenden Chef des Ganjasischen Reiches um Hilfeleistung gebeten wurden. Worauf warten Sie noch? Die Position dürfte Ihnen bekannt sein.«

Das Hervorbrechen der MARCO POLO aus dem Linearraum hätte ein außenstehender Beobachter mit dem Ausbruch eines plötzlich entstehenden Wirbelsturmes vergleichen können.

Das terranische Riesenschiff war auf einmal da; und zwar dicht vor der Umlaufbahn des dritten Planeten.

Die Entfernung bis zur zweiten Welt betrug knapp dreihundertfünfzig Millionen Kilometer.

Die überlichtschnelle Fernortung lief mit allen Geräten. Es dauerte nur Sekunden, bis die Auswertungspositroniken die angreifenden Raumschiffe festgestellt und klassifiziert hatten. Ovaron hatte sie mit genauen Daten gefüttert.

In der Galaxis Gruelfin hatte es bei den bedeutenden Völkern niemals Raumschiffstypen in Kugel- oder Diskusbauweise gegeben.

Man hatte die Form eines Eies bevorzugt. Das Verhältnis zwischen Länge und stärkstem Durchmesser der Schiffszellen lag bei etwa eins zu drei.

In den breiten Bugsektoren waren die Kommandozentralen untergebracht. Die sich konisch verjüngenden Heckteile enthielten die Haupttriebwerke.

Die Zellenform hatte sich niemals verändert. Sie war infolge ihrer Gestaltung statisch außerordentlich stabil und selbst hohen Andruckbelastungen gewachsen.

Der Nachteil der Bauart war ein militärischer Faktor. Schiffe dieser Art boten eine sehr große Angriffsfläche. Wenn sie ihre Breitseiten voll zum Tragen bringen wollten, mußten sie dem Gegner die gesamte Rumpflänge zukehren.

Flogen sie jedoch im direkten Zielanflug mit dem stumpfen und nahezu halbrunden Bug voran, boten sie zwar nur eine geringe Zielfläche, aber ihre Offensivkraft mußte in diesem Falle gering sein. Die schweren Geschütze der Breitseiten konnten niemals eingesetzt werden.

Rhodan sah der Begegnung relativ gelassen entgegen. Nun, nachdem er sich entschlossen hatte, Ovarons Ersuchen um Hilfeleistung stattzugeben, war Rhodan wieder der Mann, der vor über tausend Jahren mit nur einem Kleinraumschiff die Flotte der Topsider genasführt hatte.

»Starterlaubnis für alle Beiboote«, dröhnte seine Stimme aus den Lautsprechern. »Befohlene Positionen anfliegen. Ablenkungsangriff vortäuschen, höhere Beschleunigung ausnutzen und bei Gefechtsannahme durch den Gegner abdrehen. Versuchen Sie, die dreitausend Schiffe von ihrem eigentlichen Ziel abzudrängen. Wenn Sie angegriffen werden, haben Sie Feuererlaubnis. Die Fremden meinen es ernst. Eröffnen Sie, sobald Ihnen keine andere Wahl bleibt, augenblicklich das Wirkungsfeuer aus allen Kalibern. Um das Raumschiff dieses Scholschowo haben Sie sich vorerst nicht zu kümmern. Halten Sie mir die dreitausend Schiffe vom Halse. Ich hole den Moritator mit der MARCO POLO heraus.«

Die mächtige Ynketerk-Zelle der MARCO POLO schüttelte sich. Sechshundert Beiboote verschiedener Bauart wurden auf einmal aus den Hangars geschleudert.

Sechshundert flammensprühende Flugkörper rasten mit Notschubleistung davon. Sie waren im Bruchteil einer Sekunde in der Schwärze des Alls verschwunden.

Alle Trägerschiffe gingen augenblicklich in den Linearraum, um die Anflugdistanz zeitlich auf ein Minimum zu verkürzen.

Sie erschienen dicht über dem zweiten Planeten, auf dem bereits zahllose Atomgeschosse explodierten. Städte und Industrieanlagen versanken im Feuermeer reagierender Fusionsladungen.

»Zu spät!« schrie Kuruzin dem Kommandanten der CMP-1 zu. »Verdammt noch mal, wir sind um eine Stunde zu spät gekommen. Da unten ist nichts mehr zu retten. Das ist ein gezieltes Flächenbombardement mit schweren Ladungen. Selbst die Überlappungszonen sind einkalkuliert worden. Die Angreifer verstehen ihr schmutziges Handwerk. Die haben Übung. Das sind planetenumspannende Raketenteppiche. Achtung – an die Erste K-Flo: Abdrehen, Keilformation, CMP-5 bis CMP-10 Überhöhung, taktische Abfangformation. Halten Sie mir den Rücken frei. Ich greife an.«

Die zehn Planetenkreuzer der Ersten Flottille eröffneten in dem Augenblick das Feuer, als irrlichternde Strahlungsbündel auf die Paratronschutzschirme prallten.

Es waren Initialstrahler, die man bereits vor drei Jahren im Solsystem gesehen hatte. Damals hatten die auf dem Pedopeiler angekommenen Cappins versucht, mit einem großen Raumschiff des Satelliten auszubrechen.

Initialstrahler brachten jede atomar betriebene Kraftmaschine zur Explosion. Die grünen HÜ-Schirme hatten sich seinerzeit nur dann als defensiv wirksam erwiesen, wenn sie von großen Schiffen aufgebaut worden waren. Kleinere waren im Feuer der Cappins vergangen.

Die neuen Planetenkreuzer ignorierten die Wirkungstreffer mit einem nur leichten Schütteln und Schwingen der Kugelzellen. Die Paratronschirme leiteten die auftreffenden Energien mühelos in den Hyperraum ab. Über dem Sonnensystem USy-1 entstanden gezackte Strukturrisse.

Kuruzin wußte, daß der Gegner eine äußerst peinliche Überraschung erlebte.

Die vierzig anderen Kreuzer griffen aus einer stark überhöhten Position ebenfalls an.

Plötzlich glühte der planetarische Raum im grellweißen Feuer detonierender Transformbomben. Die Kreuzer verschossen aus ihren drei T-Kanonen tausend Gigatonnen pro Einheit.

Die Korvetten hatten mit ihren beiden Geschützen fünfhundert Gigatonnen und die Lightning-Jäger mit ihren starren Bugkanonen immerhin einhundert Gigatonnen TNT zu bieten.

Die Flottillenkommandeure griffen kompromißlos an. Jeder von ihnen sah oder vernahm durch seinen Ortungsoffizier, was auf dem zweiten Planeten geschah. Dort wurde ein entwicklungsfähiges Volk nur deshalb ausgerottet, weil es nicht in das Vorstellungsschema unbekannter Machthaber paßte.

»Viel haben diese Herrschaften aber nicht zu bieten«, sagte Kuruzin über Helmfunk, als sich das vierte Eischiff im Salvenfeuer seiner Transformkanonen in einen jählings aufblähenden Glutball verwandelte. »Dafür funkt man wie verrückt. An anderen Orten wird man sich fragen, wer hier mit solcher Wucht eingreift. Lange dürften wir nicht mehr unentdeckt bleiben.«

Nur zehn Minuten später kam es zu einer panikartigen Flucht der Eischiffe. Obwohl sie durchschnittlich drei- bis fünfhundert Meter lang waren, konnten sie den Terrakreuzern nur geringen Widerstand leisten. Sogar die winzigen Space-Jets erzielten Erfolge, ohne selbst gefährdet zu werden. Ihre Paratronschirme reichten aus, um ankommende Treffer in den Hyperraum abzuleiten.

Auf der MARCO POLO wurden die Ereignisse verfolgt. Als die ersten gegnerischen Einheiten abdrehten und Fahrt aufnahmen, ruckte das Ultra-Trägerschlachtschiff an. Es ging in den Linearraum und erschien dicht über dem zweiten Planeten. Seine Oberfläche war ein in sich geschlossenes Feuermeer ohne jede Lücke.

»Suchen und finden Sie Scholschowo!« lautete Rhodans Befehl.

Die MARCO POLO schwenkte mit tosenden Triebwerken auf eine Kreisbahn ein. Dort, so ging es aus dem Notruf hervor, mußte sich das Raumschiff des unbekannten Hilfesuchenden befunden haben.

Die Ortung machte noch etwa dreißig Fremdraumschiffe aus, deren Kommandanten anscheinend besonders ehrgeizig im Vernichten unschuldiger Lebewesen waren. Ununterbrochen zuckten große Raketengeschosse aus den Bordwandungen hervor.

Sie verschwanden in der bereits rotglühenden Atmosphäre des zweiten Planeten und explodierten weit unten über anscheinend genau berechneten Punkten.

»Es langt ihnen noch nicht«, sagte Mentro Kosum blaß. »Mein Gott, sie haben noch immer nicht genug! Was geht hier eigentlich vor? Weshalb fürchtet man sich vor Leuten, die soeben erst ein paar kümmerliche Raumstationen erbaut haben? Ich – ja, Ortung, ich höre.«

Kosum flog die MARCO POLO als verantwortlicher Emotionaut. Korom-Khan und Senco Ahrat waren zu übermüdet für eine exakte Emotiosteuerung.

»Ortung an Zentrale. Wir werden angegriffen. Achtundzwanzig Fremdraumschiffe liegen auf Zielkurs. Sie haben ihre letzten Fernraketen verschossen und nehmen sich nun die MARCO POLO vor. Ob die wahnsinnig sind?«

»In gewisser Weise ja. Wer weiß, welche Vorstellungen vom heldenhaften Sterben für irgend etwas Idiotisches man ihnen eingetrichtert hat. Die müssen doch bemerken, daß ihre Kollegen selbst gegen unsere Korvetten machtlos sind.«

»Ein Eliteverband«, meldete sich Rhodan. »Besatzungen mit einer solchen krankhaften Geisteshaltung meinen immer, sie müßten sich besonders auszeichnen und noch viel intensiver handeln, als ihre weniger dekorierten Kollegen. Achtung – Feuerleitzentrale: Haben Sie die achtundzwanzig Narren ausgemacht?«

»Sie sind in den Zielkreisen der Tasterpositronik, Sir«, entgegnete Major Pedro Cuasa, der Erste Feuerleitoffizier des Ultra-Trägerschlachtschiffes. »Der Gegner eröffnet soeben das Initialfeuer. Vierzig Wirkungstreffer, jetzt zweiundsechzig.«

Im Gegensatz zu den Kreuzern, die sich immerhin etwas geschüttelt hatten, reagierte die MARCO POLO auf die Treffer überhaupt nicht. Der Paratronschirm wurde nicht einmal zu zwei Prozent ausgelastet.

»Feuer frei, zum Teufel!« schrie Atlan in das Kommando-Interkom. »Worauf warten Sie eigentlich noch?«

Pedro Cuasa zögerte, bis Perry Rhodan die Anweisung wiederholte. Damit wurde sie verbindlich.

Die dreißig Transformkanonen des Grünsektors entluden sich mit einer einzigen Breitseite. Vier Millionen Kilometer entfernt detonierten dreißig Fusionsgeschosse mit einer Energieentwicklung von viertausend Gigatonnen TNT pro Einheit.

Es dauerte einige Zeit, bis das Licht bei der MARCO POLO ankam. Ehe jedoch die ersten Glutpunkte von der Außenbordoptik registriert werden konnten, meldete die überlichtschnell laufende Energieortung bereits ein atomares Feuermeer. Es verschmolz zu einem sonnenähnlichen Glutball, aus dem ultrablaue Stichflammen von einigen hunderttausend Kilometern Länge hervorzuckten.

Es waren insgesamt achtundzwanzig.

»Kuruzin, Chef der Ersten Kreuzer-Flottille an Expeditionsleitung. Gegner verläßt in panikartiger Flucht das System. Sollen wir ihn verfolgen?«

»Nein! Gehen Sie auf Ortungsposition. Achtung – an alle Lightning-Piloten: Unterstützen Sie mich bei der Suche nach einem Raumschiff, das wahrscheinlich eine andere Außenform als die Eischiffe besitzt. Es kann angenommen werden, daß Scholschowo einige Treffer hinnehmen mußte. Suchen Sie nach dem Schiff oder Wrackteilen. Drehen Sie also ab, und kommen Sie schleunigst zum zweiten Planeten zurück.«

»Soll eine Rettungsaktion eingeleitet werden, Sir?« meldete sich der Chef des Robot-Bordkommandos, Captain Jaraf Styl über Interkom.

Rhodan lachte bitter auf. Mit geweiteten Augen schaute er auf die Bildschirme, die ihm das Feuermeer auf der Oberfläche der zweiten Welt nur zu deutlich zeigten.

»Nein, wir sind zu spät gekommen. Da unten gibt es nichts mehr zu retten. Das ist eine radioaktiv verseuchte Glutwelt mit Temperaturen, die große Gebirge verdampfen lassen. Die Bodenkruste hat sich verflüssigt. Sie würden lediglich einen weltumspannenden Magmaozean vorfinden. Selbst Tiefbunker können das nicht überstehen. Lassen Sie Ihre Spezialroboter in Ruhestellung, Styl. Es tut mir sehr leid.«

Die MARCO POLO hatte den verwüsteten Planeten unterdessen einmal umflogen. Kosum hatte eine Bahn von Pol zu Pol gewählt. Der Himmelskörper drehte sich unter dem terranischen Schiff hinweg. So wurden nach und nach alle Oberflächengebiete sichtbar.

Die fünfhundert Lightnings trafen ein. Sie beteiligten sich an der Suche nach einem Raumschiff, dessen äußere Form man nicht kannte und das wahrscheinlich längst nicht mehr existierte.

Ovaron versuchte immer wieder, auf der Flottenfrequenz des Ganjasischen Reiches Kontakt aufzunehmen. Niemand meldete sich.

Atlan hatte einen Kampfanzug angelegt. Verbittert wirkend, saß er im zweiten Kommandeursessel und starrte auf die Bildschirme, die das Grauen zeigten. Niemand an Bord konnte die Worte überhören, die der Lordadmiral in seinen Helmsender sprach.

»Ich hasse und verabscheue es, auf vernichtete Planeten niederblikken zu müssen. Dies aber ganz besonders dann, wenn sich noch die Chance geboten hat, das Unheil zu verhindern. Wir hätten bei sofortiger Entschlußfreudigkeit um etwa eine Stunde früher an Ort und Stelle sein können. Aber nein – vorher mußte über weltraumjuristische Probleme diskutiert werden. Ich sage Ihnen eines, meine Herren an Bord der MARCO POLO, und das gilt auch für meinen besonderen Freund Perry Rhodan: Wenn wir hier nicht blitzschnell und entschlossen handeln, werden sich die Bewohner der Milchstraße sehr schnell wundern. Ich glaube bedingungslos an Ovarons Theorie. Machthaber, die zu solchen Schandtaten fähig sind, werden auch nicht zögern, eine andere Galaxis anzugreifen.«

»Soll das ein inoffizieller Aufruf zur Meuterei gegen die Expeditionsleitung sein?« erkundigte sich Rhodan erstaunlich ruhig.

Atlan wandte nicht den Kopf. Er starrte immer noch auf die Bildschirme.

»Der Atombrand beginnt. Der Planet wird explodieren. Nein, das ist kein Aufruf zur Meuterei, Terraner! Es ist immerhin erstaunlich, daß der toleranteste Staatsmann und Flottenchef der Milchstraße den Feuerbefehl gegeben hat. Sonst läßt du dir ja ganz gerne das Hinterteil versohlen, nur um nicht in den Verdacht zu kommen, du würdest unmenschlich handeln. Freund – im Reich der Arkoniden hättest du mit dieser Einstellung wenig Erfolg gehabt. Die Feuerkraft eines modernen Großkampfschiffes soll selbstverständlich nicht mißbraucht werden. Wenn es aber darauf ankommt, dann muß gehandelt werden. Ich mache dir offiziell zum Vorwurf, am Tode von etwa drei Milliarden unschuldiger Lebewesen mit verantwortlich zu sein. Mehr habe ich nicht zu sagen.«

»Es reicht, Grandseigneur!« rief Roi Danton aus dem Hintergrund der Zentrale. Atlan schwenkte seinen Sessel herum.

»Da hast du allerdings recht, mein Junge! Es reicht wirklich. Mir steht es jedoch wie jedem anderen Staatsbürger zu, meine Meinung offen auszudrücken. Wenn allerdings der Herr Großadministrator des Solaren Imperiums ab sofort nicht mehr kritisiert werden darf, verlasse ich mit der gesamten USO das Bündnis. Habe ich mich klar ausgedrückt?«

Atlan stand auf und durchschritt die Zentrale. Er kam an Rhodan vorbei. Da sagte Perry:

»Der Großadministrator kann von jedermann kritisiert werden, sofern es sich nicht um grobe, persönliche Beleidigungen in ungebührlicher Form handelt. Gut, Arkonide, ich habe vielleicht zu lange gezögert. Das aber hatte seinen Grund. Wir sind und bleiben Fremde, die sich nicht ohne vorangegangene Aussprache anmaßen dürfen, Lebewesen oder Raumschiffe dieser Galaxis mit überlegenen Waffen unter Feuer zu nehmen. Das ist meine Auffassung. Wenn ich jedoch angegriffen werde, drücke ich auf die Knöpfe. Das sollte akzeptiert werden.«

Ovaron lachte. Er entspannte die Situation.

»Sagten Sie ›mit überlegenen Waffen‹? Perry – das waren uralte Raumschiffe! Warten Sie ab, bis Sie auf moderne Einheiten meines Volkes stoßen. Dann werden Sie sich wundern. Ich fordere nochmals den militärischen Beistand des Solaren Imperiums. Ich war, bin und bleibe der Ganjo des Ganjasischen Reiches. Damit dürfte das Problem Recht oder Unrecht endgültig geklärt sein. Ich möchte wissen, was aus meinem Volk geworden ist, das ich zugunsten Ihrer Menschheit mit einer Zeitmaschine verlassen habe. Sie dagegen wollen erfahren, ob eine Invasion gegen die Völker Ihrer Galaxis vorbereitet wird oder nicht. Wenn das der Fall ist, woran ich nicht zweifle, sollten Sie Ihre moralischen Bedenken getrost über Bord werfen. Hier geht es um alles.«

5.

Eine Stunde später wurde das Wrack eines Raumschiffes vom Orterpiloten eines Lightning-Jägers ausgemacht und eingepeilt.

Die äußere Form des Schiffes war noch erkennbar, obwohl die Bordwände weit aufgerissen waren. Das Fahrzeug glich einer schlanken Pyramide mit quadratischem Grundriß; also einem Kegel. Es flog mit der scharfen Bugspitze voran.

In dem weit aufklaffenden Heck waren die Überreste der Triebwerke zu erkennen. Sie waren offenbar im Initialfeuer der Angreifer explodiert.

Die MARCO POLO raste mit Vollschub heran. Mentro Kosum bremste sie so scharf ab, daß einige Gravos durchkamen und die Besatzung nach Luft rang. Die Beschleunigungsabsorber hatten um den Bruchteil einer Tausendstelsekunde zu spät angesprochen.

»Ortung an Expeditionsleitung: Das Raumschiff brennt aus. Individualimpulse sind nicht feststellbar. Die Besatzung scheint tot zu sein.«

Rhodan starrte blaß auf die Bildschirme. Das unbekannte Schiff trieb nun längsseits der MARCO POLO.

»Gucky, Ras Tschubai!«

Die beiden Teleporter standen bereits hinter Rhodan. Er hatte sie nicht bemerkt.

»Wir sind da«, meldete sich der Mausbiber sachlich. »Sollen wir springen?«

Rhodan drehte sich um. Man sah ihm an, daß ihn Atlans Vorwürfe deprimiert hatten.

»Ja, gleich, wenn es möglich ist. Wie fühlt ihr euch?«

»Ausgezeichnet. Wir hatten bisher kaum etwas zu tun«, entgegnete Ras. »Ich meine, wir sollten uns zuerst nach diesem Scholschowo umsehen. Gucky wird die Lage sondieren.«

Rhodan nickte nur.

Eine Minute später waren die beiden Teleporter verschwunden. Vorher hatten sie die Druckhelme ihrer Kampfanzüge geschlossen.

Sie kamen an Bord der GONOMER heraus. Die meisten Räume waren luftleer. Hier hatten die explodierten Geräte und Maschinen verheerende Schäden angerichtet. Sie fanden einige Tote. Äußerlich glichen sie Cappins oder Menschen. Man wußte jedoch mittlerweile, daß sich die Anordnung der Organe von der eines Menschen unterschied.

Gucky und Ras Tschubai kämpften sich durch die Metalltrümmer nach vorn. Wenn der Weg gar zu schwierig wurde, übersprangen sie das Hindernis und drangen in den nächsten Raum vor.

Sie fanden einen erstaunlich geräumigen Saal. Zerfetzte Sitzbänke deuteten auf einen Vorführraum hin. Die Elektronik hinter einer Bildschirmwand war zerstört.

»Hier ist ein Vorführ- oder auch Informationsraum«, gab Gucky über Funk an Rhodan durch. »Ziemlich groß der Laden. Eigentlich im Verhältnis zu anderen Räumen *viel* zu groß. Er beansprucht die gesamte Schiffsbreite etwa vierzig Meter hinter der Zentrale.«

»Keine Experimente. Dringt weiter vor. Scholschowo dürfte ein älterer Mann sein. Ein Jüngling erhält nicht die Ehrenbezeichnung ›der Weise‹. Seht euch um. Nicht aufhalten lassen. Los schon.«

Gucky und Ras teleportierten nach vorn. Sie kamen im Vorraum der Zentrale an. Hier entdeckten sie ein Panzerschott. Es war durch den Explosionsdruck aufgewölbt worden, aber es hatte anscheinend gehalten.

»In der Zentrale gibt es noch Atemluft«, meldete Ras. »Das Hauptschott sieht böse aus, aber es scheint druckfest zu sein. Wir springen weiter.«

Sie materialisierten in einem relativ kleinen Raum. Weiter vorn verjüngte er sich zu der Bugspitze. Auf zwei zurückgeklappten Andrucksesseln fanden sie zwei Männer. Einer war tot. Die Flammenzungen eines explodierten Gerätes hatten seinen Körper voll erfaßt.

Der zweite Mann lebte noch. Unter seinem geschlossenen Raumhelm glänzte silberweißes Haar. Der Raumanzug war jedoch an zahlreichen Stellen von Flammenspeeren durchschlagen worden. Der Körper war schwer verbrannt, der Schädel jedoch unverletzt.

Gucky gab die Entdeckung an die Zentrale der MARCO POLO durch.

»Sofort an Bord bringen. In der Klinik materialisieren«, entgegnete Rhodan erregt. »Ihr scheint den richtigen Mann gefunden zu haben. Schnell . . .!«

»Abgelehnt«, weigerte sich Gucky kategorisch. »Der Schwerverletzte würde einen Teleportertransport niemals überstehen. Schickt ein Beiboot. Wir schneiden mit den Desintegratoren die Bordwand auf. Der Silberhaarige atmet sowieso über die Anlagen seines Raumanzuges. Die Brandlöcher haben sich automatisch abgedichtet. Ihr könnt ihn übernehmen.«

Fünf Minuten später legte ein Verbindungsgleiter an der Öffnung an, die Gucky und Ras in die Außenwandung geschossen hatten. Der Verletzte wurde wenig später in die Bordklinik der MARCO POLO eingeliefert.

Dort entfernte man den Raumanzug.

Als die Mediziner die schweren Verletzungen sahen, sagte der Chefarzt Professor Doktor Heyne Kaspon nur noch:

»Jetzt aber Tempo, meine Herren. Herz-Lungengerät, Kunstniere, Blutwäsche. Ovaron und Merceile melden. Ich brauche artverwandtes Blut. Makener-Plasmabad aktivieren. Kosmobiotika. Die bereits fortgeschrittenen Infektionen können wir beherrschen. Die Frage ist, ob wir mit unseren für Menschen konstruierten Maschinen Erfolg haben.«

Die Verbrennungen der Körperoberfläche waren für die Mediziner der MARCO POLO relativ bedeutungslos. Das zellerneuernde Plasmabad sprach auch bei Scholschowo an. Mittlerweile wußte man, daß man es mit ihm zu tun hatte. Der Name war auf seinem Helm eingraviert gewesen.

Die sehr enge Verwandtschaft mit menschlichen Lebewesen war eindeutig. Die Schwierigkeit für eine sofortige Organtransplantation bestand jedoch in der verschiedenartigen Lagerung, Größe und Funktion lebenswichtiger Organe.

Scholschowos Herz war größer als das eines Menschen und um etwa zwanzig Zentimeter tiefer gelagert. Die Lunge, die blutbildenden Organe, die Leber an erster Stelle, waren ebenfalls größer, anders geformt und in ihren chemischen Umwandlungsprozessen noch komplizierter, als man es gewohnt war.

Die Milz erschien als verkümmertes Organ; die Pankreas war überstark entwickelt.

Alle wichtigen Organe, Herz, Lungenflügel und die sehr tiefsitzenden Nieren, waren durch Bauchschäden zerstört. Sie drohten jeden Augenblick endgültig auszusetzen. Es war ein Wunder, daß Scholschowo überhaupt noch lebte. Vielleicht hatten seine geschädigten Atmungsorgane nur deshalb nicht sofort versagt, weil die Automatik des Raumanzuges den notwendigen Sauerstoff unter stark erhöhtem Druck verabreicht hatte.

Die terranischen Mediziner hatten mit dem Kampf um die Erhaltung des Lebens begonnen. Es war fremdes Leben; aber das war unwesentlich. Man hätte auch dann alles nur Denkbare getan, wenn Scholschowo nicht als Informator hätte dienen können.

Es dauerte zwei Stunden, bis man wußte, daß die terranische Herz-Lungenmaschine zufriedenstellend arbeitete. Das verbrannte Gewebe regenerierte sich bereits. Das terranische Biomolplast, ein synthetisch erzeugtes, lebendes Gewebe mit einem vieltausendfach schnelleren und intensiveren Zellteilungsvorgang, sprach an.

Die Kosmobiotika besiegten die bereits eingetretenen Infektionen. Nach diesem Teilerfolg wurden die Versorgung des Körpers mit sauerstoffreichem Blut und die Entgiftung im Stoffwechselbereich zum Problem Nummer eins.

Die natürlichen Nieren waren endgültig ausgefallen. Sie wurden ebenso wie die verbrannten Lungen und das Herz operativ entfernt. Neuen Infektionsherden wurde somit vorgebeugt.

Die MARCO POLO besaß eine hervorragend ausgestattete Organbank. Künstlich gezüchtete Herzen, Nieren, Lungen, Verdauungsorgane aller Art waren reichlich vorhanden. Sie waren immun gegen Fremdeiweiße. Antikörpereffekte mit anschließender Abstoßung gab es nicht mehr.

Scholschowo konnte damit allerdings nicht versorgt werden. Die für Menschen vorgesehenen Organe waren ungeeignet.

So lief eine Stunde später ein Sonderprogramm an.

Die Abteilung für Synthoplastexotische und Biochemische Organherstellung arbeitete fieberhaft. Einige Zellgruppen der operativ entfernten Organe hatten noch gelebt. Daraus wurden die ersten Kulturen gewonnen. Man war bemüht, passende Organe herzustellen und sie in den Zellbrutkammern nach positronischer Steuerung heranreifen zu lassen. Der Vorgang würde Wochen beanspruchen. Die Frage war, ob man Scholschowos Körper so lange am Leben erhalten konnte. Alles in allem waren die Berichte der Ärzte wenig ermutigend.

Der zweite Planet des kleinen Sonnensystems war explodiert. Das Vernichtungswerk der unbekannten Angreifer war somit vollendet worden.

Rhodan hatte sich entschlossen, alle ausgeschleusten Beiboote wieder an Bord zu nehmen und mit der MARCO POLO aus Sicherheitsgründen den planetarischen Raum zu verlassen.

Nun stand das Trägerschiff fast fahrtlos zwischen den Sternen im Leerraum der Galaxis NGC 4594.

Das zur Zeit wichtigste Problem war, Scholschowos Leben zu erhalten.

Kuruzin hatte seinen Kreuzer verlassen und die Zentrale aufgesucht. Diensthabender Emotionaut war Korom-Khan.

Kuruzin erkundigte sich nach Mentro Kosum. Er war nicht anwesend. So fragte sich der Afroterraner durch, bis er in dem Labyrinth der Gänge und Sicherheitsschleusen die richtige Kabine gefunden hatte. Vorher war er von Hartom Manis, dem ertrusischen Ersten Stellvertretenden Kommandanten, gebeten worden, eine Nachricht zu überbringen.

Das dünne, jedoch sehr widerstandsfähige Schott öffnete sich. Kosum lag mit angewinkelten Beinen auf dem Klappbett.

»Grüß dich, Junge. Du siehst aus wie ein Hering nach einer Abmagerungskur. Wie fühlt man sich?«

Kosum wälzte sich ächzend herum. Kuruzin schaute in zwei müde Augen.

»He, stolzer Kämpfer, vom Einsatz zurück? Hat dich Mutter MARCO POLO wieder in Gnaden aufgenommen?«

»Es blieb ihr wohl keine andere Wahl. Ich soll dir vom I.StK ausrichten, Rhodan der Große würde dich in einer Stunde Bordzeit in der Klinik erwarten.«

»Was? Meine Freiwache hat soeben erst begonnen.«

»Unwichtig. Ein echter Terraner hat immer einsatzbereit zu sein. Moment – man bewerfe die Überbringer unangenehmer Nachrichten bitte nicht mit harten Gegenständen.«

Kosum schob den Stiefel des Druckanzuges wieder unter das Bett zurück.

»Man hört und verzeiht. Befehlsüberbringer sind immer die Dummen. Sie laufen Gefahr, von erbosten Mitmenschen umgebracht zu werden. Was habe *ich* in der Bordklinik zu suchen? Meine letzte Herztransplantation ging restlos schief. Das dazu auserkorene Versuchstier warf mir noch einen vorwurfsvollen Blick zu und verschied. Hast du dich wirklich nicht verhört?«

Kuruzin lachte tief.

»Pech gehabt, Junge. In einer Stunde. Rhodan will deine besonderen Spürtalente einsetzen. Du kannst doch Cappins erkennen, nicht wahr? Na also, dieser Scholschowo ist ein Cappin. Man will nach dem fortschreitenden Heilungsvorgang der Brandwunden versuchen, mit dem alten Mann zu sprechen. Unter Umständen kannst du dich dabei als nützlich erweisen.«

»Ärgere Vorgesetzte nie zum Spaß, denn sie könnten geladen sein.«

»Ungefähr«, lachte der Afroterraner. »Ein historischer Ausspruch, wie?«

»Auch nur ungefähr. Strapaziere nicht mein dichterisches Talent. Also in einer Stunde? Nicht vielleicht in zwei Stunden . . .?«

»Ich muß dir die letzte Hoffnung auf einen kurzen Schlaf rauben. Der arme Kerl muß allerhand durchmachen. Ich meine Scholschowo.«

»Na schön, ich bin rechtzeitig zur Stelle. Wie war dein Einsatz? Schwierig?«

Die Männer und Frauen, die für die Schiffsleitung und die Durchführung der Expedition verantwortlich waren, hatten sich in der Bordklinik eingefunden.

Merceile hatte Blut gespendet. Es entsprach Scholschowos Gruppe.

Rhodan und Atlan sahen über das Großaggregat der Herz-Lungen-Maschine und des Nierengerätes hinweg.

Vor ihnen lag ein bedauernswertes Intelligenzwesen. Die Wanne mit dem heilenden Plasmabad war flach, den Körperformen angepaßt und bis zur Brusthöhe abgedeckt. Scholschowo war ein lebender Toter, der nur durch die medizinische Technik am Leben erhalten werden konnte.

»Wird er zu sich kommen, Professor?« erkundigte sich Rhodan flüsternd. »Wir möchten auf keinen Fall Komplikationen provozieren. Die Befragung hat Zeit.«

»Eben weil diese Befragung so dringend ist wie überhaupt denkbar, habe ich Sie bitten lassen. Scholschowo ist absolut schmerzfrei. Das beherrschen wir. Die Meßdaten seiner Gehirnfunktionen sind sehr zufriedenstellend. Sie gleichen denen von Ovaron und Merceile. Lediglich der Körper ist schwer geschädigt. Ich versichere Ihnen jedoch als Arzt, daß die künstlich aufrechterhaltenen Funktionen weder schlechter noch besser werden können, wenn der Fremde zu sprechen beginnt. Damit allerdings stellen Sie mich vor ein erneutes Problem.«

Professor Heyne Kaspon las die Meßergebnisse der Elektronik ab.

»Einwandfrei«, verkündete er. »Es geht ihm so gut, wie es einem Lebewesen ergehen kann, das vorübergehend auf seine natürlichen Organe verzichten muß. Ich bin überzeugt, daß uns Scholschowo hören kann.«

Rhodan und seine Mitarbeiter, darunter der Chef des wissenschaftlichen Teams, Professor Dr. Geoffry Abel Waringer, standen schweigend vor der Plasmawanne.

Merceile saß auf einem Hocker. Sie rührte sich nicht. Wenig später erschien Ovaron. Er hatte sich etwas verspätet.

Im Augenblick seines Eintretens geschah Erstaunliches. Der bislang reglos ruhende Kranke wurde unruhig. Seine verbrannten Hände begannen zu zucken. Die Lider bewegten sich, das wiedererwachende Gehirn verlangte nach mehr Sauerstoff. Das Arbeitsgeräusch der Maschinen wurde intensiver.

Rhodan trat sofort zurück. Er umklammerte Ovarons Arm.

»Sie scheinen etwas auszustrahlen, was den Verletzten erregt«, sagte er schnell. »Was ist das? Kommen Sie, treten Sie näher.«

Ovaron war erblaßt. Schritt für Schritt ging er nach vorn. Der Kranke wurde noch unruhiger. Unverständliche Laute wurden hörbar. Scholschowo wollte anscheinend sprechen.

Ovaron legte seine Hand auf die plötzlich schweißnasse Stirn des Fremden. Scholschowo beruhigte sich sofort. Es war, als lausche er in sich hinein. Ein unsichtbarer Impulsstrom schien ihn zu empfangen und zu durchfluten.

Plötzlich begann der Moritator zu lächeln. Dann sagte er etwas in einer fremden Sprache, die Ovaron jedoch gut zu verstehen schien.

Scholschowo gebrauchte immer wieder die gleichen Worte. Die Positroniken der Translatoren liefen bereits. Sie speicherten jeden Laut.

Rhodan wurde aufmerksam. Erregt trat er näher.

»Hat – hat er soeben nicht den Begriff ›Ganjo‹ ausgesprochen?« erkundigte er sich hastig. »Ovaron, kommen Sie doch zu sich. Was hat er gesagt?«

Der Kranke fiel in seine Ohnmacht zurück. Nur dieses eigentümliche, glückselige Lächeln blieb zurück. Es schien, als wäre er mit einem angenehmen Traum eingeschlafen.

»Körperfunktionen völlig normal!« meldete Kaspon. »Keine Gefahr. Im Gegenteil – die Hirnfrequenzen sind lebhafter geworden. Ich möchte fast sagen, daß sich im IV-Gramm Freude abzeichnet.«

»Was hat er gesagt?« drängte Rhodan. »Ovaron, sprechen Sie doch. Professor, ihm wird offenbar übel.«

»Nein, nein, lassen Sie nur«, wehrte Ovaron die herbeieilenden Ärzte ab. »Es ist alles in Ordnung. Ich bin nur völlig überrascht. Perry, werden Sie mir auch glauben? Es ist ungeheuerlich, was dieser Mann ausgesprochen hat. Wenigstens für mich! Ich kann es einfach nicht fassen.«

»Was hat er gesagt?« drängte Rhodan heftiger.

»Ganjo wird kommen!«

Es wurde still in dem Behandlungsraum. Merceile weinte. Ovaron schaute wie leblos auf den besinnungslosen Moritator nieder.

»Ganjo wird kommen«, wiederholte Atlan flüsternd. »Ovaron, wissen Sie, was das bedeutet? *Sie* werden hier erwartet! Man wartet auf Sie seit zweihunderttausend Jahren. Wahrscheinlich werden Sie in der Erinnerung vieler Völker verehrt und herbeigesehnt.«

»Unmöglich!«

»Wieso? Ein derart hochstehendes Volk wie die Ganjasen besaß hervorragende Aufzeichnungsgeräte. Ich vermute, daß diese Moritatoren gewissermaßen Berichterstatter sind. Das wird sich mit Scholschowos fortschreitender Genesung feststellen lassen. Unter Umständen sehnt man sich mit solcher Intensität nach Ruhe, Ordnung, Gerechtigkeit und Frieden, daß Sie als Ganjo des ehemaligen Reiches zu einer legendären Figur geworden sind. Schauen Sie sich den alten Mann an. Er lächelt! Ich würde sogar sagen, er lächelt erlöst und überglücklich. Er hat Sie erkannt! Sie sind ein Tryzomträger. Sie strahlen individuelle Impulse aus, die kein anderer Cappin besitzen kann. *Sie sind* der erwartete Ganjo!«

Ovaron sah sich um. Seine Augen erschienen verschleiert. Dann ging er, ohne ein weiteres Wort zu verlieren.

Rhodan gab seinen Mitarbeitern einen Wink. Sie verließen den Behandlungsraum. Weit vor ihnen durchschritt Ovaron die endlos erscheinenden Gänge.

»Nicht mehr ansprechen«, bat Rhodan. »Er muß zu sich selbst finden. Haben Sie gesehen, wie eigentümlich der Moritator reagierte?

Er erwachte, als Ovaron eintrat. Mir scheint, wir haben hier noch allerlei Rätsel zu lösen. Kommen Sie bitte. Wir haben die MARCO POLO in Sicherheit zu bringen. Wir fliegen die als Warteposition bestimmte rote Riesensonne an. Dort werden wir beraten. Kommen Sie.«

6.

Wenige Tage später . . .

Die MARCO POLO glitt antriebslos durch ein Meer von Sternen, ein gigantisches Raumschiff, in dem insgesamt achttausend Menschen lebten, arbeiteten, sich vergnügten, sich weiterbildeten – und zugleich am bisher größten und erregendsten Abenteuer der Menschheit teilnahmen.

Perry Rhodan stand hinter dem Kommandopult auf dem halbkreisförmigen Podest, das die Schaltanlagen und Kontursessel der drei Emotionauten trug. Während er geistesabwesend auf den Frontschirm der Panoramagalerie starrte, dachte er immerzu an Scholschowo, den Moritator, der in der Bordklinik mit dem Tode rang.

Immer wieder fielen ihm die Worte ein, ja drängten sich ihm förmlich auf, die der tödlich Verwundete in einem kurzen Augenblick geistiger Klarheit zu Ovaron gesagt hatte.

Ganjo wird kommen!

Perry Rhodan preßte die Handflächen gegen die Schläfen. Eine Hand legte sich von links auf seine Schulter.

»Kummer, Perry?«

Rhodan wandte den Kopf, lächelte.

»Hallo, Arkonide! Hast du geschlafen?«

Atlan erwiderte das Lächeln. Bei ihm wirkte es stets auf unbestimmte Weise rätselhaft, geheimnisvoll.

»Nur etwas geruht, Freund. Aber das Ruhen mit offenen Augen ist gefährlich. Zu viele Erinnerungen tauchen auf: Wachträume wollen das Bewußtsein vergewaltigen.«

Sein Blick ging zum Frontschirm, eilte der MARCO POLO auf ihrem Weg voraus, verlor sich in der Unendlichkeit.

»Ich hatte dich etwas gefragt!«

»Oh, entschuldige, Atlan. Nein, Kummer habe ich nicht. Ich dachte nach. Ganjo wird kommen. Welcher Ganjo? Wirklich Ovaron?«

»Ich bin mir nicht mehr so sicher, Perry. Aber einiges spricht dafür, auch nach dieser langen Zeit.« Atlan kniff die Augen zusammen; er starrte noch immer auf den Frontschirm, der wie ein mächtiges konkaves Fenster wirkte, durch das man unmittelbar in den Kosmos sehen konnte.

Langsam wandte der Arkonide sich um, blickte forschend ins Gesicht des Freundes.

»In den Sagen und Mythen deines Volkes gibt es Parallelen zu diesem Wunschdenken in Fülle, Terraner. Um nur ein Beispiel zu nennen: Kaiser Barbarossa, der im Kyffhäuser sitzen und darauf warten sollte, daß es an der Zeit wäre, aufzustehen, hinauszugehen und das alte Reich wieder aufzurichten.« Er lachte trocken, ironisch. »Falls heute tatsächlich noch jemand an das Märchen glaubte, müßte man ihn fragen, wie der alte Knabe mit Schwert und Schild sein Wunschreich gegen den Widerstand von Raumflotten, Roboterarmeen und Kernwaffen erkämpfen wollte.«

Perry Rhodan nickte. Langsam ging er zum Pult des Navigators. Der Mann saß bequem in seinem Kontursessel, ein Geschicklichkeitsspiel in den Händen, und beobachtete seine Instrumente. Während des Unterlichtfluges und bei aktivierter Automatik gab es nicht mehr zu tun.

Rhodan beugte sich vor und musterte einen kleinen, konvexen Bildschirm, auf dem die Elektronenmuster der näheren Sterne in dreidimensionaler Anordnung flimmerten. Ihre Entfernungen zur MARCO POLO sowie die Minimal- und Maximalflugzeiten erschienen daneben und waren stets auf dem augenblicklichen Stand.

»Ich brauche die Datenkarte über diese Sonne«, erklärte er dem Navigator und zeigte mit dem Finger auf die rote Computerdarstellung eines dreieinhalb Lichtjahre entfernten Sterns.

Der Navigator legte einen elektronisch gebildeten Ring »um« die angegebene Sonne und drückte die Daten-Anforderungstaste.

Eine rechteckige, hellblaue Folie glitt wenig später aus dem Ausgabeschlitz.

»Planetenlose rote Sonne«, murmelte Rhodan. »Oberst Korom-Khan!«

Der Kommandant blickte fragend herüber.

Bevor Rhodan sagen konnte, was er wollte, summte sein Armband-telekom. Er schaltete ihn ein und hob ihn an die Lippen. Auf dem daumennagelgroßen Bildschirm sah er das gedunsene graue Gesicht von Dr. Ingwar Bredel, dem Assistenten des Chefchirurgen.

»Professor Kaspon läßt ausrichten, Sie möchten sofort kommen. Scholschowo geht es sehr schlecht, Sir.«

»Ich komme«, antwortete Rhodan nur und schaltete ab.

Einen Moment lang blickte er geistesabwesend auf die blaue Datenkarte, dann schaltete sein Denkapparat sozusagen noch einmal zurück. Er reichte die Karte dem Kommandanten.

»Unser Zielgebiet, Oberst. Gehen Sie bei Ortungsschutzdistanz auf Warteposition.«

Mehr war nicht zu sagen. Elas Korom-Khan verstand sein Fach, und für die MARCO POLO war es bis zu der roten Sonne ein Katzensprung. Dennoch würde sie für die dreieinhalb Lichtjahre länger brauchen als für beispielsweise tausend Lichtjahre, denn die Lineartriebwerke konnten bestenfalls auf zweitausendfache Lichtgeschwindigkeit hochgeschaltet werden, weil man sonst weit über das Ziel hinausschießen würde.

Perry Rhodan und Atlan stiegen in den zentralen Liftschacht und fuhren zur Bordklinik hinab, in der ein fremdartiger Humanoide im Sterben lag.

Dr. Ingwar Bredel erwartete den Großadministrator und Atlan im Vorraum der sogenannten Lebenserhaltungskammer.

»Sie können noch nicht hinein«, flüsterte er.

»Wie steht es?« fragte Atlan.

Bredel wischte sich den Schweiß von der Stirn.

»Nicht gut, Sir, gar nicht gut. Professor Kaspon und Professor Serenti versuchen soeben, Merceiles Nieren an den Patienten anzuschließen. Scholschowos Blutkreislauf ist weiterhin an die Herz-Lungen-Maschine angeschlossen, aber wenn die Urämie nicht aufgehalten wird . . .«

Ingwar Bredel zuckte mit den Achseln.

Perry Rhodan preßte die Lippen zusammen. Er konnte sich denken, daß Scholschowos Leben an weniger als einem seidenen Faden hing.

Ganjo wird kommen!

Würden sie jemals erfahren, was Scholschowo damit gemeint hatte?

Scholschowo lag fest eingebettet in einem variablen hellgelben Notbehandlungs-Konturpolster.

Die von einem Positronengehirn nach Ovarons Sinus-Impulsschema gesteuerte Pumpe jagte Scholschowos Blut in die transparente Reinigungskammer. Dort fand der Gasaustausch statt, der sonst in den Lungen ablief. Sauerstoff wurde aufgenommen, verband sich mit dem Hämoglobin und bewirkte dadurch die hellrote Färbung des Blutes. Gleichzeitig wurde die Kohlensäure entfernt. Da der Moritator viel Blut verloren hatte, wurde das von Merceile gespendete Blut allmählich über die Reinigungsmaschine und die Pumpe seinem Blutkreislauf zugeführt.

Theoretisch hätte Scholschowo auf diese Weise hundert Jahre lang am Leben erhalten werden können, wenn die plötzlich aufgetretene, fortschreitende Urämie nicht gewesen wäre. Die im Notbehandlungsblock installierte, künstliche Niere durfte jedoch nicht eingesetzt werden, da sie die kompliziertere und umfangreichere Aufgabe einer cappinschen Niere nicht zu erfüllen vermochte.

Professor Dr. Heyne Kaspon und Professor Dr. Khomo Serenti, der Chefinternist der MARCO POLO, arbeiteten fieberhaft, um die Cappin-Frau Merceile an den todkranken Patienten anzuschließen. Merceile hatte sich bereit erklärt, vorübergehend als eine Art Nierenmaschine zu arbeiten und mit ihren eigenen Nieren die in Scholschowos Blut vorhandenen Stoffwechselschlacken zu entfernen.

Nach einer Viertelstunde war ihre Arbeit beendet. Kaspon stand auf und überließ seinen Platz dem Analysespezialisten der Abteilung Biotechnik. Er selber ging zu der breiten Ledercouch an der Wand und setzte sich ächzend.

Professor Khomo Serenti trat zu seinem Kollegen und bot ihm ein Erfrischungsgetränk an. Eine Weile saßen beide Mediziner schweigend, bis Heyne Kaspon sagte:

»Ich glaube, im Vorraum warten Rhodan und Atlan. Kollege Serenti, wären Sie so freundlich, sie hereinzubitten?«

Der Afroterraner nickte, ging zum Doppelschott und drückte die Öffnungstaste. Schnurrend glitten die Schotte in die Wandungen.

»Sie können jetzt kommen, meine Herren«, sagte Khomo Serenti zu Lordadmiral Atlan und dem Großadministrator, die sich mit Dr. Ingwar Bredel unterhielten.

Rhodans Blick glitt prüfend über den Notbehandlungsblock, eine vollkommen neue Errungenschaft terranischer Biomed-Technik. Äußerlich ähnelte der Block einem vier Meter langen und zwei Meter dicken Ei aus gelblichem Glas, in dem zahlreiche Aggregate und Schaltungen silbrig schimmerten und das über Röhren und Kabel mit anderen Maschinen verbunden war.

Scholschowo war nur undeutlich zu sehen, aber man brauchte lediglich irgendeinen der achtzehn Monitore einzuschalten, um einen beliebigen Teil des Patienten in einem 3-D-Schirm sehen zu können. Das neuartige System arbeitete vollautomatisch; seine Steuerpositronik wurde laufend von der Medo-Hauptpositronik der Bordklinik kontrolliert. Außerdem war der Block absolut undurchdringlich für Bakterien, Viren oder Gase. Er stellte eine Welt für sich dar, und nicht einmal der Chirurg konnte den Patienten infizieren.

Professor Dr. Khomo Serenti unterrichtete die Besucher über den Zustand des Patienten und die Maßnahmen, die zur Lebenserhaltung und Heilung getroffen worden waren.

»Später soll der Patient selbstverständlich mit neuen Organen versorgt werden, die aus Gewebekulturen seiner eigenen unbrauchbaren Organe gezüchtet werden. Vorerst aber geht es darum, das erste Übergangsstadium zu beenden und Scholschowo an eine künstliche Niere anzuschließen, die den Bedürfnissen seines Organismus angepaßt wurde.«

»Wann könnten Sie soweit sein, Professor?« fragte Perry Rhodan.

Serenti zuckte die Achseln.

»Sobald die Analyse beendet ist, kann eine künstliche Niere entsprechend programmiert werden, Sir.«

Der Analysespezialist wandte den Kopf und sagte:

»In etwa einer Stunde dürfte die Analyse vorliegen, Sir.«

»Anschließend brauchen Professor Kaspon und ich ungefähr fünfzehn Minuten«, ergänzte Serenti.

Rhodan und Atlan sahen sich an – und lächelten unmerklich. Beide hatten das gleiche gedacht.

»Ich danke Ihnen allen«, sagte Rhodan. »Sie können mich jederzeit über mein Armbandgerät erreichen. Verständigen Sie mich bitte, sobald Scholschowo an die Nierenmaschine angeschlossen ist.«

Draußen im Flur, auf dem Weg zum Liftschacht, sagte der Arkonide:

»Wir werden also versuchen, dem Moritator sein Wissen über die Verhältnisse in der Sombrero-Galaxis zu entlocken, sobald sein Zustand sich stabilisiert hat.«

»Ja, das halte ich für dringend notwendig«, antwortete Perry. »Wir werden am besten mit Ovaron und Gucky darüber sprechen und . . .«

»Nicht so hastig, mein Freund«, bremste ihn Atlan mit ironischem Unterton. »Es kann noch Stunden dauern, bis Scholschowo sein Bewußtsein wiedererlangt hat – und unter Umständen weitere Tage, bis er wieder in klaren Bahnen denkt . . .«

Perry blieb kurz am Einstieg des Antigravlifts stehen und furchte die Stirn.

»Solange können wir nicht warten.«

Er schwang sich in den Schacht, und die aufwärts gepolte Kraft des Feldes erfaßte ihn.

»Mir wird schon etwas einfallen, Atlan.«

Der Arkonide lachte lautlos. Er schwebte neben Rhodan her, nur wenige Zentimeter tiefer.

»Wann warst du schon mal um eine Antwort verlegen, Perry . . .«

»Es ist soweit, Sir«, meldete Professor Heyne Kaspon. »Wir haben es geschafft. Scholschowo ist an die umprogrammierte künstliche Niere angeschlossen.«

Perry Rhodan atmete auf.

»Und wie geht es ihm, Professor?«

»Den Umständen entsprechend. Der Organismus des Patienten ist schwer geschädigt worden, und es bleibt abzuwarten, welche dieser Schäden behoben werden können. Scholschowo ist selbstverständlich noch bewußtlos. Da wir es nicht riskieren können, in den bioelektrischen Haushalt seiner Großhirnrinde einzugreifen, müssen wir uns in Geduld üben.«

»Wann ist Scholschowo ungefähr vernehmungsfähig?«

»Frühestens in fünf Tagen, Sir.«

»Ich danke Ihnen.«

Rhodan unterbrach die Verbindung und sah nacheinander in die Gesichter seiner Freunde und Gefährten.

Fellmer Lloyd wirkte geistesabwesend. Alaska Saedelaere hatte die Arme vor der Brust verschränkt; von seinem Gesicht war wegen der Plastikmaske nur die Stirn zu sehen.

Gucky nieste vernehmlich. Der Ilt hatte sich erkältet. Er putzte sich umständlich die Nase, dann blickte er Rhodan an und erklärte:

»Ich kann nur das Unterbewußtsein Scholschowos spüren, Perry. Aber du weißt ja, wie das ist: Das Unterbewußtsein eines Intelligenzwesens ist telepathischen Tastversuchen gegenüber wie eine elastische Schale, die sich nicht durchdringen läßt.«

Perry Rhodan nickte.

»Ovaron . . .?«

Der Cappin zuckte hilflos mit den Achseln.

Icho Tolot räusperte sich. Es hörte sich an, als werde eine Waggonladung Schrott auf ein großes Stahlblech gekippt.

»Ich sehe nur eine sehr vage Möglichkeit, Rhodanos. Ob wir damit Erfolg haben werden, weiß ich nicht, aber wir sollten es wenigstens versuchen.«

»Major Lokoshan . . .?« fragte Atlan leise.

Der Haluter lachte dröhnend. Die anderen Personen hielten sich die Ohren zu.

»Der ehemalige Arkonidenadmiral ist auch heute noch ein findiger Mann. Wie sagt man doch dazu auf Terra: ein schlauer Fuchs. Habe ich recht?«

»Du weißt genau, daß du immer recht hast, Kugelbirne«, lispelte Gucky. »Aber Lokos Chancen sind nicht groß. Er kann nur die Mentalität eines fremden Wesens spüren, aber nicht in seinem Unterbewußtsein lesen.«

»Aber er könnte die unterbewußten Strömungen in Scholschowos Gehirn kopieren und bei sich selbst ins Bewußtsein aufsteigen lassen«, warf Ovaron ein.

Perry Rhodan wiegte den Kopf. Er dachte kurz nach, dann aktivierte er den Interkom. Die Ü-Positronik meldete, daß Major Lokoshan sich in der Messe des Chefdecks aufhielt. Daraufhin ließ Rhodan den Kamashiten dort ausrufen.

Sieben Minuten später stand Patulli Lokoshan im kleinen Konferenzzimmer der MARCO POLO. Seinen Hausgott Lullog trug er unter dem Arm.

Der Kamashite setzte zuerst Lullog auf einem freien Sessel ab, dann nahm er daneben Platz. Fragend blickte er den Großadministrator an. Er wirkte exotisch, wie immer. Er war zwar nur knapp 1,40 Meter groß, schlank, knochig und sehnig, aber auch ausgesprochen muskulös. Lokoshan hatte eine goldbraune Haut, silberfarbene Zähne und Finger- und Zehennägel von der gleichen Farbe. Sein grasgrünes Haar war zu kleinen Zöpfen geflochten.

Perry Rhodan erläuterte ihm das Problem und fragte ihn, ob er den Versuch wagen wollte.

»Falls er für Sie ein Risiko bedeutet«, schloß er, »verzichten wir lieber, Major.«

Patulli verzog sein Gesicht zu einem höflichen Lächeln.

»Das ganze Leben ist ein Risiko«, entgegnete er sanft. »Dennoch wird es immer wieder gewagt.« Er blickte liebevoll zu seinem Erbgott. »Lullog und ich werden es schon schaffen, Sir.«

Gucky lachte verstohlen.

»Lullog! Was für ein blöder Name. Wenn ich ihn höre, komme ich mir immer wie betrunken vor.« Er nieste zweimal heftig, schloß die Augen und stöhnte unterdrückt.

Major Lokoshan musterte Lullog aus zusammengekniffenen Augen. Dann erhob er sich, ohne Rhodans Aufforderung abzuwarten.

»Ich müßte mit Scholschowo mindestens eine Stunde lang allein in einem schalldichten Raum sein, um Schritt für Schritt in sein Unterbewußtsein eindringen zu können, Sir. Wäre es möglich, das zu veranlassen?«

Perry Rhodan nickte und aktivierte den Interkom. Nachdem er einige Zeit vergeblich gewartet hatte, sagte er:

»Ich kann zur Zeit weder Professor Kaspon noch Professor Serenti erreichen, Gucky, würdest du bitte in die Klinik springen und nach ihnen suchen?«

Der Mausbiber richtete sich auf, schnaufte vernehmlich und lallte mit schwerer Zunge:

»Die . . . Hunde . . . sind . . . sind . . . im . . . Gaga . . . Garten, Chef. Wau, wau!« Sein Kopf sank zur Seite, und im nächsten Moment verkündeten laute Schnarchtöne, daß er fest schlief.

Perry wirkte verstört.

»Was hat er nur? Eben war Gucky doch noch völlig in Ordnung. Was soll das Gestammel von den Hunden? Meint er die beiden Boxer von Professor Kaspon?«

Lloyd beugte sich vor und roch an Guckys offenem Mund.

»Riecht nach Rum, Sir. Wahrscheinlich hat er einen steifen Grog gegen seinen Schnupfen getrunken.«

»So ein Mausehund . . .«, murmelte Alaska Saedelaere.

Rhodan sah unwillig von einem zum anderen, dann zuckte er resignierend die Achseln.

»Ich halte es für das beste, wir gehen jetzt zur Klinik, Major Lokoshan«, sagte er. »Benötigen Sie noch etwas für Ihre Arbeit?«

»Nein, Sir.«

Der Kamashite nahm seinen Lullog wieder auf und ging zur Tür. Perry Rhodan folgte ihm zögernd. Atlan warf noch einen undefinierbaren Blick auf den schnarchenden Ilt, dann schloß er sich an.

Major Patulli Lokoshan wirkte in sich gekehrt und nachdenklich. Er reagierte nicht einmal auf Rhodans Frage nach der Methode, mit der er in Scholschowos Unterbewußtsein einzudringen hoffte.

Es war allerdings nicht das bevorstehende Experiment, das den Kamashiten so schweigsam sein ließ. In Wirklichkeit sehnte sich Patulli nach einer natürlichen Umgebung, einem offenen Himmel, Wind, Regen, Sonnenschein – und der Weite einer planetaren Landschaft.

Ein Erdgeborener konnte ihm das gar nicht nachfühlen, denn auf dem Ursprungsplaneten der Menschheit spielte sich das Leben größtenteils in gigantischen Städten ab, waren die Menschen teilweise bis zum Extrem an eine Gesellschafts- und Lebensform angepaßt, in der das Management regierte und in der geistiger Durchschnitt keine Aufstiegschancen besaß. Ein solches Leben ließ sich nur bei umfassender Anpassung ertragen, und was materielle Güter anging, so gab es nirgendwo im Solsystem Mangel. Selbst der »ärmste« Solarier des fünfunddreißigsten Jahrhunderts lebte besser als die Angehörigen der ›gehobenen Mittelschicht‹ des zwanzigsten Jahrhunderts.

Auf Kamash, dem siebten Planeten der irisierenden Sonne Paternal, war das anders. Dort lebten nur knapp vierzig Millionen Nachkommen terranischer Siedler, davon achtzehn Millionen in den beiden größten Städten des Planeten. Zweiundneunzig Prozent der Landfläche hatten urweltlichen Charakter, denn die modernen Methoden der Nahrungsgewinnung konnten auf Acker- und Weideland verzichten.

Als Folge dieser Lebensverhältnisse hatte sich in Generationen ein Menschentyp ausgebildet, der die freie, ungezähmte Natur ebenso liebte, wie er sich in der hochgezüchteten Zivilisation seiner Städte zurechtfand. Aber wie überall, wo die Menschen identisch mit ihrer sozialen Funktion wurden, da brach sich der Individualismus nach einer neuen »Seite« Bahn, fand seit Jahrtausenden verschüttete Pfade, die ihn zum tiefsten Geheimnis seines eigenen Ichs führten und Dinge entdecken ließen, die man in früheren Zeiten als Humbug oder Aberglaube angesehen hatte.

Auf Kamash verlief alles ein wenig anders als anderswo, doch ahnten bisher die wenigsten Menschen etwas davon, und die wenigen Personen, die davon wußten, kümmerten sich kaum darum.

»Ich habe alles veranlaßt.«

Patulli Lokoshan hob den Kopf und entdeckte, daß er sich bereits neben dem Notbehandlungsblock befand, in dem Scholschowo eingeschlossen war.

»Es ist gut, Sir«, murmelte er. »Ich werde mich auf die Liege dort legen. Wundern Sie sich bitte nicht, falls ich später wie ein Schlafwandler durchs Schiff gehe. Ich habe noch nie die Psyche eines Bewußtlosen kopiert, kann also nicht genau voraussagen, welche Auswirkungen sich dabei ergeben werden.«

»Wir verstehen«, antwortete Atlan. »Viel Erfolg, Major.«

»Wir werden uns bemühen, Sir«, sagte Lokoshan, während er sich auf der Liege ausstreckte.

Nach einiger Zeit spürte Patulli, wie sich etwas in ihm veränderte. Es war nicht etwa so, daß sich sein Geist vom Körper löste, dazu war er unfähig, aber das rhythmische Pulsieren von Scholschowos Zellaura stimmte sein Zentralnervensystem allmählich um.

Patulli Lokoshan »öffnete« sein Unterbewußtsein dem immateriellen Einfluß Scholschowos und ließ sich quasi von dessen Unterbewußtsein übernehmen, um es kopieren zu können.

Doch der Mental- und Psychokopist war vorerst völlig handlungsunfähig. Seine Glieder zuckten unkontrolliert. Er keuchte und stöhnte, als litte er unter großen Schmerzen, obwohl er keine Schmerzen spürte. Sobald er versuchte, eine willkürliche Bewegung durchzuführen, entglitt ihm die Kontrolle über Scholschowos Unterbewußtsein.

Er hatte ungefähr das Gefühl, als wollte er zum Grund eines tiefen Sees tauchen, ohne den Kopf unter die Oberfläche bringen zu dürfen. Geriet der Kopf – symbolisch für sein Bewußtsein gesetzt – unter Wasser, dann verlor sein Geist die Fähigkeit, sich zu orientieren, und er lief Gefahr, zu ertrinken.

Der Major verzweifelte beinahe.

Im Grunde genommen wußte er bereits, daß die Aufgabe, die der Großadministrator ihm gestellt hatte, seine Fähigkeiten überstieg. Er vermochte zwar ein grobes Muster von Scholschowos Mentalität zu erfassen und zu kopieren, aber an die Bewußtseinsinhalte eines bewußtlosen Lebewesens kam er nicht heran. Er stieß auf eine unbeschreibliche immaterielle Schranke, und wie sollte er Scholschowos Psyche kopieren, wenn der wesentliche Teil davon ausgefallen war und der Rest ziellos in furchtbarem Dunkel umhergeisterte!

Hilf mir, Lullog! Es war ein lautloser Verzweiflungsschrei.

Dorthin, wohin du willst, kann ich dir nicht folgen, mein Gebieter. Du mußt dich der Strömung anvertrauen. Laß dich in die Tiefe ziehen. Sobald ich fürchten muß, daß du in Gefahr schwebst, strahle ich deine Zellaura aus.

Danke, Lullog. Laß mich nicht allein – in der Finsternis, hörst du?

Ich werde über dich wachen. Dafür habe ich einen Wunsch bei dir frei. Ja?

Wie heißt der Wunsch?

Das weiß ich noch nicht.

Dann kann ich nicht versprechen, ihn zu erfüllen, Lullog.

Keine Antwort.

Na schön, Erpresser. Und nun paß gut auf!

Nach und nach reduzierte Patulli Lokoshan seine bewußten Denkprozesse mit dem Ziel, sie ganz »abzuschalten« und nur noch die unwillkürlichen Reaktionen des Unterbewußtseins ablaufen zu lassen.

Er spürte, wie »er« in bodenloses Dunkel tauchte und wieder emporstieg, als der Selbsterhaltungstrieb einsetzte und sich der vermeintlich lebensbedrohlichen Entwicklung entgegenstemmte.

Wieder und wieder tauchte Patulli ins Namenlose; wieder und wieder stieß er auf die vom Selbsterhaltungstrieb aufgerichtete Mauer. Sein Körper auf der Liege bedeckte sich mit Schweiß, die Glieder zuckten konvulsivisch, Speichel rann aus den Winkeln des halbgeöffneten Mundes.

Es war ein grauenhafter Kampf und ein ungleicher dazu, denn da Patulli Lokoshan seine willkürlichen Handlungen stark reduzierte, vermochte er gegen die unwillkürlichen Reaktionen des Selbsterhaltungstriebes so gut wie nichts einzusetzen. Immer wieder wurde er zurückgeschlagen.

Da stieß plötzlich ein mächtiger parapsychischer Impuls zu ihm.

Gucky!

Der Mausbiber hatte Lokoshans verzweifelten Kampf telepathisch verfolgt und nach reiflichem Erwägen eingegriffen. Er gab – um es bildhaft auszudrücken, denn Vorgänge jenseits unserer sachbezogenen Begriffswelt können nur so beschrieben werden – dem abwärts schwimmenden Bewußtseinsrest Major Lokoshans einen Stoß. Die imaginäre Mauer wurde durchbrochen. Patulli bäumte sich im Todeskampf auf und fiel erschlafft zurück.

Im nächsten Augenblick aber krümmte er sich unter qualvollen Schmerzen. Er hatte das Gefühl, bei lebendigem Leibe zerfleischt zu werden und zugleich in kochendem Wasser zu stehen.

Die beiden Chefärzte der Bordklinik, Rhodan, Atlan und Ovaron stürmten in den Raum, versuchten, den Kamashiten auf die Liege zu drücken und zu erfahren, was geschehen sei.

Aber die Schmerzen waren zu groß. Erst nach einigen Minuten

vermochte Lokoshan den Ärzten zuzuschreien, sie sollten Scholschowo schmerzstillende Injektionen geben.

Die Ärzte weigerten sich, doch Atlan erriet, worum es dem Psychokopisten ging.

»Er erlebt die Schmerzen, die Scholschowos Unterbewußtsein registriert, bewußt mit«, erklärte er. »Bitte, geben Sie Scholschowo die Injektionen. Lokoshan stirbt uns sonst noch.«

Die Mediziner stellten ihre Bedenken zurück. Wenige Minuten nach den Injektionen beruhigte Patulli Lokoshan sich wieder. Aber er war zu erschöpft, um sofort sprechen zu können. Mühsam versuchte er, die Lider zu heben, aber es gelang nicht. Sein Mund lallte unverständliche Laute.

»Beruhigen Sie sich«, sagte Ovaron leise. »Lassen Sie sich Zeit, Major.«

Atlan verschränkte die Arme vor der Brust und blickte den Kamashiten nachdenklich an. Seine Augen tränten, bei jedem Arkoniden das äußere Anzeichen starker Erregung.

»Sprechen Sie Ihre Sprache mit ihm, Ovaron«, sagte er plötzlich bedeutsam. Der Cappin blickte den Arkoniden verwundert an, dann schluckte er nervös.

»Sie meinen, Scholschowo hätte den Major übernommen . . .?«

»So ungefähr. Wenngleich ›übernommen‹ kaum das treffende Wort sein dürfte. Eher hat wohl der Major Scholschowos Unterbewußtsein dem eigenen Unterbewußtsein überlagert, vereinfachend ausgedrückt.«

»Er hat recht, Ovaron«, lispelte Gucky. Der Mausbiber war unverhofft materialisiert. »Schließlich habe ich ihm dabei geholfen.«

»Du hast ihm geholfen?« fragte Rhodan verblüfft.

Gucky reckte sich und wölbte die Brust vor.

»Nichts wird lucky ohne Gucky, mein lieber Großadministrator. Ich bin der Größte, das vergißt du manchmal.«

Perry lächelte.

»Das zu vergessen wäre ganz unmöglich, Kleiner. Du sorgst schon für deine Publicity und bist dabei durchaus nicht wählerisch in deinen Methoden.«

»Ich mache eben gern Spaß«, murmelte der Ilt mit gesenktem Blick.

Ovaron lachte trocken, dann wandte er sich wieder dem Moritator zu.

»Wie geht es Ihnen, Scholschowo?« fragte er, diesmal in der Sprache der Cappin-Völker.

Lokoshan öffnete die Augen. Dann setzte er sich langsam und wie in Trance auf, schwang die Beine von der Liege und erhob sich.

Er stand Auge in Auge mit Ovaron – und plötzlich sank er auf die Knie, legte die rechte Hand auf die linke Schulter, blickte strahlend zu dem Cappin auf und flüsterte:

»Sei gegrüßt, Gebieter! Wir sind gerettet!«

Seine Stimme sank zu einem undeutlichen Murmeln herab, während der Blick sich trübte und die Lider zu flattern begannen.

Ovaron umfaßte Lokoshans Schultern, hob den Mann auf und setzte ihn auf der Liege ab.

Lokoshans Aussehen veränderte sich.

»Wir haben es gewußt: Ganjo wird kommen . . .!« sagte er.

Die Stimme erstarb. Ruckartig fiel Patulli Lokoshan hintenüber. Perry Rhodan atmete scharf und pfeifend ein.

»Keine Sorge, er ist nicht tot«, sagte der Mausbiber, als die beiden Chefärzte zur Schalttafel sprangen, um einen Notbehandlungsblock zu aktivieren. »Scholschowos Unterbewußtsein hat ihn nur wieder verlassen.«

Perry Rhodan fuhr sich über die Augen. Er atmete schwer.

»Es war grauenhaft, gespenstisch!« stieß er hervor. »Oder habe ich es mir nur eingebildet?«

»Nein, Freund«, antwortete Atlan mit spröder Stimme. »Sekundenlang hatte Major Lokoshan Scholschowos Aussehen angenommen. Offenbar dominierte für diese Zeitspanne Scholschowos Unterbewußtsein.«

»Patullis Unterbewußtsein wäre um ein Haar verdrängt worden«, erklärte Gucky tonlos. »Ich spürte ganz kurz die furchtbare Gefahr, aber dann riß etwas, und Patulli konnte sich freikämpfen. Mir war, als hätte jemand den Major dabei unterstützt, aber vielleicht habe ich mir das nur eingebildet. Ich kann schließlich keine artikulierten Impulse des Unterbewußtseins empfangen.«

»Wahrscheinlich hat dem Major ein noch unbekannter Instinkt geholfen«, sagte Perry Rhodan. »Ein Instinkt, der auf psionische Vorgänge reagiert.«

Ovaron nickte bedächtig. »Ich glaubte vorhin tatsächlich, Scholschowo stünde mir gegenüber. Perry hat recht – es war gespenstisch.«

»Was war gespenstisch?« fragte eine klare, tiefe Stimme von der Liege her. Patulli Lokoshan hatte sich aufgesetzt.

»Dein hübsches Gesicht, Pasha Basolok«, spöttelte Gucky. »Es glich dem von Scholschowo.«

»Oh . . .!«

Lokoshan befühlte seine goldbraune Gesichtshaut, dann grinste er unsicher.

»Könnte ich vielleicht eine Stärkung haben? Mir ist, als wäre ich durch einen Fleischwolf gedreht worden.«

»Sofort!« rief Professor Kaspon. Der Chirurg ging zu einem Wandschrank, goß etwas in ein Glas und füllte Wasser nach. Dann reichte er es dem Kamashiten.

Patulli Lokoshan leerte das Glas in einem Zug.

»Was haben Sie alles aus Scholschowos Unterbewußtsein erfahren können?« fragte Rhodan.

Patulli Lokoshans Gesicht wurde ernst.

»Nichts, Sir. Falls ich nichts gesagt haben sollte, als ich quasi Scholschowo war, ist das Experiment erfolglos gewesen.«

Atlan zog einen winzigen Impulskristall-Recorder hervor und schaltete ihn auf Wiedergabe. Aus dem Lautsprecherteil erscholl unverkennbar die Stimme Scholschowos:

»Sei gegrüßt, Gebieter! Wir sind gerettet.« Und nach einer Pause, in der sich Gemurmel mit verschiedenen Geräuschen mischte: »Wir haben es gewußt: Ganjo wird kommen . . .!« Geräusche von Bewegungen, ein scharfer Atemzug. Aus.

Atlan schaltete den Recorder ab.

»Das ist alles«, sagte Ovaron düster.

»Ganjo wird kommen . . .«, murmelte Rhodan und blickte dabei den Cappin bedeutungsvoll an.

Ovaron schüttelte den Kopf.

»Ich halte es für undenkbar, daß irgend jemand zweihunderttausend Jahre auf mich oder sonstwen gewartet haben soll. Vermutlich hat Scholschowo im Zustand geistiger Umnachtung gesprochen. Bedenken Sie, er liegt in tiefer Bewußtlosigkeit. Major Lokoshan konnte nicht mehr sagen, als die wirren Reflexionsimpulse hergaben, die im Unterbewußtsein Scholschowos aufflackerten.«

»Und sein Verhalten kurz nach der Rettung aus seinem Schiff . . .?« fragte Atlan.

Ovaron zuckte nur stumm die Achseln. Sein Gesicht verriet, daß er ratlos war.

»Experiment beendet!« erklärte Perry Rhodan energisch.

Patulli Lokoshan nahm seinen Großen Erbgott unter den Arm.

»Mein Freund Lullog und ich gehen jetzt duschen, falls niemand etwas dagegen hat.«

Nachdem sich die Tür hinter ihm geschlossen hatte, schüttelte Rhodan den Kopf und meinte:

»Ich frage mich manchmal, ob Major Lokoshan nur ein bißchen verrückt ist oder an Schizophrenie leidet.«

»Wahrscheinlich hat er nur einen Puck-Komplex«, warf Professor Serenti lächelnd ein.

»Puck? Was ist ein Puck?«

»Die Hartgummischeibe beim Eishockey, Freund Perry«, sagte Lordadmiral Atlan ironisch, »und im ehemaligen Volksaberglauben ein Schutzgeist in Häusern – oder auf Schiffen . . .«

»Das hat uns gerade noch gefehlt«, meinte Rhodan trocken.

7.

Langsam füllte sich der große Konferenzsaal. Perry Rhodan, Atlan und Icho Tolot saßen an einem mit Schaltungen und Monitoren bedeckten Seitentisch des halbkreisförmigen Auditoriums.

Die Konferenzleitung lag in den Händen von Professor Thunar Eysbert, da das Thema hauptsächlich psychologische Fragen betraf. Neben dem Chefkosmopsychologen hatte der Parapsi-Ingenieur Professor Dr. Celan Benaya Platz genommen.

Insgesamt fanden sich vierundsechzig Personen, Wissenschaftler aus allen nur denkbaren Bereichen, im Saal ein.

Zuerst sprach Ovaron. Der Ganjo und Sextadim-Navigator legte Wahrscheinlichkeitsberechnungen vor, die er mit Hilfe des biopositronischen Hauptcomputers der MARCO POLO angefertigt hatte. Professor Dr. Tulan Claiber, Chefanalytiker des Schiffes, nickte mehrmals anerkennend. Was der Ganjo vortrug, hatte Hand und Fuß.

»Man könnte vergessen, daß wir uns in einem Raumgiganten befinden, Perry«, flüsterte Atlan während einer Pause des Cappins. »Dabei trennen uns fast sechsunddreißig Millionen Lichtjahre von der guten alten Erde.«

Rhodan nickte sinnend. Zu einer Antwort kam er nicht, weil Chefmathelogiker Professor Dr. Eric Bichinger das Wort ergriff. Bichinger unterstützte Ovarons Ansichten und erntete Kopfschütteln von Professor Eysbert.

Atlan hat recht, dachte Perry Rhodan bei sich. Dies hier könnte ein Konferenzraum in der Großadministration Terrania sein. Nichts verrät, daß wir uns in einer von Kriegen erschütterten Galaxis befinden, von der möglicherweise Gefahr für die Erde droht.

Professor Dr. Bichinger setzte sich, und Professor Dr. Eysbert ergriff das Wort.

»Ich möchte dem Schlußurteil nicht vorgreifen«, sagte er in leicht gelangweiltem Tonfall, »aber weder Sie, Professor Bichinger, noch Ovaron sind bei Ihren Berechnungen von einem neutralen Standort ausgegangen.«

»Gibt es denn überhaupt einen neutralen Standort, Professor Eysbert?« rief Icho Tolot dazwischen. »Sie können ihrem Gehirn nicht befehlen, in allen möglichen Richtungen gleichzeitig zu denken. Das wäre unmöglich. Eine Richtung wird – bewußt oder unbewußt – immer bevorzugt.«

»Selbstverständlich«, antwortete Thunar Eysbert. »Ich wollte damit auch nur andeuten, daß Ovarons Denkrichtung auf eine Verneinung der Hypothese abzielt, man würde ihn in der Galaxis Gruelfin beziehungsweise NGC 4594 seit rund zweihunderttausend Jahren als Retter erwarten.«

Er holte tief Luft.

»Ich werde Ihnen, meine Damen und Herren, beweisen, daß schon das Wörtchen ›seit‹ die unterbewußte Abwehrhaltung des Ganjos charakterisiert. Ovaron sagte ›seit zweihunderttausend Jahren‹. Ich will es anders formulieren und sage ›vor zweihunderttausend Jahren‹, nämlich als das Chaos über Gruelfin hereinbrach, hofften wahrscheinlich Milliarden von Cappins auf die Rückkehr ihres Ganjos und auf sein massives Eingreifen.

Wir wissen, daß die ganjasische Kultur sehr alt ist oder war, falls wir das Schlimmste annehmen. Die Cappins des Ganjasischen Reiches dachten gewiß in kosmischen Begriffen, und warum sollten sie dabei den Zeitbegriff ausschließen.

Sie wußten, daß hundert Jahre, nach kosmischen Maßstäben gemessen, bestenfalls der Anfang eines schnellen Augenzwinkerns sind. Es gab sicherlich auch bei ihnen Hypothesen über das Für und Wider von Zeitreisen. Warum sollte die vor zweihunderttausend Jahren lebende Generation nicht Jahrzehnt um Jahrzehnt geduldig gewartet haben, daß der Ganjo die Zügel in die Hände nahm. Ich stelle mir vor, daß sie sich verzweifelt an diese Hoffnung klammerten, als die Zustände sich verschlimmerten.

Diese Hoffnung übertrug sich auf die folgende Generation, die ungezählte Male mit angehört haben muß, wie die Eltern und anderen Verwandten darüber sprachen, wenn der Ganjo zurückkehrte, würde er das Reich retten.

Im Verlauf weiterer Generationen verlor diese Aussage immer mehr an konkretem Gehalt. Bei vielen Splittergruppen und Völkern wird sie völlig in Vergessenheit geraten sein, aber bei einigen könnten sich bruchstückhafte Erinnerungen erhalten haben. Vielleicht gibt es sogar einen Kult, wie bei zahlreichen alten Völkern der Erde das Versprechen der ›Götter‹ – überlebende Lemurer, Besucher von Flucht- oder Ausweichplaneten des Haluterkrieges, Zeitreisende aus unserem eigenen Jahrhundert und so weiter –, eines Tages wiederzukommen, zur Entstehung von Kulten und Sekten führte.«

Ovaron hob die Hand und Professor Eysbert erteilte ihm das Wort. Der Cappin wirkte erregt und verstört.

»Was Professor Eysbert sagte, mag stimmen oder auch nicht stimmen«, dozierte er. »Aber es handelt sich hierbei nicht einmal um Hypothesen, sondern um reine Spekulationen. Es hört sich gut an, wenn man sagt, so oder so könnte es gewesen sein, oder wenn man Parallelen aufzeigt.

Schön, wir haben die Aussage eines Mannes, daß man sich in dieser Galaxis vom Kommen eines Ganjos – vom Kommen und nicht vom Wiederkommen, meine Damen und Herren – Rettung verspricht. Unter ›Rettung‹ versteht man wahrscheinlich die Einigung der zersplitterten Cappin-Völker unter einer Zentralgewalt und später den Wiederaufbau des Ganjanischen Reiches.

Aber ›Ganjo‹ ist nur ein Titel, kein Name. Es hat im Verlauf der ganjasischen Geschichte dreiundsiebzig Ganjos gegeben: Ich war der dreiundsiebzigste und vielleicht nicht einmal der letzte.

Außerdem: Ich will ruhig so unverschämt sein und behaupten, zu meiner Zeit habe es keinen Würdigeren und Tüchtigeren für das Amt des Ganjos gegeben. Ich will sogar unterstellen, ich müßte als Genie betrachtet worden sein. Aber ich kann mir einfach nicht vorstellen, daß es im Verlauf von zweihunderttausend Jahren keinen einzigen Cappin gegeben haben soll, dessen genialer Geist ihn zur Wiedererrichtung des Reiches befähigte.

In jedem dieser zweitausend Jahrhunderte müssen mehrere Genies geboren worden sein. Es gibt keinen Grund anzunehmen, daß nur ich für die Rettung der Ganjasen prädestiniert sei. Das wäre so anmaßend und arrogant, daß man es nur von einem Paranoiker erwarten könnte.«

Ovaron setzte sich abrupt und starrte mit unbewegtem Gesicht geradeaus.

Professor Dr. Eysbert wollte sich erheben, aber Perry Rhodan, der die bisherigen Beiträge konzentriert und nachdenklich verfolgt hatte, griff ein.

»Meine Damen und Herren«, sagte er, ohne die Stimme zu heben. »Es gibt Zeiten, da kommt man nicht umhin, Absichten aufzugeben, in die man eine Menge Hoffnung investiert hat.

Ein solcher Augenblick ist meiner Ansicht nach jetzt gekommen. Wir haben versucht, die Frage theoretisch zu klären, ob in der Galaxis Gruelfin eine Art Retter erwartet wird.

Diese Frage darf wohl bejaht werden, allerdings mit der Einschränkung, daß wir noch nicht wissen, welcher Personenkreis auf eine Art von Retter hofft.

Ich bitte den Konferenzleiter, über meinen Antrag, die Konferenz bis zum Vorliegen neuer Tatsachen zu verschieben, abstimmen zu lassen.«

Der lang aufgeschossene braunhäutige Parapsi-Ingenieur Celan Benaya schoß von seinem Platz hoch.

»Ich bitte zuvor ums Wort, Herr Konferenzleiter!«

Thunar Eysbert nickte ihm zu.

»Bitte, Professor Benaya.«

»Aus dem vorliegenden Untersuchungsergebnis habe ich entnommen, daß Major Lokoshans Gesundheitszustand nach dem Experiment mit Scholschowo ausgezeichnet ist, von einer inzwischen behobenen physischen und psychischen Erschöpfung abgesehen. Auch meine Untersuchungen des Parapsi-Bereichs ergaben ein zufriedenstellendes Resultat.

Ich beantrage daher, Major Lokoshan ein zweites Experiment durchführen zu lassen. Als Parapsi-Ingenieur kann ich voraussagen, daß das zweite Experiment den Psychokopisten nicht so anstrengen wird wie das erste. Welche neuen Informationen es uns einbringen wird, vermag ich selbstverständlich nicht zu sagen.«

»Ich unterstütze Professor Benayas Antrag!« rief Lordadmiral Atlan.

»Wir werden darüber abstimmen«, sagte Eysbert.

Die elektronische Abstimmung ergab eine absolute Mehrheit von dreiundneunzig Prozent der Anwesenden für ein zweites Experiment. Anschließend wurde über Rhodans Vertagungsantrag abgestimmt. Neunundsiebzig Prozent entschieden dafür, sechzehn Prozent dagegen; der Rest enthielt sich der Stimme.

Damit war die Konferenz beendet.

Rhodan und Atlan gingen nebeneinander aus der Halle und ließen sich vom Transportband zur Kommandozentrale tragen.

»Major Lokoshan wird nicht sehr erfreut über den Auftrag sein, fürchte ich«, sagte Perry Rhodan.

»Dann solltest du ihm sagen, daß er nicht zum Vergnügen auf der MARCO POLO ist, Freund. Wir übrigens auch nicht. Es wird Zeit, daß wir etwas unternehmen.«

»Bald . . .«, antwortete Rhodan versonnen. »Bald wird es so viel zu tun geben, daß wir uns manchmal wünschen dürften, wir wären zu Hause geblieben.«

»Von wo aus du bei der nächsten Gelegenheit abgeflogen wärst. Betrüge dich nicht selbst, Terraner. Wir alle sind längst nicht mehr seßhaft. Unser Zuhause sind die Sterne.«

Patulli Lokoshan leckte sich die trockenen Lippen. Er war frisch gebadet und rasiert, roch nach herber Seife, Rasierwasser und einem Haarlack, den er sich über das zu kleinen grünen Zöpfen geflochtene Haar hatte sprühen lassen. Die Uniformkombination glänzte makellos; er hatte die beim letzten Experiment durchgeschwitzte Montur in die Bordreinigung gegeben.

»Einen zweiten Versuch, Sir. Hm!«

»Fürchten Sie sich etwa?« fragte Atlan sarkastisch.

»Was? – Machen Sie sich nicht lächerlich!« Lokoshan schlug sich erschrocken auf den Mund. »Verzeihung, Lordadmiral. Selbstverständlich fürchte ich mich etwas. Aber deshalb habe ich nicht gezögert. Ich überlege mir nur, wie man den Nutzeffekt erweitern könnte.«

»Wie wäre es, wenn diesmal nicht nur Gucky, sondern gleichzeitig auch Lloyd helfen würde, Major?« fragte Perry Rhodan. Die Männer saßen in einer kleinen Konferenzzelle, unmittelbar neben der Kommandozentrale. Außer ihnen waren noch Gucky, Tolot und Roi Danton anwesend.

Lokoshan blickte skeptisch.

»Mich beunruhigt Scholschowos Zustand«, sagte Atlan. »Er liegt noch immer im Koma, obwohl seine Blutmenge jetzt normal ist, das

Herz-Lungen-Aggregat einwandfrei arbeitet und die urämischen Erscheinungen abgeklungen sind.«

»Wahrscheinlich hat der zeitweilige Sauerstoffmangel die Hirnrindenzellen schwerer geschädigt, als zuerst vermutet wurde«, warf Michael Rhodan ein.

»Und die Urämie hat ein übriges getan«, meinte Lokoshan dumpf. »Es wäre schade, wenn Scholschowo sterben müßte. Er ist für mich bereits so etwas wie ein Zwillingsbruder.«

Perry Rhodan blickte den Kamashiten verwundert an.

»Derartige Bindungen können Sie sich nicht leisten, Major. Ich begreife natürlich, daß es nicht spurlos an Ihnen vorübergeht, wenn Sie zeitweise quasi ein anderer sind, aber lassen Sie niemals Reste in sich zurück. Unseren Kosmopsychologen und Parapsi-Ingenieuren stehen genügend Mittel zur Verfügung, um nach jedem Ihrer Einsätze anschließend die fremden Mentalitätsreste zu löschen.«

Major Lokoshan schüttelte den Kopf.

»Das könnte ich selber tun, Sir. Prinzipiell tue ich es auch. Aber es gibt Lebewesen, bei denen ich aus freiem Willen eine psychische Bindung kultiviere und . . .«

»Ich verstehe«, unterbrach Perry Rhodan ihn. »Sie brauchen nicht weiterzusprechen. Jedes Intelligenzwesen hat das Recht auf Gefühle wie Sympathie, Freundschaft und so weiter und auf daraus entspringende private Bindungen. Sofern Sie Ihre diesbezüglichen Entscheidungen aus freiem Willen treffen, gehen sie mich nichts an.«

Patulli Lokoshan neigte den Kopf.

»Danke, Sir.« Er lächelte mit geschlossenen Augen, als träume er. »Aber Sie dürfen Ihr Zugeständnis nicht auf Intelligenzwesen beschränken. Auch Instinktwesen bringen manchmal eine Saite in mir zum Mitschwingen – und manchmal sogar Blumen . . .«

Gucky nickte heftig. Die anderen Anwesenden blickten teilweise ungläubig drein, aber niemand verspottete den Kamashiten. Sie hatten selbst schon zu oft erlebt, wie scheinbar Unmögliches Realität wurde.

Fellmer Lloyd trat ein, nickte den anderen Personen zu und setzte sich in einen freien Schalensessel.

Er lächelte, als er zu Rhodan sagte:

»Zu dritt werden wir Major Lokoshans Triebschranke sehr schnell brechen können, Sir.«

Perry Rhodan wunderte sich nicht darüber, daß der Orter und Telepath bereits informiert war. Entweder hatte Gucky ihn telepathisch unterrichtet, oder einer der anderen hatte vorübergehend seine

Gedankenabschirmung aufgehoben und Fellmer in seinem Gedankeninhalt lesen lassen.

Patulli Lokoshan sah auf seine Hände, dann blickte er die Gefährten an.

»Warum versuchen wir es nicht gleich?«

»Hier . . .?« fragte Roi Danton gedehnt.

Der Psychokopist lächelte undefinierbar.

»Wo, das spielt keine Rolle mehr, nicht nach dem sehr intensiven ersten Kontakt. Aber bitten Sie vorher darum, Scholschowo zu anästhesieren.« Ein Schauer durchfuhr ihn. »Es war grauenhaft.«

Perry Rhodan stellte eine Interkomverbindung zur Bordklinik her und gab Lokoshans Bitte an Professor Kaspon weiter. Der Chirurg versprach, seinen besten Anästhesisten einzusetzen und Bescheid zu sagen, sobald Scholschowo schmerzunempfindlich gemacht worden sei.

Major Lokoshan stellte seine Statuette, die er bisher auf den Knien gehalten hatte, auf den niedrigen Tisch. Der Große Erbgott Lullog schimmerte geheimnisvoll im gelbroten Schein der indirekten Beleuchtung. Roi Danton starrte ihn fasziniert an, sagte aber nichts.

Endlich rief Professor Kaspon zurück und teilte mit, der Patient sei anästhesiert.

Perry Rhodan nickte Gucky und Fellmer zu und sagte: »In Ordnung. Bitte fangt jetzt an.«

Patulli Lokoshan schloß die Augen, lehnte sich zurück und entspannte sich. Der Kontakt mit den psychogenen Abläufen in Scholschowos Unterbewußtsein war beinahe augenblicklich da.

Dennoch dauerte es fast eine halbe Stunde, bis die Telepathen die Selbsterhaltungsschranke Lokoshans durchstießen. Danach erlebten sie mit, wie Scholschowos kopiertes Unterbewußtsein Lokoshans Unterbewußtsein überlagerte und den gesamten Geist des Kamashiten übernahm.

Wieder veränderten sich Patulli Lokoshans Züge in gespenstischer Weise. Ihre Ähnlichkeit mit Scholschowo war beinahe erschreckend. Michael Rhodan keuchte unterdrückt, als Lokoshan sich erhob und mit den Bewegungen Scholschowos ging.

Mit Hilfe der übernommenen Bewußtseinsebene und des geborgten Körpers sprach der Moritator Scholschowo zu den Anwesenden. Da die Denkanstöße jedoch aus einem ungeordneten, weil unbewußten

Teil von Scholschowos Geist kamen, fehlte ihnen die logische Ordnung.

Der Moritator blickte aus den angstgeweiteten Augen Lokoshans von einem zum anderen, als suche er den Ganjo. Ovaron aber hatte sich absichtlich ferngehalten; der Cappin wollte nicht, daß Scholschowos Gefühle durch seinen Anblick zu einem Sturm entfacht wurden, der alles andere wegfegte.

»Zeit . . .«, murmelte Scholschowo, »keine Zeit.« Seine Hände fuhren tastend über die Tischplatte, berührten Lullog und zuckten zurück. »Geysselin, muß nach Geysselin. Verbrannt!« Er schluchzte auf. »Verbrecher, einen Moritator zu morden.«

Scholschowo steuerte Lokoshans Körper ungeschickt um den Tisch herum. Vor Atlan blieb er stehen, den Blick in die uralten Augen des Unsterblichen versenkt.

»Bin gefangen. Hilf mir . . .« Er sprach ausschließlich die Sprache der Cappin-Völker mit schwachem ganjasischem Akzent.

Plötzlich sank er auf die Knie, umklammerte Atlans Beine und stammelte: »Geysselin, Almutsan-System, gelbe Sonne mit sechs Planeten.« Er begann heftig zu zittern. »Moritator muß hin! Dritter Planet Geysselin!«

Der Arkonide legte ihm die Hände auf die Schultern und versicherte:

»Wir werden Sie hinbringen, Scholschowo. Aber ich brauche mehr Informationen: Koordinaten, planetare Verhältnisse, Bewohner.« Er sprach ebenfalls die Cappin-Sprache; vor rund drei Jahren hatten er und die anderen Teilnehmer der damaligen Zeitexpeditionen einen entsprechenden Hypnokursus mitgemacht.

»Praipors . . .«, murmelte Scholschowo.

Seine Stimme erstarb, er erschlaffte – und dann richtete sich Patulli Lokoshan wieder auf. Die Züge des Moritators waren wie weggewischt.

»Nun . . .?« fragte er mit schwacher Stimme. »Hatten wir Erfolg?«

Atlan lächelte und schaltete seinen Impulskristall-Recorder ein. Der Major hörte konzentriert zu, als der Kristall wiedergab, was Scholschowo mit Hilfe seines Körpers gesagt hatte.

»Phantastisch«, urteilte Lokoshan. »So etwas habe ich früher nie gekonnt. Das ist mehr als bloße Psychokopie.«

»Klar ist es mehr, Superzwerg!« rief Gucky. »Schließlich habe ich mitgeholfen. Fellmer natürlich auch ein bißchen. Es war sozusagen Telekopie oder so.«

Das Almutsan-System war 2396 Lichtjahre von der ehemaligen Warteposition entfernt gewesen. Jetzt, nach der dritten Linearetappe, waren es nur noch vierunddreißig Lichtstunden.

Die Koordinaten, nach zweihunderttausend Jahre alten Gedächtnisdaten von den Positroniken auf den aktuellen Stand gebracht, hatten sich als exakt erwiesen.

Mit Unterlichtfahrt glitt die MARCO POLO auf den vorausliegenden Stern zu, der ein wenig heller leuchtete als die anderen Sterne, denn er stand näher.

Die Triebwerke waren abgeschaltet, die Geschützpforten geöffnet. An Bord herrschte erneut Gefechtsbereitschaft.

Perry Rhodan saß mit seinem Führungsstab um den runden Kartentisch der Kommandozentrale. Er trug einen mittelschweren Kampfanzug, genau wie die anderen Besatzungsmitglieder. Sein Sohn Mike trug das gleiche Flottenmodell, hatte aber nicht auf seine weißgepuderte Perücke verzichtet.

Lord Zwiebus schnaufte unwillig und scharrte mit den Füßen.

»Angst?« fragte Gucky und entblößte seinen Nagezahn zur Hälfte.

»Blödsinn!« knurrte Zwiebus. »Mich juckt's unter der linken Fußsohle. Idiotischer Kampfanzug! Man hätte wenigstens Kratzpfoten einbauen müssen.«

»Oder eine Kratzomatik . . .«, murmelte Major Lokoshan tiefsinnig.

Ras Tschubai bekam einen Hustenanfall, der den eingenickten Fellmer Lloyd aufweckte.

Icho Tolot öffnete seinen großen Rachen, als wollte er sein berühmt-berüchtigtes Lachgebrüll ausstoßen. Aber es kamen nur einige glockenhelle Töne hervor, die eher zu einem Mädchen paßten, das in einem exklusiven Internat eine noch exklusivere Erziehung genossen hatte.

Der Mausbiber zog verblüfft sein Stirnfell kraus.

»Hast du Kreide gegessen, Icho?«

»Wieso Kreide . . .?« Tolot sprach so leise, daß der Ilt Mühe hatte, ihn zu verstehen.

»Na, wie der Hund in dem Märchen von den sieben Rotkäppchen.«

»Das war kein Hund, sondern es war ein Wolf«, belehrte Lloyd ihn. »Und es waren nicht die sieben Rotkäppchen, sondern die sieben Zwerge.«

»Geißlein«, warf Joak Cascal ein.

»Selber Geißlein«, gab Lloyd mürrisch zurück.

»Ich begreife das nicht«, flüsterte Icho Tolot.
»Das begreifen die selber nicht«, sagte Alaska Saedelaere. »Kaum sitzen sie zusammen, fangen sie an zu blödeln. Man sollte meinen, daß hochgezüchtete Gehirne . . .«
». . . merken«, schnitt ihm Atlan das Wort ab, »daß mit unserem halutischen Freund etwas nicht stimmt. Warum flüstern Sie so, Tolot? Haben Sie sich erkältet?«
»Ich kann mich nicht erkälten«, antwortete Tolot.
»Er hat zu hastig gegessen, dabei ist ihm ein Stück Felsgestein im Hals steckengeblieben«, spöttelte Gucky.
»Bitte!« rief Perry Rhodan streng. »Ich finde, wir sollten beunruhigt sein, wenn Tolot so leise spricht, daß man es kaum versteht.«
»Nein, das brauchst du nicht, Rhodanos«, widersprach der Haluter. »Es gibt sich schon wieder. Wenigstens kann ich nun meinen lieben Kindern nicht mehr durch Unachtsamkeit weh tun.«
Patulli Lokoshan wölbte die Brauen. Eine steile Falte bildete sich über seiner Nasenwurzel.
»Distanz zur Bahn des sechsten Planeten noch dreiunddreißig Lichtstunden«, meldete Kommandant Korom-Khan über Interkom. »Geschwindigkeit unverändert, 0,4 Licht. Raumortung negativ.«
Rhodan überlegte einige Sekunden lang, dann befahl er:
»Bei Distanz dreißig Lh alle Kreuzer und Korvetten ausschleusen – ausgenommen Erste Kreuzerflottille. Auftrag . . .«, er drückte eine Taste seines Führungspultes, und die Einsatzpositronik schlüsselte alle Aufgaben so auf die vorhandenen Flottillen auf, daß der Einsatz einen maximalen Nutz- und Sicherheitseffekt erbrachte, » . . . lautet: Sektorenweise Erkundung im Umkreis von viereinhalb Lichtjahren. Feindberührung meiden, bei Angriff zurückziehen, je nach Lage Verfolger von Trägerschiff ablenken oder auf günstige Gefechtsdistanz heranlocken.
MARCO POLO nimmt nach Ausschleusen Fahrt auf und geht nach kurzem Linearmanöver in den Ortungsschutz von Almutsan. Oberst Kasom und Oberstleutnant Kuruzin, bitte sofort zu mir in die Kommandozentrale. Ende!«

8.

Auf dem Übertragungsschirm wechselten sich Texte und Bilder in schneller Reihenfolge ab. Die Spähsonden der MARCO POLO hatten gute Ortungsergebnisse mitgebracht.

Perry Rhodan musterte die Aufnahmen von Geysselins Oberfläche. Vor sechseinhalb Stunden war die MARCO POLO in den Ortungsschutz der gelben Sonne Almutsan gegangen.

»Unmöglich«, sagte Ovaron, der direkt neben dem Terraner stand. »Das ist unmöglich Geysselin, Perry.«

»Die Aufnahmen wurden von der Oberfläche des dritten Planeten angefertigt«, argumentierte Rhodan. »Aber zweihunderttausend Jahre sind eine lange Zeit.«

»Allerdings!« Ovarons Antwort klang bitter. »Vor zweihunderttausend Jahren gab es auf Geysselin drei riesige Hauptkontinente, jetzt sind da unten nur noch Tausende kleiner und kleinster Inseln.«

»Von denen teilweise eine starke radioaktive Strahlung ausgeht«, ergänzte Perry Rhodan ernst. »Hier haben Impulswaffen schwersten Energiekalibers und Fusionsbomben gewütet. Fragt sich nur, vor welcher Zeitspanne.«

Er gab die Frage an die Hauptpositronik durch, die die Ortungsergebnisse bereits hatte. Im nächsten Moment kam die Antwort.

Geysselins Kontinente waren vor etwa zwanzigtausend Jahren zerstückelt worden.

»Ich begreife das nicht!« stieß der Cappin erregt hervor. »Geysselin gehörte zu den wichtigsten Außenstützpunkten der Reichsflotte. Ein Objekt mit der Sicherheitsstufe Eins besitzt eine extrem starke Abwehr. Auf den drei Kontinenten gab es überschwere Panzerforts, subplanetare Raumzerstörerbasen, Boden-Raum-Raketenrampen und was der Dinge mehr sind. Man hätte kein Schiff nahe genug herangelassen, daß es seine eigenen Waffen einsetzen könnte.«

»Dann war man eben nicht wachsam genug«, sagte Rhodan hart. »Außerdem kann ein zu allem entschlossener Kommandeur mit einer hinter ihm stehenden Truppe jedes Fort knacken und jeden Planeten erobern. Er braucht nur einfallsreich genug zu sein.«

Atlan, an Perrys anderer Seite, lachte leise.

»Lebe listiger, und du lebst lustiger. Ovaron, ich warne Sie vor diesem Barbaren; er hat mit seinen Listen schon Sternenreiche erobert.«

Der Cappin lächelte.

»Eine gute List ist besser als eine verlorene Schlacht, Lordadmiral. Auch wir Ganjasen haben unsere geflügelten Worte . . .«, seine Stimme wurde dunkler, » . . . zumindest hatten wir sie.«

»Kopf hoch!« sagte Rhodan. »Trümmer lassen sich zusammenfügen. Aber nun wieder zum Thema! Oberstleutnant Kuruzin!«

Der riesige Flottillenchef aus dem terranischen Landschaftsgebiet Nubien trat näher.

»Sir . . .?«

»Wir starten in anderthalb Stunden mit der CMP-1 zum Planeten Geysselin. Bereiten Sie sich darauf vor, daß ungefähr zwanzig Personen zusteigen.«

»Wird gemacht, Sir!« Menesh Kuruzin entfernte sich.

»Oberst Kasom!«

Der Urenkel von Melbar Kasom lachte mit den Augen. Mit seiner rotbraunen Haut und der Sichelkammfrisur sah er einem urzeitlichen Heerführer ähnlicher als einem Raumfahrer.

»Sir!« Es klang wie ein Fanfarenstoß.

Perry lächelte.

»Sie organisieren den Einsatz. Lassen Sie sich von der Positronik eine Vorkalkulation geben und stellen Sie Teilnehmerliste und Ausrüstung zusammen.«

»Ist klar, Sir«, dröhnte Toronar Kasoms Stimme. »Sie kommen mit? Atlan auch?«

»Ich komme mit, außerdem alle Mutanten. Ovaron, Merceile! Wie ist es mit Ihnen?«

»Selbstverständlich«, erwiderten beide wie aus einem Mund.

»Ebenso selbstverständlich kommt mein Name auf die Liste!« rief Roi Danton. »Sorge Er dafür, Knecht!«

»Sie werden demnächst eine Zahnprothese brauchen, Majestät«, versicherte Kasom mit vielversprechendem Grinsen.

Roi Danton griff sich an die Stelle seines Rückens, die vor mehr als tausend Jahren eine schmerzhafte Bekanntschaft mit dem Fuß Melbar Kasoms gemacht hatte.

»Parbleu!« wetterte er. »Er ist ein ebenso ungehobelter Klotz wie Sein Urgroßvater. Gehe Er mir aus den Augen!« Er zog den Galanteriedegen ein Stück aus der kunstvoll verzierten Scheide und stieß ihn dann heftig hinein.

Toronar Kasom erlaubte sich den Scherz, nach alter preußischkerniger Soldatenart mit den Füßen aufzustampfen und die Hacken zusammenzuknallen, während er einen imaginären Hut vom Kopf riß und an seinen mächtigen Brustkasten donnerte.

»Nicht schlecht«, murmelte Patulli Lokoshan, nachdem der Ertruser verschwunden war. »Ich werde den neuen Tanz Torotschok nennen.«

Atlan murmelte etwas ausgesprochen Unfreundliches, dann eilte er hinter Oberst Kasom her.

»Ich möchte das Urteil des Lordadmirals über meinen mißratenen Sohn unterstreichen«, sagte Perry Rhodan. »Etwas Spaß ist ganz nützlich, aber das ging zu weit.«

»Weshalb ist er überhaupt hinter Toro hergerannt?« erkundigte sich Gucky.

»Weil er vergessen hatte zu sagen, daß er am Einsatz teilnimmt, du Schlafmaus«, antwortete Merceile.

»Jeder der hier Anwesenden«, sagte Perry Rhodan, »wird vermutlich zum Einsatzkommando gehören. Deshalb schlage ich vor, daß Sie sich schon darauf einstellen. Wir sehen uns auf der CMP-1 wieder.«

Er ging zum Schott der Auswertungszentrale. Dort blieb er stehen und wandte sich noch einmal um.

»Major Lokoshan, falls Sie durch einen dummen Zufall auf Kasoms Liste geraten sollten, dann lassen Sie Ihren Dingsda, den Lullog, an Bord – und wenn ich ›an Bord‹ sage, dann meine ich die MARCO POLO!«

Bevor Patulli Lokoshan darauf antworten konnte, war der Großadministrator gegangen.

Roi Danton klopfte dem Kamashiten freundlich auf die Schulter.

»Trage Er es mit Fassung, Sohn. Wir leiden beide unter der gleichen Regierung.«

Die zehn Leichten Kreuzer der Ersten Flottille wurden im Simultanstart ausgeschleust. Sie nahmen im Formationsflug Fahrt auf und schwärmten bei Erreichen der Maximalbeschleunigung aus.

Allein die CMP-1 behielt ihren Kurs bei und steuerte Geysselin direkt an. Die anderen sollten sich dem Planeten auf unterschiedlichen Bahnen nähern und verschiedene Kreisbahnen um ihn einschlagen.

Genau zweiundzwanzig Personen waren von Toronar Kasom für

den Einsatz ausgesucht worden, darunter alle Mutanten und Parastabilisierten.

Perry Rhodan befand sich zusammen mit Atlan und den beiden Cappins in der Kommandozentrale. Die übrigen Teilnehmer waren in einem Laderaum untergebracht worden.

Geysselin schien überhaupt nicht näher kommen zu wollen. Die CMP-1 flog, wegen der Dilatationsgefahr, nur dreißig Prozent LG. Nach einigen Minuten vollführte sie ein kurzes Linearmanöver und fiel zehn Millionen Kilometer vor dem dritten Planeten in den Normalraum zurück.

Oberstleutnant Kuruzin steuerte den Kreuzer souverän. Seine Finger glitten mit spielerisch anmutender Leichtigkeit über die Schalttastatur seines Kommandopultes.

»Dort müssen grauenhafte Gewalten getobt haben«, flüsterte Merceile, als die Oberfläche durch die Sektorenvergrößerung näher herangeholt wurde.

Perry Rhodan nickte schweigend.

Nur Wasser und von dichter Vegetation überwucherte Inseln und Inselchen. Pflanzen und Tiere würden mutiert sein. Es galt, vorsichtig vorzugehen.

Ovaron stand neben dem Kommandopult und betätigte die Sektorenvergrößerung. Er holte immer neue Ausschnitte der Planetenoberfläche heran, auf der Suche nach Geländemerkmalen. Der ehemalige Ganjo wollte versuchen, die Ruinen der ehemaligen Befehlszentrale der ganjasischen Flotte zu finden. Seiner Meinung nach mußten einige Teile noch erhalten geblieben sein.

Der Kreuzer bremste ab und schwang in eine elliptische Bahn um Geysselin. Die größte Bahnhöhe betrug elfhundert, die geringste achthundertsechzig Kilometer.

Plötzlich materialisierte Gucky in der Zentrale. Er blickte sich suchend um, entdeckte Rhodan und marschierte auf ihn zu.

»Es stinkt!« stellte er fest.

»Es riecht!« verbesserte ihn Rhodan, mit einem Seitenblick auf Merceile. Dann runzelte er die Stirn. »Aber doch nicht hier . . .!«

»Natürlich nicht«, entgegnete der Ilt würdevoll. »In der Nähe einer so bezaubernden jungen Dame kann es höchstens duften.« Er deutete auf den Frontsektor der Panoramagalerie. »Aber dort unten stinkt es, Perry. Ganz gewaltig sogar. Fellmer und ich haben psionische Impulse aufgefangen. Dreimal darfst du raten, welcher Art die Impulse waren.«

»Telepathie?«

»Falsch geraten! Hypnosuggestiv!«

»Was . . .?«

Rhodan fuhr unwillkürlich hoch, dann setzte er sich wieder.

»Intensität?«

»Sehr schwach, Chef.«

»Sinngehalt?«

»Verworren, unerkennbar. Ich gewann den Eindruck, als experimentiere da ein schwach psionisch Begabter herum.«

»Dieser Eindruck kann täuschen, Kleiner.« Perry Rhodan wirkte besorgt. »Jedenfalls danke ich dir und Fellmer. Hm! Wir müssen also die Möglichkeit eines hypnosuggestiven Angriffs einkalkulieren, auch wenn er unwahrscheinlich ist.«

»Halten Sie es für möglich, daß Geysselin von mutierten Nachkommen der ehemaligen ganjasischen Stützpunktbesatzung bewohnt wird?« fragte die Cappin-Frau.

»Möglich ist alles«, gab Perry trocken zurück. »Ovaron sprach von intakten Resten eines Kommandobunkers. Falls das zutrifft, hat es damals auch Überlebende gegeben.« Er erschauerte. »Möglicherweise sind die Nachkommen der Besatzung gar nicht mehr als Humanoide zu erkennen.«

»Anhalten!« schrie Ovaron plötzlich. »Oberstleutnant Kuruzin, halten Sie bitte an!«

Der Flottillenchef gehorchte, blickte dann allerdings fragend zu Rhodan herüber, wohl wissend, daß er gegen die Dienstvorschriften verstoßen hatte. Der Cappin war nicht weisungsberechtigt.

Der Großadministrator versuchte, grimmig dreinzuschauen.

»Das nächstemal nehmen Sie Ovarons Wünsche in ein Formular auf, elfseitig, mit je sieben Durchschlägen, Oberstleutnant, reichen es zur Begutachtung an Oberst Korom-Khan weiter und warten, bis er mir seine Entscheidung mitteilt und meine Bestätigung erbittet. Anschließend geht das Formular den gleichen Dienstweg zurück. Haben Sie verstanden?«

»Vollkommen, Sir!« versicherte Menesh Kuruzin grinsend. »Wie lange würde wohl so ein Dienstpapier laufen?«

»Höchstens drei Monate. Falls es länger dauern sollte, reklamieren Sie bitte und legen eine Neuausfertigung des Antrages bei.«

Ovaron hatte aufmerksam zugehört. Jetzt räusperte er sich.

»Mir ist natürlich klar, daß Sie absichtlich übertrieben haben, Perry, aber braucht man dazu wirklich Formulare?«

Rhodan lachte, und Kuruzin stimmte ein.

»Selbstverständlich nicht, Ovaron«, antwortete Perry. »Aber früher war die Formularitis auf Terra weitverbreitet; von Verklausulierungskünstlern so gestaltet, daß man, um das Formular ausfüllen zu können, persönlich die betreffende Dienststelle aufsuchen mußte oder sich einen Berater engagierte.«

Der Cappin schüttelte den Kopf, dann wechselte er das Thema.

»Wir haben vorhin eine große trapezförmige Insel überflogen, vor der aus einer Lagune das Wrack eines zylindrischen Raumschiffes ragt. Da dieser Teil des Planeten früher unter dem Meeresspiegel lag, ist genügend vom Wrack übriggeblieben, um mir als Orientierungshilfe dienen zu können. Die Klippen gegenüber dem Wrack müssen die Überreste einer Steilküste sein, von der aus Stollen zur ehemaligen Flotten-Befehlszentrale führten.«

»Verstanden«, sagte Rhodan. »Oberstleutnant Kuruzin, kehren Sie zu diesem Punkt zurück!«

Menesh Kuruzin bestätigte, schaltete die Kursaufzeichnung auf Rücklauf-Steuerprogramm und lehnte sich zurück. Der Autopilot brachte die CMP-1 rasch und genau zu der Position, an der Kuruzin abgebremst hatte.

Ovaron bediente Sektorenvergrößerung und Elektronenzeiger. Perry Rhodan sah eine ausgetrocknete Lagune, eine Klippenwand und auf einem spärlich bewachsenen Hügel innerhalb der Lagune ein von bunten Flechten überkrustetes Gerippe, das man sich mit einiger Phantasie als Fragment eines zylindrischen Raumschiffwracks vorstellen konnte.

»Es handelte sich um das Raumschiff eines unbekannten Volkes, dessen Angehörige wir nie kennengelernt hatten«, erläuterte Ovaron. »Wir fanden es rein zufällig, als wir nach einem Geheimplaneten für die Reichsflotte suchten.«

Er seufzte.

»Da war es noch gut erhalten, und wir ließen es als Orientierungsmerkmal für Eingeweihte. Das Material galt als korrosionsfest.«

»Wahrscheinlich haben die Flechten es zerfressen«, vermutete Rhodan. »Pflanzen besitzen eine unglaubliche Zerstörungskraft. Ihre Säureausscheidungen brauchen nur gering zu sein, aber in zweihunderttausend Jahren zermürben sie das beste Stahlplastik.«

»Chef!« rief Gucky. »Wieder parapsychische Ausstrahlungen, diesmal viel stärker, aber immer noch unidentifizierbar!«

Rhodan nickte, als Fellmer Lloyd sich aufgeregt über Interkom meldete. »Wir wissen Bescheid, Fellmer. Geben Sie mir bitte Oberst Kasom.«

Kurz darauf füllte Kasoms Gesicht den Interkomschirm aus.

»Teilen Sie alle an Bord befindlichen Parastabilisierten in drei Gruppen auf, Kasom!« befahl Rhodan. »Verteilen Sie die Gruppen auf drei Shifts. Zwei zusätzliche Shifts gelten als Reserve und bleiben unbesetzt. Positronengehirne auf Hilfsprogramm mit Selbstentscheidung schalten. Alle Shifts sofort nach Landung der CMP-1 ausschleusen. Ende.«

Als der Bildschirm erlosch, wandte Rhodan sich an Oberstleutnant Menesh Kuruzin.

»Landen Sie die CMP-1 dort unten vor den Klippen, Kuruzin, Feuerschaltungen unter Zeitschloß, Einstellung eine Stunde. Ich möchte vermeiden, daß Ihre Leute unter hypnosuggestiver Beeinflussung auf die ausgeschleusten Shifts schießen.«

Kuruzin nickte. Er wußte, was gemeint war.

»Die Steuerpositronik«, fuhr Perry Rhodan fort, »so einstellen, daß sie genau fünf Minuten nach Beendigung des Landemanövers automatisch startet und auf eine Kreisbahn in zwanzigtausend Kilometern Höhe geht. Programmierung ebenfalls durch Zeitschloß für eine Stunde sperren.«

»Wird sofort ausgeführt, Sir«, antwortete Menesh Kuruzin ernst.

Lordadmiral Atlan zog ein dünnes Büchlein hervor und schrieb etwas hinein.

Als Rhodan ihn fragend ansah, lächelte er dünn und sagte:

»Ich habe diesen Tag rot vermerkt, Terraner. Er gehört zu den wenigen Tagen, an denen du bei einem Einsatz jedes Risiko ausschließt.«

»So sicher bin ich da nicht«, widersprach Perry. »Immerhin landen wir genau vor der Nase einer ehemaligen Befehlszentrale . . .«

Über diesem Teil von Geysselin entlud sich ein fürchterliches Gewitter, als der Leichte Kreuzer CMP-1 auf dem harten rissigen Boden vor den Klippen aufsetzte.

Gucky und Lokoshan saßen in der Fahrerkuppel des Shifts Nummer Drei, der soeben auf die Schleuse zuschwebte. Sie hatten die Druckhelme ihrer Kampfanzüge geschlossen, weil sonst eine Verständigung nicht möglich gewesen wäre. Dennoch bildete das Krachen der Entladungen eine ständige Geräuschkulisse.

Vor ihnen wurde Shift Nummer Zwei in eine zuckende blauweiße Aureole gehüllt; ein Blitz war in den Schutzschirm geschlagen.

»Habt ihr unser Schutzfeld aktiviert?« erschallte Lord Zwiebus' Stimme aus dem Helmtelekom.

»Du hältst uns wohl für leicht vertrottelte Touristen, wie?« fragte der Mausbiber zurück und sah dabei den Kamashiten fragend an.

Patulli Lokoshan bildete einen Ring aus Daumen und Zeigefinger, die traditionelle Geste für »alles in Ordnung«.

Der Mausbiber atmete auf.

»Drei Minuten!« sagte eine Robotstimme.

Major Lokoshan drückte den Shift tiefer und orientierte sich an den Ultrarot-Schlußlichtern des Vordermannes. Gucky, er und Lord Zwiebus bildeten die Mannschaft des letzten Allzweckpanzers. Im Laderaum unterhalb der Steuerkanzel lag außerdem Takvorian, ebenfalls in einen Raumanzug gehüllt.

»Beeilen, bitte!« rief Perry Rhodan auf der Kommandofrequenz. »Shift Drei liegt zu weit zurück. Alles in Ordnung bei Ihnen, Major Lokoshan?«

»Ohne Lullog ist überhaupt nichts in Ordnung«, nörgelte der SolAb-Spezialist. »Ich werde mich beeilen.«

Ein gewaltiger Blitz blendete die Besatzung. Shift Drei wurde durchgeschüttelt. Lokoshan stieß eine Verwünschung aus und beschleunigte stärker.

»Rhodan an CMP-1!« ertönte Perrys Stimme erneut. »Irgendwelche besonderen Vorkommnisse?«

»Nichts von historischer Bedeutung, Sir«, antwortete Menesh Kuruzin launig. »Nur muß jemand seine Stiefel vergessen haben. Ein Paar von ziemlicher Größe steht im Shift-Hangar.«

»Das war ich, Sir«, schaltete sich Lord Zwiebus ein.

Brüllendes Gelächter von mindestens achtzig Personen erscholl. Demnach hatten alle Personen, einschließlich der Kreuzerbesatzung, auf Kommandofrequenz mitgehört.

»Steht irgendwo ein Fuß, ein kahler, gehört er dem Neandertaler!« trug Major Mentro Kosum vor. Er hatte auf der CMP-1 zurückbleiben müssen, da er nicht parastabilisiert war.

»Vier Minuten!« zählte die Robotstimme weiter. Sobald fünf Minuten verstrichen waren, würde der Kreuzer starten, ob seine Besatzung damit einverstanden war oder nicht.

»Ich hatte sie wieder anziehen wollen, wirklich«, beteuerte Zwiebus.

»Schon gut!« warf Perry Rhodan ein. »Bitte Ruhe jetzt. An Erkundungskommando: Wir landen zwischen den Bruchstücken unterhalb der Klippen. Beeilen, bitte!«

Patulli beschleunigte kurz, schwenkte nach Steuerbord ein und setzte seinen Gleiter direkt am Fuß der Klippen auf. Von oben kam ein kopfgroßer Felsbrocken und schlug gegen das gewölbte Kanzeldach aus Panzertroplon. Es gab ein Geräusch wie von einer großen Glocke.

»Warum steht da kein Schild, daß hier Steinschlaggefahr besteht«, murmelte der Ilt verdrießlich. Er ärgerte sich darüber, daß er vor Schreck zusammengezuckt war.

»Ich würde einen Leserbrief an die Gruelfin-Times schreiben«, sagte der Kamashite.

»Wie sieht es an Bord der CMP-1 aus?« fragte Rhodan erneut.

»So gut wie jetzt eben«, antwortete Kuruzin.

Patulli wunderte sich noch über die ausgesprochen dumme Antwort, als neben ihm der Mausbiber aufschrie. Einen Augenblick später spürte er einen dumpfen Druck auf seinem Gehirn.

»Da mache ich nicht mit, Sir«, rief Oberstleutnant Kuruzin mit hysterisch klingender Stimme. »Wir wollen uns auch die Füße vertreten und nicht schon wieder starten.«

»Starke hypnosuggestive Wellenfront«, erscholl Fellmer Lloyds Stimme. »Kreuzerbesatzung dürfte voll beeinflußt sein.«

»Befehl erkannt«, ergänzte der Ilt. »Jemand will alle Gelandeten auf Geysselin festhalten. Das ist alles.« Seine Stimme drückte Verwunderung aus.

»Fünf Minuten!« sagte die Robotstimme.

Dort, wo die von Blitzen erhellte CMP-1 stand, glühten schlagartig die Pseudosonnen der Impulstriebwerke auf. Die gesamte Lagune sah für Sekunden aus wie eine mit leuchtendem Gas gefüllte Schale. Dann hob der Hundertmeter-Kreuzer mit infernalischem Dröhnen, Fauchen und Donnern ab und schoß als dunkles Phantom mit waberndem Glutschweif durch die Wolkendecke.

Kurz darauf war in den Shifts nur noch das Rauschen des Regens zu hören. Das Gewitter verebbte allmählich.

»Hypnosuggestivfront wird noch stärker«, berichtete Lloyd unerschütterlich. »Aber jetzt bricht sie ab. Sie ist verstummt.«

»Ausgezeichnet!« rief Perry Rhodan. »Bitte genau zuhören! Ovaron, wie weit sind wir ungefähr vom Kern der ehemaligen Kommandozentrale entfernt?«

»Mindestens siebzig Kilometer, Perry, andernfalls hätte ich einer Landung widersprochen. Ich rechne damit, daß die Reparaturroboter des Befehlsstandes nach dem Angriff einige Abwehreinrichtungen wiederherstellen konnten.«

»Sie sind aber sehr optimistisch«, warf Joak Cascal ein.

»Im Gegenteil, ich bin so pessimistisch anzunehmen, daß wir auf Abwehr stoßen könnten. Außerdem dürfen wir die Mutanten nicht vergessen. Gegen ihre Parafähigkeiten sind wir immun, aber sie könnten schließlich auch Waffen technischer Art besitzen.«

»Wäre es denkbar, daß einige der Stollen, die zur Befehlszentrale führten, noch passierbar sind?« fragte Rhodan.

»Durchaus«, antwortete der Cappin. »Aber einen völlig intakten Stollen würde ich nicht betreten.«

»Verstehe. Wir müssen demnach von oben heran. Moment, ich entsinne mich, ungefähr hundert Kilometer östlich von hier einen Krater von etwa vierzig Kilometern Durchmesser gesehen zu haben. Die Tiefe beträgt maximal viereinhalb Kilometer, so zeigten jedenfalls die Taster an.«

»Richtig, Perry. Die HHe-Bombe, die den Krater verursachte, war vielleicht der Zentrale zugedacht. Sie kann aber höchstens die oberflächlichen Bauten und den Ostsektor zerstört haben; die anderen Sektoren liegen außerhalb des Kraterwalls. Dort müssen wir nach einem getarnten Einstiegsschacht suchen, der ausschließlich Reichsinspekteuren und Geheimdienstleuten bekannt war.«

»Einverstanden. Fliegen Sie also bitte mit Ihrem Shift voraus. Ich folge mit Shift Eins. Shift Drei bleibt zusammen mit den beiden auf Positronengehirn geschalteten unbemannten Shifts als Rückendekkung hier.«

»Du bist ein Scheusal, Perry!« zeterte Gucky. »Schon wieder soll ich Reservist spielen. Wenn ihr nun in Gefahr geratet?«

»Dann versuchen wir, uns ausnahmsweise einmal selbst zu helfen«, antwortete Perry Rhodan. »Außerdem werden wir nicht bis zum Zielgebiet fliegen oder fahren, sondern die letzten Kilometer zu Fuß gehen, Kleiner.«

»Kein Wort mehr«, sagte der Ilt hastig. »Du hast mich total mißverstanden. Ich habe niemals kritisiert, daß . . .«

»Stopp, Gucky. Ein weiteres Argument ist Lord Zwiebus. Im Zielgebiet ist es ziemlich ›heiß‹, und barfuß kann man dort gewiß nicht gehen, ohne sich die schönste Strahlenverbrennung zu holen.«

Der Neandertaler murmelte etwas Unverständliches. Jemand lachte mit dünner, atemloser Stimme. Das konnte nur Takvorian gewesen sein.

»Alles klar, Sir!« sagte Major Lokoshan. »Falls Sie in Bedrängnis geraten, ein Wort zu uns, und wir holen Sie heraus.«

»So ist es«, beteuerte Gucky.

»Ende!« sagte Rhodan. Seine Stimme klang ungewöhnlich matt.

Der Himmel hatte sich nach dem Gewitter wieder aufgehellt, aber die Sonne stand dicht über dem westlichen Horizont. In einer halben Stunde würde es dunkel werden.

»Ich schlage vor, wir machen einen kleinen Ausflug«, sagte Zwiebus und steckte seinen Kopf durch das Bodenluk der Steuerkanzel.

»Warum nicht?« erwiderte Gucky. »An Bord des Kommandokreuzers ist alles wieder in Ordnung. Wir könnten hinteleportieren und in der Kantine Erdbeeren mit Schlagsahne essen.«

»Wirst du je erwachsen!« stöhnte der Neandertaler gequält. »Ich meinte selbstverständlich einen Ausflug in die Klippen. Es interessiert mich, ob wir Überreste ehemaliger Stolleneingänge finden. Wie denken Sie darüber, Major Lokoshan?«

Der Kamashite zögerte. Es widerstrebte ihm, sich ohne zwingenden Grund einer ungewissen Gefahr auszusetzen. Und Gefahren aller Art würden auf diesem Planeten mit seinen mutierten Leben bestimmt vorhanden sein.

»Hm . . .!« machte Gucky plötzlich. Und nochmals: »Hm . . .!«

Die beiden Männer sahen ihn fragend an.

»Ehemalige Stolleneingänge«, murmelte der Ilt. »Ich denke, wir sollten uns draußen umsehen, wie ich vorgeschlagen habe. Das wäre ein Fest, wenn wir früher in der Befehlszentrale wären als die anderen.«

»Oder früher im Jenseits«, gab Lokoshan zu bedenken. »Und ich weiß nicht, wie ich meinen Erbgott nachholen sollte.«

»Den erbt dein Sohn«, erklärte Gucky.

»Das ist es ja eben. Ich habe noch keine Gelegenheit gehabt, eine Familie zu gründen. Raumakademie, Abwehrschule, Praktikum, aktiver SolAb-Dienst, Dienst in der Flotte . . .!«

Er seufzte schwer.

»Na schön! Lassen wir uns also einmal anderen Wind um die Ohren wehen. Gehen wir zu Fuß?«

»Ihr könnt ja, wenn ihr wollt, ich nicht«, antwortete Gucky.

Lord Zwiebus stemmte sich durch das Bodenluk und faßte nach Guckys linker Hand. Lokoshan faßte Guckys Rechte. Im nächsten Moment standen sie auf einem schrägen Felsvorsprung mitten in den steilen zerklüfteten Klippen. Der Wind heulte, packte sie und hätte sie beinahe in die Tiefe geschleudert. Sie konnten sich gerade rechtzeitig an Felsvorsprüngen festhalten.

»Meine Füße!« ächzte Zwiebus. »Überall liegen scharfkantige Splitter herum.«

»Und ich dachte, ein Neandertaler hätte eine daumendicke Hornhaut unter den Füßen«, gab der Ilt bissig zurück.

»Hatte ich auch. Die terranische Überzivilisation hat mich degeneriert.«

Etwas machte »Pflopp«, und ein Regen aus goldgelben Körnern senkte sich auf die drei Personen nieder. Bevor sie erkannten, was das bedeutete, hatten sich die spitzen Enden der Körner in Zwiebus' Füße gebohrt und erzeugten ein fürchterliches Brennen. Von den Kampfanzügen glitten sie selbstverständlich ab, und glücklicherweise war noch keine der drei Personen auf den Gedanken gekommen, ihren Helm zu öffnen.

Der Neandertaler stieß einige unartikulierte Laute aus und bückte sich, um den Schaden zu begutachten. Gucky erwies sich als ein wenig geistesgegenwärtiger, denn als es abermals »Pflopp« machte, packte er seine beiden Gefährten und teleportierte blindlings.

Sie rematerialisierten in einer Art Erdloch von etwa fünf Metern Durchmesser und drei Metern Tiefe. Hier war es bereits dämmerig, und Lokoshan schaltete seine Helmlampe ein.

»Füße her!« ordnete er unfreundlich an.

Lord Zwiebus gehorchte ganz unwillkürlich.

Im nächsten Moment schrie der Neandertaler, als wäre ihm ein Augenzahn ohne Betäubung gezogen worden.

Patulli hielt ein Scheinkorn in der Hand. Es war inzwischen auf Kirschgröße angeschwollen und besaß einen rauhen feuchten Auswuchs, mit dem es sich durch Zwiebus' Haut gebohrt gehabt hatte, um genüßlich von seinem Blut zu naschen.

Der Kamashite zertrat den Blutsauger und musterte die anderen Parasiten, die sich an Zwiebus' Blut gütlich taten. Es waren ungefähr dreißig.

»Samen«, murmelte er. »Sie werden bei Annäherung tierischer Lebewesen offenbar aus Druckkapseln ausgestoßen, saugen sich voll Blut und fallen danach ab, um irgendwo Wurzeln zu schlagen. – Nein, es wäre auch möglich, daß sie ihr Opfer durch den Blutverlust umbringen und sich dann auf dem Leichnam ansiedeln.«

»Sadist!« jammerte Zwiebus.

»Nein, er könnte recht haben«, lispelte der Ilt.

Er zog einen der Blutsauger telekinetisch, und wieder schrie der Neandertaler vor Schmerz laut auf.

»So geht es nicht«, murmelte Patulli. »Wenn wir alle Dinger herausreißen, wird er halb wahnsinnig vor Schmerz. Gucky, ich habe im Shift Druckflaschen mit Kohlensäureanhydrid gesehen. Springe bitte hin und hole eine her.«

Der Mausbiber fragte nicht viel, sondern teleportierte. Wenige Sekunden danach erschien er wieder, eine kleine Stahlflasche in den Händen, auf der »CO – Überdruck 150 atü« stand.

Patulli Lokoshan nahm dem Ilt die Flasche aus der Hand, trat zwei Schritte zurück und öffnete das Ventil. Flüssiges CO strömte zischend heraus und verwandelte sich in Kohlensäureschnee, der den Neandertaler umwirbelte.

Als der Kamashite das Ventil schloß und das Schneegestöber sich legte, sahen die Gefährten, daß Lord Zwiebus' Blutsauger allesamt abgefallen waren.

»Ich habe nichts gespürt«, erklärte Zwiebus freudestrahlend. »Lokoshan, Sie sind ein Engel!«

»Danke«, meinte Patulli, »bringen Sie das bitte dem Großadministrator bei, mein Freund.«

Er öffnete die Erste-Hilfe-Tasche seines Raumanzugs und zog eine Druckampulle mit Heilplasma heraus. Nachdem er Zwiebus' Unterschenkel und Füße damit besprüht hatte, versicherte der Neandertaler, daß er selten besser zu Fuß gewesen sei als jetzt.

»Na, dann wollen wir uns mal die nähere Umgebung anschauen«, sagte Gucky.

Er watschelte über den Grund des Erdloches – und war plötzlich verschwunden. Doch gleich darauf materialisierte er zwischen den beiden verblüfften Männern.

»Hast du zu knacken eine Nuß, wende dich an Guckydus . . .«, murmelte Patulli Lokoshan.

Lord Zwiebus blinzelte verwirrt.

»Das war Mentro Kosums Sprache! Seit wann knütteln Sie ebenfalls, Major Lokoshan?«

»Entschuldigung«, antwortete der Kamashite. »Ich hatte vor Überraschung Kosums Psyche kopiert. Der Rotschopf interessierte mich so, daß ich vor einigen Tagen ein Teilpsychomuster von ihm genommen und hier gespeichert habe.«

Er klopfte sich mit dem Fingerknöchel gegen die Schläfe.

Ein schriller Pfiff ließ die Männer herumfahren.

»Wohin ich verschwunden war, interessiert euch wohl überhaupt nicht?« schrie Gucky empört.

»Wir wollten nur nicht aufdringlich sein«, erklärte Lord Zwiebus mit Unschuldsmiene.

Der Ilt musterte ihn argwöhnisch, dann deutete er auf die Öffnung im Boden des Erdloches.

»Dort war ich eingebrochen. Es geht ungefähr hundert Meter senkrecht abwärts und ist ganz ungefährlich – bis auf den letzten Millimeter. So lange habe ich allerdings nicht gewartet, sondern bin zurückgesprungen. Ich schlage vor, wir untersuchen den Schacht gründlich.«

»Da Lord Zwiebus kaum durch dieses enge Loch passen dürfte, gehen wir allein, Gucky«, sagte Lokoshan. »Würden Sie so nett sein und hier Wache halten, ehrenwerter Lord?«

Der Neandertaler nickte, zog seinen Strahler und kletterte bis zum Rand des Erdloches.

»Ich wache über euch und bleibe per Helmfunk mit euch in Verbindung.« Er schaltete seine Helmbeleuchtung an. »Reichweite fünf Meter. Da müssen wir erweitern. Auf hundertzwanzig Meter, schlage ich vor.«

Gucky und der Kamashite folgten Zwiebus' Beispiel. Danach schalteten sie die Antigravprojektoren ihres Aggregat-Tornisters ein und ließen sich nacheinander durch die Öffnung im Boden sinken. Durch Regulieren der Antigravleistung schwebten sie sanft abwärts. Auch der Ilt hatte seinen Helmscheinwerfer eingeschaltet, so daß die Umgebung in helles Licht getaucht war.

Patulli Lokoshan zog seinen Dolch und schabte im Hinabschweben über die unebene Wandung des Schachtes. Helles, glattes Material kam unter der Erdkruste zum Vorschein.

»Was ist das?« fragte Gucky.

»Wahrscheinlich Metallplastik. Ein uralter Einstieg, nach dem Überfall auf Geysselin zugeschwemmt. Später müssen Überlebende ihn freigelegt haben. Ich bin gespannt, wohin er führt.«

Patulli beugte sich vor und musterte im Lichtkegel den Boden des Schachtes. Er sah allerdings nur Erde, Laub und einige Käfer, die dem Lichtschein zu entkommen versuchten.

»Da ist jemand entweder nicht bis ans Ziel gekommen, oder er hat nichts damit anfangen können und es verwahrlosen lassen«, murmelte er. »Gucky, halte an, bitte!«

Sie schalteten ihre Antigravprojektoren auf Null und hoben ihren Bewegungsimpuls durch einen kurzen leichten Schub ihrer Pulsationstriebwerke auf. Reglos schwebten sie auf der Stelle.

Major Lokoshan zog einen kleinen Desintegrator, nicht größer als ein Hühnerei, nur flacher, und drückte auf den Feuerknopf. Der grünlich flimmernde Strahl zuckte kegelförmig zum Boden und vergaste die Erde, das Laub und die Käfer. Als hinter den wirbelnden Gasschleiern eine helle kreisförmige Fläche zum Vorschein kam, schaltete der Kamashite das Werkzeug aus.

Schweigend schwebten er und Gucky den Rest der Strecke hinab. Dann standen sie auf dem glanzlosen Metallplastik eines Lukendeckels und blickten auf die dunkleren wirren Linien eines weichen Metalls, das zwar den Deckel nicht hatte ritzen können, aber etwas von der eigenen Substanz zurückgelassen hatte.

Jemand hatte – wahrscheinlich lange vor ihnen – versucht, den Lukendeckel mit primitivem Werkzeug aufzubrechen. Von Metallplastik und Impulsschlössern konnte er nichts gewußt haben.

»Den passenden Impulsschlüssel haben wir leider nicht«, sagte Lokoshan nach einer Weile. »Am besten, du springst zu Ovaron und bringst ihn her, Gucky. Ich hoffe, sein Kommando-Armband ist für diesen Deckel so etwas wie ein ›Sesam öffne dich‹.«

Der Mausbiber schüttelte den Kopf.

»Und damit raubt man mir wieder den Ruhm. Perry läßt mich ganz sicher zurück und latscht mit Ovaron allein durch den Geheimgang. Nein, Grünzopf, ich werde es zuerst mit telekinetischer Blindabtastung versuchen.«

Von telekinetischer Blindabtastung hatte Patulli Lokoshan noch nichts gehört. Er hielt den Begriff für eine impulsive Neuschöpfung des Mausbibers, schwieg aber vorsichtshalber, um sich nicht durch eine dumme Frage zu blamieren.

Gucky stand breitbeinig auf dem Deckel, die Augen starr zu Boden gerichtet. Nach einigen Minuten wurde das Fell über seinen Ohren feucht; er schwitzte vor Anstrengung. Da er die Schaltungen des Impulsschlosses nicht sehen konnte, mußte er seine telekinetischen Impulse aufs Geratewohl durch das Plastikmetall schicken.

Nach etwa einer Viertelstunde vibrierte der Boden, der Lukendeckel senkte sich um zehn Zentimeter und schob sich unter den Rand einer Einstiegsöffnung.

Der Mausbiber taumelte erschöpft und wäre gestürzt, wenn Patulli ihn nicht gehalten hätte. Mit Gucky im Arm kletterte er die Sprossen hinab, die am Rand einer Art Röhrenschleuse angebracht worden waren.

Unten machte sich der Ilt wieder frei.

»Mann!« stieß er hervor. »Das war vielleicht anstrengend.«

Der Kamashite lächelte geistesabwesend. Er musterte die Seitenfläche der Röhrenschleuse und sah die feinen Rillen eines Schottes, das zu einem horizontal verlaufenden Gang führen mußte.

»Ich vermute«, sagte er beinahe andächtig, »wir haben einen dieser geheimen Eingänge entdeckt . . .«

9.

Die Anzeige an Perry Rhodans Vielzweckarmband leuchtete himbeerfarben, ein Zeichen dafür, daß die radioaktive Strahlung am Rand des riesigen Kraters immer noch lebensgefährlich war, wenn man keinen Strahlenschutz- oder Kampfanzug trug.

Sie hatten ihre beiden Gleiter in zehn Kilometern Entfernung zurückgelassen und waren die halbe Nacht über durch verfilzten Dschungel, Sümpfe und zuletzt durch eine Wüste aus hellem Gestein marschiert, das unter ihren Füßen zerkrümelte.

Nun standen sie auf dem achtzig Meter hohen Kraterwall, der nach außen sanft, nach innen aber ziemlich steil abfiel. Die Innenseite war mit bleichen Trümmern gespickt, die wie morsche Knochen eines verfaulten Ungeheuers aussahen. Es handelte sich um Reste des vernichteten Teils der Befehlszentrale. Das Sternenlicht reichte aus, um etwa hundert Meter weit in den Krater zu schauen.

»Ich glaube nicht, daß mich die Vorstellung begeistert, noch heute nacht da hinein zu steigen«, erklärte Fellmer Lloyd. »Der Nachtmarsch durch den Dschungel und die Sümpfe hat mich sehr angestrengt.«

»Es ist nur schade«, bemerkte Ovaron, »daß wir nicht bei Tage angekommen sind. Ich hätte gern gewußt, wie es am Kraterboden aussieht.«

»Ich sehe eben, daß Merceile eine Kamera bei sich führt«, sagte

Icho Tolot flüsternd. Seine Stimme hatte sich noch immer nicht normalisiert. »Falls Sie sie mir überließen, mein Fräulein, würde ich gern hinuntergehen und ein paar Aufnahmen machen.«

»Sie können sie haben, Tolot«, erwiderte die Cappin-Frau und hielt dem Haluter die Kamera hin. Icho nahm sie behutsam entgegen.

»Aber gehe Er vorsichtig mit dem wertvollen Gerät um!« rief Roi Danton.

Tolot lachte – glockenhell und zart –, wandte sich um und stob den Hang hinab.

»Ich fürchte«, murmelte Atlan, »sein Stimmversagen wächst sich allmählich zum psychologischen Problem aus. Es bedrückt ihn.«

»Sobald wir wieder auf der MARCO POLO sind, lasse ich ihn in der Bordklinik untersuchen«, versprach Rhodan. »Zum Glück besitzen wir alle Unterlagen über den halutischen Metabolismus und die Organe von Halutern.«

»Mir wird mit einemmal ganz seltsam«, flüsterte Alaska Saedelaere.

Rhodan blickte alarmiert zu dem Transmittergeschädigten hinüber und holte tief Luft.

Unter Alaskas Halbmaske leuchtete es rötlich.

»Das Cappin-Fragment in Ihrem Gesicht spürt die Nähe von Artgenossen«, erklärte er. Er runzelte die Stirn. »Das wundert mich eigentlich. Die Nachkommen von Überlebenden der ehemaligen Stützpunktbesatzung sollten infolge der Strahlung derartig mutiert sein, daß ihre geistige Ausstrahlung keine Ähnlichkeit mehr mit der echter Cappins hat.«

»Die Ausstrahlung echter Cappins macht ihm nichts mehr aus«, erinnerte Ovaron ihn an eine altbekannte Tatsache. »Hier spielen offenbar zusätzliche Faktoren mit.«

Roi Danton gähnte herzhaft und ungeniert.

»Parbleu, bin ich müde! Wo ist das Himmelbett, auf dem mein edler Körper sich ausstrecken kann?«

»Ganz unten im Krater«, sagte Fellmer Lloyd.

»Hm!« machte Ovaron. »Ich schlage vor, wir ziehen uns ein Stück zurück und ruhen bis zum Morgen. Wenn es hell ist, kann ich mich besser orientieren. Außerdem sehen wir dann rechtzeitig, wenn sich uns Cappins nähern. Lloyd, spüren Sie keine Gedankenimpulse?«

»Absolut nichts«, antwortete der Telepath.

Perry Rhodan stimmte Ovarons Vorschlag zu.

»Vielleicht können die Geysselin-Mutanten ihre Gedanken abschirmen«, sagte er.

Die Gefährten stimmten seiner Ansicht zu. Nach einer halben Stunde erreichten sie eine von hohen Felsblöcken gerahmte Bodenmulde und beschlossen, hier ihr Lager aufzuschlagen. Wenige Minuten später standen die transparenten Halbkugeln der Plaston-Iglus in der Mulde. Toronar Kasom und Joak Cascal wurden für die erste Wache bestimmt, die übrigen Personen krochen in die Iglus und versuchten zu schlafen.

Ovaron nickte beinahe sofort ein. Aber seine innere Unruhe weckte ihn bald wieder, und er stellte am Chronographen fest, daß er nur vierzig Minuten geschlafen hatte. Dennoch fühlte er sich frisch.

Er verließ leise den Iglu, den er mit Alaska Saedelaere, Ras Tschubai und Atlan teilte, und schlenderte zu Toronar Kasom hinüber.

Der Ertruser saß auf einem Felsblock, einen klobigen Kombistrahler in der Hand und wandte sich um, als der Cappin heran war.

»Sie können nicht schlafen, Ganjo, wie?«

»Schlecht, Oberst Kasom. Haben Sie etwas Verdächtiges bemerkt?«

»Ja, ein verdächtiges Knurren meines Magens. – Da kommt übrigens Tolot.«

Ovaron blickte in die angegebene Richtung, sah aber erst nach einiger Zeit das matte Blinken der Kugelgelenke von Tolots Kampfanzug. Vorher hörte er allerdings das Krachen der Splitter, die unter den Füßen des Giganten zermalmt wurden.

Kasom schwang sich von seinem Beobachtungssitz. Joak Cascal schlenderte herbei und gähnte.

»Gehen Sie schlafen, Oberst Cascal«, sagte der Cappin. »Ich übernehme Ihre Wache mit.«

»Erst möchte ich mir die Bilder ansehen, die Tolot gemacht hat«, erwiderte Cascal.

»Ich habe verschiedene Infrarotoptiken benutzt«, berichtete der Haluter. Er flüsterte noch immer wie ein halskranker Eunuche.

Die Bilder befanden sich bereits in der Aufbewahrungskassette. Sie zeigten gestochen scharf einen Kraterhang, auf dem mit zunehmender Tiefe die Trümmerteile zunahmen, die aus ihm ragten. Teilweise waren glasig verschmolzene Stollenquerschnitte zu erkennen. In den verflossenen zwanzigtausend Jahren hatte der Regen viel Erdreich weggeschwemmt und immer mehr Teile des zerstörten Bunkersektors freigelegt.

Am Grund des Kraters dehnte sich eine tote Sumpflandschaft, ein halbflüssiger, radioaktiv strahlender Brei von körnigem Aussehen.

Ovaron schluckte hörbar. Doch dann reckte er sich.

»Es sieht sicher schlimmer aus, als es ist. Einige Anlagen des Bunkersystems könnten immer noch in Ordnung sein.«

Er überlegte schweigend, bis hinter ihm Tschubais Stimme sagte:

»Ich werde einige Versuchssprünge ausführen, falls Sie nichts dagegen haben.«

»Und wenn Sie in fester Materie verstofflichen?« fragte der Cappin zweifelnd.

Ras Tschubai lächelte.

»Werde ich automatisch zurückgeschleudert. Versuchen Sie bitte, mir einen Teil des – wahrscheinlich – intakten Bereichs genau zu beschreiben und möglichst auch die Tiefe anzugeben.«

Der Ganjo nickte und konzentrierte sich. Nach einigen Minuten beschrieb er dem Teleporter die ungefähre Lage des Stützpunkt-Solariums, das ganz sicher kein Solarium mehr war, aber wegen seiner Größe Tschubais Aussichten auf Erfolg erhöhte.

Ras prägte sich alles genau ein, dann winkte er lächelnd – und verschwand.

Die Zurückgebliebenen warteten. Fünf Minuten vergingen. Zehn Minuten. Als Ras Tschubai nach einer halben Stunde noch immer nicht zurückgekehrt war, stand es fest, daß er in Schwierigkeiten geraten sein mußte.

Ovaron entschloß sich schweren Herzens, Perry Rhodan zu wecken. Der Terraner hörte sich seinen Bericht an, dann befahl er Lloyd, telepathisch den Mausbiber herbeizurufen.

Aber Gucky meldete sich ebenfalls nicht mehr.

Der Stollen verlief drei Kilometer nach Osten, knickte nach links ab und führte zwei Kilometer nach Norden. Normalerweise brauchte man nicht zu laufen, um diese Strecke zu benutzen, aber das Doppelstrang-Transportband war außer Betrieb.

Nach den insgesamt fünf Kilometern Fußmarsch – von denen Gucky allerdings nur wenige Schritte gegangen war – stießen sie auf eine halbkreisförmige Halle mit flachen schalenförmigen Fahrzeugen auf kleinen Rollen.

»Endlich!« rief Patulli Lokoshan erleichtert. »Ich fürchtete schon, wir müßten die restlichen siebenundsechzig Kilometer zu Fuß gehen.«

»Freuen Sie sich nicht zu früh«, entgegnete Lord Zwiebus, der soeben mit Gucky materialisierte. »Die Karren sehen zwar noch gut aus, aber ihre Energiemagazine werden unbrauchbar sein.«

»Kein Problem!« prahlte der Ilt. »Nehmen wir als Ersatz die Batterie meines elektrischen Zahnpflegegeräts.«

»Dann bin ich eher dafür, daß du uns telekinetisch schiebst«, widersprach Lokoshan.

Daraufhin beförderte Gucky ihn telekinetisch in den Fahrersitz des nächsten Wagens. Nach dem ersten Schreck untersuchte der Kamashite die Bedienungseinrichtung und drückte versuchsweise auf ein Pedal. Im nächsten Moment schoß das Fahrzeug im Zickzack zwischen den anderen Wagen hindurch, offenbar von einer Anti-Kollisions-Positronik geschützt, und in den nordwärts führenden Stollen hinein.

Gucky und der Neandertaler standen immer noch staunend da, als Patulli bereits zurückkehrte.

»Fährt sich wundervoll«, berichtete er strahlend. »Kommt, worauf wartet ihr noch?«

Zwiebus schwang sich auf die hintere Sitzbank und legte seine langen Beine hoch, da er sie nicht im Zwischenraum unterbringen konnte.

Gucky setzte sich neben Lokoshan.

»Ich nehme den nach Osten führenden Gang«, sagte der Kamashite und fuhr an.

Der Stollen war nur schwach beleuchtet, aber ansonsten in tadellosem Zustand. Das Fahrzeug erreichte eine geschätzte Geschwindigkeit von fünfzig Stundenkilometern, und nach anderthalb Stunden rollte es in eine zweite Verteilerhalle.

»Wir scheinen da zu sein«, bemerkte Lord Zwiebus und stieg aus. Seine nackten Fußsohlen patschten über den Metallplastikbelag der Halle.

Der Ilt und Patulli stiegen ebenfalls aus. Sie hielten sich nicht lange auf, sondern suchten nach einem Zugang zur eigentlichen Befehlszentrale. Vor allem Gucky drängte, weil er fürchtete, Perry Rhodan könnte das Ziel als erster erreichen.

Nach wenigen Sekunden entdeckten sie ein breites, massiv aussehendes Schott. Es ließ sich nicht öffnen und war wahrscheinlich mit einem Impulsschloß gesichert.

Gucky lächelte nur mitleidig darüber, nahm seine Gefährten an die Hand und teleportierte auf die andere Seite des Schotts.

Sie rematerialisierten zwischen schleimigen Wasser- und Sumpfpflanzen, bis zu den Hüften im Schlamm. Zwiebus hatte es wegen seiner Größe besser. Er riß und zerrte an den krautigen Gewächsen, bis er mehr Bewegungsfreiheit hatte, dann half er Lokoshan auf trokkenen Boden. Der Mausbiber hatte sich bereits telekinetisch befreit und war zu einem freien Fleck teleportiert.

»So ein verflixter Mist!« zeterte er lautstark. »Und dunkel ist es auch noch. Werden so vielleicht ganjasische Reichsinspekteure empfangen, frage ich euch?«

»Kaum«, bestätigte der Neandertaler und zerschmetterte mit seiner Keule den Kopf einer weißen Schlange, die sich seinen bloßen Füßen genähert hatte. »Aber dunkel ist er nur, weil du deinen Helm noch nicht auf Infrarot umgeschaltet hast. Das hier muß in besseren Zeiten ein Solarium oder so gewesen sein.«

Patulli schaltete seinen Helm ebenfalls um, und für ihn wurde es hell. Er sah einen kuppelförmigen Raum von schätzungsweise fünfhundert Metern Höhe und wahrscheinlich tausend Metern Bodendurchmesser. Das obere Viertel der Kuppel strahlte Infrarot aus, und zusammen mit der Feuchtigkeit hatte das den ehemaligen Park in ein verfilztes Durcheinander weißblättriger Bäume und Sträucher verwandelt, die von parasitären Schlingpflanzen halb überwuchert und zu Boden gezerrt worden waren.

»Wie es aussieht, führte der geheime Aus- beziehungsweise Eingang der Reichsinspekteure zu einer nicht einsehbaren Stelle des Solariums«, meinte der Neandertaler. »Ich glaube nicht, daß die Decke immer nur Infrarot ausstrahlte. Wahrscheinlich sah es früher ähnlich aus wie im Solarium der MARCO POLO. Es sind also nur vereinzelte Anlagen der Befehlszentrale in Ordnung.«

»Ich widerspreche«, rief Lokoshan. »Ich würde sagen, wer zuerst die Schaltzentrale des Stützpunktes betritt, hat den Wettlauf gewonnen.«

»Dann gehen wir doch hin«, schlug Zwiebus vor.

Patulli Lokoshan und er wollten sich in Bewegung setzen, als sie merkten, daß der Ilt auf eine Stelle jenseits einer unkrautüberwucherten Wiese starrte. Dort wuchs eine Kolonie von Riesenorchideen mit gewaltigen tonnenförmigen Blüten. In einer dieser hellhäutigen Blüten bewegte sich etwas. Wahrscheinlich ein Tier, das der offenbar fleischfressenden Pflanze in die Falle gegangen war.

»Der armen Kreatur kannst du nicht helfen«, rief Lord Zwiebus. »Komm, Gucky, gehen wir.«

Aber der Mausbiber schüttelte den Kopf und teleportierte zu der Orchidee hinüber.

»Wir müssen etwas unternehmen!« schrie er zurück. »Das Wesen hat humanoide Konturen. Wahrscheinlich ein Nachkomme der Stützpunkt-Cappins.«

Er beutelte die mächtige Blüte telekinetisch hin und her, aber sie blieb geschlossen. Die Bewegungen des gefangenen Lebewesens hörten sekundenlang auf, dann wurden sie stärker.

Langsam folgten Lokoshan und Zwiebus dem Ilt. Der Neandertaler winkte Gucky zur Seite, holte mit der Keule aus und ließ sie auf die Blüte herabsausen. Es gab ein dumpfes Geräusch; das war alles.

Lokoshan hob seinen kleinen Desintegrator und trennte den schenkeldicken Blütenstiel durch. Die Blüte fiel schwer zu Boden, blieb jedoch weiterhin geschlossen.

Patulli wollte den auflösenden Strahl weiter über den Blütenboden wandern lassen, doch plötzlich schlug Gucky ihm die Waffe aus der Hand.

»Nicht schießen, das ist ein Mensch!« schrie er mit sich überschlagender Stimme. »Das ist Ras!«

Er wandte sich bebend zu seinen Gefährten um.

»Ganz gleich, was mit mir geschieht, ich muß ihm helfen. Ich teleportiere hinein.«

Im nächsten Augenblick zappelten zwei Lebewesen hinter der halbtransparenten Blütenwand.

Lord Zwiebus und der Kamashite gingen der Mordblüte mit ihren Messern zu Leibe, und nach etwa zehn Minuten hatten sie Ras Tschubai und den Ilt befreit. Seltsam schillernde Blütenblätter waren um die Mutanten geschlungen gewesen und hatten verhindert, daß sie ihre Waffen gebrauchten, um sich selbst zu befreien. Sonst waren sie völlig gesund. Die Kampfanzüge hatten der scharfriechenden Verdauungsflüssigkeit der Pflanze standgehalten.

»Da ruft Fellmer«, stellte Gucky fest und blickte nach oben. »Man sorgt sich um uns.«

»Ovaron wird unruhig geworden sein«, sagte Tschubai. »Erklärungen später. Teleportieren wir nach oben. Gucky, Körperkontakt, sonst verlieren wir uns!«

Das Lager befand sich in hellem Aufruhr, als die beiden Teleporter mit ihren Gefährten materialisierten. Ras Tschubai und Gucky berichteten.

»Das klingt besser, als ich zu hoffen gewagt hatte«, sagte Ovaron. »Ich schlage einen Inspektionssprung in die Schaltzentrale vor. Da die Teleporter jetzt die Position des Solariums kennen, ist es leicht, ihnen die Position der Schaltzentrale zu erklären.«

Es wurde beschlossen, daß der Cappin und Atlan sich in die Schaltzentrale bringen lassen sollten. Dort konnte Ovaron die Anzeigegeräte kontrollieren und feststellen, was von der Befehlszentrale intakt geblieben war.

Unterdessen hatte Gucky sich den Schlamm von seinem Kampfanzug gewaschen. Er griff nach Atlans Hand. Tschubai legte dem Ganjo die Hand auf die Schulter.

Sie rematerialisierten in einer scheibenförmigen Halle. Unzählige Monitore leuchteten. Geräte summten und vibrierten – und zwei Männer in silberfarbenen Kombinationen fuhren herum und griffen nach ihren Waffen.

Ovaron war schneller. Er tötete den einen Mann und verwundete den anderen mit dem auf Impulsmodus geschalteten Kombistrahler. Es war eine reine Reflexhandlung. Hätte der Ganjo versucht, zuerst das Für und Wider abzuwägen, wäre er tot gewesen.

Danach stand er einige Sekunden lang starr und stumm, während Atlan sich um den Verwundeten kümmerte. Der Mann hatte Ovarons Größe und Hautfarbe, war aber etwas plumper gebaut. Die thermische Energie des Impulsstrahls hatte seine rechte Seite fürchterlich zugerichtet. Er atmete stoßweise und mit geschlossenen Augen.

Als Ovaron sich näherte, wandte der Arkonide den Kopf und flüsterte:

»Nichts zu machen. Ist es ein Ganjase oder ein Takerer?«

Ovaron zuckte die Schultern.

»Keine Ahnung. Die Uniformkombination sagt mir gar nichts – nach zweihunderttausend Jahren . . .«

Atlan legte dem Verletzten ein Injektionspflaster auf, das wenigstens den Schmerz linderte. Nach einigen Sekunden schlug der Mann die Augen auf.

»Zu welcher Einheit gehören Sie?« fragte Ovaron in der Cappin-Hauptsprache.

Der Blick des Mannes wanderte zu ihm, saugte sich an seinem Gesicht fest.

»Raumpioniere, Vierzehnte Festungsbaudivision, Inspektionsabteilung Ost des Takerischen Imperiums.« Seine Stimme war matt, aber gut verständlich. Da Atlan und die Mutanten die Cappin-Sprache beherrschten, verstanden sie alles.

»Takerisches Imperium«, murmelte der Ganjo bestürzt. »Also doch! Wie groß ist die Besatzung?«

Der Verwundete lächelte verzerrt.

»Ein Toter und ein Sterbender. Station erst . . .«, er schloß die Augen; seine Lider flatterten, die Sprache wurde leiser, » . . . vor zwanzig Jahren entdeckt. Spezialverband. Eingeborene, psionisch begabt – schulen.«

Der Lordadmiral fühlte seinen Puls, schüttelte den Kopf. Noch einmal öffneten sich die Augen des Takerers einen winzigen Spalt breit. Er lallte etwas Unverständliches, dann durchlief ein Zittern den Körper. Es war vorbei.

Nach einer Weile erhoben sich Atlan und Ovaron.

»Vor zwanzig Jahren also erst haben takerische Verbände die ehemalige Befehlszentrale übernommen. Wahrscheinlich war sie in Vergessenheit geraten. Der Krieg muß jeder Seite schweren Schaden zugefügt haben.«

»Wie es aussieht, haben sich die Takerer zuerst wieder erholt«, warf Tschubai ein.

»Zwei Mann Besatzung . . .«, murmelte Atlan. »Die übrigen Cappins leben anscheinend bei den Eingeborenen und schulen sie.« Er pfiff leise. »Psionisch begabte Eingeborene mit der Gabe der Hypnosuggestion! Eine sehr brauchbare Waffe für ein Volk, das sich in langen Kriegen verausgabt hat.«

»Ob wohl die Eingeborenen mit den Nachkommen der ursprünglichen Besatzung identisch sind?« fragte Gucky.

Niemand antwortete ihm. Ovaron starrte auf einen Monitor, der eine Kammer abbildete, in der sich nichts weiter befand als fünf große wabernde Klumpen organischer Substanz.

»Tzlaaf«, sagte Ovaron leise.

»Wie bitte?« fragte Atlan.

»Tzlaaf«, erklärte der Ganjo. »Das Wort läßt sich nicht übersetzen. Es ist Jargon und bedeutet ›Überreste von pedotransferierten Cappins, deren Geist andere Lebewesen übernommen hat‹. Da hier fünf Tzlaaf zu sehen sind, wurden höchstwahrscheinlich fünf Eingeborene übernommen. Die takerischen Spezialisten treten also nicht in ihrer wahren Gestalt auf.«

Er nahm einige Schaltungen vor und lachte grimmig.

»Kommen Sie mit! Die Kammer liegt ganz in der Nähe.«

Er führte seine Gefährten aus der Schaltzentrale einen kurzen Flur entlang und in eine Kammer, deren Fußboden mit winzigen Öffnungen versehen war.

»Aus den Öffnungen tritt in regelmäßigen Abständen eine Nähremulsion aus. Mehr benötigen die Tzlaaf nicht. – Nein, Atlan!«

Der Arkonide hatte seinen Strahler gezogen und entsichert. Nun sah er den Cappin aus zusammengekniffenen Augen an.

»Warum nicht? Es sind die Organballungen von Feinden. Vernichten wir sie und nehmen anschließend die übernommenen Eingeborenen gefangen.«

»Dann würden die Übernommenen niemals wieder frei werden, Lordadmiral«, entgegnete Ovaron. »Wir müßten einige Leute mit Paralysewaffen neben den Tzlaaf postieren, die Eingeborenen suchen und Jagd auf die Übernommenen machen. Die Cappins werden in ihre Tzlaaf zurückkehren, sobald sie in die Enge getrieben werden. Es dauert einige Zeit, bis sie die Tzlaaf zu ihren richtigen Körpern umgeformt haben, und während dieser Zeitspanne sind sie wehrlos. Ich empfehle allerdings, sie durch Paralysebeschuß zu lähmen, damit sie nicht einen von uns übernehmen können.«

Atlan nickte bedächtig. Er dachte eine Weile nach, dann sagte er:

»Gucky, du springst hinauf, nimmst Major Lokoshan mit und teleportierst mit ihm zu eurem Shift. Fliegt ihn sofort zum Versteck der anderen Shifts. Du kannst ja jemanden mitnehmen, der dir das Versteck zeigt. Ras, Sie unterrichten Perry über unseren Fund und bitten ihn, alle Personen außer Tolot und Fellmer hierher zu schikken. Sie übernehmen den Transport. Anschließend sehen wir weiter.«

»Was haben Sie vor?« fragte Ovaron, nachdem die Teleporter verschwunden waren.

Der Arkonide lächelte hart.

»Das, was Sie vorgeschlagen haben, Ovaron. Bevor dieser Tag zu Ende geht, sollen fünf Takerer die Überraschung ihres Lebens erleben.«

Acht Personen, einschließlich Takvorian, stiegen in zwei Shifts auf, um den Aufenthaltsort der übernommenen Eingeborenen zu suchen. Außer Major Lokoshan waren alle Mutanten bei ihnen.

Sieben Personen, der Rest des Einsatzkommandos, blieben in der Kammer mit den sogenannten Tzlaaf zurück. Sie beobachteten argwöhnisch die Zellhaufen; ihre Strahler waren auf Lähmwirkung gestellt und schußbereit.

In geringer Höhe glitten die Allzweckpanzer über Wasserflächen, brodelnde Sümpfe und von mutierter Vegetation überwucherten Inseln. Sowohl im Wasser als auch in den Dschungeln wimmelte es von tierischem Leben. Einige Lebensformen hätten die Hersteller von Gruselfilmen in Ekstase versetzt, andere wirkten beinahe normal.

Es gab zwei Möglichkeiten, eine Spur der verkappten Cappins zu finden: Entweder entdeckte man Eingeborene oder ortete Paraimpulse. Da die psionisch begabten Eingeborenen von takerischen Spezialisten geschult wurden, mußten früher oder später hypnosuggestive Wellenfronten erzeugt werden.

Rhodans Shift wurde wieder von Toronar Kasom gesteuert. Ab und zu biß der Ertruser von einer gebratenen kalten Hammelkeule ab.

Perry fragte sich gerade, ob von einer durch furchtbare Kriege und Katastrophen erschütterten Galaxis die Menschheit tatsächlich bedroht werden könnte, da nahm Gucky einen starken hypnosuggestiven Impuls wahr.

Der Ilt lächelte mitleidig, denn der Impuls befahl ihm und seinen Gefährten nichts anderes, als auf der nächsten Insel zu landen, die Fahrzeuge zu verlassen und sich unbewaffnet dem »Tempel des sauberen Wassers« zu nähern.

Damit hatten ihre Gegner ihnen verraten, wo sie sich aufhielten. Fellmer Lloyd hatte den Impuls ebenfalls wahrgenommen und verstanden. Nun folgte Wellenfront auf Wellenfront.

»Wir tun so, als ob wir verwirrt wären«, ordnete Rhodan an. »Erst nach etwa fünf Minuten befolgen wir die Befehle der Eingeborenen, das für den Fall, daß sie sich wundern, warum wir nicht im Kreuzer geblieben sind.«

»Zum ›Tempel des sauberen Wassers‹«, murmelte Atlan. »Ich bin sicher, die takerischen ›Lehrkräfte‹ dort als Priester vorzufinden. Die Formen des heimlichen Einsickerns scheinen heute wie vor vielen Jahrtausenden die gleichen geblieben zu sein.«

»Dort!« rief Ovaron und deutete voraus, wo sich eine von Sumpf bedeckte Insel erstreckte. Auf einer eingeebneten Hügelkuppe stand ein klobiges Bauwerk, grau und schmucklos.

»Dort stand früher ein großes Abwehrfort.« Ovarons Stimme klang traurig. »Es ist zweifellos bei dem Angriff vor zwanzigtausend Jahren zerstört worden, und die Eingeborenen haben aus Trümmerresten später ihren Tempel gebaut.«

»Die Shifts landen, wie von den hypnosuggestiven Befehlen vorgeschrieben«, sagte Perry Rhodan. »Vorher bringen Gucky und Ras folgende Personen zur Rückseite des Tempels: Ovaron, mich, Tolot und Takvorian. Alle anderen verlassen nach der Landung unbewaffnet die Fahrzeuge und steigen langsam den Hügel hinauf.«

Icho Tolot lachte. Wieder klang es leise. Er stieß eine Verwünschung aus und sagte:

»Der Plan ist gut. Während die falschen Priester ihre vermeintlichen Opfer anstarren, schleichen wir von hinten an sie heran und stürzen uns mit Gebrüll auf sie. Nun, jedenfalls werden die anderen brüllen; ich flüstere den halutischen Schlachtruf.«

»Zeit zum Teleportieren!« rief Perry Rhodan.

Während die Allzweckpanzer zur Landung ansetzten, verließen sechs Personen die Fahrzeuge auf einem Weg, der nicht durch dieses Kontinuum führte. In jedem Shift blieb nur jeweils ein Mann zurück.

Perry Rhodan spähte durch eine Ritze im Mauerwerk des Tempels. Er sah rauchende Öllampen; auf einem Podest stand eine Holzschale mit Wasser. Etwa hundert schuppenhäutige Lebewesen, halb Echsen, halb Menschen, hockten in vier Kreisen auf dem nackten Boden, wiegten ihre Oberkörper und hielten sich aneinander fest.

Der Terraner ahnte, daß er hier die parapsychisch begabten Nachkommen ehemaliger Ganjasen vor sich hatte. Offensichtlich hatten sie sich zu einem Block zusammengeschlossen, um ausreichend starke hypnosuggestive Impulse erzeugen zu können.

Sie interessierten ihn jedoch nur am Rande. Für wesentlich wichtiger hielt er die fünf ebenfalls schuppenhäutigen Lebewesen, die halbaufgerichtet unter dem Tempeleingang standen und in die Richtung blickten, aus der die »parapsychisch Überwältigten« kommen mußten.

»Sie verlassen sich vollkommen darauf, daß die hypnosuggestiven Befehle ihrer Schützlinge wirken«, flüsterte Tolot, der durch einen zweiten Spalt beobachtete.

»Ovaron, Ras und ich«, sagte Rhodan, »wir gehen hier entlang zu den Priestern. Tolotos, Tak und Gucky, ihr nehmt die andere Seite. Sobald die verkappten Takerer die erste Gruppe sehen, werden sie denken, Ganjasen vor sich zu haben. Sie werden zu fliehen versuchen. Die zweite Gruppe läßt sie hundert Meter weit entkommen, dann verlangsamt Takvorian ihren Zeitablauf, während Gucky mit Tolot vor die Priester springt. Das dürfte dann reichen, denke ich.«

»Und ob!« lispelte der Ilt. »Sobald sie mich sehen . . .!«

Rhodan lächelte verstohlen und schritt gemeinsam mit Ovaron und Tschubai an der Tempelmauer entlang. Als die drei Männer um die letzte Ecke bogen, hörten die Priester ihre Schritte.

Die fünf echsenhaften Wesen fuhren erschrocken herum. Ihre Augen wirkten wegen der gelblich-grauen Nickhäute leblos starr. In den klobigen Händen trugen sie röhrenförmige Transportstrahlprojektoren, mit denen sie die Eingeborenen anscheinend von ihrer »göttlichen Macht« überzeugten.

Obwohl nichts dergleichen abgesprochen war, rissen die drei Männer ihre Waffen heraus. Es gab einen Höllenlärm, als die Impulsstrahlen sich in den freien Enden der Projektoren entluden.

Die »Götter« brüllten auf und stoben in panischer Flucht davon. Sie kamen nicht einmal bis zu Atlan und Lloyd, die von der Landestelle der Shifts aufwärts stiegen. Scheinbar aus dem Nichts tauchte der furchterregende Gigant Tolot auf, den Mausbiber an einem seiner Laufarme.

Der Effekt wäre noch beeindruckender gewesen, wenn der Haluter über seine normale Stimmkraft verfügt hätte. Gucky kreischte zwar, aber Gekreisch ist eben kein Gebrüll.

Dennoch spürten Perry Rhodan und die Mutanten augenblicklich die Veränderung, als die Cappins die Körper der Priester verließen. Vorher hatten sie ihre Gedanken abgeschirmt, nun empfingen die Telepathen die primitive dumpfe Verwirrung der fünf Eingeborenengehirne.

»Gucky und Ras, bitte bringt Ovaron, Takvorian, Atlan und mich in die Stützpunktzentrale!« rief Perry Rhodan.

Die Teleporter verstanden, worum es ging.

Sekunden später stand Perry Rhodan mit den anderen vor der offenen Tür der Kammer mit den Tzlaaf. Doch die Zellklumpen hatten bereits annähernd humanoide Konturen angenommen. Unter den Lähmschüssen der zurückgebliebenen Bewacher schwankten die monströsen Gebilde hin und her.

Ovaron merkte zuerst, daß etwas nicht stimmte.

»Hört auf!« schrie er den Bewachern zu. »Nicht mehr schießen!«

Doch sie feuerten weiter.

Perry Rhodan blickte von der Seite ins Gesicht seines Sohnes. Es war bleich und verzerrt. Rois Zeigefinger krümmte sich ganz automatisch um den Abzug des Strahlers, wieder und immer wieder.

»Mike!« schrie Perry Rhodan.

Roi Danton erwachte aus seiner eigentümlichen Starre, sah seinen Vater an, dann seine noch immer schießenden Gefährten.

Er begriff plötzlich – und warf sich mit einem Satz in das Kreuzfeuer der Lähmstrahlen.

Schlagartig brach das Feuer ab.

Michael Rhodan blieb paralysiert liegen, aber sein Einsatz hatte den fünf Takerern nichts mehr genützt. Sie starben, bevor sie ihre humanoide Gestalt wieder ganz erreicht hatten.

»Panikreaktion«, bemerkte Atlan sachlich. »Fünf riesige quallenähnliche Monstren bekamen plötzlich Menschengesichter, Hände, Beinstummel . . .« Er zuckte die Schultern. »Ich trauere nicht um diese Leute. Intelligenzen, die sich anderen Intelligenzen gegenüber als Götter aufspielen sind Schwerverbrecher.«

Lord Zwiebus legte sich Roi über die Schulter und bat den Mausbiber, sie in einen Shift zu bringen. Die übrigen Bewacher sahen sich bedrückt an.

»Bringt die Leichen fort!« befahl Perry Rhodan.

»Es war . . . einfach . . . zuviel«, stammelte Patulli Lokoshan. Tränen liefen über die Wangen des Kamashiten. »Da hat es . . . bei uns . . . ausgehakt.«

»Wer kommt mit zu den Eingeborenen?« fragte Lordadmiral Atlan. »Ich möchte mich mit ihnen unterhalten.«

Die Unterhaltung dauerte – mit Unterbrechungen, versteht sich – dreieinhalb Tage.

Mit Hilfe der hochwertigen Translatoren gelang es, den Praipors, wie sie von den Takerern und auch schon von Scholschowo genannt worden waren, ihr Geheimnis zu entreißen.

Es stellte sich heraus, daß die Praipors tatsächlich die mutierten Nachkommen jener ganjasischen Männer und Frauen waren, die vor zwanzigtausend Jahren den Angriff auf Geysselin überlebt hatten.

Vor zwanzig Jahren waren dann plötzlich Fremde aufgetaucht, hatten einige Praipors entführt und später wieder zurückgebracht. Die Entführten hatten damals erklärt, ihnen sei von den Himmlischen die Kraft von Göttern verliehen worden – und sie hatten erstaunliche Kräfte und Fähigkeiten demonstriert.

Unter Anleitung der fünf »Götter« war der Tempel gebaut worden, waren von den umliegenden Inseln Eingeborene ausgesucht und zum Tempeldienst verpflichtet worden. Diese am stärksten psionisch begabten Eingeborenen wurden im Tempel ausgebildet, ohne daß sie selber es bemerkten.

Wahrscheinlich hatte das Oberkommando der takerischen Flotte die Absicht gehabt, hier eine Art Mutantenkorps aufzustellen. Aber den terranischen Kontaktleuten wurde schnell klar, daß sich derart primitive Eingeborene nicht für ein solches Korps eigneten.

Die Praipors gaben denn auch deutlich zu verstehen, daß sie nach dem Verschwinden der »Götter« keinen anderen Wunsch hatten, als in ihre Sumpfwälder zurückzukehren.

Man respektierte diesen Wunsch. Von sich aus würden die Praipors ohnehin gar nicht auf den Gedanken kommen, einen umfassenden hypnosuggestiven Block zu bilden, und ohne Blockbildung waren ihre psionischen Kräfte gleich Null.

Nach diesen dreieinhalb Tagen verabschiedeten sich die Besucher aus dem All und kehrten mit der CMP-1 zur MARCO POLO zurück.

»Lullog . . .!« sagte Patulli Lokoshan energisch und schüttelte die Faust in Richtung seines Erbgottes. »Du nichtsnutziger, hinterlistiger Hexenmeister! Tolot die Stimmkraft zu nehmen!«

Er hat sie ja inzwischen wieder, protestierte der Hausgott Lokoshans auf seine stumme Art. *Ich wollte euch nur einen Gefallen tun, weil seine Lautstärke euch nicht gerade angenehm ist. Außerdem wünschte er sich selbst ein leiseres Organ. Da warst du allerdings gerade nicht dabei.*

»Wann wirst du endlich begreifen, daß Menschen sich sehr oft etwas wünschen, was sie im Grunde genommen niemals haben wollen!«

Icho Tolot ist kein Mensch, Gebieter.

Patulli Lokoshan sprang auf und schleuderte ein leeres Glas. Dicht vor Lullog verschwand es spurlos. Der Kamashite hob die Schultern und gab es auf.

10.

September 3437

Die MARCO POLO stand nahe einer dunkelrot glühenden Doppelsonne auf Warteposition. Die Stimmung an Bord war gereizter geworden – zumindest was die Bewohner der Milchstraße und die Cappins betraf.

Seit der Ankunft in Gruelfin waren rund zwei Monate vergangen. Mitte August war Scholschowo erneut für kurze Zeit aus seiner Ohnmacht erwacht und hatte die Terraner aufgefordert, zum Planeten Lofsoog zu fliegen – einem weiteren ehemaligen Geheimplaneten des ganjasischen Reiches. Lofsoog war die vierte Welt von Hydepolosch, und eine weitere Station auf der Straße der Enttäuschungen für Perry Rhodan und seine Gefährten.

Sie hatten keine neuen Informationen sammeln können. Lofsoog, das frühere geheime Forschungszentrum, erwies sich in der Realzeit als ein reiner Farmplanet, der von einem sogenannten »Friedensdiktator« regiert wurde, dem Lofkano. Nach der Landung der CMP-1 hatte dieser die Besatzung des Kreuzers betäuben und gefangennehmen lassen. Nur durch den Hinweis auf Scholschowo war es gelungen, den Herrscher von den friedlichen Absichten der Terraner zu überzeugen. Die CMP-1 hatte den Planeten wieder verlassen und zur MARCO POLO zurückkehren können, ohne jeden Fortschritt. Nach acht Wochen und mehreren weiteren Erkundungen von ehemaligen Ganjasenwelten, in aller Regel nun strahlende Trümmerwüsten, war man fast so schlau wie zu Beginn der Expedition.

Die Interessen Perry Rhodans und Ovarons polarisierten sich immer deutlicher, je länger es dauerte, bis endlich ein Durchbruch gelang und mehr Licht in die Veränderungen in Gruelfin während der letzten 200.000 Jahre gebracht werden konnte.

Ovaron drängte nachdrücklich auf Klarheit über das Schicksal des Ganjasen-Volkes und seiner unzähligen Planeten. Er setzte seine Hoffnungen auf die Moritatoren und verlangte die gezielte Suche nach ihnen, die vielleicht alle Antworten kannten.

Und Rhodan wollte wissen, ob die Invasion bevorstand oder nicht. Er schien mehr einer schnellen, schlagartigen Lösung dieses Problems den Vorzug geben zu wollen, was bedeutete, ins Zentrum von NGC 4594 vorzudringen und mit den Takerern Kontakt aufzunehmen.

Darum ging es auch in dieser Besprechung.

Ovaron hob einen Stapel stark verkleinerter, aber brillant scharfer Sternkarten hoch und warf sie klatschend vor sich auf den runden Tisch, der mit Signalelementen vollgestellt war.

»Hier, diese Karten!« begann er. »Sie zeigen genau an, wo und wie wir weitersuchen müssen!«

»Aber sie sagen trotz erfolgter Umrechnungen nicht viel darüber, wo wir etwas finden«, bemerkte Rhodan.

Eine Stunde lang wurde verhandelt.

Schließlich versuchte Rhodan, zwischen ihren auseinandergehenden Meinungen einen Kompromiß zu destillieren, der alle Teile gleichermaßen beruhigen würde. Es war eine Möglichkeit, zwischen den gegensätzlichen Auffassungen den besten Weg zu gehen.

»Ich erkläre mich als Verantwortlicher dieses Fluges zu einem letzten Experiment bereit«, sagte er schließlich.

»Ja?« fragte Ovaron.

»Sie haben im äußeren Zentrumsring von Gruelfin einige hundert Systeme markiert, die Sie von früher her kannten und von denen Sie wissen, daß sie entweder bewohnt oder als Stützpunktwelten ausgebaut waren.«

Ovaron atmete tief ein und aus.

»So ist es, Perry.«

Oberst Joaquin Manuel Cascal, der Chef der Kreuzerflotte, hob die Hand und warf ein:

»Es erscheint mir ziemlich sinnlos und viel zu aufwendig, sowohl an Material als auch an Menschen, mit der MARCO POLO weiterhin jedes einzelne System anzufliegen und dort nachzuforschen, wie weit sich die ehemaligen Ganjasen entwickelt oder zurückentwickelt haben. Mit einiger Wahrscheinlichkeit finden wir dort eine Reihe zerstörter Planeten und dazu solche, die von weniger intelligenten Lebewesen bewohnt sind, meinetwegen von ehemaligen Ganjasen, die in die Steinzeitkultur zurückgefallen sind.«

Pawo Restonow, der Chef der Fünften Flottille, wandte sich an Perry Rhodan:

»Wir sind startklar, Sir! Wie gehen wir vor?«

Rhodan antwortete mit einem langen Blick auf Ovaron:

»Sie alle werden genaue Unterlagen erhalten. Jeweils zehn Kreuzer und zehn Korvetten werden einen genau bezeichneten Raumsektor anfliegen, dort einen markanten Treffpunkt ausmachen – vermutlich eine unübersehbare Sonne oder eine untypische Doppelsonne; es ist Ihnen überlassen. Von dort aus zerstreut sich der Pulk und fliegt paarweise zu den angegebenen Zielen. Fünf Gruppen sollen vorher bezeichnete Planetensysteme anfliegen und erforschen. Das sind insgesamt fünfzig Sonnensysteme.«

Atlan, der bisher der Auseinandersetzung meist schweigend und nachdenklich gefolgt war, sagte laut:

»Natürlich können, wenn die Ergebnisse schnell vorliegen, auch andere außer diesen fünfzig Systemen angeflogen und untersucht werden.«

Atlan machte den Eindruck, als habe er die letzten zwei Stunden lang nur Informationen gesammelt und versucht, aus diesen und einer eigenen Idee ein Handlungsschema für sich zu entwickeln.

»Also schön«, sagte Ovaron. »Ich stimme zu.«

Damit verzichtete er vorerst auf eine sofortige Suche nach Schiffen der Moritatoren, die von Stern zu Stern zogen, um von der Vergangenheit zu berichten.

Atlan hakte nach:

»Wer bleibt hier? Ich? Ich habe nicht die geringste Lust dazu, Perry!«

Rhodan schüttelte den Kopf.

»Ich werde dich bitten, ebenfalls einen Verband anzuführen, Atlan. Ovaron und ich nehmen hier die koordinierenden Aufgaben wahr. Hier . . . das bezieht sich auf die MARCO POLO. Das Schiff wird hier in Warteposition bleiben.«

»Ich sehe, daß mir die Dritte Kreuzerflottille geblieben ist«, sagte Cascal nach Erhalt der Unterlagen. »Da meine winzige Wohnzelle ohnehin an Bord der CMP-21 liegt, werde ich auch weiterhin Ihre geschätzte Gastfreundschaft in Anspruch nehmen müssen, Manishe!«

»Sie sind, das wissen Sie, ein gern gesehener Gast«, gab der Chef der 3. Flottille zurück, den seine Leute den »Skorpion« nannten.

»Fein.«

Die fünf anwesenden Oberstleutnants standen auf, nahmen die Unterlagen mit sich, und Alaska Saedelaere fragte Rhodan:

»Wann starten wir?«

Rhodan antwortete:

»Die ersten Einheiten in vier Stunden, Alaska.«

Neben dem Kommandanten von CMP-21, Penka Manishe, stand der fast gleichaltrige Oberst und sah zu, wie die Männer an den Schaltpulten die Koordination zwischen den zehn Schiffen der Dritten Flottille herstellten. Cascal teilte sich mit Manishe die Verantwortung über zehn Leichte Kreuzer, hervorragende, schnelle Raumschiffe mit starken, weitreichenden Maschinen und jeweils sechzig Mann Besatzung.

Cascal fragte leise:

»Alles klar? Keine Verzögerungen zu erwarten?«

Penka deutete auf einen Block von zehn Schirmen, der neben dem Platz des Kommandanten angebracht war. Es handelte sich um kleine Kontrollschirme, auf denen man auf einen Blick sehen konnte, wie weit die Mannschaft mit ihren Vorbereitungen war. Verschiedene Balken in verschiedenen Farben zeigten je nach Länge die Bereitschaft der wichtigsten Stationen an. Alle zehn Schirme waren voll, zwischen Balkenende und Bildschirmrand gab es keinen freien Platz mehr.

»Nein. Wir können rechtzeitig starten«, sagte Penka.

Penka Manishe hielt sich kerzengerade; er war ein Mann von vierzig Jahren und nur hundertvierundsechzig Zentimeter groß. Nicht, daß er unter dieser geringen Körpergröße sehr gelitten hätte, aber irgendwie bemühte er sich doch, sie etwas auszugleichen. Er trug weiche Raumfahrerstiefel mit hohen Absätzen. Manishe war klein und sehr hager, mit einem Gesicht, das ständig von sorgenvollen Falten durchzogen schien. Seine blaßgrünen Augen aber, die in dem ständig gebräunten Gesicht standen, als wären sie Kugeln aus Gletschereis, verrieten die schnelle Entschlußkraft und die Härte dieses schweigsamen Mannes. Hellblondes, langes Haar wurde in der Mitte gescheitelt. Mit einem langen, schweigenden Blick musterte der Kreuzerkommandant die Besatzung der Zentrale, dann drehte er sich zu Cascal herum und sagte leise, aber mit unüberhörbarer Schärfe in der Stimme:

»Wir werden einen klaren Start durchführen, Oberst. Sie möchten sich sicher in Ihre Kabine zurückziehen und meditieren?«

»Eigentlich bin ich hier an Bord für Sarkasmen zuständig«, sagte Cascal grinsend. »Ich muß aber sagen, daß Sie recht haben. Ich werde zwar nicht meditieren, sondern mich mit der talentierten und bezaubernden Bordärztin und Genmechanikerin unterhalten, die Sternkarten studieren und dreißig Minuten vor dem Ausschleusen wieder hier erscheinen. Ist das etwa in Ihrem Sinn, Kommandant?«

»Völlig!«

Die Männer tauschten einen harten Händedruck aus.

Cascal schwang sich in den Zentralschacht und verließ den Lift wieder weiter unten. Er ging schnell und zielbewußt bis zu seiner schmalen Kammer, klappte die Liege aus der Wand, setzte sich und ließ die Schreibplatte hervorgleiten. Licht schaltete sich automatisch ein. Cascal entnahm seiner Brusttasche das Duplikat des Einsatzbefehls und begann zu rechnen, sich die Spezifikationen der Sterne anzusehen und die vermuteten Werte der einzelnen Planeten. Er stellte Entfernungen, Größen und Strahlungen fest.

Seine zehn Schiffe sollten zunächst das Sorgelan-System anfliegen. Es war von Ovaron so genannt worden.

Etwa eine Stunde lang beschäftigte sich Cascal konzentriert, schweigend und ausschließlich mit dem Zielgebiet.

Dann lehnte er sich zurück und schaltete den Interkomschirm an. Er wählte eine Nummer, wartete und sah dann auf dem kleinen Schirm rechts neben der Schreibplatte das Gesicht der Ärztin Claudia Chabrol. Sie nahm auf eigenen Wunsch an dieser Expedition teil.

»Kommandant des gesamten Kreuzergeschwaders – was wünschen Sie?« fragte Claudia.

»Mich mit Ihnen zu unterhalten«, sagte Joak.

»Das tun Sie bereits. Wie kommen Sie zurecht?«

Cascal sah sich anklagend um und bemerkte:

»Kein Vergleich mit früheren Schiffen. Hier in diesem Leichten Kreuzer ist, ebenso wie im großen Schiff, jeder Kubikzentimeter Raum voller Ausrüstung. Ich habe es zusammengerechnet. Zwei mal zwei mal drei Meter, das sind zwölf Kubikmeter in meiner Kommandantenkabine. Dazu noch zwei Kubikmeter Toilette. Wie finde ich das?«

»Betrüblich, liebster Oberst«, sagte Claudia. »Sie scheinen seit unserem letzten Nullzeit-Deformatorabenteuer an Charme, Reife und Liebenswürdigkeit zugenommen zu haben.«

Cascal erwiderte voller falscher Freundlichkeit:

»Genau das gleiche kann ich von Ihnen bemerken. Übrigens nicht nur ich. Auch Lord Zwiebus ist dieser Ansicht.«

Claudia winkte ab.

»Wann starten wir nach Sorgelan?«

Cascal senkte den Blick und schaute auf die Uhr.

»In vierzig Minuten. Ich muß in zehn Minuten in der Zentrale sein.«

»Lassen Sie sich nicht von mir aufhalten«, meinte die Ärztin. »Kommen Sie vorher noch auf eine Tasse Kaffee ins Bordlazarett?«

Cascal sagte nach einigen Sekunden: »Einverstanden – ich komme hinauf. Welches Gefühl haben Sie vor dem Start ins Unbekannte?«

»Neutral«, sagte die Ärztin.
»Ich bin zwar nicht ängstlich«, bekannte Cascal, »aber ich kann mich eines gewissen Gefühls der Unruhe nicht erwehren.«
Claudia meinte:
»Kommen Sie zum Kaffee; ich werde Ihre Unruhe dämpfen.«
»Ein Blick in Ihre großen, dunklen Rätselaugen«, sagte der Oberst, »und meine Unruhe wird um mehrere Potenzen stärker.«
Sie streckte die Hand aus, um den Bildschirm auszuschalten, und sagte:
»Sie leben wieder einmal weit über Ihre Verhältnisse, Oberst Cascal. Ich erwarte Sie.«
Zehn Minuten später stand er in der Zentrale hinter seinem Sessel. Schräg vor sich sah er, nur im Halbprofil, den Rücken und den Kopf Penka Manishes. »Klar, Penka?« fragte er leise.

Keiner der anderen Offiziere drehte sich um. Überall wurde gearbeitet, überall glühten und blinkten Kontrollämpchen. Leise Kommandos schwirrten hin und her.
»Zielgebiet für die zehn Leichten Kreuzer der Dritten Flottille: Das Sorgelan-System«, sagte der Kommandant. Er war der Mann, der das Flaggschiff der Dritten Flottille kommandierte und flog. Cascal würde sich in die Belange der Schiffsführung keine Sekunde lang einmischen – nur in einem Fall.
Wenn Manishe ausfiel oder starb.
Manishe sagte laut:
»Startzeit vier Minuten. Nach Zahlenwerten ausschleusen. Die CMP-21 macht den Anfang.«
»Verstanden!« kam es aus den Lautsprechern.
Leise fragte Cascal:
»Ich habe seit dem Ende der Besprechung Takvorian nicht gesehen. Er sollte doch mit uns fliegen, oder?«
Manishe zögerte einen Augenblick, dann murmelte er:
»Wir haben den Pferdemutanten in einem Laderaum untergebracht. Er bestand darauf.«
»So?« Cascal war verwundert.
Ein weiteres Kommando kam.
»Schleusen Einundzwanzig bis Dreißig geöffnet.«
»Danke«, sagte Manishe laut ins Mikrophon.
Von außen mußte es ein herrliches Bild kalter, technischer Schön-

heit sein. An fünfzig Stellen des MARCO POLO-Ringwulstes, also alle sieben Grad, schoben sich die halbrunden Schleusentore der Kreuzerhangars nach beiden Seiten auseinander und verschwanden im Material der Verkleidung. Fünfzig lichterfüllte senkrechte Schlitze erschienen, wurden breiter und breiter und waren nach dreißig Sekunden zu Rechtecken verbreitert.

»Start in Sekundenabständen«, ordnete Manishe an. »Start für 21 in zwanzig Sekunden. Neunzehn . . . fünfzehn . . . zehn . . . drei . . . zwei . . . eins!«

Der kugelförmige Kreuzer schwebte aus den Halterungen, und dann heulten die Beschleunigungsabsorber auf. Wie zehn Perlen, die aus einer rasch rotierenden Kette weggeschleudert wurden, rasten die Schiffe auf synchronen Bahnen aus der MARCO POLO hinaus.

Wieder gab es Kommandos. Die zehn Schiffe sahen, wie die MARCO POLO rasend schnell zu einem Kügelchen zusammenschrumpfte, obwohl die Maschinen der Kreuzer erst jetzt hochgefahren wurden. Jetzt schob sich das Schiff vor die Sonne, und im schwarzen Schlagschatten des stählernen Giganten entfernten sich die zehn Schiffe mit hohen Werten in Richtung auf das Ziel.

»Beeindruckend, nicht wahr?« fragte Penka nach einer Weile.

Jetzt wußte Cascal auch, warum man ihn den Skorpion nannte. Seine Hände zuckten wie Skorpionstachel auf die Tasten seines Instrumentenpultes nieder, so schnell, daß zwei Bewegungen ineinander verschmolzen.

»Ziemlich«, sagte Cascal.

Hintereinander verließen jetzt weitere Kreuzer sowie Korvetten die MARCO POLO und verteilten sich dreidimensional sternförmig auf die Umgebung. Die Lightning-Jäger, ungeeignet für Einsätze über derart weite Entfernungen, blieben wie die Space-Jets zurück.

»Wir haben, laut Ihrem Befehl, Oberst, unseren Anflug in drei Etappen gegliedert. Bei insgesamt zweitausendsechshundertachtzehn Lichtjahren bis Sorgelan sind es pro Etappe durchschnittlich achteinhalbhundert bis neunhundert Lichtjahre.«

»Geht in Ordnung«, sagte Cascal und lockerte die breiten Sicherheitsgurte seines Sessels. Er betrachtete prüfend und schweigend die Schirme der gewaltigen Panoramagalerie.

»Kurs Sorgelan«, ordnete er dann an. »Bitte erste Linearetappe einleiten.«

»Verstanden.«

Cascal schwieg weiter und sah zu, wie die Schaltungen erfolgten, kontrolliert durch die verhältnismäßig kleine Bordpositronik. Der Befehl war klar, dieses System würde vorsichtig angeflogen werden.

Die Sonne besaß fünf Planeten; Ovaron hatte sich an diese Anzahl erinnert. Von diesen fünf Planeten war der dritte wichtig genug, um allein diesen Einsatz zu rechtfertigen.

Sein Name in der Sprache der Ganjasen war *Vavschenic.*

Zu der Zeit, als Ovaron hier eine wichtige Figur gewesen war, schien diese Welt ein sehr wichtiges Geheimnis in sich getragen zu haben. Es war ebenfalls eine versteckte Stützpunktwelt des Ganjasischen Reiches gewesen. Damals, vor zweihunderttausend Jahren, hatten auch dort riesige Tiefbunker existiert, dazu gewaltige, sorgsam abgeschirmte Industrieanlagen, die vom jeweiligen Ganjo dazu benutzt worden waren, ungehindert und in aller Stille Forschungen von sehr wichtiger Art durchführen zu können.

Die Charakteristiken von damals:

Vavschenic, eine unbewohnte Welt in der tiefsten Dämmerung der einsetzenden Evolution. Eine Urwelt mit Pflanzenwuchs, der sich langsam aus den ersten Anfängen erhob und in mehreren Arten aufsplitterte. Der Planet, der nur wenige flache Meere besaß, war teilweise ausgehöhlt und unterhalb der felsigen Krusten der Kontinente voll ausgebaut worden. Einige Millionen Wissenschaftler und Techniker aus dem Volk der Ganjasen hatten dort Grundlagenforschung betrieben, hatten gewisse Dinge produktionsreif entwickelt und teilweise sogar produziert.

»Und das war der Grund, weswegen Sie sich um diesen Job beinahe mit Atlan geschlagen haben?« fragte der Kommandant, als der Autopilot des Schiffes die Arbeit der Männer übernommen hatte und das Schiff durch den Linearraum vorwärts warf wie auch die anderen neun Kreuzer.

»Natürlich, wenn es auch halb so drastisch war. Wie ist die Moral der Truppe?«

»Besser als Ihre«, antwortete der Oberstleutnant anzüglich, aber so leise, daß es keiner der anderen Männer hören konnte. »Die anderen neunundfünfzig Männer trinken mit Ärztinnen nicht den garantiert koffeinlosen Flottenkaffee.«

»Sie Mensch!« sagte Cascal erbittert. »Erstens gibt es auf diesem Schiff nicht neunundfünfzig Männer, sondern es sind auch Damen unter uns. Zweitens ist Claudia eine alte Freundin von mir. Wir schlugen uns schon blaue Augen, als Sie noch nicht wußten, daß ein Cappin keine neue Art von Instant-Pudding war!«

Ausnahmsweise gestattete sich Penka ein dröhnendes Lachen.

Die Planung war, nach alten und vielbenutzten Verfahrensweisen, hervorragend gestaltet worden. Man hatte jedesmal gelernt und diese Planungen schrittweise verbessert, bis ein nahezu lückenloses sicheres System für solcherart Erkundungsflüge entwickelt worden war, in den langen und verlustreichen Jahren terranischer Raumfahrt.

Man würde in drei Linearetappen vorgehen.

Jedesmal, wenn man den Normalraum wieder betrat, würden die Instrumente der zehn Schiffe die Umgebung abtasten und jedes Flüstern innerhalb von Lichtjahren Entfernung wahrnehmen können. Man wollte viel sehen, aber möglichst nicht gesehen werden. Auch die Entfernung zwischen der MARCO POLO und Vavschenic war wohlberechnet und lag einwandfrei innerhalb der Funksprechweite eines Leichten Kreuzers der Planetenklasse. Notfalls konnte Cascal einen Funkruf starten, um die MARCO POLO mit ihrer furchtbaren Feuerkraft herbeizurufen. Er hoffte, daß dies nicht notwendig war; Cascal gehörte zu den zahlreichen Männern, die zwar im Rang eines Soldaten standen und wußten, was Krieg war, ihn aber verabscheuten und sich damit zufriedengaben, auf Zielschiffe zu feuern oder die überlegene Kraft terranischer Geschütze nur als Abschreckungswaffe einzusetzen. Man würde sehen.

Aber – wenn fremde Gewalten dafür sorgten, daß ein Funkspruch überlagert wurde oder durch Störung des Hyperkoms ausfiel, dann war auch dieses Hilfsmittel ausgefallen.

Cascal lehnte sich zurück und überlegte, wie er die vielen Stunden der Linearetappen und der ausgedehnten Zwischenzeiten überbrücken konnte. Er zweifelte daran, daß man sie aufhalten würde, bevor sie bei Vavschenic waren.

Manishes faltiges Gesicht wandte sich dem Oberst zu. Penka fragte halblaut und besorgt:

»Woran denken Sie?«

Cascal grinste freudlos und erwiderte:

»An Takvorian, der sich im Laderaum langweilt. Vielleicht sollten wir ihn dazu abstellen, den Besatzungsmitgliedern in ihrer reichlichen Freizeit Reitunterricht zu geben. Er könnte Pferd und Reitlehrer in einer Person sein.«

»Sie sind vielleicht ein respektloser Mensch!« sagte Penka.

Cascal ging hinunter in den Laderaum, wo der Pferdemutant auf einem Stapel neuer, farbiger Decken lag und im Licht einer kleinen Klemmlampe in terranischen Schriften las. Als Cascal den Raum betrat, bewegte sich der farbenprächtige Schweif dieses Wesens, das so gern wie ein Terraner oder ein Cappin ausgesehen hätte und gezwungen war, in diesem Mischkörper zu leben.

»Ich freue mich, daß Sie kommen«, sagte Takvorian mit seiner leisen, schüchternen Stimme. »Warum haben Sie Claudia nicht mitgebracht?«

»Was gefällt Ihnen an Claudia, Takvorian?« fragte Cascal zurück.

»Sie ist so schön menschlich und angenehm ausgeglichen«, sagte der Mutant. »Sie will versuchen, meine Gene festzustellen und hat mir wenig, aber immerhin Hoffnungen gemacht, sie könnte meinen Körper – vielleicht – verändern.«

Cascal meinte staunend:

»Sie sind ein Illusionist, Takvorian.«

»Und Sie sind ein Terraner. Was ist schlimmer?«

Cascal grinste und setzte sich neben Takvorian auf einen Stapel leerer Kisten, der mit einem breiten Gurt am Boden festgezurrt war.

»Beides«, sagte er. »Was lesen Sie da?«

»Bildende Werke. Ich lese gerade über den Tod und das Sterben in der terranischen Philosophie nach; beides scheint, nach Meinung der großen Denker, ein erstrebenswertes Ziel zu sein, nicht wahr?«

Cascal grinste und antwortete:

»Ich weiß nicht genau, was diese Männer im einzelnen darüber dachten, aber inzwischen haben sie alle Gelegenheit gehabt, diese Frage zu beantworten. Sich selbst nämlich, leider nicht der Nachwelt. Aus dem Jenseits kommen nicht einmal Mystiker zurück, obwohl ich das von jenen geradezu erwarten muß. Aber . . . Sie sehen, niemand ist vollkommen.«

Takvorian lächelte zurückhaltend und fragte zurück:

»Auch Sie nicht, Oberst?«

»Nein, nicht einmal ich. So leid es mir tut.«

Takvorian sagte mit Entschiedenheit:

»Diese Bemerkung glaube ich Ihnen sogar. Fürchten Sie sich vor dem Tod?«

»Noch nicht«, sagte Cascal. »Und vorläufig tue ich alles, um ihm auszuweichen. Dem Cappin in der MARCO POLO wird es vielleicht um Haaresbreite gelingen. Ich meine den Moritator . . .«

»Ich weiß«, sagte der Pferdemutant mit einer unheimlichen Ruhe. »Es gelingt ihm nicht, Oberst Cascal.«

»Woher wissen . . .?«

Takvorian sagte flüsternd:

»Er stirbt. Etwa jetzt.«

Cascal flüsterte erbleichend:

»Woher wissen Sie das, Takvorian?«

Der Pferdemutant zuckte mit den Schultern seines menschlichen Körpers, und der lange, farbenfunkelnde Schweif bewegte sich wie eine träge, sattgefressene Schlange.

Cascal atmete scharf ein und begann, angestrengt nachzudenken.

Die Wahrscheinlichkeit, daß der Moritator Scholschowo starb, war ziemlich groß. In der Organbank, das hatte Cascal von Claudia erfahren, reiften zwar die benötigten Innenorgane heran, die durch beispiellos kühne Anstrengungen gezüchtet worden waren, zwar arbeiteten die Maschinen exakt, aber es schien selbst Cascal, der alles andere als ein Mediziner war, als verlöre der alte Körper mehr und mehr Lebenswillen und Energie. Vielleicht *wollte* Scholschowo nicht mehr leben.

So war es auch . . .

Wäre Cascal in der MARCO POLO gewesen, hätte er miterleben müssen, wie der Moritator plötzlich starb.

Der Körper des Mannes, in einer Spezialkonstruktion aufbewahrt, bäumte sich auf, und einige der Schläuche wurden abgeworfen. Es war, als schlüge ein Blitz in den zerbrechlichen Körper ein. Der Körper spannte sich, der Mund öffnete sich, und die Kontrollinstrumente registrierten einen Laut, der unmenschlich war und klang, als würde jemand in größter geistiger Not schreien. Eine Mischung zwischen Gurgeln, Heulen und Ächzen. Das Wort war zweisilbig und gellte durch den Behandlungsraum.

»Ganjo!«

Als der Arzt, der nur wenige Meter von Scholschowo entfernt gestanden hatte, herbeigerannt kam, war der Mann tot. Das Alarmsignal riß Rhodan und Ovaron aus der Ruhe ihrer Überlegungen.

»Zu spät«, murmelte der Arzt, als sie eintraten.

Dann spulte er das Kontrollband zurück und schaltete den Rekorder wieder ein, und ein zweites Mal hallte der Schrei in den Ohren der Männer.

»Ganjo!«

Rhodan und Ovaron sahen sich schweigend an, und als sie Bescheid bekamen, daß keines der Lebensretter-Geräte versagt hatte, wunderten sie sich nicht mehr. Scholschowo, der ihnen eine große Hilfe gewesen war, schied nun aus. Als Freund, als Patient und als Informationsquelle.

Cascal erwachte aus seinen Gedanken.

»Woher haben Sie diese Ahnungen, dieses Wissen, Takvorian?« fragte er bestürzt.

»Ich weiß es selbst nicht. Ich las, und plötzlich schob sich diese Überlegung – es war schon fast ein sicheres Wissen – in meine Gedanken.«

Cascal stand auf. Der Laderaum schien sich für einige Sekunden in eine kalte Gruft voller Spinnweben, Fledermäuse und knisternder Knochenhaufen verwandelt zu haben, in eine Ansammlung von Totenköpfen, aus deren leeren Augenhöhlen weiße Kerzenflammen brannten.

»Ich gehe«, sagte er. »Ich bin etwas zu alt für diese Art von Spielen.«

Takvorian schaute nicht von dem Lesewürfel auf, als er erwiderte:

»Das hatte ich erwartet. Schließlich sind Sie Terraner.«

Cascal fühlte, daß eine Gänsehaut seinen Rücken bedeckte.

Es war ebenfalls nur ein Gefühl, aber jetzt war er überzeugt, daß sie mitten in eine Gefahr hineinrasten.

In drei Linearetappen . . .

11.

Die zehn Schiffe schossen aus dem Linearraum wie aus einer Nebelwand und sahen sich plötzlich wieder den Sternen gegenüber. Vor ihnen, dreißig Lichtminuten entfernt, leuchtete stechend gelb eine Sonne des Typs, der auch im irdischen System das Leben garantierte.

Penka Manishe rief ins Mikrophon:

»Geschwindigkeitsverringerung durchführen! Abstand von Schiff zu Schiff eine Lichtsekunde.«

»Verstanden!« kam es neunmal schnell hintereinander aus den Lautsprechern.

Die Schiffe verlangsamten ihre Fahrtgeschwindigkeit.

Cascal dirigierte die Ortungszentrale:

»Alle Schiffe nähern sich vorsichtig der Bahn des dritten Planeten und fliegen sie langsam entlang. Wir bleiben vierhunderttausend Kilometer von Vavschenic entfernt stehen. Klar?«

»Verstanden, Oberst.«

Sie hatten während der beiden Flugunterbrechungen ins All gelauscht und Sonnensysteme vermessen, aber keine Spur von raumfahrenden Zivilisationen feststellen können.

Während die Ortungszentralen wieder den Raum absuchten, vollführten die Schiffe nacheinander eine Schwenkung um achtzig Grad und strebten dem errechneten Ziel zu. Minuten vergingen, bis die Schiffe die Bewegung beendet hatten und sich nun in relativ langsamer Fahrt dem Bahnkreis des dritten Planeten näherten.

Die Sonne wurde auf dem Schirm der Panoramagalerie sichtbar. Größer und strahlender.

Plötzlich sagte die Stimme des Ortungschefs:

»Vavschenic ist erfaßt, angemessen und grob getestet worden. Dabei haben wir eine aufregende Feststellung machen müssen. Hören Sie, Oberst Cascal?«

»Ich bin nicht taub. Ich höre ausgezeichnet!«

»Dieser etwa erdgroße Planet ist schon wieder eine radioaktiv verseuchte Welt. Die Verseuchung ist derart stark, daß wir annehmen, es habe vor nicht allzulanger Zeit ein schwerer Angriff mit Kernwaffen stattgefunden. Die bisher ermittelten Werte sagen aus, daß Material mit sehr hoher Halbwertszeit verwendet worden ist.«

Cascal und Manishe starrten sich wortlos an.

»Wann hat, Ihrer Meinung nach, der letzte Angriff stattgefunden?« fragte schließlich der Kommandant.

Die Schiffe trieben schräg hintereinander in einer Linie auf den Planeten zu.

Die Antwort verwunderte alle Besatzungsmitglieder noch mehr.

»Vor einigen Tagen«, sagte der Chef der Ortungszentrale.

Penka Manishe fuhr mit beiden Händen über seinen Kopf und strich das Haar entlang des Mittelscheitels glatt. Dann atmete er seufzend auf und wandte sich an Cascal. Er fragte laut und deutlich:

»Was ordnen Sie an?«

Cascal zögerte.

»Ich trage die Verantwortung für diesen Einsatz«, sagte er leise. »Ich habe von Perry Rhodan den mehr als deutlichen Befehl erhalten, bei einer eventuellen Berührung mit anderen Schiffen den Rückzug anzutreten und mich auf keinerlei Risiko einzulassen. Schiffe gibt es hier wohl nicht, aber ein Planet, der radioaktiv verseucht ist, erfüllt etwa den gleichen Tatbestand. Und vermutlich sind die Bomben – wenn es welche waren – auch von Raumschiffen aus abgefeuert worden.«

Manishe stimmte zu.

»Wir gehen noch etwas näher heran«, bestimmte Cascal und schaltete dabei auf die anderen Nachrichtenkanäle, so daß die Mannschaften und Offiziere der anderen neun Schiffe mithören konnten. »Wir haben genügend Zeit, denn der Einsatz wurde auf etwa zehn Tage angesetzt, und davon sind erst drei vergangen. Näher heran, weiter orten, alle Ergebnisse sammeln und in drei Stunden ein Gesamtbild vermitteln. Verstanden?«

»Verstanden und einverstanden!« bestätigte Manishe.

Dann verteilte er die Aufgaben, sprach mit den verschiedenen Stationen, unterhielt sich über die Theorien und gab einige Bemerkungen ab, schließlich drehte er seinen Sessel und starrte Cascal ins Gesicht. Seine Augen waren jetzt leicht zusammengekniffen.

»Wir haben doch Schußerlaubnis, nicht wahr?« fragte er leise. »Ich las es wenigstens in den Unterlagen, die uns Rhodan übergeben ließ.«

»Natürlich haben wir Schußerlaubnis«, erwiderte Cascal zögernd. »Aber sie gilt nur für den einzigen Fall. Für eine Situation nämlich, in der wir um unser Leben kämpfen müssen. Ich beabsichtige auch keineswegs, unsere Transformgeschütze in weniger wichtigen Dingen einzusetzen.«

Rund zwanzig Frauen und Männer in jedem Schiff waren damit beschäftigt, den Planeten vor ihnen zu testen. Die Sonne lag jetzt, zur Bahnebene der Planeten gesehen, links vom Schiff, und der rechte Rand des Planeten Vavschenic war eine dicke, schwarze Sichel.

Manishe deutete auf einen Bildschirm, auf dem ein Entfernungsdiagramm verzeichnet war.

»Wir sind langsam über die Bahnen des fünften und dann des vierten Planeten weiter zum Zentrum des Systems vorgestoßen. In vier Stunden werden wir den dritten Planeten endgültig erreicht haben. Was dann?«

Cascal dämpfte das Drängen des Kommandanten.

»Das sehen wir in drei Stunden. Warum sind Sie so ungeduldig, Penka?«

Der Flottillenkommandant zuckte die Schultern und hakte seinen Daumen hinter den Gürtel.

»Es sollte etwas geschehen – endlich!«

»Es wird etwas passieren, glauben Sie mir«, erwiderte Cascal.

Sie kontrollierten die Instrumente durch und hörten die Unterhaltung der Besatzung in den Ortungszentralen mit. Sie warteten fast drei Stunden, dann lagen stichhaltige Ergebnisse vor, und eine Reihe von

Bildern wurde auf die Schirme projiziert. Dazu ertönte ein erklärender Text. Die Mannschaft der CMP-21 faßte zusammen, was die insgesamt zehn Schiffe herausgefunden hatten.

»Der dritte Planet ist ziemlich erdähnlich. Er besteht aus wenigen, teilweise auffallend flachen Meeren und einigen großen Kontinenten. Die gesamte Oberfläche dieser Welt ist verglast und verbrannt, voller Asche und trockenen Flächen. Die meisten Teile Vavschenics strahlen eine tödliche Menge ab – wir haben verschiedene Messungen. Wollen Sie die Daten hören?«

Cascal antwortete ausdruckslos:

»Ja.«

»Die biologische Wirkung einer Strahlung beruht auch hier auf Vavschenic auf der Ionisation der Moleküle des entsprechenden Gewebes. Die Fähigkeit von Alpha-, Beta- und Gamma-Strahlen verhält sich hier etwa wie zehntausend zu hundert zu eins. Ein Röntgen ist ja bekannntlich die Strahlenmenge einer Röntgengammastrahlung, die in einem Kubikzentimeter Luft eine elektrostatische Ladungseinheit erzeugt. Die meisten Gebiete des Planeten strahlen bis zu achttausend Röntgen ab.«

Cascal fragte ungläubig:

»Achttausend Röntgen? Das ist zigmal die tödliche Dosis für ein ungeschütztes Lebewesen.«

»Richtig. Faszinierend dabei ist aber, daß nicht nur ein Großteil der Atmosphäre voller radioaktiven Fallouts ist, sondern kleinere Teile der Kontinente völlig strahlungsfrei sind.«

Cascals Lippen preßten sich zusammen. Die Muskeln entlang seines Unterkiefers wurden zu harten Knoten.

Er flüsterte, die Zähne fast am Metallgitter des Mikrophons:

»Wiederholen Sie das bitte, Leutnant Alatriste!«

Nach drei Sekunden Pause fuhr die Stimme des Chefs der Ortungszentrale fort:

»Ziemlich ausgedehnte, im Vergleich zu den strahlenden Gebieten jedoch kleinere Landstriche sind völlig strahlungsfrei. Ich frage mich, warum der radioaktive Fallout, der überall in der Atmosphäre ist und von den Jetstreams verteilt wird, nicht auch diese Gebiete verseucht.«

»Nicht nur Sie wundern sich!« sagte Penka Manishe in die Stille hinein, die sich ausgebreitet hatte.

Fahles Entsetzen griff auf die Terraner über. Sechshundert Männer und Frauen erkannten schlagartig, daß dort auf dem Planeten mit der atembaren Sauerstoffatmosphäre – deren Ionisation jedes Lebewesen, das diese Luft einatmete, umbringen würde – ein Rätsel auf die Terraner lauerte.

Ein tödliches, radioaktives Rätsel.

Manishe flüsterte:

»Wie ist das möglich, Oberst Cascal?«

Cascal lächelte verzweifelt.

»Fragen Sie mich nicht. Ich weiß es ebensowenig wie Sie, Penka.«

»Ihre Befehle?«

Cascal sah auf die Instrumente und ordnete dann an:

»Die Entfernung weiter halbieren und eine nochmalige Untersuchung. Inzwischen wird sich der Planet etwas gedreht haben, so daß wir noch mehr von der Oberfläche sehen können.«

»Jawohl.«

Cascal lehnte sich zurück und schloß die Augen. Er überdachte die veränderte Situation.

Er hätte, hier bei der Sonne Sorgelan angekommen, die Schiffe sofort wieder zu anderen Zielen schicken sollen. Zwei Schiffe, die CMP-21 und die CMP-22, würden unter seiner Leitung hier bleiben, das System katalogisieren und diesen merkwürdigen Planeten besuchen. Die anderen vier Schiffspaare sollten nach vier anderen Zielen losfliegen – der Zeitplan war zwar großzügig ausgearbeitet worden, aber der Spielraum war nicht unbegrenzt groß.

Cascal entschloß sich, vorläufig alle zehn Schiffe hier zu behalten.

Er richtete sich auf und griff nach dem Mikrophon, drückte die Kommunikationstaste, die ihn mit den anderen neun Schaltzentralen verband.

In seinen tiefsten, unausgesprochenen Gedanken und Überlegungen wußte er, daß seine letzte Chance vielleicht in den Geschützen liegen würde. Und dabei war die vereinigte Feuerkraft von zehn Schiffen mehr als die von nur zwei Kreuzern. Er haßte es, Kommandos an die Feuerleitzentralen geben zu müssen, aber er würde es tun, wenn es nötig war.

»Verdammt!« fluchte er.

Ein Kommandant eines anderen Schiffes meldete sich.

»Ich habe Sie nicht verstanden, Kommandant. Was ordnen Sie an?«

Cascal grinste müde.

»Ich gestattete mir ein Kraftwort«, antwortete er. »Ich ordne folgendes an: Alle zehn Schiffe bleiben vorläufig hier. Ich hoffe, daß in rund zwölf Stunden eine andere Entscheidung getroffen werden kann. Ich korrigiere mich – die Schiffe 25 bis 30 fliegen außerhalb des Systems unterlichtschnell Erkundungsflüge. Suchen Sie den Raum ab, stellen Sie fest, was es gibt. Und . . . keine provozierten Feindberührungen! Sofort funken und zurückkehren. Klar?«

»Verstanden.«

Cascal und die Männer in der Hauptzentrale sahen zu, wie sechs Schiffe sich aus dem Verband lösten und davonfegten.

»Das wäre das!« murmelte er.

»Langsam werde ich unruhig«, sagte Penka Manishe leise. »Mich regt in diesem Kosmos nichts so sehr auf wie dieses Warten. Warten . . . den Planeten auf den Schirmen, diese Welt mit ihren Rätseln.«

Cascal wurde sarkastisch.

»Die Menge, in der Sie das Wort *dieses* benutzen, kennzeichnet Ihre Erregung, Penka. Es gibt nichts anderes als warten. Auch mir behagt nicht viel von dem, das ich einzusehen in der Lage bin. Aber kommen wir einander näher.«

»Wie?«

»Durch einen Kompromiß«, sagte Cascal und gab einige Anordnungen.

Das Schiff bewegte sich aus dem Verband heraus, zog davon und näherte sich dem Planeten. Fünfzigtausend Kilometer von der Oberfläche entfernt hielt die CMP-21 an, bremste die Fahrt herunter und richtete sämtliche Objektive aller Aufnahmeeinrichtungen auf das Bild, das sich bot.

Cascal ging aus der Hauptzentrale hinaus, schwang sich in den Lift und betrat Sekunden später die Ortungszentrale.

Er blieb hinter den Sessellehnen stehen und beobachtete schweigend die verschiedenen Schirme.

»Lassen Sie sich bitte nicht stören«, sagte er mit seiner sonoren Stimme. Die Männer bewegten sich unruhig, arbeiteten aber weiter.

Der Planet war zu drei Vierteln beleuchtet. Ein Viertel, sichelförmig, lag in der Dunkelheit. Über das ovale Bild zogen die schmutzigen Strukturen der Wolken, die voller Radioaktivität waren. Das Wasser der Meere schien zwar blau zu sein, aber Cascal hatte, als er sie betrachtete, den Eindruck, auch sie wären verschmutzt. Das Land war eine einzige, fast einfarbige Wüste von planetarer Größe.

Braungrau, wie Asche.

Wie Asche, die von verbranntem und zerstäubtem Gestein, Humus und Sand stammte. Asche, die sich mehrmals gesetzt hatte, die aber mehrmals wieder durch atomare Explosionen neu erhitzt und hochgewirbelt worden war. Dieser Planet war eine Wüste, in der es nicht einmal den Hauch eines organischen Lebens geben dürfte.

Cascal wich drei Meter nach links aus und betrachtete den Schirm, der die Verteilung von strahlenden und radioaktiv leeren Stellen der Planetenkruste zeigte. Große, meist runde Stellen waren dunkel, also leer, die Umgebung war hell, also voller gefährlicher Aktivität.

Cascal fragte:

»Können Sie das Zentrum dieses Bildes etwas stärker vergrößern?«

»Selbstverständlich.«

Langsam schoben sich die Bildränder auseinander. Der Planet schien näher zu kommen. Man sah mehr Einzelheiten, und die Wolken über dem Bild wurden dünner und zogen sich mehr in die Länge und Breite.

»Was . . . was ist das?« murmelte jemand.

In der Mitte eines der runden Gebiete blitzte es auf. Kurz, unglaublich weit entfernt, aber deutlich sichtbar.

»Eine Explosion!« sagte Cascal grimmig.

Dicht daneben erfolgte ein zweites Aufblitzen.

Dann krochen, so langsam, daß die Nerven der Männer allein durch die Betrachtung gefoltert wurden, die typischen Pilze einer atomaren Explosion in die Höhe, dem Schiff und seiner Besatzung entgegen. Ein dritter Blitz, fast an der Hell-Dunkel-Grenze des Planeten, folgte, noch ehe sich die Pilze voll entfaltet hatten. Jetzt, nach einigen Sekunden des atemlosen Wartens, zerpflückten die Höhenströme innerhalb der Lufthülle die oberen Ränder des ersten Detonationspilzes.

»Das würde niemand glauben, dem ich es erzähle«, stöhnte einer der Männer an den Untersuchungspulten. »Atomare Bomben von sehr großer Sprengkraft.«

Ein vierter und fünfter Blitz, ein sechster, dann zwei weitere, fast synchron. Cascal drückte eine Taste und sprach in ein Mikrophon:

»Sehen Sie, Penka, was wir hier oben gesehen haben?«

»Ja. Nach einer Stunde des Wartens scheint endlich etwas vorzufallen. Es ist unglaublich, Oberst.«

»Ja. Und es bringt mich noch tiefer in die Zwangssituation hinein, in der ich mich ohnehin schon befinde«, knurrte Cascal.

Insgesamt zählte man auf dieser Seite des Planeten fünfundzwanzig atomare Explosionen. Ein Drittel der Oberfläche war von einer undurchdringlichen Schicht aus Schmutz, Wasserdampf und Asche bedeckt, die sich langsam den Höhen der Gashülle entgegenschob und von dort aus in breiten Streifen verteilt wurde.

Es war vollkommen unglaublich und mehr als nur rätselhaft. Wer verwüstete hier planmäßig seinen Planeten?

Wer schien etwas dagegen zu haben, daß gewisse Teile der Oberfläche, nach einem planetaren oder interstellaren Krieg, wieder die Radioaktivität verloren hatte?

Und – es war kein Angriff aus dem Weltraum gewesen.

Außer den zehn Leichten Kreuzern der Terraner befand sich kein einziges Schiff in lichtjahrweiter Entfernung.

»Ich bin am Ende meines Wissens angelangt«, sagte Cascal.

Er focht einen schweigenden, schweren Kampf aus, ohne daß er etwas davon preisgab. Er hatte deutliche Befehle, die ihn weiterhin zwangen, jede »Feindberührung« zu vermeiden. Andererseits forderte gerade dieses Vorkommnis es heraus, tief in die Lufthülle einzufliegen.

Wer hatte diese Bomben von Raketen aus gestartet oder einfach vom Boden?

Wer zündete sie?

Und zu welchem Zweck, bei allen Spiralnebeln der Schöpfung?

Joaquin Manuel Cascal überlegte lange und kam zu keinem Schluß. Also ordnete er an:

»Cascal an alle: Ich weiß nicht mehr weiter. In solchen Lagen sollte man Geduld zeigen; oft erledigen sich viele Dinge, die man auf die längste Bank geschoben hat, allein dadurch, daß sie am anderen Ende herunterfallen.«

»Recht so«, kommentierte Penka Manishe lustlos.

Cascals Schiff zog sich wieder in den Raum zurück.

Es blieb so weit vom Planeten entfernt, daß die Vorgänge dort noch gut beobachtet werden konnten. Die anderen neun Schiffe hatten sich über das gesamte System verteilt und stellten dort alle Arten von Untersuchungen an.

Sie wollten fünfundzwanzig Stunden warten.

Zwanzig Stunden vergingen . . .

Cascal hatte sich dazu entschlossen, doch nach dem ursprünglichen Plan vorzugehen und acht Schiffe in Paaren zu anderen Zielen zu schicken. Zurück blieben die CMP-21 und CMP-22.

Kommandant des anderen Schiffes war der fünfunddreißigjährige Major Lavis Encester, ein mittelgroßer Mann mit kantigem Gesicht und kahlgeschorenem Kopf, auf dessen Mitte ein spiraliger, kleiner

Gladiatorenwirbel wuchs. Seine dunklen Augen sahen Cascal unverwandt an, als der Oberst das weitere Vorgehen schilderte.

»Verstanden!« sagte er.

Eine unterdrückte Erregung bemächtigte sich der hundertzwanzig Besatzungsmitglieder, als die beiden Schiffe gleichzeitig Fahrt aufnahmen und dem Planeten entgegenflogen. Die Frauen und Männer fühlten, daß sie einem Abenteuer entgegenstarteten, von dessen wahrer Natur sie keine Ahnung hatten.

Zunächst betrug der Abstand beider Schiffe voneinander einhunderttausend Kilometer, also rund eine drittel Lichtsekunde.

Für die Reichweite der Geräte an Bord, auch für die Transformkanonen, war dies eine lächerlich geringe Entfernung; also konnten sich beide Schiffe gegenseitig Feuerschutz geben, falls es notwendig sein würde.

»Es sieht noch immer schlimm aus«, sagte Cascal.

Er deutete auf die Panoramagalerie.

Über den beobachteten Gebieten tobten noch immer die atomaren Stürme. Schmutziggraue Schleier bewegten sich hin und her, und in den obersten Schichten der Atmosphäre schienen die aufgewirbelten Staubmassen zu kochen und zu glühen wie dunkles Magma.

Stellenweise schlug Regen die Giftwolken nieder.

Dadurch wurden die Gebiete, die vorher stark strahlten, erneut verseucht. Die gesamte Planetenoberfläche war ein Inferno aus tödlichen Gammastrahlen. Es waren ausnahmslos Isotope, deren Halbwertszeiten um ein halbes Jahrhundert lagen.

»Noch näher?« fragte Penka.

»Ja. Wir wollen in einen Orbit gehen«, sagte Cascal, »um alles noch genauer beobachten zu können. Vielleicht entdecken wir diejenigen, die für diese wahnsinnigen Bombenwürfe verantwortlich sind.«

Die Bildschirme füllten sich.

In der Richtung des Planeten erschien immer mehr von der graubraunen Fläche mit den häßlichen dunklen Wolkenstrukturen und Sturmlinien auf der Panoramagalerie. Entgegen der Flugrichtung standen nach wie vor die Sterne und die Sonne auf dem Schirm – und das andere Schiff, klein, silbern funkelnd, von rötlichem Licht umstrahlt wie von einer Aura. Die Paratronschirme waren noch nicht abgeschaltet.

»Bemerkenswerter Anblick!« sagte Penka Manishe.

»Verteufelt unangenehm«, bemerkte Cascal.

Die Schiffe gingen noch näher an den Planeten heran, aber die Wachsamkeit der Männer an den Nachrichtengeräten hatte nicht nachgelassen. Während der Planet bereits die Schirme ausfüllte, kam laut die Stimme der Ortung aus den Lautsprechern.

»Alarm! Fremde Flugobjekte!«

Cascal wirbelte herum, sah in die Sterne, aber erkannte nichts.

»Alarm!« wiederholte der Chef der Ortungsabteilung von CMP-22.

»Erbitte genaue Daten und Anmessungen!« brüllte Manishe, fing sich sofort und sagte etwas leiser:

»Bitte auf einen Schirm in die Zentrale . . .«

Die Antwort kam sekundenschnell:

»Hier sind die Bilder.«

Die Männer starrten schweigend auf die Schirme. Sie sahen, daß zwölf Objekte fünfhunderttausend Kilometer vom Planeten entfernt übergangslos materialisiert waren.

»Hier – die Vergrößerung.«

Das Bild zeigte ein Schiff, das etwa siebenhundertfünfzig bis achthundertfünfzig Meter lang und annähernd eiförmig war. Das Achsenverhältnis dieser Ellipsoiden betrug rund drei zu eins. Mit der spitzen Vorderseite der eiförmigen Körper näherten sie sich ziemlich schnell.

Cascal überlegte kurz, dann sagte er:

»Beide Schiffe verringern den Abstand und gehen in einen schnellen Sechzig-Minuten-Orbit. Auf diese Weise steht ständig der Planet als Fluchtweg und als Deckung offen.«

»Verstanden«, murmelte Manishe.

Die Frage stellte sich, ob diese Schiffe überlebenden Ganjasen oder den Takerern gehörten oder einem Überbleibsel einer anderen Kultur, die es gegeben oder die sich aus den Resten des Ganjo-Reiches entwikkelt hatte.

»Es muß ein riskanter Anflug von großer Präzision gewesen sein«, sagte Penka Manishe, als sich sein Schiff mit dröhnenden Konvertern der Planetenoberfläche entgegenstürzte und immer schneller wurde. »Oder aber ein erstaunlicher Glücksfall. Obwohl . . . zwölfmal ein Glücksfall, das erscheint mir unglaublich.«

Cascal setzte sich und schnallte sich fest.

»Mir auch«, stimmte er zu. »Wir wissen auch nicht, über welche Ortungsgeräte diese Burschen verfügen.«

»Auf alle Fälle sind sie da, und sie leiten das klassische Manöver der Einkugelung ein«, sagte Penka.

»Und wir vollführen vermutlich das ebenso klassische Manöver der Planetendeckung durch einen engen Orbit?« erkundigte sich einer der Offiziere rechts von Cascal.

»Genau das ist es, was wir tun. Encester?«

»Ich höre?«

»Langsam die Entfernung zwischen uns verringern. Bis auf fünftausend Meter. Wir fliegen in Sichtweite. Und – Paratronschirme einschalten!«

Sekunden später leuchteten die stehenden Signale auf, die bewiesen, daß die Schiffe mit dem stärksten der Erde bekannten Abwehrschirm geschützt waren. Zum Dröhnen der Konverter hatte sich ein neues Geräusch hinzugesellt – ein dumpfes Summen.

Wenn Angreifer die Angegriffenen kreisförmig umstellten, so war dieses Verfahren zu Lande wirksam, nicht aber im dreidimensionalen Raum. Hier mußte der Angegriffene eingekugelt werden, also von Schiffen umstellt, deren Positionen sich auf bestimmten Punkten einer Kugeloberfläche befanden. Je mehr Schiffe, desto dichter die Kugel. Zwölf gegen zwei, das war ein noch tragbares Verhältnis.

Aber die anderen Schiffe waren wesentlich größer.

Ein Rennen des Todes begann.

»Ich habe meine Befehle. Also arbeiten wir, so lange es geht, defensiv«, sagte Cascal. »Funkabteilung?«

»Sir?«

»Versuchen Sie, herauszubekommen, auf welchen Frequenzen wir uns mit diesen Schiffen verständigen können. Suchen Sie die gesamte Bandbreite aller Möglichkeiten ab.«

Takvorian kam in die Zentrale, stellte sich neben Cascal und hielt sich mit den dünnen Armen an der Sessellehne fest. Beide Schiffe vollendeten eben das erste Drittel ihres Orbits, und die zwölf eiförmigen Riesen kamen immer näher.

Cascal ahnte – und mit ihm ahnten es drei Viertel der Besatzungen, die alles auf ihren kleineren Schirmen miterlebten –, daß diese zwölf Schiffe *Angreifer* waren. Sie suchten in erster Linie nicht den Kontakt, sonst hätten sie nicht ohne Warnung diese Manöver geflogen. Zwei Schiffe rasten wie künstliche Monde aus Stahl und Kunststoff um den atomverseuchten Planeten Vavschenic, zwölf Schiffe bewegten sich langsam in entgegengesetzter Richtung und kugelten diese beiden kleinen Schiffe ein.

Cascal versuchte mit Hilfe der Funkabteilung, mit den Fremden reden zu können, einen Kontakt herzustellen. Es half nichts – sämtliche Schirme blieben leer. Es war, als weigerten sich die Besatzungen der zwölf Schiffe, mit den anderen zu sprechen. Weder Hyperfunk noch der normale Bildfunk erbrachten ein Ergebnis. Der Reigen um den Planeten ging weiter.

Penka Manishe machte ein sorgenvolles Gesicht und fragte:

»Wissen Sie, Oberst, was ich denke?«

Major Encester schaltete sich ein und sagte dazwischen:

»Ich bin sicher, er denkt das gleiche wie ich!«

Cascal brummte:

»Dann denken mindestens drei Männer, daß sich die Schiffe uns so weit nähern wollen, daß sie uns bequem abschießen können. Der weiteste Gegner ist nur fünfzigtausend Kilometer entfernt.«

»So ist es. Eine Warnung nach zwanzig Minuten vergeblicher Kontaktversuche?«

Cascal atmete schwer.

»Ja.«

Dann sah er den Movator an, und die Möglichkeiten Takvorians fielen ihm wieder ein. Aber noch war der Zeitpunkt nicht gekommen, vielleicht würde er niemals kommen. Das hing ganz von den Umständen ab.

»Beide Feuerleitzentralen. Klar bei Feuern?«

»Klar. Welches Kaliber?«

»Je eintausend Gigatonnen TNT!«

»Verstanden. Ladevorgang wird eingeleitet. Ziel?«

Cascal rechnete schnell mit dem Pultkalkulator und legte einen Punkt fest, der weit entfernt von den Schiffen lag, die sich, vom Planeten aus gesehen, hoch über den zwei Kreuzern befanden.

»Zielkoordinaten kommen an«, sagte er. »Feuer in genau zwanzig Sekunden.«

»Verstanden.«

Robotisch gesteuert richteten sich in zwei Schiffen je drei Transformkanonen auf das Ziel ein, einen leeren Punkt des Alls, weit von den Eiform-Schiffen entfernt. Diese Demonstration mußte jeden Gegner erschrecken, auch tollwütige Angreifer, denn sie gab jedem einen Vorgeschmack von der Feuerkraft der Terraner und davon, was geschah, wenn dieser Feuerball ein Schiff traf.

»Jetzt müßte eine neue Sonne . . .«, murmelte Cascal.

Der synchron erfolgende Abschuß dreier Geschütze erschütterte das Schiff.

Eine ultrahell strahlende Sonne war in fünfhunderttausend Kilometern Entfernung entstanden und brannte sekundenlang. Sie leuchtete den Teil des Planeten, über dem sie gerade flog, taghell an.

»Jemand hat einmal ausgerechnet, daß man mit der Energie dieser Bomben dreißig Milliarden Kannen Kaffee hätte kochen können«, sagte Cascal bewundernd.

Penka gab zurück:

»Oder siebzig Milliarden Liter Glühwein herstellen. Es scheint zu wirken, Oberst. Sie scheinen sich zurückzuziehen!«

In diesem Moment sah es so aus, als habe diese warnende Demonstration die Angreifer nachdenklich gestimmt.

Einige der Raumschiffe, die der Explosion am nächsten gewesen waren, stoben auseinander und zogen sich in eine sichere Entfernung vom Planeten zurück. Die anderen blieben.

»Entfernung zwei Millionen Kilometer über uns. Koordinaten wie folgt. Zwei weitere Warnschüsse. Dann nachladen und warten.«

Die Feuerleitzentralen antworteten gleichzeitig:

»Verstanden. Zeitangaben?«

Cascal sah auf das Schiffschronometer und sagte dann:

»Von jetzt ab in dreißig und sechzig Sekunden.«

Er lehnte sich zurück, kniff die Augen zusammen und sah hinauf zur Panoramagalerie. Dort verglühte eben der letzte Rest der gewaltigen Detonation. Die Ortungen der Schiffe würden unzweifelhaft ergeben, welch furchtbare Energien dort dreimal hintereinander demonstriert worden waren.

Half es?

»Ich glaube, sie werden trotzdem angreifen!« orakelte Cascal.

12.

»Phantastisch, aber wirkungslos?« murmelte Penka Manishe.

Die dritte Explosionswolke verteilte sich langsam ins Vakuum, blieb minutenlang als glimmender Nebel in der Schwärze des Alls stehen.

»Wir werden es gleich erleben. Jedenfalls haben sich fünf der zwölf Schiffe zurückgezogen.«

Die Demonstration der terranischen Waffen und das Zögern der Angreifer hatten bewiesen, daß die Takerer, falls es solche waren, diese mörderische Kraft nicht kannten. Dann aber, ganz plötzlich, schienen die Kommandanten der sichtbaren Schiffe deutliche Befehle erhalten zu haben.

»Sie greifen an!« rief Penka Manishe.

»Das sehe ich!« gab Cascal zurück. Er warf einen schnellen Blick auf Takvorian, der seine vier Hufe wohl in Erwartung starker Erschütterungen gegen den Boden preßte.

Cascal sagte verzweifelt:

»Funkabteilung? Schalten Sie auf Hyperfunk und normal lichtschnelle Frequenzen um. Ich möchte ein letztes Mal versuchen, mit den Fremden Kontakt zu erhalten.«

»Verstanden. Bitte sprechen Sie!«

Cascal nahm das Mikrophon und wiederholte langsam und deutlich seine Bitten und Warnungen von vorhin. Wieder blieben, während er eindringlich redete, die Schirme leer – kein Kontakt!

»Keine Antwort. Sie sind stur!«

Manishe nickte Cascal zu.

Cascal hob die Schultern. Man hatte ihn in eine eindeutige Lage manövriert, ohne sein Zutun war die Gefahr des Gefechtes heraufbeschworen worden. Er sagte:

»Höchste Leistung auf die Hyperfunksender! Peilstrahl zur MARCO POLO. Rufen Sie Rhodan und Ovaron zu Hilfe und schildern Sie, was hier vorgeht. Klar?«

»Verstanden, Kommandant.«

Die Schiffe zogen noch immer um den Planeten herum, und gegenläufig rotierte die Kugelschale der Angreifer.

Während der Chef der Funkabteilung die MARCO POLO alarmierte, griffen die Schiffe an.

Die ausgewichenen Schiffe nahmen ihre Plätze wieder ein. Die Phalanx schloß dichter auf, dann, ohne jede Warnung, feuerten die fremden Schiffsgeschütze. Dünne, bläulich schimmernde Lichtfinger schossen aus dem All herunter und schlugen in die Paratronschirme beider Schiffe ein. Der Beschuß hatte ohne jede Warnung begonnen, ohne Stoppschüsse vor die Flugrichtung.

Der Kampf begann.

Beide Kreuzer blieben nach wie vor im Orbit, fünf Kilometer voneinander entfernt. Die fremden Energien schlugen auf die Paratronschirme und wurden abgeleitet. Cascal schaltete seinen Kanal in die Zentrale der CMP-22 und fragte halblaut, ganz dicht am Mikrophon:

»Lavis Encester?«

Augenblicklich meldete sich der Kommandant. Durch die Lautsprecher hörte Cascal das Murmeln der Kommandos in der anderen Zentrale.

»Ja? Ich höre!«

»Versuchen Sie mit Ihrer Mannschaft ein Durchbruchmanöver. Sie fliegen dann der MARCO POLO entgegen. Ich will keine unnötigen Opfer. Wir werden Ihnen Feuerschutz geben – und Takvorian wird Ihnen ebenfalls helfen. Ausbruch auf meinen Befehl. Alles klar?«

»Restlos!«

»Ausgezeichnet. Weiter so wie bisher.«

Gerade die CMP-22 war rätselhafterweise mehr den Angriffen der Fremden ausgesetzt. Die Energiefinger, die aus den anderen Schiffen kamen, hüllten den Kreuzer ein, und der Schutzschirm flammte auf. Beide Kreuzer flogen einen stabilen Kurs und besaßen nur geringe Geschwindigkeit, mit der sie auf ihrer Orbitbahn entlangzogen. Es handelte sich bei den fremden Geschützen zweifelsfrei um Initialkanonen.

»Wie lange soll dieser Teufelstanz noch gehen?« fragte Manishe beunruhigt.

Die anderen Männer schwiegen und hörten zu.

»Ich warte nur einen Kulminationspunkt ab«, sagte Cascal leise. »Dann handeln wir. Alle Kontaktversuche waren zwecklos. In dem Augenblick, in dem wir in ernste Gefahr kommen, eröffne ich das Feuer. Feuerleitzentralen!«

»Wir hören!«

Cascal sagte dumpf: »Klar zum Feuern!«

»Klar.«

Initialkanonen errichteten über dem Ziel ein Kraftfeld, das jegliche atomare Waffe, jede Energiestation und alle anderen auf nuklearer Basis arbeitenden Geräte lahmlegte. Sekunden nach diesem Funktionsausfall detonierten diese Anlagen – die Kernreaktion wurde eingeleitet. Man hatte diese Waffen erstmals kennengelernt, als die achttausend Cappins sich des Sonnensatelliten bemächtigten.

Cascal beugte sich vor und sah nach dem breiten Band der Stabilitätsanzeige.

»Hält der Schutzschirm noch aus?« fragte er.

Die Belastung war hier bei der CMP-21 ziemlich gering; die farbige Leuchtanzeige schwankte nur innerhalb geringer Toleranzen, und noch brauchte keine neue Energie zugeführt werden. Um das Schiff herrschte ein gespenstischer blauer Schein.

Manishe sagte brummend:

»Trotz ihrer Übermacht gelingt es ihnen nicht, uns auszuschalten. Das ist einer der besten Beweise für unsere defensivtechnische Überlegenheit.«

Cascal grinste den Kommandanten an.

»Lustig, nicht wahr?« fragte er.

»Was finden Sie daran lustig, Oberst?«

»Ach«, sagte Cascal. »Warten Sie nur, es kommt noch besser.«

Sie beobachteten ununterbrochen und scharf konzentriert die gegnerischen Schiffe. Die Wirkung der Initialkanonen nahm zu, je näher der Angreifer kam. Das andere Boot mit seinen sechzig Insassen kam in Bedrängnis, denn jetzt zogen zwei weitere Schiffe ihre Strahlenbalken von Cascals Kreuzer ab und richteten sie auf die CMP-22.

»Encester?«

»Ja, Oberst?«

»Wie sieht es bei Ihnen aus?«

Der andere schien ohne Erregung zu antworten.

»Ziemlich düster. Der Paratronschirm flackert, die Energiemenge ist einfach zuviel. Ich muß in wenigen Sekunden höchste Alarmstufe melden.«

Cascal ließ sich nicht aus dem Konzept bringen.

»Haben Sie Ihren Kurs programmiert?«

»Programm steht, Sir«, antwortete eine andere Stimme anstatt des Kommandanten.

»In dreißig Sekunden feuern wir«, sagte Cascal. »Nach dem ersten Schuß lassen Sie nachladen und gehen in einem schnellen Zickzackkurs auf Fluchtlinie. Verstanden? Zeit von *jetzt* ab dreißig Sekunden.«

»Klar.«

Cascal gab seiner Feuerleitstelle das Ziel an; es war dasjenige fremde Schiff, aus dessen glatter Oberfläche vier Strahlen allein nach der CMP-22 zielten. Sechs Transformkanonen richteten sich darauf ein, sechs Fusionsbomben von je eintausend Gigatonnen TNT waren geladen.

»Feuer!«

Auf die Zehntelsekunde genau wurden sechs Transformkanonen abgefeuert. Der dumpfe, krachende Stoß der Erschütterung ließ die Kugelzellen der Leichten Kreuzer schwingen. Das erste gegnerische Raumschiff verwandelte sich innerhalb einer Sekunde in eine kleine Sonne.

»Encester!«

»Begriffen. Ich fliehe – viel Glück auch!«

Cascal nickte und winkte dem Pferdemutanten. Takvorian betrachtete, wie es schien, sehr nachdenklich den anderen Kreuzer, dann bewegte er unruhig seinen prächtigen Schweif. Den Männern der CMP-21 bot sich ein merkwürdiges, faszinierendes Bild.

Die CMP-22 wurde aus dem Orbit herausgerissen und beschleunigte mit Werten, die weit im roten Ende der Skala angezeigt wurden. Sie flog einen komplizierten dreidimensionalen Zickzackkurs, eine Spirale, die sich in lauter Gerade aufteilen ließ.

Die Strahlen, die jetzt von Cascals Schiff abgezogen worden waren und sich auf den anderen Kreuzer richteten, schienen zu erstarren.

Cascal saß mit offenem Mund da und sah zu, wie der Mutant die Zeitabläufe innerhalb des Bezugssystems der fremden Schiffe beeinflußte.

Die Strahlen krochen förmlich durch den Raum wie Schlangen, die kein Ziel haben. Sie schwenkten herum und folgten der Flugbahn des fliehenden Kreuzers. Aber sie erreichten ihn niemals.

Noch ehe sie sich qualvoll langsam auf das Ziel eingerichtet hatten und versuchten, den Windungen der Flugbahn zu folgen, verschwand die CMP-22 im Linearraum.

»So!« sagte Cascal. »Dieses Schiff ist außer Gefahr. Nun zu unseren Freunden.«

»Hier Feuerleitzentrale!«

»Richtig!« sagte Cascal. »In dem Moment, in dem sie uns wieder angreifen, wehren wir uns. Erstes Ziel Schiff zwei, zweites Ziel Schiff vier auf der Koordinatenliste.

»Verstanden. Wir sind feuerbereit.«

Cascal antwortete:

»Das zu wissen, beruhigt mich außerordentlich.«

Dann hörte Takvorian auf, denn sie hatten geschafft, was sie sich vorgenommen hatten. Sechzig Mann und ein Kreuzer waren außer Gefahr. Die Geschütze der Feuerleitzentrale verfolgten ihr Ziel, als das kurz unterbrochene Rennen rund um den Planeten weiterging. Wieder schlossen die Fremden auf, richteten die Energiefinger der Initialkanonen auf den Kreuzer.

»Allmählich wird's gefährlich!« sagte Manishe.

»Nur noch Sekunden, dann schlagen wir zurück!« sagte Cascal glaubwürdig.

Als der Paratronschirm unter der ungeheuren Belastung zusammenzubrechen drohte, sagte er ins Mikrophon:

»Feuer!«

Wieder erschütterte ein harter Rückschlag das Schiff. Der zweite Angreifer verging in einer Glutwolke.

Daraufhin verdoppelten die anderen ihre Attacken.

Wieder feuerte die CMP-21 eine Salve.

Das dritte Schiff verglühte. Nur noch neun Schiffe der ehemals zwölf waren übrig. Cascal ließ jetzt Deckungsfeuer abgeben. Zwischen ihm und den übrigen Schiffen detonierten Transformbomben und überschütteten den Himmel zwischen Vavschenic und seiner Sonne mit weißer, stechender Glut und gelblichem Glühen.

Zwei der restlichen Eischiffe schienen Treffer erhalten zu haben. Sie scherten aus ihrer Bahn aus und taumelten durch den Raum. Der Paratronschirm beruhigte sich wieder, hörte auf zu flackern, und die Lichtanzeige wurde starr. Das blaue Leuchten um das Schiff ging zurück und verschwand schließlich. In Abständen von zehn Sekunden feuerten die drei Geschütze weiter und pflanzten Feuer um den Kreuzer.

Cascal sagte nach einigen Minuten:

»Feuer vorläufig einstellen.«

Er starrte die Schirme an, sah die Masse des Planeten und die restlichen Angreifer, die sich zurückgezogen hatten und ebenfalls zu feuern aufhörten. Dann entschloß er sich, diesen Versuch der Erkundung abzubrechen, obwohl ihn das Rätsel Vavschenic nach wie vor brennend interessierte.

»Oberstleutnant Manishe«, sagte Cascal, »ich gebe Ihnen den dienstlichen Befehl, uns aus der Gefahrenzone zu bringen. Ich weiß, wann eine Sache sinnlos geworden ist.«

Manishe murrte leise:

»Ich bin zwar nicht, absolut nicht, Ihrer Meinung . . .«

» . . . das nahm ich an, ja!«

» . . . aber Sie sind es, der hier die Anordnungen gibt. Sie kümmern sich um den Feuerschutz?«

»Gern.«

Cascal gab der Feuerleitzentrale den Befehl, einen Schutzschild aus Explosionen vor das Schiff zu legen. Hinter dieser annähernd runden Feuerwand wollte er die Sperre durchbrechen und zurück zur MARCO POLO fliegen.

»Los!«

Das Schiff beschleunigte ruckartig, wurde schneller und bog in einer steilen Kurve aus dem Orbit heraus.

Dann begannen die Geschütze zu feuern.

Eine Hemisphäre aus Feuerbällen bildete sich hunderttausend Kilometer vor dem Schiff. Halbgeblendet starrten die Männer in die Schirme, während der Kreuzer in einer unregelmäßigen Spirale zu fliehen begann.

Mitten in den ersten Kursmanövern aber geschah etwas, das sie alle lähmte.

Der trostlose Planet begann zu leben.

Penka vergaß die Steuerung, drehte sich in seinem Kontursessel herum und schaute kopfschüttelnd auf die Panoramagalerie.

Von verschiedenen Punkten der radioaktiv verseuchten Wüste zuckten grelle Blitze nach oben, haarscharf vorbei am Kreuzer. Sie schlugen lautlos in die Schiffe ein, die oberhalb der CMP-21 flogen. Die neun Raumer zerstoben in runden, sonnenähnlichen Explosionen.

Cascal schrie:

»Feuer einstellen!«

Die Ortungsabteilung meldete sich unaufgefordert und teilte vier Sekunden nach der ersten Explosion mit, daß es sich bei den eben gesehenen Waffen ebenfalls um Initialkanonen gehandelt hatte, allerdings um extrem wirkungsvolle.

Cascal flüsterte:

»Die planetarischen Geschütze haben haargenau an uns vorbeigezielt. Ich werte dies als Aufforderung, nicht weiter zu fliehen. Brechen Sie das Manöver ab, Penka.«

Manishe nickte und sagte:

»Diesmal bin ich Ihrer Ansicht, Cascal.«

»Sehr erfreut.«

In den nächsten Minuten kehrte der Leichte Kreuzer auf seine vorherige Kreisbahn zurück.

Die Lage hatte sich grundlegend geändert. Der Planet lebte.

»Auch wenn es Sie schmerzt«, sagte Cascal grimmig. »Wir werden warten, bis sich jemand von dort unten meldet. Ich habe das Gefühl, dieses Warten wird nicht lange dauern.«

Manishe senkte schweigend den Kopf.

Eine halbe Stunde lang, während sich die glühenden Reste der zwölf Schiffe verteilten und das Glimmen im All abnahm und verschwand, kreiste der Kreuzer um den Planeten, in einer Bahn von fünfhundert Kilometern Höhe.

Plötzlich leuchtete der aktivierte Bildschirm der Funkanlage vor Cascal und Manishe auf.

Die Köpfe der anderen Männer in der Zentrale fuhren herum, und achtzehn Augenpaare richteten sich auf das Bild. Jemand war so geistesgegenwärtig und schaltete dieses Bild auf die Interkome der Schiffsanlage.

Ein Fremder war zu sehen.

Er schaute die Besatzung genau an, blickte also starr in die Linsen des Gegengerätes. Während des letzten Funkverkehrs konnten die merkwürdigen Bewohner des Planeten leicht die verwendeten Frequenzen festgestellt haben.

Er sprach das Idiom, das die meisten inzwischen in Hypnoschulung gelernt hatten, die *lingua franca* dieser Galaxis.

»Ich bin Valtenosch«, sagte der Fremde.

Cascal störte sofort die arrogante Art dieses Mannes, die seiner Meinung nach ihre Berechtigung einzig und allein aus der Wirkung der Dopplerkanonen bezog. Er hob die Hand und erwiderte laut:

»Sehr erfreut, alter Herr. Was können wir für Sie tun?«

Valtenosch blickte Cascal mit einem strafenden Blick an, was diesen wenig rührte.

»Ich bitte nicht, sondern ich befehle«, sagte Valtenosch.

»Das macht Sie viel sympathischer«, konterte Cascal. »Worum bitten Sie mich also?«

»Ich ordne die sofortige Landung Ihres Schiffes an. Sie sind Fremde. Wenn Sie nicht augenblicklich landen, werden wir nicht zögern, Ihr Schiff ebenso zu vernichten wie die takerische Flotte. Glauben Sie mir – wir können es.«

Cascal musterte sein Gegenüber lange.

Ein schlanker, großer Mann mit ungewöhnlich klug wirkenden Augen. Er trug ein Mittelding zwischen einem terranischen Gesellschaftsanzug und einer Raumfahrerkombination, eng, jedoch locker im Schnitt und ungemein bequem. Valtenosch besaß mittelkurzes, weißes Haar.

»Wir besuchen Sie gern«, sagte Cascal. »Zumal wir aus diesem Grund in dieses System gekommen sind. Wo dürfen wir landen?«

Valtenosch erwiderte langsam:

»Wir werden Ihnen einen Peilstrahl schicken. Sie landen oberhalb einer Tiefebene. Dort sprechen wir uns wieder.«

»Verstanden.«

Binnen Minuten hatte die Ortung das Peilzeichen empfangen, und

Penka Manishe steuerte das Schiff aus dem Orbit hinunter auf die Planetenoberfläche. Der Kreuzer flog durch den wirbelnden radioaktiven Schmutz in der Lufthülle, geriet in einen Tornado hinein und sah schließlich unter sich das Ziel.

Unter ihnen erstreckte sich eine trostlose Wüste. Sie lag im Licht einer Nachmittagssonne, die hin und wieder zwischen den graubraunen Wolken durchleuchtete.

»Es ist erschreckend«, murmelte Manishe.

Das Schiff fuhr die Landestützen aus und näherte sich mehr und mehr dem Planetenboden. Rundum erstreckte sich eine verwüstete Landschaft. Glasierte Felsen, die in allen Farben schillerten, eine Aschefläche, unter der einige Erhebungen lagen, einige Bodenspalten und zu Füßen eines Tafelberges mit geschwärzten Flanken eine Tiefebene, die mit Glut gefüllt zu sein schien. Hier gab es nicht einmal eine Spore oder ein Moospolster. Alles war verbrannt, leuchtete teilweise wie Phosphor und war hochgradig radioaktiv.

Das Schiff setzte auf.

»Hoffentlich verlangen sie nicht, daß wir einen längeren Fußmarsch ohne Schutzanzüge unternehmen sollen«, sagte Cascal schaudernd. »Das wäre unser aller Tod.«

»Sie werden es wissen, die Bewohner von Vavschenic«, antwortete ein Mann der Zentralebesatzung.

»Ich hoffe es.«

Die Linsen der Kameras richteten sich auf die verwüstete Natur. Filmapparate begannen zu schnurren. Und einige Sekunden, nachdem sich das Schiff in den Untergrund eingedrückt hatte, bewegte sich die Oberfläche des Tafelberges.

»Wir sinken!« stellte ein Mann fest.

»Ein gigantischer Lift«, ergänzte Manishe.

Eine Felsplatte mit mindestens einhundert Metern Durchmesser senkte sich langsam nach unten. Als sie hundert Meter zurückgelegt hatten, hielt sie an. Von allen Seiten näherten sich gewaltige hydraulische Arme dem Schiff, und dann sprühte aus Tausenden von großen Druckdüsen eine Flüssigkeit auf den Schiffsrumpf. Sie spülte innerhalb von fünf Minuten fast sämtliche radioaktiven Niederschläge weg, dann begann eine Preßluftanlage zu heulen wie ein Sturm und trocknete das Schiff wieder. Der Lift setzte seine Fahrt fort.

Cascal grinste:

»Toller Service, nicht wahr?«

Manishe gab zurück:

»Reiner Selbsterhaltungstrieb der Ganjasen – oder wie diese weißhaarigen Maulwürfe heißen mögen.«

»Beleidigen Sie unsere Gastgeber nicht vor dem ersten Händeschütteln«, sagte Cascal gedankenverloren.

Etwa eintausend Meter tief sank der Lift ab. Es ging durch einen dunklen Stollen, dessen Wände nur an wenigen Stellen beleuchtet waren. Aber diese Beleuchtung ließ erkennen, daß hier gewachsener Fels hervorragend glatt bearbeitet und verkleidet worden war. Nach etwa einer halben Stunde wurde das Schiff leicht erschüttert – sie waren in einer riesigen Hangarhalle.

»Erdgeschoß«, sagte Manishe. »Spielwaren, Kantine, Kreditbüro!«

Ein befreites Lachen ging durch die Zentrale.

Dieser Planet, der unwirtlicher nicht sein konnte, war nach wie vor ein hervorragend getarnter Stützpunkt. Aber war er noch immer das, was Ovaron von ihm in Erinnerung hatte?

Cascal löste die Gurte und sah zu, wie sämtliche Maschinen des Kreuzers abgeschaltet oder in Leerlauf versetzt wurden. Das unbehagliche Gefühl, das während des Anflugs in dieses Systems begonnen hatte, nahm wieder zu.

»Verdammt!« sagte Cascal zu Manishe. »Was erwartet uns hier?«

Das Gesicht des Flottillenkommandanten war nach wie vor sehr ernst und unwillig. Er hatte sich diesen Einsatz anders vorgestellt. Wie, das vermochte er nicht zu sagen. Auf alle Fälle nicht mit einer Gefangenschaft am Ende.

»Sicher viele Überraschungen. Und vorwiegend unangenehme!«

13.

»Hier sind wir nun gelandet, in einem tiefen Berg, als Gäste oder Gefangene?« fragte Penka Manishe. Die Männer in der Zentrale hatten ihre Sessel verlassen. Cascal, Penka und zwei andere Offiziere standen neben dem Pferdemutanten in einer Gruppe zusammen, und Cascal schielte immer wieder unruhig auf den Schirm, auf dem vor einiger Zeit Valtenosch erschienen war wie eine Figur aus alten Sagen.

»Vermutlich eine Mischung mit mehr Betonung auf Gefangenschaft«, schränkte Cascal ein.

Sie brauchten nicht lange zu warten.

Gerade als Claudia Chabrol sich bis zu Oberst Cascal durchgekämpft hatte, füllte sich der Schirm wieder.

»Willkommen an Bord, Valtenosch!« grüßte Cascal und ging langsam auf den Schirm zu. Claudia blieb neben ihm.

»Wir fordern Sie nun auf, auszusteigen«, sagte der Planetarier. »Der Hangar ist strahlungssicher, und die wenigen Reststrahlungen werden abgeschirmt. Wir wollen mit Ihnen sprechen. Alle Besatzungsmitglieder verlassen sofort das Schiff.«

Cascal nickte und hob die Hand bis in Brusthöhe. »Sehen Sie genau her«, forderte er Valtenosch auf. »Ich schalte viermal.«

»Ich sehe. Was bedeutet das?«

»Das«, erläuterte Cascal mit einem breiten Grinsen, das vor Selbstsicherheit zu strotzen schien, »ist die Sicherheitsautomatik, die wir in jedes unserer Schiffchen eingebaut haben. Sie verhindert, daß ein Fremder unser Schiff betreten kann.«

»So?«

»Ja. Falls ein einziger von Ihnen den Versuch unternehmen sollte, dieses Schiff zu betreten, würden sämtliche kernchemisch arbeitenden Aggregate und auch unsere unerhört wirksamen Bomben schlagartig detonieren. Sind Sie sicher, daß Sie das hier unten brauchen können?«

Nachdenklich meinte Valtenosch:

»Sie scheinen ein sehr vorsichtiger Mann zu sein, Kommandant.«

Cascal lächelte verlegen und breitete die Arme aus.

»Was würden Sie an meiner Stelle anderes unternehmen, Valtenosch? Denken Sie nach – habe ich andere Möglichkeiten?«

»Wenige. Bitte kommen Sie jetzt in den Hangar. Sie gehen schnell durch den Korridor, den wir errichtet haben. An dessen Ende erwarte ich Sie.«

Cascal nickte langsam.

»Verstanden. Es dauert einige Sekunden.«

Dann griff er nach dem Mikrophon, schaltete auf Schiffskommunikation um und sagte:

»Hier Cascal. Ich spreche zu allen Besatzungsmitgliedern. Ich bitte Sie, der Aufforderung unseres großzügigen Gastgebers Folge zu leisten und das Schiff zu verlassen. Ich werde als letzter hinausgehen. Bitte, keine Dummheiten – wenn sie uns hätten umbringen wollen, wäre die Gelegenheit außerhalb des Hangars viel günstiger gewesen. Ich wünsche, daß alle sechzig Mann sich in einigen Minuten außerhalb des Schiffes befinden.«

»Verstanden.«

Ein Chor aus allen Abteilungen des Kreuzers war die Antwort.

»Gilt das auch für mich?«

Cascal drehte sich um und musterte den Pferdemutanten.

»Allerdings, mein Freund.«

Langsam leerte sich das Schiff. Die Terraner hatten ihre Bordwaffen nicht abgelegt, aber auch keine schwereren Waffen mitgenommen. Sie verließen die Bodenschleuse und gingen durch eine dicke, selbstleuchtende Röhre von einem halben Kilometer Länge, bis sie in einen angenehm warmen, ziemlich leeren Raum kamen. Entlang der Wände standen hochgewachsene Cappins und sahen den Frauen und Männern wachsam entgegen, die Hände an den Kolben ihrer Waffen.

Die Terraner wurden in sechs Gruppen zu je zehn oder neun Personen aufgeteilt und nach verschiedenen Richtungen abgeführt. Einige Wachen und fünf andere Cappins, unter ihnen Valtenosch, blieben vor einem breiten Korridor stehen. Neben Cascal und Claudia befanden sich noch Takvorian, Manishe und die zwei Chefs der Kybernetischen und der Ortungsabteilung auf dem kleinen Vorplatz.

Cascal streckte Valtenosch die Hand entgegen, und der weißhaarige Alte ergriff sie.

»Mein Name ist Joaquin Manuel Cascal«, sagte der Oberst. »Das hier sind . . .«, er stellte sie vor und fuhr fort: »Unser Volk nennt sich Terraner. Unser Planet befindet sich . . . aber das später. Sie sind also Valtenosch?«

Halblaut, mit einer angenehmen, dunklen Stimme, sagte der Weißhaarige:

»Wir sind die Wesakenos. Wir nennen uns auch die ›Wahrer der Gerechtigkeit‹.«

Sie gingen schweigend, ein Dutzend Wesen, die, bis auf Takvorian, durchaus alle Menschen oder Cappins hätten sein können, den Korridor entlang, bis zu einem schwer gesicherten Raum, der sich als Sitzungssaal herausstellte.

»Bitte, setzen Sie sich«, sagte Valtenosch. »Es ist am besten, ich gebe Ihnen einen kleinen Überblick, mit wem Sie es eigentlich zu tun haben. Warum sprechen Sie unsere Normsprache?«

Cascal mußte kurz lachen.

»Wir lernten sie«, bestätigte er.

»Wo? Von wem?«

Cascal lächelte listig, zuckte die Schultern und murmelte:

»Wir Terraner gehören zu den Gästen, die nirgendwohin unvorbereitet reisen. Wir haben einige Freunde, die uns diese Sprache beigebracht haben. Sind Sie mit dem Akzent zufrieden?«

Es schien unmöglich zu sein, dem Cappin ein Lächeln abzuringen. Die sieben Cappins und die Terraner setzten sich, Takvorian blieb neben dem Tisch stehen.

Valtenosch fing an:

»Ich sagte bereits, daß wir die Wesakenos sind. Wir sind Wissenschaftler und haben uns vor den Auseinandersetzungen innerhalb dieser Galaxis zurückgezogen. Wir besiedelten vor sehr langer Zeit Planeten, die entweder noch unentdeckt waren oder für unser Volk keinerlei Lebensmöglichkeiten boten. Wir sorgten seit dem Moment, als wir in der Tiefe der Planeten verschwunden waren, dafür, daß die Planeten unbewohnbar wurden, daß wir ungestört blieben. Es gibt in den meisten Fällen kein besseres Mittel dagegen als hohe Radioaktivität.«

Cascal murmelte:

»Und immer dann, wenn die Radioaktivität über einigen Gebieten nachgelassen hat, sorgen Sie dafür, daß sie wieder zunimmt. Durch Bombenwürfe.«

Penka Manishe fuhr dazwischen:

»Die wir während unseres Anfluges beobachtet haben. Sie hätten kaum etwas Auffallenderes tun können, Valtenosch!«

Jetzt lächelte der Cappin.

»Kennen Sie ein besseres Mittel, Terraner?«

»Noch nicht. Aber bei längerem Nachdenken . . .«, begann Manishe. »Aber: Streiten wir uns nicht.«

Er lehnte sich zurück und hörte weiter zu.

»Wir spielen allen Besuchern, zufälligen oder planmäßigen, vor, daß unsere versteckten Planeten tot, öde sind. Die Planeten erwecken den Anschein, als wären sie radioaktive Höllen. Läßt die Strahlung nach, werden die entsprechenden Landstriche erneut verseucht. Die fünf Persönlichkeiten, denen Sie gegenübersitzen, sind der ›Wachrat der Wesakenos‹. Ich bin der Vorsitzende dieses Rates. Wir sind die Wahrer der Gerechtigkeit.«

Cascal räusperte sich und sagte halblaut:

»Mich würde die Definition des Begriffes *Gerechtigkeit* interessieren, Valtenosch. Können Sie sich dazu äußern?«

Valtenosch betrachtete die Terraner. Sein Gesicht war unbewegt, man sah nicht, welche Gemütserregung ihn bewegte.

Dann sagte er:

»Wir greifen überall dort ein, wo offensichtlich Unrecht geschehen ist. Wir haben zahllose Agenten in allen Teilen Gruelfins. Wir sind friedliebend, und wir stellen uns gegen jede Einzelperson und gegen jede Gemeinschaft, die diesen Frieden bedroht. Dann werden wir ziemlich nachdrücklich.«

Cascal und Penka versuchten, aus dem, was der weißhaarige Cappin ihnen berichtete, die Wahrheit herauszufiltern. Es war schwer, weil alle Vergleichsmaßstäbe fehlten und außerdem nicht festzustellen war, ob Valtenosch schauspielerte oder nicht. Was er sagte, klang ziemlich wahr. Seine Augen waren es, die hauptsächlich die Ärztin faszinierten – Claudia fühlte, ohne sagen zu können, warum, daß dieser Mann nicht log.

»Wir helfen, wo wir können«, fuhr Valtenosch fort. »Wir helfen in Notlagen, aber wir helfen auch notfalls mit Waffengewalt all jenen Lebewesen, die sich nicht selbst gegen die Übergriffe der Takerer wehren können. Das ist alles, was wir Ihnen sagen können, ohne unsere Geheimnisse aufzudecken. Jetzt zu Ihnen. Woher kommen Sie?«

Cascal fragte:

»Sie kennen die Einheit des Lichtjahres?«

»Ja. Das Maß ist bei uns technisch definierbar. Neun Komma einundsechzig Mal zehn hoch dreizehn Einheitsmaße.«

Cascal rechnete nach und fand heraus, daß beide Werte, terranisches und cappinsches Lichtjahr, ungefähr gleich groß waren. Einmal hatte man die terranische Terminologie benutzt, die sich an das Jahr des Planeten anlehnte, hier die eines anderen zentralen Planeten.

»Wir kommen aus einer anderen Galaxis. Sie ist fast sechsunddreißig Millionen Lichtjahre entfernt.«

Valtenosch schüttelte den Kopf und sagte:

»Ich glaube Ihnen kein Wort, Terraner.«

»Es kommt noch schöner, Wesakeno!«

Cascal schilderte in groben Umrissen, woher sie kamen. Er sagte dem Wachrat, wie Ovaron zu ihnen gestoßen war. Er schilderte kurz, ohne wichtige Daten bekanntzugeben, den Träger MARCO POLO und berichtete von Perry Rhodan. Er berichtete wichtige Eindrücke aus dem langen Flug zwischen den beiden Galaxien.

»Ich bin nicht überzeugt, obwohl es überzeugend klingt«, sagte Valtenosch.

Cascal stand auf.

»Ich betonte schon von Anfang an, daß uns alles andere interessiert, als eine Auseinandersetzung mit Waffengewalt. Machen wir einen

Versuch! Drei von uns gehen mit drei von Ihnen in unser Schiff. Sie werden auf den dritten Blick erkennen, wie verschieden unsere beiden Technologien sind.«

Dieses Argument wäre unter anderen Umständen lächerlich gewesen. Aber es machte Sinn angesichts der bisher beobachteten Einheitlichkeit der Technik in Gruelfin.

Valtenosch unterhielt sich leise mit den anderen Mitgliedern des Wachrates.

»Einverstanden«, sagte er. »Wir gehen allein in Ihr Schiff.«

Cascal schüttelte mit Nachdruck den Kopf und stand auf.

»Sie kommen allein nicht ins Schiff, ohne es und uns zu vernichten. Wir gehen mit Ihnen, Valtenosch. Ich wiederhole: Wir wollen, wenn möglich, Ihre Freunde werden. Nichts anderes.«

Wieder eine kurze Beratung.

»Einverstanden.«

Minuten später gingen sie langsam durch die Korridore zurück.

Cascal, Manishe und ein Offizier hielten die Hände an den Griffen der Waffen. Niemand sprach. Plötzlich drehte Valtenosch den Kopf und sah Cascal fest in die Augen.

»Wir sind geneigt, Ihnen fast alles zu glauben, Terraner. Bis auf eines: Wir glauben Ihnen nicht, daß Sie aus einer anderen Galaxis hierher kamen, um nachzusehen, ob eine Invasion der Cappins geplant ist oder nicht.«

Minuten später betraten sie das Schiff.

In der unteren Polschleuse, noch ehe sie sich in den Antigrav-Aufwärtsschacht schwangen, zogen die drei Terraner die Waffen und ließen sie mit dem Lauf nach unten in den Händen hängen. Die Waffen waren schußbereit.

Sie kamen in die leere, hellerleuchtete Hauptzentrale des Leichten Kreuzers, und die Cappins sahen sich der verwirrenden, aber logisch klar gegliederten Technik der Schalt- und Regelmechanismen und der vielen Schirme gegenüber. Die kühn geschwungenen Lehnen der Sessel, die Farben und Formen, die tausend Schalter und Uhren – es war ein neuer und fremdartiger Eindruck.

Einige Minuten lang gingen die Cappins langsam von Pult zu Pult, betrachteten die Einrichtung und berührten mit den Fingerspitzen die Abdeckungen der Skalen.

Die drei Terraner standen mit gezogenen, schußbereiten Waffen in den Händen da, lehnten sich an den Stahl des zentralen Lifts an und sahen den Wesakenos zu. Endlich drehte sich Valtenosch um.

»Sie scheinen recht zu haben, Terraner«, murmelte er.

Penka Manishe hustete zweimal und sagte dann rauh:

»Wir haben allein schon deshalb recht, weil wir die Wahrheit sagen. Vielmehr haben wir uns entschlossen, die Wahrheit zu sagen. Damit kommen wir am weitesten.«

Die Wissenschaftler, die seit vielleicht zweihundert Jahrtausenden tief im Innern des Planeten lebten, erkannten, daß sie es mit einer völlig anderen Technik zu tun hatten. Jede einzelne Form war von denen, die sie kannten, weil sie seit langer Zeit entwickelt worden war, sehr verschieden.

Cascal führte die Wächter in andere Räume, in die Ortungszentrale, in die Laderäume und schließlich in seine winzige Kabine. Dann fragte er:

»Valtenosch?«

Der weißhaarige Cappin-Wissenschaftler drehte sich um.

»Ja?«

»Sie sollten uns freilassen!«

Valtenosch schüttelte in einer durchaus terranischen Geste den Kopf.

»Das geht leider nicht. Es ist unmöglich!« sagte er halblaut.

Cascal zuckte die Achseln.

»Begründung?«

In das Gesicht des alten Mannes glitt ein kaum wahrnehmbares Lächeln.

»Sie wissen bereits soviel über diese geheime Welt, daß Ihre Freilassung für uns alle ein viel zu großes Risiko darstellen würde. Diese Welt ist geheim, diese Welt ist wie viele andere sehr wichtig. Wir werden Sie alle sehr freundlich behandeln.«

Manishe schlug mit der Faust, die die Waffe hielt, mehrmals schnell hintereinander in die Handfläche der Linken.

»Das ist uns zuwenig«, sagte er. »Freundliche Behandlung ersetzt nicht die Freiheit. Wir sind Teil einer großen Armada, die sich um die Invasion kümmert. Wir haben keine andere Aufgabe, als zurückzukehren und unserem cappinschen Freund Ovaron zu berichten, daß hier noch Cappins leben, die Gegner der Takerer sind.«

Sekunden des Schweigens.

Die beiden Gruppen musterten einander, dann flüsterte einer der Wachräte etwas.

»Wir bitten Sie«, sagte daraufhin der alte Cappin, »bei uns zu bleiben. Diese Gefangenschaft, wie Sie es ausdrücken, ist für Sie durchaus ehrenvoll. Wir könnten viel von Ihnen lernen, und Sie würden einiges über unsere Technik erfahren. Es gibt keine andere Lösung. Wir werden nicht versuchen, in Ihr Schiff einzudringen, und Sie werden bei uns bleiben. Wir bedauern diese Entwicklung, aber Sie haben sie eingeleitet, als Sie in unserem Planetensystem erschienen sind.«

Cascal lächelte.

»Sehen Sie«, sagte er. »Nein . . . gehen wir erst einmal langsam hinunter in die Ortungsabteilung.«

Sie bewegten sich nach unten.

Die Ortungsgeräte hatten eine unwahrscheinlich hohe Leistung. Selbst ein Kilometer Gestein, allerdings durch einen senkrechten, großdimensionierten Schacht unterbrochen, hatte das Signal nicht unterdrücken oder absorbieren können, das alle drei Terraner eben gehört hatten.

»Schiffskontakt!« sagte Penka. »Die MARCO POLO?«

Cascal schaute auf die Digitaluhr.

»Mit größter Sicherheit.«

Während zwei Terraner die Bewegungen der drei Cappins beobachteten und sehr wachsam waren, ging Cascal an die Nachrichtengeräte und schaltete nacheinander ein halbes Dutzend Schirme an. Schließlich aktivierte er ein Funkgerät und drehte den Regler auf höchste Leistung hoch.

»Hier Cascal an Bord der CMP-21«, sagte er scharf. »Bitte kommen.«

Binnen weniger Sekunden erschienen verschiedene Bilder auf den Schirmen.

Ein Schiff schwebte dicht über der Oberfläche des Planeten. Die Geräte übertrugen, was die Optiken dieses Schiffes sahen.

»Der Schatten! Riesengroß!« flüsterte Valtenosch.

Manishe korrigierte ihn und versicherte:

»Dieser Schatten ist etwa zweieinhalb Kilometer groß. Das Schiff, mit dem wir hierher nach Gruelfin kamen.«

Sekunden später erschien ein Doppelbild auf den Schirmen. Die Impulse waren nicht stark genug, daher litt die dreidimensionale Wiedergabe etwas, aber deutlich erkannte man Rhodan und Ovaron.

Ovaron lächelte Rhodan an, schaute dann auf die drei Cappins und begann, zu ihnen zu sprechen.

Es dauerte einige Minuten.

Zwischen den drei Wachräten und Ovaron entspann sich schnell ein

Dialog, der irgendwie befremdend wirkte, weil erstens die Geschwindigkeit zunahm und zweitens starke emotionale Schwingungen herrschten.

Es ging um die Wahrheit.

Valtenosch fragte pausenlos.

Ovaron bestätigte über Funk jedes Wort, das Cascal und die anderen ausgesagt hatten.

Während die MARCO POLO dicht über dem Planeten schwebte und sich unwillkürlich mehr und mehr dem gigantischen Lift näherte, wurde der Empfang klarer. Das Bild, farbig und dreidimensional, gewann ebenfalls an Überzeugungskraft.

Schließlich hörte Cascal, wie Valtenosch sagte:

»Bitte, nehmen Sie eines Ihrer kleinen Schiffe und landen Sie an dem Punkt, den wir Ihnen angaben. Dort erwartet Sie ein Lift.«

Das bedeutete für Cascal, die CMP-21 zur Seite zu fliegen.

Er sicherte seine Waffe wieder, schob sie zurück und sagte dann zu Penka Manishe:

»Ich glaube, wir sind einen ganzen Schritt weiter. Schalten Sie bitte die Maschinen ein und setzen Sie das Boot zweihundert Meter weiter weg wieder auf. Der Lift muß frei sein, wenn Rhodan und Ovaron landen.«

Der älteste Wachrat drehte sich wieder um, lachte jetzt und sagte:

»Jetzt glaube ich Ihnen jedes Wort, Terraner.«

14.

Eine halbe Stunde später hatte sich die Situation geändert. Terraner und Wesakenos hatten das Schiff verlassen. Die Hangarhalle füllte sich, nachdem Manishe den Leichten Kreuzer hundertfünfzig Meter neben seinem bisherigen Standort wieder abgesetzt hatte. Die Liftplatte war nach oben verschwunden.

Jetzt warteten sie wieder.

Manishe, Claudia Chabrol und Cascal standen neben dem Ausgang des Hangars, der zu dem unterirdischen System führte. Leise sagte der Kommandant der CMP-21: »Wie ich Rhodan kenne, wird er allein kommen. Oder höchstens mit Ovaron.«

Cascal bewegte unruhig den Kopf. In seiner Haltung war etwas Lauerndes, Gespanntes.

»Ich vermute, sie landen mit einer Korvette und einigen Männern«, versetzte er.

Die Halle war voller bewaffneter Cappins.

Vor den Terranern, von denen sich anscheinend alle sechzig hier befanden, standen die Wesakenos und bildeten einen vierfach gestaffelten Kreis um den Platz, an dem die Liftplattform sich befunden hatte. Niemand sprach laut, aber einige gemurmelte Unterhaltungen fanden statt. Es klang wie das Summen kleiner, geschäftiger Bienen. Penka Manishe betrachtete bewundernd die Trägerkonstruktion des Hangars.

Er wandte sich an Cascal, der das Feld seiner Uhr anstarrte.

»Sehen Sie einmal nach oben. Eine solche Technik unterirdischer Bauten habe ich noch nirgends gesehen.«

Cascal sah, daß das winzige Geiger-Zählrohr in der Uhr sich nicht rührte. Hier gab es keine Strahlung, die höher als die Norm auf planetaren Oberflächen war – auf diese Werte hatte man die Mikrogeräte eingependelt. Er hob den Kopf und sah, was Manishe meinte.

Die Träger, meist schlanke Stahlrohre von zweihundertfünfzig Metern Länge, waren mit dem Felsen verbunden.

Es sah so aus, als habe man das Gestein in flüssige, glasähnliche Masse verwandelt und dann die Stahlsäulen eingesetzt. Irgendwie wirkte es wie gotische Pfeiler, die Wind und Wetter ihrer Oberflächenstruktur beraubt und sie glattgeschliffen hatten. Die schrägen Quertraversen mündeten in eine Decke, die wiederum Ähnlichkeit mit einem Kreuzgewölbe hatten, aber alles war glatter, geschwungener - und fremder.

Sie schwiegen und beobachteten weiter.

Manishe deutete schließlich nach oben.

»Dort kommen sie.«

Die Unruhe unter den rund eintausend Personen wurde stärker. Hin und wieder gab es ein hartes, metallenes Geräusch; Waffen wurden entsichert. Takvorian schob sich langsam durch die Menschenmenge und blieb vor Cascal und den anderen stehen. Auch er war unruhig, hob seine Vorderfüße und sprang auf die Erhöhung, auf der sich Joak befand.

Langsam schwebte die Platte herunter; die wuchtigen Maschinenblöcke entlang der Gleitschienen bremsten jetzt ab und versanken in die vorgesehenen Vertiefungen im Hangarboden. Auf der kreisrunden

Fläche, deren oberste Schicht eine stählerne Nachbildung des Felsen war, stand im Licht der Tiefstrahler eine Space-Jet.

Sie glänzte metallisch silbern; auch sie war abgewaschen worden.

»Eine Jet!« sagte ein Offizier erstaunt. »Nicht mehr als zehn Mann!«

Diesmal verzichtete man darauf, einen abschirmenden Tunnel zu legen. Die Wesakenos und erst recht die Terraner drängten sich nach vorn, schlossen den Kreis enger. Die Polschleuse der Jet öffnete sich, die Rampe klappte nach außen.

Einige kurze, scharfe Worte der fremden Sprache waren zu hören, und zwischen der Liftplatte und dem Hangarausgang bildete sich eine breite Gasse. Valtenosch winkte Cascal, und langsam gingen die fünf Wachräte, die drei Terraner und Takvorian auf die Jet zu. Sie sahen, wie Rhodan als erster die Platte betrat, dann etwas wartete. Schließlich stand auch Ovaron neben ihm. Sie gingen durch die Gasse auf die andere Gruppe zu.

Alle Unterhaltungen hatten aufgehört.

»Wenn auch nur ein Wesakeno die Nerven verliert und schießt, bricht hier ein Inferno los«, sagte Manishe hart.

Valtenosch drehte sich halb herum und meinte beschwichtigend: »Niemand wird schießen, wenigstens nicht ohne triftige Gründe.«

Der Abstand zwischen den beiden Gruppen betrug nur noch hundert Meter. Beiderseits des breiten Ganges drängten sich Wesakenos, stießen und schoben. Jeder wollte die rätselhaften Fremden aus dem gigantischen Schiff sehen. Fünf oder sechs Meter hinter Takvorian rief jemand unterdrückt, dann stolperte ein Wesakeno aus der Menschenmauer heraus und fiel krachend zu Boden.

Cascal und Manishe wirbelten gleichzeitig herum, die Hände an den Strahlern.

Der Cappin richtete sich wieder auf, zog die Waffe und fluchte laut.

Cascal warf sich vorwärts. Plötzlich fühlte er, daß er den Mann nicht mehr erreichen konnte, ehe sich der Schuß löste. Es war nicht auszudenken, was dann geschah – sie alle waren gefährdet.

Jemand gab ihm einen Stoß, der ihn am ganzen Körper traf. Er beschleunigte seine Sprünge um das Mehrfache und schien gegen eine Statue zu prallen.

Alle Geräusche sanken für ihn bis zum Ende der Skala herab; ein tiefes Brummen war in seinen Ohren – aber das erkannte er erst, als alles vorbei war.

Der Lauf der Waffe hob sich erstaunlich langsam.

Cascal bremste, drehte sich halb und riß mit einer einzigen, halbkreisförmigen Bewegung seines Armes dem Wesakeno die Waffe aus der Hand und fühlte ein zweites Mal jene merkwürdige Beeinflussung.

Er schien auf einen Berg unsichtbarer Kissen zu prallen.

Dann normalisierte sich sein Körperrhythmus wieder.

»Verdammt!« sagte er. »Das hätte ins Auge gehen können – oder sonstwohin!«

Er blickte den Wesakeno kopfschüttelnd an. Ein Mann der Kreuzerbesatzung schob sich verlegen auf Cascal zu und sagte:

»Entschuldigung, aber der Kerl hier ist mir auf den Fuß getreten, daß mir die Tränen in die Augen schossen. Ich habe ihn nach vorn geschoben. Dann, dann . . . stolperte er.«

»Schon in Ordnung!« murmelte Joaquin.

Er gab dem Wesakeno die Waffe zurück, klopfte ihm beschwichtigend auf die Schultern und drehte sich dann herum. Die Gruppe der Wachräte war weitergegangen und befand sich kurz vor Rhodan und Ovaron. Daneben Takvorian, der kurzfristig den Bewegungsablauf Cascals beschleunigt und den des Wesakenos verlangsamt hatte.

»Danke, Takkie, Sie haben den Tag gerettet!« sagte Cascal. Umständlich verstaute Penka Manishe seine Waffe wieder in der Gürteltasche.

»Wir waren knapp vor der Katastrophe«, meinte er. »Ich hätte ihn beinahe paralysiert.«

Cascal grinste und wischte sich den Schweiß von der Stirn.

»Alles für die intergalaktische Verständigung . . . da, sie beginnt schon.«

Er ging zwischen Manishe und Takvorian auf die zwei Gruppen zu, die sich jetzt getroffen hatten. Rhodan, Ovaron und die Wachräte schüttelten sich gerade die Hände – diese Geste schien bereits interstellar zu sein.

»Na also!« kommentierte Manishe zufrieden.

Dann hörten sie, wie Valtenosch zu Rhodan und Ovaron sagte:

»Bitte, kommen Sie in einen unserer kleinen Sitzungsräume. Es geziemt sich nicht, hier im Stehen zu reden. Dies ist ein historischer Augenblick, trotz der gegenseitigen Vorbehalte.«

»Ich begrüße Ihren Entschluß, Wachrat«, sagte der Terraner.

Die beiden Gruppen bewegten sich auf dem Weg zurück, den die Wachräte gekommen waren. Eine halbe Stunde später sahen sich die fünf Cappins einer Gruppe von fünf Terranern und einem Cappin gegenüber, der nach zweihunderttausend Jahren in diese Galaxis zurückgekehrt war.

»Ich danke Ihnen«, sagte Rhodan und streckte die Unterarme auf dem Tisch aus, »daß Sie uns Gelegenheit geben, dieses Gespräch zu führen.«

Der alte Cappin sah Rhodan aus seinen dunklen, klugen Augen an und nickte langsam.

»Dieses Gespräch ist auch in unserem Sinn. Sie kommen also aus einer anderen Galaxis.«

»So ist es«, erwiderte Ovaron mit aller Autorität. »Und wir bitten Sie eindringlichst, uns alle sehr schnell wieder freizulassen, denn es gibt keinen Grund für das Festhalten von mehr als sechzig Terranern.«

Valtenosch widersprach:

»Es gibt einen Grund.«

Rhodan deutete auf Ovaron und sagte:

»Dieser Mann hier, ein Cappin wie Sie, hat uns diesen Planeten gezeigt. Er kannte ihn schon, ehe die Wesakenos – der Volksstamm, um genau zu sein – sich von den Ganjasen abgespalten hatte. Vor genau zweihunderttausend Jahren. Warum haben Sie eigentlich die anderen Schiffe vernichtet?«

Es entstand eine kleine Pause, dann sagte Valtenosch:

»Es waren Takerer. Sie wollten erstens Ihre Leute umbringen und hatten zweitens die neuen Bombenexplosionen auf Vavschenic entdeckt. Die Gefahr, hätten wir sie wieder abfliegen lassen, wäre zu groß gewesen.«

»Ich verstehe. Sehen Sie – es ist völlig gleichgültig für Sie, ob die sechzig Mann des Kreuzers freigelassen werden oder nicht.«

Auf dem Gesicht des alten Wesakenos erschienen viele Falten. Er stützte sein Kinn in die Hand und murmelte dann:

»Können Sie das erklären?«

Ovaron sagte fest:

»Wir alle, die gesamte Besatzung des großen Schiffes, wissen bereits, was es mit diesem Geheimplaneten auf sich hat. Wir wissen alles. Sie dürfen nicht vergessen, daß ich als Ganjo der Ganjasen alle diese Geheimwelten kannte. Vielleicht sind nach meiner Zeit einige neu eingerichtet worden, aber das ist unwesentlich. Wir sind über die verborgenen Wissenschaftler unterrichtet. Und außerdem sind wir Freunde.«

Er blickte der Reihe nach die fünf Wachräte an und sah, wie sich in ihnen langsam die Überzeugung ausbildete, daß er recht hatte.

Rhodan löste Ovaron ab.

»Wir haben Ihnen alles gesagt, was wir sagen konnten. Sie wissen die Wahrheit. Und wir halten unser Wort. Niemand wird von uns erfahren, ob es den Planeten Vavschenic gibt oder nicht.«

Valtenosch sagte nach einer Weile:

»Wir brauchen einige Zusicherungen von Ihnen, Perry Rhodan.«

Rhodan lächelte zurückhaltend.

»Wenn es nichts Unmögliches ist, haben Sie jetzt schon viele Zusicherungen.«

»Sie müssen sich ehrenwörtlich verpflichten, niemals und zu keinem anderen Wesen innerhalb dieser Galaxis ein Wort über unser Vorhandensein zu sagen.«

Ovaron und Rhodan hoben gleichzeitig die Hände.

»Das versichern wir Ihnen«, versprach der Großadministrator.

Zwei der Wachräte flüsterten miteinander, dann lächelten sie, schließlich wandte sich einer von ihnen an Ovaron.

»Dafür werden wir alle unsere auf anderen Planeten versteckten Brüder über Ihr Schiff und Ihren Wunsch unterrichten. Wir werden von Ihnen allen bildliche Informationen anfertigen und geheim weitergeben. Ein riesiger, zahlenmäßig sehr großer Ring von geheimen Agenten innerhalb der Galaxis Gruelfin wird informiert werden, nachdem Sie uns verlassen haben.«

Penka Manishe schob sich eine Haarsträhne aus dem Gesicht und fragte:

»Worüber werden die Agenten informiert?«

Valtenosch lächelte breit.

Pathetisch sagte er:

»Überall dort, wo unsere Freunde sich befinden, werden Sie bekannt sein, ehe man Sie sehen kann. Über Ihrem weiteren Weg durch die Galaxis Gruelfin steht ein Satz.«

»Mich würde der Wortlaut brennend interessieren«, sagte Cascal.

Valtenosch hob beide Arme zur Decke und sagte laut, fast in singendem Tonfall:

»Die Fremden, die mit ihren Kugelschiffen angekommen sind, sind unantastbar. Jede Hilfe ist ihnen zu gegeben, aber auch nur ohne Aufgabe der Anonymität.«

»Bravo!« sagte die Ärztin.

Rhodan schüttelte Valtenoschs Hand und sagte:

»Dafür bedanken wir uns auf das herzlichste. Wir sehen, daß wir wahre Freunde gefunden haben. Aber wir suchten noch etwas anderes. Ovaron?«

Der schlanke Cappin war zunehmend nervöser geworden.

Er stand jetzt auf, ging unruhig hinter seinem Sessel hin und her und blieb schließlich stehen, die Hände an der Sessellehne. Er fragte ungeduldig:

»Ganjasen! Was wissen Sie über das Volk der Ganjasen und seinen Verbleib, Valtenosch?«

Valtenosch breitete die Hände aus.

»Nichts«, sagte er. »Außer einigen Sagen, deren Wahrheitsgehalt wir nicht nachprüfen können.«

Ovaron berichtete, wer er war und weswegen er hier war, und er stieß auf Unverständnis. Er konnte über das Schicksal des Volkes, dem er entstammte, hier nichts erfahren. Zwar wußten die Wissenschaftler, daß sie sich vor undenkbaren Zeiten von einem anderen Volk abgesplittert hatten, zwar stammte das Prinzip der ausgehöhlten Welten nicht von ihnen, wenn es auch von ihnen weiterentwickelt und zur Perfektion gebracht worden war.

Aber sie hatten keine Ahnung davon, daß sie sich in Wirklichkeit unterhalb der Oberfläche einer Geheimwelt befanden, deren Alter mehr als zweihunderttausend Jahre betrug. Sie wußten nicht, daß Vavschenic von der ehemaligen ganjasischen Regierung als geheimer Forschungs- und Produktionsstützpunkt eingerichtet worden war.

Sie wußten also nichts und kannten daher auch nicht die Legenden um eine Rückkehr des Ganjo.

»Wieder umsonst«, sagte Ovaron. »Umsonst, was meine Suche nach meinem Volk betrifft. Wie geht es jetzt weiter?«

Valtenosch antwortete:

»Wir werden Abbildungen von Ihnen allen herstellen, damit unsere Freunde wissen, mit wem sie es zu tun haben. Und dann beabsichtigen wir, Ihnen einen Teil unserer unterirdischen Anlagen zu zeigen. Außerdem dürften Sie großes Interesse an Sternkarten haben.«

Cascal schlug mit der flachen Hand auf die Tischplatte.

»Allerdings!« sagte er laut. »Das war eine der besten Ideen, die Sie in diesem Jahr hatten, Valtenosch!«

Der mündliche Vertrag war geschlossen worden.

Beide Parteien, von den positiven Absichten des jeweiligen Partners nicht zu Unrecht überzeugt, würden diesen Vertrag halten und die Leistungen durchführen. Über Vavschenic würde nichts bekannt werden, und die Terraner waren durch ein riesiges Netz unbekannter Geheimagenten der Wachräte und der Wahrer der Gerechtigkeit geschützt.

Es sah ausgezeichnet aus.

Ein halber Tag später.

»Zufrieden, Sir?« fragte Cascal, als sie nebeneinander auf die Jet und den Leichten Kreuzer zugingen.

»Vollständig«, sagte Rhodan. »Auch wenn mir die Ehrlichkeit etwas verdächtig erscheint. Das werte ich aber nicht, denn ich bin, wie jedermann weiß, ein mißtrauischer Mensch.«

Cascal tröstete ihn und erwiderte leise:

»Das ist die Reife des hohen Alters. Theoretisch gesehen. Mir macht etwas anderes Sorgen.«

Rhodan schaute ihn an.

Sie standen am Rand der Scheibe. Sie war auf der Oberfläche mit einer Art Stahlplastik verkleidet, die in Strukturen und Farben genau dem Teil der Landschaft entsprach, auf dem der Kreuzer gelandet und über dem die MARCO POLO geschwebt hatte.

»Welche Sorgen haben Sie, Oberst?«

Cascal schüttelte langsam den Kopf.

»Diese Bezeichnung ›Wahrer der Gerechtigkeit‹ ist es, die mich stutzig macht. Ein Volk oder eine Gruppe, die einen solchen hochtrabenden Namen für eine an sich sehr gute Sache wählt, neigt meiner Meinung nach zum Fanatismus. Fanatismus ist eine schädliche Eigenschaft. Also glaube ich, daß sie hin und wieder des Guten zuviel tun. Auch das ist nicht angenehm. Glauben Sie, daß ich damit recht habe?«

Rhodan zuckte die Schultern.

»Wir haben keine Anhaltspunkte dafür, Cascal«, sagte Rhodan und wartete auf Ovaron, der sich gerade von einem der Räte verabschiedete. »Warten wir, bis wir die ersten Auswirkungen dieser Geisteshaltung sehen oder zu spüren bekommen.«

Cascal schaute die runde Wandung des Leichten Kreuzers an, in der sich die Lichtkreise der Tiefstrahler spiegelten.

»Dann kann es schon zu spät sein, Sir«, sagte er leise.

Rhodan nickte.

»Die CMP-22 ist entkommen und unterwegs eingeschleust worden. Habe ich das vorhin richtig verstanden?« fragte der Oberst.

»Ja. Encester hat ausgerichtet, was passiert ist und wir wurden daraufhin noch etwas schneller. Deswegen konnten wir in so kurzer Zeit hier erscheinen und funken.«

»Ausgezeichnet«, sagte Cascal. »Wir werden jetzt die CMP-21 genau über Ihre Jet setzen und uns wieder in den freien Raum hinausbemühen.«

Joaquin Manuel Cascal betrat als letzter Terraner den Kreuzer. Hinter ihm schlossen sich die schweren stählernen Platten. Preßluft fauchte auf, Dichtungen preßten sich seufzend gegeneinander. Warnlichter glühten auf und erloschen wieder.

»Ich glaube nicht«, sagte Cascal zu sich selbst, »daß dieses Abenteuer mit dem Start aus diesem Planeten schon zu Ende ist. Ich fühle direkt, daß wir von diesen Wächtern der gerechten Sache noch einiges sehen und erleben werden.«

Er schwebte im Antigravschacht aufwärts, verließ die Stahlröhre in der Zentrale und bemerkte, daß im gleichen Augenblick, da er den runden Raum betrat, die Triebwerke des Schiffes anliefen.

»Kommandant an Bord«, sagte er zu Penka Manishe. »Oberleutnant, verbrennen Sie unseren Großadministrator nicht.«

»Keine Sorge«, lachte der Schiffsführer. »Schließlich bezahlt er mich.«

Cascal setzte sich hin und wartete darauf, daß die CMP-21 wieder die Oberfläche der radioaktiv verseuchten Welt erreichen würde. Langsam glitten die dunklen Felswände auf den Schirmen der Panoramagalerie abwärts.

Die MARCO POLO stürmte, nachdem sich die CMP-21 und die Jet wieder eingeschleust hatten, durch den Linearraum zurück zur roten Doppelsonne.

Cascal warf sich in den einzigen Sessel seiner Kabine und lehnte sich zurück. Er ließ die Ereignisse der letzten sieben Tage an sich vorüberziehen und versuchte festzustellen, ob er etwas übersehen und vergessen hatte.

Mehrere Dinge fielen ihm auf.

Es hatte eine lange Besprechung gegeben, nachdem die MARCO POLO wieder im Linearraum war.

Ein Oberstleutnant hatte dabei gefragt:

»War wenigstens die wissenschaftliche Ausbeute entsprechend, Ovaron?«

Der Cappin hatte in einen Winkel des Raumes gedeutet und gesagt:

»Die Daten werden gerade festgestellt und an die Bordpositronik weitergegeben. Wir haben von Valtenosch äußerst wichtige Unterlagen bekommen. Sie zeigen, über eine riesige Ausdehnung der Galaxis Gruelfin hin, die Positionen wichtiger Planeten, die in der Hand der Takerer sind.«

Rhodan hatte erläutert:

»Also können wir ganz nach Belieben vorgehen. Wir können entweder einen Kurs fliegen, der uns an diesen Planeten vorbeibringt oder aber, wenn wir sie anfliegen, wissen wir ganz genau, was uns bevorsteht und erwartet.«

Ovaron hatte gelacht:

»Was uns erwartet, ahnen wir vielleicht; was uns bevorsteht, wissen wir erst, wenn wir mitten darin sind.«

Mit auf Vollast laufenden Maschinen raste die MARCO POLO nun ihrem Ziel zu, unsichtbar und selbst fast blind, bis auf wenige Geräte, die in diesem Medium funktionierten. Die Mannschaft des Kreuzers hatte ihr Schiff versorgt und befand sich jetzt in der langen Ruhepause; die meisten schliefen.

Cascal wippte ein wenig mit seinem Sessel und öffnete die Augen. Im Kreuzer, in dem er sich aufhielt, war es still. Nur die lebenswichtigen Anlagen liefen; einige von ihnen waren an den riesigen Kreislauf des großen Trägerschiffes angeschlossen.

Cascal sah auf die Uhr.

Das Datum war der zwölfte September des Jahres 3437.

Die MARCO POLO erreichte ihre Warteposition bei der roten Doppelsonne.

Kurz darauf kehrten die ersten der übrigen, vor zwölf Tagen ausgeschickten Kreuzer und Korvetten zurück. Zwei Tage später hatten sich die letzten eingeschleust, und ihre Kommandanten erstatteten Bericht.

Was sie gefunden hatten, bestätigte abermals das düstere Bild, das die Terraner nach ihrer Ankunft in dieser Galaxis schon bis zum Überdruß kennengelernt hatten. In der Randzone Gruelfins gab es nur Chaos und verstrahlte Welten. Einige Raumschiffverbände, aller Wahrscheinlichkeit nach Flotten der Takerer, waren beobachtet worden, sonst nichts. Zu Ovarons Enttäuschung hatte es keine weitere Begegnung mit Moritatoren gegeben.

Nur auf einem der vom Ganjo aufgelisteten ehemaligen Planeten hatte man überhaupt noch Leben angetroffen. Lordadmiral Atlan und Gucky waren mit der Fünften Kreuzerflottille zum Bryschuner-System vorgestoßen, dessen zweiter Planet, Offsohonar, vor zweihunderttausend Jahren die bedeutendste Handelswelt des ganjasischen Reiches war. Sie waren dort auf die Olkonoren getroffen, ein Volk von interstellaren Plünderern, die den vor rund vierhundert Jahren durch einen Atom-

schlag verwüsteten Planeten ausrauben und die mutierten, auf eine primitive Entwicklungsstufe zurückgefallenen Nachkommen der Ganjasen gegebenenfalls beseitigen wollten.

Gucky hatte den Anführer der Olkonoren, wie sich die Plünderer nannten, entführt und beim Verhör erfahren, daß die Olkonoren über den Zeitplan verfügten, nach dem die Takerer systematisch ganjasische Welten überfielen und zerstörten. Sie arbeiteten dabei Hand in Hand: Die Olkonoren durften, wenn es soweit war, zur Stelle sein und die ruinierten Planeten nach Herzenslust plündern – und mußten dafür etwa ein Drittel der Beute an die Takerer abliefern.

Der Anführer war nach einer Gedächtnislöschung mit einem Hypnoblock versehen worden, der ihn dazu zwang, die Bewohner Offsohonars zu schonen. Gucky hatte ihn dann auf sein Schiff zurückgebracht.

In der Besprechung im Anschluß an die Berichterstattung der Flottillenchefs, gelang es Perry Rhodan, Ovarons erneute Forderung nach der Suche nach den Moritatoren weiter zurückzustellen. Ausschlaggebend dafür waren Informationen, die Atlan und Gucky ebenfalls von den Olkonoren erhalten hatten. Zusammen mit den von den Wesakenos erhaltenen Unterlagen, bildeten sie die Basis für einen verwegenen Plan des Terraners.

Auf dem Planeten Schakamona im Parschon-System, einige tausend Lichtjahre tiefer im Äußeren Zentrumsring Gruelfins, sollten in etwa zwei Wochen die berühmt-berüchtigten Arenakämpfe stattfinden. In diesen Spielen, zu denen alljährlich viel Prominenz des takerischen Reiches anreiste, kämpften unterschiedliche Lebewesen Gruelfins gegeneinander. Der besondere Reiz für die Takerer war dabei, daß sie ihren eigenen Mut dadurch zu beweisen versuchten, daß sie durch Pedotransferierung in die Körper der Kämpfenden »schlüpften«, sie übernahmen und lenkten.

Perry Rhodan sah die Gelegenheit, einen der anwesenden einflußreichen Takerer in seine Gewalt zu bringen – und damit eine Persönlichkeit, die ihm die ersehnte Auskunft über die vermuteten Invasionspläne seines Volkes geben konnte. Also landete am 29. September ein als Olkonoren getarntes terranisches Kommando mit dem eigens dazu gekaperten Olkonorenschiff METISA auf der Freihandelswelt Schakamona, und die vermeintlichen Plünderer präsentierten Takvorian und Lord Zwiebus als neue »Kampftiere«. Ras Tschubai konnte bald nach der Ankunft in Erfahrung bringen, daß der Takerer Vavischon aus dem regierenden Valos-Clan, ein enger Vertrauter des Taschkars, auf Schakamona erwartet wurde.

Taschkar, das war inzwischen bekannt, war der Titel des Herrschers aller Takerer, und die Clans waren die großen Sippen, in die sich das Volk aufteilte. Dies wußte man schon aus Ovarons Berichten. Es war ein Mann aus dem mächtigen Nandor-Clan gewesen, Gavasor, der vor zweihunderttausend Jahren eine verbrecherische Verschwörung gegen den Ganjo angezettelt hatte.

Vavischon war kein geringerer als der Kommandeur der takerischen Exekutivflotte. Um ihn zu entführen, ging Perry Rhodan fast jedes Risiko ein, und er hatte Erfolg.

Als Lord Zwiebus in der Arena gegen den als Einhorn getarnten Takvorian kämpfte, pedotransferierte Vavischon, als »Henker von Gruelfin«, berüchtigt, gehaßt und gefürchtet, in den Körper des scheinbar unterlegenen Zentauren. Das war das Signal für Ras Tschubai. Der Teleporter holte den zurückgebliebenen Eigenkörper – den Tzlaaf – des Cappins in die METISA, von wo aus er sofort per Transmitter zur MARCO POLO abgestrahlt wurde. Takvorian und Lord Zwiebus wurden von dem terranischen Kommando auf Schakamona in Sicherheit gebracht und gelangten ebenfalls per Transmitter auf das Trägerschiff zurück, während die METISA gesprengt wurde. Man sollte glauben, daß Vavischon tot sei.

Vavischon aber war in seinen Körper zurückgekehrt, und nun befand er sich auf der MARCO POLO, wo ein unheimlicher, gnadenlos geführter Kampf der vieltausendköpfigen Besatzung gegen den mächtigen Cappin begann . . .

15.

Oktober 3437

Die glockenförmige Haube des Psycholators glühte hellrot auf. Ein schrilles Summen erscholl, steigerte sich bis an die Grenze des Ultraschallbereichs.

Der Mann darunter hörte nichts mehr davon. Sein Wahrnehmungsvermögen war paramechanisch auf den rein psionischen Bereich verschoben worden. Und auf eben dieser psionischen Ebene spielte sich ein unsichtbares und unhörbares Kräfteringen ab.

Die Telepathen der MARCO POLO kämpften gegen Vavischon, den Chef der Takerischen Exekutionsflotte und Verwandten des sogenannten Taschkars, der über das Takerische Reich in der Galaxis Gruelfin herrschte.

Patulli Lokoshan verfolgte das Geschehen ausschließlich auf einem Monitor. Der SolAb-Major durfte keinesfalls seine Parakräfte einsetzen. Das hätte die Arbeit der anderen Mutanten behindert.

Major Lokoshans hellblaue Augen funkelten vor unterdrückter Erregung, als er den Takerer unter der Psycholatorglocke musterte.

Vavischon war für terranische Begriffe ein junger Mann, hochgewachsen, mit durchtrainiertem Körper und keinem überflüssigen Gramm Fett. Sein rötlichbraunes Gesicht wirkte aus einiger Entfernung sympathisch, aus der Nähe allerdings sah man die arroganten und grausamen Züge um Mund und Augen.

Im jetzigen Zustand wirkte Vavischons Gesicht nichtssagend. Es war erschlafft und zeigte das scheinbar zufriedene Lächeln, das diese Erschlaffung auf den Gesichtern von Toten hervorruft. Nur sein kurzgeschnittenes braunes Haar schien im wechselnden Licht der Psycholatorglocke zu leben.

Fellmer Lloyd und Gucky waren auf einem zweiten Monitor zu sehen. Sie lagen auf einer Parakontaktliege, und ihre Gesichter wirkten ähnlich erschlafft wie das des Takerers.

Eine überwiegend walzenförmige, überschlanke Gestalt schob sich zwischen den Kamashiten und den Monitor, auf dem Vavischon zu sehen war.

»Was soll das?« fragte Lokoshan. »War dein Vater Glaser oder so etwas?«

Der Walzenförmige blieb stehen. Ein kugelförmiger Schädel ruckte herum. Ein paar lidlose Augen richteten sich auf den Psychokopisten.

Der Mund des Wesens wölbte sich.

»Wie war das?«

»Warum gackert Er nicht?« fragte die Stimme eines dritten Lebenwesens. »Unser Antiquitätenhändler hat einen Witz produziert.«

Roi Danton stolzierte in den Raum, die Linke am Griff des kurzen Galanteriedegens, die Rechte gekünstelt abgespreizt.

Roi sah zu Merkosh, dem opronischen Mutanten hinüber, den man auch »den Gläsernen« nannte, obwohl die Kleidung jene Eigenschaft nur erraten ließ.

»Wieso Witz?« fragte Merkosh in abgehacktem Interkosmo. »Major Lokoshan fragte mich, ob mein Vater Glaser war. Ich weiß nichts über meinen Vater, aber er war sicher nicht von Glasos, sondern von Opronos wie Merkosh.«

Er ließ sich nieder, verschlang Arme und Beine miteinander und wiegte seinen Rumpf rhythmisch vor und zurück. Auf diese Weise konnte er sich besser konzentrieren – hatte er jedenfalls einmal behauptet.

»Vavischon ist harter Bursche«, stellte er fest. »Hat Hypnoblock wie Psionist.«

»Wie ein ›psionisch Begabter‹ . . .!« korrigierte Patulli Lokoshan geduldig und rückte ein Stück zur Seite, um wieder freies Blickfeld zu bekommen. »Außerdem ist Vavischon tatsächlich parapsychisch begabt, wie Sie wissen sollten, Merkosh.«

»Schon wieder nichts«, sagte Roi nach einer Weile mutlos.

Die beiden Telepathen richteten sich auf.

Gleichzeitig belebten sich die Gesichtszüge des Takerers. Der Mund verzog sich zu einem halb schmerzlichen, halb verächtlichen Grinsen.

Zwei Paramechaniker in rosafarbenen Kitteln eilten ins Blickfeld, lösten Vavischons Fesselgurte und führten den Gefangenen fort.

Merkosh löste die Verknotung seiner Gliedmaßen und sprang auf die langen Füße.

»Ich muß wissen, was die Telepathen über ihn erfahren haben«, sagte er und eilte davon.

Patulli Lokoshan klemmte sich seine Statuette unter den Arm.

»Lullog und ich sind ebenfalls neugierig«, erklärte er.

»Lullog und ich!« echote Danton geringschätzig. »Dieser Mini-Zwiebus spricht von seinem Erbgott, als wäre er ein lebendes Wesen.« Langsam stolzierte er hinter den beiden sonderbaren Geschöpfen her.

»Eine harte Nuß, dieser Vavischon«, murrte Gucky und griff nach der Stange Nuetsov-Holz, die Alaska Saedelaere ihm reichte. Genüßlich schabte er mit seinem einzigen Nagezahn goldgelbe, saftstrotzende Fasern ab.

Der Transmittergeschädigte gab keinen Kommentar von sich.

»Wenn wir ihn lange genug bearbeiten, wird er eines Tages doch nachgeben«, sagte Perry Rhodan nachdenklich. Er lächelte flüchtig, als Ovaron den Raum betrat.

Der Ganjo sagte nichts, er hatte ebenfalls von einem Nebenraum aus über Monitoren mitverfolgt, wie Vavischon auf den konzentrierten Angriff der beiden starken Telepathen reagierte.

Die Lautsprecher der Rundrufanlage gaben ein schwaches Knacken von sich, dann ertönte Oberst Korom-Khans Stimme.

»Achtung! MARCO POLO fliegt in programmierten Ortungsschutz-Sektor ein! Fremdschiffortung negativ. Ende!«

»Ich schlage eine längere Ruhepause vor, Sir«, sagte Alaska. »Die Ereignisse im Parschon-System und die anschließende Kreuzfahrt haben die Besatzung einige Nerven gekostet.«

Perry Rhodan lächelte.

»Die Kondition unserer Leute ist hervorragend, Alaska. Aber dennoch hat Ihr Vorschlag etwas für sich. Sobald ich weiß, wie es in den umliegenden Raumsektoren aussieht, werde ich darüber nachdenken – Gucky!«

»Ja . . .?« fragte der Mausbiber und hielt mit seinen Schabbewegungen inne.

»Vergiß nicht, daß Nuetsov-Holz die Nierentätigkeit anregt . . .!«

Gucky grinste.

»Es regt aber auch die geistige Tätigkeit an, Perry. Vielleicht finde ich eine Methode, mit der sich Vavischons Hypnoblock zerschmettern läßt.«

Er wandte den Kopf, als Merkosh den Raum betrat. Hinter dem Gläsernen kamen Patulli Lokoshan und Roi Danton.

»War der Gefangene hartleibig?« fragte Merkosh höflich.

Fellmer Lloyd lachte übers ganze Gesicht.

»Nicht hartleibig, sondern hartnäckig.« Er klopfte sich gegen den Bauch. »Das ist der Leib, Merkosh, und . . .«, er schlug sich mit der Hand ins Genick, » . . . das ist der Nacken.«

»Aha!« machte Merkosh. Viele terranische Ausdrücke waren seit je ein Buch mit sieben Siegeln für ihn gewesen. Da er wissenschaftlich dachte, erschien ihm der Begriff »hartleibig« verständlich, der Begriff »hartnäckig« jedoch nicht, denn in der wissenschaftlichen Terminologie der Menschen war davon nicht die Rede.

»Soll ich nicht endlich versuchen, Vavischons Psyche zu kopieren, Sir?« fragte Lokoshan mit seiner tiefen Stimme.

»Ich glaube kaum, daß er damit Erfolg hätte«, warf Alaska ein, bevor Rhodan antworten konnte. »Bei Scholschowo war das etwas anderes. Der Moritator lag damals im Koma und konnte keinen bewußten Widerstand leisten. – Major, bei Vavischon würden Sie vielleicht eine gute Psychokopie erreichen, aber eine Kopie ohne den geringsten Gedankenfetzen des Takerers.«

»Na, ein Versuch würde . . .«, begann der Kamashite.

»Schon gut, Major!« unterbrach ihn Perry Rhodan. »Eine Psychokopie nützt uns erst dann etwas, wenn wir Vavischons parapsychischen Widerstand gebrochen haben.«

»Vorerst sieht es aber nicht danach aus«, bemerkte Roi Danton und deutete auf die Monitore, die aus unterschiedlichen Blickwinkeln die Kabine des gefangenen Takerers zeigten.

Soeben wurde Vavischon von zwei Paramechanikern in die Kabine gebracht. Zwei Kampfroboter standen unbeweglich da und folgten mit ihren Augenlinsen jeder Bewegung Vavischons. Selbstverständlich durfte der Gefangene seine Kabine nicht verlassen – und selbstverständlich durfte er nicht pedotransferieren, wenn er nicht riskieren wollte, daß Perry Rhodan seinen zurückbleibenden Pseudokörper vernichten ließ.

Vavischon ging zum Tisch, schenkte sich aus einem Krug etwas verdünnten Fruchtsaft ein und trank einige Schlucke. Dann legte er sich auf die Wandcouch, streckte sich bequem aus und schloß die Augen.

»Er rechnet damit, daß seine Leute ihn befreien«, sagte Major Lokoshan.

»Befreien!« Saedelaeres Stimme klang verachtungsvoll. »Aus diesem Schiff führt kein Weg hinaus.«

»Aber es könnten Wege hineinführen, sobald uns seine Flotte erst einmal aufgespürt hat«, gab Patulli Lokoshan zu bedenken. »Zu dieser Stunde suchen sicherlich schon Tausende von Raumschiffen nach uns.«

Was sie bisher, bei den verschiedenen Kontakten mit anderen, meist degenerierten Cappin-Völkern, nicht hatten zu fürchten brauchen, war nun zum Alptraum geworden: die Übernahme durch takerische Pedotransferer.

»Sobald wir im Ortungsschutz einer Sonne stehen, sind wir für takerische Ortungsgeräte nicht vorhanden«, gab Perry zurück und wandte sich zum Gehen. »Alaska, Sie bleiben bitte im Überwachungsraum. Sollte sich etwas Besonderes ereignen, sagen Sie mir Bescheid. Ich gehe in die Kommandozentrale.«

»Jawohl, Sir«, erwiderte Alaska. Es klang zerstreut. »Sobald ich Sie anrufe, hat sich etwas ereignet.«

Gucky kicherte.

Nachdem sich die Tür hinter ihnen geschlossen hatte, sagte er zu Rhodan: »Das Problem beschäftigt den guten Alaska ganz schön. Er ist schon ganz durcheinander. Hast du es gemerkt, Chef?«

»Mich beschäftigt das Problem ebenfalls, Kleiner«, entgegnete Perry. »Schließlich geht es noch immer darum zu erfahren, ob der Taschkar des Takerischen Reiches eine Invasion unserer Milchstraße vorbereitet.«

Er trat in den aufwärts gepolten Schacht des Antigravlifts und schwebte sanft empor.

Der Mausbiber folgte ihm, ließ seine Nuetsov-Stange los und beobachtete grinsend, wie sie neben ihm herschwebte.

Alaska Saedelaere wartete einige Minuten, bis er sicher sein konnte, daß die anderen den Liftschacht erreicht hatten. Dann schaltete er die Monitore aus und öffnete die Tür des Überwachungsraumes.

Vorsichtig spähte er nach draußen. Der Korridor war leer. Monoton bewegten sich die Transportbänder nach beiden Seiten.

Der Transmittergeschädigte sprang auf das nach rechts führende Band und ließ sich zu einem kleinen Liftschacht befördern. Dort betrat er die abwärts gepolte Röhre. Auf dem nächsten Deck stieg er wieder aus, wandte sich abermals nach rechts und sprang hundert Meter weiter vom Band.

Mit seinem Impulsschlüssel berührte er einen Teil der Wand zur Linken. Zwei Schotthälften glitten summend zurück. Ein weiterer Korridor tat sich auf, allerdings ohne Transportbänder.

Alaska trat ein und ging zielsicher bis zur vierten Tür rechts. Der Zugang zum Korridor schloß sich wieder.

Auch die Tür öffnete sich nach Berührung mit dem Impulsschlüssel. Der Transmittergeschädigte gehörte zu dem kleinen Personenkreis, der diesen Sektor der MARCO POLO betreten durfte.

Die beiden schweren Kampfroboter bewegten die metallenen Schädel. Ihre Augenzellen richteten sich für den Bruchteil einer Sekunde auf Alaska, dann erlosch ihr Interesse.

Der Mann auf der Couch blieb bewegungslos liegen – bis die Tür sich hinter Alaska Saedelaere geschlossen hatte. Danach richtete er sich auf, blickte aus wachen Augen auf Alaskas Maske und fragte:

»Hast du die letzte Lücke geschlossen, Alaska?«

Der Transmittergeschädigte neigte leicht den Kopf. Das Cappin-Fragment hinter der Gesichtsmaske leuchtete etwas heller als gewöhnlich.

»Ja, Gebieter. Alles ist in Ordnung. Sobald du befiehlst, wird die Transportkette aktiviert werden.«

»Und die Plasma-Brutkammer wird nicht bewacht?«

»Nicht von organischen Intelligenzen«, antwortete Saedelaere. »Nur eine Regelpositronik sorgt für die Einhaltung der programmierten Bedingungen.«

»Aber sie ist nicht dazu programmiert, einen plötzlichen Massezuwachs zu melden?«

»Nein, Gebieter.«

»Wohin fliegt dieses Raumschiff jetzt, Alaska?«

»Soviel ich weiß, zu einer roten Riesensonne, irgendwo im Randgebiet des galaktischen Kerns. Der Großadministrator will dort im Ortungsschutz der Sonne abwarten, wie die Entwicklung verläuft.«

»Das ist günstig für uns, Alaska!« Vavischons Stimme klang triumphierend. »Wahrscheinlich befiehlt der Großadministrator eine allgemeine Ruheperiode, die günstigste Zeit, ihn zu überlisten.«

»Ja, Gebieter.«

»Terraner . . .«, sagte Vavischon leise. »Sie glauben, mächtiger und klüger zu sein als andere Intelligenzen. Ich werde ihnen beweisen, wie schwach und dumm sie wirklich sind.«

»Ja, Gebieter«, sagte Alaska.

Vavischon blickte auf.

»Geh, Alaska!« befahl er. »Sonst sucht man dich noch.«

Durch ein Parafenster trat er mit dem Cappin-Fragment in Alaskas Gesicht in Verbindung, ließ psionische Energie überströmen und konditionierte es erneut. Das Fragment klammerte sich an die Aufgabe, die der Chef der Takerischen Exekutionsflotte ihm stellte, denn sie war praktisch das einzige Bindeglied zur Realität.

Alaska Saedelaeres Augen wurden leer und blicklos. Er wandte sich steif wie eine Marionette zum Gehen. Aber noch während der Drehung wurden Haltung und Blick wieder natürlich.

Leise pfeifend schlenderte Alaska draußen durch den Korridor, nachdem er die Kabinentür seines Gefangenen wieder positronisch verriegelt hatte.

Im Kontrollraum angekommen, aktivierte er die Überwachungsgeräte und setzte sich in den Schalensessel vor den Monitoren.

Vavischon ging zum Getränkeautomaten und wählte einen Becher Usquiur, ein aromatisches synthetisches Getränk, das die Nahrungsmittelingenieure der MARCO POLO ursprünglich allein für Ovaron und Merceile hergestellt hatten.

Langsam schlürfte er den an Vitaminen und Spurenelementen reichen Saft. Ohne Usquiur wären wahrscheinlich alle Cappin-Völker der Galaxis Gruelfin längst ausgestorben, sinnierte Vavischon. Die Planeten, von denen sie ursprünglich stammten, hatten auch die Bedürfnisse ihres Metabolismus geprägt, und seit Cappins neue Planetensysteme besiedelten, hatte Usquiur die ehemals natürlich in der Nahrung vorkommenden Spurenelemente und Vitaminkomplexe ersetzen müssen.

Wirklich zuvorkommend von den Terranern, daß sie mich mit Usquiur versorgen! dachte der Flottenchef ironisch. *Aber sie tun es nicht uneigennützig. Sie wollen mein Wissen, aber sie werden es niemals bekommen.*

Ein Glück, daß sich auf ihrem Schiff dieser Alaska Saedelaere befindet. Die Wahrscheinlichkeit einer Kollision zwischen einem Pedotransferer und einem transmittierenden Andersartigen ist schon verschwindend gering; daß der Andersartige mit einem Fragment des Pedotransferers innerhalb des Hyperraums verschmilzt und daß dieses Fragment ein gewisses Eigenleben behält, ist geradezu einzigartig.

Vavischon dachte daran, wie er Saedelaere zum erstenmal begegnet war. Es war kurz nach seiner Gefangennahme durch die listenreichen Terraner gewesen. Gemeinsam mit einigen Mutanten hatte der Transmittergeschädigte an den Psychoverhören teilgenommen.

Der Takerer hatte sofort bemerkt, daß das Cappin-Fragment hinter Alaskas Gesichtsmaske lebte, daß sein Eigenleben aber durch den stärkeren Willen des physisch Unversehrten unterdrückt wurde.

Fast hätte Vavischon sich damals verraten, indem er seine Parakräfte einsetzte, um dem Artgenossen zu helfen. Er war jedoch intelligent genug, um sich im letzten Augenblick anders zu besinnen. Die Mutanten hätten die psionische Energie bemerkt, die bei seiner Aktivität frei geworden wäre. Also hatte er sich darauf beschränkt, die Ausstrahlungen des Fragments rein passiv aufzunehmen und zu registrieren – und im übrigen seinen Hypnoblock zur Abschirmung der eigenen Gedanken einzusetzen.

Er lächelte amüsiert, als er daran dachte, daß die terranischen Mutanten bis heute nicht hinter die wahre Natur dieses Hypnoblocks gekommen waren. Sie hielten ihn für einen reinen Abwehrblock, doch das war er ganz und gar nicht. Vielmehr sollte er in Gefahrensituationen wie dieser seine eigenen Handlungen bestimmen und ihn veranlassen, die Position des sogenannten Arsenalplaneten zu verraten. Neugierige Intelligenzen wie die Terraner würden sofort nach diesem Geheimplaneten aufbrechen – und damit ihrem Gefangenen unbeabsichtigt die Chance geben, von seinem Eigenkörper in einen der auf TCR lebenden biosynthetisch gezüchteten Pseudokörper zu fliehen.

Da diese Pseudokörper pedoenergetisch neutral waren, konnte jeder Pedotransferer einen von ihnen anpeilen und sein Ich in ihn retten, während der Eigenkörper in einer Art Scheintodstarre zurückblieb.

Aber Vavischon fürchtete sich davor, einen Ersatzkörper benutzen zu müssen. Sein Eigenkörper besaß so viele Vorzüge, daß er nicht darauf verzichten wollte. Ein Tausch würde ihm nur Nachteile bringen. Vor allem aber würde sich ein solcher Tausch nicht rückgängig machen lassen, wenn sein Eigenkörper den Terranern in die Hände fiel. Perry Rhodan hatte Vavischon klargemacht, daß er die zurückbleibende Zellballung sofort vernichten lassen würde, falls sein Gefangener mit seinem immateriellen Ich in ein anderes Lebewesen flüchtete.

In dieser Lage war Alaska Saedelaere dem Takerer wie ein rettender Engel erschienen – oder besser: wie das cappinsche Äquivalent eines Engels.

Während die MARCO POLO auf ihrem Rückzug von der Arenawelt immer wieder takerischen Flottenverbänden ausweichen mußte, hatten die terranischen Mutanten ihren Gefangenen nicht immer unter telepathischer Kontrolle halten können. In einer solchen unbewachten Zeitspanne war es Vavischon gelungen, die Eigenenergie des Cappin-Fragments in Alaskas Gesicht schlagartig zu verstärken. Alaskas Willenskraft zu brechen und ihn parapsychisch so zu programmieren, daß es hinterher nicht bemerkt werden konnte.

Die Tatsache, daß das unvollkommene Ich in Alaskas Gesicht einem ehemaligen Bewußtseins-Ingenieur gehörte, hatte sich als positiv erwiesen. Das Fragment eines gewöhnlichen Cappins wäre rettungslos überfordert gewesen.

Nach der parapsychischen Behandlung war Alaska Saedelaere praktisch ein lebender Roboter geworden, der nur Vavischon als seinen Herrn anerkannte. Er hatte dafür gesorgt, daß alle Vorbereitungen für eine »Flucht« des takerischen Flottenchefs getroffen wurden.

Und er würde – ohne es zu wissen – sehr bald die Operationsbasis Vavischons sein!

Mühsam unterdrückte Vavischon einen Heiterkeitsausbruch. Die Situation war aber auch so verrückt, daß man kaum gelassen bleiben konnte.

Ausgerechnet ein Mensch, der einen »übernommenen« Menschen am ehesten entlarven konnte, würde übernommen werden. Die Mutanten waren in diesem Zusammenhang bedeutungslos. Sie konnten einen Übernommenen nur durch Zufall ausmachen.

Nur einer blieb weiterhin gefährlich: Lord Zwiebus, der Urmensch mit dem Verstand eines Terraners. Zwiebus hätte Vavischon infolge der charakteristischen Cappin-Ausstrahlung überall entdeckt – nur eben nicht in Saedelaere . . .!

Denn Saedelaere strahlte seit seinem Transmitterunfall unablässig die charakteristische Aura eines Cappins aus, und was bislang unverdächtig gewesen war, würde auch künftig keinen Verdacht erwecken.

Und Vavischons Eigenkörper würde für die Besatzung des terranischen Schiffes spurlos verschwunden sein . . .!

»Erste, Dritte und Fünfte Kreuzerflottille kehren zurück, Sir«, meldete Korom-Khan. »Sie fliegen Ortungsschutz-Sektor an und können in zwanzig Minuten eingeschleust werden. Ich schicke jetzt die Zweite und Vierte Kreuzerflottille fort, zusätzlich die Erste Korvettenflottille.«

»In Ordnung, Oberst«, sagte Perry Rhodan. »Lassen Sie mir die Aufklärungsergebnisse zugehen.«

Er zog sich in eine Separatkabine zurück, wie sie an einigen Stellen der Zentralewandung für Führungsoffiziere eingebaut worden waren. Obwohl Raumschiffsoperationen wie die der MARCO POLO nur durch Zusammenarbeit von Teams geleitet werden konnten, gab es auch im 35. Jahrhundert Zeiten, in denen Einsamkeit vorzuziehen war.

Perry Rhodan schaltete sämtliche Übertragungsschirme ab und lehnte sich in seinem Sessel zurück. Er ließ die Erinnerung an die letzten Tage vor seinem Bewußtsein vorübergleiten und versuchte dabei, Ansatzpunkte zu finden, die in der Hektik übersehen worden sein konnten.

Der Takerer Vavischon blieb ein Rätsel.

Der Chef der Exekutionsflotte reagierte nicht wie ein Gefangener, dem alle Fluchtwege versperrt sind. Er hatte nicht ein einziges Mal versucht, mit seinen Bewachern ins Gespräch zu kommen, war Verhandlungen mit seinen Bezwingern stets ausgewichen.

Auf Vorschlag Saedelaeres hatte Perry Rhodan vor einigen Tagen die vier Raumsoldaten abgelöst, die den Takerer bis dahin bewacht hatten. Dafür waren zwei Kampfroboter postiert worden.

Vavischon hatte nicht den geringsten Versuch gemacht, dagegen zu protestieren.

Schließlich war auf Rhodans Befehl hin sogar der Hochenergie-Überladungsschirm ausgeschaltet worden, der Vavischons Gefängnis von den anderen Schiffssektoren isoliert hatte.

Der Takerer hatte nicht ein einziges Mal versucht, sein Ich oder – wie man bei den Cappins sagte – seine Übsef-Konstante, in ein Mitglied der Schiffsbesatzung zu versetzen.

Selbstverständlich spielte die Furcht vor dem Verlust des Eigenkörpers dabei eine große Rolle. Er, Perry Rhodan, hatte dem Takerer mit aller Schärfe klargemacht, daß man seinen Eigenkörper vernichten würde, falls er ihn verließe.

Rhodan wußte zwar, daß er einen solchen Befehl nur der zwingenden Not gehorchend erteilen würde, aber das konnte Vavischon nicht wissen. Der Takerer besaß eindeutig die Mentalität eines Feudalherren, dem das Schicksal des »gewöhnlichen Volkes« gleichgültig war. Er würde niemals zögern, einen Gegner kaltblütig umzubringen – folglich erwartete er auch von seinen Gegnern nichts anderes.

Das erklärte aber keineswegs die fehlende Verhandlungsbereitschaft. Ein Lebewesen mit dem Überlegenheitsdünkel Vavischons hätte ganz einfach versuchen müssen, seine Gegner in Verhandlungen übers Ohr zu hauen, mit ihnen ein Übereinkommen zu treffen, das ihm die Freiheit zurückgab und seinerseits niemals eingehalten werden würde.

Perry Rhodans Überlegungen wurden unterbrochen, als der Interkommelder summte. Er schaltete das Gerät ein und erblickte auf dem Bildschirm Korom-Khans Gesicht.

»Erste Aufklärungsergebnisse, Sir«, meldete der Kommandant. »Über dem Planeten Schakamona versammelt sich eine riesige Raumflotte, alles eiförmige Schiffe, aber darunter wahre Giganten. Die Zahl wurde auf viertausenddreihundert Einheiten geschätzt, aber es kommen stündlich neue hinzu.«

»Sehr aufschlußreich«, bemerkte Rhodan lächelnd. Er hatte seinen Schluß bereits gezogen, fragte aber dennoch weiter. »Liegt eine positronische Vorauswertung vor, Oberst?«

»Liegt vor, Sir. Auswertung besagt, daß in takerischen Führungskreisen am Tod Vavischons gezweifelt wird. Man glaubt offenbar an eine Entführung mit dem Ziel, den regierenden Valos-Clan zu erpressen.«

Perry lachte amüsiert.

»Aber man wartet sicher nicht, bis die ›Erpresser‹ sich melden, wie?«

Korom-Khan grinste.

»Nein, es wurden Ortungsechos von zahlreichen kleinen Verbänden aufgefangen, die auf eine rege Aufklärungstätigkeit der takerischen Flotte schließen lassen. Vavischon scheint tatsächlich eine sehr wichtige Persönlichkeit zu sein.«

»Das ist er auch, Oberst, darauf können Sie sich verlassen. Die Reaktion auf sein Verschwinden beweist überdies, daß die Stellung des Valos-Clans permanent gefährdet ist. Der Verlust eines führenden Angehörigen könnte offenbar konkurrierende Clans ermuntern, einen Umsturz zu versuchen.«

»Falls es sich so verhält«, erwiderte Oberst Korom-Khan ernst, »erscheint es mir unwahrscheinlich, daß der Valos-Clan ernstlich an eine Invasion unserer Milchstraße denkt.«

Rhodan wurde ernst.

»Ganz im Gegenteil, ich sehe hier eine makabre Parallele zur Denkungsart früherer terranischer Herrscherklassen. Man wird einen großen Krieg beginnen, weil man selbst in Schwierigkeiten ist. Dann kann man die Menschenreserven der politischen Gegner verheizen und die eigene Stellung durch einen glanzvollen Sieg stärken.«

»Das wäre doch ein Verbrechen, Sir!« sagte Korom-Khan empört.

Rhodan lächelte resigniert.

»Nach den Gesetzen des Solaren Imperiums, ja. Andere Imperien haben andere Gesetze. Aber lassen wir das Theoretisieren vorerst beiseite, Oberst. Sobald die letzten Aufklärungsverbände zurückgekehrt sind, verhalten wir uns ruhig. Die Takerer sollen erst einmal vergeblich suchen. Inzwischen brechen wir vielleicht Vavischons Widerstand. Bis jetzt scheint er noch auf eine schnelle Befreiung zu hoffen.«

Der Kommandant lächelte beifällig.

»Diese Zermürbungstaktik ist ebenfalls uralt, Sir.«

»Aber immer noch wirksam. Ende!« Perry schaltete den Interkom ab, überlegte einige Minuten lang und ließ dann Atlans Namen ausrufen.

Er war beruhigt, als der Arkonide sich aus dem Kommunikationszentrum der Hauptpositronik meldete und ihm mitteilte, er hätte die Kosmopsychologen der MARCO POLO zu einer Konferenz zusammengerufen.

Der ehemalige Arkonidenadmiral hatte sich also ebenfalls zu einem Psychokrieg gegenüber Vavischon entschlossen.

Major Patulli Lokoshan hing düsteren Gedanken nach. Seit er Dr. Hannah Anouilh zum erstenmal gesehen hatte, war ihm seine relative körperliche Kleinheit nicht mehr bedeutungslos erschienen.

Der Kamashite hatte sich, ohne sich dessen bewußt zu werden, in die Assistentin Professor Eysberts verliebt.

Um ganz ungestört sein zu können, war er ins Solarium gegangen und hatte sich auf einen Felsenturm oberhalb eines künstlichen Wasserfalls gesetzt. Die Kunstsonne schwebte als rotglühender Ball dicht über dem »westlichen« Horizont und kündigte einen synthetischen terranischen Abend an.

Patulli blickte seinen Großen Erbgott Lullog an. Er hatte die türkisfarbene Statuette in eine Vertiefung des Felsenturmes gestellt. Im rötlichen Licht der Abendsonne wirkte sie gar nicht mehr geheimnisvoll, sondern – nun, eben wie eine unvollkommene Statuette.

Der Kamashite seufzte.

»Was soll ich tun, Lullog?« fragte er leise. »Soll ich meinen edlen Körper in die Hände der Biomechaniker geben, damit sie ihn in einen labilen Zellhaufen einschmelzen und anschließend auf terranische Normalgröße bringen?«

Du liebst Hannah Anouilh, nicht wahr? erwiderte Lullog auf seine absolut lautlose Art.

»Ich weiß es nicht. Ich weiß nur, daß ich in ihren Augen ein noch so netter Kerl sein mag, aber doch immer der kamashitische Zwerg bleiben werde.«

Wenn du gestattest, Gebieter, lasse ich dich wachsen – oder ich schenke dir einen anderen Körper.

»So etwas wäre unnatürlich.«

Wie kann es unnatürlich sein? fragte Lullog. *Alles, was je existierte, existiert oder je existieren wird, ist Bestandteil der Natur.*

»Auch Supertechnik, die an Zauberei grenzt?«

Mein Gebieter, du bist ein Primitivling. Du denkst bei dem Wort »Technik« noch immer an Maschinen und damit an Dinge, die nicht viel höher stehen als der erste Faustkeil. Ich habe nichts gegen die Annehmlichkeiten des Zeitalters von Faustkeil und Rad, aber die wahren Wunder des Universums erschließen sich erst dem »aufgeschlossenen« Geist.

»Schwarze Magie!«

Lullog lachte lautlos und gespenstisch.

Das Einschalten eines Waring-Konverters ist vielleicht eine magische Handlung, verglichen mit dem, was du noch nicht begreifst und was ich »manipulierte Existenzprojektion« nenne, denn ihr kennt nur einen Bruchteil der Kräfte, denen ihr euch mit Hilfe der Waring-Konverter anvertraut. Ich dagegen weiß genau, was ich tue.

»Ich hätte Lust, dich mit dem Desintegrator aufzulösen, vorwitziger Hausgott. Leider weiß ich genau, daß es mir nicht gelänge. Ich möchte wissen, ob dir überhaupt etwas . . .«

Patulli Lokoshan stockte.

Ungefähr dreihundert Meter weiter trat Dr. Hannah Anouilh aus einem Zugangstor. Sie trug über der Bordkombination einen silbrig glänzenden Schulterumhang und schritt auf den Japanischen Garten zu.

Die Kosmo-Psychologin hatte den Kamashiten offenbar nicht gesehen. Lokoshan blieb reglos sitzen. Er spürte, wie sein Herz schneller schlug. Zugleich wurde er von Resignation erfaßt.

Plötzlich überlief es ihn eiskalt.

Von der anderen Seite näherte sich eine vertraute Gestalt im mausgrauen Anzug, den rechten Arm ausgestreckt und leise auf die beiden Bullenbeißer schimpfend, die an der Doppelleine zogen.

Dr. Ingwar Bredel mit Phobos und Deimos, den Hunden von Chefarzt Professor Dr. Kaspon . . .

Als Bredel die Psychologin entdeckte, band er die kläffenden Rüden am Geländer einer Zierbrücke fest und verbeugte sich ungelenk. Lokoshans scharfes Gehör verstand selbst auf diese Entfernung die Schmeicheleien, die Ingwar Bredel Dr. Anouilh zuflüsterte.

»Die Hunde sollen ihn beißen, den katzenfreundlichen Kerl!« sagte Patulli Lokoshan und schüttelte seine Fäuste in Bredels Richtung.

Wie du befiehlst, Gebieter!

Lokoshan begriff nicht sofort, worauf Lullog aus war, denn in diesem Moment jaulten die beiden Hunde, als hätte man sie getreten.

Und im gleichen Moment rissen sie sich los und jagten hinter einer rostroten Hauskatze her, die mit großen Sprüngen den nächsten Baum zu erreichen versuchte.

»Sofort aufhören, du hinterlistiger Waldschrat!« schrie Patulli, als ihm klar wurde, was hier vorging.

Es war der Augenblick, in dem die rote Katze den alten Apfelbaum neben dem Japanischen Garten erreicht hatte und den Stamm hinaufjagte. Die Bulldoggen stellten sich am Stamm auf und kläfften hinauf.

Plötzlich verstummten die Hunde, schnieften verwirrt und liefen hin und her, die Schnauzen an den Rasen gedrückt.

Dr. Ingwar Bredel hing in der Baumkrone, klammerte sich verzweifelt an einigen Ästen fest und sah furchtsam nach unten.

Major Lokoshan zitterte am ganzen Körper. Er rannte auf Hannah Anouilh zu, die bewußtlos im niedrigen Blauschwingelgras lag, während sein Hausgott weiterhin auf dem Felsenturm stand.

Die Psychologin erwachte, als Patulli seine Lippen auf die ihren preßte. Eine schallende Ohrfeige schleuderte ihn zurück. Er stürzte auf die Zierbrücke, die nicht für die Benutzung gedacht war, und brach mit ihr zusammen.

»Sie gemeiner Zwerg!« schimpfte Hannah. »Die Hilflosigkeit einer Frau so schamlos auszunutzen . . .!«

Patulli Lokoshan saß mit verzerrtem Gesicht zwischen den Holztrümmern. Mit einemmal begann er zu lachen, daß ihm die Tränen über die Wangen rollten.

»Uh!« ächzte er, nachdem er sich wieder in der Gewalt hatte. »Oje! Dr. Anouilh, haben Sie denn nicht bemerkt, daß ich Sie nur mit Mund-zu-Mund-Beatmung ins Leben zurückrufen wollte?«

Hannah Anouilh wurde abwechselnd blaß und rot.

»Sie wollten . . .? Und ich dachte . . .!«

Der Major erhob sich würdevoll und bemühte sich, trotz der geschwollenen Wange klar zu sprechen.

»Sie hatten einen Schock erlitten und atmeten nicht mehr.«

»Bredel . . .?« Die Wissenschaftlerin war noch verwirrt. »Ich dachte, ich hätte Dr. Bredel gesehen. – Ah, dort sind ja seine Tölen!«

»Hilfe . . .!« flüsterte Ingwar Bredel aus der Apfelbaumkrone.

»Er hat sie hinter einer Katze hergejagt«, sagte die Psychologin empört. »Ich sah noch, wie die Katze auf den Baum dort zulief – und plötzlich verschwand sie. Statt dessen materialisierte Dr. Bredel im Baum.«

»Ich glaube, die Katze war ich!« rief Ingwar Bredel.

»Dann kommen Sie bloß nicht runter, solange die Hunde noch frei herumlaufen!« rief Patulli zurück.

Er bot der Psychologin galant seinen Arm.

»Kommen Sie, Hannah! Wir trinken einen Schluck auf den Schreck. Unterwegs können wir gleich in der Bordklinik anrufen und veranlassen, daß ein Roboter Dr. Bredel in die Psychiatrie schafft. Eine Katze, pah! Er hat ja nicht einmal miaut.«

16.

Vavischon beeilte sich mit dem Essen. Vor fünf Minuten hatte er durch Alaska Saedelaere erfahren, daß für die MARCO POLO eine Ruheperiode von zwölf Stunden angeordnet worden war.

Sowohl die Stammbesatzung des Trägerschiffes als auch die Besatzungen der Leichten Kreuzer, Korvetten und Lightning-Jets hatten den Befehl erhalten, ihre Kabinen aufzusuchen und die elektronischen Einschlafhilfen zu aktivieren. Nur die unbedingt notwendigen Wachen waren vom Schlafbefehl ausgenommen.

Günstiger konnte es für den takerischen Flottenchef gar nicht werden. Deshalb aß er seine Mahlzeit so schnell wie möglich auf. Es handelte sich durchweg um außerordentlich leichtverdauliche Speisen, die er aus dem Automaten gewählt hatte, damit sein Körper ausreichend überschüssige freie Energie für die geplante Pedotransferierung zur Verfügung hatte.

Anschließend schob er die Schüsseln und Teller zurück und konzentrierte sich auf Saedelaeres Individualimpulse. Die beiden Kampfroboter beobachteten ihn teilnahmslos; sie waren von Alaska heimlich umprogrammiert worden, bevor sie in der Gefangenenkabine postiert worden waren.

Plötzlich glitten die beiden Panzerschotts der Kabine zur Seite. Vavischon riß die Augen auf, ohne sich sofort aus der parapsychischen Verbindung mit Alaskas Cappin-Fragment lösen zu können. Nur schemenhaft nahm er die beiden Gestalten wahr, die nebeneinander eintraten.

Als er sie schließlich erkannte, zuckte er, von panischem Entsetzen ergriffen, zusammen.

Perry Rhodan und Atlan – und beide mit schweren Strahlwaffen in den Händen!

Warum hatte der Transmittergeschädigte ihn nicht gewarnt?

Die Erkenntnis wirkte niederschmetternd.

Alaska Saedelaere hatte ihn nicht warnen können. Folglich gab es eine weitere Überwachungseinrichtung, von der sie beide bisher nichts gewußt hatten.

»Was ist mit Ihnen los, Vavischon?« Das war Atlan, der Freund des terranischen Großadministrators.

Vavischon vermochte nicht zu antworten. Der Schock und die Panik lähmten seine Zunge. Zugleich spürte er, wie sich der Primärbefehl seines Hypnoblocks abschwächte und dem Sekundärbefehl das Feld überließ.

»Hier stimmt etwas nicht, Perry!« sagte Atlan hart. »Der Kerl spielt uns entweder Theater vor – oder er ist krank.«

»Reden Sie, Vavischon!« forderte der Terraner und zielte mit dem Strahler auf den Gefangenen.

Vavischon sah das ultrahelle Wabern der abgeschirmten Reaktionsmasse im Lauf. Kein Zweifel, der Terraner würde schießen, wenn er nicht reagierte.

Vavischons innerer Widerstand gegen den Sekundärbefehl des Hypnoblocks brach zusammen. Nun war die Gefahrensituation akut, die es angeraten ließ, den letzten Ausweg zu wählen.

Vavischon wählte ihn – mit einer heimlichen Hintertür, denn sein Stolz ließ es nicht zu, daß er sich rettete, ohne sich an seinen Gegnern zu rächen.

»Sein Widerstand scheint gebrochen, Atlan«, sagte Perry Rhodan rauh.

»Ich rufe die Mutanten«, sagte Atlan.

Der Arkonide hob sein Armbandgerät an die Lippen und befahl alle Mutanten zur Kabine des Gefangenen.

Nur wenige Sekunden später materialisierten Gucky und Ras Tschubai. Beide kauten noch unentwegt, Atlans Ruf mußte sie beim Abendessen erreicht haben.

Merkosh, der Gläserne, schlurfte wenig später mit seinen langen Füßen um die Ecke. Der Oproner war unbekleidet, bis auf ein schmales Handtuch, das er um die Hüften geschlungen hatte. Seine Organe schimmerten durch die glasartig farblose Substanz, die bei ihm Haut und Fleisch ersetzte.

»Freunde treffen sich zu Konferenz bei Feind«, stellte er fest. Sein Interkosmo verbesserte sich von Tag zu Tag. »Wunderschön. Knabe Roi auch kommen?« Die Frage war an Rhodan gerichtet und sollte heißen, ob »Sohn Roi« kommen würde.

Perry Rhodan lächelte.

»Sicher, Merkosh – Gucky, Ras! Seid so nett und holt die anderen. Auch Ovaron und Merceile.«

Die beiden Teleporter verschwanden wieder.

Atlan und Rhodan kümmerten sich um Vavischon. Der Takerer zitterte am ganzen Leib. Seine Lider waren halb geschlossen. Sie hoben ihn vorsichtig an und legten ihn auf die Couch an der Wand. Rhodan rief über Interkom nach einem Arzt.

Nacheinander trafen die beiden Teleporter mit Michael Rhodan, Ovaron und Merceile ein.

Takvorian kam ebenfalls herbeigeeilt. Er trug Lord Zwiebus auf dem Rücken.

»Freundliches Gruß, Herr Pferd!« rief der Gläserne und winkte.

Gucky materialisierte mit Fellmer Lloyd – und einige Sekunden später marschierte Major Lokoshan herein, sah sich flüchtig um und setzte sich auf einen niedrigen Hocker.

Takvorian verdrehte den Hals, die treuherzigen Augen seiner Pferdekopfmaske blickten den Kamashiten an.

»Kummer, Major?«

Patulli sah auf. Er wirkte geistesabwesend.

»Nicht der Rede wert, Takvorian.«

»Wo haben Sie Ihren Großen Erbgott?«

»Habe ich ihn nicht mitgebracht?« Patulli Lokoshan sah sich suchend um, dann schlug er sich mit der flachen Hand an die Stirn. »Ich habe ihn im Solarium vergessen. Na, macht nichts. Es wird ihn kaum jemand stehlen, der seine fünf Sinne zusammen hat.«

Der Zentaur wollte dazu etwas sagen, aber seine Stimme wurde von einem rhythmischen Stampfen übertönt. Gleich darauf tauchte Icho Tolot unter der Tür auf.

»Es wird also nichts mit der Ruheperiode!« rief er, offenbar in bester Stimmung. »Dann gibt es einen wichtigen Grund, wie ich meinen Freund Rhodanos kenne.«

»Richtig«, antwortete Perry Rhodan. »Vavischons Widerstand ist offenbar geschwunden. Er scheint nur ein Beruhigungsmittel zu brauchen. Eigentlich müßte bald ein Arzt . . .«

»Schon zur Stelle, Sir«, meldete sich ein junger, sommersprossiger Assistenzarzt, der in Begleitung eines Medorobots eingetreten war.

Er gab dem Roboter Anweisungen, und die Maschine untersuchte den Takerer und stellte die Diagnose.

»Kreislaufschwäche infolge vorhergehenden Schocks«, meldete sie. »Ich injiziere Xanolinum pakorrenz.«

»Was ist das für Zeug?« lispelte Gucky an Lokoshans Ohr.

»Ein modifiziertes Ara-Mittel, umgestellt auf den cappinschen Organismus. Wirkt fast sofort.«

Der Mausbiber nickte geistesabwesend.

Unterdessen gab Perry Rhodan seine räumlichen Wünsche an den Gestaltungs-Computer durch. Wenige Minuten später glitten zwei Trennwände in den Boden, so daß dreimal soviel Platz vorhanden war wie ursprünglich. Die Einrichtung der Nachbarkabinen konnte so verwendet werden, wie sie war.

Perry Rhodan wandte sich an die Anwesenden.

»Vavischon scheint den sinnlosen Widerstand aufzugeben. Bitte, nehmen Sie Platz und verhalten Sie sich ruhig, sofern Sie nicht unmittelbar am Verhör beteiligt sind.«

»Ich rate zu äußerster Vorsicht, Perry!« wandte sich Atlan flüsternd an ihn. »Das geht mir jetzt alles etwas zu schnell.«

Perry lachte humorlos.

»Ich traue dem Takerer ebenfalls nicht. Vavischon ist zwar ein Cappin wie Ovaron, aber alles andere als der offene, ehrliche Typ, mit dem man selbst nach der schlimmsten Auseinandersetzung gern Frieden schließt.«

Er führte eine Schaltung durch, und die Psycholatorglocke senkte sich von der Decke und über Vavischons Kopf.

Jetzt, da der Takerer nicht mehr hören konnte, was im Raum gesprochen wurde, sagte Perry Rhodan:

»Diesmal beteiligen sich alle Mutanten am Verhör, auch die, die nicht telepathisch begabt sind. Sie rücken am besten dicht zusammen und fassen sich an den Händen.«

»Ich auch, Sir?« fragte Lokoshan.

Rhodan nickte.

»Sie ebenfalls, Major. Beschränken Sie sich aber auf die passive Aufnahme von Vavischons Psychomuster.«

»Mehr vermag ich sowieso nicht«, erwiderte Patulli. »Es sei denn, Sie lähmen mit Hilfe des Psycholators Vavischons Bewußtsein.«

»Später, Major.«

Die Psycholatorglocke leuchtete hellrot auf.

»Es geht los!« sagte Perry Rhodan. »Fellmer, Sie versuchen uns zu berichten, was Sie erfahren.«

Er stand auf der Kommandobrücke des Raumschiffes, das den Arsenalplaneten anflog.

HYOUH THRAY war der Name des stolzen Schiffes, und er prangte aus selbstleuchtenden Einschmelzungen mehrfach von der Außenhaut.

Ikthuus näherte sich; er hörte es an den vorsichtigen Schritten und zog verächtlich die Mundwinkel herab.

Vavischon konnte sich denken, was dieser degenerierte Schwachkopf wollte. Am liebsten hätte er Ikthuus ohne Raumanzug aus einer Luftschleuse werfen lassen, doch das durfte er sich trotz seiner hohen Stellung nicht erlauben. Ikthuus war einer der Bastarde, die der Taschkar mit seiner Geliebten Ornhvess gezeugt hatte.

»Herr . . .?« Das war die zaghafte, flüsternde Stimme des Weichlings Ikthuus.

»Was willst du?« fragte Vavischon, ohne den Kopf zu wenden. Er blickte unverwandt auf das Sternenmeer, das der große Panoramaschirm zeigte.

»Herr!« flüsterte Ikthuus. Es klang beschwörend. »Ich bitte dich: Laß deinen Zorn nicht an Unschuldigen aus. Gib ihnen eine ehrenvolle Gefangenschaft oder siedle sie auf einem unbewohnten Planeten an, aber wirf sie nicht den Robotschlächtern vor!«

»Unschuldige, ha!« machte Vavischon. »Es sind Ganjasen, und alle Ganjasen sind schuldig. Außerdem sollten sie es als Gnade empfinden, daß sie einem guten Zweck zugeführt werden.« Sein Zynismus war nicht zu überbieten.

Da tat Ikthuus etwas, was Vavischon niemals von ihm erwartet hätte. Er griff zu und zerrte den Chef der Takerischen Exekutionsflotte zu sich herum. Dann spie er ihm ins Gesicht.

Vavischon wurde leichenblaß. Er stand da wie gelähmt und mußte sich ohnmächtig anhören, was Ikthuus ihm vorwarf.

»Elender, feiger Meuchelmörder! Abschaum der Cappin-Völker! Die Götter sollen deine Hände verdorren und dein Gehirn schrumpfen lassen!«

Er holte aus und stieß seine Faust in Vavischons Leib. Obwohl der Schlag kraftlos gewesen war, taumelte Vavischon zurück, bis er mit dem Rücken gegen ein Kontrollpult stieß. Dann schrie er:

»Schafft ihn fort! Wache! Schafft den Verrückten aus meinen Augen!«

»Dazu bedarf es keiner Wache«, versetzte Ikthuus, wandte sich um und ging.

Er hatte die Kommandozentrale erst zur Hälfte durchquert, da zog Vavischon seinen Handstrahler und zielte auf Ikthuus' Rücken. Noch rechtzeitig fiel ihm ein, daß ihn die Rache des Taschkars treffen würde, falls er den Bastard erschösse. In ohnmächtiger Wut schoß Vavischon einen Offiziersanwärter nieder, der soeben die Zentrale betrat.

Danach ging er in seine Kabine und tobte sich aus.

Einige Tage später:

Die HYOUH THRAY landete auf dem Planeten, der fast ausschließlich mit der Abkürzung TCR verzeichnet stand. Sie landete auf der Nachtseite und erwartete den Morgen, während in der Nähe eine Armada von Frachtschiffen niederging.

Als die grüne Sonne Taimay aufging, beleuchtete sie eine gespenstische Szenerie.

Eiförmige Raumschiffe standen, mit den sich verjüngenden Heckseiten nach unten, eines neben dem anderen auf dem hartkrustigen, von Rissen und Spalten durchzogenen Boden des Planeten TCR. Durchsichtige Schwaden trieben in einigen hundert Metern Höhe über die Landschaft und kondensierten teilweise zu wäßrigen Perlen, wenn sie die erkaltete Außenhülle eines Schiffes berührten.

Die Nebelschleier, die von den Soldaten draußen ausgeatmet wurden, waren dichter.

Ab und zu nahmen die Soldaten einige Züge aus ihren Atemgeräten, denn die Atmosphäre war zu dünn, als daß Lebewesen von 1-Gravo-Niederdruckwelten es längere Zeit in ihr ausgehalten hätten, ohne zu ermüden.

Die Erleichterung, die Vavischon seinen Soldaten zugestanden hatte, galt allerdings nicht für die lebende Fracht, die kurz darauf aus den überfüllten Laderäumen der Frachtschiffe quoll.

Männer, Frauen und Kinder. Tausende und aber Tausende. Nackt und kahlgeschoren. Mit Peitschenhieben und Kolbenstößen vorwärts getrieben zu den Antigravschächten, die sich in der Oberfläche des Planeten geöffnet hatten.

Vavischon spürte die verstohlenen Blicke seiner Offiziere, die sich einander von Zweifeln gequält ansahen. Er wußte, daß keiner von ihnen billigte, was er der überlebenden ganjasischen Zivilbevölkerung der Planeten Thunah und Rhaan zugedacht hatte. Doch er wußte auch, daß keiner den Mut aufbringen würde, sich offen gegen den Verwandten des Herrschers zu stellen.

Vielleicht hätten sich genügend Soldaten gefunden, um Vavischons Absichten zu vereiteln. Aber der Chef der Exekutionsflotte hatte an diese Möglichkeit gedacht, deshalb wußten die Soldaten nicht, welches Schicksal die verschleppten Ganjasen erwartete.

Sie glaubten, diese vielen Tausende von Männern, Frauen und Kindern sollten auf diesem Geheimplaneten psychomechanisch umgeschult und zu treuen Bürgern des Takerischen Reiches gemacht werden.

Wahrscheinlich hätten sie es nicht einmal geglaubt, wenn einer versucht hätte, ihnen die Wahrheit beizubringen: daß nämlich die Männer, Frauen und Kinder am Grunde der Antigravschächte von Robotmaschinen getötet und auf Transportbändern in eine gigantische Zelltrennungsanlage befördert wurden.

Nach der anschließenden Behandlung in riesigen Tanks waren die Körperzellen neutral und konnten von den vollrobotisch gesteuerten Zuchtbänken zu biosynthetischen Pseudokörpern aufgebaut werden.

Vavischon lachte teuflisch und musterte die Führungsoffiziere seines Schiffes.

»Seien Sie nicht so zimperlich!« rief er ihnen zu. »Eines Tages kommen Sie vielleicht selbst in die Lage, sich in einen Pseudokörper retten zu müssen. Sollte Ihr eigener Körper verlorengehen, dann wären Sie sicher froh, in einem Ersatzkörper weiterleben zu können, der aus natürlich gewachsenem Zellgewebe gezüchtet wurde.

Oder würden Sie sich in einem solchen Fall mit der kümmerlichen Existenz in einem Klumpen reinsynthetischen Nervengewebes begnügen?«

Seine Augen blitzten zornig.

»Außerdem sterben dort unten nur Ganjasen, Rebellen, die sich gegen die Herrschaft des Taschkars aufgelehnt haben. Je weniger es von diesem Geschmeiß gibt, desto besser ist es für das Takerische Reich.«

Er schlug sich mit der Faust gegen die linke Schulter.

»Es lebe der Taschkar!«

»Es lebe der Taschkar!« wiederholten die Offiziere bebend.

Vavischon lachte. Er übergab das Kommando über die HYOUH THRAY seinem Stellvertreter und ging in die Offiziersmesse. Während unter der Oberfläche des Geheimplaneten rund zweihunderttausend Ganjasen starben, ließ der Chef der Exekutionsflotte es sich schmecken . . .

Fellmer Lloyd war verstummt. Die Mutanten ließen sich gegenseitig los. Perry Rhodan starrte Vavischon an, zutiefst schockiert.

Jemand stieß einen zornigen Schrei aus.

Der Großadministrator sah, daß Ovaron aufgesprungen war und sein Vibratormesser gezogen hatte. Der Ganjo sah den Gefangenen aus haßerfüllten Augen an. Ovarons Gesicht war verzerrt und glich einer Dämonenmaske.

Langsam schritt der Ganjo auf Vavischon zu. Der Takerer sah ihn kommen, aber er war noch zu benommen, um sich erheben zu können. Seine Glieder zuckten unkontrolliert vor Furcht.

Alaska Saedelaere stellte sich Ovaron in den Weg, wollte den Ganjo mit einem Dagor-Hebelgriff außer Gefecht setzen. Ovaron trat ihm den linken Fuß weg, rammte seinen Ellenbogen in Alaskas Solarplexus und schüttelte den Transmittergeschädigten ab. Bewußtlos sank Alaska zusammen.

Perry Rhodan rief den Ganjo an, aber Ovaron reagierte nicht.

Perry wollte aufspringen, merkte jedoch, daß er von telekinetischen Kräften festgehalten wurde.

Im nächsten Moment ruckte das Vibratormesser aus Ovarons Hand, beschrieb einen Bogen und blieb dicht unter der Decke schweben. Fellmer Lloyd riß dem Ganjo die Hände auf den Rücken, und Major Lokoshan klebte dem Wehrlosen ein Injektionspflaster auf die angespannten Nackenmuskeln.

Einige Sekunden lang trat Ovaron noch wild um sich, dann wurden seine Bewegungen langsamer – und schließlich erschlaffte er.

Lord Zwiebus packte den Cappin und bettete ihn sanft auf die Couch.

Gucky ließ das Messer herabschweben und legte es auf dem Tisch ab.

Roi Danton hatte seine Arme um Merceiles Schultern gelegt. Die Cappin-Frau wurde von einem Weinkrampf geschüttelt.

»Ich frage mich«, meinte Patulli Lokoshan nachdenklich, »ob es echte Erinnerungen Vavischons waren oder nur verinnerlichtes Handeln.«

»Das fragst ausgerechnet du?« lispelte Gucky erregt. »Du hast doch dem Takerer die Erinnerungen aus dem Unterbewußtsein gesaugt und uns Telepathen zugänglich gemacht.«

»Davon weiß ich nichts«, gestand Major Lokoshan fassungslos. »Nein, das ist unmöglich, Gucky. Dazu bin ich überhaupt nicht fähig. – Es sei denn, Vavischon hätte mich parapsychisch gezwungen, sein Medium zu werden oder so etwas Ähnliches . . .«

Der Takerer setzte sich auf. Er zitterte am ganzen Leib, und plötzlich begann er hysterisch zu lachen.

Lord Zwiebus holte zum Schlag aus, doch Atlan hob abwehrend die Hand und schüttelte den Kopf.

»Nichts, was wir vermögen, ist Strafe genug für dieses Scheusal. Wir, Zwiebus, sind zu klein, um Vavischons Greueltaten zu vergelten.«

Er zog scharf die Luft ein.

»Sonst hätte ich ihn vorhin erschossen.«

»Niemand hat das Recht, dem Urteilsspruch eines Gerichts oder gar dem Henker vorzugreifen!« sagte Perry Rhodan in scharfem Ton. »Ich denke, Vavischon sollte so bald wie möglich nach den Gesetzen des ehemaligen Ganjasischen Reiches abgeurteilt werden. Bis dahin aber ist er als Gefangener der Solaren Flotte zu behandeln.«

Vavischon sprang auf.

»Ich bin kein Gefangener! Ich wurde widerrechtlich entführt! Da zwischen uns kein Kriegszustand herrscht, haben Sie eindeutig verbrecherisch gehandelt!«

Der Terraner lächelte kalt.

»Niemand von uns hat je behauptet, Sie wären ein Kriegsgefangener, Vavischon. Sie sind für uns nur ein jämmerlicher Krimineller, den wir aus dem Schutz einer verbrecherischen Organisation holten, um ihn vor ein ordentliches Gericht zu stellen.«

Er würdigte den Takerer keines Blickes mehr, ließ Ovaron in die Bordklinik bringen und teilte dem Gestaltungscomputer mit, daß Vavischons Kabine gemäß den Vorschriften über »verschärften Arrest« herzurichten sei. Das bedeutete einfachere Ausstattung, keine Genußmittel und keine freie Wahl von Speisen mehr.

Alaska Saedelaere war unterdessen wieder auf die Füße gekommen. Er wirkte verwirrt und schien nicht zu wissen, wie er sich verhalten sollte.

»Ovaron wird Ihnen nicht nachtragen, daß Sie ihn aufhalten wollten, Alaska«, sagte Atlan begütigend. »Immerhin, Sie hatten zu einem Schlag angesetzt, der dem Ganjo den Unterarm gebrochen hätte. Damit haben Sie seine harte Reaktion selbst herausgefordert.«

»Es ging alles so schnell . . .«, sagte Alaska verlegen.

»Reden wir nicht mehr darüber«, entschied Perry. »Es gibt andere Dinge, über die wir sprechen müssen.« Er aktivierte sein Kombinationsarmband und stellte eine Direktverbindung zum biopositronischen Hauptcomputer der MARCO POLO her.

»Hier sind die Koordinaten des Taimay-Systems«, kündigte er an und nannte die Daten, die er sich aus Lloyds Bericht gemerkt hatte. »Ich erbitte Kursberechnung mit Berücksichtigung der Gefährdungsklasse zwei und Vorprogrammierung des Autopilot-Sektors.«

Noch während er sprach, verließ er die Kabine.

Auch die anderen Personen gingen. Roi Danton führte Merceile hinaus.

Icho Tolot verließ Vavischons Unterkunft zuletzt. Unter der Tür drehte sich der halutische Gigant noch einmal um und sah den Takerer drohend aus seinen drei rotglühenden Augen an.

Vavischon wich keuchend an die Wand zurück, aber als er wieder allein war, schüttelte er drohend die Fäuste.

Allmählich kehrte nahezu absolute Ruhe an Bord ein. Die Biopositronik hatte längst die Anflugdaten für das Taimay-System errechnet, der Autopilot war programmiert, und der Kommandant hätte nur eine Schaltplatte niederdrücken müssen, um die MARCO POLO auf den Weg zum Arsenalplaneten zu bringen.

Doch das Risiko wäre zu groß gewesen. Rhodans Flaggschiff hatte in der Galaxis Gruelfin mehr Feinde als Freunde. Wenn es flog, dann mußten sämtliche Kommandostellen und Geschützkuppeln besetzt sein.

Folglich wartete der Raumgigant reglos im Ortungsschatten einer roten Riesensonne, während seine Besatzung bis auf wenige Ausnahmen schlief.

Alaska Saedelaere gehörte zu jenem Personenkreis, der sich nicht schlafen gelegt hatte.

Er war zum Schein in seine Kabine gegangen, hatte geduscht und einige Minuten später das Licht gelöscht. Aber nachdem fast überall in der MARCO POLO Dunkelheit herrschte oder nur die Notbeleuchtung brannte, war der Transmittergeschädigte zu jenem Raum aufgebrochen, in dem man die automatischen Geräte zur Überwachung Vavischons untergebracht hatte.

Alaska wußte nichts davon, denn der Cappin in seinem Gesicht hatte mit Vavischons Unterstützung das eigene Bewußtsein völlig verdrängt. Seine Großhirnrinde arbeitete ausschließlich für das Bewußtsein seines Cappin-Fragments und jene Organkombination, die man Körper nennt.

Und das Cappin-Fragment arbeitete ausschließlich für den Chef der Takerischen Exekutionsflotte.

Alaska ging auf dem stillgelegten Transportband. Er bemühte sich, weder besonders leise aufzutreten, noch in den Korridor vor sich zu horchen, ob ihm niemand entgegenkäme. Damit hätte er sich bei einem zufälligen Beobachter nur verdächtig gemacht. Er verhielt sich so, wie der wirkliche Alaska Saedelaere sich verhalten hätte, wenn er den Kontrollraum aufsuchen wollte.

Niemand begegnete ihm. Nur ein schwaches Summen lag in der Luft, hörbar nur, weil ansonsten Stille herrschte. Das Summen schwoll manchmal an und sank dann wieder ab, als wäre die MARCO POLO ein gigantisches Ungeheuer, das im Schlaf atmete.

Völlig ungestört betrat Alaska den Überwachungsraum. Auf den Monitoren war der Takerer zu sehen. Vavischon stand reglos und mit geschlossenen Augen in der Nähe des Panzerschotts, das seine Kabine gegen die künstliche Umwelt des Schiffes abschloß.

Sachkundig blockierte oder überbrückte der Transmittergeschädigte die Meldeeinheiten, die bei verdächtigen Beobachtungen in Vavischons Kabine Alarmmeldungen an etwa zwanzig Stellen des Schiffes geschickt hätten.

Danach setzte sich Alaska, schloß die Augen und sagte:

»Ich bin bereit, Gebieter.«

Vavischon nahm eine Feineinstimmung seiner Pedoenergie vor – und pedotransferierte in Alaskas Körper, wo sein Ich sogleich das schwächere Bewußtseinsfragment des anderen Cappins verdrängte.

Der willige Helfer hatte seine Schuldigkeit getan, er wurde nicht mehr gebraucht und mußte verschwinden. Sekundenlang wallte und waberte das Fragment hinter Saedelaeres Maske in grellem Farbenspiel, als wollte es gegen die Verdrängung protestieren, dann normalisierte sich das Leuchten wieder.

Alaskas Körper gehörte nunmehr völlig Vavischons Geist.

Vavischons Körper aber sank in der Kabine in sich zusammen.

Vor dem Schott lag nur noch eine schwammige, annähernd quallenförmige Masse von sechzig Zentimeter Höhe und mehr als einem Meter Grundflächendurchmesser. Die Masse schien zu pulsieren, doch das war nichts weiter, als ein rein physikalischer Effekt, der allmählich abklingen würde.

Alaska Saedelaere erhob sich langsam. Nun begann die gefährliche Phase seines Planes – Vavischons Planes. Der zurückgebliebene Tzlaaf mußte versteckt werden. Alles hing nun davon ab, ob der Transport unbemerkt vor sich gehen konnte. Wurde der Tzlaaf unterwegs entdeckt, so würde Vavischon in ihn zurückkehren, um ihn nicht verlieren zu müssen. Zögernd griff der Takerer in Alaskas Körper nach dem Kommandoarmband und drückte einige Schaltknöpfe ein. Dann aktivierte er einen der Überwachungsmonitoren.

Er beobachtete, wie die Panzerschotte der Kabine aufglitten und ein vollautomatischer Reparaturroboter auf seinen Antigravkissen lautlos bis an die Öffnung schwebte. An ihrem Vorderteil trug die Maschine eine Art beweglichen Baggerlöffel.

Die beiden Kampfroboter in Vavischons Kabine bewegten sich zum erstenmal seit einigen Tagen vom Fleck. Sie liefen zu dem Tzlaaf, hoben ihn gemeinsam auf und legten ihn vorsichtig in die Materialtransportschaufel.

Die Reparaturmaschine verschloß die Schaufel sofort, wendete und schwebte davon. Sie folgte dem Weg, den Alaska Saedelaere bereits vor Tagen erkundet und programmiert hatte.

Die Kampfroboter aber kehrten in die Kabine zurück und nahmen ihre alten Positionen wieder ein. Nur wenige Sekunden später erfolgten in ihren Positronengehirnen zwei schwache elektromagnetische Explosionen, die das Ladungsgefüge der Speichersektoren unbrauchbar machten und den Robotern damit die Erinnerung an alles nahmen, was sie je im Verlauf ihrer Existenz wahrgenommen hatten.

Befriedigt schaltete Alaska den Monitor aus. Danach blickte er auf sein Chronometer. Es überlief ihn kalt, als er daran dachte, daß der Reparaturroboter in diesen Minuten durch Antigravschächte glitt, Korridore entlangschwebte und sich der Sektion Biomechanik näherte.

Der Takerer in Alaska versuchte sich vorzustellen, wie die Maschine seinen pulsierenden Eigenkörper der Abteilung Bioplasma übergab.

Auch diese Spezialmaschine war längst von Alaska Saedelaere programmiert worden, da sektionsfremde Roboter von den Sicherheitscomputern der Schotte niemals in die Forschungs- und Zuchtsäle eingelassen worden wären.

Dort, in der Abteilung Bioplasma, würde sich vor dem Spezialroboter eine der hermetisch abgeschlossenen Brutkammern öffnen, der Roboter würde den Tzlaaf nehmen und in das Plasmabad legen.

Glücklicherweise besaß der Tzlaaf die Fähigkeit, sich in einzelne Zellen aufzulösen und sich praktisch mit dem Zuchtplasma der Brutkammer zu vermischen, ohne daß die Einzelzellen ihre charakteristische energetische Ladung verloren.

Sobald Vavischons Geist zu seinem Eigenkörper zurückkehrte, würden die sechsdimensionalen Ordnungskräfte alle Einzelheiten wieder zum alten unversehrten Körper ordnen und dem Bewußtsein seine materielle Funktionsbasis zurückgeben.

Alaska Saedelaere lächelte.

Niemand konnte durch bloßen Augenschein eine Veränderung des Zuchtplasmas erkennen. Dazu wären genaue biochemische und mikrobioelektronische Untersuchungen notwendig gewesen, zu denen jedoch keine Veranlassung bestand.

Er wartete völlig ruhig, bis nach Ablauf des Zeitplanes eine zusätzliche Sicherheitsspanne von zehn Minuten verstrichen war, dann schaltete er die Überwachungsautomatik voll ein. Damit wurden gleichzeitig drei winzige Thermobrandsätze in drei kleinen Überbrückungselementen aktiviert.

Danach kehrte der Transmittergeschädigte in seine Kabine zurück, entkleidete sich und legte sich schlafen.

Eine Viertelstunde später schrillte die Alarmklingel über seiner Tür, eine Leuchtplatte pulsierte und eine mechanische Stimme sagte:

»Kurzschlußbrand in Überwachungsstation Vavischon. Dreifachalarmsystem ausgefallen. Achtung! Der Gefangene befindet sich nicht in seiner Kabine!«

»Was du nicht sagst«, flüsterte Alaska.

Er schwang sich aus dem Pneumobett, schnallte sich den Waffengürtel über und stürmte barfuß auf den Korridor. Jemand hatte inzwischen das Transportbandsystem aktiviert, so daß Alaska Saedelaere nicht zu laufen brauchte.

Von der entgegengesetzten Seite glitten ihm Takvorian und Lord Zwiebus entgegen. Die beiden Teleportermutanten materialisierten zusammen mit Rhodan und Atlan.

Saedelaere schwang sich mit gezogenem Strahler vom Transportband und drang in den Überwachungsraum ein. Der Fußboden und die Schaltpulte waren mit Trockenschaum bedeckt, und die Luft hing voller Rauchschwaden, die aber von der auf Hochtouren arbeitenden Entlüftung sehr schnell abgesaugt wurde.

Hinter dem Transmittergeschädigten holte Atlan tief Luft.

»Tatsächlich, die Kabine ist leer!«

Der Arkonide blickte sich um. »Er muß pedotransferiert sein und hält sich in einer Person an Bord der MARCO POLO verborgen.«

»Und wo befindet sich dann sein Körper?« stellte Rhodan die ironische Frage.

Der ehemalige Arkonidenadmiral zögerte keinen Augenblick.

»Das ist im Moment uninteressant. Jedenfalls kann Vavischon nicht so dumm sein, in seinem eigenen Körper durch das Schiff zu laufen. Er wäre innerhalb von Sekunden, höchstens Minuten, entdeckt. Wir müssen damit rechnen, daß der Takerer eine wichtige Person übernimmt.«

Alaska Saedelaere nickte.

Insgeheim dachte er, daß Atlan ein gefährlicher Gegner war, aber doch nicht gefährlich genug für ihn, den Chef der Takerischen Exekutionsflotte.

Die nächsten Stunden oder Tage versprachen interessant zu werden. Und am Ende würde die psychische Zermürbung seiner Feinde stehen. Vielleicht sollte er sie als Rohmaterial den Biosynthese-Anlagen auf TCR zuführen . . .

17.

Vavischon wußte nach einem ersten, vorsichtigen Versuch, daß ein von ihm übernommener Terraner nicht mehr arttypisch reagierte und sich dadurch verriet. Fast wäre ihm das zum Verhängnis geworden. Doch Vavischon wäre niemals Flottenchef geworden, hätte er nicht die Fähigkeit besessen, aus einer Schwäche Vorteile zu ziehen.

Er würde immer auffallen, wenn er einen Terraner übernahm – folglich mußte er es darauf anlegen, daß er so oft wie möglich auffiel, daß er einmal in diesem, einmal in jenem Terraner auftauchte, um die Moral der Terraner systematisch zu zermürben.

Alaska Saedelaere durfte natürlich nicht in Erscheinung treten – in keiner Beziehung –, bis Vavischon besser mit Terranern umzugehen verstand. Der Transmittergeschädigte war als geheime Operationsbasis viel zu kostbar.

Vavischon tastete blind umher – und »saß« plötzlich in Gucky. Der Mausbiber war soeben nach einer Teleportation rematerialisiert, da war er schon nicht mehr er selbst. Aber seine parapsychischen Fähigkeiten hatte er behalten.

Oberstleutnant Menesh Kuruzin blickte den Ilt erwartungsvoll an. Er konnte sich denken, weshalb Gucky an Bord der CMP-1 gekommen war. Überall in der MARCO POLO und den mitgeführten Einheiten wurde fieberhaft nach dem nächsten Übernommenen gesucht, denn niemand glaubte daran, daß es der Cappin bei dem einen Versuch belassen würde.

Eine Reihe von Schaltplatten rastete plötzlich ein, ohne daß jemand sie berührt hatte. Die Ringwulsttriebwerke sprangen an.

Gleich darauf heulten die Alarmsirenen los. Vom Kommandantenpult in der Zentrale war »Salventakt Grünseite« ausgelöst worden. Die Sicherheitspositronik hatte die Ausführung des Befehls rechtzeitig verhindert.

»Was tun Sie da?« fragte Vavischon in Gucky. Der Takerer kam nicht mit den Parasektoren von Guckys Gehirn zurecht. Er war nicht daran gewöhnt, mit parapsychischen Kräften umzugehen.

Im nächsten Moment legte Menesh Kuruzin auf ihn an. Vavischon entfernte sich – und Gucky teleportierte in einem unbewußten Reflex.

Der Ilt rematerialisierte in der Kommandozentrale und stieß mit Ras Tschubai zusammen, der aus einem anderen Sektor des Schiffes ebenfalls in die Kommandozentrale teleportiert war.

Tschubais schwarzes Gesicht drückte Verblüffung aus.

»Was ist mit dir los, Kleiner?« fragte er. »Mit dir kann man doch gar nicht zusammenstoßen – dachte ich bisher jedenfalls, weil du den Rematerialisierungsort sonst immer vorher telepathisch sondierst.«

»Dazu hatte ich diesmal keine Zeit, Ras«, antwortete Gucky mit kläglicher Stimme. »Ich war gerade in der Zentrale der CMP-1 materialisiert, da blickte ich auch schon in das aktivierte Bündelfeld von Kuruzins Strahler.«

»Du meinst, Kuruzin wäre übernommen?« fragte Tschubai.

»Nein, ich muß übernommen gewesen sein.«

Er watschelte zum Interkom, schaltete über Verbindungsstrang zur CMP-1 durch und zeigte zaghaft seinen Nagezahn, als Menesh Kuruzins Gesicht auf der Bildscheibe auftauchte.

»Hallo, Menesh!« lispelte er. »Sag, war ich etwa übernommen?«

Das ebenholzschwarze Gesicht des Nubiers glänzte vor Schweiß.

»Und nicht zu knapp, Gucky. Du hast allerhand angerichtet – ich meine natürlich Vavischon. Unsere Triebwerke sind im geschlossenen Hangar fast eine halbe Minute lang gelaufen. Natürlich wurden sämtliche Hilfsaggregate zerstört. Aber entlarvt habe ich dich, als du mich gesiezt hast.«

»Na bitte!« machte der Ilt. »Und du wolltest mir die Wolle abscheren, als ich dich zum erstenmal duzte!«

»Was war los?« Perry Rhodan unterbrach das Gespräch. Er hatte sich in den Interkom eingeschaltet.

Kuruzin berichtete.

»So kann es nicht weitergehen«, sagte Rhodan. Er hob die Stimme. »Wir müssen Vavischons Eigenkörper finden – und die Person, die ihm bei der Flucht behilflich war. Die Positronik hat bestätigt, daß

Vavischon seinen Körper nicht selbst in Sicherheit bringen konnte. Ras und Gucky, sucht bitte Lokoshan, Zwiebus und Saedelaere. Kommt mit ihnen schnellstens in den grünen Konferenzraum. Ende!«

»Lokoshan und Zwiebus überprüfen gerade die Besatzung der Feuerleitzentrale«, berichtete Gucky, nachdem er den Interkom abgeschaltet hatte. »Ich werde die beiden holen. Ras, Alaska liegt faul im Bett. Den holst am besten du.«

Der Afroterraner nickte.

»Ich werde den Burschen wecken, indem ich so tue, als wäre ich von Vavischon übernommen.« Er grinste – und entmaterialisierte.

Der Ilt überlegte, ob er den Erfolg von Ras telepathisch belauschen sollte, entschied sich aber dann für die Arbeit, die ihm aufgetragen war.

Alaska Saedelaere lag im Bett, hatte die Augen geschlossen und tat so, als schliefe er.

Eben war Ras Tschubai in seiner Kabine materialisiert. Alaska hatte ihn schon anrufen wollen, als ihm auffiel, daß sich der Teleporter seltsam benahm. Er bewegte sich schleichend durch die Kabine und kramte in seinem Schreibtisch herum. Dann schlich er zu dem kleinen Wandtresor und versuchte, ihn mit dem Impulsschlüssel zu öffnen, den er in einem Fach des Schreibtisches gefunden hatte.

War Tschubai etwa beauftragt worden, ihn, Alaska Saedelaere, als Verdächtigen zu überprüfen?

In dem Tresor befanden sich Geheimpapiere.

Aber keine Geheimpapiere, von denen Perry Rhodan nichts wissen durfte. Er hätte ihn nur um Einsichtnahme zu bitten brauchen.

Und ganz gewiß waren die Terraner nicht so naiv, anzunehmen, ein von Vavischon Übernommener würde davon eine Aktennotiz in seinem Tresor hinterlegen.

Vavischon fühlte sich erheitert.

Aber nicht lange.

Die Erkenntnis der Wahrheit versetzte ihm einen solchen Schock, daß er beinahe gegen seinen Willen in den eigenen Körper zurückgekehrt wäre.

Der Afroterraner spielte den Übernommenen!

Er benutzte eine Tatsache, die ihm und den anderen Terranern eigentlich namenloses Grauen einflößen sollte, für einen kleinen kollegialen Spaß!

Das war ungeheuerlich.

Wie sollte man gegen Intelligenzen siegen, die sogar dem Grauen noch heitere Züge abgewannen . . .?

Perry Rhodan sah ungeduldig zur Uhr. Alle zur Konferenz geladenen Personen waren erschienen. Nur Ras Tschubai und Alaska Saedelaere fehlten noch.

Lordadmiral Atlan machte ein finsteres Gesicht.

»Vorläufig experimentiert der Takerer herum«, vermutete er. »Er kennt uns nur ungenügend, daher resultieren meiner Meinung nach die Fehler, die er bisher begangen hat. Aber was tun wir, wenn er genügend lernt, um uns einen wirklichen Schlag zu versetzen?«

»Bis dahin müssen wir Vavischons Körper gefunden haben«, erwiderte Perry Rhodan. »Er muß ja wohl oder übel zwischen den einzelnen Aktionen in seinen eigenen Körper zurückkehren, um in Ruhe nachdenken zu können.«

»Das Schlimmste ist . . .«, begann Atlan, brach ab und blickte den Neandertaler fragend an.

Lord Zwiebus schüttelte den Kopf.

»Keine Cappin-Ausstrahlung in der Nähe, Lordadmiral.« Ovaron und Merceile waren vorläufig isoliert worden, da man vor allem den Ganjo für besonders gefährdet hielt.

»Ich meine«, fuhr der Arkonide fort, »daß wir bisher Glück hatten. Sobald Vavischon erst einmal merkt, daß ein Terraner auf keinen Fall einen anderen Terraner töten würde, nur weil er ihn für übernommen hält . . .«

»Dann sind wir vollkommen machtlos«, sagte Zwiebus. »Oder glauben Sie, ich würde auf den Großadministrator oder Sie schießen, falls ich Sie als übernommen erkenne?«

»Das ist das eine Problem«, warf Parapsi-Ingenieur Professor Dr. Celan Benaya ein. »Aber ich halte das Verschwinden von Vavischons Eigenkörper nach wie vor für das Problem Nummer Eins. Wir haben sämtliche dafür geeigneten Roboter eingesetzt, um nach dem Tzlaaf zu suchen, und das Ergebnis war bisher gleich Null. Man sollte meinen, es wäre unmöglich, ein quallenförmiges Etwas von ungefähr einem halben Meter Höhe und mindestens einem Meter Breite länger als eine halbe Stunde verborgen zu halten.«

»Das ist praktisch unmöglich«, sagte Arthur T. Kelley, Chef der Entwicklungsabteilung ISUH-L-I auf Luna und damit Chef des Teams, das die MARCO POLO konstruiert hatte. Er nahm an diesem ersten Einsatz teil, um sich persönlich vom Funktionieren der neuartigen Systeme zu überzeugen.

Perry Rhodan betrachtete aufmerksam den mittelgroßen, sportlich straffen Mann mit den flachsblonden Haaren, dem man seine vierundachtzig Lebensjahre nicht ansah.

Kelley lächelte.

»Natürlich ist nichts absolut vollkommen, Sir«, sagte er gelassen. »Aber ich kenne wie keiner hier an Bord die Überwachungssysteme. Markieren Sie eine Maus, Sir, und schicken Sie sie zusammen mit anderen Mäusen durch das Schiff. In spätestens einer Minute könnten wir ihren Weg optisch verfolgen. – Und das sollte bei einem viel größeren und noch dazu stationären Körper nicht möglich sein . . .?«

»Tatsachen sind eben Tatsachen«, sagte Atlan bedrückt.

»Was ist mit Tatsachen, Sir?« fragte Alaska Saedelaere. Der Transmittergeschädigte war soeben mit Tschubai materialisiert.

»Es ist eine Tatsache«, erklärte Celan Benaya, »daß wir Vavischons Körper bislang nicht gefunden haben – und es steht zugleich fest, daß er längst entdeckt sein müßte, falls er sich an Bord der MARCO POLO befände.«

»Ja, wo sollte er denn sonst sein?« fragte Alaska verwundert.

»Haben wir fleischfressende Tiere an Bord?« fragte Gucky.

»Ja«, antwortete Rhodan, »in der Abteilung Kosmozoologie. Warum?«

»Eines könnte Vavischons Körper gefressen haben. Fleisch ist Fleisch.«

Perry Rhodan schüttelte sich.

»Theoretisch wäre das möglich. Aber dann müßte Vavischon das geplant haben, um uns irrezuführen. Und das wiederum ist unwahrscheinlich. Wir haben schließlich beim Psychoverhör erfahren, wie sehr der Takerer an seinem eigenen Körper hängt.«

»Was sollen wir also machen?« fragte Merkosh. Er stand vor dem Getränkeautomaten und hielt einen Becher Kaffee in der Hand. »Vavischon ist verschwunden. Körper auch. Können wir nur warten, bis wiederkommt.«

Er trank einen großen Schluck Kaffee. Deutlich war zu sehen, wie die dunkle Flüssigkeit seine Speiseröhre hinablief und sich in einer Art Magen sammelte, in der er seine Farbe verlor.

Seine Augen weiteten sich plötzlich.

»Schiff nimmt Fahrt auf!« rief er. »Ich spüre es ganz deutlich. Haben Sie gegeben Befehl, Großadministrator?«

»Nein«, erwiderte Perry alarmiert, schaltete den nächsten Interkom ein und wählte die Kommandozentrale.

Oberst Korom-Khans Gesicht bildete sich auf dem Bildschirm ab. Der Kommandant öffnete den Mund, als wollte er etwas sagen. Aber nur eine Folge dumpfer, langgezogener Laute kam aus dem Lautsprecher des Gerätes.

Nun spürten auch die anderen Personen im Konferenzraum die Erschütterungen, die die Schiffszelle durchliefen. Die MARCO POLO nahm Fahrt auf, offensichtlich ganz langsam, aber auf jeden Fall befehlswidrig.

Perry Rhodan blickte Gucky an.

Der Ilt nickte – und entmaterialisierte. Rhodan wartete darauf, daß er ihn von der Zentrale aus anrief, aber Gucky meldete sich nicht.

»Ich werde nachsehen«, erbot sich Tschubai.

Rhodan schüttelte den Kopf.

»Nein, Ras, warten Sie noch.«

Er aktivierte sein Kombinationsarmband und stellte die drahtlose Verbindung zur Hauptpositronik her.

»Bewegungsdaten des Schiffes!« forderte er.

Der Computer antwortete sofort.

»Fahrtaufnahme erfolgte vor eins Komma dreizwei Minuten. Beschleunigungswerte nach Trägheitskompensation effektiv dreißig Kilometer pro Sekundenquadrat in Richtung auf galaktometrisch erfaßten Raumsektor Gr-ZRG-6690-Pa. – Achtung, soeben Erhöhung der Beschleunigung auf effektiv sechshundert Kilometer pro Sekundenquadrat. Ultrakompakt-Warings auf L-Flugbereitschaft geschaltet.«

»Alles stillegen!« befahl Rhodan. Er war erschreckend blaß geworden.

Der Computer schwieg mindestens eine Sekunde lang – eine sehr große Zeitspanne für die hochwertige Biopositronik. Dann sagte er langsam:

»Hauptcomputer ist nicht aktionsfähig. Schaltaggregate wurden von Kommandozentrale aus desaktiviert. Ich kann Ihre Anweisungen nicht befolgen, Sir.«

»Das verstehe ich nicht!« rief Atlan. »Das kommt mir beinahe vor, als hätte Vavischon dein Gespräch mit dem Computer belauscht, Perry.«

»Niemand kann es belauschen. Es handelt sich um den abhörsicheren Kommando-Hyperfrequenz-Kanal.«

»Eben . . .!«

»Was sollen wir in angegebenem Sektor?« fragte Merkosh verwundert. »Dort liegt das Parschon-System mit dem Planeten Schakamona. Von dort sind wir doch gekommen.«

»Dort wartet außerdem die Flotte Vavischons«, sagte Rhodan. – »So geht es nicht weiter. Ras, wir springen in die Zentrale.«

»Ich komme mit, Freund«, erklärte Atlan bestimmt.

Perry nickte beiläufig; er hatte es nicht anders erwartet.

Sie faßten Tschubai an den Händen, und der Teleporter sprang mit ihnen in die Kommandozentrale.

»Komisch«, sagte Ras, »es ist alles völlig normal.«

Ein eigenartig schnatterndes, quietschendes Geräusch ließ sie herumfahren. Sie sahen einen großen Interkomschirm, auf dem Lord Zwiebus abgebildet war. Der Neandertaler bewegte den Mund mit einer sinnverwirrenden Geschwindigkeit, und seine Worte hörten sich an, als würde eine Bandaufnahme vielfach schneller abgespielt.

Perry wußte mit einemmal, woran er war. Er wandte sich um und zog gleichzeitig den Kombistrahler, schaltete ihn mit dem Daumen auf Paralysewirkung. Langsam hob er die Waffe, zielte auf den bläulich schimmernden Schemen, der zwischen den Schaltpulten hin und her huschte, und drückte ab.

Er merkte noch, daß er nicht getroffen hatte, aber er merkte auch, daß sich der Zeitablauf innerhalb der Kommandozentrale wieder normalisierte. Der Schemen wurde zu Takvorian, und Lord Zwiebus' Stimme rief deutlich aus dem Interkom:

»Euer Zeitablauf ist verlangsamt! Wenn ihr Takvorian seht, lähmt ihn!«

Wie kann er glauben, wir würden ihn verstehen, solange unser Zeitablauf verlangsamt ist? dachte Rhodan verwundert.

Es war sein letzter bewußter Gedanke. Etwas anderes tauchte gleich einer schwarzen Wolke auf und ergriff Besitz von seinem Gehirn . . .

Dr. Ingwar Bredel blickte auf Ovarons Schuhe, und seine Augen folgten mechanisch den Bewegungen des Ganjos: acht Meter nach rechts, acht Meter nach links . . .

Als die Zeitschaltuhr in seiner Hosentasche zu summen begann, sprang Professor Kaspons Assistent auf, als hätte man ihm eine glühende Nadel ins Sitzfleisch gejagt.

»Entschuldigen Sie mich bitte, Sir«, sagte er und lief zur Tür hinaus.

Im Hundezwinger von Professor Kaspon warteten die beiden Bullenbeißer bereits ungeduldig. Als Ingwar Bredel mit den gefüllten Futternäpfen zu ihnen kam, sprangen sie an ihm hoch, leckten seine Hände und sein Gesicht. Bredel wehrte die Hunde ab. Er empfand es als entwürdigend, Kaspons Hunde versorgen zu müssen.

Im Vorraum stellte er sich vor den Spiegel und musterte sein graues, schlaffes Gesicht.

Er schauderte – vor den Hunden, sich selbst und dem ganzen Universum.

Geistesabwesend ging er später in den Waschraum, wusch sich Hände und Gesicht mehrmals gründlich und legte sich ein Injektionspflaster auf den Nacken.

Allmählich formte sich in seinem Bewußtsein ein Entschluß. Er nahm sich vor, etwas zu tun, was Professor Kaspon nötigen mußte, ihn zu befördern. Dann konnte er sich einen eigenen Assistenten nehmen und ihm die Betreuung der Bulldoggen übertragen.

Ingwar Bredel kehrte händereibend in das Zimmer zurück, in dem sich Ovaron aufhielt.

»Wissen Sie, Sir«, sagte er. »Ich habe mir überlegt . . .«

Er stockte und blinzelte unsicher.

»Sie sind nicht da, Sir«, stellte er vorwurfsvoll fest.

Bredel kaute auf der Unterlippe, unschlüssig, was er unternehmen sollte. Seine Aufgabe war, den Ganjo nicht aus den Augen zu verlieren und sofort zu melden, wenn er annehmen mußte, Ovaron sei von Vavischon übernommen worden.

Und nun war der Ganjase einfach fortgegangen.

Dr. Ingwar Bredel fühlte sich unglücklich. Wenn Ovaron etwas zustieß, würde Professor Kaspon ihn aus der Klinik entlassen.

Bredel grinste unvermittelt, als er bis zu dieser Überlegung gekommen war.

Wenn Kaspon ihn entließ, brauchte er sich auch nicht mehr um Phobos und Deimos zu kümmern . . .!

Dem Ganjo würde schon nichts Ernstliches widerfahren. Schließlich war der ehemalige Herrscher über das ehemalige Ganjasische Reich ein erfahrener Kämpfer.

Pfeifend schlenderte Bredel ins Bad.

Aber dann vergaß er, was er im Bad gewollt hatte.

In der Wanne zitterte und pulsierte eine schwammige, unappetitlich anzusehende Masse . . .

Ovaron beendete seine ruhelose Wanderung, als er einen seltsamen Schrei vernahm.

Es war kein akustisch hörbarer Schrei gewesen, sondern der Schrei einer verstoßenen Seele.

Der Hilfeschrei eines verdrängten Bewußtseins auf sechsdimensionaler Ebene.

Perry Rhodans Hilfeschrei . . .!

Ovaron zögerte nicht. Er vergaß aber auch nicht, daß Dr. Ingwar Bredel empfindlich war und den Anblick eines Pseudokörpers nicht ertragen würde.

Also lief er so schnell wie möglich ins Bad hinüber, während er sich auf die charakteristische Zellaura Rhodans einpeilte. Er stieg in die Wanne – und pedotransferierte . . .

Zwei immaterielle Persönlichkeiten stießen erbittert zusammen. Ihr Schlachtfeld war das Gehirn Perry Rhodans, und ihre Funktionsenergie war geborgt von dem Körper, den einer von ihnen zu unterjochen trachtete.

Rhodan hatte nur noch befehlen können, die MARCO POLO zu verlassen und mit den Kreuzern und Korvetten nach Schakamona zu fliehen.

Niemand befolgte den Befehl. Er kam eindeutig von einem Übernommenen und bewies wieder einmal, daß der Takerer Vavischon sich mit der Mentalität der Terraner nicht zurechtfand.

Lordadmiral Atlan übernahm den Befehl über die MARCO POLO. Icho Tolot sollte den Takerer aus Rhodans Gehirn vertreiben, indem er dem Terraner mit dem Tode drohte.

Doch allen Beteiligten war klar, daß dieser Fall schwieriger war als alle vorhergehenden. Es gab gewisse Übereinstimmungen in den Verhaltensweisen von Takerern und Menschen. So würde Vavischon damit rechnen, daß niemand den terranischen Großadministrator tatsächlich umbringen wollte. Und es gab wohl niemand auf der MARCO POLO, der Perry Rhodan getötet oder ernsthaft verletzt hätte. Nur die Motivationen unterschieden sich voneinander, aber das würde Vavischon kaum stören.

Plötzlich aber war Perry Rhodan erstarrt. Er wankte, und Tolot fing ihn behutsam auf, bevor er fallen konnte.

Über Rhodans Lippen kamen wimmernde Laute. Icho Tolot nahm den Terraner auf seine Handlungsarme. Das halutische »Ungeheuer« wiegte seinen Freund zärtlich und gab dabei eigenartige, noch nie zuvor gehörte Laute von sich.

Nach einigen Minuten bedrückender Ungewißheit richtete sich Perry Rhodan in Tolots Armen auf und sagte:

»Vavischon ist geflohen. Hier spricht Ovaron. Ich kehre jetzt ebenfalls in meinen Körper zurück, dann komme ich hierher.«

Die Personen in der Kommandozentrale fühlten sich eigenartig berührt, als aus dem gleichen Mund, aus dem vor Minuten Vavischon und eben erst Ovaron gesprochen hatte, nun Perry Rhodans eigene Stimme ertönte.

Der Haluter berichtete seinem terranischen Freund, was sich ereignet hatte. Dann ließ er ihn auf die Füße gleiten.

Perry Rhodan sagte aufatmend:

»Ich bin froh darüber, daß Ovaron sein psychisches Gleichgewicht wiedergefunden hat.«

Er lächelte.

»Wie ich Vavischon einschätze, wird er nach dieser Niederlage ein wenig vorsichtiger werden. Das ist, so denke ich, der richtige Zeitpunkt, um zum Ausgangspunkt zurückzukehren und die Kursprogrammierung nach TCR in Kraft zu setzen.«

»Wie weit ist das Taimay-System von uns entfernt, Oberst Korom-Khan?« fragte Atlan.

»Genau 9613 Lichtjahre, Lordadmiral«, antwortete der Kommandant. Unvermittelt grinste er. »Übrigens die gleiche Distanz wie zwischen Schakamona und TCR.«

Als Dr. Ingwar Bredel wieder zu sich kam, sah er lauter fremde Gesichter um sich herum. Eines von ihnen war schwarz, oben von Kraushaar eingerahmt und von einem stillen Grinsen beherrscht.

»Wo bin ich?« fragte er verwundert.

Der Schwarzhäutige grinste stärker.

»Im Bereitschaftsquartier des Landungskommandos, Leutnant Bredel. Ich hoffe, es geht Ihnen wieder besser.«

»Ja«, flüsterte Bredel und verdrehte die Augen, »aber ich wollte, ich wäre wach.«

»Gleich ist er wieder hinüber«, sagte ein großer dürrer Mann in der Uniformkombi eines Leutnants. »Mußten Sie ihn denn so erschrecken, Marun!«

»Wieso erschrecken«, gab Goshe Marun zurück. *»Ich* habe mich gefreut, als man *mich* zum Leutnant beförderte.«

»Sicher«, warf ein untersetzter Athlet ein, »aber Dr. Bredel ist nicht befördert, sondern vom Assistenzarzt zum Sanitätsleutnant degradiert worden, du Holzkopf!«

Ingwar gab einige krächzende Laute von sich. Jemand reichte ihm eine Taschenflasche – und der Mediziner nahm einen kräftigen Schluck.

Nachdem er den anschließenden Hustenanfall überstanden hatte, fragte er mit tränenden Augen:

»Ich bin also zum Landungskommando versetzt worden, wenn ich recht verstanden habe?«

Goshe Marun klopfte ihm tröstend auf die Schulter, ohne seinen Gesichtsausdruck zu ändern.

»Nehmen Sie es nicht zu schwer, Bredel. In spätestens einem Jahr werden Sie bestimmt wieder befördert, und dann versetzt man Sie automatisch in die Bordklinik zurück.«

Zum erstenmal seit seinem Dienstantritt auf der MARCO POLO bekam Bredels Gesicht etwas Farbe.

»Ich nehme es nicht schwer – ganz im Gegenteil!« versicherte er nachdrücklich.

»Man sollte einen Psychiater holen«, flüsterte Levus Hinzeman, der dürre große Leutnant. »Ich habe gehört, als man ihn bewußtlos vor einer Wanne voll Pedosülze fand . . .«

»Hören Sie auf damit, Hinzeman!« rief eine befehlsgewohnte Stimme von der Tür her. Ein Mann im leichten Raumanzug mit scharf geschnittenem gebräuntem Gesicht, betrat den Raum: Captain Alus Komo, Chef des Landungskommandos der MARCO POLO.

»Immer denken Sie nur ans Essen«, setzte Komo hinzu und blickte Levus Hinzeman vorwurfsvoll an.

Ingwar Bredel sprang auf und nahm Haltung an. Er erkannte einen Vorgesetzten zehn Meilen gegen den Wind und hielt von Förmlichkeiten mehr als die meisten Männer an Bord.

»Sanitätsleutnant Bredel zur Stelle, Sir!« brüllte er.

Captain Komo blickte ihn nachdenklich an, dann nickte er verständnisvoll.

»Nun ja, so schnell klingt die Wirkung des Schocks nicht ab, Leutnant.« Er blinzelte belustigt. »Draußen steht übrigens ein Mann, der Ihnen zwei Hunde übergeben soll, Bullenbeißer, wenn ich nicht irre.«

Bredel erbleichte und schwankte leicht.

»Die Kaspon-Hunde . . .!« hauchte er.

Komo räusperte sich energisch.

»Ein Major Lokoshan wollte sie hier abliefern. Ich bin allerdings der

Ansicht, daß unserem Landekommando ein Maskottchen genügt. Falls Sie mich nicht ausdrücklich ersuchen, die Köter weiterhin betreuen zu dürfen, schicke ich den Zwerg wieder fort – mit den Hunden, versteht sich.«

Der Sanitätsleutnant legte die Hand auf Herz.

»Ich wäre Ihnen äußerst dankbar, Captain. Erschießen Sie den Zwerg, bitte.«

Bredel wartete nicht, ob Komo seiner Bitte nachkäme, sondern riß Leutnant Trestow den Strahler aus der Gürtelhalfter und stürzte zur Tür.

Major Patulli Lokoshan war völlig überrascht, als sich vor ihm die Tür öffnete und Ingwar Bredel eine Waffe auf ihn richtete. Immerhin besaß er geschulte Reflexe. Er schleuderte dem Leutnant seine Statuette entgegen und warf sich zur Seite. Ein Schuß löste sich und trennte eines der beiden gegenläufigen Transportbänder durch.

Bevor der Sanitätsleutnant ein zweites Mal schießen konnte, stürzten sich Phobos und Deimos mit wütendem Knurren auf ihn, zerfetzten seine Hosenbeine und brachten ihn zu Fall. Phobos schlug die Fänge in Bredels Rechte, so daß der Strahler den Fingern entglitt. Deimos riß unterdessen die Hosen Bredels systematisch in Streifen.

So plötzlich, wie die Wut der Hunde aufgeflammt war, erlosch sie wieder. Sie ließen abrupt von ihrem Opfer ab, standen mit schuldbewußt hängenden Köpfen da und winselten leise.

Sanitätsleutnant Dr. Ingwar Bredel befühlte fassungslos das, was von seiner Hose übriggeblieben war. Er begriff augenscheinlich überhaupt nichts.

Dafür wußte Captain Alus Komo, was geschehen war.

»Vavischon hatte Sie offensichtlich übernommen, Leutnant Bredel«, erklärte er und half dem arg Lädierten auf die Beine. »Nicht Sie, sondern er wollte Major Lokoshan erschießen, und die Hunde haben instinktiv bemerkt, daß Sie nicht Sie waren.«

»Aber es war meine Hose!« begehrte Bredel auf und hielt sich die Reste fest.

Mit einemmal lächelte er verklärt.

»Phobos und Deimos haben meine Hose zerrissen, mir eine Bißwunde an der Hand und eine am – ähem – Arm zugefügt. Ich werde den Halter auf Schadenersatz und Schmerzensgeld verklagen!«

»Und ich klage Sie an wegen tätlicher Bedrohung und Mordversuchs«, konterte Patulli Lokoshan und hob seine Statuette auf, die unbeschädigt geblieben war.

»Aber, Sir!« empörte sich Bredel. »Das war doch nicht ich, sondern das war dieser Vava . . . na, Sie wissen schon.«

»Mmh . . .!« machte Lokoshan gedehnt. »Aber dann haben die Hunde nicht Sie, sondern Vavischon angegriffen. Folglich können Sie den Hundehalter nicht verklagen, Leutnant.«

»Aber jemand muß doch für den Schaden aufkommen – und für die Schmerzen. Aua! Das tut ganz erbärmlich weh!«

»Dieser ›Jemand‹, Leutnant Bredel«, sagte Captain Komo, »heißt Vavischon. Also halten Sie sich bitte an ihn.«

Ingwar Bredel reckte sich.

»Worauf Sie sich verlassen können, Sir. Sobald ich den Takerer bemerke, nehme ich meine Waffe auf . . .«

Er wurde plötzlich sehr nachdenklich.

»Wenn er aber wieder . . .«, er tippte sich an die Stirn, » . . . hier unterschlüpft? Was dann?«

»Dann holen wir die Kaspon-Hunde«, sagte Lokoshan trocken.

18.

Techno-Major Dr. Alois Marnleitner ging wieder einmal zum Getränkeautomaten seiner Kabine. In der Mitte der Strecke blieb er jedoch unvermittelt stehen. Sein Gesicht zeigte vorübergehend den Ausdruck völliger Leere, dann belebte es sich wieder.

Der ewig durstige Techno-Major zog seine Arbeitskombination an, aktivierte den wulstigen Funkhelm und sagte:

»Major Marnleitner an Notbetriebsstelle. Ist bei euch alles in Ordnung?«

»Hier Überwachungspositronik Notbetriebsstelle«, erscholl eine mechanische Stimme in seinem Empfänger. »Alle Systeme sind einsatzbereit. Wünschen Sie einen Zwischentest, Major?«

»Einen Notfall-Simulations-Test«, antwortete Dr. Alois Marnleitner. »Ich werde persönlich anwesend sein. Ende.«

Auf dem langen Korridor kam Lord Zwiebus in Begleitung zweier Roboter dem Techno-Major entgegen. Marnleitner rülpste verhalten, und der Neandertaler glitt grinsend auf dem anderen Transportband vorbei. Die Roboter zeigten keine Regung.

Marnleitner mußte behutsam vorgehen, um die Sicherheits-Positronik nicht mißtrauisch zu machen. Am besten, überlegte er sich, gebe ich die geplante Aktionsfolge als taktisches Manöver zur Täuschung des Feindes aus. So etwas klingt immer gut, und es müßte genügen, um eine Rückfrage durch die Notpositroniken zu verhindern.

Zuerst aber führte er den Notfall-Simulationstest durch, um einen besseren Überblick über seine eigenen Möglichkeiten zu gewinnen.

Danach täuschte er den Empfang eines Kodesignals vor und spielte den schnell reagierenden verläßlichen Techno-Offizier.

Die Notpositroniken reagierten noch schneller auf seine detaillierten Befehle. Sämtliche Kreuzer und Korvetten der MARCO POLO wurden im Alarmstart aus den Schleusenhangars geschossen und tauchten mit geradezu irrsinniger Fahrtbeschleunigung im freien Raum unter.

Nur wenige Sekunden später ging die MARCO POLO in den Linearraum. Es dauerte fast eine ganze Minute, bis Icho Tolot die Notbetriebsstelle erreichte und das Panzerschott mit seiner Körperkraft »öffnete«. Die Antipsi-Abschirmung hatte den Einsatz von Mutanten unmöglich gemacht.

Techno-Major Marnleitner sah dem halutischen Giganten erschrokken entgegen. Es war offensichtlich, daß der Takerer ihn inzwischen wieder verlassen hatte.

Der neuerliche Zwischenfall machte den Verantwortlichen an Bord klar, daß Vavischon aus seinen Fehlern lernte. Während die MARCO POLO in den Normalraum zurückfiel und nach den Kreuzern und Korvetten suchte, die ihrerseits nach ihr suchten, setzten sich Atlan und Roi Danton zusammen, um System in die Suche nach Vavischon zu bringen.

Bisher hatte man stets reagiert, jetzt wollte man agieren. Die Besonderheiten, durch die sich übernommene Personen verraten hatten, wurden gesammelt und von der Positronik ausgewertet. Dabei wurde klar, daß Vavischon sich relativ schnell verriet, sobald er seinen neuen »Gastgeber« zu einer Aktion zwang. Es mußte aber auch einen Körper geben, den der Takerer als eine Art Operationsbasis benutzte. Diesen Körper zwang er mit einer Wahrscheinlichkeit von neunundneunzig Prozent zur Passivität, um ihn für längere Zeit behalten zu können.

Atlan überdachte die positronische Auswertung – und fand eine Möglichkeit, Vavischons »Operationsbasis« zur Aktion zu zwingen. Er besprach sich mit Perry Rhodan und erreichte, daß für den kommenden Tag ein Gefechtsmanöver angesetzt wurde.

Bei diesem Manöver sollten alle an Bord befindlichen Personen eingesetzt werden, und zwar nach einem Plan, der allgemein bekannt war. Da ein Pedotransferer zwar einen anderen Körper übernehmen konnte, nicht aber dessen tieferen Wissens- und Erfahrungsschatz, würde er sich bei dem Gefechtsmanöver durch grundlegende Fehler verraten.

Es kam nur darauf an, daß er sich zum Manöverzeitpunkt innerhalb seiner Operationsbasis befand. Und darauf, daß man ihn nichts von seiner Entdeckung merken ließ. Wenn es gelang, die Operationsbasis einige Tage lang unauffällig zu überwachen, so hofften Roi und Atlan, dann würde sie sie möglicherweise zu Vavischons zurückgelassenem Eigenkörper führen.

In diesem Plan gab es nur einen einzigen Fehler. Aber dafür konnte man weder den Arkoniden noch Perry Rhodans Sohn verantwortlich machen.

Vavischon erkundete neue Möglichkeiten. Zu diesem Zweck wechselte er die Pedoopfer in so schneller Reihenfolge, daß die Übernahme entweder gar nicht oder erst nachträglich bekannt wurde.

Dabei erfuhr der Takerer auch, daß für den folgenden Tag ein Gefechtsmanöver angesetzt worden war.

Nun war Vavischon zweifellos skrupellos und grausam, aber zu den Dummen zählte er nicht. Er erkannte fast sofort, was mit dem Manöver bezweckt werden sollte.

Er wußte aber auch, daß man auf diese Art und Weise seine Operationsbasis nicht finden konnte, denn er kannte Alaska Saedelaeres Erinnerungen, verfügte über einen beträchtlichen Teil seiner Erfahrungen und seines Wissens. Das Cappin-Fragment in Alaskas Gesicht hatte sie ihm übermittelt, bevor er den Transmittergeschädigten übernommen hatte.

Vavischon durfte folglich dem Manöver gelassen entgegensehen. Nicht aber seiner Auswertung. Das Ergebnis würde negativ ausfallen. Leider ließen sich daraus bestimmte Schlüsse ziehen, und der Bordcomputer der MARCO POLO würde den richtigen Schluß ziehen, wenn Atlan ihm nicht intuitiv zuvorkam.

Der Arkonide brauchte sich nur zu fragen, welche von den an Bord befindlichen Personen ihres Wissens, ihrer Erfahrungen und ihrer Grundhaltung so unauffällig beraubt werden konnten, daß weder sie noch die Telepathen etwas davon bemerkten.

Die Antwort würde eindeutig auf Alaska Saedelaere weisen. Also mußte etwas geschehen, um eine solche Antwort von vornherein unglaubwürdig zu machen.

Unterdessen setzte die MARCO POLO ihre Suche nach den Kreuzern und Korvetten fort. Die Minuten verstrichen in quälender Langsamkeit. Rhodan war nervös. Er befürchtete, daß sich ein Korvetten- oder Kreuzerkommandant dazu verleiten ließ, über Hyperkom nach dem Mutterschiff zu rufen. Das hätte zweifellos die über Schakamona stehende takerische Flotte aufmerksam gemacht.

Aber keiner der Schiffskommandanten beging einen solchen Fehler. Rhodan befahl Oberst Korom-Khan, zum Ausgangspunkt des unfreiwilligen Linearmanövers zurückzukehren und dort mit geringer Fahrt zu kreisen und zu orten.

Diese Taktik erwies sich als sehr zeitraubend. Die MARCO POLO kreiste fast dreizehn Stunden in einem Gebiet von wenigen Lichtstunden Radius, bevor die Beiboote und Kreuzer nacheinander wieder eingetroffen waren. Da der Alarmstart ohne Vorankündigung erfolgt war, hatten sie ihre Ausgangsposition erst mit Verspätung bestimmen können. Durch kosmonautische Berechnungen hatten sie schließlich doch alle zurückgefunden.

Nachdem die Kreuzer und Korvetten eingeschleust worden waren, setzte die MARCO POLO nach einer Korrekturberechnung ihren Flug nach der geheimnisvollen Arsenalwelt fort. Kleine Trupps durchstreiften systematisch alle Decks, sahen in jeden Raum und leuchteten alle nur denkbaren Verstecke aus.

Sie inspizierten auch die Plasmabrutkammer, in der sich Vavischons Tzlaaf befand. Doch da die Zellen sich voneinander gelöst hatten, war ihre derzeitige Zustandsform dem des Bioplasmas täuschend ähnlich.

Außerdem hätten die terranischen Biotechniker nur mitleidig gelächelt, wenn jemand ihnen gegenüber die Vermutung ausgesprochen hätte, Vavischons Körper könnte sich ausgerechnet in jener Brutbatterie aufhalten.

Die Zeit verstrich ereignislos – wenn man von der Tatsache absah, daß die MARCO POLO mit vielfacher Lichtgeschwindigkeit durch den Linearraum eilte.

Vavischon verhielt sich so ruhig, daß einige Terraner sich bereits wieder fragten, ob der Takerer sich überhaupt noch an Bord befand.

Mit großer Spannung warteten Atlan und Roi Danton auf das Gefechtsmanöver. Ihre Beobachter saßen in vielen Räumen des Schiffes, außerdem erfolgte die Beobachtung durch Monitore.

Zum festgesetzten Zeitpunkt heulten die Alarmsirenen. Jede Person an Bord begab sich an den Platz, an dem er sich in solchen Fällen aufzuhalten hatte.

In Saedelaeres Fall war das der Kartentisch in der Kommandozentrale. Der Transmittergeschädigte unterhielt sich flüsternd mit Gucky über die Chancen, die Operationsbasis des Takerers zu entlarven. Der Mausbiber ahnte nicht im geringsten, daß er sich in Wirklichkeit mit dem Cappin-Fragment in Alaskas Gesicht unterhielt. Alaska Saedelaere selbst existierte nur noch als Name für den Körper, der ihm einmal gehört hatte.

Das Ich von Vavischon dagegen befand sich im Maschinenleitstand, genauer gesagt im Gehirn des Techno-Offiziers, dem die Kontrolle der Klimaanlagen oblag.

Vavischon ging nach einem sehr raffinierten Plan vor. Der Techno-Offizier würde sich zweifellos selbst verraten, wenn man lange genug wartete. Aber Vavischon dachte nicht daran, lange genug zu warten.

In der Kommandozentrale lief die Routine des Gefechtsmanövers reibungslos ab. Praktisch war es ein positronisch errechnetes und geleitetes Planspiel zwischen Hauptcomputer und Besatzung.

Gucky spürte die Veränderung zuerst.

Er sagte jedoch nicht sofort etwas, weil er annahm, daß er vor Aufregung schwitzte. Doch dann sah er Schweißperlen auf den Stirnen der Terraner.

Andere bemerkten zum gleichen Zeitpunkt, daß die Lufttemperatur innerhalb der MARCO POLO angestiegen war und noch weiter anstieg. Innerhalb weniger Sekunden schnellte die Temperatur auf plus fünfundneunzig Grad Celsius.

Die Besatzung mußte die Raumanzüge schließen. Die Temperatur jagte auf zweihundert Grad Celsius hoch. Schreibfolien und Papier verbrannten oder verschmorten.

Alaska Saedelaere – oder eigentlich der Cappin in seinem Gesicht – sprang auf, schaltete den Helmtelekom ein und rief:

»Schnell, Gucky! In den Maschinenleitstand!«

Er faßte den Ilt bei der Hand, und Gucky teleportierte. Im gleichen Augenblick materialisierten sie im Maschinenleitstand. Alaska, der genau wußte, wo Vavischon steckte, blickte sich wild um, riß seinen Strahler aus dem Gürtelhalfter und zielte auf einen Mechano-Offizier.

»Jetzt bist du erledigt, Takerer!« schrie er. Gleichzeitig nahm er Vavischons Ich in sich auf.

Der Mechano-Offizier sah den Transmittergeschädigten fassungslos an. Wie fast alle Pedoopfer besaß er keine Erinnerung an die Zeit, in der das Ich eines Pedotransferers ihn beherrscht hatte.

Kurz darauf rematerialisierten Atlan, Roi Danton und Ras Tschubai gemeinsam im Maschinenleitstand.

»Sie Narr!« schrie der Arkonide Saedelaere an. »Wie konnten Sie den Mann bedrohen! Wenn er Vavischons Pedobasis war, so weiß der Takerer nun, daß wir ihn entlarvt haben.«

Alaska Saedelaere blickte den Arkoniden kühl an. Ironisch lächelnd gab er zurück:

»Hätte ich so lange warten sollen, bis die Innenverkleidung des Schiffes zu brennen begann, Lordadmiral?«

Atlan wischte sich mit dem Handrücken über die Stirn.

»Tut mir leid, Alaska. Ich war unbeherrscht, weil unsere Chance dahin ist. Aber Sie konnten natürlich nicht anders handeln. Bitte, entschuldigen Sie.«

»Schon vergessen«, meinte Alaska lachend.

»Was war eigentlich los?« wollte der Mechano-Offizier wissen.

»Was ist Ihre letzte Erinnerung?« fragte Atlan ihn rasch.

»Nun, es wurde Alarm gegeben«, sagte der Mann zögernd. »Aber dann saß ich plötzlich hier – und Mr. Saedelaere bedrohte mich mit der Waffe.«

»Weil Sie versucht haben, uns zu rösten«, begründete Roi Danton, der die Einstellungen der Klimaanlagen wieder auf den normalen Stand gebracht hatte. Innerhalb des Maschinenleitstandes war allerdings immer normale Lufttemperatur gewesen – und auch das gehörte zu Vavischons Planung, denn niemand sollte ihm bei der Scheinentlarvung des Techno-Offiziers zuvorkommen.

»Sie waren von Vavischon übernommen«, erläuterte Saedelaere.

»Oh!« sagte der Mann. Er wurde plötzlich kreidebleich.

»Man merkt nichts davon«, sagte Tschubai. »Es ist seltsam. So, als ließe sich das Bewußtsein eines Menschen wie eine Lampe ein- und ausschalten.«

Vavischon lächelte innerlich. Der schwarzhäutige Terraner war dem Geheimnis der Pedotransferierung sehr nahe. Doch dahinter lagen weitere Geheimnisse – eine undenkliche Reihe von Geheimnissen.

Der Chef der Takerischen Exekutionsflotte wunderte sich über diese Gedanken. Seit wann philosophierte er über die Rätsel des Universums! Alle Erkenntnisse waren einen Dreck wert gegenüber dem einzigen, was für intelligente Lebewesen zählte: Macht . . .!

Die MARCO POLO stürzte aus dem Linearraum in das vierdimensionale Raumzeit-Kontinuum zurück. Auf dem Frontsektor der Panoramagalerie leuchtete ein grüner Stern.

Taimay . . .!

Sowohl an Bord des Raumschiffes als auch auf der fernen Erde schrieb man den 2. November 3437.

Ovaron und Rhodan standen nachdenklich hinter dem Kontursitz Kommandant Korom-Khans. Er steuerte die MARCO POLO nicht selbst. Das hatte sein Stellvertreter, Oberst Toronar Kasom, übernommen.

»Was werden wir auf TCR vorfinden?« fragte Ovaron leise. Fast alle Unterhaltungen an Bord wurden gedämpft geführt, seit man niemals genau wußte, ob Vavischon nicht aus einem in der Nähe befindlichen Übernommenen mithörte.

»Eine Falle für Neugierige«, gab Rhodan zurück. »Vavischon hätte uns die Koordinaten des Arsenalplaneten kaum verraten, wenn er nicht davon überzeugt wäre, daß wir dort in eine Falle gerieten.«

»Das ist auch meine Meinung, Perry. Und ich kann mir gut vorstellen, daß Vavischon beabsichtigt, die MARCO POLO zu verlassen, bevor die Falle hinter uns zuschlägt.«

Rhodan lächelte.

»Wir werden die Hoffnung in ihm nähren, daß er seinen Plan durchführen kann, Ovaron. Was halten Sie von einer blitzartig durchgeführten Landung auf TCR?«

Der Ganjo blickte seinen terranischen Freund lange schweigend an, dann leuchteten seine Augen auf.

»Da bricht wieder die Mentalität des ehemaligen Risikopiloten durch. Sie kalkulieren natürlich ein, daß die sicherlich vorhandenen Abwehranlagen keine Waffen einsetzen, die den Planeten gefährden könnten.«

»Und daß eine so wichtige Geheimwelt nicht von irgendeinem Flottenchef geleitet wird, sondern von einer hochwertigen und exakt programmierten Positronik. Ich möchte die Waffen sehen, die ein gelandetes Ultraschlachtschiff der Trägerklasse vernichten, ohne den Planeten bis in seine Grundfesten zu erschüttern. Was unseren Paratronschirm durchdringt, reißt auch die Planetenkruste in Stücke.«

Ovaron lächelte.

»Ich möchte Sie wahrhaftig nicht noch einmal zum Gegner haben, Perry. Sie können einem schon schwer zu schaffen machen.«

Er wurde wieder ernst.

»Ich nehme an, Sie schleusen zuvor die Kreuzer aus?«
Perry nickte zustimmend.
»Und die Korvetten.«
Er schaltete seinen Armband-Telekom ein.
»Perry an Atlan. Könntest du zur Zentrale kommen, Mentor der terranischen Wilden?«
»Seit wann gibt der Herr Großadministrator freimütig zu, daß er ein Wilder ist?« kam Atlans Stimme leise zurück. »Da soll ich wohl von etwas überzeugt werden. Ich komme.«
Sekunden später materialisierte er zusammen mit Gucky.
»Ich werde mit der MARCO POLO auf TCR landen«, eröffnete ihm Perry Rhodan.
»Und ich werde das Unternehmen als Oberbefehlshaber der Kreuzer- und Korvettenflottillen gegen den freien Raum hin abschirmen«, ergänzte der Arkonide trocken.
»So war es gedacht«, bestätigte Perry lächelnd.
»Es gibt da ein Problem«, sagte Atlan, ohne Einspruch zu erheben.
Die anderen Personen blickten ihn gespannt an.
»Wie können wir feststellen«, fragte der Arkonide bedächtig, »ob Vavischons Ich in der MARCO POLO zurückbleibt oder mit den Kreuzern und Beibooten geht?«
»Zweifellos wird er dort bleiben, wo sein Tzlaaf ist«, sagte Ovaron.
»Und wo ist der?« fragte Atlan.
»Sicher auf der MARCO POLO«, antwortete Perry rasch. Dann wurde er nachdenklich. »Nein, sicher ist das durchaus nicht, meine Herren. Wir haben Vavischons Eigenkörper nicht gefunden, was aber nicht automatisch bedeutet, daß er auf dem Mutterschiff versteckt wurde. Er kann sich ebensogut in einem der Beiboote oder Kreuzer befinden.«
»Was sollte er wohl dort?« fragte Gucky. »Vavischon möchte uns doch so bald wie möglich wieder verlassen. Er weiß aber nicht vorher, ob die MARCO POLO vor einer Landung ihre Kreuzer und Beiboote ausschleust oder nicht. Folglich bleibt er lieber auf dem Mutterschiff!«
»Das klingt logisch, Kleiner«, erwiderte Rhodan, »ist es aber nicht. Es gibt eine Regel, die meines Wissens auf allen Raumschiffen intelligenter Völker gilt: auf einem unbekannten Planeten zuerst mit einem Beiboot landen, bevor man ein Mutterschiff von der Größe der MARCO POLO der Gefahr der Vernichtung aussetzt.«
»Da steh ich nun, ich armer Wicht . . .«, rief Major Mentro Kosum dem Mausbiber zu, » . . . und bin ein klitzekleines Licht.«

Gucky stieß einen schrillen Pfiff aus, richtete sich telekinetisch auf dem Ende seines breiten Schwanzes auf und erwiderte:

»Wenn einer dir den Spaß versaut, dann ist's ein Emo-tionaut.«

Die gesamte Zentralebesatzung klatschte oder pfiff Beifall – mit einer Ausnahme: Oberstleutnant Senco Ahrat machte ein finsteres Gesicht. Dann zeigte sein Mienenspiel Ratlosigkeit – und schließlich klatschte er ebenfalls, aber ohne emotionelle Beteiligung.

Ovaron sah es und stutzte. Im nächsten Moment verschwand er. Zurück blieb ein pulsierender formloser Zellhaufen von etwa der gleichen Masse. Gucky vergaß seine Telekinese, kippte um und fiel genau auf Ovarons Pseudokörper. Dort blieb er starr vor Schreck liegen.

Darauf achtete in diesem Augenblick allerdings niemand, denn ein gellender Schrei aus Senco Ahrats Mund bewies, daß dort zwei Cappins um die Beherrschung eines menschlichen Körpers stritten.

Ahrats Schrei verstummte. Der kosmonautische Offizier klappte zusammen. Dann schrie Oberst Korom-Khan auf, gleich darauf Mentro Kosum und Sekunden später Alaska Saedelaere und nach ihm Danton.

Wieder einige Sekunden später verformte sich der Zellhaufen unter dem Ilt und nahm humanoide Gestalt an. Gucky teleportierte voller Panik. Einige Personen sahen fort, als Ovaron sich mitsamt Bordkombination und sonstigem Zubehör endgültig formte.

Perry Rhodan und Atlan faßten den Ganjo unter und geleiteten ihn zu einem Kontursessel. Ovaron dankte ihnen mit einem müden Lächeln.

Roi Danton trippelte geziert vor und hielt dem Cappin einen Riechflakon unter die Nase. Ovaron tat einen tiefen Atemzug, schob das Riechfläschchen mit unwilliger Handbewegung weg und sagte leise:

»Diesmal hätte Vavischon mich beinahe zu seinem festen Zwischenwirt, seiner Operationsbasis, geführt. Er hatte den Ersten Kosmonautischen Offizier übernommen und sich dadurch verraten, daß ihm jegliches Verständnis für Kosums und Guckys Knüttelverse abging. Es gelang mir, ihn überraschend zu packen. Im ersten Impuls wollte er in seine Operationsbasis fliehen, dann hätte ich ihn endgültig gehabt. Aber im letzten Moment wich er blind in ein Ausweichopfer und wechselte mehrere Male, bevor er mich abschütteln konnte.«

»Er hat es sogar bei mir versucht«, warf Alaska Saedelaere ein. Die Stimme des Transmittergeschädigten klang verwundert. »Natürlich gelang es ihm nicht. Er wurde förmlich hinauskatapultiert.«

»Und in mich hinein«, erklärte Roi Danton. »Mein Gehirn fühlt sich jetzt noch wie ein nasser Lappen an.«

»Ist dein Gehirn ein nasser Lappen . . .«, zitierte Mentro Kosum, » . . . kannst du nur im dunkeln tappen.«

Ganz gegen seine Gewohnheit parierte Rhodans Sohn diesen Hieb nicht mit einem seiner berühmt-berüchtigten geistreichen Ausfälle, sondern lächelte nur dünn.

»Wir sollten uns in acht nehmen«, sagte er ernst. »Vavischon ist anscheinend in die Enge getrieben und dadurch doppelt gefährlich.«

Atlan lächelte überlegen.

»Oh, ich persönlich denke, daß es ihm nur allmählich langweilig an Bord wird. Perry, wir sollten so schnell wie möglich auf TCR landen, damit Vavischon etwas zu tun bekommt.«

Perry Rhodan erwiderte das Lächeln. Er wußte, warum Atlan so zynisch gesprochen hatte. Der Arkonide vermutete, daß sich Vavischon in einem der in der Zentrale Anwesenden aufhielt, und er wollte ihm zu verstehen geben, daß die Personen auf der MARCO POLO durch nichts zu erschüttern waren.

»Du hast recht, mein Freund«, erwiderte er leichthin. »Das Spiel mit einem relativ hilflosen Gespenst wird allmählich langweilig.«

Niemand bemerkte, daß Alaska Saedelaeres Lippen sich in ohnmächtigem Grimm aufeinanderpreßten – denn niemand konnte die Lippen des Transmittergeschädigten sehen.

Vavischon schwor sich in diesem Moment, die Terraner mitsamt ihrem Schiff zu vernichten.

19.

Taimay hätte beinahe eine Schwester bekommen, als das System sich aus einer Wolke rotierenden Wasserstoffs formte. Die Masse des zweiten Planeten lag gerade noch unter dem für die selbständige Einleitung des Kernfusionsprozesses notwendigen Wert.

Kein Wunder, daß für die Planeten Nummer eins und drei nur wenig Masse übriggeblieben war.

Nummer eins war etwa so groß wie der solare Titan und wegen der großen Sonnennähe seiner Umlaufbahn niemals erkaltet.

Nummer drei war nur marsgroß, aber mit erheblich mehr Masse als der solare Mars. Eine Rotation dauerte 18,6 Stunden.

Perry Rhodan verfolgte auf den Übertragungsschirmen der Ortung, wie die Kreuzer- und Korvettenflottillen einen Scheinangriff auf TCR flogen. Sie stießen dabei tangential durch die obersten Schichten der Atmosphäre und rasten wieder hinaus in den Weltraum.

»Dort unten rührt sich nichts, Perry«, meldete Atlan über Richtstrahl-Hyperkom.

Der Terraner musterte seinen arkonidischen Freund, dessen dreidimensionale Abbildung auf dem Hyperkom wirkte, als säße er ihm unmittelbar gegenüber. Atlan trug einen schweren Kampfanzug, hatte den transparenten Kugelhelm jedoch zurückgeklappt.

»Keine einfallenden Ortungsimpulse?«

»Absolut nichts«, antwortete Atlan. »Nicht einmal Gedankenimpulse. Gucky hat allerdings nur flüchtig suchen können, aber ich bin überzeugt davon, daß es auf TCR nur Biosynthos und Positronengehirne gibt.«

Der Begriff »Biosynthos« für die auf TCR gezüchteten Pseudokörper hatte sich inzwischen eingebürgert.

»Müßten dann die Biosynthos keine Gedankenimpulse abstrahlen?« fragte Perry Rhodan.

Der Arkonide zögerte. »Das kommt darauf an, ob ihre Gehirne ein Bewußtsein aufbauen können oder nicht.«

»Ein Spiegel, der kein Bild erzeugt«, stellte Rhodan fest. »Nein, anders herum: ein Bild, das keinen Spiegel hat.« Er schüttelte den Kopf. »Es fällt mir schwer, das Unmögliche in Worte zu fassen.«

Atlan lachte.

»Frage deinen Schwiegersohn Geoffry, Perry. Er hat uns damals Ovarons Zeitparadoxon so brillant erklärt, also wird er auch dieses Problem klären können.«

»Ich werde die Frage lieber schriftlich an ihn richten«, antwortete Rhodan. »Und nun, mein Freund, drücke uns die Daumen.«

»Das ist auch nötig«, entgegnete Atlan. Er lächelte und winkte kurz. Dann erlosch das Bild.

Perry schaltete den Interkom an.

»Rhodan an Kommandanten! Direktanflug und Gewaltlandung auf TCR!«

»Verstanden, Sir!« kam Korom-Khans Stimme zurück.

Das Bild des Planeten TCR auf dem Frontschirm schwoll zusehends an, während sich die MARCO POLO zuerst in eine Serie normalenergetischer Schutzschirme, dann in den grünlich schimmernden HÜ-Schirm und kurz darauf in das farblos-metallische Flimmern des Paratronschirms hüllte.

In sechzig Geschützkuppeln richteten sich die Zielmaterialisatoren von sechzig Transformkanonen auf den Arsenalplaneten; jede Kanone konnte Fusionsladungen bis zum Energiekaliber von viertausend Gigatonnen TNT abstrahlen.

Sechzig Geschützbesatzungen wußten, daß sie mit ihren Waffen zwar drohen, niemals aber schießen konnten. Es sei denn, sie hätten sich selbst mit vernichten wollen. TCR war zu nahe für einen Beschuß mit schweren Transformwaffen.

Gucky hockte in sich zusammengesunken auf einem Kontursessel in Rhodans Nähe. Nachdem er gegen seinen Willen körperlichen Kontakt mit Ovarons Pseudokörper gehabt hatte, war er still geworden und wirkte in sich gekehrt.

»Einfall von Ortungsimpulsen!« meldete die Stimme von Major Kusumi, des Leiters der Ortungszentrale. »Gerichtete Tasterstrahlen, Stärke zwischen vierzig und sechzig Hypertron. Eigenortung bildet drei Ausgangspunkte ab; Formation gleich gleichseitigem Dreieck mit Seitenlänge sechshundertachtzig Kilometer.«

»Verstanden, Major«, sprach Perry Rhodan ins Rillenmikrophon an seinem Platz. »Ich danke Ihnen.«

Zu Oberst Korom-Khan sagte er:

»Wir landen im geometrischen Schwerpunkt des Fremdortungs-Dreiecks, also dort, wo kein vernünftiger Kommandant sein Schiff absetzen würde. Was halten Sie davon?«

»Das Kommandogehirn von TCR wird sich schwarz ärgern, Sir«, gab Korom-Khan trocken zurück. »Ich bin sicher, daß es das Ortungsdreieck nur gebildet hat, um uns von einer Landung in diesem Gebiet abzuhalten.«

»Wie gut . . .«, sagte Alaska Saedelaere mit seltsamer Betonung, auf die jedoch niemand besonders achtete, » . . . daß die Kommandopositronik auf TCR die terranische Mentalität nicht kennt . . .«

Der Transmittergeschädigte blickte starr geradeaus auf den Frontsektor der Panoramagalerie, wo die Oberfläche des geheimnisvollen Planeten so nahe war, daß sie wie eine gewaltige stauberfüllte Schüssel wirkte.

Ovarons Blick verschleierte sich.

Der Ganjo dachte daran, daß dort unten Hunderttausende von Ganjasen kaltblütig abgeschlachtet worden waren, damit Kreaturen wie Vavischon eine Zuflucht für ihre verdammenswürdigen Seelen erhielten.

Die MARCO POLO hatte bei der Landung einen Orkan entfacht, der einige Kubikkilometer Sand fortgewirbelt und etwa fünfhundert Hektar nackten Fels freigelegt hatte.

Nur langsam kühlte der glühende Boden zwischen den Landestützen des Schiffes ab. Am Feuerleitstand und in den Geschützständen warteten die Männer auf eine Reaktion des Kommandogehirns.

Auf TCR gab es kein intelligentes Lebewesen, dem Schaden hätte zugefügt werden können. Die Gewaltlandung war eine vom Hauptcomputer empfohlene gezielte Herausforderung an das Kommandogehirn des Arsenalplaneten.

Die Begründung für diese Herausforderung war absolut einleuchtend gewesen:

Vorverlegung der gegnerischen Reaktion, um die Nerven der Besatzung nicht durch langes Warten auf diese Reaktion unnötig zu belasten.

Doch das Kommandogehirn auf TCR hatte nicht reagiert. Damit lag auf der Hand, daß es auch fortan nicht reagieren würde, solange die Besatzung der MARCO POLO keine neuerlichen Aktivitäten entfaltete.

Auch dafür mußte es logische Motivationen geben. Grund Nummer eins war offenbar die Tatsache, daß TCR für Fälle geschaffen worden war, wie Vavischon einen darstellte. Ein hilfesuchender, hochgestellter Takerer aber durfte nicht gefährdet werden.

Grund Nummer zwei konnte der Landeplatz des Schiffes sein. Wenn sich unter der Felsdecke, auf der es stand, technische Einrichtungen befanden, würden sie beim Beschuß der MARCO POLO unvermeidbar in Mitleidenschaft gezogen. Folglich würde das Kommandogehirn ohne Not keinen Angriff befehlen.

Perry Rhodan, Ovaron und Icho Tolot berieten, wie hoch die neue Reaktionsschwelle der Kommandopositronik liegen mochte. Sie befanden sich zusammen mit Alaska Saedelaere in der Kommunikationszentrale des Hauptcomputers. Der Transmittergeschädigte war hinzugezogen worden, weil er einen Übernahmevorgang sofort orten konnte.

Niemand ahnte, daß damit der Bock zum Gärtner gemacht worden war.

»Was wir vor allem brauchen, ist ein größeres Wissen über die Einrichtungen von TCR«, sagte Ovaron. »Vavischon hat uns zwar verraten, daß es außer den Biosynthos alle denkbaren Ausrüstungsgegenstände gibt, darunter Schiffe. Aber wir wissen nicht, wo die Antigravschächte liegen. Ich schlage deshalb vor, einige Erkundungstrupps loszuschicken.«

Perry Rhodan nickte. »Reaktionsauswertung, bitte!«

Nur Sekunden später antwortete der Hauptcomputer mit der einwandfrei modulierten Stimme eines Mannes im mittleren Alter.

»Erkundungskommandos bleiben unter Reaktionsschwelle, solange keine gegnerischen Anlagen beschädigt werden. Unter Beschädigung ist bei Berücksichtigung aller gegenwärtigen Fakten jede Handlung zu verstehen, die das reibungslose Funktionieren der Anlage auf TCR gefährdet. Ende.«

»Ich schlage vor«, sagte Tolot, »die Reaktionsschwelle der Kommandopositronik noch weiter hinaufzutreiben, indem wir bei jedem Angriff auf einen unserer Erkundungstrupps eine Hohlraumsonde mit Fusionsladung absetzen.«

Rhodan überlegte angestrengt. Er wußte, was der Haluter meinte: den Gegner durch empfindliche Vergeltungsschläge reizen, damit er eventuelle kleinere Beschädigungen durch die Erkundungstrupps ignorierte.

Die Frage war nur, wie der Gegner auf die Vergeltungsschläge reagieren würde. Aktion und Reaktion schaukelten sich sehr schnell auf ein unerträgliches Maß hoch.

»Reaktion wie vorgeschlagen würde wahrscheinlich hingenommen«, folgerte der Computer, »wenn dem Gegner absolut klarwürde, daß eine Beschädigung von Anlagen versehentlich erfolgte. Ich empfehle daher, vor einem solchen Fall gegnerische Anlagen demonstrativ zu schonen. Ende.«

»Wir werden es riskieren«, entschied Perry Rhodan. Er aktivierte die Rundrufanlage. »Rhodan an Oberst Kasom! Bitte sofort vier Erkundungstrupps zusammenstellen. Stärke der einzelnen Trupps etwa zwanzig Mann mit leichten Waffen und schweren Kampfanzügen. Einsatzzeitpunkt wird noch bestimmt. Niemand verläßt das Schiff ohne meinen ausdrücklichen Befehl, der von Ovaron bestätigt sein muß.«

Alaska Saedelaere zögerte einen Moment, dann fragte er:

»Wie wollen Sie verhindern, daß Vavischon ein Besatzungsmitglied übernimmt und von Bord geht, Sir?«

Rhodan lächelte.

»Das ist so geheim, daß nicht einmal ich es bisher weiß, Alaska.« Er lachte trocken. »Und jeder, der danach fragt, ist verdächtig.«

Der Transmittergeschädigte zuckte zusammen. Das Cappin-Fragment hinter seiner einfachen Plastikmaske leuchtete stärker. Vavischon hätte sich beinahe verraten, bevor er begriff, daß Rhodans Bemerkung scherzhaft gemeint war.

»Na, Sie können einen aber erschrecken«, meinte er leichthin. »Mir wäre beinahe die Maske vom Gesicht gefallen.«

»Mit solchen Dingen scherzt man nicht, Saedelaere«, sagte Ovaron hinter ihm mit rauher Stimme.

Alaska Saedelaere musterte den Ganjo einige Sekunden lang schweigend, dann wandte er sich ab und verließ die Kommandozentrale.

»Das klang ja fast feindselig, Ovaron!« sagte Perry Rhodan erstaunt.

»Feindselig . . .?« Der Cappin überlegte. »Das ist nicht ganz der richtige Ausdruck, Perry. Ich habe lediglich einen Ihrer Leute in seine Schranken gewiesen. Spaß und Humor sind immer gut, aber das, was Saedelaere da produziert hatte, war weder das eine noch das andere.«

»Was war es dann . . .?« fragte der Großadministrator.

Ovaron schwieg einen Augenblick. Über seiner Nasenwurzel bildete sich eine steile tiefe Falte.

»Darüber muß ich mir erst selbst klarwerden, Perry. Entschuldigen Sie mich jetzt bitte.«

Es roch nach Schweiß, Plastikmaterialien und Metall.

Sanitätsleutnant Ingwar Bredel wartete inmitten einer Gruppe von Raumsoldaten des Landungskommandos, die wie er zur Erkundung der Oberfläche von TCR ausgesucht worden waren. Er sollte die dritte Einsatzgruppe unter Leutnant Levus Hinzeman begleiten, um im Notfall an Ort und Stelle ärztliche Hilfe leisten zu können.

Die ersten Namen wurden aufgerufen. Ingwar Bredel hörte zu, verstand aber kaum etwas. Die Worte aus dem Lautsprecher schienen von feuchten Tüchern gedämpft zu werden.

Doch als dann sein eigener Name gerufen wurde, verstand er ihn mit seltener Klarheit.

Benommen stolperte er in den Korridor hinaus.

Der Ertruser Toronar Kasom erwartete ihn in einem kleinen, mit riesigen Möbeln ausgestatteten Raum.

»Gratuliere, Leutnant Bredel«, sagte er und lächelte. »Sie haben bisher alle heimlich an Ihnen vorgenommenen Tests bestanden. Es ging uns darum, festzustellen, ob einer von unseren Leuten übernommen ist, oder nicht. Weitere Überprüfungen folgen noch. Halten Sie sich bitte aus eventuellen Kampfhandlungen heraus. Sie sind Arzt und sollen Verwundeten helfen, und nur in diesem Zusammenhang dürfen Sie von Ihren Waffen Gebrauch machen.«

Er winkte, und ein Ordonnanzoffizier führte Ingwar Bredel zu einer Bodenschleuse, in der sich bald alle Mitglieder der Gruppe Hinzeman einfanden – einundzwanzig Mann.

Sanitätsleutnant Bredel trug außer seinen Waffen die schweren Taschen mit der medizinischen Ausrüstung und dem Verbandsmaterial.

Als sie aus der Bodenschleuse traten, befanden sie sich genau unter der unteren Polkuppel der MARCO POLO. Kampfroboter waren auf dem erstarrten Magma der Landefläche aufmarschiert. Flugpanzer standen bereit, und in etwa drei Kilometern Entfernung war das Glitzern des Paratronschirmes zu sehen.

Die Schwerkraft auf TCR betrug lediglich 0,62 Gravos.

»Wir haben sämtliche Energieschirme abgeschaltet – außer dem Paratronschirm«, erläuterte Toronar Kasom über Außenlautsprecher. »Es gibt nur einen Weg durch ihn, das ist eine schmale Strukturschleuse, die nur von jeweils einem Mann betreten werden kann. Falls Vavischon nachträglich einen der Männer unserer Einsatzkommandos übernommen haben sollte, fordere ich ihn auf, lieber in seine Operationsbasis zurückzukehren. Vor der Strukturschleuse wird jeder noch einmal von Mutanten überprüft, und die Kampfroboter haben Befehl erhalten, unverzüglich auf einen Übernommenen zu schießen. Wir geben Ihnen, Vavischon, nur deshalb eine Chance, um auch Ihrem eventuellen Opfer eine Chance zu geben. Ende!«

»Schöne Aussichten sind das«, bemerkte Levus Hinzeman. »Wenn dieser Vavischon jeweils den Mann übernimmt, der gerade überprüft wird, sind wir in Bälde alle tot.«

Ingwar Bredel fühlte ein seltsames Rumoren in seinem Leib, aber er erwiderte tapfer: »Vavischon würde dabei riskieren, schon mit seinem ersten Opfer zusammen zu sterben, Sir.«

Hinzeman grinste.

»Sie betrachten das alles offenbar als eine Art Pokerspiel, Herr Medizinalrat. Aber Sie werden sich noch wundern; das verspreche ich Ihnen.«

»Jawohl, Sir«, entgegnete Bredel lakonisch.

Einige Männer lachten. Levus Hinzeman schob sich ein mächtiges Stück Kautabak in den Mund und kaute wild drauflos.

Oberst Toronar Kasom erhob sich, als Alaska Saedelaere sein Arbeitszimmer betrat.

»Ich freue mich, Sie wiederzusehen, Alaska!« rief der riesenhafte Ertruser und schüttelte Saedelaeres Hand. »Wie geht es Ihnen?«

»Es könnte nicht besser gehen, Toronar«, antwortete Alaska Saedelaere. »Ich vertrage Untätigkeit nicht. Aus diesem Grund bin ich auch zu Ihnen gekommen. Bitte, teilen Sie mich einem Erkundungstrupp zu.«

Kasom schob seinem Besucher einen für Erdgeborene gefertigten Sessel zu; das Sitzmöbel nahm sich in der nach ertrusischen Maßstäben gefertigten übrigen Einrichtung zwergenhaft aus.

Nachdem Alaska Platz genommen hatte, setzte Toronar sich auf die Terkonitstahlplatte eines für ertrusische Begriffe niedrigen Tisches. Einem Erdgeborenen hätte sie stehend bis zu den Augen gereicht.

»So einfach ist das nicht, Alaska«, sagte Kasom nachdenklich. »Ich habe die Männer für alle vier Einsatzgruppen zusammen. Jeder ist überprüft und einwandfrei. Tut mir leid, ich kann Ihnen da nicht helfen.«

»Aber Sie hätten mich fragen sollen, bevor Sie Ihre Erkundungstrupps zusammenstellten, Toronar!« protestierte Saedelaere erregt.

Toronar Kasom schüttelte den Kopf.

»Sie standen für mich gar nicht zur Debatte, Alaska«, widersprach er ernst. »Sehen Sie, für solche trivialen Einsätze haben wir unser Landungskommando an Bord. Wir werden doch keine Spezialisten einsetzen, wenn eine reine Routinesache zu klären ist.«

»Halten Sie die Aufklärung auf TCR für eine Routinesache?« fragte der Transmittergeschädigte verwundert.

»Diesen ersten Einsatz schon, Alaska. Aber er wird nicht der einzige bleiben. Sobald die schwierigen Probleme zu lösen sind, greife ich bestimmt auf Sie zurück.«

»Ich bestehe darauf, den ersten Einsatz mitzumachen, Toronar!« sagte Saedelaere bestimmt. Natürlich war es nicht Alaska Saedelaere, der den Einsatz mitmachen wollte, sondern Vavischon. »Wenn Sie bei Ihrem Nein bleiben, muß ich mich an Rhodan wenden.«

Kasom zwang sich, ruhig zu bleiben.

»Bitte!« antwortete er und deutete auf den Interkom an der Wand. »Rufen Sie ihn doch gleich an, Alaska.«

Saedelaere – beziehungsweise Vavischon – zögerte.

Ihm ging es in erster Linie darum, seinen eigenen Körper zurückzubekommen und mit ihm zu fliehen. Das konnte er aber nicht, solange die MARCO POLO in einen Paratronschirm gehüllt war.

Selbstverständlich war ein Paratronschirm für einen Pedotransferer kein unüberwindbares Hindernis. Aber er konnte ihn nur als sechsdimensionaler Pedo-Impuls durchdringen – und er mußte außerhalb des Schirmes ein Pedoopfer angepeilt haben, in das sein Geist eindringen konnte.

Nun existierten auf TCR zwar mehr als ausreichend Pedoopfer, aber Vavischon konnte sie erst dann anpeilen, wenn er sich außerhalb des Paratronschirms befand. In einen Mann der Einsatzgruppen zu schlüpfen, war unmöglich. Ohne das alles überlagernde Cappin-Fragment in Alaska Saedelaeres Gesicht würde jeder Mutant bei diesen gezielten Kontrollen den Takerer erkennen.

Andererseits mußte er hinaus. Er mußte einen der Biosynthos übernehmen, um zu prüfen, ob er notfalls darin weiterleben konnte, wenn er seinen eigenen Körper aufgeben mußte.

Aber das wollte er nicht, und deshalb benötigte er unter diesen Umständen ganz einfach einen Biosyntho innerhalb der Kommandoanlagen von TCR, um die Rückübernahme und Befreiung seines eigenen Körpers planen zu können.

»Nun . . .?« fragte Oberst Kasom.

Entschlossen aktivierte Alaska Saedelaere den Interkom und ließ sich mit dem Großadministrator verbinden.

Perry Rhodan hörte sich die Bitte des Transmittergeschädigten aufmerksam an, dann schüttelte er den Kopf.

»Es tut mir leid, Alaska«, widersprach er fest. »Aber ich muß Ihnen befehlen, das Schiff nicht zu verlassen. Die MARCO POLO schwebt so lange in größter Gefahr, wie Vavischons Ich in ihr umhergeistert.«

Er lächelte verständnisvoll.

»Ich kann begreifen, daß Sie sich draußen umsehen möchten, Alaska. Doch an Bord sind Sie für uns alle viel wichtiger. Es gibt kaum jemanden, der einen von Vavischon übernommenen Menschen sofort orten könnte – außer Ihnen.«

Vavischon war verzweifelt und bemühte sich krampfhaft, das nicht durch Saedelaeres Verhalten durchblicken zu lassen. Wild entschlossen machte er einen Versuch, Rhodan umzustimmen.

»Sir«, sagte er ganz ruhig, »ich bitte Sie zu bedenken, daß die Männer der Erkundungstrupps draußen von Cappins übernommen werden könnten, wenn ich nicht dabei bin.«

Rhodans Gesicht verschloß sich.

»Dieses Argument ist äußerst dürftig, Alaska. Ich muß Ihnen leider sagen, daß ich mehr Einsicht von Ihnen erwartet hätte. Bleiben Sie an Bord und gehen Sie Ihrer Aufgabe nach. Das wäre alles, was ich Ihnen vorerst zu sagen habe. Ende!«

Der Interkomschirm erlosch.

»Tja«, sagte Toronar Kasom, »er hat recht, Alaska. Man soll niemals mit Lügen argumentieren.«

»Lügen . . .?« fuhr Saedelaere hoch.

Oberst Kasom nickte.

»Sie erklärten, daß die Männer der Einsatzkommandos draußen von Cappins übernommen werden könnten, mein Lieber. Leider vergaßen Sie, daß die Telepathen TCR beim Anflug überprüften. Es gibt kein intelligentes Leben auf dem Arsenalplaneten.«

Vavischon tobte vor Wut, ließ aber nichts bis in Alaskas Gefühlsäußerungen durchdringen.

Der Transmittergeschädigte erhob sich und lächelte.

»Eins zu null für Sie, Toronar. Aber vielleicht steht es bald doch zwei zu eins – für mich.« Er winkte spöttisch und ging davon. Toronar wurde nachdenklich.

Ingwar Bredel hielt sich an der Wandung des Allzweckpanzers fest, während das Fahrzeug auf den Gleisketten zur Strukturschleuse des Paratronschirms fuhr.

Der Arzt hatte selbstverständlich eine militärische Grundausbildung absolviert, bevor er als Assistent Professor Kaspons auf die MARCO POLO gegangen war, doch war ihm nicht der Gedanke gekommen, daß er die damals erworbenen Fertigkeiten jemals in die Praxis umsetzen würde. Aber er brauchte nur an die verrückten Bullenbeißer von Professor Kaspon zu denken, um seine jetzige Lage als nur halb so schlimm zu empfinden.

Der Shift hielt vor der Strukturlücke an, und beinahe wäre Bredel durch den Ruck von den Aufbauten gestürzt.

»Antreten zur letzten Überprüfung!« befahl Leutnant Hinzeman. »Testament in die Gesäßtaschen! In der Brusttasche wird es zerschossen.«

Die Männer brüllten vor Lachen. Es entspannte die Stimmung etwas.

Nur ein beleibter Sergeant widersprach.

»Sie glauben doch nicht etwa, daß wir dem Feind die Brust hinhalten, Leutnant? Von mir würde er jedenfalls nur den Rücken zu sehen bekommen.«

»Wenn Sie in den nächsten Minuten erschossen werden, Sergeant«, lästerte ein Raumsoldat, der zwischen Gucky und Ovaron an der Strukturlücke stand, »dann von mir, also von einem Freund.«

Ingwar Bredel lächelte verkrampft. Er vermochte der rauhen Herzlichkeit dieser Männer nichts Angenehmes abzugewinnen. Steifbeinig kletterte er von den Aufbauten des Shifts und stellte sich in der Reihe auf.

»Leutnant Hinzeman!« rief Gucky.

Der Einsatzgruppenleiter trat vor. Seine hagere Gestalt wurde durch den Kampfanzug fülliger gemacht. Die brünetten Haare wehten unordentlich um seine Ohren, und das Gesicht hatte etwas von der Schläue eines Fuchses.

»Negativ!« befand der Ilt. »Weitergehen!«

Levus Hinzeman ging zögernd auf den schmalen Spalt im Paratronschirm zu – und begann plötzlich zu rennen.

Der Raumsoldat zwischen Gucky und Ovaron hob seinen Strahler und feuerte. Er zielte neben die Füße Hinzemans, aber es sah dennoch gefährlich aus.

So plötzlich wie er losgerannt war, blieb Levus Hinzeman wieder stehen. Keuchend wandte er sich um.

»Vavischon hatte Sie kurz vor der Strukturlücke übernommen«, erklärte Ovaron. »Er wollte mit Ihnen fliehen.«

Gucky verschwand urplötzlich von seinem Platz und tauchte jenseits des Schirms wieder auf.

Der Ganjo lächelte.

»Gehen Sie bitte weiter. Gucky übernimmt die Abschluß-Überprüfung auf der anderen Seite des Paratronschirmes.«

Hinzeman trocknete sich den Schweiß ab. Danach ging er durch die Strukturlücke hindurch.

Der Ilt winkte weiter.

Der nächste Mann wurde überprüft.

Leutnant Ingwar Bredel war der elfte. Er fühlte Ovarons Blick forschend auf sich ruhen und hatte das Gefühl, auf einem Floß in einem Ozean zu treiben.

Vor ihm tauchten die flackernden Ränder der Strukturschleuse auf. Bredel bewegte sich zögernd und vorsichtig. Wenn er den Paratronschirm berührte, würden ihn dessen Kräfte in den Hyperraum schleudern.

Endlich war er hindurch.

Er atmete heftiger in der dünnen Atmosphäre von TCR. Staubschleier trieben über die wüste Oberfläche. Am gegenüberliegenden Horizont wölbten sich die flachen Buckel einer kahlen Hügellandschaft.

Wo sollten sie hier einen Eingang in die technisierte Unterwelt finden . . .?

Alaska Saedelaere beobachtete die Umgebung auf den Schirmen der Panoramagalerie.

Aber es war ja nur der Körper von Alaska Saedelaere. Das, was man Persönlichkeit, Geist, Seele und Bewußtsein nannte, war Vavischon, der Chef der Takerischen Exekutionsflotte.

Vavischon war verzweifelt.

Immer drängender wurde das Bedürfnis, in seinen eigenen Körper zurückzukehren. Erst vor wenigen Minuten war er dem Tod entronnen.

Er hatte Leutnant Hinzeman übernommen gehabt, als der Terraner bereits von Ovaron und Gucky kontrolliert worden war. Doch dann war er nervös geworden und einfach losgerannt.

So konnte es nicht weitergehen.

Er stand langsam auf und verließ die Kommandozentrale. In Alaska Saedelaeres Kabine angekommen, legte er sich auf die Couch, entspannte sich und versuchte, einen der Biosynthos in den Arsenalanlagen anzupeilen.

Es gelang ihm nicht.

Dafür löste er etwas ganz anderes aus, etwas, das unvermittelt ein geheimnisvolles Leben entwickelte und sich anschickte, die Bedrohung zu beseitigen.

Ein lauter Schrei nach Rache durchlief den Planeten . . .

20.

Leutnant Bredel blickte unentwegt auf den Rücken seines Vordermannes.

Sie flogen mit Hilfe ihrer Tornisteraggregate bereits seit mehr als einer halben Stunde über die Wüste. Die Pulsationstriebwerke surrten monoton, kaum hörbar summten die Antigravprojektoren.

Bredel wandte den Kopf nach links. Am Horizont sah er schattenhafte Bewegungen. Ab und zu blitzte es grell auf, wenn das Metallplastik der Kampfroboter das Licht von Taimay reflektierte.

»Erster Halt in einer Minute!« befahl Leutnant Hinzeman über Helmfunk. »Die Ortungsspezialisten zu mir! Die anderen Männer sichern den Landeplatz ab!«

Die bislang starre Formation geriet in Bewegung. Drei Männer scherten in ihren schweren Kampfanzügen aus und hielten auf den Leiter der Erkundungsgruppe zu. Sie hielten sich dabei an den Rändern einer ovalen Antigravplattform fest, auf der einige Geräte verankert waren.

Die übrigen siebzehn Männer schwärmten aus. Nach genau einer Minute standen sie im weiten Kreis um Hinzeman und die drei Ortungsspezialisten herum. Ihre Strahler drohten in die lebensfeindliche Wüste hinaus. Ingwar Bredel stand zwischen dem Sicherungskreis und der Gruppe um Hinzeman und blickte sehnsüchtig auf die metallisch schimmernde Blase, die im Osten über den Horizont ragte. Über die Hälfte der MARCO POLO lag unterhalb des Horizonts, aber das, was noch zu sehen war, wirkte zusammen mit dem Paratronschirm noch immer gewaltig.

»Einwandfrei Korridore und Hallen«, berichtete Leutnant Hinzeman. »Darunter eine Halle mit organischer Substanz.«

»Wahrscheinlich ein Lagerraum für Biosynthos«, warf Bredel ein. »Wie kommen wir hinunter, Sir?«

»Sie können es wohl nicht erwarten?« fragte der Einsatzleiter ironisch zurück. »Leider muß ich Sie enttäuschen. Es gibt keinen Zugang. Die Anlage liegt unter einer Sand- und Felsschicht von durchschnittlich anderthalb Kilometern Dicke.«

Er schaltete auf eine andere Telekomfrequenz um und sprach mit dem Einsatzkoordinator auf der MARCO POLO. Dann meldete er sich wieder.

»Wir sollen bis zur nordwestlichen Hügelgruppe fliegen und dort nach einem Eingang suchen, Leute. Die anderen Gruppen haben auch noch keinen Erfolg melden können.«

Ingwar Bredels Blick richtete sich auf die blaugrünen Aufwölbungen im Nordwesten, während seine Kameraden bereits starteten. Er blickte ihnen nach, verglich sie mit einem Zug von Wildgänsen und aktivierte nach dieser poetischen Anwandlung ebenfalls seine Flugaggregate.

Die Schatten des Abends nisteten bereits zwischen den Hügeln, als Hinzemans Gruppe dort niederging. Mikroskopisch dünne Flechtenfäden zogen sich durch die rissige Oberfläche des Felsens, erst die ungeheure Masse der Einzelpflanzen machte die Vegetation für das menschliche Auge sichtbar und ergab die blaugrüne Färbung der Hügellandschaft.

Bredel kniete nieder und strich mit den Fingern über das Flechtenpolster. Es fühlte sich samtig weich an und knisterte leicht bei der Berührung.

Professor Kaspons ehemaliger Assistent fühlte sich seltsam berührt von diesem kleinen Wunder der Natur. Ihm erschien sein bisheriges Leben an Bord der MARCO POLO mit einemmal kraft- und saftlos, trist und fad. Es war einfach zu wohlgeordnet, zu sehr behütet und beschützt.

Erst hier draußen in der unberührten Natur spürte man den Puls des wahren Lebens, die Kraft, die Gefahr und den Selbstbehauptungswillen. Hier konnte man zwar umkommen, aber nicht untergehen.

Ingwar Bredel lächelte.

Er blickte sich vorsichtig nach allen Seiten um. Bizarre Wolkenbänke leuchteten im grünen Abendlicht. Ihre schweren Schatten tauchten die Landschaft teilweise in undurchdringliche Finsternis. Neben der Antigravplattform stand hochaufgerichtet Leutnant Levus Hinzeman, eine grüne Aura um seinen Kugelhelm und das Gesicht in Dämmerlicht und Schatten unterteilt.

Die drei Ortungsspezialisten arbeiteten, über ihre Geräte gebückt. Hin und wieder hustete jemand unterdrückt. Ein Mann schimpfte über die Kälte.

Niemand achtete auf Sanitätsleutnant Ingwar Bredel, der lautlos in den Schatten zwischen den Hügeln untertauchte.

Kurz nach dem Ausschleusen der Landegruppe erschien Ovaron aufgeregt mit Merceile bei Perry Rhodan in der Zentrale. Der Cappin teilte Rhodan ohne lange Umschweife einen ungeheuerlichen Verdacht mit, der ihm gekommen war.

Rhodan wies die Möglichkeit, Alaska Saedelaere könne Vavischons Operationsbasis sein, zunächst empört zurück. Doch Ovaron blieb hartnäckig. Er argumentierte:

»In Alaska Saedelaere könnten weder Gucky, noch andere Telepathen, noch Merceile und ich den Takerer Vavischon ausmachen. Die Sextadim-Überlagerung des Cappin-Fragments ist der beste Ortungsschutz für einen Pedotransferer. Und ich fürchte, Vavischon hat das früher erkannt als wir und sich diesen Umstand kaltblütig zunutze gemacht . . .!«

Perry Rhodan war blaß geworden.

»Das ist eine zu schwerwiegende Behauptung, als daß ich sie Ihnen ohne genaue Begründung abnehmen würde, Ovaron.«

Der Cappin legte ihm die Hand auf die Schulter.

»Sie sind eben kein Pedotransferer. Sie würden gar nicht auf den Gedanken kommen, Alaska Saedelaere hätte auch nur das geringste damit zu tun, Perry.«

»Ich weiß natürlich, daß wir Alaska Saedelaere nicht verantwortlich machen können, wenn er von einem Cappin übernommen wurde«, entgegnete der Terraner. »Aber es handelt sich immerhin um den Körper des Transmittergeschädigten.«

Seine Augen weiteten sich.

»Moment, allmählich beginne ich das ganze Ausmaß der Gefahr zu begreifen! Das Cappin-Fragment in Alaskas Gesicht! Es muß mehr erfüllen als die Aufgabe, Vavischons Ich-Anteil zu überlagern!«

»Das vermute ich ebenfalls, Perry«, bestätigte Ovaron.

Der Großadministrator faßte sich wieder und verkündete grimmig: »Wir beobachten Alaska möglichst unauffällig. Vor allem sollten wir festzustellen versuchen, ob Alaska Saedelaere weiß, wo Vavischons Pseudokörper verborgen ist. Jetzt ist mir auch klar, warum Alaska hartnäckig versucht hat, einem Erkundungstrupp zugeteilt zu werden. Wahrscheinlich muß er das Schiff verlassen, um einen der sogenannten Biosynthos übernehmen zu können. Ovaron . . .?«

Der Cappin bestätigte.

»Die Biosynthos sind sechsdimensional inaktiv, Perry. Zumindest beim erstenmal würden die energetischen Einflüsse des Paratronschirms die genaue Pedopolung verhindern.«

»Ich fürchte . . .«, sagte Waringer nachdenklich, » . . . Vavischon muß die MARCO POLO, entgegen unserer bisherigen Annahme, nicht selbst verlassen, um einen Biosyntho übernehmen zu können. Er kennt doch sicher die Pedomuster einiger jener Leute, die mit den Erkundungstrupps das Schiff verlassen haben . . .?«

»Sie meinen, er könnte durch den Paratronschirm einen der Männer des Einsatzkommandos übernehmen und von dort aus in einen Biosyntho überwechseln?« fragte Merceile.

Der Hyperphysiker nickte.

»Das wird Vavischon nicht riskieren«, versicherte die Cappin-Frau. »Dazu kennt er die strukturelle Zusammensetzung des Paratronschirms nicht gut genug. Ich bin davon überzeugt, er will zumindest beim erstenmal unmittelbar aus seiner Operationsbasis in einen Biosyntho überwechseln.«

»Was jedoch nicht sicher ist«, fügte Rhodan skeptisch hinzu. »Jedenfalls weiß ich jetzt, daß wir nicht genau wissen, ob Vavischon sich noch an Bord befindet oder nicht.«

»Das läßt sich feststellen«, sagte Ovaron. Der Ganjo sah Merceile fragend an, und die junge Cappin-Frau nickte. »Merceile und ich gehen jetzt nach draußen. Wir hoffen, Ihnen bald sagen zu können, ob Vavischon sich noch im Schiff oder schon in einem Biosyntho befindet.«

Die beiden Cappins gingen nebeneinander zur Tür.

Perry Rhodan blickte ihnen grübelnd nach. Er hätte sie am liebsten zurückgehalten, doch bevor er zu einem Entschluß kam, hatten Ovaron und Merceile den Raum bereits verlassen.

Ingwar Bredel hörte, wie Leutnant Levus Hinzeman über Helmtelekom nach ihm rief, aber er antwortete nicht.

Statt dessen kroch er tiefer in die Bodenspalte hinein. Warme Dünste schlugen ihm entgegen, aber er schloß den Helm nicht. Es roch zwar unangenehm, war aber noch besser als die eiskalte Nachtluft draußen.

»Er kann sich doch nicht in Luft aufgelöst haben!« schimpfte Hinzeman. »Seht euch vor, Leute. Vielleicht gibt es hier Gespenster, die Menschen entführen.«

Einige Leute lachten verhalten, aber Hinzeman schimpfte nur noch lauter. Schließlich befahl er, mit eingeschalteten Scheinwerfern nach dem vermißten Sanitätsleutnant zu suchen.

Bredel wußte nicht genau, ob er schon weit genug entfernt war, um außerhalb des Suchbereichs zu sein. Er wagte jedoch nicht, den Kopf aus der Deckung zu nehmen und nachzusehen.

Die Männer des Erkundungstrupps sprachen nun durcheinander. Sie schimpften über die Kälte und den zunehmenden Wind, der feine Sandkörner von der Wüste herüberbrachte. Hinzeman führte ein kurzes Gespräch mit dem Einsatzkoordinator auf der MARCO POLO und erreichte, daß ein Shift und zwei Spezialisten mit Suchhunden abkommandiert wurden.

Ingwar Bredel hustete leise, als ein Schwall warmer, übelriechender Luft sein Gesicht traf. Sofort wurde es still im Telekom. Dann fragte Hinzeman, wer da gehustet habe. Als sich niemand meldete, rief er erneut nach Bredel.

Plötzlich zitterte der Boden.

Im Telekom schrie jemand etwas von Feuer und Gefahr, aber Ingwar Bredel in seinem Versteck konnte nicht erkennen, was damit gemeint war.

Geistesgegenwärtig klappte er seinen Druckhelm nach vorn, als der Boden stärker erschüttert wurde. Die Außenmikrophone übertrugen ein infernalisches Heulen.

Dann gab der morsche Sandstein des Spaltes unter Bredels Händen und Füßen nach, und der Sanitätsleutnant stürzte in eine scheinbar bodenlose Tiefe.

Ingwars erster Impuls war, um Hilfe zu schreien. Aber dann fürchtete er sich vor dem Spott der Kameraden und dem Verweis, den er bekommen würde.

In panischer Angst schaltete er an den Gürtelkontrollen des Aggregattornisters. Sein Pulsationstriebwerk sprang an und hüllte ihn in eine Wolke heißer Glut. Er schaltete es sofort wieder ab, und endlich fand er die Kontrollen für das Antigravaggregat. Sein Fall wurde langsamer, als die Antigravkissen auf Grund stießen. Langsam sank Ingwar Bredel auf die Füße.

Einige Sekunden lang lauschte er reglos in die Dunkelheit. Das Blut rauschte in seinen Ohren, aber bald ging sein Puls wieder regelmäßig.

Er war abgestürzt, zweifellos als Folge eines Bebens, das den Oberflächenspalt erweitert hatte. Da es über ihm still blieb, schien der Spalt nicht verschüttet zu sein. Er konnte also notfalls mit Hilfe des Pulsationstriebwerks wieder ins Freie kommen.

Aber draußen wartete Leutnant Hinzeman mit seinen Männern. Sie würden ihn nicht nur verspotten, sondern wahrscheinlich an seinem

Verstand zweifeln. Er zweifelte ja selber daran. Wie hatte er nur auf den Gedanken kommen können, sich von der Truppe zu entfernen, um die Natur zu genießen?

Ingwar Bredel schaltete seinen Helmscheinwerfer ein und ließ den grellen Lichtkegel wandern. Nacheinander wurden feuchte Felswände, blasenwerfende Pfützen auf dem Boden und die Trümmer eines unbekannten Gerätes aus der Dunkelheit gerissen.

Einmal blieb der Lichtkegel zitternd an einem seitlich abzweigenden Spalt hängen, der in die Finsternis führte. Dann richtete sich Bredels Aufmerksamkeit wieder auf die Geräteteile.

Ein zweites Beben ließ den Leutnant zusammenfahren. Von den Wänden lösten sich Steinsplitter und prasselten herab. Bredel flüchtete auf den schmalen Gang zu, den der abgezweigte Spalt bildete. Dicht vor seinem transparenten Kugelhelm donnerte eine Erdlawine herab. Ihre Masse drückte den Sanitätsleutnant tiefer in den Spalt hinein und verschüttete den Ausgang.

Ingwar stürzte sich auf die Erdmassen, die hinter ihm in die Abzweigung gequollen waren. Verzweifelt wühlte und grub er mit den Händen, ohne mehr zu erreichen, als daß weitere Erdmassen nachrutschten.

Keuchend und erschöpft gab er es auf. Er war verschüttet.

Ingwar Bredel lachte hysterisch, als ihm nachträglich klarwurde, daß die Erschütterungen keineswegs durch ein natürliches Beben hervorgerufen worden waren, sondern vom Start und der Landung der MARCO POLO.

Er hätte es sofort an den Geräuschen hören müssen. Das Schiff hatte im Alarmstart abgehoben – und war kurz darauf etwas unsanft wieder gelandet.

Vavischon . . .?

Bredel nickte bedächtig.

Es war durchaus möglich, daß der Takerer wieder einmal den Kommandanten oder einen Emotionauten übernommen und versucht hatte, die MARCO POLO in den interplanetaren Raum zu bringen.

Der Sanitätsleutnant konnte sich auch den Grund dafür denken.

Die Verteidigungsanlagen des Planeten TCR konnten der MARCO POLO nicht viel anhaben, solange ein Beschuß mit schweren Waffen den Planeten selbst gefährdet hätten. In genügender Entfernung jedoch brauchte man keine Rücksicht mehr auf TCR nehmen.

Mit einemmal wußte Ingwar Bredel auch, wie er sich aus der Affäre ziehen konnte.

Er brauchte nur zu sagen, Vavischon hätte ihn vorübergehend übernommen.

Anstatt ihn auf seinen Geisteszustand zu untersuchen, würde man ihm auf die Schulter klopfen und ihn belobigen.

Bredel schneuzte sich gerührt.

Danach schaltete er seinen Helmtelekom wieder ein und versuchte, Leutnant Hinzeman zu erreichen.

Aber Levus Hinzeman meldete sich nicht.

Ingwar Bredel rief nach der MARCO POLO.

Wieder blieb er ohne Verbindung.

Allmählich bekam der Leutnant kalte Füße. In seinem Bauch rumorte es, und die Handflächen wurden schweißnaß.

War die MARCO POLO etwa abgeflogen und hatte ihn mutterseelenallein auf dieser wüstenhaften Welt zurückgelassen . . .?

Bredel leuchtete mit seinem Helmscheinwerfer in den endlos erscheinenden Gang hinein und marschierte vorwärts, so schnell es auf dem unebenen Gelände möglich war . . .

Oberstleutnant Senco Ahrat stopfte sich gemächlich seine Pfeife. Er hatte soeben den Kommandanten abgelöst und die Wache am Kommandopult übernommen.

Nach einer Weile stellte er fest, daß seine Pfeife erloschen war. Er wollte sie neu anzünden – doch dazu kam es nicht mehr, denn in der Zwischenzeit wechselte sein Körper den Besitzer . . .

Der Takerer hatte darauf gewartet, daß die Kommandopositronik des Arsenalplaneten mit Waffengewalt gegen die MARCO POLO vorginge. Er wußte, daß die Verteidigungsanlagen über Waffen verfügten, die auch einem terranischen Ultraschlachtschiff der Trägerklasse gefährlich werden konnten.

Doch die Stunden waren verstrichen, und nichts hatte sich ereignet.

Über diesem Teil von TCR lag die Finsternis der Nacht.

Vavischon hatte begriffen, warum die Kommandopositronik auf einen Beschuß der MARCO POLO verzichtete. Sie war so programmiert, daß sie keine Waffen aktivierte, die unter Umständen zu einer teilweisen Vernichtung des Arsenalplaneten führen konnten.

Und mit schwächeren Waffen war der MARCO POLO nicht beizukommen.

Vavischon verzweifelte fast.

Er war sicher, daß er irgendwann in Alaska Saedelaere die MARCO

POLO würde verlassen können, um außerhalb des störenden Paratronschirms einen Biosyntho anzupeilen und zu übernehmen. Dann konnte er in die Schaltanlage des Arsenals gehen und in Manuellsteuerung Waffen einsetzen, die die Positronik niemals anwenden würde.

Mochten zwei Drittel des Planeten dabei zerstört werden. Das war nicht so schlimm, als wenn die Terraner entkamen.

Aber Vavischon scheute weiterhin davor zurück, einen synthetisch aufgebauten Körper gegen seinen natürlichen Körper einzutauschen. Er mochte nicht in einem organischen Aggregat leben, das aus den neutralisierten Zellen eliminierter Ganjasen gezüchtet worden war.

Denn ob organisch oder nicht, im Vergleich zu seinem jungen, gesunden und trainierten Körper wäre ein Biosyntho nicht mehr als eine Prothese gewesen.

Und bei einem massierten Angriff auf die MARCO POLO bestand zweifellos die Gefahr, daß sein Tzlaaf vernichtet wurde und er gezwungen war, in einem Biosyntho weiterzuleben – mit der vagen Hoffnung, einen seinem eigenen ebenbürtigen natürlich gewachsenen Körper eines anderen Takerers zu finden und übernehmen zu können. Was außerdem mit großen Schwierigkeiten verbunden wäre.

Nein, es gab nur eine akzeptable Möglichkeit: Die MARCO POLO mußte in den Weltraum gebracht werden, damit die Kommandopositronik von sich aus das Feuer eröffnete.

Vavischon schlüpfte in einem Anfall von Panik aus Saedelaeres Körper und drang in den des Ersten Offiziers ein . . .

Oberstleutnant Senco Ahrat aktivierte durch Drücken der Notfalltaste sämtliche Schwarzschildreaktoren. Danach schaltete er die Impulstriebwerke der MARCO POLO hoch, ohne auf die Grünwertanzeigen der Kraftwerke zu warten. Gleichzeitig aktivierte er die Antigravprojektoren voll.

Die MARCO POLO erbebte einige Sekunden lang, dann hob sie mit dem Getöse eines Weltuntergangs ab.

Ein Lähmschuß wurde abgefeuert.

Senco Ahrat bäumte sich auf. Ein Zittern durchlief seinen Körper, dann blieb er seltsam verrenkt liegen.

Vavischon war zu Tode erschrocken. Als Mentro Kosum den Strahler zog, hatte er an einen tödlichen Energieblitz gedacht und zugleich gewußt, daß er nicht mehr rechtzeitig aus Ahrats Körper würde flüchten können.

Nachdem der Erste Offizier paralysiert zusammengebrochen war, zog Vavischon sich demoralisiert in Alaska Saedelaere zurück.

Major Mentro Kosum leitete den Landevorgang der MARCO POLO ein. Anschließend aktivierte er die Rundrufanlage und rief mit singendem Tonfall:

»Legt schlafen euch, wir landen schon, es war mal wieder Vavischon.«

Senco Ahrat wurde von einem Medo-Roboter auf eine Antigravbahre gelegt und zur Bordklinik gebracht.

Nachdem die MARCO POLO gelandet war, drehte Kosum sich um und lächelte Perry Rhodan zu, der in die Zentrale gekommen war.

»Er versucht es immer wieder, Sir.«

Perry Rhodan lächelte zurück.

»Er hat es einmal zu oft versucht, Major. Nun wissen wir wenigstens, daß er noch an Bord ist.«

21.

Leutnant Ingwar Bredel rutschte auf dem feuchten, glitschigen Boden des Ganges aus und stürzte schwer. Keuchend wälzte er sich auf die Seite und setzte sich auf.

Ein Blick auf das Leuchtzifferblatt seines Armband-Chronographen unterrichtete ihn darüber, daß er schon seit dreieinhalb Stunden in der lichtlosen Unterwelt von TCR weilte.

Er schaltete wieder einmal seinen Helmtelekom ein und versuchte, eine Verbindung mit irgend jemandem zu bekommen, ganz gleich mit wem.

Doch der Empfänger blieb stumm – bis auf ein monotones Knistern.

So raffte sich Ingwar Bredel wieder auf und marschierte weiter den Gang hinab. Von der Decke tropfte es milchig, bekleckste den Kampfanzug und den Druckhelm, den Aggregattornister und die Sanitätsausrüstung. Die Stiefel glitten in einer schleimigen Brühe aus, Risse und bucklige Erhebungen bildeten tückische Falten.

Das alles wäre nur halb so schlimm gewesen, hätte Bredel einen Gefährten bei sich gehabt.

Er lachte verwirrt.

Einsamkeit hatte er gesucht – nur um dann festzustellen, daß er gar nicht für die Einsamkeit geschaffen war.

Das Echo brachte sein Gelächter von vorn zurück. Ingwar lief schneller. Er wollte wissen, was dort vorn war: Entweder ein größerer Hohlraum oder eine Felswand, die ihm den Weg versperrte.

Doch nichts von beidem konnte er sehen.

Der Sanitätsleutnant marschierte eine weitere Stunde, bevor er auf die abwärts führenden Stufen stieß. Es waren primitive Steinstufen, einfach in den Fels gehackt, ungeglättet, teilweise von auswurffarbenem Sinter überzogen.

Bredel merkte, wie glatt die Stufen waren. Er wagte es nicht, sich ihnen aufrecht anzuvertrauen. Also ging er auf Händen und Füßen hinab und bewegte sich rückwärts die Treppe hinunter.

Nach einer halben Stunde waren die Stufen immer noch nicht zu Ende. Der Leutnant setzte sich vorsichtig. Seine Armmuskeln zitterten, und die Hände waren beinahe gefühllos.

Ingwar Bredel schloß die Augen und ruhte sich einige Minuten lang aus. Dann beugte er sich vor, schaltete seinen Helmscheinwerfer wieder auf Fernlicht und spähte nach unten.

Er atmete auf, als er sah, daß die Stufen etwa zehn Meter unter ihm aufhörten. Sie endeten in einer eiförmigen, aus dem Felsen gehauenen Halle von etwa acht Metern Höhe und fünf Metern Flächendurchmesser.

Bredel verdrehte den Hals und blickte zurück. Unwillkürlich schloß er die Augen, als er die Höhe erkannte, aus der er auf steilen glatten Stufen herabgeklettert war.

Vierhundert oder fünfhundert Meter ungefähr.

Ein einziger Fehltritt – und er hätte sich zu Tode gestürzt.

Es überlief ihn eiskalt.

Doch dann überlegte er sich, daß es dumm von ihm gewesen war, sich vor den steilen Stufen zu fürchten. Er hätte nur sein Antigravaggregat einschalten brauchen und wäre sanft herabgeschwebt.

Das gab Ingwar neuen Mut und neue Zuversicht. Er packte einen Konzentratriegel aus und aß die energiereiche Masse langsam und mit Genuß. Danach trank er einen Schluck der gelblichen Flüssigkeit, die jeder Mann eines Einsatzkommandos in seine Feldflasche gefüllt bekam und die alle Vitamine, Spurenelemente und psychotropen Energetika enthielt, die ein menschlicher Körper unter Hochbelastung braucht. Zusätzlich war dem Getränk ein psychologisch wirkender Langzeit-Durststiller beigefügt.

Nach dieser Mahlzeit fühlte sich Sanitätsleutnant Ingwar Bredel frisch und unternehmungslustig. Er schaltete den Antigravteil des

Rückentornisters ein und schwebte die letzten zehn Meter der Treppe ohne jede körperliche Anstrengung hinab.

Dann stand er in der eiförmigen Halle und musterte die bunten Zeichnungen, von denen die Wände bedeckt waren. Er konnte keinen Sinn in dieser Disharmonie von Kurven, Vierecken und fremdartigen Zahlensymbolen entdecken.

Dennoch vermochte er seinen Blick nicht von den Zeichnungen zu lösen. Allmählich verschmolzen sie in seinem Wahrnehmungsvermögen miteinander, bildeten ein magisches Symbol und vereinten sich mit jener formbeständigen Ballung energetischer Ladungen zu einem Gleichklang subatomarer Schwingungen . . .

Joak Cascal warf sich mit einem erstickten Schrei zur Seite, als Alaska Saedelaere den Strahler hob und auf ihn zielte.

Anschließend blickte er verwirrt auf den Transmittergeschädigten.

»Was war los, Alaska?« fragte er. »War ich übernommen?«

Saedelaere nickte bestätigend und steckte die Waffe in die Gürtelhalfter zurück.

»Sie waren im Begriff, jemanden zu erschießen, Cascal. Jedenfalls sah ich, wie Sie nach Ihrem Kombistrahler griffen – recht unauffällig, und ich hätte es vielleicht zu spät bemerkt, wenn ich nicht im gleichen Moment die Ausstrahlungen eines Cappins gespürt hätte.«

Ovaron hatte in der Nähe gestanden. Jetzt kam er heran und sagte:

»Ich spürte es ebenfalls, hätte aber wahrscheinlich nicht rechtzeitig eingreifen können.« Er blickte Saedelaere prüfend in die Augen, die durch die Öffnungen der Gesichtsmaske zu sehen waren. »Sie haben wahrscheinlich einem der hier Anwesenden das Leben gerettet. Meine Anerkennung, wie schnell Sie Vavischon bemerkten.«

Alaska Saedelaere lachte trocken.

»Ich bin eben allergisch gegen Cappins. Sie und Merceile natürlich ausgenommen.«

Der Ganjo war sehr nachdenklich geworden. Er blickte sich unauffällig in der Kommandozentrale um und sah, daß Perry Rhodan, Icho Tolot und Roi Danton den Transmittergeschädigten beobachteten.

Was mochten sie nach diesem Zwischenfall wohl denken?

Ovaron traute dem takerischen Pedotransferer durchaus zu, daß er sich einer List bediente, um seine Operationsbasis nicht zu verraten. Aber der übernommene Cascal hätte ohne weiteres den Großadministrator töten können, wenn Saedelaere nicht eingegriffen hätte.

Vielleicht war sein Verdacht doch unberechtigt gewesen.

Der ausgeprägte Gerechtigkeitssinn Ovarons ließ es nicht zu, daß er seine Zweifel verschwieg. Er bat Perry Rhodan in ein psionisch abgeschirmtes Zimmer und trug ihm seine Überlegungen vor.

Rhodan hörte schweigend und aufmerksam zu. Als Ovaron geendet hatte, sagte er langsam:

»Ich höre diese Zweifel sehr gern, aber ich weiß auch, daß dies emotionell bedingt ist. Alaska Saedelaere ist ein außergewöhnlich tüchtiger und vertrauenswürdiger Mitarbeiter. Deshalb fällt es mir schwer, ihn mir als Operationsbasis Vavischons vorzustellen.«

Er seufzte.

»Dabei ist Alaska Saedelaere so oder so unschuldig an dem, was der Verbrecher Vavischon tut. Freund, ich möchte lieber übervorsichtig als leichtsinnig sein. Sie waren mit Merceile draußen, nicht wahr . . .?«

Der Ganjo nickte.

»Ja, Perry, und wir haben auf die Übernahme von Biosynthos verzichtet, weil unsere Ersatzkörper sämtlich unbelebt sind.«

»Folglich befindet sich Vavischon noch in seiner Operationsbasis und operiert nicht von einem Biosyntho aus«, folgerte Rhodan. »Ich werde Alaska weiter beobachten lassen, Ovaron.«

»Gut, Perry.« Der Ganjo erhob sich. »Wie ich hörte, sind die Erkundungstrupps auf dem Rückflug . . .«

»Ja . . .«, erwiderte Rhodan gedehnt. »Bis auf einen Mann. Leutnant Hinzeman meldete mir Sanitätsleutnant Bredel als vermißt. Das bereitet mir Sorgen, Ovaron. Kein Erkundungstrupp hatte Feindberührung. Die Aktionen verliefen friedlich wie bei einer Übung auf der Erde. Es gibt einfach keine vernünftige Erklärung dafür, wie und wohin Leutnant Bredel verschwunden sein sollte.«

Ovaron dachte nach.

»Dieser Zwischenfall sollte uns zur Vorsicht mahnen. TCR besitzt offenbar mehr Geheimnisse, als Vavischon uns verraten hat.«

Perry Rhodan lächelte kühl.

»Wir werden TCR zwingen, einige seiner Geheimnisse preiszugeben. Ovaron, ich habe vorhin mit Atlan gesprochen. Der Arkonide befindet sich mit einer Kreuzerflottille im Anflug. Ich habe vor, durch die schweren Desintegratorgeschütze der Kreuzer Schächte in die Planetenkruste treiben zu lassen. Oberst Kasom stellt inzwischen ein Spezialkommando von zweihundert Raumsoldaten und fünfhundert Kampfrobotern zusammen.«

»Sie wollen gewaltsam in die Anlagen von TCR einbrechen, Perry?« fragte der Ganjo atemlos. Seine Augen glänzten. Offensichtlich war er froh darüber, daß sein terranischer Freund endlich gegen die Vernichter seines Volkes vorging.

Perry erkannte Ovarons Gedanken und schüttelte den Kopf.

»Nein, mein Freund. Ich will und kann mich nicht in die inneren Angelegenheiten von Gruelfin einmischen. Alles, was ich tue, tue ich nur aus Sorge um die Intelligenzen meiner Galaxis. Ich muß verhindern, daß das Takerische Reich eine Invasion gegen meine Galaxis beginnt. Dazu benötige ich Informationen, und vielleicht erhalte ich sie innerhalb von TCR.«

»Die Kommandopositronik wird sich wehren, Perry.«

»Damit rechne ich. Aber gegen Feinde im Innern kann sie sich nicht so gut wehren wie gegen ein gelandetes Raumschiff. Wir werden einen Überraschungsschlag führen.«

Er ging zur Tür.

»Ich muß zur Funkzentrale. Atlan wird jeden Augenblick anrufen. Wir wollen die Einzelheiten des Angriffs besprechen. Würden Sie sich bitte weiterhin um Saedelaere kümmern?«

Die Fabrikationsanlage hatte lange stillgelegen, nachdem sie nach dem Willen einer Programmierungskarte eine grauenvolle Aufgabe erfüllt hatte.

Nun erwachte sie zu neuer Aktivität. Doch nicht ein simples Programm zwang ihr seinen Willen auf, sondern ein Mensch – Ingwar Bredel.

Bredel, Ingwar, geboren am 11. August 3406 Erdzeit, auf Terra, Solsystem, Geschlecht männlich, IQ 147 Reinbron-Einheiten, Bürger des Solaren Imperiums. Besondere Kennzeichen: keine, besondere Interessen: keine, besondere Fähigkeiten: keine.

Ein Durchschnittsmensch des fünfunddreißigsten Jahrhunderts: körperlich und geistig gesund, ohne schwerwiegende Mängel und ohne besondere Vorzüge, karrierebewußt und strebsam, solange das nicht zu anstrengend wurde, strafversetzt zum Landungskommando der MARCO POLO und verschollen auf einem takerischen Geheimplaneten mit der Kodebezeichnung TCR . . .

Als die Klimaanlage die Grabeskälte vertrieben hatte und ihm atembare Luft angezeigt wurde, öffnete Ingwar Bredel den Kugelhelm seines Kampfanzuges wieder.

Aufmerksam betrachtete er das Schaltpult mit seinen ungezählten Kontrollen und Skalen von Instrumenten. Sein Gesicht wirkte auf eigentümliche Weise frisch und gestrafft.

Nur die Augen waren nicht die eines vitalen Menschen. Für ihr Aussehen gab es nur eine Bezeichnung: blicklos.

Gegen sie wirkten die Instrumente lebendig, denn sie reagierten, wenn sie etwas wahrnahmen. Bredels Augen aber hätten nicht einmal reagiert, wenn man mit der flachen Hand auf sie geschlagen hätte.

Dennoch nahm Ingwar Bredel alles, was um ihn herum existierte, mit unnachahmlicher Klarheit wahr.

Er – und das, was man das in seinen Geist projizierte Ich von rund zweihunderttausend Intelligenzen nennen konnte.

Die Körper dieser zweihunderttausend Lebewesen existierten nicht mehr in der ursprünglichen Form. Sie waren schon vor langer Zeit zu einem bindungslosen und energetisch neutralen Zellbrei aufgespalten und zu geistig leblosen Androiden, zu Zombies, zusammengefügt worden.

Aber die Ich-Anteile der Gemordeten waren nicht, einem unerklärlichen Automatismus folgend, auf eine dunkle und erinnerungslose Entelechie-Ebene zurückgestürzt, sondern durch das Können und Wissen eines uralten Volkes in zeitlose Erstarrung gebannt worden.

Als ein Terraner namens Ingwar Bredel ahnungslos in die magische Formel der Namenlosen trat, wurde sein Ich blitzartig von dem gebannten Über-Ich angezogen.

Der magische Einfluß brach zusammen, und das Über-Ich floß – nunmehr um das Ich von Ingwar Bredel angereichert – in den Körper des Menschen.

Seitdem sie ihre organische Funktionsbasis hatten verlassen müssen, war für die zweihunderttausend Ich-Anteile keine Zeit vergangen.

In und mit dem Ich-Anteil ihres Freisetzers mußten sie sich erst allmählich an den Gedanken gewöhnen, daß sie niemals mehr in ihre früheren Körper würden zurückkehren können.

Sie hätten selbstverständlich die vegetativ lebenden Leichname übernehmen können, die von einer vollautomatisch arbeitenden Fabrik aus den neutralisierten Zellen ihrer ehemaligen Körper gebaut worden waren. Aber sie schreckten davor zurück, in plumpen Monstren gebunden zu sein.

Da war ihnen der Körper dieses terranischen Menschen bedeutend lieber.

Doch auch an ihm gab es vieles auszusetzen. Zweihunderttausend Ich-Anteile vereinigten zweihunderttausend unterschiedliche Vorstellungen in sich, wie ein intelligentes Lebewesen beschaffen sein sollte.

Deshalb stand Ingwar Bredel, der eigentlich – wenn man vom unselbständigen Trägerkörper absah – nur noch zu einem Zweihunderttausendstel Ingwar Bredel war, vor dem Schaltpult der Fabrikationsanlage.

Und wenn man davon absah, daß es Bredels Hände und Finger waren, die bewegt wurden, so war es nicht Ingwar Bredel, der über die Schaltungen des Pultes einen komplexen Mechanismus in Gang setzte.

Irgendwo in den verzweigten Anlagen von TCR liefen die Maschinen eines Lagerraums an. Aus einem riesigen Wabensystem löste sich eine Erhaltungszelle. Eine warme, gelbliche Emulsion tropfte aus den abgetrennten Verbindungsleitungen.

Die Erhaltungszelle glitt über Transportbänder zu einer blitzenden Zentrifuge. Dort öffnete sich die Zelle, und ein nackter humanoider Körper wurde von Greifhaken aus der Nähremulsion gehoben, von harten Wasserstrahlen abgespritzt, mit Warmluft getrocknet und unsanft in die Höhle der kugelförmigen Trennkammer befördert.

Starke Maschinen liefen an. Langsam begann sich die Zentrifuge zu drehen. Die Trennkammer rotierte eigenständig, während sie am äußersten Ende des Stahlhebels um den Zentrifugenschwerpunkt gewirbelt wurde.

Aus blauweiß glühenden Abstrahlprojektoren an der Decke des Raumes züngelte ein Strahlengewitter hernieder, hüllte die Trennkammer ein und vermischte sich mit dem Summen der Zentrifuge zu einem chaotischen Hexensabbat aus Bildern und Tönen.

Bald war die Zentrifuge so schnell, daß ein menschliches Auge sie höchstens als leicht getrübten Luftwirbel gesehen hätte, als Zyklon mit der Schwerpunktsnabe als Auge.

Später lief die Maschine aus. Die Zentrifuge kam zum Stillstand, die Trennkammer öffnete sich.

Farblos glasiges Plasma ergoß sich in eine Transportwanne, gurgelte, schwappte und spritzte. Eine biologisch neutrale Energiefolie verschloß die Transportwanne. Ein Transportband übernahm die Weiterbeförderung dessen, was noch vor einer halben Stunde in der Erhaltungszelle des Wabensystems gewesen war.

Wenn man von der Zustandsform absah, so hatte sich nichts verändert. Man kann festes H_2O, auch Eis genannt, verflüssigen, chemisch bleibt es H_2O, auch wenn man es dann im allgemeinen Sprachgebrauch nicht mehr Eis nennt, sondern Wasser.

Um den Beweis dafür anzutreten, braucht man es nur jener Bedingung auszusetzen, die den Schmelzvorgang rückgängig macht . . .

Ähnliches geschah mit dem biologischen Plasma, in das man jenen unbewußt vegetierenden Leib verwandelt hatte, der in der Fachsprache mit dem Begriff »Biosyntho« bezeichnet wurde.

Aus einer regellosen Zellenanhäufung formte sich ein neuer Biosyntho, wurde zum Produkt der Wünsche von zweihunderttausend Seelen der sechsdimensionalen Ich-Anteile. Natürlich waren nicht alle Wünsche berücksichtigt worden, bei der vorhandenen Vielzahl hatte ein Kompromiß geschlossen werden müssen.

In dem Augenblick, in dem das Gebilde vollendet war, wechselten zweihunderttausend Ich-Anteile in das Werkzeug ihrer Rache.

Vom ungeheuren sechsdimensionalen Sog dieser Massentransferierung mitgerissen, verließ Ingwar Bredel seinen Körper.

Zurück blieb eine gallertartige, quallenförmige Masse von einem Meter Höhe und anderthalb Meter Durchmesser.

Der Tzlaaf eines Terraners . . .!

Perry Rhodan sah seinen Sohn an.

»Ich werde Alaska hinausschicken und Ovaron bitten, in einen biosynthetischen Körper zu transferieren«, verkündete er die Entscheidung, die ihm nicht leichtgefallen war. »Allerdings werde ich dem Ganjo nicht vorschreiben, was er mit Vavischons Biosyntho tun soll, falls er ihm begegnet.«

Roi lächelte.

»Ovaron wird den Schlächter von einigen hunderttausend Ganjasen hinrichten, ohne ihm eine Chance zu geben.«

»Zweifellos hat er das Recht dazu«, versetzte Perry mit gesenktem Kopf.

Er stand auf, nickte seinem Sohn zu und ging zur Tür.

»Ich bin mit Atlan im Befehlsstand Kasoms verabredet. Er ist inzwischen eingetroffen. Kommst du mit, Mike?«

Roi Danton war bereit.

Als sie Toronar Kasoms Befehlsstand betraten, war Lordadmiral Atlan bereits eingetroffen. Außer Oberst Kasom standen zwei Männer neben dem Arkoniden: Captain Jarraf Styl, der Chef des Robotkommandos, und Captain Alus Komo, der Chef des Landekommandos der MARCO POLO.

Atlan betätigte den Elektronenweiser für die videoplastische Nachbildung des Planeten TCR, die an einer Kraftfeldachse im Befehlsstand aufgehängt war.

»Hier . . .«, fünf grüne Punkte leuchteten an der Oberfläche der Videoplastik auf, » . . . erfolgt der Scheinangriff von fünf Kreuzern der Flottille Kuruzin . . .«

Atlan schaltete erneut. Fünf rote Punkte leuchteten an einer anderen Stelle der Videoplastik auf.

»Sobald die planetare Abwehr eingesetzt hat, greifen die anderen fünf Kreuzer der Ersten Flottille hier an – unter Kuruzins persönlicher Führung. Sie werden mit den Desintegratorgeschützen Schächte in die Kruste brennen und damit fünf Zugänge zu den Anlagen des Arsenals schaffen.

Sofort danach dringt die Stoßgruppe unter Oberst Kasoms Führung durch die Schächte in das Arsenal ein, abgesichert und unterstützt von fünf Abteilungen zu je hundert speziell programmierten Kampfrobotern.

Weitere zweitausend Kampfroboter und fünfhundert Mann stellen sich als Eingreifreserve im Ausfall-Hangar bereit.«

Der Arkonide lächelte kalt.

»Ich schlage vor, daß ich die Eingreifreserve – falls sie zum Einsatz gelangt – selber anführe. Dafür sollte diesmal ausnahmsweise der Großadministrator an Bord bleiben.«

»Applaus!« rief Danton und klatschte in die Hände. »Applaus für den Arkonidenfürst!«

»Schweige er, Schamloser!« fuhr Atlan ihn mit gespieltem Zorn an. »Nur ehrlos' Volk gießt seinen Spott über dem Heldenmut der Götter aus!«

Vavischon war beunruhigt, als der Mausbiber neben ihm materialisierte und ihn bat, ihn zu Perry Rhodan zu begleiten.

»Was gibt es?« fragte er mit dem Mund Alaska Saedelaeres.

Gucky blinzelte und griff nach Alaskas Hand.

»Geheimauftrag, mein Lieber.«

Er teleportierte und materialisierte zusammen mit dem Transmittergeschädigten in Kasoms Befehlsstand.

Toronar Kasom und Perry Rhodan standen vor einer Galerie von

3-D-Monitoren und beobachteten das Ausschleusen der Roboterabteilungen. Die Kampfmaschinen sammelten sich unterhalb des Kugelleibes der MARCO POLO, also noch innerhalb des schützenden Paratronschirmes.

Rhodan wandte sich um. Sein Gesicht glich einer starren Maske.

»Sir . . .?« fragte Saedelaere.

»Wir stoßen innerhalb der nächsten Stunde ins Arsenal von TCR vor, Alaska«, sagte Rhodan. »Da seit einigen Stunden niemand mehr übernommen wurde, hält es die Positronik für wahrscheinlich, daß Vavischon sich in einen der Biosynthos des Arsenals geflüchtet hat. Begleiten Sie bitte das Landekommando und sehen Sie sich um. Versuchen Sie, Vavischon auch dann zu identifizieren, wenn sein Trägerkörper sich unbeseelt stellt.«

»Ich verstehe, Sir.«

Alaska Saedelaere hatte keine Mühe, seinen Triumph zu verbergen. Seine Plastik-Halbmaske erwies sich als unschätzbarer Vorteil. Er mußte nur aufpassen, daß seine Augen ihn nicht verrieten.

»Wie wollen Sie ins Arsenal hineinkommen?«

»Wir haben einen Einsturz entdeckt«, antwortete Oberst Kasom. Er log nicht einmal, denn die durch das Beben verschüttete Spalte, durch die Ingwar Bredel verschwunden war, hatte man inzwischen gefunden.

»Einsturz . . .?« fragte der Transmittergeschädigte.

Toronar Kasom nickte.

»Vavischon versuchte vor einiger Zeit, die MARCO POLO zu starten. Dadurch und durch die anschließende Landung kam es zu einigen schwachen Krustenbeben.« Auch das entsprach der Wahrheit. Nur verschwieg Kasom eben, daß der Einsturz nicht als Eingang benutzt werden sollte. Rhodan und er hatten sich darauf geeinigt, Alaska weiterhin als Vavischons Operationsbasis anzusehen, und es wäre natürlich ein Fehler gewesen, den Takerer in den wirklichen Angriffsplan einzuweihen.

»Gucky«, sagte Rhodan, »wird Sie ins Ausrüstungsdepot des Landekommandos bringen, wo man Ihnen einen Kampfanzug verpassen wird. Mein Sohn begleitet Sie später nach draußen. Viel Erfolg, Alaska!«

Er winkte lächelnd.

Alaska Saedelaere winkte zurück.

»Vavischon wird mir nicht entgehen«, versicherte er hintergründig.

Gucky teleportierte mit ihm ins Ausrüstungsdepot. Nur ein Mann des ersten Einsatzkommandos befand sich noch dort: Roi Danton. Es gehörte zu Perry Rhodans Taktik, Vavischon so lange wie möglich über die wahre Natur des bevorstehenden Einsatzes im unklaren zu lassen.

Der Takerer sollte glauben, es handle sich wieder um einen Erkundungsvorstoß. Auf keinen Fall durfte er dazu veranlaßt werden, sofort nach dem Verlassen des Schiffes in einen Biosyntho zu schlüpfen, um die Kommandopositronik des Arsenals über die Pläne der Terraner aufzuklären.

Roi half dem Transmittergeschädigten in einen schweren Kampfanzug und ging selbst die Checkliste durch. Er war bereits in seinen schweren Anzug umgestiegen.

Als die beiden Männer schließlich die Zentralschleuse der MARCO POLO verließen, waren Kampfroboter und Stoßgruppe bereits durch die Strukturschleuse des Paratronschirms gegangen.

Nach kurzer Kontrolle folgten ihnen Danton und Saedelaere. Die grüne Sonne stand im Zenit und stach schmerzhaft in den Augen. Eine schwache Luftbewegung kräuselte die Oberfläche der Wüste und riß hin und wieder kleine Sandschleier empor.

Saedelaere runzelte die Stirn, als die Außenmikrophone des Kugelhelms ihm bei größter Intensität ein kaum hörbares dumpfes Dröhnen übermittelten, ein tiefes fernes Summen, das eine unterschwellige Beklemmung erzeugte.

Er sah rasch zu Roi Danton, aber Rhodans Sohn schien das Geräusch nicht bemerkt zu haben.

Vielleicht existierte es auch nur in seiner, Vavischons, Einbildung, oder es war das Rauschen des Blutes in Saedelaeres Ohren . . .

Genau voraus blitzte es plötzlich am Horizont auf. Blauweiße Glut wölbte sich empor. Hocherhitzte Luft flimmerte und waberte darüber. Wenige Sekunden später rollte die Schallwelle heran. Sand- und Staubfahnen wurden emporgerissen. Immer wieder blitzte es.

Vavischon erkannte, daß einige Raumschiffe mit ihren Impulsgeschützen auf den Boden feuerten. Sie versuchten offenbar, einen Zugang zum Arsenal zu brennen.

Davon hatte Rhodan nichts gesagt!

Doch bevor Alaska Saedelaere etwas sagen konnte, schwenkte Roi Danton nach rechts ab, winkte und schaltete sein Pulsationstriebwerk höher.

Notgedrungen folgte Alaska ihm und beschleunigte ebenfalls. In zwei oder drei Kilometern Entfernung entdeckte er plötzlich eine lange Reihe niedrig fliegender, silbrig schimmernden Gebilde, die parallel zu Roi Danton und ihm über dem Sand schwebten.

Und dann standen schlagartig fünf grünlich schimmernde Säulen vor ihnen in der Wüste. Flirrende Gaswolken entwichen dort, wo die Strahlen der Desintegratorgeschütze den Boden auflösten.

Vavischon begriff.

Der effektvolle Feuerschlag aus den Impulsgeschützen war nur ein Scheinangriff gewesen, um die Kommandopositronik des Arsenals abzulenken. Die wirkliche Gefahr ging von den Kreuzern aus, die von außerhalb der Atmosphäre mit scharf gebündelten Desintegratorstrahlen Schächte durch die Oberfläche trieben.

Jetzt schallten erste rauhe Kommandos aus dem Helmempfänger. Rasend schnell näherten sich Kampfroboter und Stoßtrupp-Abteilungen dem von mächtigen blaßgrünen Gasschwaden verhüllten Geländeabschnitt.

Der erste Desintegratorstrahl erlosch.

Vavischon hörte die Befehle mit, die Oberst Kasom aus der MARCO POLO gab.

Fünfzig Kampfroboter drangen in den ersten Schacht ein. Vierzig Raumsoldaten folgten ihnen im vorgeschriebenen Sicherheitsabstand.

Die zweite Strahlsäule erlosch.

Vavischon wußte, daß man ihn absichtlich getäuscht hatte. Wahrscheinlich war vor ihm dieser Ganjo in einen Biosyntho transferiert und lauerte ihm in der Wabenhalle auf.

Er würde vergeblich warten.

Jedenfalls vorerst.

Vavischon lachte innerlich.

Diesen Terranern würde er zeigen, wie ein takerischer Flottenchef reagierte.

Er verließ Alaskas Körper und drang mit einer Pedotransferierung mühelos durch die Schutzschirme der MARCO POLO . . .

Langsam stand Major Donald Freyer von der Konturliege seiner Kabine auf. Er blickte sich suchend um, seine Augen nahmen den Ausdruck des Erstaunens an und weiteten sich danach in befreiender Erkenntnis.

Der Chef der Funkzentrale schnallte sich den Waffengürtel über seinen Kampfanzug und trat hinaus auf den Korridor.

Die gegenläufigen Transportbänder summten leise. Kein Mensch war zu sehen.

Und doch zögerte Freyer noch.

Dann sah er die handspannengroßen Kolonialterraner vom Planeten Siga. Diese winzigen Männer trugen ihre schweren Kampfanzüge und führten einige Koffer mit Sonderausrüstung bei sich. Sie hatten die Tür Freyers bereits passiert und bemerkten ihn gar nicht.

Vavischon fragte sich, ob die Siganesen etwa an dem Einsatz gegen das Arsenal teilnehmen wollten. Da er von dem Paladin-Roboter – der eigentlich kein Roboter, sondern eine bemannte Festung war – bisher nichts ahnte, fand er natürlich des Rätsels Lösung nicht.

Nachdem die Siganesen um die nächste Biegung verschwunden waren, betrat Donald Freyer das nach links führende Transportband. Beim übernächsten Liftschacht stieg er ab und trieb die zwei Decks bis zum mittleren Deck, dem sogenannten Chefdeck, hinauf.

Die beiden diensttuenden Funkoffiziere blickten verwundert auf, als ihr Vorgesetzter überraschend in der Funkzentrale erschien und ihnen erklärte, er müsse die Kontrollen des Vorbereitungsraumes inspizieren. Wie es Vorschrift war, ging einer der Offiziere mit, was Vavischon nicht wenig beunruhigte.

Aber der Takerer ließ sich von dem einmal gefaßten Entschluß nicht abbringen. Er schloß die Tür hinter seinem Begleiter und schlug den Mann überraschend nieder.

Danach faßte er einen Hyperkomspruch im Kode der Takerischen Exekutionsflotte ab, ließ ihn durch die Rafferautomatik zu einem Klicken von einer Hundertstel Sekunde Dauer zusammenpressen und versah ihn mit einer Endlos-Abspielmarkierung.

Vom Vorbereitungsraum konnte allerdings kein Spruch ausgestrahlt werden. Kaltblütig ging Major Freyer in die Funkzentrale zurück, stellte den großen Hyperkom auf die takerische Flottenfrequenz ein und schob den Kristallrahmen mit dem vorbereiteten Spruch in den Schlitz der Sendeautomatik.

Erst da wurde der andere Diensthabende mißtrauisch. Aber Freyer war sein Vorgesetzter, also bat er höflich um Information, anstatt sofort die Energieversorgung des Hyperkoms zu unterbrechen.

Donald Freyer gab eine ausweichende Antwort. Damit gewann Vavischon Zeit genug, um den Funkspruch mindestens hundertmal wiederholen zu lassen.

Inzwischen hatte der andere Offizier begriffen, was vorging. Er zog seinen Strahler.

Vavischon zweifelte keinen Augenblick daran, daß die Terraner kaltblütig den Übernommenen mit ihm zusammen töten würden, um ihren Feind auszuschalten. Und verließ Freyers Körper fluchtartig.

22.

Neunhundertvierzig Lichtjahre vom Taimay-System entfernt fingen die Antennenblöcke eines takerischen Patrouillenkreuzers den gerafften Hyperkomspruch Vavischons auf.

Der Kommandant ließ den Spruch dehnen und in Klartext übersetzen. Nachdem er ihn sich angehört hatte, ließ er ihn erneut raffen und befahl, ihn über Dakkarkom an das Hauptquartier der takerischen Flotten weiterzuleiten.

Ovarons Ich regte die Hirnzellen eines biosynthetischen Gebildes zum Aufbau des bewußtseinserhaltenden Spiegelfeldes an.

Bisher nicht viel mehr als ein auf vegetativer Stufe existierender Leichnam, schaltete der Einfluß des sechsdimensionalen Ich-Anteils die Zellen zu Verbänden und die Zellverbände zu einer in sich geschlossenen Funktionseinheit zusammen.

Der Biosyntho wurde »beseelt«.

Vom Standpunkt der terranischen Psychologie aus betrachtet, war das Monstrum jetzt identisch mit dem Ganjasen Ovaron. Der biosynthetische Körper spielte dabei keine bedeutendere Rolle als ein Kleidungsstück für einen Menschen.

Wie man beispielsweise das gleiche Wesen blieb, wenn man die Schuhe wechselte, so blieb man die gleiche Persönlichkeit, wenn man einen anderen Körper übernahm.

Ovaron war nicht gerade angenehm berührt, als er sich der zahllosen Unzulänglichkeiten des biosynthetischen Körpers bewußt wurde. Das monströse Gebilde hielt keinem Vergleich mit seinem ursprünglichen Körper stand.

Nachdem er aus dem Erhaltungstank entlassen worden war, beförderte ein Transportband ihn in einen Raum, in dem Roboter ihn wuschen, massierten, ankleideten und speisten.

Erst nach einer halben Stunde kam der Ganjo dazu, sich in einem Feldspiegel zu betrachten.

Er sah ein unförmiges Monstrum, etwa zweieinhalb Meter hoch, mit rotem Gesicht und stumpfblickenden Augen. Das Monstrum war in einen derben grauweißen Anzug von der Art terranischer Karate-Anzüge gehüllt, trug dünne kurze Lederstiefel mit daumendicken Sohlen, einen knallgelben Funkhelm und einen Schaltgürtel, mit dem das flache Tornisteraggregat reguliert werden konnte.

Bereits die ersten selbständigen Bewegungen belehrten ihn darüber, daß das Nervensystem des Biosynthos nur unzureichend differenziert war. Er würde mindestens ein Vierteljahr brauchen, um den klobigen Koloß so vollendet wie den eigenen Körper zu beherrschen.

Eigentlich, sagte er sich, braucht mich das nicht zu wundern. Kein Lebewesen kann vom ersten Augenblick der Existenz an alle seine Bewegungen bewußt und hundertprozentig koordinieren. Eher sollte ich mich darüber wundern, daß den Biosynthos wenigstens ein Minimum an Koordinierungsvermögen mitgegeben wurde.

Vergeblich sah er sich nach einer Waffe um. Es schien nicht vorgesehen zu sein, daß ein Takerer, wenn er sich in einen Biosyntho geflüchtet hatte, kämpfen mußte.

Aber es war gleichgültig, ob er Vavischon mit einem Strahler oder mit den bloßen Händen umbrachte. Wesentlich war nur, daß der Schlächter ganjasischer Völker so überraschend starb, daß er nicht mehr fliehen konnte.

Er verbarg sich in der Nähe der Wabenzellen hinter dem Schlußaggregat einer Transportstraße. Irgendwann in den nächsten Stunden würde eine Wabenzelle zu Boden schweben, sich öffnen und ein zweites Monstrum entlassen.

Ein von Vavischon beherrschtes Monstrum . . .

Eine halbe Stunde verging.

Plötzlich zischten und fauchten zwei schwere Panzerschotte. Ovaron ging in Deckung. Dann spähte er argwöhnisch um die Ecke.

Was er sah, ließ ihm das Blut in den Adern gefrieren.

Am anderen Ende der Halle verließ ein Mann die Panzerschleuse. Er war mindestens zwei Meter groß, breitschultrig, schmalhüftig und mit einem hochstirnigen, langschädeligen Kopf ohne jede Behaarung. Die Ohrmuscheln waren dünn und rosa und lagen dicht am Schädel an; die großen Augen strahlten blaugrau.

Der Mann trug einen enganliegenden silbergrauen Raum- oder Kampfanzug, Wadenstiefel und einen breiten Kommandogürtel. Ein Druckhelm war nicht zu sehen, wahrscheinlich lag er zusammengerollt in dem schwach verdickten Nackenwulst des Anzuges.

Ovaron hielt den Atem an.

Das dort war kein plumper Biosyntho! Das war der Körper eines Kämpfers, und seine Bewegungen zeigten, daß er auch vom Geist eines Kämpfers beherrscht wurde.

Sollte für Vavischon ein besonderer Pseudokörper bereitgestanden haben?

Ovaron wußte, daß er in dem monströsen Biosyntho keine Chancen gegen den anderen Mann hatte. Er war ihm hoffnungslos unterlegen.

Vorsichtig und gebückt zog er sich zurück. Sein Ziel war das Panzerschott am Ende der Halle, das ihm am nächsten lag.

Er kam bis dicht an das Schott heran. Doch dann stolperte sein Biosyntho über die eigenen Füße und stürzte. Er sprang sofort wieder auf, aber der Kämpfer hatte ihn bereits gesehen. Er rannte auf ihn zu.

Ovaron sprang auf und lief in panischer Furcht davon. Vor ihm glitten die Schotthälften auseinander – und sie schlossen sich hinter ihm, bevor sein Verfolger heran war.

Der Ganjo rannte einen langen Korridor entlang, an den Einstiegsöffnungen von drei Antigravschächten vorüber – und sprang in den vierten hinein.

Ein nach oben gepoltes Feld faßte ihn und hob ihn empor.

Verzweifelt suchte Ovaron nach einer Möglichkeit, seinen Gegner zu überlisten.

Gelang ihm das nicht, so würde ihm nur noch die Flucht in den eigenen Körper übrigbleiben.

Vavischon war in Saedelaeres Körper zurückgekehrt, der unter der Regie des energetisch unterstützten Cappin-Fragments bereits dicht vor dem ersten Schacht schwebte.

»Die Kommandopositronik des Arsenals setzt Kampfroboter gegen unsere Leute ein«, berichtete Roi Danton. »Kommen Sie, Alaska, dort unten wird jetzt jeder Mann gebraucht.«

Alaska Saedelaere lächelte.

»Dann nichts wie runter, Freibeuter!«

Er riß den Strahler aus der Gürtelhalfter.

»Vorwärts!«

Rhodans Sohn war einige Sekunden lang zu verblüfft, um dem Transmittergeschädigten sofort zu folgen. Sollte Alaska Saedelaere am Ende doch nicht von Vavischon übernommen sein? Der Takerer würde doch Saedelaere nicht in Gefahr bringen, wenn er ihn noch als Operationsbasis benötigte . . .!

Mit einer Verwünschung schaltete er sein Pulsationstriebwerk hoch, schoß beinahe über den Schacht hinaus und stürzte dann wie ein Stein in die Tiefe.

Etwa fünfzig Meter über dem Grund des Schachtes holte er Alaska Saedelaere ein und bremste ab. Von unten leuchtete ihnen ein Posten mit einem starken Stabscheinwerfer ins Gesicht und sagte:

»Aha, die Herren Danton und Saedelaere. Ich bin Sergeant Matzek, die Herren. Am besten bleiben Sie hier, dann bin ich nicht so allein und Sie bleiben gesund.«

Das ohrenbetäubende Knattern energetischer Entladungen verlieh seinen Worten größere Überzeugungskraft.

»Das kam von dort«, erklärte Matzek und deutete mit dem Daumen in einen finsteren Stollen. »Vorläufig kämpfen nur Roboter gegen Roboter, aber das wird sich bald ändern.«

Er hob ein flaches kleines Gerät an die Augen. Roi Danton erkannte ein transportables Kontrollpult für Kampfroboter.

»Da, jetzt sind wieder zwei von den Unsrigen gefallen. Die Cappin-Roboter haben anscheinend die besseren Waffen.«

In dem finsteren Schlund des Korridors blitzte es auf. Schreie ertönten. Drei terranische Raumsoldaten stürzten auf das Rund des Schachtbodens zu.

Einer erkannte Rhodans Sohn und schrie:

»Wir brauchen Verstärkung, Sir. Die feindlichen Roboter haben eine Waffe, die die Schutzschirme unserer Kampfroboter durchschlägt. Sogar die Paratronschirme, Sir.«

Danton nickte.

»Sie haben Ihre Verstärkung. Alaska und ich werden Sie begleiten. Wie viele Kampfroboter haben wir noch, Sergeant Matzek?«

»Dreizehn . . .«, antwortete Matzek. »Dreizehn von fünfzig, Sir.«

Die Männer fielen übereinander, als der Boden von einem furchtbaren Beben erschüttert wurde. Ein grelles weißes Leuchten spannte sich über die kreisrunde Schachtmündung ganz oben. Das dumpfe, alles übertönende Grollen nuklearer Explosionen rollte heran.

»Die MARCO POLO!« rief Roi Danton entsetzt. »Sie greifen die MARCO POLO an.«

Alaska Saedelaere atmete verstohlen auf. Lange genug hatte die Kommandopositronik gezögert, bevor sie die Abwehranlagen aktivierte. Nun würden diese Terraner schon merken, worauf sie sich da eingelassen hatten. Er legte den Kopf in den Nacken, als ein Schatten die Helligkeit verdunkelte.

Ein seltsam geformter Shift schwebte heran.

»Robotzerstörer-Träger DAVID-1 zur Stelle!« sagte eine ruhige Stimme in den Helmempfängern der Männer. »Rufen Sie eigene Roboter zurück.«

»Lokoshan . . .?« fragte Rhodans Sohn verblüfft.

»Mit Hausgott, Euer Gnaden«, schallte es zurück. »Nun ruft doch endlich die eigenen Kaffeemühlen zurück, Herrschaften! Übrigens müssen wir uns beeilen. Vavischon hat seine Flotte benachrichtigt.«

Der Raumsoldat mit dem tragbaren Kontrollpult beorderte die terranischen Kampfroboter zurück und forderte die hinter ihnen vorgegangenen Soldaten auf, die nachstoßenden takerischen Roboter zurückzuweisen.

Mit knallenden Schritten verließen elf terranische Kampfroboter den Schacht. Sie entdeckten den Shift und schwebten sofort den Schacht hinauf.

»So, nun ist der Weg frei für mich«, erklärte Lokoshan. »Übrigens, Majestät, die MARCO POLO hat keine Schwierigkeiten. Wie vorauszusehen, setzt die Kommandopositronik des Arsenals nur Waffen ein, die den Planeten nicht gefährden können. Und was TCR nicht gefährdet, macht auch der MARCO nichts aus. Aus dem Wege, Herrschaften!«

An dem seltsam gebauten Shift öffneten sich vier Luks, und mit zornigem Summen schossen längliche, metallisch blitzende Gebilde aus den Öffnungen. Sie verschwanden unheimlich schnell in dem Korridor, aus dem die terranischen Kampfroboter geflohen waren.

Etwa eine halbe Minute später ertönte eine Serie von dumpfen Explosionen. Danach meldete die terranische Einsatzgruppe, daß sämtliche gegnerischen Kampfroboter vernichtet seien.

Roi Danton befand sich zu diesem Zeitpunkt schon fast am Kampfplatz.

Alaska Saedelaere auch – aber Vavischon nicht. Der Takerer hatte erkannt, daß die Arsenalpositronik allein niemals mit den Terranern fertig werden würde.

Folglich war er in einen der biosynthetischen Pseudokörper geschlüpft, um die Verteidigung von TCR selbst in die Hände zu nehmen.

Ingwar Bredels Individualbewußtsein wog schwerer als das Produkt der Synthese von annähernd zweihunderttausend ehemaligen Ichs. Er merkte es, und er erklärte es sich damit, daß bei den anderen Ich-Anteilen im Laufe der Zeit eine Entpersönlichung stattgefunden haben mußte.

Die Seelen der Gemordeten wirkten zwar mit, aber nicht wie ein unsichtbarer Regisseur, sondern eher wie ein Souffleur. Er konnte allerdings ihre Einflüsterungen ignorieren.

Der neue Körper versetzte Bredels Bewußtsein in eine Art Rauschzustand. Ungeahnte Kräfte durchpulsten seine Zellverbände, und sein Geist nahm die Umwelt mit einer bislang nicht gekannten Klarheit wahr.

Nach der Übernahme des »Rächers« begab sich Ingwar Bredel zurück zu dem ungeheuren Wabenbau, in dem die biosynthetischen Pseudokörper darauf warteten, von einem Pedotransferer belebt zu werden. Er wollte darauf warten, daß Vavischon in einen Pseudokörper flüchtete – denn der Chef der Exekutionsflotte mußte sterben. Nur dazu war der Rächer geschaffen worden.

Plötzlich hörte Bredel ein Poltern und dann einen Fall. Er wirbelte herum.

Am anderen Ende der Halle raffte sich ein biosynthetisches Monstrum auf und wankte davon. Es gab während der Flucht seltsame Laute von sich, eine Mischung zwischen Wimmern, Weinen und Schluchzen.

Das konnte nur Vavischon sein – Vavischon in einem Pseudokörper . . .!

Er setzte dem Flüchtenden mit langen weichen Sprüngen nach, strengte sich aber nicht sonderlich an. Der Takerer war ihm sicher. Es spielte keine Rolle, ob er ihn fünf Minuten oder fünf Stunden lang jagen mußte.

Der andere verschwand durch das Schott, bevor Ingwar Bredel ihn eingeholt hatte. Geduldig wartete der Leutnant darauf, daß das Schott sich wieder öffnete. Dann verstellte er die Brennweite seiner Augenlinsen und beobachtete den Wirbelstrom von Luftmolekülen, die der Flüchtende bei seinem schnellen Lauf erzeugt hatte.

Bredel lächelte verächtlich.

Das war doch ein alter Trick, den Vavischon angewandt hatte: drei Antigravschächte zu ignorieren und erst den vierten zu benutzen, in der Hoffnung, sein Verfolger würde annehmen, daß er in den erstbesten Schacht gesprungen sei.

Nun, das Monstrum hatte ein kräftiges »Kielwasser« aus Luftmolekülen hinterlassen, außerdem zog es einen Schleier penetranten Angstgeruches hinter sich her. Es war nicht zu verfehlen.

Bredel schwang sich ebenfalls in den vierten Antigravschacht und ließ sich langsam nach oben treiben. Der Geruchsschleier blieb unverändert. Eigentlich verwunderlich, daß Vavischon in seinem eigenen Arsenal flüchtete. Wahrscheinlich war er unbewaffnet.

Ungefähr in der Mitte des Schachtes stieg Ingwar aus und sprang auf ein langsam dahingleitendes Transportband. Auch hier wiesen ihm das »Kielwasser« der aufgewirbelten Moleküle und der Angstgeruch den Weg.

Wenige Minuten später passierte Bredel die offenen Tore von Bereitschaftsstollen, in denen Hunderte von Kampfrobotern auf ihren Einsatzbefehl warteten.

Er stutzte.

Warum hatte Vavischon seine Roboter nicht aktiviert und gegen den Verfolger eingesetzt?

Da stimmte offenbar etwas nicht.

Ingwar Bredel setzte sich in Bewegung. Seine gleitenden Sprünge verliehen ihm eine hohe Geschwindigkeit, die sich zu der des Transportbandes addierte.

Bald wurde das Monstrum sichtbar.

Es erkannte seinen Verfolger im gleichen Augenblick, brüllte auf und torkelte unbeholfen in einen Seitenkorridor.

Bredel folgte ihm.

Er erkannte an der plötzlichen Änderung des Geruchsschleiers und des spiralförmigen Molekülwirbels, daß der Pseudokörper hinter der Biegung auf ihn lauerte.

Grinsend lehnte er sich an die Wand vor der Biegung und sagte:

»Guten Tag, Mr. Vavischon. Warum laufen Sie vor mir weg? Ich bin doch nur Ihr Diener.«

Keuchende Atemzüge. Das Pulsieren der Schallwellen im Rhythmus eines jagenden Herzens.

Dann:

»Oh, das war ein Irrtum meinerseits. Dieser Pseudokörper muß sich erst an mich gewöhnen. Wie war doch gleich Ihr Name?«

Ingwar Bredel war endgültig sicher, daß der andere niemals Vavischon war, auch wenn er jetzt aus Vorsicht so tat.

»Sie werden lachen«, antwortete er langsam. »Mein Name ist Ingwar Bredel, Dr. Ingwar Bredel – in einem fremden Körper natürlich.«

»Natürlich«, schallte es wie ein Echo zurück. Bredel glaubte Sarkasmus herauszuhören. »Und da Sie Dr. Bredel sind, können auch die Bulldoggen Phobos und Deimos nicht weit sein.«

»Was . . .?«

Bredel sprang mit einem Satz von der Wand fort und blickte sich entsetzt um. Im nächsten Moment setzte er sich auf den Boden und begann so zu lachen, daß ihm die Tränen übers Gesicht liefen.

Vorsichtig schob sich das monströse Lebewesen um die Ecke. Seine Augen sahen mit farblosen Pupillen auf den Rächer.

Ingwar Bredel hörte auf zu lachen und wischte sich die Tränen aus dem Gesicht.

»Sie können nur Ovaron sein«, sagte er atemlos. »Ein Scheusal wie Vavischon hätte niemals eine so feinsinnige Bemerkung über die Kaspon-Hunde gemacht, da er keinen Sinn für Humor hat.«

Der plumpe Pseudokörper entspannte sich.

»Eins zu Null für Sie. Ich bin tatsächlich Ovaron. Aber verraten Sie mir, warum ich nicht auch Merceile hätte sein können?«

Bredel kicherte.

»Merceile ist eine Frau, Mister Ganjo. Überlegen Sie doch: Würde eine Frau vor einem so vollendeten Mann wie mir davonlaufen . . .?«

»Jetzt bin ich völlig sicher, daß Sie Dr. Bredel sind«, erwiderte der Ganjase. »Nicht einmal Vavischon wäre auf einen so taktlosen Gedankengang verfallen.«

»Ich könnte Sie verprügeln . . .«, überlegte Bredel ernsthaft und voller kompensiertem Unterlegenheitsgefühl.

Ovaron nickte.

»Natürlich können Sie es versuchen, aber nur in diesem geborgten Körper. Wie sind Sie eigentlich zu ihm und in ihn gekommen, Dr. Bredel?«

Ingwar Bredel grinste. Endlich wieder ein Rätsel, das auch der ehemalige Ganjo des ehemaligen Ganjasischen Reiches nicht zu lösen vermochte.

»Ich habe ihn selbst gemacht«, antwortete er.

Ovaron blickte ihn ungläubig an, doch bevor er etwas darauf entgegnen konnte, heulten überall Alarmsirenen los, und das dröhnende Stampfen zahlloser Roboter hallte durch die Korridore und Stollen.

Die beiden biosynthetischen Körper erstarrten, dann hob Ingwar Bredel den Arm.

Sie warteten, bis das Sirenengeheul verstummt war.

»Es gibt zwei Möglichkeiten«, erklärte Bredel. »Entweder hat die

Kommandopositronik des Arsenals die Kampfroboter mobilisiert, um sie gegen unsere Landetruppen zu schicken – oder Vavischon ist in einem Pseudokörper gelandet und hat gemerkt, daß sich Unbefugte im Arsenal herumtreiben.«

»Dann kommen wir unter Umständen nicht an ihn heran«, folgerte der Ganjo enttäuscht. »Nun . . .«, meinte er ausweichend, » . . . notfalls gehen wir in unsere eigenen Körper zurück und peilen einen anderen Biosyntho an.«

Ingwar Bredel nickte. Er klärte Ovaron nicht darüber auf, daß *er* nicht aus dem Arsenal fliehen konnte. Sein eigener Körper befand sich hier, außerdem hätte er dann den Rächer schutzlos zurücklassen müssen, und dazu war er ihm zu kostbar.

»Ich denke, wir sollten versuchen, die Befehlszentrale dieses Arsenals zu finden, Ovaron.«

»Wie wollen wir uns ohne Waffen dorthin schlagen?« fragte der Ganjo und lauschte aufmerksam dem sich nähernden Dröhnen und Stampfen takerischer Kampfroboter.

Bredel stieß eine Verwünschung aus, dann legte er dem Monstrum neben sich die Hand auf die Schulter.

»Warten Sie hier, Ovaron – und verhalten Sie sich still. Ich will versuchen, Waffen für uns zu besorgen.«

»Ja, aber woher wollen . . .?« begann der Ganjo.

Doch dann war Ingwar Bredel bereits davongerannt. Geduckt lief er neben den Transportbändern her den Korridor zurück, durch den sie beide gekommen waren . . .

Vavischon wurde von einem mächtigen Schwindelgefühl gepackt, kaum daß er sich in einen Pseudokörper des Arsenals versetzt hatte.

Er erkannte seine Umgebung nur verschwommen, so als sähe er durch grauweiße Schleier hindurch. Panik erfaßte ihn, setzte für wenige Augenblicke die Wahrnehmungsorgane des Pseudokörpers außer Betrieb, so daß Vavischon sich wie in einer unendlich großen, lichtlosen Kammer fühlte.

Wäre die Pedotransferierung eine Fähigkeit des Unterbewußtseins gewesen, hätte der Takerer sich wahrscheinlich in den Körper Alaska Saedelaeres zurückversetzt. Seine Furcht, in diesem unvollkommenen Produkt takerischer Biosynthese leben zu müssen, wurde beinahe übermächtig.

Dazu kam die grauenerregende Vorstellung, die getöteten Ganjasen vermöchten sich durch die aus ihren Zellen synthetisierten Monstren zu rächen.

Vavischon kam erst durch das Erscheinen der beiden Medoroboter zur Besinnung. Die beiden schwarzglänzenden Maschinen führten ihn behutsam in einen großen Baderaum, stellten ihn in ein leeres Becken und spritzten ihn danach abwechselnd mit heißem und kaltem Wasser ab.

Der Chef der Takerischen Exekutionsflotte schrie während der belebenden Tortur. Allmählich aber vermochte er die Sinne seines Biosynthos besser zu gebrauchen.

Er sah an sich herab und erblickte eine ungesunde schwammige Haut mit großen Poren, auf der sich jetzt rötliche und blasse Streifen abzeichneten. Teilweise war der Körper von einem schmutziggrauen Flaum behaart, aber dieser Flaum konnte die plumpen, ungefügen Formen und das schlaffe Fettgewebe nicht verbergen.

Vavischon würgte. Er ekelte sich vor sich selbst. Hilflos wankte er auf seinen großen Plattfüßen durch den Dampf, als die Roboter ihn allein ließen, um alles für die weitere Behandlung vorzubereiten.

Er fühlte sich äußerst unbehaglich.

Dieser monströse Ausweichkörper war bestenfalls ein ungemütlicher Zufluchtsort, eine schleimig-schwammige Höhle, in der man sich verkriechen konnte. Er aber brauchte einen Körper, mit dem er die Fähigkeiten seines Geistes voll ausschöpfen konnte. Wie sollte er sonst den Befehl über das Arsenal übernehmen.

Resignierend ließ er sich von den Robotern in ein pulsierendes Fesselfeld versenken. Der Körper wurde förmlich durchgeknetet, und nach Beendigung der Prozedur stellte Vavischon erstaunt fest, daß das Monstrum ihm schon bedeutend besser gehorchte als zuvor.

Beim Ankleiden entwickelte er bereits wieder eigene Initiative. Er ließ von den Robotern eine Interkomverbindung zum Kommandogehirn des Arsenals herstellen und erkundigte sich nach dem Stand der Kämpfe.

Die Antwort befriedigte ihn nicht.

Und als die Kommandopositronik seine Bewußtseinsschwingungen überprüft und ihn als Chef der Takerischen Exekutionsflotte identifiziert hatte, da erhielt er eine noch viel schwärzere Nachricht.

Vor ihm waren bereits zwei andere Pedotransferer in Biosynthos geschlüpft – und sie hielten sich noch innerhalb des Arsenals auf.

Für Vavischon war es klar, daß es sich bei den anderen beiden Pedotransferern nur um Ovaron und Merceile handeln konnte. Er bedauerte es, daß die beiden Cappins sich nicht ebenfalls mit der Kommandopositronik in Verbindung gesetzt hatten. Dann wären sie nämlich als »nicht registrierte Muster« identifiziert und ausgeschaltet worden.

So, wie die Dinge jetzt lagen, würde er kaum mehr erreichen können, als daß er Ovaron und Merceile zur Rückkehr in die eigenen Körper und damit zum Verlassen des Arsenals zwang.

Er aktivierte einige Verbände Kampfroboter und befahl ihrem Leitgehirn, die anderen beiden Biosynthos ausfindig zu machen und zu töten.

Danach kümmerte er sich nicht mehr um diese Angelegenheit, sondern fuhr mit einer Alarmschacht-Kapsel direkt in die Befehlszentrale des Arsenals.

Das Monstrum, in dem Vavischon existierte, bleckte die gelben rissigen Zähne, als auf dem Hauptbeobachtungsschirm die gewaltige Kugel der MARCO POLO auftauchte.

»Einsatz thermischer Waffen verstärken!« befahl Vavischon. »Drei HHe-Raketen gleichzeitig auf obere Polkuppel abfeuern!«

Das Gehirn bestätigte.

Das Strahlengewitter aus den ausgefahrenen Geschützkuppeln verstärkte sich. Aus einem Raketensilo stiegen drei schlanke Projektile empor, beschleunigten mit Höchstwerten und rasten in den Weltraum.

Aus neunhundert Kilometern Höhe stürzten sie wieder zurück. In der Ortungszentrale der MARCO POLO waren sie längst entdeckt worden. Kurz darauf stand fest, welches Ziel sie verfolgten. Dennoch wurden sie nicht abgeschossen.

Vor dem Paratronschirm über der oberen Polkuppel des Trägerschiffes gingen drei blauweiße Sonnen auf, vereinigten sich zu einem anschwellenden Glutball – und wurden zu einer rasch verblassenden kalten Gas- und Aschewolke, als der terranische Paratronschirm seine gesamten Energien in den Hyperraum schleuderte.

Vavischon registrierte den Vorgang mit sachlichem Interesse. Er hatte aus Saedelaeres Erinnerungen gewußt, wie ein terranischer Paratronschirm auf die verschiedenen Waffeneinwirkungen reagierte. Der verstärkte Thermobeschuß und das Raketenbombardement waren nur ein bestätigendes Experiment gewesen.

»Ich fahre die Türme mit den Intitialdoppler-Geschützen aus«, entschied er.

Seine Finger drückten Schaltplatten nieder – und draußen im Wüstensand schoben sich mächtige Turmkuppeln ins Freie . . .

Patulli Lokoshan hob den Kopf, als das hohle Rauschen ertönte. Seine Augen weiteten sich, und er duckte sich wieder hinter das Wrack eines takerischen Kampfroboters.

Das Rauschen verstummte – aber vierzehn terranische Raumlandesoldaten waren tot, mit einem gelben Leuchten explodiert.

Und das, obwohl die Paratronschirme ihrer Kampfanzüge aktiviert gewesen waren.

»Vorsicht!« sagte Lokoshan in das Mikrophon seines Helmtelekoms. »Die takerischen Roboter setzen offenbar eine neue Waffe ein. Ab sofort gehen wir nur noch zu zweit und in engem Kontakt vor, so daß die beiden Paratronschirme sich durch gegenseitige Überlappung verstärken.«

Er hob die Hand und schleuderte eine Desintegrations-Handgranate dorthin, wo soeben drei takerische Kampfroboter aufgetaucht waren. Eine der Maschinen verwandelte sich unter dem Einfluß der strukturauflösenden Energie in eine grünlich schimmernde Gaswolke, die beiden anderen wichen zurück und feuerten auf Lokoshans Stellung.

Der SolAb-Agent hatte sich allerdings schon etwa fünf Meter nach links gerollt. Aus zusammengekniffenen Augen beobachtete er, wie auch das Wrack des takerischen Kampfroboters, das ihm zuvor als Deckung gedient hatte, gelblich aufleuchtete, sich blasenartig aufblähte und mit dumpfem Knall explodierte. An der Decke des Korridors klebten plötzlich lodernde Fladen zähflüssiger Schmelze.

»Eine Art Initialzündung der Moleküle«, stellte Major Lokoshan nachdenklich fest.

Zwei terranische Raumsoldaten feuerten auf die beiden takerischen Roboter. Sie konnten eine Maschine zerstören, die andere erwiderte das Feuer. Wieder ertönte das hohle, unheimliche Rauschen. Doch diesmal wurden die Raumsoldaten keine Opfer der neuen takerischen Waffe. Zwar erzeugten ihre sich überlagernden Paratronschirme fürchterliche Entladungen, doch sie hielten stand. Zwei andere Raumsoldaten vernichteten den dritten Roboter.

Patulli Lokoshan sprang auf und stürmte über das Loch hinweg, das seine Desintegrations-Handgranate im Fußboden geschaffen hatte. Von rechts lief Roi Danton auf ihn zu.

»Hinterhältiger Gnom!« schimpfte Roi, aber seine Augen lachten dabei. »Die eigenen Anordnungen gelten wohl für Ihn nicht, wie!«

Ihre Kampfanzüge berührten sich fast. Einen wirklichen Kontakt gab es nicht, die gleichartigen Paratronladungen verhinderten das. Immerhin überlappten sich die Wirkungszonen ihrer Schutzschirme.

Schulter an Schulter stürmten Rhodans Sohn und der Zwerg von Kamash in den nächsten Gang hinein, aus dem die takerischen Roboter sie eine halbe Stunde zuvor hinausgetrieben hatten.

Ihre Waffen zerstrahlten einen bewegungsunfähig geschossenen feindlichen Roboter. Ein anderer Roboter schoß eine Serie Kleinstraketen auf sie ab. Es gab einige betäubende Explosionen. Die Wände des Korridors zerschmolzen oder wurden zusammen mit der Energie der Raketen von den Paratronschirmen in den Hyperraum geschleudert.

Roi Danton und Patulli fanden sich zwei Etagen tiefer wieder. Über ihnen gähnte ein riesiges Loch, dessen Ränder dunkelrot glühten und knackende Geräusche erzeugten.

Eine Maschine auf zwei breiten Gleisketten rollte polternd und dröhnend um die Biegung ihres Korridors. Der flache Geschützturm drehte sich, und eine konische Abstrahlantenne wurde sichtbar. Während sie kirschrot aufglühte, ertönte wieder jenes todverkündende hohle Rauschen . . .

Danton und Lokoshan reagierten mit dem sicheren Instinkt erfahrener Kämpfer. Unterbewußt hatten sie beide erkannt, daß gegen diese Abstrahlantenne auch zwei sich überlappende Paratronschirme nutzlos waren.

Ihre Pulsationstriebwerke dröhnten auf. Schemenhaft schossen die beiden Männer vorwärts, über die Maschine hinweg – und wendeten mit blitzschnellen Manövern.

Ihre Handwaffen waren nutzlos gegen den Schutzschirm des Robotpanzers. Aber Roi und Patulli waren eben nur nebenberuflich Kämpfer, hauptberuflich waren sie Wissenschaftler.

Sie hatten beide intuitiv erfaßt, auf welchem Prinzip die Wirkung der neuen takerischen Waffe basierte.

Nun fauchte die ungeheuer verdichtete thermische Energie in das Wirkungsfeld der Antenne – und da Energie eben auch nur Materie ist, setzte augenblicklich die Wirkung ein.

Die Filter der Kugelhelme von Roi und Patulli schalteten sich ein, als die beiden Impulsstrahlen sich schlagartig verbreiterten und dabei an Strahlungsintensität gewannen, anstatt zu verlieren.

Die Strahler der Männer bewegten sich geringfügig – und die mächtige Energieentladung kollidierte mit dem Schutzschirm des Robotpanzers.

Roi Danton und Patulli Lokoshan wurden fortgewirbelt, als der Panzer in einer gelben Explosion verging.

Rhodans Sohn schüttelte zuerst seine Benommenheit ab.

»Doppler-Effekt«, sagte er über Helmfunk. »Die Burschen verwenden einen Initialstrahler mit Doppler-Effekt. Dadurch werden im Ziel – oder in jeder anderen Materie, die in der Abstrahlungsrichtung liegt – die Molekülbewegungen so stark ›angeheizt‹, daß die einzelnen Atome ihre Ladungen nicht halten können und schlagartig Energie abgeben, die zum Zusammenbruch der atomaren Struktur führt.«

Lokoshan wollte sich am Kinn kratzen und stieß mit der Hand gegen den transparenten Kugelhelm. Er grinste verlegen.

»Ja, so oder anders könnte es gewesen sein. Der Name klingt jedenfalls prächtig.«

Er wich etwas zur Seite, als eine kleine Gestalt in einem Luftwirbel materialisierte: Gucky.

»Befehl vom Chef!« schrillte der Mausbiber über Helmfunk. Seine Stimme klang erregt. »Ich soll mit euch nacheinander in die neuartigen Geschützkuppeln springen und die Doppel-Imis oder wie das Teufelszeug heißt – peng!« Er schlug seine geballte kleine Rechte in die offene Linke.

»Meinst du Initialstrahler mit Doppler-Effekt?« fragte Roi ahnungsvoll. Er fing plötzlich an zu schwitzen.

Der Ilt legte den Kopf schief, blinzelte und antwortete:

»Perry sagte ›Initialdoppler-Kanonen‹ dazu. Aber wahrscheinlich meint ihr das gleiche. Jedenfalls sind die Dinger gefährlich. Wenn wir nicht bald einige Batterien ausschalten, muß die MARCO POLO in den Raum fliehen.«

Lokoshans goldbraune Haut wurde grau.

»Dann könnte die Arsenalpositronik ihre stärksten Vernichtungswaffen einsetzen . . .! Nein, das geht nicht.« Er deutete auf die beiden flachen Metallplastikkästen, die Gucky mitgebracht hatte. »Sind da Bomben drin?«

Der Ilt grinste.

»Nein, Ostereier, Pasha Basalok.«

Er warf beide Kästen gleichzeitig den Männern zu. Roi und Patulli fingen sie, kamen aber nicht mehr dazu, etwas zu sagen, denn am Ende des Korridors tauchten vier takerische Kampfroboter auf.

Gucky packte mit der Linken den Kamashiten, mit der Rechten Rhodans Sohn – und teleportierte.

Im Grundwasser eines mächtigen Bombentrichters rematerialisierten sie. Roi Danton und Patulli Lokoshan hielten krampfhaft die Kästen mit den Bomben hoch, damit kein Wasser eindringen konnte.

Gucky ließ die Hände der beiden Männer nicht los und teleportierte mit ihnen bis zum Kraterrand.

Major Lokoshan schaltete überstürzt die Außenmikrophone seines Kugelhelms aus. Dennoch betäubte ihn der durch den Helm dringende Lärm fast.

Vorsichtig spähte er über den Rand des Trichters – und schloß halbgeblendet die Augen.

Aber vor seinem geistigen Auge blieb das Bild, wie es sich ihm eben noch optisch dargeboten hatte:

Die MARCO POLO, eingehüllt in eine weißglühende gigantische Blase, in der furchtbare Energiegewitter tobten . . .

23.

Lordadmiral Atlan befand sich gerade mit einem Shift auf freiem Gelände, als tief unter der Oberfläche mächtige Maschinen und Kraftwerke anliefen.

Die erste Warnung kam von der MARCO POLO. Mit den hervorragenden Ortungsgeräten des Trägerschiffes waren zahlreiche Panzerkuppeln geortet worden, die sich aus dem Wüstensand schoben.

Der Arkonide justierte die Richtantenne auf die MARCO POLO ein und bat über Hyperkom, das zweite Landungskommando blitzartig auszuschleusen und die Zielgeräte der ausfahrenden Geschützkuppeln durch Trommelfeuer niederzuhalten.

Sekunden später schossen überall am Horizont die Rauch- und Dampfpilze nuklearer Explosionen in den Himmel. Die sechzig Transformkanonen der MARCO POLO strahlten im Salventakt Fusionsbomben mit einem Energiekaliber bis maximal einer halben Megatonne TNT ab. Für die Leistungsfähigkeit dieser Geschütze war das vergleichsweise so, als wenn ein Raketenkarabiner Luftgewehrkugeln verschossen hätte.

Atlan konzentrierte sich auf die Auswertungsmessungen und erkannte sehr schnell, daß die verwendeten Bomben zu schwach waren, um die grünen Schutzschirme der Geschützkuppeln zerstören zu können.

Diese Schutzschirme sahen nicht nur aus wie terranische Hochenergie-Überladungsschirme, sondern die Messungen ergaben auch, daß ihre hyperenergetische Struktur der des terranischen HÜ-Schirms fast völlig glich.

»An Landungskommando Zwei!« sagte Atlan. Seine Stimme klang sehr eindringlich, blieb jedoch kühl. »Gehen Sie so schnell wie möglich unter die Oberfläche. Konzentrieren Sie sich auf die Kraftwerke! – General Dephin . . .?«

»Ich höre, Lordadmiral«, kam die Stimme des Teamchefs der Thunderbolts. »Paladin gemeinsam mit Tolot bei Schachteingang B. Sammeln zurückgeschlagene terranische Verbände und führen sie wieder in die Offensive. Sind Sie sicher, daß unsere Verluste einen Sinn haben?«

Zuerst schwoll die Zornesader auf Atlans Stirn, dann aber wurde dem Arkoniden klar, daß Harl Dephins Frage vollauf berechtigt war. Die Zeiten, in denen den Soldaten der Befehl ihres Vorgesetzten genügte, waren seit gut einem Jahrtausend endgültig vorüber – jedenfalls im Solaren Imperium. Wer sein Leben aufs Spiel setzte, wollte wissen, ob das notwendig und sinnvoll war.

»Ja, General«, antwortete Atlan leise. »Dieser Kampf ist unumgänglich. Und wenn er nur den Sinn hätte, diejenigen Takerer zu ernüchtern, die sich eine Invasion unserer Galaxis ziemlich leicht vorstellen . . .«

»Verstehe, Lordadmiral!« rief Dephin zurück. »Alle haben mitgehört. Diesmal weicht keiner zurück. Ende!«

Der Arkonide lächelte. Doch schon im nächsten Augenblick verzerrte sich sein Gesicht. Einer der Begleit-Shifts blähte sich mit grellgelbem Leuchten auf, taumelte und rammte den Shift, in dem der Lordadmiral saß.

Beide Allzweckpanzer stürzten ab.

Der getroffene Shift verging in einer grellen Explosion. Atlans Shift war nicht mehr flugfähig.

»Den nächsten Schacht ansteuern!« befahl der USO-Chef. »Kampfanzüge schließen. Bereithalten zum Aussteigen!«

Der zweite Begleit-Shift explodierte.

»Fahrzeug verlassen!« Atlans Befehl kam klar und ohne jede Erregung.

Er betätigte den Abschußmechanismus der Steuerkanzel und schwang sich zur gleichen Zeit wie der Pilot über den Kanzelrand. Unten donnerten Luks. Die Mannschaft hatte begriffen, worum es ging und verließ den Shift fluchtartig.

Draußen rannte der Arkonide über den Wüstensand. Als er ein hohles Brausen hörte, warf er sich zu Boden und preßte sich gegen den Sand. Als er sich schließlich umdrehte, sah er, daß vom Shift nichts mehr übrig war.

Dafür erschütterten unzählige andere Explosionen und Entladungen die Luft und den Boden. Die Geschütztürme des Gegners hatten aus unbekannten Waffen ein schweres Feuer auf die MARCO POLO eröffnet. Zum Glück hielt der starke Paratronschirm des solaren Flaggschiffes noch. Er schleuderte die auftreffenden Energien in den Hyperraum. Riesige Strukturrisse klafften gleich kilometerbreiten Mäulern auf, in denen ein schwarzes Wallen tobte.

Atlan versuchte sich zu orientieren, als er plötzlich ein unterdrücktes Stöhnen im Helmempfänger hörte. Er hob den Kopf.

Etwa acht Meter vor ihm lag eine dunkle Gestalt.

Er robbte darauf zu und erkannte, daß es sich um einen terranischen Raumsoldaten handelte, dessen Individualschirm nicht aktiviert war.

Als Atlan noch näher war, sah er, daß das entsprechende Aggregat von einem Trümmerstück zerschmettert worden war. Der Kampfanzug darunter war aufgerissen, und Blut sickerte aus einer Rückenwunde.

»Hat es Sie schlimm erwischt?« fragte der Lordadmiral.

»Da hilft kein Drehen und kein Bücken . . .«, kam da die seltsame Antwort, » . . . kein Mensch hat Augen auf dem Rücken!«

»Major Kosum . . .!«

»Was dagegen, Sir?« fragte der Emotionaut schwach. »Was tun Sie überhaupt hier in der Wüste?«

»Lassen Sie den Unsinn, Major!« sagte er streng. »Ich untersuche jetzt Ihre . . .«

Die Druckwelle einer starken nuklearen Explosion riß ihn zurück und raubte ihm das Bewußtsein. Als er wieder zu sich kam, klappte er zuerst seinen Druckhelm zurück, denn die Luft in seinem Kampfanzug roch nach verschmortem Plastik. Außerdem arbeitete auch sein Schutzschirmprojektor nicht mehr.

Er sah sich, noch halb benommen, nach Mentro Kosum um. Nach einiger Zeit entdeckte er die geriffelte Sohle eines Raumfahrerstiefels. Er zog daran, und etwas später half der Verschüttete energisch bei seiner Befreiung mit.

Kosum ächzte vernehmlich. Sein Kampfanzug hatte sich halb mit dem feinen Wüstensand gefüllt, und mit Atlans Hilfe streifte er ihn ab.

Der Arkonide untersuchte die Rückenwunde und atmete auf. Die scharfe Bruchkante des Schutzschirmaggregats hatte etwa einen Zentimeter tief ins Fleisch eingeschnitten, und die etwa fünfzehn Zentimeter lange Wunde war von blauen Druckstellen umgeben.

Atlan sprühte Heilplasma in den klaffenden Riß und klebte einen schmalen Streifen selbstklammernde Bioplastikfolie darüber. Sie würde die Wunde zusammenziehen und das Zusammenwachsen der Wundränder beschleunigen.

»Sie brauchen einen Tag Bettruhe«, bemerkte er ironisch dazu. »Dann dürfen Sie wieder leichte Arbeiten verrichten.«

»Oh, den rechten Arm kann ich immer noch abheben, Sir. Wie wäre es mit einem kleinen Abstecher in die Bar . . .?«

»Ich fürchte . . .«, antwortete der Arkonide mit einer an ihm ungewohnten Mutlosigkeit in der Stimme, » . . . wir werden niemals mehr eine Bar aufsuchen.«

Er hielt den Kombistrahler ruhig in der Hand und sah der Kolonne takerischer Kampfroboter gefaßt entgegen.

Mit diesem Augenblick hatte er seit Jahrtausenden rechnen müssen. Auch ein Unsterblicher war nicht gefeit gegen den gewaltsamen Tod.

Es waren ungefähr dreißig schwere Maschinen, die in lockerer Formation die Wüste durchkämmten.

Zwei Männer gegen dreißig Roboter.

Gleichzeitig hoben Mentro Kosum und er die Waffen – doch keiner von ihnen schoß.

Zwischen den Robotern glühte plötzlich ein grellweißer Energieball auf.

Atlan und Kosum schlossen die Augen.

Als sie sie wieder öffneten, brodelte dort, wo eben noch rund dreißig Kampfroboter gestanden hatten, ein See aus geschmolzenem Wüstensand und Metallplastik.

»Das war Guckys Geschoß!« zirpte eine schrille Stimme aus dem Helmempfänger.

Atlan war einen Herzschlag lang wie versteinert. Dann wandte er langsam den Kopf und sah zu der kleinen, annähernd birnenförmigen Silhouette hinüber, die sich dunkel gegen den Glutball der MARCO POLO-Schutzschirme abhob.

»Was tust du hier?« fragte Atlan völlig verwirrt.

Gucky kicherte leise.

»Ich rette Unsterbliche vor dem Tode. Aber kein Mensch kann umsonst arbeiten. Komm her, Lordadmiral, ich habe einen Job für dich.«

Atlan seufzte, doch er ging zu Gucky hinüber. Unterwegs holte ihn Mentro Kosum ein. Der Emotionaut schwebte, offensichtlich beförderte der Ilt ihn telekinetisch.

Atlans Fuß stockte, als er den Krater erreichte, an dessen Rand Gucky stand. Gleichzeitig erblickte er Roi Danton und Major Lokoshan.

»Also, was habe ich zu tun, Kleiner?« fragte er. »Du hast mir das Leben gerettet, folglich stehe ich in deiner Schuld.«

Der Mausbiber stieß einen schrillen Pfiff aus.

»Sonst wärst du auch viel zu stolz, um von mir so etwas wie einen Job anzunehmen, Ex-Imperator. Ich möchte, daß du dich und Mentro von mir in Sicherheit bringen läßt. In die MARCO POLO können wir augenblicklich nicht, aber dort, wo Tolot und der Paladin gewütet haben, seid ihr ebenso sicher.«

»Und ihr . . .?« fragte Atlan mit einem Seitenblick auf Danton und Lokoshan.

»Meine Begleiter und ich sind zu wertvoll, als daß man sie kaltstellen dürfte«, entgegnete Gucky spitz.

Da waren sie . . .!

Vier stumpfgraue schwere Kampfroboter stampften den Gang entlang. Ihre Augenzellen glühten rötlich, und in den Händen hielten sie gefährlich aussehende Waffen.

Sie sahen Ingwar Bredel – beziehungsweise den Körper des Rächers – nicht später, als Bredel sie sah. Und sie schossen beinahe sofort.

Doch der nach einem Plan von rund zweihunderttausend Gemordeten konstruierte Rächer konnte noch schneller reagieren.

Und er besaß Fähigkeiten, die sich Roboter im allgemeinen und takerische Roboter im besonderen nicht einmal vorzustellen vermochten. Bredels Geist änderte die Projektionskoordinaten jener verschiedenartigen energetischen Ladungen, aus denen sich die Atome des Rächers zusammensetzten wie alles Existente. Praktisch im gleichen Augenblick stand der Rächer hinter den Kampfrobotern.

Blitzschnell öffnete er die Rückenklappen der Roboter und entfernte die Aktivierungsstifte. Danach hob er zwei der schweren Handwaffen auf, die den Robotern entfallen waren, und kehrte zu Ovaron zurück.

Der Ganjo wog einen der Strahler in der Hand und betrachtete ihn argwöhnisch.

»Diese Art Energiewaffen ist mir unbekannt«, flüsterte er. »Es muß sich um eine takerische Neuentwicklung handeln.« Er tastete die Mündung ab. »Ich fühle keine Öffnung.«

»Entschuldigung!« sagte Ingwar Bredel. »Ich hatte nicht daran gedacht, daß Ihr Pseudokörper nicht die Vorzüge des meinigen besitzt. Es gibt keine Öffnung. Der Lauf ist praktisch eine einzige Abstrahlantenne. Das sind Initialstrahler mit einer Art Doppler-Effekt, der im molekularen Gefüge von Materie wirksam wird.«

»Woher wissen Sie das?« fragte Ovaron.

»Ich ›sehe‹ ins molekulare und sogar bis ins atomare Gefüge hinein, Ovaron. Die Wahrnehmungen werte ich dann mit Hilfe des Supergehirns aus, das dieser Körper besitzt. Ich kann einen bestimmten Gehirnsektor wie eine Biopositronik benutzen.«

Er zeigte dem Ganjo, wie die Waffe bedient wurde. Danach filterte sein Gehirn die energetischen Strömungen durch, die überall pulsierten. Er suchte nach verständlichen Funkbotschaften. Falls Vavischon sich über Interkom mit der Kommandopositronik des Arsenals unterhielt, mußte das aufzufangen sein.

Doch alles, was er auszufiltern vermochte, waren verstümmelte Nachschwingungen längst verhallter Gespräche. Immerhin genügte es, um zu berechnen, daß sich der Takerer bereits im Kommandostand des Arsenals befinden mußte und unmittelbar mit dem Kommandogehirn sprach.

Aber da Bredel die Relativposition des Kommandostandes zu seinem Projektionsort nicht kannte, vermochte er seine Projektionskoordinaten auch nicht entsprechend zu verändern.

Er würde zu Fuß gehen müssen, wie der plumpe Pseudokörper Ovarons auch.

Plötzlich stutzte er.

Er spürte einfallende Tasterimpulse. Behutsam kontrollierte er die Wände und entdeckte auch bald die beiden Mentaltaster, die erst vor wenigen Sekunden aktiviert worden waren.

»Vavischon hat uns aufgespürt«, berichtete er dem Ganjo. »Am besten fliehen Sie in Ihren eigenen Körper zurück.«

»Und Sie . . .?« fragte Ovaron.

Ingwar Bredel seufzte.

»Aber solange es geht, bleibe ich bei Ihnen«, antwortete Ovaron leise.

»Lange wird es nicht mehr dauern«, entgegnete Bredel. Er nickte dem Ganjo zu und lief zur nächsten Abzweigung.

Sie schwebten in einem Antigravschacht zwei Etagen tiefer, weil sowohl von unten als auch von oben takerische Kampfroboter kamen.

Am Ende des nächsten Korridors waren sie dann eingekreist. Die Roboter eröffneten das Feuer.

Bredel rettete sich nur durch eine Veränderung der Projektionskoordinaten. Hinter einer Phalanx feindlicher Roboter stehend, sah er, wie Ovarons Biosyntho im Strahlfeuer der Roboter verging. Ob der Ganjo ihn rechtzeitig verlassen hatte, konnte er nicht feststellen.

Ingwar Bredel löste sich in eine unsichtbare Wolke von energetischen Ladungen auf und »wanderte« durch die Wände und Decken – auf der Suche nach Vavischon . . .

Eine Serie Kontrollscheiben blinkte rot. Das Kommunikationsgerät knackte, dann meldete eine Kunststimme:

»Die Sektionen Achtzehn und Neununddreißig werden durch starke Beben bedroht und sind einsturzgefährdet.«

»Analyse!« schrie der Takerer unbeherrscht.

»Hier ist die Analyse«, sagte die annähernd menschlich klingende Stimme der Kommandopositronik. »Die Beben werden durch den andauernden Beschuß mit schweren und schwersten Initialdoppler-Kanonen hervorgerufen. Es wird empfohlen, Waffen dieser Art nicht mehr einzusetzen.«

Drei der rot blinkenden Kontrollscheiben wurden schwarz. Die erste Stimme meldete:

»Die Sektionen Sechsundzwanzig, Vierunddreißig und Siebenunddreißig wurden durch einen Magmaausbruch zerstört. Achtung! Acht Sektionen werden gesprengt, um das weitere Vordringen von Magma zu verzögern.«

Widerstrebend desaktivierte Vavischon die Panzerkuppeln mit den schwersten Geschützen. Danach kümmerte er sich wieder um die beiden Eindringlinge.

Sein unfertig wirkendes Gesicht verzog sich zu einer Fratze des Wahnsinns, als er auf einem Kontrollschirm die Ortungsreflexe der Pseudokörper entdeckte. Persönlich beorderte er einige Roboterkampfgruppen in die Nähe, um die Eindringlinge zu einem bestimmten Ort des Arsenals zu treiben. Dort würden sie nicht mehr entkommen können – es sei denn, durch die rasche Flucht in ihre eigenen Körper und damit in die MARCO POLO.

Doch er konnte sich nicht so stark auf diese Aktion konzentrieren, wie er es beabsichtigt hatte. Die Terraner hatten ihr zweites Landungskommando fast vollzählig durch den ersten Abwehrring des Arsenals gebracht. Vor allem der Haluter und ein Lebewesen, das ihm glich, nur größer und stärker war, ließen sich nicht aufhalten. Sie brachen den Widerstand der Roboterkampfgruppen mit wütenden Angriffen, die beinahe an Raserei grenzten.

Den Takerer überlief es eiskalt, wenn er daran dachte, daß Tolot und sein stärkerer Artgenosse irgendwann einmal gegen takerische Soldaten kämpfen könnten.

Organische Lebewesen würden vor Angst davonlaufen, wenn diese Giganten nahten.

Seine Hände zitterten.

Soeben hatte der größere Gigant ganz allein fünfzehn Roboter vernichtet. Dabei war er erstmals nicht nur mit Energiewaffen gegen sie vorgegangen, sondern hatte plötzlich lange Klingen aus einem unbekannten Material in den Händen gehalten und mit ihnen die Schädel der takerischen Kampfroboter zertrümmert, als wären es Eierschalen. Andere Roboter waren einfach in vollem Lauf umgerannt und zertrampelt worden.

So ging das nicht weiter, die MARCO POLO mußte vernichtet oder zum Start gezwungen werden.

Von Minute zu Minute fiel es Vavischon schwerer, sich auf alle seine Aufgaben intensiv genug zu konzentrieren. Vor allem mußte er ständig das Cappin-Fragment in Alaska Saedelaeres Gesicht durch Abgabe von Sextadimenergie unterstützen, damit es nicht die Gewalt über den Transmittergeschädigten verlor.

Verbissen schaltete er die erst vor wenigen Minuten desaktivierten schweren Forts wieder ein. Erneut hämmerten fürchterlichste Energien auf den Paratronschirm der MARCO POLO ein.

Und dann schwiegen die Forts ohne Vavischons Dazutun. Ihre Panzerkuppeln versanken in den Schächten.

»Achtung!« ertönte die Stimme der Kommandopositronik. »Notprogrammierung SETHOS spricht an. Aktivierung der schweren Forts mußte im Interesse der Sicherheit des Arsenals rückgängig gemacht werden.«

Vavischon platzte fast vor Wut.

»Hier befehle ich!« schrie er. »Ich, Vavischon, Chef der Takerischen Exekutionsflotte und Angehöriger des Valos-Clans, übernehme ab sofort das Kommando über das gesamte Arsenal!«

Er ging zum Nachbarpult und drückte die herausgesprungenen

Schaltplatten wieder ein. Die Kontrollen zeigten an, daß die Panzertürme ausfuhren – und wieder zurück.

Knackend sprangen die Schaltplatten wieder heraus.

»Ihre Befehlsübernahme ist unzulässig, da das Arsenal hochgradig gefährdet ist. Ende.«

Vavischon hob die Fäuste. Zornig drückte er die Schaltplatten wieder ein. Sie sprangen sofort wieder heraus, ohne daß die Panzertürme sich bewegten.

Sein Zorn legte sich, als er spürte, daß ihm beinahe die Kontrolle über Alaskas Cappin-Fragment und damit über Alaska Saedelaere entglitten wäre. Er durfte seine wertvolle Operationsbasis nicht verlieren.

Dennoch fiel es ihm immer schwerer, seine Selbstbeherrschung zu wahren. Immer mehr alarmierende Nachrichten gingen ein. Die Roboterkommandos hatten einen Eindringling vernichtet, aber der zweite war entkommen, ohne daß die Roboter seine Flucht registriert hatten.

Außerdem schienen die terranischen Teleporter aktiv geworden zu sein. Innerhalb von nur zehn Minuten wurde in acht Panzerforts ein langsamer, thermonuklearer Prozeß ausgelöst, der die Geschützstände unbrauchbar machte.

Und die beiden fürchterlichen Giganten drangen an der Spitze eines terranischen Einsatzkommandos in die Nähe der Wabenzellen mit den biosynthetischen Pseudokörpern vor.

Am meisten aber erschrak Vavischon bei der Nachricht, daß mehrere Männer in terranischen Kampfanzügen plötzlich mitten im Arsenal waren – und mit ihnen zwei fremdartige Lebewesen, die ihn schon einmal fast zu Tode erschreckt hatten . . .

Atlan wich unwillkürlich zurück, als der Paladin an ihm vorbeistürmte und sich auf die takerischen Kampfroboter in der Nachbarhalle warf.

Die Siganesen des Thunderbolt-Teams steuerten ihre als Haluter getarnte Kampfmaschine mit unnachahmlicher Präzision. Der Paladin hatte aus seinen Unterarmen die langen Klingen aus Hochverdichtungs-Spezialstahl ausgefahren und spaltete damit den Robotern die stählernen Schädel.

Seitlich hinter ihm kämpfte Icho Tolot mit einer barbarischen Wut, die vergessen ließ, daß der Haluter im Grunde genommen ein friedliebendes Lebewesen und ein Kosmohistoriker war.

Ovaron bückte sich und streichelte die beiden Bullenbeißer, die sich hechelnd links und rechts neben ihm aufgestellt hatten. Der Ganjo hatte es fertiggebracht, daß der Chefchirurg seine beiden Hunde zur Suche nach Dr. Ingwar Bredel abgestellt hatte.

Hinter ihm räusperte sich Lord Zwiebus.

»Darf ich die Hunde endlich loslassen, Ganjo?« fragte er ungeduldig. »Wenn wir Bredel helfen wollen, sollten wir uns beeilen.«

Ovaron nickte.

Einen Moment später stoben die Bulldoggen kläffend davon, rutschten auf der nächsten Kreuzung aus und schlitterten in einen Seitengang hinein.

Atlan und Ovaron erhoben sich mit Hilfe ihrer Flugaggregate und schwebten hinter ihnen her. Lord Zwiebus folgte ihnen zu Fuß.

Die Hunde führten sie über die Trümmer takerischer und terranischer Kampfroboter – und an den Leichen gefallener terranischer Raumsoldaten vorüber.

Teilweise glichen die Wände Sieben, so stark hatte hier das Feuer der Energiewaffen gewütet. Löcher im Boden wurden von den Hunden übersprungen, von den Männern mit Hilfe der Flugaggregate überwunden.

Atlans Gesicht war wachsam und angespannt. Er musterte jeden Schatten in den verwüsteten Korridoren. Einmal an diesem Tag war der Tod in unmittelbarer Nähe gewesen – für einen biologisch Unsterblichen eine grauenhafte Erinnerung –, einem zweiten Mal wollte er lieber vorbeugen.

Plötzlich gaben die Bulldoggen wie verrückt Laut. Ihre Stimmen überschlugen sich fast vor Eifer. Atlan sah gerade noch, wie sie sich durch ein großes Loch im Fußboden stürzten und in der tieferen Etage unermüdlich weiterkläfften.

Als der Arkonide ihnen vorsichtig folgte, sah er sich am Eingang eines gigantischen Saales wieder. Am anderen Ende des Saales kämpften Tolot und der Paladin gegen eine kleine Gruppe takerischer Roboter. Zerfetzte und zerschmetterte Roboterkörper kennzeichneten den Weg der beiden Giganten.

Terranische Raumsoldaten sicherten schwerbewaffnet nach allen Seiten. Über Helmfunk kamen ständig Meldungen über den Verlauf der Kämpfe. Demnach hatten die Teleporter etwa die Hälfte der schweren Panzerforts und ein Viertel der Kraftwerke des Arsenals zerstört. Die MARCO POLO war nicht mehr gefährdet. Aber Meldungen der weit draußen im Raum aufklärenden Leichten Kreuzer berichteten von der Annäherung takerischer Einheiten.

Das eigenartige Benehmen von Phobos und Deimos lenkte den Lordadmiral von den Nachrichten ab. Er sah, daß die Hunde sich am Fuß einer ovalen, nach innen gewölbten wabenförmigen Wand zu schaffen machten. Sie versuchten, die unteren Waben aufzukratzen.

Mit einemmal wurde Atlan klar, was diese Wabenstruktur zu bedeuten hatte.

Er stellte seinen Strahler auf mittelfeine Bündelung, zielte auf den Deckel einer Wabe und drückte ab.

Der glühendheiße Thermostrahl verflüssigte das Material des Wabendeckels. Mit hohlem Knall sprang der Deckel ab.

Atlan holte tief Luft.

Hinter dem Deckel lag eine achteckige längliche Zelle – und in der Zelle schwamm ein unfertiger humanoider Körper in einer viskösen Substanz, ein schwammiges Monstrum.

Ovaron und Lord Zwiebus zerschossen noch andere Wabendeckel und fanden in den Zellen dahinter teils ebensolche halbfertigen Körper, teils einfach nur quallenförmige Zellenhaufen.

»Ich muß damals hinter der Wabenwand gewesen sein, als ich Bredel begegnete«, erklärte Ovaron. »Sonst hätte ich gleich erkannt, worum es sich handelt.«

Icho Tolot und Paladin kehrten zurück.

»Das sind also die Pseudokörper für die Takerer«, bemerkte der Haluter. »Was fangen wir mit ihnen an?«

»Wir vernichten sie«, antwortete Atlan kalt.

»Vernichten – Leben . . .?« fragte Zwiebus entsetzt.

Ovaron blickte ihn geistesabwesend an.

»Vegetatives Leben ohne Bewußtsein«, sagte er. »Unbeseelte Zellformationen, gezüchtet aus dem Fleisch ermordeter Ganjasen . . .«

Atlan legte ihm die Hand auf die Schulter.

»Es hat nichts mit den Persönlichkeiten der Toten zu tun, Ganjo. Das sind Zufluchtsorte Ihrer und unserer Gegner, und allein deswegen müssen wir dies alles vernichten.«

Er stellte seinen Strahler auf maximale Energieabgabe, hob ihn und drückte ab. Die ultrahelle Glut schlug in eine der Wabenzellen ein und vernichtete sie samt ihrem Inhalt innerhalb eines Sekundenbruchteils.

Auch die anderen feuerten nun auf die Pseudokörper, die gezüchtet worden waren, um Vavischon und anderen Angehörigen des Valos-Clans im Notfall Zuflucht zu gewähren.

Bald war die ganze Wabenwand eine lodernde Hölle aus kochendem Zellplasma und brodelndem Metallplastik . . .

Vavischon spürte zu seinem eigenen Erstaunen fast so etwas wie Erleichterung, als die Terraner die Pseudokörper mitsamt ihren Wabenzellen vernichteten.

Er war froh darüber, daß er den monströsen Biosyntho verlassen mußte, daß es einen zwingenden Grund dafür gab, aus dieser ungeheuerlichen Zellzusammensetzung fliehen zu können.

Er schlüpfte wieder in Alaska Saedelaere.

Aus dem Erinnerungsvermögen Alaskas – oder vielmehr dem des takerischen Cappin-Fragments, das die Stellung in Saedelaere während seiner Abwesenheit gehalten hatte – erfuhr der Takerer, daß vor wenigen Minuten Funksprüche der Kreuzer und Korvetten eingegangen waren, die die Annäherung takerischer Einheiten meldeten.

Vavischon frohlockte.

Er hatte Fehlschläge erlitten. Die Vernichtung der MARCO POLO war durch die Sicherheitsprogrammierung der Kommandopositronik vereitelt worden. Aber er würde dennoch gewinnen, denn sobald erst die takerische Flotte über TCR aufkreuzte, war die MARCO POLO verloren. Der Arsenalplanet mochte dabei zerstört werden oder nicht, es spielte keine Rolle mehr, denn das eigentliche Notarsenal des Valos-Clans war von den Terranern vernichtet worden.

Vavischon blieb nur so lange in Alaska Saedelaere, wie nötig war, um sich zu informieren und das Fragment psychotrop aufzuladen, dann schlüpfte er in einen Wartungstechniker der Sektion Mannschaftsrettung.

Da der Techniker ohnehin mit der Startüberprüfung der Rettungsboote beschäftigt war, fiel es überhaupt nicht auf, daß er auch das Boot ESCAPE II/437 überprüfte. Hier ging er allerdings besonders sorgfältig vor, denn Vavischon wollte mit diesem Boot, dessen Kurs bereits vor Tagen von Alaska Saedelaere programmiert worden war, die MARCO POLO verlassen, sobald die Energieschirme abgeschaltet wurden.

Nachdem er das Boot, den programmierten Kurs und die Ausrüstung für gut befunden hatte, übernahm er noch einmal den im Arsenal zurückgelassenen Pseudokörper.

Das Monstrum verzog das Gesicht zu einer satanischen Grimasse, als Vavischon die vergeblichen Bemühungen der terranischen Landungstruppen bemerkte, die Sperren vor der Hauptschaltzentrale zu überwinden.

Da die Kommandopositronik des Arsenals eine umfangreiche Auswahl an Variationsmöglichkeiten besaß, vermochten sich die Terraner nicht auf die Fallen einzustellen, die im Sperrgürtel auf Eindringlinge lauerten. Ein großer Teil der Raumsoldaten war vorsichtig genug, um die tödlichen Fallen zu vermeiden, aber auch die Psychofelder forderten Todesopfer.

Vavischon aktivierte die weit entfernt liegenden und an einen separaten Kraftwerkskreis angeschlossenen Traktorstrahler. Tief befriedigt beobachtete er auf seinen Ortungsschirmen, wie die MARCO POLO im letzten Moment einen Startversuch unternahm. Die Ringwulsttriebwerke brüllten auf. Tosende Glut schoß aus den Felddüsen, zerschmolz den Wüstenboden.

Das mächtige Raumschiff zitterte einige Sekunden lang, kämpfte gegen die Kraft der Fesselfelder an – und gab schließlich auf.

Der Chef der takerischen Exekutionsflotte drückte die Schaltplatten nieder, die die Fernkampfforts aktivieren sollten, aber die Kontrolllampen zeigten Rotwerte, und eine metallisch klirrende Stimme sagte:

»Fernschaltungsstrang durch Fremdkörper unterbrochen. Aktivierung der Raumabwehr nur durch Direktschaltungen an Ort und Stelle möglich. Achtung, bitte beachten Sie das Sextadimlabyrinth. Diese Sicherheitszone darf niemals von mehreren Personen gleichzeitig betreten werden.«

Vavischon lächelte amüsiert.

Vor dem Sextadimlabyrinth brauchte er sich nicht zu fürchten. Diese Sicherheitszone hatte er nach seinen eigenen Plänen anlegen lassen, damit niemals ein Unbefugter an die Direktschaltungen für die Raumabwehr des Planeten TCR herankommen konnte.

Nur der Fremdkörper bereitete ihm etwas Sorgen. Er konnte sich nicht vorstellen, worum es sich dabei handelte. Die entsprechenden Kontrollen zeigten nirgendwo im Bereich des Fernschaltungsstranges etwas an, was nicht dorthin gehörte.

Was konnte also den Strang unterbrochen haben?

Vavischon beschloß, es selber herauszufinden. Er zwang seinen Biosyntho, sich einen takerischen Spezial-Kampfanzug anzuziehen und in eine Transportkapsel für normalenergetische Bereiche zu steigen.

Langsam fuhr er den Fernschaltungsstrang ab und beobachtete durch die Oberteilverglasung der Kapsel das Gelände. Doch der semiastische Tunnel war leer – bis auf den Feldleiterstrang.

Vavischon wurde allmählich ungeduldig. In wenigen Stunden würden die ersten takerischen Flottenverbände das Taimay-System erreichen. Die Kreuzer und Korvetten der MARCO POLO konnten sie nicht lange aufhalten. Sie würden auf TCR abgedrängt werden und mußten fliehen.

Soweit wollte Vavischon es nicht kommen lassen. Nicht, daß er etwas gegen die Vernichtung dieser Einheiten gehabt hätte – im Gegenteil. Aber er mußte der MARCO POLO Gelegenheit geben, wenigstens einige ihrer Kreuzer und Korvetten einzuschleusen.

Dazu mußte sie für kurze Zeit ihre Schutzschirme abschalten – und das wäre dann die Gelegenheit für Vavischon, in seinem eigenen Körper mit dem vorprogrammierten Rettungsboot zu fliehen.

Anschließend würde er den takerischen Flotten befehlen, die an die Oberfläche von TCR gefesselte MARCO POLO zu vernichten – mit oder ohne den Planeten.

Die Raumabwehr war nun rasch zu aktivieren, damit die terranischen Kreuzer nicht an TCR herankamen und womöglich die Kraftstationen vernichteten, von denen die Traktorstrahler versorgt wurden.

Er steuerte die Transportkapsel zum Eingang des Sextadimlabyrinths und zwang seinen monströsen Befehlskörper in den pulsierenden Energieschlund des Labyrinths zu marschieren.

Er war erst wenige Meter weit gekommen, da spürte er, wie sich eiskaltes Entsetzen in ihm ausbreitete.

Das Labyrinth war nicht leer.

Irgendwo in den imaginären Realitäten der sechsdimensionalen Trägerfelder lauerte ein ungeheuerliches Etwas, von dessen Zellaura eine übelkeiterregende Woge von Rachedurst ausging . . .

Ingwar Bredels energetische Ladungen ballten sich schockartig zusammen, als sie mit den Schaltleitungsfeldern kollidierten. Die Feldleiter brachen zusammen, und Bredel fand sich in einer graugrünen Dämmerung wieder, bis zu den Knien in einem schleimig-öligen Morast stekkend.

Von panischer Angst ergriffen, watete und strampelte Ingwar auf eine Gruppe von kleinen Felsblöcken zu, die sich gleich tintenschwarzen Saurierrücken aus dem Sumpf hoben.

Er erreichte den ersten Block und zog sich keuchend hinauf. Hinter ihm schloß sich der Sumpf gurgelnd und schmatzend.

Ingwar Bredel befeuchtete seine Lippen – und merkte dabei, daß seine Mundpartie sich schnauzenartig vorgewölbt hatte. Zwei Paar große Reißzähne ragten über die harten, schmutziggelben Lefzen.

Er zitterte plötzlich. Furchtsam blickte er an sich herab. Der für menschliche Begriffe ideale Körper eines Kämpfers hatte sich schrecklich verwandelt. Ingwar sah dreizehige Hufe statt Füße, schwarzhäutige Krallenfinger mit Schwimmhäuten und einen von drahtartigen weißen Lockenhaaren besetzten, vorgewölbten Bauch. Dort, wo bei einem Menschen der Nabel saß, ragte ein auf blutgefülltem Hautschlauch sitzender violetter Stachel heraus. Der Stachel schien eine Art Eigenleben zu besitzen, er zuckte unmotiviert mal nach der einen, mal nach der anderen Seite. Unter der halbdurchsichtigen Haut des Trägerschlauches pulsierte kirschrotes Blut.

Bredel sah alarmiert hoch, als rollender Donner über den Himmel fegte. Dunkle Wolkenfetzen huschten dahin, und zwischen ihnen blinkte ein helles bleiches Licht.

Das Licht erzeugte seltsamerweise Furcht in Bredels Bewußtsein. Unruhig tappte er auf dem Felsbuckel hin und her und versuchte, irgendwo ein Versteck zu finden.

Doch außer den Felsblöcken gab es nur die dunkle, schleimig glänzende Fläche des Sumpfgebietes. Sie reichte nach allen Himmelsrichtungen bis zum Horizont.

Das Licht wurde heller.

Bredel spannte die Rückenmuskeln, seine Brustmuskulatur wölbte sich strangartig vor – und plötzlich flog er.

Er besaß Flügel!

Die lederhäutigen Schwingen schlugen die Luft und erzeugten klatschende Geräusche. Ingwar Bredel torkelte etwas unbeholfen hin und her, bis er sich an diese Art der Fortbewegung gewöhnt hatte.

Unterdessen ließ der Schock des Zusammenpralls mit den Schaltleitungsfeldern nach. Dr. Bredel, Sanitätsleutnant des Landungskommandos der MARCO POLO, gewann sein Selbstbewußtsein wieder.

Plötzlich fürchtete er sich nicht mehr; weder vor dem unendlich erscheinenden Sumpf noch vor seinem ins monströse verwandelten Pseudokörper und auch nicht vor dem herabstürzenden Licht, das – wie er mit jäher Klarheit wußte – nichts anderes als der Pseudokörper Vavischons war.

Des gleichen Vavischons, den er im Auftrag seiner Opfer zu töten hatte . . .!

Ingwar Bredel lachte grimmig. Mit den wuchtigen Schlägen der mächtigen Flughäute schwang er sich höher und höher, dem kreischend abstürzenden Lichtfleck entgegen. Der Fleck besaß die Form eines umgedrehten Suppentellers und hatte an den Rändern eine Reihe heller strahlender Punkte.

Wirklichkeit oder Traum, Bredel kümmerte es nicht. Er wußte, daß mindestens eines Realität war: der Kampf zwischen ihm und dem Chef der Takerischen Exekutionsflotte.

Der Fleck schoß schneller heran, vollführte ein faszinierendes Manöver und berührte mit seinem äußeren Rand die rechte Flughaut Bredels.

Ein peinigender Schmerz raste durch Bredels Körper. Er legte instinktiv seine Flughäute an und entging im Sturzflug dem zweiten Angriff Vavischons.

Dann, als der Lichtfleck mit schrillem Heulen und Kreischen den ganzen Himmel auszufüllen schien, drehte Ingwar Bredel seinen Flugsaurierkörper auf den Rücken und reckte Vavischon den Bauchstachel entgegen.

Es gab eine heiße, lautlose Explosion.

Der Sumpf, die Steine, der Himmel mit den Wolken, alles wurde ausgelöscht, denn es gab niemanden mehr, der dies hätte träumen können.

24.

»Zentrale an Landungskommando! Achtung! Hier spricht Perry Rhodan!«

Atlan drosselte die Wiedergabestärke seines Helmempfängers etwas. Die Botschaft aus der MARCO POLO wurde mit größter Intensität ausgestrahlt.

»Sämtliche Angehörigen der Landungs- und Einsatzkommandos«, fuhr Rhodans Stimme fort, »ziehen sich unverzüglich in die MARCO POLO zurück. Die Kommandanten sorgen für die Mitnahme aller Verwundeten und Gefallenen. Alles unbrauchbare oder nicht transportfähige Material ist zu vernichten. Die Einrichtungen des Arsenals sind während des Rückzugs unbrauchbar zu machen. Falls Transport- oder andere Hilfe benötigt wird, ist sofort Bescheid an Oberst Korom-Khan zu geben. Ende! Automatik wiederholt diesen Spruch zehn Minuten lang.«

Atlan wußte bereits, daß die MARCO POLO von starken Fesselfeldern an der Oberfläche von TCR festgehalten wurde. Perrys letzter

Befehl konnte nur bedeuten, daß die takerischen Einheiten sich außerhalb des Taimay-Systems zum Angriff formierten.

Die Fesselfelder bereiteten dem erfahrenen Raumstrategen eigentlich keine großen Sorgen. Er fragte sich lediglich, ob die Kraftstationen für die Energieversorgung der Traktorstrahler von Fernkampfforts abgesichert wurden, die bisher noch nicht eingesetzt worden waren.

In diesem Falle würde man zum äußersten Mittel greifen und Transformgeschütze mit schwersten Energiekalibern einsetzen müssen. Die Schutzschirme der MARCO POLO vermochten die erste Phase der Vernichtung von TCR zu überstehen, und sobald die Zerstörungen groß genug waren, um die Kraftstationen lahmzulegen, konnte das Schiff im Alarmstart in den Weltraum entfliehen.

Doch dem Arkoniden widerstrebte es, einen bewohnbaren Planeten zu zerstören – auch, wenn er, wie TCR, kein intelligentes Leben trug. Bewohnbare Planeten waren seiner Anschauung nach unbezahlbare Geschenke der Allmacht Universum an die intelligenten Lebewesen der Galaxien. Solche Geschenke zerstörte man nicht mutwillig.

Er unterbrach seine Überlegungen, als die Bulldoggen knurrten und ihn damit an sein derzeitiges Problem erinnerten.

Noch war Ingwar Bredels eigener Körper nicht gefunden worden, und solange noch Hoffnung für Dr. Bredel bestand, durfte man die Suche nicht aufgeben.

Die Hunde Professor Kaspons rannten hechelnd los. Atlan mußte sich anstrengen, um mit ihnen Schritt zu halten. Aber dieser Tunnel war zu eng, um die Flugaggregate einzusetzen. Schon so konnten sich Atlan und seine Begleiter nur gebückt vorwärtsbewegen.

»Ich möchte nur wissen, wie Bredel überhaupt eine Pedotransferierung zustande gebracht hat«, sagte Ovaron schräg hinten. Der Ganjo atmete heftiger.

»Vielleicht erklärt er es uns, wenn wir ihn fragen«, gab der Arkonide zurück.

Atlan lief drei, vier Schritte vorwärts, als die Bullenbeißer plötzlich wieder losrannten. Kaum hatte er sie fast erreicht, da fiel der Boden des niedrigen Tunnels so steil ab, daß er sich nicht zu halten vermochte.

Hilflos rutschte er hinter den winselnden und knurrenden Kaspon-Hunden her. Hinter ihm stießen Ovaron und Zwiebus Rufe des Unbehagens aus.

Die »Schlittenfahrt« endete auf dem Grund eines ungefähr acht Meter durchmessenden, stählernen Kessels. Sie wurde nur deshalb nicht zur Katastrophe für die Beteiligten, weil der Kessel mit einer kniehohen geleeartigen Substanz bedeckt war, auf der ein etwa meterhoher quallenförmiger Zellhaufen pulsierte.

Die Bullenbeißer standen mit gespreizten Beinen auf dem Geleepolster, reckten die Schnauzen in die Höhe und stießen seltsam jaulende Laute aus.

Dann leckten sie mit ihrer rauhen Zunge über den Zellhaufen.

Atlan war entsetzt. Er wollte die Hunde zurückdrängen. Doch sie gebärdeten sich wie wild und bissen ihn in Hände und Schultern.

»Lassen Sie sie gewähren, Lordadmiral«, sagte Ovaron schwach. »Es schadet nichts. Die ungeordneten Zellhaufen von zurückgelassenen Tzlaafs sind unvorstellbar widerstandsfähig. Sie könnten Schwefelsäure darübergießen, ohne daß es ihnen schadet.«

Lord Zwiebus breitete die Plastikhaut aus, die er mitgenommen hatte, um notfalls Bredels Eigenkörper darin einzuschlagen.

»Hoffentlich ist es überhaupt Bredels Körper«, sagte Atlan und sprühte sich Wundplasma über seine blutenden Hände.

Der Neandertaler lachte rauh.

»Was meinen Sie, warum die Hunde Sie gebissen haben – und warum sie den Zellhaufen ablecken!«

Ovaron lachte leise.

»Da Sie schon einmal gebissen sind, Lordadmiral, würde ich vorschlagen, Sie verscheuchen die Hunde, damit Lord Zwiebus den Tzlaaf einschlagen kann.«

Atlan stieß eine Verwünschung aus, machte aber dennoch Anstalten, die Hunde von Bredels Körper abzudrängen. Aber der Neandertaler schüttelte den Kopf und sprach leise und eindringlich auf die Bulldoggen ein.

Schniefend zogen Phobos und Deimos sich zurück und verfolgten aufmerksam, wie Zwiebus das, was wie ihr ehemaliger Betreuer roch, in die Plastikplane hüllte.

Plötzlich begann der Pseudokörper in der Plane heftig zu zappeln und zu strampeln. Zwiebus wurde zur Seite geschleudert, einer der Hunde biß ihn ins Ohr, und dann wälzten sich die Bulldoggen jaulend und kläffend über die Plane, zerfetzten sie mit ihren scharfen Zähnen und leckten den darunter zum Vorschein kommenden Mann von oben bis unten ab.

Ingwar Bredel sah den Arkoniden und dessen Begleiter fassungslos an, dann griff er seufzend den Kaspon-Hunden ins Nackenfell und sagte:

»Ich war ein Trottel! Wie konnte ich mir nur einbilden, ohne euch ginge es mir besser.«

Er richtete sich auf.

»Ich werde euch dem Professor abkaufen, und wenn ich ihn vor den Solaren Gerichtshof bringe. Aber ihr gehört mir . . .!«

»Sind Sie irgendwo Vavischon begegnet?« fragte Ovaron gespannt.

Ingwar Bredel nickte.

»Ja, aber der leuchtet nicht mehr. Ich habe ihm meinen Giftstachel . . .«

Verblüfft hielt er inne und blickte an sich herunter. Er trug selbstverständlich wieder den Kampfanzug und die Sonderausrüstung eines Sanitätsoffiziers, denn auf unerklärliche, aber höchst willkommene Weise blieben solcherart Dinge stets beim entseelten Eigenkörper zurück.

»Er ist weg . . .!« sagte er verstört.

Atlan fragte ungehalten:

»Wovon reden Sie, Bredel?«

Ingwar Bredel blickte den Arkoniden ruhig und würdevoll an, dann lächelte er und erklärte:

»Von dem Körperteil eines Flugdrachens, der vielleicht über Rettung oder Untergang der MARCO POLO entschieden hat, Sir. Und – äh – vielen Dank, daß Sie mich einfach ›Bredel‹ genannt haben. Diese Intimität ehrt mich zutiefst.«

Der Arkonide war verblüfft.

Lord Zwiebus lachte schallend und sagte:

»Meine Herren, darf ich daran erinnern, daß wir unseren Auftrag erfüllt haben. Wir sollten, meine ich, uns nun an Rhodans letzten Befehl erinnern.«

Phobos und Deimos kläfften, als wollten sie die Worte des Neandertalers unterstreichen.

Atlan erhob sich ächzend.

»Also, gehen wir. Ich glaube auch, das ist jetzt nicht die Zeit für die Suche nach wissenschaftlichen Erklärungen für Dinge, die wissenschaftlich betrachtet reine Unmöglichkeiten sind.«

»Das dürfte eine Frage des wissenschaftlichen Standortes sein«, sagte Ovaron. Erregt fügte er hinzu: »Beeilen wir uns. Ich spüre, daß Vavischon noch lebt und plötzlich sehr aktiv wird.«

Perry Rhodan nahm die Meldung, daß die MARCO POLO von starken Fesselfeldern auf TCR festgehalten wurde, gelassen hin. Er dachte sofort daran, sich mit einem Vernichtungsschlag zu befreien, falls es notwendig werden sollte.

Doch das war nur der letzte Ausweg.

Er setzte sich über Hyperkom mit den Chefs der Kreuzer- und Korvettenflottillen in Verbindung und befahl ihnen, sich in Richtung TCR zurückzuziehen. Die Korvetten sollten dabei die Rückendeckung übernehmen und die Angriffsspitzen der Takerischen Exekutionsflotte durch rasche Vorstöße und Feuerschläge beunruhigen. Die Leichten Kreuzer dagegen sollten im Linearflug bis dicht an TCR gehen und mit ihren Transformkanonen jeden Punkt der Planetenoberfläche beschießen, von dem die Streustrahlungen von Kernkraftwerken ausgingen.

Damit, so hoffte Rhodan, würden die Fesselfeldprojektoren lahmgelegt, so daß die MARCO POLO starten konnte.

Auf keinen Fall aber würde er warten, bis die Takerische Exekutionsflotte das Feuer auf eine an den Boden gefesselte MARCO POLO eröffnete . . .!

Gespannt verfolgte er die Rückmeldungen der Einsatzgruppen. Die Verluste der Landekommandos waren schmerzlich gewesen. Dazu hatten die Kommandos rund zweihundertfünfzig Kampfroboter und achtzehn Shifts verloren.

Auf die Dauer konnte sich ein einzelnes Raumschiff wie die MARCO POLO auch solche verhältnismäßig leichten Verluste nicht leisten. Perry Rhodan hatte genau gewußt, warum es sein Bestreben gewesen war, sich aus den internen Auseinandersetzungen der Galaxis Gruelfin herauszuhalten.

Ohne Flottenstützpunkt und eigene Industrieplaneten innerhalb dieser Galaxis waren nur defensive Operationen möglich. Vavischon hatte es fertiggebracht, den terranischen Großadministrator zu einem begrenzten militärischen Eingreifen zu zwingen. Der Kampf um TCR war nicht zu umgehen gewesen, und Rhodan führte alles, was er anfing, zu einem für die Menschheit positiven Ende, wenn es in seiner Macht lag.

Er wandte sich halb um, als er hinter sich Stimmen hörte.

Gucky, Roi Danton und Patulli Lokoshan waren gemeinsam wiederverstofflicht.

Es fiel nicht auf, daß Professor Urumzew die Beobachtungskuppel aufsuchte. Der alte Astronom hatte jederzeit freien Zutritt.

Doch diesmal war es nur Urumzews Körper, der die Beobachtungskuppel betrat. Das was man »Geist« nannte, gehörte dem Chef der Takerischen Exekutionsflotte.

Vavischon litt noch unter dem Schock, den er im Sextadimlabyrinth erlitten hatte. Zuerst hatte es ausgesehen, als würde er spielend mit dem Eindringling fertig werden, aber dann waren die Haßimpulse zahlloser Gemordeter gleich Peitschenhieben über ihn hergefallen, hatten ihn von allen anderen Wahrnehmungen abgeschnitten und ihm nur noch einen einzigen Ausweg gelassen: das Sextadimlabyrinth zu vernichten – und sich selbst mit.

Er hatte den entsprechenden Gedankenbefehl abgestrahlt und war danach in den Astronomen geschlüpft, dessen Individualausstrahlungen er sich ohnehin für die letzte Phase seines Fluchtplanes eingeprägt hatte.

Aber er zitterte noch immer vor Angst. Eigentlich, so versuchte er sich einzureden, können die Haßimpulse der hingerichteten Ganjasen nur Einbildung gewesen sein, ein Produkt überhitzter Phantasie. Doch er wußte es besser; er hatte gespürt, daß das seltsame Leben dieses Planeten von Haß gegen ihn erfüllt war.

Es hatte ihn töten wollen.

Und er wußte, daß es mit der Vernichtung des Sextadimlabyrinths nicht ausgelöscht war, daß die Todesdrohung weiterhin über ihm schwebte.

Professor Urumzew hockte zusammengesunken in seinem Schalensessel und musterte den Himmel. Vavischon wußte, was jetzt kommen würde. Es war ihm nicht gelungen, die Raumabwehrforts zu aktivieren, denn sein Biosyntho war im Labyrinth umgekommen.

Er konnte auch nicht in einen anderen Biosyntho schlüpfen, um in ihm die Direktschaltungen zu betätigen – denn es gab im gesamten Arsenal keinen einzigen Biosyntho mehr. Die Terraner hatten die monströsen Gebilde vernichtet.

Urumzew lächelte geistesabwesend, als die Außenmikrophone das Dröhnen vieler Raumschiffstriebwerke übertrugen. Er sah die terranischen Kreuzerflottillen nicht, aber er wußte, daß sie in diesem Moment mit auf Vollast verzögernden Triebwerken in die Atmosphäre von TCR vorstießen. Sekunden später blitzte es grell am Himmel auf. Eine Formation ultrahell schillernder Energieblasen fächerte aus: Die Kreuzer hatten ihre Schutzschirme aktiviert.

Dann packte eine imaginäre Faust den Planeten und schüttelte ihn durch. Urumzew sah, wie sich die ferne Hügelgruppe um einige hundert Meter hob und dann jählings durchsackte. Eine gigantische Fontäne aus glutflüssigem Magma, Dampf, Rauch und Sand stieg empor, vereinte sich in der Stratosphäre mit ähnlichen Wolken und filterte das Sonnenlicht ab.

Über TCR lag eine unwirkliche Dämmerung.

Ein etwa fünfzig Meter breiter Spalt zog sich von Ost nach Nordwest. Gelblichweiße Dämpfe quollen aus ihm hervor, und plötzlich senkte sich das Gelände diesseits des Spalts um vielleicht dreihundert Meter.

Die MARCO POLO stand plötzlich auf einer Tiefebene, nur einige Kilometer von den steil aufragenden Felsenwänden eines gigantischen Hochplateaus entfernt.

Ein durch Mark und Bein dringendes Knirschen erfüllte die rauchgeschwängerte Luft. Die Ränder der kontinentgroßen Spalte rieben gegeneinander. Am kaum erkennbaren Horizont wölbten sich Glutballen von riesigen Dimensionen empor. Immer mehr Transformbomben explodierten und vernichteten oder blockierten die letzten Kraftstationen des Geheimplaneten.

»Achtung!« Rhodans Stimme drang aus der Rundrufanlage. »An alle! Die Kraftstationen der Fesselfeldprojektoren sind zerstört. Die MARCO POLO startet in zehn Minuten. An Schleusen- und Hangarwachen! Alles vorbereiten zur Wiederaufnahme der Kreuzer- und Korvettenflottillen! Ende!«

Professor Urumzew seufzte schwer.

Vavischon fühlte sich erleichtert. Obwohl es ihm nicht gelungen war, die MARCO POLO auf TCR festzuhalten und später von seiner Exekutionsflotte vernichten zu lassen, war er freudig erregt.

Er kannte vorläufig nur noch ein Ziel: diesen unheimlichen Planeten schnellstens zu verlassen, aus dem Bereich der grauenhaften Haßausstrahlung zu entkommen.

Gegen diese Haßausstrahlung waren die Terraner, seiner Meinung nach, ein Nichts. Ihnen zu entkommen, würde keine Schwierigkeiten mehr bereiten. Mit ihnen hatte er spielen können, dem Haß gegenüber gab es nur Furcht.

Die MARCO POLO erbebte, als die Kraftstationen hochgeschaltet wurden. Kurz darauf sprangen die mächtigen Impulstriebwerke an. Auf einer mächtigen Säule aus sonnenheißen Impulsströmen hob sich das Flaggschiff Perry Rhodans in die Luft. Unter ihm brach die Oberflächenkruste. Zuerst schossen Schlammgeiser aus dem zerrissenen Boden, dann barst alles in einer gewaltigen Magma-Eruption, die ihre glutflüssigen Massen der in den Raum rasenden MARCO POLO nachschickten.

Eine Million Kilometer von TCR entfernt, schaltete die MARCO POLO sämtliche Triebwerke ab und fiel antriebslos durch den Weltraum. Die Kommandanten der Korvetten meldeten sich über Hyperkom-Richtfunk. Sie befanden sich im Anflug auf den vereinbarten Treffpunkt zwischen dem dritten und dem zweiten Planeten des Taimay-Systems, und ihre Kommandanten berichteten, daß die takerischen Flottenverbände ihnen nur zögernd folgten.

Vavischon raste vor Wut. Er hatte gehofft, die Exekutionsflotte würde die Terraner stellen, zum Kampf zwingen und vernichten, aber statt dessen ließen sich seine Stellvertreter Zeit. Wahrscheinlich fürchteten sie sich.

Er würde sie hinrichten oder verbannen lassen, sobald er wieder die Befehlsgewalt übernommen hatte.

Der Takerer verzweifelte fast, als die Kreuzerflottillen noch einmal in den Linearflug gingen, zwischen den Aufklärungsverbänden und dem Gros der takerischen Flotte in den Normalraum zurückkehrten und nach einem Blitzangriff wieder im Linearraum verschwanden. Sie meldeten noch dazu die Beschädigung von sechzehn takerischen Einheiten.

Die Exekutionsflotte zögerte, nahm Warteposition ein, anstatt kompromißlos zuzuschlagen. Dann wurde in Funksprüchen durchgegeben, die takerische Flotte zöge sich wieder bis zum Rand des Taimay-Systems zurück und versuchte, eine Einkreisungsschale zu bilden.

Vavischon war etwas beruhigt. Vielleicht konnte die MARCO POLO doch noch vernichtet werden. Sobald er in seinem eigenen Körper entkommen und zu seiner Flotte zurückgekehrt war, würde er wieder den Oberbefehl haben. Dann würde er den Terranern schon zeigen, was eine takerische Flotte unter dem Befehl eines guten Befehlshabers wert war.

Lichtreflexe im Raum außerhalb der MARCO POLO verrieten die langsam herantreibenden Korvetten. Als sie plötzlich klar zu sehen waren, wußte Vavischon, daß die Schutzschirme der MARCO POLO ausgeschaltet worden waren.

Er verließ den Astronomen und schlüpfte in seinen eigenen Körper zurück, um mit ihm das Rettungsboot aufzusuchen.

Es gibt Lebewesen, die atmen Sauerstoff ein und Kohlendioxyd aus, und es gibt welche, die Wasserstoff ein- und Ammoniak ausatmen.

Die intelligenten Lebewesen an Bord der MARCO POLO gehörten ausnahmslos zum ersten Typ, sie waren sogenannte Sauerstoffatmer. Nun ist Sauerstoff ein sehr aggressives Element, und es gibt andersartige Intelligenzen, die im Frühstadium ihrer Weltraumfahrt alle Welten mit Sauerstoffatmosphären für lebensfeindlich hielten.

Ähnliches dachten die meisten Sauerstoffatmer in der Frühzeit ihrer Raumfahrt. Sie meinten, Lebewesen könnten nur dort existieren, wo es eine Atmosphäre aus Sauerstoff, Stickstoff, Kohlendioxyd und eventuell noch geringen »Verunreinigungen« gab.

Man wurde eines Besseren belehrt.

Das Paradebeispiel dafür gaben immer noch die Maahks ab, ein Volk von eierlegenden, warmblütigen Wesen, das auf einer Welt entstanden war, deren Atmosphäre hauptsächlich aus Wasserstoff und Ammoniak bestand. Sie enthielt neben anderen Verunreinigungen auch Methan, weshalb man sie ursprünglich für Methanatmer gehalten hatte.

Doch die Maahks atmeten Wasserstoff ein und Ammoniak aus. Da die Gase einer Atmosphäre sich weder verflüssigen noch gefrieren dürfen, wenn nicht das gesamte Leben auf dem betreffenden Planeten gefährdet werden soll, herrschen auf den Welten der Maahks Temperaturen von durchschnittlich achtundneunzig Grad Celsius.

Die solare Menschheit hatte einst viele Jahre gegen die Maahks gekämpft, weil die grundverschiedenen Stoffwechsel beider Arten jeder Art die andere als absolut fremdartig erscheinen ließ. Erst als man sich im Verlauf der Auseinandersetzungen näher kennenlernte, lernte man sich auch gegenseitig verstehen. Heute lebten Terraner und Maahks friedlich nebeneinander – wenn auch in verschiedenen Galaxien.

Um ähnliche Fehler künftig zu vermeiden, verfügte seit einigen Jahrhunderten jedes terranische Forschungsschiff über einen Satz Roboter, die sich in Wasserstoff-Ammoniak-Atmosphären mit hohen Temperaturen und hohem Druck bewegen konnten, ohne stärkerem als normalem Verschleiß zu unterliegen.

Diese Roboter besaßen vor allem Bio-Positroniken, deren Plasmaanteil speziell für die Verhältnisse auf Wasserstoffplaneten herangezüchtet worden war. Die Gehirne solcher Roboter arbeiteten auch dann weiter, wenn durch eine undichte Stelle die heiße, unter hohem Druck stehende »Giftatmosphäre« eingedrungen war.

Das Bioplasma für die Gehirne dieser Spezialroboter sowie für die organisch lebende Außenverkleidung befand sich, getrennt von den Metallhüllen der Roboterkörper, in großen Plasmabrutkammern unter den künstlich erzeugten Umweltbedingungen sogenannter Wasserstoffplaneten.

Seit einiger Zeit schwammen in dem energetisch unzusammenhängenden Zellbrei auch die Körperzellen eines Sauerstoffatmers. Da zwischen ihnen und ihrer Umwelt jedoch kein Stoffwechsel stattfand, machten ihnen die normalerweise tödlichen Umweltbedingungen gar nichts aus.

Als Vavischons Ich-Anteil in das zurückkehrte, was er seinen Tzlaaf nannte, beendete er damit die bisherige energetische Neutralität gegenüber der Umwelt.

Was bisher nicht hatte reagieren können, weil es für die unterschiedlichen energetischen Ladungen der Atome nicht existierte, öffnete sich nun schlagartig dem, was außerhalb war.

Vavischons Geist hielt Einzug in das formlose Nichts und verwandelte es in den optisch wahrnehmbaren gigantischen Zellverband eines gutgebauten Takerers.

Die auf dem energetischen Stoffwechsel des projizierten Seins basierenden chemischen Reaktionen hatten bereits über das Schicksal Vavischons entschieden, bevor die Sinne und das Wahrnehmungsvermögen ihn warnen konnten.

Vavischon atmete tief ein, und die Wirkung des giftigen Gasgemisches vernebelte seine Sinne, bevor die Hitze sein Körpereiweiß zum Gerinnen bringen oder die harten Strahlungen der Kammer sein Blut zersetzen konnten. Vavischons Ausatmen war der Todesschrei einer sterbenden Kreatur, deren klares Denken bereits ausgelöscht war. Es gab kein Ausweichen in einen anderen Körper mehr.

Was vornüber in das Plasmabad fiel, war nicht mehr Vavischon, der Chef der Takerischen Exekutionsflotte, sondern nur noch nutzloses verfärbtes Fleisch.

Das, was Vavischon ausgemacht hatte, den Massenmörder von Hunderttausenden Ganjasen, wurde zurückgeschleudert dorthin, woher es gekommen war.

In der Kontrollstation der Abteilung Zuchtplasma hörte man einen grauenhaften Schrei, und auf den Monitoren war ein zuckendes Etwas in seiner geöffneten Plasmakammer zu sehen.

Als die Männer bei der Brutkammer ankamen, konnten sie nur noch die halbzersetzten körperlichen Überreste des Takerers bergen.

Vavischon hatte sich ein todsicheres Versteck ausgesucht – und war darin gestorben . . .

Alaska Saedelaere war vor wenigen Minuten schreiend zusammengebrochen. Medo-Roboter hatten ihn in die Bordklinik transportiert, bevor sich die Verantwortlichen an Bord um den Transmittergeschädigten kümmern konnten.

Nun lag er auf einem Konturbett. Dr. Serenti und Professor Dr. Thunar Eysbert saßen auf Hockern daneben und beobachteten das langsam zurückgehende Leuchten unter Alaskas Plastikmaske.

Sie wandten die Köpfe, als Perry Rhodan und Atlan eintraten.

»Es besteht keine Gefahr für den Patienten, Sir«, sagte Serenti und tupfte Saedelaere den Schweiß von der Stirn. »Er hat seinen eigenen Körper zurückerobert.«

»Zurückerobert . . .?« fragte Rhodan.

Khomo Serenti nickte bedächtig.

»Wir haben einen Zeitvergleich angestellt, Sir. Als Vavischon bereits tot war, kämpfte Alaska Saedelaere noch um die Beherrschung seines Körpers. Wir nehmen an, daß das Cappin-Fragment in Saedelaeres Gesicht von Vavischon Unterstützungsimpulse erhielt und dadurch in die Lage versetzt wurde, Alaskas Geist zu verdrängen und seinen Körper zu übernehmen. Als Vavischon starb, verfügte sein Helfershelfer noch über einen gewissen Vorrat an Zusatzenergie. Deshalb konnte er sich noch einige Minuten lang gegen Saedelaeres Geist halten.«

»So ist es«, flüsterte Saedelaere. »Aber wie konnte Vavischon sterben? Ich selbst hatte seinen Körper versteckt.«

»In einer Plastikbrutkammer, die unter Maahkwelt-Bedingungen steht«, ergänzte Atlan nüchtern.

»Worüber wir alle sehr froh sind«, fügte Perry Rhodan hinzu.

Alaska Saedelaere schluckte hörbar. »Ich verstehe das nicht. Selbstverständlich freue ich mich ebenfalls, daß dieses Scheusal tot ist, aber wie konnte ich nur so fahrlässig handeln?«

»Doppelbeeinflussung«, sagte Thunar Eysbert. »Erst das von Vavischons Ferneinfluß unterstützte Fragment, dann Vavischon allein. Es war zuviel für den chemoelektrischen Haushalt Ihrer Gehirnzellen, Mr. Saedelaere. Sie hatten ganz einfach vergessen, daß Vavischon die Umweltbedingungen einer Sauerstoffwelt vorfinden muß, wenn er in seinen eigenen Körper zurückkehrt.«

»Und der Roboter, der Vavischons Pseudokörper in die Brutkammer legte?« fragte Alaska schwach.

Professor Serenti erklärte es ihnen.

»Der sah nur den unempfindlichen Zellhaufen, Alaska. Wie sollte er darauf kommen, daß die Reaktionstaubheit sich ins Gegenteil verkehren würde? Außerdem ahnte er natürlich nicht, daß er den Pseudokörper eines Pedotransferers versteckte, sonst hätte er es seinen Vorgesetzten gemeldet.«

Alaska Saedelaere richtete sich auf.

»Ich möchte berichten, was ich weiß«, bat er. »Da Vavischon mich nicht fluchtartig verließ, sind alle Erinnerungen, die er innerhalb meines Körpers sammelte, erhalten geblieben.«

Perry Rhodan und Atlan blickten sich an, dann nickte Perry dem Transmittergeschädigten zu.

»Setzen Sie sich bequem hin, Alaska. Sie haben geduldige Zuhörer gefunden.«

Dr. Ingwar Bredel wählte am Speisenautomaten seiner Kabine zwei Riesenportionen Gulasch, roh allerdings. Er füllte die Fleischwürfel in zwei Näpfe um und stellte sie auf den Fußboden.

»Guten Appetit, ihr Marsmonde!«

Phobos und Deimos ließen sich nicht zweimal bitten. Sie jaulten kurz und dankbar auf und stürzten sich auf die großzügig bemessenen Fleischrationen.

Lange Minuten war nur ihr intensives Schmatzen und Schlingen zu hören. Ingwar Bredel sah ihnen zu, ein glückseliges Lächeln auf dem Gesicht.

Das Lächeln verschwand, als der Interkommelder summte. Bredel drückte die Aktivierungstaste. Auf dem Bildschirm erschien Professor Kaspons Gesicht. Er wirkte erzürnt.

»Bredel!« tobte Kaspon. »Ich habe erfahren, meine Hunde befinden sich bei Ihnen. Was nehmen Sie sich denn noch heraus, Sie falsch zusammengesetzter Eigenbau-Androide! Sofort schicken Sie mir Phobos und Deimos zurück!«

Ingwar wurde kreidebleich. Aber das wütende Knurren der Bulldoggen verlieh ihm die Kraft, dem Chefchirurgen der MARCO POLO zu widersprechen.

»Phobos und Deimos haben mir das Leben gerettet, Professor«, sagte er fest. »Deshalb bekommen sie zur Belohnung extra schöne

Fleischportionen von mir. Und außerdem, mein Herr: Sie kümmern sich ja überhaupt nicht persönlich um Phobos und Deimos. Ich kaufe sie Ihnen ab. Zehn Solar dürften reichen.«

»Waaas . . .?« fuhr Professor Kaspon hoch. Er schien explodieren zu wollen, und angesichts des zu erwartenden Gewitters wünschte Ingwar Bredel dem Chirurgen, er möge als Hundefutter aufgefressen werden.

Nicht im Traum allerdings hätte er diesen Wunsch ernst genommen. Um so fassungsloser war er, als er kurz darauf ein winziges daumengroßes Männlein im grünen Chirurgenkittel in Deimos' Futternapf herumhüpfen sah.

Das Männlein trug unverkennbar Professor Dr. Kaspons Züge. Es sprang von Fleischwürfel zu Fleischwürfel, stieß dabei unartikulierte Schreie aus und fuchtelte mit den Ärmchen in der Luft herum.

Deimos schnappte zu und drehte das winzige Männlein im Maul zurecht, damit es besser hinunterglitt. Dann schluckte er – und Kaspon war verschwunden.

Ingwar Bredel war wie gelähmt vor Schreck, als die Tür aufging und Major Patulli Lokoshan hereinkam. Der Kamashite trug wieder einmal seinen Großen Erbgott Lullog unter dem Arm.

»Hallo, Bredel, wie geht es?« rief er und nahm auf der zerschlissenen Liege Platz.

Bredel schluckte.

»Ich bin krank, Major . . .«, flüsterte er. »Mein Vorgesetzter, Professor Kaspon, ist von Deimos gefressen worden . . .«

Lokoshan lachte und stockte plötzlich.

»Von Deimos gefressen . . .?« wiederholte er. »Damit ist Ihnen aber nicht geholfen, Dr. Bredel, wie?« Er schlug mit dem Fingerknöchel gegen den Kopf seiner türkisfarbenen Statuette. »So kann man Ihnen nicht helfen.«

Ingwar Bredel sah den Kamashiten verständnislos an. Im nächsten Augenblick ruckte sein Kopf herum, die Augen quollen beinahe aus den Höhlen.

Auf dem Interkom-Bildschirm flimmerte erneut Professor Kaspons Gesicht. »Also gut.« Der Professor schrie, aber es war nicht lauter, als hätte er geflüstert. »Ich schenke Ihnen Phobos und Deimos. Ich gebe Ihnen sogar noch tausend Solar, wenn Sie sie behalten.«

»Aber . . .«, begann Bredel.

Kaspon wischte sich etwas von der Stirn, das wie eine schleimige Flüssigkeit aussah. In seinen Haaren hingen Fleischfasern.

»Ich verspreche Ihnen, Sir, mit Professor Serenti zu sprechen. Khomo Serenti sucht einen Facharzt für die Abteilung Logotherapie, und da ich weiß, daß Sie sich schon immer für die Dritte Wiener Richtung interessierten, werde ich Sie dem Kollegen wärmstens empfehlen.«

Patulli Lokoshan beugte sich vor und zwang Bredels Blick unter seine Kontrolle. »Greifen Sie zu, Mann! Das ist eine Chance, die nicht wieder geboten wird.«

Und während Ingwar Bredel verstört mit seinem – ehemaligen – Vorgesetzten sprach, strich der Kamashite zärtlich über den Schädel seines Erbgottes.

»Das war gut, fast zu gut, Lullog. Wenn Deimos nun zugebissen hätte . . .?«

Fleisch ist Fleisch . . .! gab Lullog lautlos wie immer zurück.

25.

Die MARCO POLO, inzwischen acht Zehntel lichtschnell, war bisher auf das Zentrum des von den takerischen Einheiten gebildeten Sperrriegels zugerast. Jetzt, nur zwei oder drei Lichtsekunden von den ersten Schiffen entfernt, änderte sich der Kurs um zwei Strich, also knapp fünfundzwanzig Grad der Skala.

Das Manöver zersplitterte die Masse der Angreifer.

Zuerst waren die Abstände der Takerer untereinander gleich gewesen. Die Angreifer trieben mit reduzierter Fahrt auf den einzelnen Punkt zu. Durch die Kursänderung wurden aus gleichen Abständen, weil die Schiffe ohne Koordination plötzlich vorpreschten, auf den Gegner losrasten, längere und dichtere Abstände. Dort, wo sich sechs Schiffe besonders weit voneinander entfernt hatten, war die Öffnung entstanden.

Auf diese Öffnung raste die MARCO POLO zu. Dicht davor, als die Angreifer ihren Fehler erkannten, wechselte der Kurs abermals. Eine Schiffskonzentration an einer anderen Stelle wurde angeflogen, und die Öffnung blieb bestehen.

Eine halbe Lichtsekunde vor der ersten Gruppe der Angreifer vollführte die MARCO POLO abermals eine harte Wendung.

. . . und steuerte genau auf dieses Loch zu.

Von allen Seiten rasten jetzt die Takerer heran, nahmen den fast lichtschnellen Raumgiganten in die Zielkreuze und jagten ihm nach. Die ersten Strahlenbahnen zuckten auf, konzentrierten sich auf das fliehende Schiff.

Und in der gleichen Sekunde durchstieß, mehr als neun Zehntel lichtschnell, die MARCO POLO den Kordon der gegnerischen Schiffe.

Drei schwere Einheiten der Takerer nahmen die Verfolgung auf.

Die lichtschnellen Strahlen trafen auf die Schirme. Über dem dahinrasenden Kugelschiff entstanden mächtige Strukturrisse, durch sie wurden die auftreffenden Fremdenergien in den Hyperraum abgeleitet.

Die Geschwindigkeit der vier Schiffe näherte sich der Lichtgrenze.

Die Techniker an Bord stellten fest, daß die lichtschnellen Strahlen der Initialdoppler-Geschütze des takerischen Gegners grundsätzlich auch der MARCO POLO gefährlich werden konnten, aber dazu mußte mehr aufgeboten werden als die vereinte Feuerkraft von drei Großkampfschiffen der Takerer. Um die MARCO POLO ernsthaft zu gefährden, waren mehr Schiffe nötig.

Während die MARCO POLO, zwar noch immer in unterlichtschneller Fahrt, ihren Vorsprung zu vergrößern versuchte, meldete sich die Funkzentrale.

»Perry Rhodan – bitte melden!«

Rhodan verließ für einige Minuten die Schirme der Panoramagalerie und fuhr seinen Sessel auf den Interkomschirm zu.

»Hier Rhodan!«

»Wir haben einen Hyperfunkspruch auf der Flottenwelle aufgefangen. Ein Schiff der Moritatoren, Sir!«

Rhodan wendete sich an die Schiffskommandanten und sagte:

»Wir halten den Funkkontakt. Um den Kontakt nicht zu verlieren, können wir noch nicht in den Linearraum gehen. Wir bleiben also in Unterlichtfahrt. Klar?«

»Verstanden.«

Inzwischen war die MARCO POLO von den verfolgenden Takerern geortet und ihr Kurs neu festgestellt worden. Die Takerer holten auf. Der Beschuß begann erneut.

Etwa zehn Schiffe verfolgten sie jetzt.

Mit achtundneunzig Prozent der Lichtgeschwindigkeit raste die MARCO POLO in einer weit ausgeschwungenen Kurve davon. Die

Takerer eröffneten ein wahres Bombardement auf sie. Blaßblaue Strahlenfinger zuckten durch den schwarzen Raum. Sie waren nur ein wenig schneller als die Schiffe.

Es ergaben sich faszinierende energetische Effekte.

Verfolgt von den zerfasernden Farbschleiern, die abströmende Energiemengen anzeigten, raste das Schiff weiter, fremden Sternen entgegen.

Dann geschah etwas Unglaubliches.

Die Strahlenbahnen krochen dahin, schienen die Schutzschirme zu berühren und wurden plötzlich stark verlangsamt. Es war, als ob eine unsichtbare Kraft die Lichtgeschwindigkeit veränderte, sie verlangsamte. Die Strahlen wurden abgebremst.

Für die verfolgenden Schiffe und deren Geschütze verlangsamte sich der Ablauf der Zeit um ein Mehrfaches. In dieser Zeit ging die MARCO POLO auf einen neuen Kurs. Hinter ihr schienen die Strahlen auf eine unsichtbare, schwarze Mauer aus Dunkelheit aufzutreffen. Die Strahlen erstarrten wie gerade Linien, wie Leuchtanzeigen auf einem kosmischen Bildschirm.

Die Verfolgung war auf einem toten Punkt angelangt.

Takvorian, der zwischen Rhodan und Ovaron stand, senkte den Kopf. Der Pferdemutant war erschöpft. Er war es, dessen Kräfte die Strahlen verlangsamt und aufgehalten hatten.

Noch ehe Rhodan ihm danken konnte, meldete sich erneut die Funkzentrale.

»Sir!«

Rhodan wandte sich um.

»Ja? Haben Sie etwas?«

Die Antwort kam augenblicklich.

»Ja, Sir. Ich wollte Ihnen sagen, daß das Bild des Anrufers eben auf Ihren Schirm gelegt wird. Es ist ein Cappin mit Namen Kalabasch.«

»Danke.«

Rhodan schob seinen Kontursessel in die richtige Position. Dann flammte der Schirm auf, und ein Cappin war darauf zu sehen.

Er wandte sich direkt an Rhodan.

»Wir haben den Notruf Vavischons an die takerische Flotte aufgefangen«, sagte er ohne Umschweife. »Die Moritatoren forschen bereits seit Wochen nach einem geheimnisvollen Fremden. Sie sind dieser Fremde. Wir müssen uns treffen.«

Während Ovaron langsam näher kam und sich hinter Rhodan vor die Aufnahmeoptik schob, sagte der Terraner:

»Selbstverständlich. Das ist auch meine Absicht. Was schlagen Sie als Treffpunkt vor?«

Der Cappin bewegte sich nicht und blickte Rhodan fest an.

»Achtzehn Lichtjahre von hier entfernt – ein blauer Riesenstern.«

Die Ortungszentrale schaltete sich ein.

»Sir! Wir haben den Zielstern angemessen. Wir erstellen gerade die Koordinaten. In einigen Sekunden können wir in den Linearraum gehen!«

»Stimmt das?« erkundigte sich der Cappin.

Rhodan, aufgeregt und bemüht, gleichzeitig mehrere Dinge zu durchdenken, sagte rasch:

»Wir treffen uns in kurzer Zeit in der Nähe dieser Sonne, Kalabasch! Der Einfachheit halber nenne ich sie Morita.«

Der Cappin gab zurück:

»Einverstanden! Wir werden uns sehen. Mein Schiff ist die NORRO.«

»Danke.«

»Funkkontakt abgebrochen«, stellte der Kontaktmann der Funkzentrale fest. Rhodan gab das Signal, und mit einem nur sehr geringen Mehraufwand an Energie ging die MARCO POLO in den Linearraum und verschwand aus den Optiken der Verfolger. Die Hetzjagd war zu Ende. In allen Sektionen des Schiffes atmeten die Besatzungsmitglieder auf, als das Signal ertönte und kurz darauf die Sichtschirme stumpf wurden. Sie hatten ein merkwürdiges »letztes Bild« gezeigt:

Verfolgende Schiffe, deren Geschütze feuerten, schoben diese Strahlen wie überdimensionale Lanzen vor sich her, mit deren Spitzen sie die MARCO POLO zu erreichen versuchten. Das große Schiff hatte sich nicht mehr gewehrt, die gefährlichen Initialdoppler-Strahlen hatten ihm nicht geschadet. Jetzt raste es durch den Linearraum, der leuchtenden blauen Sonne in rund achtzehn Lichtjahren Entfernung entgegen.

Eine unübersehbare Sonne, die im Hertzsprung-Russel-Diagramm in der Reihe drei zu finden war. Sechzehn Millionen Kilometer durchmessend, von einem intensiven blauen Licht, das weithin strahlte. Verglichen mit der Leuchtkraft von Sol, verfügte Morita über mehr als das Zehntausendfache an Sonneneinheiten. Die Oberflächentemperatur des Sterns, zwischen den Spektraltypen O und B eingeordnet, betrug fünfundzwanzigtausend Grad Celsius.

Im Kosmos gab es, verglichen mit den Zahlenmengen für schwache rote oder normale gelbe Sonnen relativ wenige blaue oder weiße Sterne. Einer von ihnen war der Treffpunkt. Dort wartete, bis jetzt noch im Ortungsschatten in Sonnennähe, das Raumschiff der Moritatoren auf die MARCO POLO.

Auch die NORRO besaß die ungewöhnliche Form einer sehr spitzen Pyramide. Es war nur ein kleines Schiff, die Länge über alles überschritt das Maß von hundertfünfzig terranischen Metern nicht.

Das grelle, fast weiße Licht der Sonne spiegelte sich in den Flanken der Pyramide und ließ die Konturen verschwimmen – niemand hätte das Schiff neben der Sonne anmessen oder mit optischen Erfassungsgeräten entdecken können. So versteckt wartete die NORRO.

Wenige Minuten nach dem Eintreten in das normale dreidimensionale Raumgefüge hatten die Spezialisten der Funkabteilung die Verbindung mit dem Moritator wiederhergestellt.

Ein mehr als zwei Quadratmeter großer Sichtschirm, unterhalb der Panoramagalerie angebracht, strahlte auf. Die Optiken neben dem Bildrahmen richteten sich auf Rhodan und Ovaron.

Kalabasch stand förmlich über den Pulten, farbig und dreidimensional.

Er war ein Cappin mittleren Alters, mit einem gutgeschnittenen Gesicht und ruhigen Augen. Charakteristisch an ihm schien, daß er seine Gestik sehr sparsam hielt.

Rhodan begrüßte Kalabasch und eröffnete die Unterhaltung. Schwere Aufzeichnungsgeräte liefen in der Funkzentrale mit und speicherten jeden Bildpunkt.

Rhodan fragte höflich:

»Sie, Kalabasch, haben also den Notruf des Vavischon an die takerische Flotte aufgefangen?«

»So ist es. Was war der Grund dieses Notrufes, durch dessen Analyse wir die Funkfrequenz Ihres Schiffes entschlüsseln konnten?«

Ovaron berichtete in einigen Sätzen. Als er geendet hatte, sagte Kalabasch, ohne übermäßiges Erstaunen verraten zu haben:

»So war das also. Wir suchen seit einiger Zeit nach den Fremden, die den Moritator Scholschowo gerettet haben. Sind Sie diese Fremden?«

Rhodan lächelte zurückhaltend und erwiderte:

»Das trifft zu. Aber . . . wie haben Sie festgestellt, daß wir es waren, die Scholschowo . . .?«

»Das ging folgendermaßen zu«, begann der Cappin.

Er berichtete folgendes:

Die Moritatoren verfügten über ein besonderes Spürgerät. Dieses Gerät war in der Lage, selbst im luftleeren Raum noch perfekt und mit einer derartig geringen Schwundmenge zu arbeiten, daß es innerhalb eines Raumschiffes eingesetzt werden konnte. Dort vermochte es Geschehnisse, die in seiner Umgebung abgelaufen waren, noch nach Monaten sichtbar zu machen.

Rhodan fragte aufgeregt:

»Was sahen Sie?«

Der Moritator deutete nach rechts und links hinter Rhodan aus dem Schirm heraus. Rhodan drehte sich um.

Hinter ihm standen Gucky, Ras Tschubai und Atlan, die während der letzten Sekunden in die Schaltzentrale gekommen waren.

»Wir sahen ein Geisterbild, eine schemenhafte Abbildung. Darauf war klar zu erkennen, wie dieses Wesen, das wohl nicht Ihrer Rasse angehört, und dieser Mann durch eine aufgeschnittene Öffnung der Bordwand Scholschowo in Sicherheit brachten. Folglich mußte sich Scholschowo in Ihrem Schiff befinden.«

Rhodan hob den Blick, sah den Cappin fast entschuldigend an und sagte bedauernd:

»Scholschowo ist tot. Wir konnten ihn nicht mehr retten, obwohl unsere Wissenschaftler ihr möglichstes taten.«

Ovaron schob sich näher an die Linsen heran und begann erneut zu berichten.

Als er geendet hatte, sagte der Moritator verblüffend kalt:

»Obwohl Sie ein Cappin sind, glaube ich Ihnen nicht ein Wort. Haben Sie auch nur den kleinsten Beweis?«

Ovaron drehte sich wie in Panik um und sah Rhodan hilfesuchend an.

Nach den Kontakten mit Scholschowo war dieses Verhalten eine jähe Enttäuschung für ihn. Wieso war der Moritator, in den er seine Hoffnungen gesetzt hatte, plötzlich so ablehnend?

»Verdammt!« sagte Atlan. »Kehren wir um.«

Zu seinem Erstaunen begann Rhodan leise zu lachen.

Atlan rief ungeduldig: »Warum lachst du, Perry?«

Rhodan gab zur Antwort:

»Ich lache, weil Ovaron und du so ungeduldig reagiert. Wir haben Gelegenheit und auch die Mittel, bereits hier in diesem Dialog die Sachlage zu klären. Sie glauben uns also kein Wort, Kalabasch?«

»Wir kamen offensichtlich zeitlich ganz kurz nach Ihrer Rettungsaktion an dem Wrack an. Selbstverständlich haben wir nicht den geringsten Grund, an der Rettungsaktion selbst zu zweifeln.«

Ovaron fragte mit neuer Hoffnung:

»Sie haben also die Trümmer von Scholschowos Raumschiff gefunden?«

»Ja«, antwortete Kalabasch halblaut. »Wir haben auch die Überreste der veralteten Raumschiffe der Takerer gefunden, die dort, am Ort des Geschehens, zu einer Strafaktion erschienen waren.«

Atlan sagte scharf:

»Das deckt sich genau mit unseren Feststellungen. Bis zu diesem Punkt also besteht keinerlei Zweifel an unserer Darstellung?«

Das Lächeln des Moritators war vage und, wie es den Eindruck machte, etwas nachsichtig. Er antwortete:

»Keine Zweifel von unserer Seite. Wir hörten ferner die Notrufe der Takerer, die von den entkommenen Einheiten ausgeschickt worden sind. Wir haben diese Rufe ausgewertet. Die Texte waren für uns ein Grund mehr, sehr genau nachzuforschen. So kamen wir auf dem Umweg über unser Spürgerät zu Ihnen.«

Ovaron umklammerte die Lehnen seines Sessels.

»Ich verstehe nicht«, sagte er, etwas verwirrt, »wie Sie uns dies alles schildern und trotzdem an dem, was wir sagten, zweifeln können!«

»Warten Sie einen Moment, Ovaron, dann werden Sie verstehen«, sagte Kalabasch.

Ovaron fuhr zurück:

»Woher wissen Sie, wie ich heiße?«

Kalabasch lächelte erneut und wies auf Rhodan.

»Ihr Freund nannte Sie vor einiger Zeit so. Ich kann nicht glauben, daß er Sie mit einem falschen Namen ansprach.«

Ovarons verkrampftes Gesicht entspannte sich ein wenig.

»Wir begannen also, sie zu suchen!« sagte Kalabasch. »Sie, die Fremden in einem riesigen Raumschiff. Wir haben von der Zentrale Anweisungen erhalten, auf Vavischons Notruf einzugehen und das Taimay-System anzufliegen. Das geschah. Ich bin der einzige Moritator, der sich in relativer Nähe zum Taimay-System befunden hatte.«

Ovaron fragte:

»Welche Zentrale schickte Sie? Die Zentrale der Moritatoren?«

»Aus Gründen, die Ihnen einleuchten dürften, kann ich begreiflicherweise auf diese Frage keine genaue Antwort geben. Bitte, begnügen Sie sich mit dem Hinweis.«

Rhodan sagte entschlossen:

»Akzeptiert.«

Atlan legte seine Hand auf die Schulter des Cappins und sagte etwas leiser und so zurückhaltend, daß Ovaron spürte, wie gut der ehemalige arkonidische Kristallprinz ihn verstehen konnte:

»Ich glaube, Sie sollten jetzt erzählen, wie die letzten Ereignisse um den gestorbenen Scholschowo aussahen. In der Zwischenzeit werde ich versuchen, unsere Datenbank für einen Beweis zu gewinnen.«

Der Moritator fragte skeptisch:

»Sie wollen versuchen, mir zu demonstrieren, wie Scholschowo starb?«

Atlan erwiderte:

»Genau das ist es, was ich vorhabe. Fangen Sie an, Ganjo!«

Ovaron hob den Kopf und war sichtlich über diese Anrede erstaunt.

Dann lächelte er dem Arkoniden zu und fing an zu berichten.

Er schilderte den mit äußerster Erbitterung geführten Kampf der Frauen und Männer der medizinischen Abteilung um das Leben des Moritatoren.

Und er kam zu dem Punkt, wo er dem Fremden auf dem Schirm zu schildern hatte, daß der alte Moritator mit einem Lächeln und dem Wort »Ganjo!« gestorben war. Scholschowo der Weise hatte ihn, Ovaron, als Ganjo angesprochen. Außerdem . . .

» . . . und schließlich kennt jedermann hier an Bord die ständige Rede von Scholschowo, der sie immer wiederholte. ›Ganjo wird kommen!‹ Das war es. Ich sehe gerade das Signal – Sie werden jetzt sämtliche Aufnahmen sehen, die wir von Scholschowo gemacht haben. Warten Sie, Kalabasch!«

Der Moritator nickte, sein Bild verschwand vom Schirm, und auf das Gegengerät im Schiff des alten Cappins wurden die Aufzeichnungen und entsprechende Kommentare gesendet. Diese Sendung dauerte über eine halbe Stunde lang.

Als sie beendet war, sagte ein sehr nachdenklich gewordener Kalabasch:

»Innerhalb unserer Mannschaft herrscht starker Unglauben. Die Moritatoren als Gruppe warten seit zweihunderttausend Jahren auf das Wiederauftauchen des Ganjos. Er war es, der vor dieser Zeitspanne in unserer Galaxis, die heute von Kriegen und Unruhen zerrissen wird, für Ruhe und Ordnung gesorgt hatte. Persönliche Freiheit für jeden innerhalb der Galaxis Gruelfin. Nun soll dieser Geheimnisvolle aufgetaucht sein, in einem Schiff der Fremden.

Verstehen Sie jetzt, daß schlagartig Argwohn auftauchen muß. Sie fordern es geradezu heraus!

Wir sind mißtrauisch geworden, und das nicht grundlos. Die instinktive Abwehr und Furcht, wir würden einem Schwindler aufsitzen, beherrscht uns. Wir wissen nicht, was wir davon halten sollen. Angenommen, Sie wären dieser herbeigesehnte Ganjo – haben Sie Beweise?«

Ovaron schüttelte den Kopf und konterte:

»Haben Sie Gegenbeweise, Kalabasch? Ich hatte bisher angenommen, der weise Scholschowo hätte mich nicht nur erkannt, sondern auch gewürdigt. Ich hoffte auch, von den Moritatoren etwas über die Entwicklung des Ganjasischen Reiches zu erfahren. Ich brauche Hilfe. Ich kenne die Galaxis wieder, aber seit meinem Fortgang sind zweihunderttausend Jahre vergangen. In dieser Zeit hat sich alles verschoben und geändert. Ich brauche die Hilfe der Moritatoren, in meinem Interesse – und darüber hinaus auch im Interesse der Moritatoren.«

»Sie wissen, daß jeder Versuch, Klarheit zu gewinnen, auch gegen Sie sprechen kann?«

Ovaron sah dem Cappin in die Augen und erwiderte voller Ernst:

»Das weiß ich. Ich weiß aber auch, daß die Chance, Klarheit zu gewinnen und Beweise für die Richtigkeit meiner Überzeugung zu finden, ebenso groß ist. Können Sie mir helfen?«

Der Moritator atmete tief ein und aus, dann sagte er undeutlich:

»Ich bitte Sie alle, etwas zu warten. Ich muß mich mit meinen Leuten unterhalten.«

Übergangslos wurde der Schirm dunkel. Rhodan schlug Ovaron leicht auf die Schulter und sagte hoffnungsvoll:

»Diese Runde ist ziemlich sicher an uns gegangen. Warten wir, obwohl ich Warten nicht besonders schätze!«

Sie zermarterten sich eine halbe Stunde lang die Köpfe darüber, wie die Moritatoren entscheiden würden. Hier lag, für Ovaron war dies ganz klar, der Schlüssel.

Wer ihn hatte, konnte viele Schlösser aufschließen, hinter denen wertvolle Informationen verborgen waren. Informationen aber waren wichtig. Gleichzeitig mit dieser Betrachtung drängte sich Atlan, Ovaron und Rhodan, der Verdacht auf, die Takerer könnten das gleiche denken wie sie auch und versuchen, solche Informationen entweder zu vernichten oder so zu fälschen, daß man Ovaron sozusagen mit Steinwürfen aus Gruelfin vertreiben würde.

In der einunddreißigsten Minute erhellte sich der Schirm wieder, einige Störungslinien und im Mittelteil ein starkes Flimmern zogen darüber, dann wurde Kalabasch sichtbar.

»Wir haben abgestimmt und uns entschieden«, sagte er.

Ovaron sprang auf.

»Entschieden? Wie lautet die Entscheidung?«

Der Cappin lächelte.

»Wir werden Sie zur Archivwelt führen.«

Rhodan hüstelte. »Archivwelt? Was ist das?«

Kalabasch sah Ovaron an, als habe er sich verhört.

»Die Archivwelt ist ein Planet mit Namen Molakesch. Wir werden diesen Planeten, natürlich nur wenn Sie wollen, anfliegen. Gemeinsam.«

»Danke«, sagte Rhodan. »Das werden wir tun.«

Kalabasch fuhr fort, als halte er einen belehrenden Vortrag:

»Auf Molakesch gibt es Speicheranlagen aller Arten und Methoden. Von dort beziehen die Moritatoren, also unsere Mannschaften, für unsere Vorträge für andere Völker nicht nur das Bildmaterial, sondern auch die Daten. Dort gibt es auch ungefüge und unrationell arbeitende Uralt-Speicher.«

Ovaron flüsterte, sich am Ziel seiner Hoffnungen glaubend:

»Uralt-Speicher? Was enthalten sie?«

Die gesamte Besatzung der Hauptzentrale der MARCO POLO folgte mit höchster Spannung der Rede und Gegenrede.

Der Moritator erwiderte:

»Diese Speicher arbeiten auf positronischer Basis. Sie haben alle Geschehnisse festgehalten, die vor und seit zweihundert Jahrtausenden beobachtet werden konnten. Es dürften die Quellen sein, in denen Beweise für oder gegen Sie zu finden sind, Ovaron.«

»Ausgezeichnet!« sagte der Cappin. »Können wir sofort starten?«

»Ja«, entgegnete Atlan. »Sobald unsere Rechenabteilung von den Moritatoren die notwendigen Daten für einen Flug durch den Linearraum und die Angaben über die Entfernung und die Art des Zielgebietes erhält, können wir starten.«

»Ich verstehe«, sagte Kalabasch. »Sind Sie in der Lage, ein Schiff durch den Linearraum hindurch zu verfolgen?«

Rhodan erwiderte unverzüglich:

»Ja!«

»Gut. Starten wir. Fliegen sie einfach hinter uns her, und während dieser Manöver erfahren Sie alles über Molakesch und das Pysoma-System.«

Rhodan drehte sich um und gab einige Kommandos. Die schweren Maschinen des mächtigen Schiffes kamen wieder auf Touren. Gewaltige Ströme verließen die Meiler, wurden in Kraft umgesetzt, und die Triebwerke arbeiteten dumpf dröhnend. Langsam beschleunigte die MARCO POLO, und aus der Sonne raste das Schiff der Moritatoren hervor.

Die langgestreckte Pyramide kam näher, schnitt die Flugbahn des Kugelschiffes, beschleunigte weiter und schlug dann die Richtung auf das Ziel ein. Während dieser Zeit, als die MARCO POLO blitzschnell den Kurs erfaßte, die Daten umrechnete und die gleiche Gerade einschlug, während die Positroniken wie wild arbeiteten und die Halbraumspürer eingeschaltet und justiert wurden, floß ein Strom von Daten aus dem Schiff der Moritatoren hinüber in die einzelnen Abteilungen des terranischen Schiffes.

Der Flug nach Molakesch begann.

Für Ovaron und seine Freunde sollte es ein Flug in eine kleine, aber mit ausgesuchten Martern eingerichtete Privathölle werden.

Ununterbrochen arbeiteten die Computer der MARCO POLO. Die Daten kamen, sehr hohe Informationsmengen enthaltend, über die Funkverbindung an und mußten von den Biopositroniken entschlüsselt und umgerechnet werden.

Die Entfernung zu Molakesch betrug 7616 Lichtjahre.

Die Archivwelt war der zweite Planet einer gelben Sonne vom Soltyp.

Die Sonne und nach ihr das Planetensystem trugen den Namen Pysoma. Dieses System besaß insgesamt vier Planeten und lag im äußeren Zentrumsring von Gruelfin. Der äußere Zentrumsring bildete sozusagen jenes Sternengebiet, das vor dem eigentlichen Kern dieser Galaxis lag.

Beide Schiffe waren auf Kurs. Die NORRO führte, die MARCO POLO raste hinterher.

Der seit seinem ersten Einsatz mehrmals verbesserte und bis zur technischen Höchstform entwickelte Halbraumspürer der Terraner war mühelos in der Lage, das Schiff der Moritatoren auch im Linearraum zu verfolgen.

Sie rasten Molakesch entgegen.

Nach einiger Zeit hatte sich die Spannung an Bord weiter abgebaut.

Die Besatzungsmitglieder waren ausgeschlafen und beseitigten die Schäden der letzten Tage. Diskussionen entspannen sich, was die Mannschaft wohl auf dem Archivplaneten erwarten würde. Die Bordküchen funktionierten wieder normal, die aufgestauten Aggressionen konnten in den Trainingszentren frei werden, und aus der erschöpften Besatzung wurde wieder ein geschlossenes Riesenteam, das seine Aufgaben klar erkannte.

Nacheinander verließen beide Schiffe den Linearraum.

Sie erschienen zwei Lichtstunden vor der Sonne Pysoma und bremsten ihre Fahrt stark ab. Der Standort des zweiten Planeten war binnen weniger Sekunden ausgemacht worden, und die einzelnen Zentralen wurden wieder doppelt besetzt.

Wieder trafen sich Atlan, Rhodan und Ovaron in der Hauptzentrale. Während auf den Schirmen der Panoramagalerie ein einzelner Lichtpunkt zwischen den Sternen größer wurde und sich als Planet entpuppte, diskutierten sie die nächsten Aktionen.

Perry Rhodan saß entspannt in seinem Kontursessel, hielt ein großes Glas Fruchtsaft in der Hand und sagte gerade überlegend:

»Wir werden mit einem Leichten Kreuzer auf Molakesch landen. Atlan vertritt mich an Bord der MARCO POLO und kann im Gefahrenfall eingreifen. Ich glaube, Sie sind beunruhigt, Ovaron? Woran liegt das? An der Erwartung besonders weitgehender Informationen?«

Ovaron war seit den Tagen, in denen man den ersten Kontakt mit ihm hatte, sichtlich anders geworden. Je mehr er über sich selbst wußte oder erfuhr, je mehr aus der Vergangenheit aufgetaucht war, desto reifer und nachdenklicher und – was Atlan besonders begrüßte – desto skeptischer war Ovaron geworden. Jetzt schüttelte der Cappin den Kopf und betrachtete gedankenverloren den leeren Bildschirm, über den sich in jeder Sekunde der Moritator Kalabasch melden konnte; das Kontrollicht brannte bereits. Ovaron sagte zögernd:

»Nicht nur das. Sie haben recht – ich bin beunruhigt: Ich traue den Moritatoren nicht mehr so recht. Es kann sein, daß sie uns in eine Falle locken.«

»Die Wahrscheinlichkeit ist gering«, widersprach Atlan, »aber die Möglichkeit, daß wir mit ihnen in eine Falle der Takerer laufen, ist nicht klein.«

»Aus diesem Grund auch meine übertrieben scheinende Vorsicht!« bekräftigte Rhodan.

26.

Vor dem Schiff hing der Planet jetzt im vollen Sonnenlicht im Raum. Die gelbe Sonne beleuchtete eine Sauerstoffwelt mit erdähnlichem Aussehen. Der Planet bestand aus mehreren Kontinenten, einigen Halbinseln und einem gewaltigen, ausgedehnten Archipel in der Nähe des Äquators. Die weißen Polkappen glitzerten im Licht der Sonne.

Ovaron beschäftigte sich während des Wartens auf Kalabasch mit dem Schicksal der Ganjasen, und Rhodan dachte an die Pedoinvasion.

Für den Cappin bedeutete die Existenz dieses Archivplaneten geradezu eine Offenbarung: Sämtliche Möglichkeiten, etwas über die Vergangenheit – und zwar die geschichtlich gesicherte Wahrheit – zu erfahren, lagen hier unten, direkt vor den Optiken des Schiffes.

Die NORRO meldete sich. Kalabasch erschien auf dem Bildschirm.

»Wir sind angekommen«, sagte er. »Die NORRO wird nahe Tuo Fryden landen.«

Ovaron erkundigte sich ungeduldig:

»Ein Raumhafen, eine Stadt?«

»Beides«, antwortete Kalabasch. »Wir werden dort landen und Ihnen dann die Landeerlaubnis geben lassen – bitte warten Sie. Es wird etwas dauern.«

Rhodan stand auf und verbeugte sich leicht.

»Wir danken Ihnen«, sagte er. »Wir werden inzwischen einige Vorsichtsmaßnahmen ergreifen. Wir freuen uns, auf verständnisvolle und faire Partner gestoßen zu sein.«

Kalabasch wich diplomatisch aus.

»Zu große Freude zur falschen Zeit führt oft zu großen Ernüchterungen.«

Kalabasch hob die Hand und verabschiedete sich, dann wurde der Bildschirm stumpf.

Perry Rhodan lächelte, schob seinen Sessel auf den Interkom zu und drückte einige Tasten. Er sagte langsam und betont:

»Perry Rhodan an sämtliche Kreuzerflottillen und alle Korvettenflottillen! Ich bitte, innerhalb von dreißig Minuten sämtliche Schiffe auszuschleusen. Volle Mannschaft, alle Stationen besetzen. Das gilt nicht für den Leichten Kreuzer CMP-1. Ich wiederhole: Kreuzer CMP-1 bleibt im Schiff. Also werden neunundvierzig Kreuzer und fünfzig Korvetten weit in den umliegenden Raum ausschwärmen. Sie fliegen Nah- und teilweise Fernaufklärung. Die MARCO POLO wird sich in die Nähe der Sonne Pysoma begeben und dort warten. Lordadmiral Atlan hat die Verantwortung – er wird mich vertreten. Der Einsatz von Korvetten und Kreuzern erfolgt erneut deswegen, weil wir uns gegen einen überfallartigen Vorstoß der Takerer absichern müssen.

Die CMP-1 wird mit einer ausgesuchten Mannschaft auf dem Planeten Molakesch landen. Wir haben ermittelt, daß ein moderner Kreuzer der Planetenklasse in der Lage ist, mit seinen Abwehrschirmen den Beschuß eines takerischen Großschiffes aufzufangen. Alle Kommandanten erhalten hiermit den Auftrag, Auseinandersetzungen zu vermeiden. Ihre Aufgabe wird es sein, möglichst viele Informationen einzuholen und bei ernsthaften Kampfhandlungen augenblicklich den Rückzug anzutreten. Die Flucht sollte aber so erfolgen, daß keinerlei Hinweise auf den Standort der MARCO POLO gegeben werden.«

»Ich nehme an«, sagte Atlan, »daß im wesentlichen wieder einmal die bewährte Mannschaft des Nullzeit-Deformators auf Molakesch landen wird?«

»Richtig!« sagte Rhodan. Dann zählte er auf:

»Auf alle Fälle Icho Tolot und Paladin-III. Dazu Takvorian, Merkosh, Ras Tschubai und Gucky.«

Atlan warf ein: »Und Fellmer Lloyd bleibt, wenn Gucky nach Molakesch geht, als Verbindungsmann im Schiff zurück. Er wird in telepathischem Kontakt mit dem Mausbiber stehen.«

Rhodan nickte.

»So ist es. Waringer wird drei Wissenschaftler mitbringen, wir brauchen einen Kybernetiker, einen Historiker und einen Anthropologen. Merceile und Ovaron dürften schon allein aus persönlichem Interesse mitmachen müssen, wegen Merceile müssen wir natürlich Roi Danton mitnehmen.«

Atlan begann schallend zu lachen, und Ovaron machte ein leicht verdrossenes Gesicht.

»Schließlich der Chef der Kreuzerflottillen Joaquin Manuel Cascal. Das wären, Paladin nur einmal gerechnet, mit mir fünfzehn Personen. Für unser Vorhaben dürfte das reichen, Atlan, wie?«

»Richtig, es dürfte reichen.«

Rhodan wandte sich an eine Ordonnanz und bat:

»Bitte, benachrichtigen Sie die Betreffenden. Wir finden uns in fünfundvierzig Minuten in der CMP-1 ein. Inzwischen ist, wie ich sehe, das Ausschleusen unserer Beiboote angelaufen.«

Einer der Offiziere meinte:

»Schon fast abgelaufen. Die letzten verlassen das Schiff.«

Auf der Panoramagalerie war es deutlich zu sehen: Die kleineren und größeren Beiboote rasten mit hoher Fahrt nach allen Seiten davon und verschwanden zwischen den Sternen.

Noch während Rhodan, Atlan und Ovaron das Ausschleusen betrachteten und beeindruckt waren von der fabelhaften Schnelligkeit, mit der die Schleusen sich leerten, erwachte der Bildschirm zum Leben.

»Unsere Spurmacher melden sich. Mit Assistenten!« sagte der Arkonide.

Auf dem Bildschirm standen jetzt Kalabasch und ein Mann, den sie nicht kannten. Kalabasch verschwendete keine Zeit und sagte:

»Dieser Mann hier ist Ybsanow, der Chef des Archivplaneten. Er ist gleichzeitig Patriarch der Moritatoren. Er erteilt Ihnen hiermit Landeerlaubnis, bittet Sie aber, mit dem riesigen Schiff abseits des Raumhafens in unbewohntem Gelände zu landen, um keine Verwüstungen hervorzurufen.«

Rhodan verbeugte sich und antwortete:

»Wir werden nicht mit dem großen Schiff landen, sondern mit einem wesentlich kleineren. Danke für die Landeerlaubnis, Ybsanow.«

Der Patriarch war alt und weißhaarig. Ybsanow betrachtete Ovaron mit äußerst skeptischer Miene. Jedoch war seine Sprache, als er antwortete, zuvorkommend und von ausgesuchter Höflichkeit.

»Die Archivwelt ist unbewaffnet, und zudem ist Tuo Fryden eine schutzlose, liebreizende Stadt.«

Rhodan hörte den Vorwurf und ging darauf ein.

»Der Weltraum aber, Patriarch Ybsanow, ist voller Takerer, und Takerer sind weder liebreizend noch schutzlos.«

Auf der Stirn Ybsanows bildeten sich steile Falten.

»Auch werden Sie weder in Tuo Fryden noch außerhalb Takerer finden, Fremder.«

Rhodan lächelte gewinnend zurück und sagte, ebenfalls ausgesucht höflich:

»Vielmehr ist es so, daß uns die Takerer suchen. Ein kleines Schiff auf Tuo Frydens Raumhafen fällt kaum auf, ein Gigant wie die MARCO POLO aber um so mehr. Ich sehe in Ihren Augen, Patriarch, daß Sie unsere Vorbehalte und unsere Vorsicht begreifen und schätzen, würde doch auch die liebreizende Stadt beschädigt, wenn die Takerer uns angriffen.«

Der Patriarch lächelte kaum wahrnehmbar und antwortete:

»Wie ich sehe, Kalabasch, haben Sie Fremde von hoher Kultur und feiner Lebensart gefunden.«

Atlan verfolgte die Unterhaltung wachsam, schweigend und konzentriert. Nun sagte er:

»Wir alle sind sehr glücklich, Patriarch, inmitten einer Galaxis voller Kriege faire und zuvorkommende Freunde gefunden zu haben. Ist es unbillig zu verlangen, daß wir in etwa einer Stunde auf dem Hafen von Tuo Fryden landen?«

Der Moritatorenpatriarch antwortete:

»Sie werden erwartet.«

Ovaron sagte voller Hoffnung und sichtlich erleichtert:

»Ich danke Ihnen, Patriarch.«

»Vielleicht haben Sie in einigen Tagen nicht den geringsten Grund, uns zu danken«, antwortete der Patriarch und blendete sich aus der Kommunikation.

Atlan fragte:

»Ab wann übernehme ich die Leitung?«

Rhodan sagte:

»Ab jetzt, kommen Sie, Ovaron, suchen wir die Wahrheit.«

Als Rhodan und Ovaron durch die Korridore, die Lifts und die Gänge auf die Schleusenräume der CMP-1 zugingen, merkten sie schon, daß sich außer ihnen das ganze Team versammelte. Die Schritte des Haluters waren hinter ihnen, als sie auf die Gruppe der Männer um Menosh Kuruzin stießen.

»Alles klar, Menosh?« fragte Rhodan.

Kuruzin grüßte kurz und sagte:

»Alles klar, Sir. Das Team ist, bis auf den Haluter, einsatzbereit. Aber . . . da kommt Icho schon!«

Sie gingen an Bord.

Als sie in geringer Höhe, mit abgeschalteten Triebwerken und voll laufenden Antigravaggregaten über die Stadt schwebten, sahen sie es deutlich.

Tuo Fryden war uralt.

Von oben sahen Stadt und Raumhafen aus wie zwei verschieden

große Kreise, durch eine v-förmige Straße verbunden. Um beide Flächen herum erstreckten sich Wälder oder Parks oder eine Mischung aus beiden Formen. Die Stadt selbst war strahlenförmig angelegt, aber der große Platz war nicht in der Mitte des Kreises, sondern exzentrisch etwas außerhalb. Breite Reihen riesiger Bäume säumten die geraden Straßen, die Bahnen gingen in die Umgebung über und bildeten ein offenes System.

Joaquin Manuel Cascal, der in Zivilkleidung, durch einige technische Ausrüstungsgegenstände leicht verfremdet, in der Zentrale des Schiffes stand, betrachtete konzentriert die Bildschirme.

»Eine Stadt, angelegt wie ein französischer Barockgarten. Weiß Er damit etwas anzufangen, Roi?«

Roi Danton trug, abgesehen von seinem Degen, normale Kleidung.

»Scherzt Er, Cascal?« fragte er.

Cascal entgegnete, die Augen noch immer auf dem Bild, daß er mit wissenschaftlicher Systematik studierte:

»Ich scherze immer, Durchlaucht. Aber, wie schon Ihr Kollege Shakespeare zu sagen wußte, liegt in dem Scherz eines Narren mehr Weisheit als in der Rede eines Königs.«

Die Stadt enthielt, das war deutlich zu erkennen, nur wenige große Gebäude. Es gab viele schlanke Nadeln aus Beton und Glas oder aus einem Material, das so aussah, es gab eine Unzahl kleinerer Bauten in vielfältigen Formen. Und dazwischen immer wieder viele Grünflächen. In der Luft zwischen vielen Gebäuden sah man Fontänen und Schleier aus versprühtem Wasser.

Jetzt waren sie über die Stadt hinweg und flogen in östlicher Richtung auf den Hafen zu, den zweiten weißen Kreis. Einige charakteristisch angeordnete Gebäude, ein paar Türme . . . und plötzlich sagte Ovaron:

»Es gibt keine großen Gebäude in Tuo Fryden! Die Archive müssen aber riesengroß sein, die Miniaturisierung einkalkuliert. Sie sind nicht auf der Oberfläche des Planeten.«

»Also schon wieder Grubenarbeit«, seufzte Gucky.

Der Leichte Kreuzer schwebte, immer tiefer gleitend, auf die NORRO zu, die wie eine Pyramide in den Morgenhimmel ragte. Dann brüllten die Triebwerke zweimal korrigierend auf, und fauchend fuhren die Landestützen dem Boden zu. Sanft wie ein Blatt Seidenpapier setzte die CMP-1 auf.

»Ich melde die Landung auf Molakesch!« sagte Kuruzin vorschriftsmäßig.

Die Stadt Tuo Fryden hatte einen Durchmesser von ziemlich genau fünfzehn Kilometern, der Raumhafen ungefähr die Hälfte. Die NORRO und das Kugelschiff standen nahe am Rand des Platzes, dicht neben der Nadel eines Kontrollturms.

Rhodan wandte sich an Menosh Kuruzin und sagte:

»Sie warten hier und unternehmen höchstens ganz kurze Spaziergänge bis unter die ersten Bäume. Wir werden uns in regelmäßigen Abständen melden. Die üblichen Vorsichtsmaßnahmen. Alles andere können wir über Funk besprechen – ich weiß nicht, was hier auf uns wartet.«

»Geht in Ordnung, Sir!«

Die fünfzehn Personen verließen das Schiff und atmeten die saubere, kühle Luft des Morgens. Tiefe Ruhe empfing die Terraner und ihre merkwürdig aussehenden Freunde. Vom Rand des Platzes näherten sich einige Personen.

Kurze Zeit später erkannten sie zwei von ihnen: Der Patriarch und Kalabasch kamen ihnen entgegen, um sie zu begrüßen.

Eine Bahn, die durch endlos erscheinende, durchsichtige Röhren führte, brachte die Besucher in Begleitung einiger Moritatoren in die Stadt. Dort, nachdem man ihnen die Anlage erklärt hatte, wurden sie in eines der Bauwerke gebeten, das die Form eines Zeltes aus geschmolzenem Glas hatte. In einem Saal, dessen einzelne Bauelemente ebenfalls aus einer Masse bestanden, die wie weiches Glas aussah, warteten etwa ein Dutzend Einwohner von Tuo Fryden.

Zuerst wurden die fünfzehn Ankömmlinge sehr höflich begrüßt und eingeladen, Gäste der Moritatoren zu sein.

Anschließend bedankte sich Rhodan und sprach viele höfliche Worte, die Ybsanow sichtlich beeindruckten. Aber Rhodan täuschte sich nicht eine Sekunde lang – hinter der glatten Fassade des Mannes steckte ein stahlharter Kern.

Dann konzentrierte sich das Gespräch erwartungsgemäß auf Ovaron.

»Bevor wir Sie bitten, Ovaron, uns noch einmal das Treffen mit Scholschowo zu schildern, müssen wir Sie auf einige Besonderheiten von Tuo Fryden hinweisen«, sagte Ybsanow.

Ovaron setzte sich in einen der geschwungenen Sessel aus Glas, Schaumstoff und weichen Bezugsstoffen, die wie haarfeiner Metalldraht aussahen.

»Ja?« fragte er.

»Sie haben Furcht vor den Takerern?«

Rhodan antwortete an Ovarons Stelle und sagte laut:

»Nicht eigentlich Furcht. Aber unsere bisherigen Begegnungen mit Takerern endeten meistens im Kämpfen, wie Kalabasch Ihnen bereits bestätigt haben wird. Wir möchten auf alle Fälle Kämpfe vermeiden. Deswegen sehnen wir die Takerer nicht gerade herbei.«

Ybsanow fuhr fort, an Ovaron gewandt:

»Es gibt bereits seit Jahrtausenden auf der Archivwelt Molakesch eine takerische Besatzung. Sie üben Kontrollfunktionen aus, aber bisher haben Sie uns nicht im mindesten gestört.«

Rhodan und Cascal sahen sich bedeutungsvoll an. Rhodan wartete ab. Er wollte noch weitere Informationen bekommen.

»Takerer, höre ich recht?« fragte Ovaron.

»Ja«, sagte Ybsanow. »Eine sogenannte Kontrollbesatzung. Es sind fünfzig Mann.«

Ovaron breitete die Arme aus und sagte halblaut:

»Es ist nicht zu ändern. Hoffen wir, daß uns die Takerer ebensowenig stören wie Sie. Aber vielleicht stören wir die Takerer.«

»Wer weiß, wer weiß?« orakelte Cascal leise.

»Es gibt unter uns nur wenige Männer, die als ›Wissende‹ eingestuft werden«, erklärte Ybsanow weiter. »Scholschowo war einer von ihnen.«

Ovaron erkundigte sich interessiert:

»Was sind Wissende?«

»Es sind Moritatoren, die über ein gewisses Potential geistiger und darüber hinaus parapsychischer Fähigkeiten verfügen. Scholschowo der Weise, unser dahingegangener Bruder war der Fähigste aller Wissenden, der Spezialist aller Fähigen, kurz: ein Weiser. Ein Wissender kann beispielsweise feststellen, ob der von uns allen erwartete Ganjo mit Ihnen, Ovaron, identisch ist oder nicht.«

Ovaron wurde blaß. Schließlich stand er auf und trat vor Ybsanow.

»Sind Sie ein Weiser?«

Ybsanow zögerte.

»Niemals wird ein Weiser von sich behaupten, er sei weise. Nur ein Narr sagt, er sei weise, wenn er ein Narr ist.«

Ein großer Teil von Joaquin Manuel Cascals Fähigkeiten, in der entsprechenden Situation absolut schnell, richtig und, auf das Ganze bezogen, vernünftig zu handeln, bestand in der vorhergegangenen Analyse dieser Situation oder dessen, was er erwartete. Voraussetzung zur Analyse war präzise Beobachtung. Freilich war diese Beobachtung nur ein Teil der Faktoren, die Cascal bisher in allen Gefahren hatten überleben lassen. Und es waren viele Gefahren gewesen, die er überlebt hatte. Solche des Verstandes und solche des Körpers. Joaquin saß scheinbar entspannt in seinem riesigen Sessel, mit dem Rücken zu einer farbigen Glaswand. Vor sich sah er sämtliche Teilnehmer an dieser Besprechung.

Ovaron und Ybsanow unterhielten sich, schnell und angeregt kamen Fragen und Antworten.

»Nur ein Wissender kann sofort feststellen«, sagte soeben Ybsanow, »ob der erwartete Ganjo mit Ihnen identisch ist.«

»Das kann nur deswegen geschehen«, antwortete Ovaron, »weil ich ein Tryzomtänzer bin. Die beiden Tryzomkörperchen in meinem Kreislauf sagen dem Wissenden, daß ich ein Zweidenker, folglich also der Ganjo bin.«

Ybsanow lächelte abwartend.

»Auch auf technischer Ebene sind diese Tatsachen feststellbar«, schaltete sich Kalabasch ein. »Aber Geräte selbst der besten Bauweise können getäuscht werden.«

Ybsanow ließ seine bestechende Höflichkeit für einen Moment fallen, die Falten in seinem alten Gesicht vertieften sich.

»Wir wissen sehr genau«, sagte er leise, und die Geräusche leiser Unterhaltungen zwischen anderen Versammelten hörten schlagartig auf, als habe jemand ein Signal gegeben, »daß es unter den Takerern schon in fernster Vergangenheit viele Männer und Frauen gegeben hat, die ebenfalls Tryzomtänzer gewesen sind.«

Ovaron sagte scharf:

»Auch diese Fähigkeit kann sicherlich künstlich erzeugt werden.«

Ybsanow schüttelte den Kopf.

»Die Kunst oder die Möglichkeit, die Tryzomkörperchen in einen Cappin hineinzupflanzen, ist verlorengegangen. Wenigstens nahmen wir das aufgrund unserer Kenntnisse an. Dagegen spricht aber der Umstand, daß es unter den Takerern viele Pedotransferer gibt. Vor 200.000 Jahren war das vollkommen anders. Da besaßen nur Tryzomtänzer diese Eigenschaft. Heute pedotransferieren die Takerer – und fast nur sie! – fast schon in Massen. Man hat im Laufe der letzten beiden Jahrhunderttausende andere Methoden entdeckt, um die Pedotransferierung, beziehungsweise die so benannte Fähigkeit, in Cappins einzupflanzen.«

Ovaron fragte verzweifelt:

»Dazu wird in erster Linie wohl eine Art Aufladung oder Aktivierung gewisser brachliegender Teile des Hirns, beziehungsweise des Verstandes gehören?«

»Ja.«

Die Verhältnisse begannen sich, noch bevor das erste Archiv gesichtet worden war, entschieden zu verwirren.

Cascal war der erste, der es sah und erkannte, worum es sich handelte. Er stieß Roi Danton, der neben ihm saß und mit dem Knauf seines zierlichen Degens spielte, leicht an. Roi drehte sich um. Er fragte ohne seine verblüffend blumenreichen Wendungen:

»Was gibt es, Joak?«

Cascal deutete mit spitzem Zeigefinger auf eine Glaswand, die sich geöffnet hatte. In dem breiten Spalt sahen Roi und Joak ein großes Modell. Es bestand aus Glas verschieden starker Transparenz. Es sah aus wie ein Trichter, dessen spitzes Ende man abgesägt hatte, also eine konische Röhre, deren Durchmesser zur Höhe wie etwa fünf zu eins betrug.

Roi war überrascht.

Cascal stand auf und hörte halb mit, wie Ovaron und Ybsanow sich unterhielten.

»Vermutlich das Modell des Archivs«, sagte er. »Ich kann mich auch täuschen.«

Sie gingen nebeneinander langsam auf das Modell zu, so langsam, daß den Moritatoren genügend Gelegenheit geboten wurde, sie zurückzurufen oder aufzuhalten. Unbehelligt erreichten sie den gläsernen Körper. Sie umrundeten das Modell halb. Als sie in sein Inneres hineinsahen, bemerkten sie, daß eine einzige Spirale sich von einem Eingang am Rand der Öffnung nach unten drehte, in etwa fünfzig Windungen. Auf dem Boden des Modells war eine kleine Landschaft aufgestellt, mit Bäumen, Hügeln, einem Wasserlauf und einigen zierlichen Bauten.

»Diese fünfzig Takerer . . . ich wittere Unheil!« meinte Danton. »Wir sollten ein großes Tempo an den Tag legen. Ich werde einmal mit meinem Herrn Vater sprechen.«

»Tun Sie das, Roi«, sagte Cascal. »Ich bin ganz Ihrer Meinung.«

Gucky gesellte sich zu ihnen und sagte leise:

»Kurz nach der Landung habe ich mich telepathisch etwas umgesehen. Ich fand zunächst nur folgendes heraus: Hier auf Molakesch leben etwas über sechstausend Moritatoren. Diese Stadt ist die einzige, die noch bewohnt wird, andere verfallen und werden vom Dschungel zugedeckt.

Das Archiv ist unterhalb der Stadt eingerichtet worden. Ein riesiger Trichter, ähnlich wie ein arkonidisches Trichterhaus, mehr als zweitausend Meter tief. Dort befinden sich alle Unterlagen, nach denen die Moritatoren seit zweihunderttausend Jahren ihre Erzählungen zusammenstellen.

Die fünfzig Takerer sollen kontrollieren, daß auf Molakesch keine Waffen untergebracht werden, weil dieser Planet tabu ist. Diese Waffenkontrolle ist natürlich völliger Unsinn – erstens gibt es keine Waffen zu kontrollieren, zweitens gibt es außer einigen Jagdwaffen keine, drittens gäbe es auch keine Cappins, die diese Waffen, gäbe es sie, bedienen könnten, viertens sind keinerlei Energieanlagen dafür hier vorhanden.

Die Takerer haben angeblich keine andere Aufgabe, und dies wahrscheinlich seit dem ersten Tag ihres Aufenthaltes hier.

Seit dieser Zeit betreiben sie aber auch eine geheime Erforschung der Archivwelt, wovon die Moritatoren nichts wissen. Sie sehen sämtliche Daten durch, und hinter diesen Bestrebungen glaube ich etwas ganz Fürchterliches festgestellt zu haben – sie tun dort etwas. Etwas Ungeheuerliches. Sie denken nicht daran, sonst wüßte ich, was es ist . . . aber sie ordnen sich alle einer sehr wichtigen Aufgabe unter.«

Gucky ging wieder zurück. Cascal und Roi sahen sich an.

»Ich finde«, erklärte Cascal, »wir sollten diesen fünfzig Saboteuren das *Hand*werk legen! Wir sollten darauf dringen, das Archiv schnell zu sehen und dort forschen zu dürfen. Hoffentlich spielt sich dann nicht ein Kampf ab wie in den letzten Tagen mit Vavischon.«

Sie gingen auf Rhodan zu, und eine Stunde später betraten sie das Archiv.

Fünfzehn »Fremde« und ein Dutzend Moritatoren.

27.

Das Archiv von Tuo Fryden war, grob gesagt, eine Sensation. Sie standen dicht an der Brüstung eines rechteckigen Vorsprungs, der sich gegenüber dem Eingang befand. Der Eingang selbst war durch eine geschwungene, breite Straße erreicht worden und lag unter einem der künstlichen Parks der Stadt. Dicht über den Köpfen der Menschen befand sich eine durchgehende Decke von zehntausend Metern Durchmesser – eine einzige Fläche, die aussah, als leuchte die Sonne durch Milchglas. Man sah weder Verstrebungen noch stützende Elemente. Nur in der Mitte dieser Fläche ragte ein einzelner Pfeiler, von hier aus wirkte er wie ein hauchdünner Stahlstab, vom Boden des Archivs auf. Ein gewaltiger Innenhof – zehntausend Meter durchmaß er hier oben, sechstausend Meter auf dem Boden, und die Höhe betrug zweitausend Meter.

»Phantastisch!« sagte Perry Rhodan in ehrlicher Bewunderung zu Ybsanow.

Links, in der Seitenwand, erkannten sie eine Menge Eingänge und Türen größeren Formats. Nach rechts führte die Spirale. Sie umrundete diesen gigantischen Innenhof fünfzigmal und ging dann in den Park über – winzig klein erkannten sie unten die Mauern, Träger und die Landschaft. Es war, als ob sie von einem hohen Berg nach unten ins Tal sahen.

Rhodan fragte:

»Wie ist das Archiv aufgebaut?«

Ybsanow erläuterte:

»Grundsätzlich von oben nach unten und chronologisch entlang der Spirale.«

Die Spirale war ein Korridor von zwanzig Metern Breite und drei oder vier Metern Höhe. Rechts zweigten Türen ab, es schienen Schotte zu sein. Jede Tür hatte eine andere Farbe und ein anderes Oberflächenmuster, und in einem Feld in ihrer Mitte befand sich eine Zahl oder ein Symbol.

»Die ältesten Daten befinden sich eigentlich hier in unserer Nähe. Wir haben versucht, in den letzten Jahrzehnten einen Plan zu entwikkeln, welches Thema aus welcher Zeit wo zu finden ist. Aber wir sind nicht weit damit gekommen.«

Ovaron fragte aufgeregt: »Warum nicht?«

Ybsanow antwortete kühl:

»Weil unzählige Generationen an diesem Archiv gearbeitet haben. Sie bauten an, wo immer es ihnen gerade paßte. Die Räume gehen nach rechts in den Fels unter der Stadt hinein. Nach dem ersten Raum, der wohl in der ursprünglichen Ordnung vorgesehen war, kommen inzwischen neue, auf anderen Ebenen, mit modernen Speicheranlagen – eine flüchtige thematische Ordnung besteht zwar, aber sie ist voller Überraschungen.«

Icho Tolot stand hinter der Gruppe wie ein Fels, registrierte genau und betrachtete alles aus seinen drei glühenden Augen.

Plötzlich öffnete sich eine der Türen links von der Balustrade, und ein Cappin näherte sich.

Kalabasch sagte kurz:

»Das ist der Takerer Misyen, der Chef des Kontrollkommandos.«

Cascal lehnte sich an die Brüstung, hinter ihm war der Abgrund von zweitausend Metern. Der ehemalige Prospektor und Patriarch eines Handelsschiffes sah den Cappin an und fühlte augenblicklich ein gewisses Mißtrauen, gepaart mit deutlicher Ablehnung.

Ein junger, hagerer Mann mit einem schmalen Gesicht, das Klugheit ausstrahlte. Aber in diesem Gesicht war noch etwas anderes zu lesen: hemmungslose Machtgier und der Hang zur Rücksichtslosigkeit.

Der Takerer schien über alles orientiert zu sein. Er ging durch die Gruppen der Wartenden und stieß bis zu Ovaron vor.

»Sie sind bewaffnet?« fragte er.

Ovaron erwiderte verstimmt:

»Sie sind mir nicht vorgestellt worden. Außerdem – vermutlich ist es Ihnen fremd – wende ich zumeist Waffen des Geistes an.«

Kalabasch und Ybsanow überbrückten die peinliche Situation und stellten den Cappin vor. Sie erwähnten mit keiner Silbe, daß Ovaron möglicherweise der erwartete Ganjo wäre.

Wieder merkte der Mausbiber, daß die Moritatoren leichtfertig daran glaubten, die Takerer würden wirklich nur Waffenkontrollen vornehmen.

Schließlich sagte Misyen:

»Ich habe nichts dagegen, wenn diese Fremden hier die Archive besuchen. Aber ich werde augenblicklich eingreifen, wenn hier bewaffnete Zwischenfälle provoziert werden.«

Perry Rhodan sah den Cappin eisig an und antwortete:

»Wenn es solche Zwischenfälle gibt, dann sind sie sicherlich nicht von uns provoziert worden. Außerdem wären wir Ihnen sehr verbunden, wenn Sie uns jetzt allein lassen würden. Es gilt als unfein, sich in die Unterhaltungen von Freunden zu mischen.«

Der Cappin zog sich wieder zurück.

Erst gegen Mittag konnten die einzelnen Teams versuchen, unter Assistenz der Moritatoren die Archive zu betreten und sich rückwärts entlang der Zeitlinie, versinnbildlicht durch den Verlauf des Korridors, voranzutasten.

Abgesehen davon, daß ein riesiger, leerer Schaltschrank genau in dem Moment umstürzte, als Perry Rhodan vorbeiging und nur ein blitzartiger Satz von Icho Tolot, der den Schrank auffing und in zerknitterte Metallflächen verwandelte, Rhodan rettete, geschah während der beiden ersten Tage nichts.

Bei den Takerern stießen die Terraner auf eisige Ablehnung, aber keine einzige feindselige Geste wurde beobachtet.

Die Speicheranlagen waren gigantisch – davon gaben schon die ersten zwei Räume eine Kostprobe.

Der erste Raum war rechteckig. An seinen Wänden standen riesige, uralte Speicherelemente. Das Bedienungspult und die Datenausgabe befanden sich im Zentrum der vier Wände, die nur vom Eingang und von einem Treppenansatz durchbrochen waren. Die Treppe führte in einen zweiten Raum, der etwas höher lag und dessen Einrichtung eine Spur moderner schien. Von diesem zweiten Raum ging ein geknickter, kurzer Korridor in einen dritten, neben dem ein vierter lag. Millionen von Einzelinformationen lagerten in diesen Räumen, und die Terraner begannen, geteilt in vier Gruppen, mit Hilfe der Moritatoren die Informationen abzurufen. Sie benutzten dazu ein Verfahren, das nicht gerade neu, aber ziemlich wirkungsvoll war.

Zuerst verlangten sie eine Zusammenfassung der Datengebiete, die hier gespeichert waren.

Dann sah Ovaron, von Merceile assistiert, die einzelnen »Kapitelüberschriften« durch und verlangte genauere Spezifikationen.

Beim zweiten Durchgang, der nur Minuten später erfolgte, verwarf er gewisse Informationsgebiete, andere wieder ließ er sich vorspielen.

Eine letzte Auswahl wurde schließlich von den Wissenschaftlern aufgenommen und gespeichert.

Vier Räume gab es hier. Vier Teams arbeiteten wie die Besessenen acht Stunden lang. Der Haluter und der Paladin kontrollierten die Räume und bewachten die Arbeitenden.

Die erste Folgerung lag schon während des ersten Arbeitstages vor: *Niemand wußte etwas Genaues.*

Die Informationen waren sozusagen wahllos aneinandergereiht, die Speicher standen da und enthielten systemlos und ungeordnet Geschehnisse, Daten und Begebenheiten, die oftmals Jahrhunderte voneinander entfernt waren und keinerlei thematischen Bezug zueinander hatten.

Icho Tolot rief einmal:

»Eine solche Unordnung habe ich auf Halut nicht ein einziges Mal bemerkt! Das ist die unwissenschaftlichste Anordnung von historischen Belegen, die man sich vorstellen kann!«

Das Donnern in seiner Stimme schien den Fels zu erschüttern.

Die zweite Folgerung:

Niemand wußte, wer wann einen neuen Speicher eingebaut, einen neuen Raum aus den Felsen geschnitten und neue Maschinen angeschlossen hatte. Einige Kabel waren uralt, einige der Speicher arbeiteten nur, nachdem die Terraner Reparaturen oder vorübergehende Überbrückungsschaltungen vorgenommen hatten.

Die dritte Folgerung war noch tiefgreifender.

Dr. Troyanos, der Historiker aus Waringers kleinem Spezialistenteam, lehnte sich zurück und bemerkte mißbilligend das Knarren des altertümlichen Sessels vor dem Bedienungspult.

»Geoffry?« fragte er nachdenklich.

Waringer sah auf und drehte sich zu Troyanos herum.

»Was haben Sie gefunden?«

Der Historiker deutete auf die Kamera, die eben, Ton eingeschaltet, das Bild filmte.

»Widersprüchliches.«

Waringer bemerkte trocken:

»Widersprüchliches beschränkt sich nicht allein auf die Erde, sondern dürfte hier auch zu finden sein, Troy. Was haben Sie gefunden?«

Troyanos deutete auf den Bildschirm.

»Diese Information bezieht sich eindeutig auf die ersten Anfänge einer Gesellschaft, die sich Nandor-Clan nennt. Die gleiche Information, die ich als Test durchlaufen ließ, lautete vor einigen Minuten ganz anders. Die politische Ausrichtung hier und dort ist sehr verschieden. Diese hier erwähnt als definiertes Endziel bereits den Ganjo.«

Waringer überlegte kurz, dann entschied er:
»Überspielen Sie bitte die anderen Daten ebenfalls. Wir können dann in Ruhe eine Analyse durchführen.«
»Gut. Es wird bald soweit sein.«
Also, überlegte Waringer, waren hier Daten verändert, korrigiert oder sogar verfälscht worden. Von wem?
Von den Takerern?
Langsam spielte sich in den zwei Tagen das Vorgehen ein. Die einzelnen Teams arbeiteten hervorragend zusammen, aber natürlich war jedes Weiterrücken auf der schier unendlichen Spirale nur Zentimeterarbeit. Übersprang man einzelne Blocks, konnten wichtige Ergebnisse und Informationen übersehen werden. Das Bild von dieser Galaxis aber wurde von Stunde zu Stunde deutlicher – auch das war eine Folge der Unordnung. Sehr große Sprünge innerhalb der Analysen mußten gemacht werden.
Nicht nur die Wissenschaftler arbeiteten.
Auch die Mutanten sondierten ununterbrochen.
Am Ende des zweiten Tages, als die Techniker gerade sämtliche gewonnenen Erkenntnisse ins Schiff brachten und miniaturisierten, fand ein Gespräch der Hauptbeteiligten mit Ybsanow statt.
Icho Tolot stand hinter der Gruppe und bewachte sie, und vor dem Haus befand sich der Paladin-III. Für Sicherheit war also gesorgt.
Rhodan blieb, ein Glas erfrischenden Getränks in der Hand, vor dem Patriarchen stehen.
»Sie werden mir vermutlich nicht glauben, Ybsanow«, meinte er, »aber unsere seltsam aussehenden Freunde verfügen über verschiedene Sonderbegabungen.«
Ybsanow nickte und erwiderte:
»Das glaube ich Ihnen sofort. Ich nahm nichts anderes an.«
»Ausgezeichnet«, warf Ovaron ein. »Dann fällt es uns etwas leichter, Ihnen eine Warnung zukommen zu lassen.«
»Warnung?« fragte der Moritator ungläubig.
»Ja.«
»Wovor?«
Rhodan holte Atem.
»Die fünfzig Takerer halten sich die meiste Zeit im Archiv auf. Sie haben uns noch keine Schwierigkeiten gemacht, aber sie arbeiten an den Datenspeichern.«
Ybsanow sagte hart:
»Unmöglich!«

»So ist es. Wir entdeckten einige Punkte, die uns zu der Warnung veranlaßten. Einige Informationen, die wir fanden, sind offensichtlich korrigiert worden. Etwas Altes wurde von Neuem überdeckt. Dies kann genau gemessen werden – die Intensität der Aufnahme ist stärker, je neuer sie ist.«

Ybsanow hörte zu, aber er blieb skeptisch.

»Ich vermute, Sie irren sich«, sagte er ruhig.

»Die Takerer haben nur eines im Sinn«, sagte Ovaron hitzig. »Sie ordnen sich alle einer gemeinsamen Aufgabe unter. Eine der Informationen stammte aus einer Zeit, in der ich hier in dieser Galaxis Gruelfin lebte. Die neuen Informationen, darübergespielt, ergeben ein ganz anderes Bild von der Situation. Ich erlebte diese gleiche Situation als Teilnehmer mit. Und ich kann Ihnen sagen: Alles war ganz anders!«

Ybsanow sagte:

»Haben Sie schlüssige Beweise dafür, daß die Takerer unsere Speicher verändern?«

»Wir haben sie nicht bei der Arbeit beobachten können!« sagte Rhodan.

Ybsanow versuchte, ein Ende des Gespräches herbeizuführen.

»Bringen Sie mir solche Beweise, und ich werde versuchen, Ihnen zu glauben. Entschuldigen Sie unser Mißtrauen, aber wir blicken auf eine lange Geschichte von Betrugsversuchen zurück. Nichts wird leichter enttäuscht als voreiliges Vertrauen.«

»Sie haben vollkommen recht, Ybsanow. Sie verlangen Beweise?« fragte Rhodan.

Der Moritator nickte schweigend.

»Sie werden Ihre Beweise sehr bald bekommen«, prophezeite Rhodan. »Und zwar in sehr überzeugender Form.«

»Dann können wir uns weiter über das vermeintlich verbrecherische Tun und Wirken der Takerer unterhalten«, schloß Ybsanow.

Der Gleiter brachte sie zurück zum Schiff, und Icho Tolot und der Paladin machten einen ausgedehnten Spaziergang durch die Stadt und um einen Teil des Raumhafens herum.

Zur selben Zeit befanden sich Roi Danton, Joaquin Cascal und Waringer mit Dr. Troyanos im Archiv.

Auf der fünften Windung der Spirale.

Alle vier Männer schwiegen und dachten nach, während sie sich Schritt für Schritt auf der leichten Schräge abwärtsbewegten. Noch immer herrschte dieses gedämpfte Tageslicht, das von der Decke fiel und die Korridore ausleuchtete. Endlich brach Dr. Troyanos das Schweigen:

»Ich habe ein ausgesprochen ungutes Gefühl, Freunde.«

Sie gingen auf den weichen Sohlen ihrer Raumfahrerstiefel und machten fast keine Geräusche.

»Merkwürdig«, antwortete Cascal. »Ich wollte eben genau das gleiche sagen. Aber dann wären wieder alle über mich hergefallen und hätten gerufen: Cascal sieht Gespenster.«

Er deutete nach rechts.

Eine der farbigen Türen stand offen. Der Speicherraum dahinter schien belebt zu sein, die Lichtanzeigen der veralteten Maschinen blinkten aufgeregt. Die vier Terraner blieben stehen, verständigten sich mit einem schnellen Blick und bogen nach rechts ab. Nebeneinander gingen sie in den Raum hinein, umrundeten das Schaltpult in der Mitte und blieben stehen.

»Leer«, stellte Waringer fest. »Aber . . . hier arbeitet doch niemand von uns.«

»Nein«, sagte Roi. »Die Teams sind alle im Schiff, arbeiten die Informationen durch und tragen sie in eine Zeitlinie ein. Wir sind die einzigen hier.«

Im gleichen Augenblick hörten sie das hämmernde Geräusch eines Schnellschreibers. Er arbeitete unregelmäßig, ein altes Gerät.

»Höre ich recht?« fragte Roi lässig und drehte sich herum.

Die Terraner erstarrten. Jetzt hatten sie einen Beweis.

»Welches Vorgehen?« fragte Cascal. »Ich bin ja nur nichtdenkender Befehlsempfänger!«

»Abwartend und energisch«, sagte Waringer.

Sie gingen langsam die Treppe hinauf, in den zweiten Raum. Auch dort arbeiteten die Geräte ebenso, und aus dem Schnelldrucker schob sich ein langer Streifen einer hellblauen Folie.

Auch dieser Raum war leer.

»Also doch Gespenster!« erklärte Cascal.

Er legte die Hand auf den Kolben seines Strahlers und ging mit wenigen schnellen Schritten bis zu dem Niedergang, der in den Raum oder die Räume einer tieferen Ebene voller Speicherelemente führte. Auch der Raum vor ihm war erleuchtet. An dem Rahmen der Falltür blieb Cascal stehen, schob seinen Kopf nach vorn.

Roi fragte ihn:

»Was sehen Sie?«

Cascal sprang drei Stufen hinunter, befand sich plötzlich in einem toten Winkel zwischen zwei Schaltbänken und sah sich um.

»Nichts!« rief er zurück.

Waringer und Dr. Troyanos kamen in den Raum, hinter ihnen tauchte Danton auf. Die Männer waren höchst beunruhigt.

»Was soll das bedeuten?« fragte Roi.

Sämtliche Maschinen hier arbeiteten und warfen Informationen aus. Die Bildschirme leuchteten und zeigten Bilder oder Filme. Es war ein dreidimensionales Tohuwabohu in Farben, Tönen und Geräuschen. Langsam wurde es stärker, und als die vier Terraner in der Mitte des Raumes standen, schwollen sämtliche Geräusche zu einer Orgie an, zu einer Kakophonie.

Roi legte die Hände an den Mund, drehte sich halb und schrie:

»Schnell! Hinaus!«

Cascal begriff augenblicklich.

»Eine Falle?« schrie er und stieß den jungen Historiker vor sich her die Treppe wieder hinauf.

»Wahrscheinlich, ja!« brüllte Waringer.

Sie rasten die steinernen Stufen hinauf, in den angrenzenden Raum hinein und prallten nach zwanzig Schritten gegen eine Glasplatte, die sich zwischen dem hinteren Teil dieser Archivräume und dem ersten, unmittelbar vom Korridor zugänglichen Raum geschoben hatte. Hinter ihnen wurde das Hämmern, das Pfeifen und Knattern lauter. In den Dauerton mischte sich ein unheilvolles Zischen, mehr ein Pfeifen, als würde hochkomprimierte Luft durch ein Ventil geblasen.

Cascal trat mit voller Kraft gegen die Glasplatte. Es gab einen glockenähnlichen Ton, das Material federte ein wenig, aber es gab nicht nach. Das Zischen wurde lauter.

Roi schrie:

»Raus hier! Gas!«

Cascal riß seinen Strahler aus der Tasche, entsicherte und sah aus dem Augenwinkel, wie sich Waringer an eine Schaltbank klammerte. Der Mann taumelte, und sein Mund stand weit offen. Hinter der Scheibe sah der andere Raum friedlich und unverdächtig aus.

Cascal feuerte in dem Moment, als Roi seine Waffe in Anschlag gebracht hatte. In der durchsichtigen Platte bildete sich ein langer, aufglühender Schnitt, von dessen Kanten lange Funken absprangen. Dann ein zweiter Schuß – ein anderer Schnitt kreuzte den ersten. Mit einem kräftigen Tritt zerschmetterte Cascal die Scheibe, griff nach Waringers Arm und warf sich, nachdem der Regen der Splitter vor ihnen niedergegangen und häßliche Geräusche erzeugt hatte, vorwärts, in den anderen Raum hinein.

Er holte Luft und fühlte, wie das Schwindelgefühl ihn verließ . . . er hatte es nicht wahrgenommen, als er zum Handeln gezwungen worden war. Neben ihm tauchten Troyanos und Danton auf. Der Arm des Historikers lag um Dantons Schultern, und die Füße des Mannes schleiften nach.

Roi keuchte:

»Hinaus in den Korridor!«

Die vier Männer schleppten sich hustend, würgend und nach Luft schnappend in den Korridor und setzten sich in der Nähe der Brüstung auf den Boden. Cascal schloß die Augen. Die anderen Männer erholten sich unterschiedlich schnell. Am längsten brauchte Waringer, er sah alt und verfallen aus, als sich sein Körper unter den Reflexbewegungen schüttelte.

Cascal sagte nur stöhnend:

»Wenn das Ybsanow wüßte.«

Er stand auf und zog Troyanos hoch, lehnte sich über die Brüstung und sah nach unten. Die Landschaft lag unschuldig und ruhig da, der Bach floß in Schlangenlinien an den Tempelchen vorbei und unter den Brücken hindurch.

»Ob das ein ganz normales Attentat auf uns war?« erkundigte sich Troyanos.

»Meinem Husten nach zu urteilen war es das ziemlich sicher – aber meinten sie uns?« sagte Waringer wütend.

»Wen sonst?« fragte Roi.

Cascal erwiderte, seinen Oberkörper weit über die Brüstung gebeugt:

»Vielleicht Ovaron? Mit sehr viel Phantasie könnte man mich mit ihm verwechseln. Ich wiederhole: Mit viel Phantasie.«

Er drehte sich um und stellte die Stärke des Spurstrahlers ein. Er hatte etwas gesehen, das ihn stark beunruhigte.

»Mit einem Übermaß an Phantasie schon«, sagte Roi. »Was ist mit Ihnen?«

Cascal deutete mit dem Daumen hinter sich.

»Wie«, fragte er scharf, »wird Ihrer Meinung nach dieser Korridor gesäubert?«

Troyanos erwiderte:

»Vermutlich mit einer Maschine.«

Cascal sagte heiser:

»Mit einer verdammt großen Robotmaschine, die etwa so groß ist wie unsere Shifts. Und eine solche Maschine kriecht jetzt von oben nach unten und befindet sich eine Etage über uns.«

Roi Danton grinste und sagte:

»Das wäre nicht so schlimm, wenn nicht gleichzeitig eine zweite Maschine von unten nach oben kröche. Sie befindet sich eine Etage unter uns.«

In der gleichen Sekunde fuhr zischend diejenige Tür, die so einladend offengestanden hatte, aus der Vertiefung nach oben und blieb stehen. Cascal ging schnell über die Breite des Korridors und versuchte sie zu öffnen.

Roi sagte kalt:

»Hatten Sie sich Chancen ausgerechnet? Ernsthaft?«

»Nicht ernsthaft«, entgegnete Cascal. »Damit ist bewiesen, daß sämtliche Türen ferngesteuert geschlossen und arretiert werden können. Wir gehen nach oben.«

Natürlich war die Spirale nicht der einzige Weg, der nach oben und unten führte. Hinter Türen, genauer hinter schottähnlichen Stahlplatten mit besonderen Mustern befanden sich breite Treppen und Schrägrampen, die jeweils um ein Stockwerk nach unten oder oben führten.

»Los, schnell – zum Gleiter!« befahl Roi.

Die Männer beschleunigten ihre Schritte und bewegten sich jetzt in entgegengesetzter Richtung. Sie liefen gegen die Schräge an, die ihr Tempo aber nicht wesentlich verlangsamen konnte. Etwa fünfhundert Meter vor ihnen stand der Gleiter, den die einzelnen Gruppen hier für ihre Fahrten benutzten – der Durchmesser des Archivs betrug zehn Kilometer, was einem Umfang, also einer Wegstrecke von rund zweiunddreißig Kilometern entsprach.

»Zwei Maschinen in gegensätzlichem Kurs«, sagte Roi Danton. »Das führt dazu, daß sie irgendwo auf halber Strecke aufeinanderprallen.«

Cascal lief neben ihm und winkelte die Arme locker an.

»Und wir sollen nach dem Plan unserer unsichtbaren Freunde genau zwischen den Saugwalzen getötet werden. Das Gas trieb uns in den Korridor, die Reinigungsmaschinen sollen vermutlich den Mord als Unglück aussehen lassen.«

Waringer keuchte:

»Wir werden mit dem Gleiter in hoher Fahrt über die Walze hinwegfliegen.«

»Hoffentlich klappt's!« bekräftigte Troyanos.

Sie liefen einige Minuten weiter, dann konnten sie weit rechts in der Biegung die erste Maschine erkennen. Sie kam ihnen mit einer Stundengeschwindigkeit von etwa zehn Kilometern entgegen. Noch hundert Meter zum Gleiter.

Endlich hatten sie ihn erreicht.

Roi schwang sich in den Sessel, schaltete die Maschine ein und sagte nach drei Sekunden leise:

»Der Gleiter hat ein Prallfeld, das ihn nur zwanzig Zentimeter über den Boden heben kann. Nicht für Steilflug geeignet.«

Die Maschine hob sich, als Cascal auf der Ladefläche war und machte einen langen Satz nach vorn. Raste der Reinigungsmaschine entgegen. Die Männer sahen das Ungetüm näher kommen, gleichzeitig hörten sie das Fauchen, das Summen und den Ton der Gebläse.

Zwanzig Meter vor dem heranrollenden Ding drehte Roi den Gleiter um hundertachtzig Grad.

»Verdammt wenig Chancen!« knurrte er bitter.

Die Maschine bestand aus mehreren Walzen, mehr als fünf Meter durchmessend. Diese Walzen waren mit einem dichten Panzer starrer, besenartiger Borsten ausgerüstet und drehten sich so, daß sie den Boden reinigen konnten, also erfolgte die Drehung genau der Eigenbewegung der Maschine entgegengesetzt. Vor den Walzen befand sich ein Gestänge, aus dessen Düsen ein feiner Nebel versprüht wurde, vermutlich Wasser, mit einem Reinigungsmittel gemischt. Hinter den Walzen kamen die Raster der Ansaugöffnungen, hinter denen die messerscharfen Schaufeln rasender Turbinen saßen. Das Gefährt fuhr auf vier Raupenketten von je zwei Metern Breite, die jeden Menschen zermalmen konnten. Rüttelnd, dröhnend und die gesamte Breite des Korridors ausfüllend, fuhr die Maschine auf sie zu. Sogar die Wände bis in eine Höhe von drei Metern und die Kanten der Brüstung wurden von den Bürsten bestrichen.

»Das gleiche haben wir auf der anderen Seite, also können wir uns eine Besichtigung sparen!« sagte Cascal. »Ich sehe nur eine Chance.«

»Auf die Walzen stellen und über die Aggregate klettern?« schlug Troyanos vor.

»Und in die Turbinen geraten, wenn wir ausrutschen? Nein!«

Cascal schaute auf die Brüstung. Der Rand des glatten, betonähnlichen Bandes war breiter als vierzig Zentimeter.

Roi folgte Cascals Blick und nickte dann. Langsam glitt das Fahrzeug von der wolkensprühenden, rasselnden und heulenden Maschine fort.

»Die Brüstung?«

Waringer schien entsetzt, dann aber siegte seine Vernunft. Dieser Weg verlangte von ihnen nichts anderes als eiserne Nerven. Sie mußten eine Minute lang dastehen und die Maschine an sich vorbeilassen, eingehüllt in Nebel und fast gestreift von den harten Kehrborsten.

»Einverstanden!«

Der Gleiter schoß vorwärts, etwa dreißig Meter, dann ließ ihn Roi einfach in der Mitte des Korridors stehen.

»Hinaus!«

Sie rannten los, halfen sich gegenseitig auf die etwa hundertzehn Zentimeter hohe Brüstung hinauf und probierten aus, wie gut sich darauf stehen ließ. Es ging überraschend gut.

Troyanos fragte:

»Und wenn jemand fällt?«

Cascal deutete nach unten und sagte trocken:

»Dann sollte er achtgeben, *wie* er fällt.«

»Verstanden«, sagte Waringer trocken. Sie standen nebeneinander auf der Brüstung und hielten sich gegenseitig fest. Niemand schwankte. Cascal stand ganz rechts, und Roi sicherte auf der linken Seite.

»Das wichtigste ist Ruhe! Absolute Ruhe. Die Augen schließen, wenn der Nebel kommt, weil das Reinigungsmittel vermutlich ätzt. Und dann, nachdem die Maschine vorbei ist, sofort nach vorn fallenlassen.«

Cascal meinte ironisch:

»Danke für den Unterricht, Roi.«

Roi sagte, ohne zu grinsen:

»Er ist nicht zu alt und nicht zu klug, um von mir Ratschläge zu erhalten!«

»Passe Er selbst auf«, konterte Cascal und beobachtete die Maschine. »Und sei Er nicht so verdammt menschlich!«

»Kusch!« sagte Roi.

Dann warteten sie.

Die Maschine kam näher, und weit links konnten sie schon die andere sehen, die sich durch den Korridor bewegte. Noch dreißig Meter. Die vier Männer standen, jeweils einen Meter Abstand haltend, auf der Brüstung und schwiegen. Sie konzentrierten sich.

Noch zwanzig Meter . . .

Der Nebel wurde deutlich sichtbar und spürbar; er prickelte auf der Haut und blendete die Augen.

Noch zehn Meter . . .

»Vorsicht!« schrie Cascal plötzlich aus Leibeskräften. Er atmete schneller, aber dann fand sein hervorragender Verstand die Lösung.

»Auch die Oberfläche der Brüstung wird gereinigt. In die Luft springen und die Bürsten unter sich hindurchrollen lassen!« schrie er.

»Verstanden!« brüllte Roi zurück.

Vor ihnen wurde der Gleiter von dem Nebel verdeckt, und keiner der Männer bemerkte die Hydraulik, die von der Maschine ausgefahren wurde.

Ein Arm mit einer verkleinerten Maschine ragte seitlich aus dem Maschinenaggregat hervor. Diese Walzen, etwa fünfzig Zentimeter hoch, hatten sie vorher noch nicht sehen können, da ihnen die Maschine die Sicht versperrt hatte. Die Walzen arbeiteten auf der vierzig Zentimeter breiten Brüstung – ebenso wie die große Maschine auf dem Korridor.

Jetzt!

Joaquin Manuel Cascal kniff ein Auge zu und bedeckte das andere mit der Hand, deren Finger leicht geöffnet waren. Er konzentrierte sich ausschließlich auf die kleine Walze. Der Reinigungsnebel blendete ihn, und als er etwas Schwarzes undeutlich dicht vor sich sah, sprang er.

Er berührte mit den Sohlen leicht die Borsten, öffnete die Augen und balancierte sich mit den Armen aus. Dann landete er wieder auf dem feuchten Material der Brüstung, rutschte ein wenig, und eine Zehntelsekunde lang schien sein Herzschlag auszusetzen. Er taumelte, bewegte die Arme wie Windmühlenflügel und fiel in den Korridor hinein.

Er fing seinen Sturz mit den Händen ab, warf sich wieder hoch und wirbelte herum.

»Waringer!«

Waringer stand da, mit geschlossenen Augen, und schwankte hin und her. Cascal war mit einem Satz an seiner Seite, griff hoch und riß ihn zu sich herunter.

Waringer schlug ihm mit dem Ellenbogen fast eine Rippe ein, dann landete Troyanos auf den beiden Männern und warf sie wieder zurück auf den Boden.

Als letzter kam, federnd und fast elegant, wie ein Turner beim Absprung, Roi Danton auf den Korridor herunter.

»Wieder vereint!« sagte er zufrieden.

Waringer gestand:

»Ich wäre um ein Haar auf die falsche Seite gekippt.«

»Und dafür, daß ich Sie gerettet habe, schlagen Sie mein Knochengerüst in Stücke«, sagte Cascal. »Sie . . . Sie Mensch!«

Dann sahen sie den Gleiter.

Ihn hatte ein metallener Arm mit stählernen Greifern gepackt. Die Maschine war zusammengedrückt und wie ein Würfel geformt. Aus dem Gewirr aus Plastik, Stahl und Maschinenteilen stieg dunkler Qualm auf.

Waringer schlug erschöpft vor:

»Gehen wir!«

»Während wir uns auf den langen Marsch machen«, sagte Cascal und grinste wieder, »werde ich über Minikom eine Meldung machen. Vielleicht läßt man uns abholen.«

Er winkelte den linken Arm an, schaltete das Armbandfunkgerät an und wollte etwas sagen, als ein Gleiter in hoher Fahrt auf sie zukam, bremste und anhielt. Vier Takerer stiegen aus, unter ihnen Misyen.

»Sie haben hier Waffen verwendet, wertvolle Einrichtungen zerstört und den Arbeitsablauf innerhalb des Archivs gestört. Ich muß Sie festhalten, bis alles geklärt ist. Wehren Sie sich nicht – wir haben ebenfalls Waffen.«

Danton machte zwei schnelle Schritte und stellte sich vor Cascal. Ruhig sprach Cascal seinen Text zu Ende und schilderte, was eben vorgefallen war.

Nach einigen Sekunden meldete sich Rhodan.

»Geben Sie laufend Standortmeldungen durch, Joak. Wir kommen. Und zwar im Zorn.«

Cascal sagte unverfroren:

»Es wäre Ihrem Herrn Sohn, dem Schwiegersohn und auch mir wesentlich lieber, Sie kämen nicht nur im Zorn, sondern auch in großer Eile.«

»Natürlich!«

Rhodan hatte gelacht. Wenn auch kurz. Als Cascal in die Mündung der vier Waffen sah, verging ihm das Lachen.

28.

Die Männer im Leichten Kreuzer mußten mit rasender Schnelligkeit gehandelt haben.

Danton, Waringer, Troyanos und Cascal kamen genau bis zu der Plattform dicht hinter dem Archiveingang. Der schwere Gleiter bremste ab, und die vier Cappins sprangen mit gezogenen Waffen heraus. Sie dirigierten die Terraner gerade bis zu der Tür, als hinter ihnen eine Stimme rief:

»Halt!«

Die Takerer drehten sich um, erstaunt darüber, daß sich jemand einmischte.

»Was geht hier vor?« fragte Ybsanow, dessen Gesicht gerötet war. Jetzt erkannte Cascal auch, wie der Patriarch so schnell hierher gekommen war. Icho Tolot hatte ihn unterwegs aufgenommen und in rasendem Lauf hierher getragen. Der halutische Riese schob sich gerade durch den Eingang.

»Diese Fremden haben Waffen benutzt«, sagte Misyen scharf.

»Wir haben Waffen benutzen *müssen«,* rief Roi, »um uns aus einer Falle zu befreien! Wir sollten in einem Archivraum mit Gas vergiftet werden. So zerschoß einer von uns eine gläserne Wand. Das rettete unser Leben.«

Rhodan und Ovaron waren die nächsten, die eintrafen.

»Was ist passiert?« fragte Rhodan.

Cascal deutete auf das Stück Korridor, das hinter ihnen lag.

»Mit einem Gleiter brauchen Sie nur zehn Minuten, Sir«, sagte er. »Man hat uns in zwei ausgeklügelte Fallen gelockt.«

Rhodan drehte sich wortlos um, winkte Ovaron und schwang sich in den Gleiter der Takerer. Die Maschine drehte sich und schoß den langen, gekrümmten Korridor abwärts.

Nach dreißig Minuten waren Rhodan und Ovaron wieder an Ort und Stelle.

»Der Tod der Terraner sollte in äußerster Reinheit stattfinden«, sagte Cascal schneidend. »Sahen Sie, Sir, wie man uns beseitigen wollte?«

Rhodan sah den Patriarchen Ybsanow eindringlich an.

Dann sagte Ovaron:

»Keiner von uns hätte genügend über die technische Ausrüstung der Archivräume gewußt. Keiner hätte diese beiden Fallen einrichten können. Es bleiben zwei Möglichkeiten offen.«

Der Takerer Misyen fragte scharf:

»Was wollen Sie damit andeuten, Fremder?«

Er sah, während er das Wort an Ovaron richtete, Cascal scharf an. Fürchtete er von Joak eine unüberlegte Handlung?

»Entweder hat einer der sechstausend Moritatoren von Tuo Fryden den Anschlag vorbereitet – oder es war einer der fünfzig Takerer. Wir können es uns auch ausrechnen. Was halten Sie davon, Ybsanow?«

»Ich schließe eine Beteiligung der Moritatoren aus!« versicherte der Patriarch ungewöhnlich heftig.

Perry Rhodan schien die Diskussion beenden zu wollen.

»Wie ist es mit der Aufgabe von Waffenkontrolleuren zu vereinbaren, die Waffen auf Gäste dieses Planeten Molakesch zu richten, dessen Gäste sie selbst sind? Hören Sie damit auf, Misyen, sonst müßten die Moritatoren annehmen, daß Ihnen etwas daran liegt, dieses Archiv hier zu vernichten.«

»Es ist richtig, was unser Gast gesagt hat. Verletzen Sie nicht das Gastrecht, Misyen!« warnte der Patriarch.

Misyen gab seinen Männern einen Wink.

»Los«, sagte er. »Wir haben leider keine Beweise dafür, daß diese verbrecherischen Fremden das Archiv zerstören wollen. Aber wir werden Beweise liefern.«

Die Takerer sicherten die Waffen und steckten sie ein. Rhodan sah langsam und nachdenklich von einem der Anwesenden zum anderen. Dann sagte er mit unüberhörbarer Schärfe:

»Ich behalte mir vor, aus diesen Vorfällen Schlüsse zu ziehen. Ich möchte eine deutliche Warnung aussprechen, die Sie, Misyen, sehr beachten sollten.

Sie wie wir sind hier Gäste.

Wir werden die Gastfreundschaft nicht verletzen, wir helfen nur einem Freund. Diesem Mann hier. Bei dem geringsten Zwischenfall, der jetzt noch folgt, werden wir unsere Hilfe mit schwerbewaffneten Mannschaften durchführen. Ich möchte aber vermeiden, daß es soweit kommt.

Trotzdem sollten Sie sich überlegen, was Sie zu unternehmen gedenken. Diese vier Männer sind, das wissen Sie so gut wie ich, unschuldig.

Sie gehen mit uns. Wir kommen morgen wieder und hoffen, daß wir kein zweites Mal belästigt werden.«

Die Terraner zogen sich zurück.

Die vier Takerer standen unschlüssig da, und im Gesicht von Misyen arbeitete es. Ybsanow bemerkte dies. Er übersah auch nicht den Blick voll glühenden Hasses, den Misyen Ovaron nachschickte. Dann ging auch der Patriarch.

Der nächste Tag verlief ähnlich, nur ohne Attentatsversuche.

Verstärkt durch zwei Dutzend Männer und Frauen des Leichten Kreuzers arbeiteten sich die Terraner mit Ovaron und Merceile langsam weiter durch die Vielfalt der Informationen. Sie kopierten, suchten aus und verwarfen wieder – Ovaron war überall und rannte den ganzen Tag umher, von einem Bildschirm zum anderen. Diesmal aber gingen sie, nachdem Dr. Troyanos auf die Fälschung gestoßen war, nach einem anderen Schema vor. Binnen fünf Stunden fanden sie ihre Vermutungen bestätigt:

Jemand hatte systematisch an den gespeicherten Informationen des Archivs manipuliert. Selbst jetzt schon, ganz am Anfang der Arbeiten, zeichnete sich eines klar ab: Alles, was auch nur entfernt mit dem Ganjo zusammenhing, war verändert worden.

Icho Tolot, der die Terraner umkreiste wie eine Glucke die Küken, hielt an und sagte relativ leise zu Takvorian:

»Was halten Sie davon?«

Der Movator peitschte mit seinem prächtigen Schwanz die Luft.

»Hier geschieht ein ungeheuerliches Verbrechen. Diese Takerer – sie sind an allem schuld. An meinem mißgestalteten Körper ebenso wie an den manipulierten Informationen. Und ich sage Ihnen, Haluter . . . wir werden niemals fertig werden, niemals das wahre Ausmaß des Betrugs feststellen können.«

Er galoppierte auf dem glatten Boden weiter, auf eine offene Seitentür zu, aus der eben Ovaron herauskam.

Der Paladin stand wie festgewachsen mitten im Korridor. Seine empfindlichen Geräte orteten nach allen Seiten. Die schwächsten Ströme genügten, um die Schirme ansprechen zu lassen. Die sechs Siganesen sahen förmlich, wie einige Ebenen tiefer die Takerer unermüdlich am Werk waren.

Gegen Ende des zweiten Tages hatte man genau ein Viertel einer Rundung untersuchen können. Das bedeutete ein halbes Prozent.

Es änderte sich nichts an dem Umstand, daß die Terraner immer wieder merkten, wie in die Speicher eingegriffen worden war.

Gucky hatte sich inzwischen selbständig gemacht. Zuvor war er von dem Magazin an Bord der CMP-1 ausgerüstet worden. Drei Kameras kleinsten Formats hatte er herausgesucht und war dann verschwunden – niemand wußte, wo er war. Nicht einmal Rhodan. Der wußte zwar, *was* Gucky vorhatte, aber er ahnte nicht, an welchen Stellen des Archivs sich der Mausbiber aufhielt.

Auch Ras Tschubai verschwand plötzlich, kehrte wieder und trug eine undurchsichtige Miene zur Schau. Niemand fragte ihn, da alle überbeschäftigt waren. Der Ehrgeiz, eine durchgehende Informationskette aufzuspüren, hatte die Terraner jetzt gepackt. Sie befanden sich in jenem gefährlichen Stadium, in dem sie das Archiv als eine persönliche Herausforderung betrachteten, die ausschließlich ihretwegen entstanden war. Die Qualität der Arbeit litt nicht unter dieser Einstellung. Dann plötzlich verschwand Ras wieder und rematerialisierte in der Dunkelkammer des winzigen Labors im Kreuzer. Er hatte dort etwa drei Stunden lang zu tun.

Irgendwann gegen Abend stieß Cascal mit Ovaron zusammen. Sie trafen sich neben einem der zahlreichen aktivierten Pultschirme.

Ovaron fragte halblaut:

»Von den Takerern ist nichts zu sehen, wie?«

»Nein«, sagte Cascal, »unsere liebreizenden Freunde sind in den Untergrund gegangen. Dort aber, wie mir Ras einmal zuflüsterte, arbeiten sie emsig wie Termiten. Nur wissenschaftlicher.«

Ovaron senkte seine Stimme noch weiter.

»Ich werde versuchen, heute nacht, wenn auch die Takerer aus dem Archiv verschwunden sind, den letzten Raum, ganz unten, zu durchforschen. Roi Danton macht mit. Dr. Troyanos hat sich ebenfalls bereit erklärt. Kommen Sie mit?«

Cascal nickte.

Die rund vierzig Personen zogen sich gegen neun Uhr abends in die CMP-1 zurück. Rhodan ließ einige unwichtige Maschinen stehen, darunter zwei winzige Gleiter, die praktisch nur aus Sitzen und Aggregaten bestanden. Es waren Modelle, die zur Ausrüstung der Kreuzer gehörten und auf Rois Rat hin einen verbesserten Antischwerkraftregler besaßen, also notfalls innerhalb der leeren Riesenhallen um die stählerne Säule herum eingesetzt werden konnten.

Rhodan bat Kalabasch und Ybsanow zu sich, und beide Männer kamen.

Sie trafen sich in der relativ geräumigen Kabine des Kommandanten Menosh Kuruzin.

Kalabasch begann:

»Sie sagten, es wäre wichtig?«

Rhodan nickte und deutete auf die aufgebauten und angeschlossenen Geräte um sich herum. Außer den beiden Moritatoren und ihm befanden sich noch Gucky, Ras Tschubai und Merceile im Raum.

»Es *ist* wichtig!« sagte der Großadministrator leise.

»Worum geht es?«

Rhodan sagte sehr höflich und bestimmt:

»Um die Beweise, die Sie von uns forderten.«

Kalabasch und Ybsanow sahen sich schweigend an, dann zog sich die Stirn des Patriarchen in tiefe Falten.

»Beweise wofür?«

Rhodan lächelte zuversichtlich und antwortete:

»Für die geheime Tätigkeit der Takerer. Gucky, das ist unser kleiner Freund hier, und Ras, dieser Mann, haben besondere Begabungen. Diese wandten sie gestern an. Während wir oben in den Archivräumen suchten, versteckten sich die beiden und filmten die einzelnen Gruppen der Takerer. Sie werden sehen, daß es genau fünfzig Männer sind . . . aber warten Sie auf die Aufnahmen.«

Ybsanow sagte, von Zweifeln erfaßt:

»Diese Filme können Fälschungen sein.«

Rhodan lachte kurz auf.

»Warum sollten wir daran interessiert sein, die Takerer zu Unrecht zu beschuldigen, sie würden die Speicher manipulieren? Hat Ihnen der Überfall auf unsere Männer nicht zu denken gegeben?«

Ybsanow gestand: »Ich habe eine schlechte Nacht und einen Tag voller Zweifel hinter mir.«

Ras Tschubai schaltete sich ein und meinte:

»Das ist noch nichts gegen das, Patriarch, was Sie vor sich haben, wenn das, was wir Ihnen zeigen, die Wahrheit ist. Warten Sie es ab.«

»Ich kann es einfach nicht glauben«, meinte Ybsanow stöhnend.

»Bilden Sie sich selbst ein Urteil!« schlug Rhodan vor. Auf den Monitoren entstanden Bilder. Kleinere Schirme zeigten Vergrößerungen innerhalb eines bestimmten Bildes. Zuerst wurde ein Eingang mit dem charakteristischen Kodemuster gezeigt.

»Vierte Ebene von unten«, kommentierte Gucky und knabberte an einer eiskalten Mohrrübe herum, die ihm nur wenig zu schmecken schien.

Das Bild wechselte.

Gucky hatte aus dem toten Winkel zwischen zwei Schaltkästen hervor gefilmt. Man sah eine Gruppe von fünf Takerern an der Arbeit. Sie hatten einen Schirm aufgestellt, ein zweiter lief. Beide Schirme zeigten fast synchrone Bilder und Daten.

Fast!

Jedesmal, wenn ein Fehler zu erkennen war, schalteten sich die Vergrößerungsschirme ein. Das Bild wurde angehalten oder lief in Zeitlupe ab. Deutlich war zu erkennen, daß gewisse Informationen gelöscht und an ihrer Stelle andere eingespeist wurden.

Insgesamt sechs solcher Filme wurden gezeigt, ohne logischen Zusammenhang, aber sie zeigten sechsmal dasselbe. Takerer fälschten die Archive. Insgesamt vierundzwanzig verschiedene Datengruppen waren ausgewechselt worden. Bilder, Kommentare, Zeugenberichte, Daten, Details, Aussagen und Vorträge. Vierundzwanzig Fehler in einem Tag – nein, fast nur innerhalb eines langen Nachmittags.

Die Schirme wurden hell.

»Vierundzwanzigmal wurde hier vor Ihren Augen gegen die Gastfreundschaft verstoßen. Noch schlimmer. Gegen die Wahrheit. Das war die Arbeit eines Tages. In vier Tagen sind es mindestens hundert gefälschte Daten. In vierzig Tagen tausend, in einem Jahr rund fünfzigtausend Daten. Wie lange arbeiten hier schon Takerer als Kontrollorgane, Ybsanow?« fragte Rhodan ruhig.

Ybsanow antwortete stöhnend.

»Jahrtausende! Ich glaube es nicht.«

Sie *konnten* es einfach nicht glauben – noch nie war ein Moritator angetastet worden. Noch niemals war einer von ihnen in der Arbeit behindert worden. Sie hielten sich für integer, und sie waren es auch – in ihrer Sicht.

Rhodans Arm schnellte hoch. Der Terraner deutete auf Kalabasch und sagte hart:

»Ziehen Sie die Schlußfolgerung, Kalabasch!«

Nach einigem Zögern sagte der Moritator:

»Wenn es wahr ist, was Ihre Filme zeigen, dann fälschen seit undenkbaren Zeiten die Takerer die Informationen. Sind die Informationen gefälscht, dann nehmen die Schiffe der Moritatoren falsche Informationen auf. Sind wiederum diese aufgenommenen und episch aufbereiteten Informationen falsch, dann müssen es auch die Schilderungen sein!«

»Nicht auszudenken! Sie haben unrecht, Terraner!« sagte Ybsanow.

»Sind unsere Schilderungen falsch . . . dann haben wir die Völker dieser Galaxis betrogen. Wir haben ein völlig falsches Bild vermittelt.«

Rhodan sagte scharf:

»Sie haben das Bild vermittelt, das die Takerer wünschten. Das gilt aber nicht uneingeschränkt, denn die Anwesenheit der Takerer bedeutet, daß die Fälschungen noch nicht vollkommen sind.«

Kalabasch sprang auf.

»Das glaube ich nicht!« schrie er. »Das darf nicht sein! Wir Moritatoren und unsere Arbeit sind unangreifbar! Unverletzlich – es sind Fälschungen, Fremder!«

Rhodan blieb besonnen.

»Ich kann Ihnen nicht beweisen, daß es keine Fälschungen sind. Ich kann nur unsere Ehrlichkeit beteuern.«

Es entstand eine Pause. Alle schienen zutiefst mit ihren Gedanken beschäftigt zu sein. Rhodan ließ den beiden Moritatoren genügend Zeit, und schließlich sagte der Patriarch:

»Ich mache Ihnen ein Angebot. Vielmehr – es ist ein Vorschlag.«

»Ich höre«, sagte Rhodan.

»Ich muß gestehen, daß mich die Aufnahmen sehr beeindruckt haben«, sagte Ybsanow leise. »Aber die Möglichkeit, daß sie gefälscht sind, ist nicht auszuschließen. Wir können uns vorstellen, daß der Grund, als Ganjo bestätigt zu werden, viele Männer vom besten Charakter verdirbt. Wir warten auf den nächsten Zwischenfall. Sollte noch etwas in dieser Richtung passieren, dann reagieren wir. Mir fehlt der letzte Beweis. Verstehen Sie bitte unsere Lage.«

»Ich bemühe mich darum«, antwortete Rhodan. »Auch wenn es mir schwerfällt!«

Ybsanow stand auf.

»Ich hoffe, daß sich alle Fragen zufriedenstellend lösen lassen werden«, meinte er.

»Das hoffe ich auch«, stimmte Rhodan zu, innerlich bebend. Er war nahe daran, seine Geduld zu verlieren – sie war auf sehr harte Proben gestellt worden. Als Kalabasch und Ybsanow sich zum Türschott in Bewegung setzten, summte der Interkom auf.

Rhodan meldete sich.

»Sir, wir haben eben einen Notruf aufgefangen.«

Rhodan fragte blitzschnell:

»Wer?«

»Cascal!«

»Was sagte er?«

Es war Rhodan anzusehen, daß er sich sorgte.

»Der Ganjo soll ermordet werden!«

»Wir kommen sofort!« rief Rhodan, fuhr herum und sagte zu den Moritatoren:

»Schließen Sie sich an. Hier haben Sie den letzten Beweis. Man will Ovaron umbringen! Genügt Ihnen das?«

Er rannte aus dem Raum hinaus und ließ die beiden Cappins stehen. Ein junger Offizier brachte sie hinaus, durch den Antigravschacht hinunter auf den Raumhafen und in den wartenden Gleiter. Als die Moritatoren die Maschine bestiegen, sahen sie das terranische Kommando, das mit rasender Geschwindigkeit auf der Verbindungspiste zwischen Hafen und der Stadt Tuo Fryden entlangfegte.

Was war geschehen?

29.

Joaquin Manuel Cascal saß im Schatten eines alten, breiten Baumstammes. Im Laubwerk summten unbekannte Insekten, und die Landschaft hier am Grund der gigantischen Archivspirale sah ähnlich aus wie ein alter Park in Terrania City.

Cascal hatte den winzigen Gleiter abgestellt, lehnte tief in dem kleinen Sessel hinter der Steuerung, hatte die Stiefel auf das Instrumentenbord gelegt und beobachtete immer wieder seine Umgebung. Er sah die zierlichen Bauten der Tempelchen – oder was immer sie darstellen sollten. Er hörte das Plätschern des Baches, der von Norden nach Süden in Windungen und Schleifen in einen bizarr geformten kleineren See floß. Geschickt war hier das Grundwasser abgefangen und verwendet worden – vor undenkbar lange zurückliegenden Jahren. Niemand war in seiner Nähe, von ein paar zutraulichen Tieren abgesehen.

Vor Cascal waren die Durchbrüche der untersten Ebene. Die letzte Spirale wirkte ein bißchen wie ein antiker Bogengang, denn auf einer Seite sah man direkt in den Park hinein. Von dem Umgang, mehr als dreißig Kilometer lang, hatte man die schönsten Blicke – Schneisen und Durchschläge wie in einem Barockgarten wechselten sich ab. Immer wieder entstanden neue Bilder, neue Landschaftsformationen.

Wo blieben die drei anderen Männer?

Cascal hatte den Gleiter genommen, war mit ihm durch einen Nebengang geglitten und in einem Lift zweitausend Meter tief hinuntergeschwebt. Er hatte diesen Weg gewählt, um nicht aufzufallen. Jetzt wartete er auf Troyanos, Roi und Ovaron.

Cascal setzte sich auf.

Er testete durch einen kurzen Kontrollruf seinen Armbandminikom und schnallte ihn dann fester. Seine beiden Waffen, der Strahler für den Notfall und der kleine Paralysator, saßen unsichtbar unter den Schultern. Cascal war leidlich ausgeruht und wartete. Trotzdem wurde er die Unruhe nicht los, die ihn erfaßt hatte.

In seinem Sichtbereich waren fünf Stahlplatten, jede mit einem anderen Oberflächenmuster.

Drei davon konnte Cascal klar unterscheiden. Diese diagonale Zakkenlinie mit den vielen Punkten bedeutete, daß hier ein gerader, relativ kurzer Korridor zu einem der Antigravschächte führte, zu, um genauer zu sein, zwei Schächten mit dem Grundriß einer Acht. Einer führte nach oben, der andere nach unten.

Die Tür mit dem t-förmigen Schmuck führte zu einer Treppe, die nur bis zu der nächsthöheren oder nächsttieferen Spiralenwindung ging.

Die Stahlplatte in Blau, mit dem Molakesch-Synonym für fortlaufende Ziffern und den Buchstaben A, bedeutete: Hier war ein Speicherraum. In Wirklichkeit befanden sich dahinter drei oder mehr Speicherräume, die später angebaut worden waren.

Die Tür mit der Zackenlinie fuhr in den Boden. Roi Danton und Troyanos standen da, schauten nach links und rechts, und dann, als Cascal mit den Fingern schnippte, geradeaus. Es war zehn Uhr fünfzehn Bordzeit.

»Hier!« sagte Cascal leise.

Dr. Troyanos und Roi Danton gingen über den Korridor, blieben einen Moment lang stehen, um das ungewohnte Bild aufzunehmen und die Umgebung nach verborgenen Gefahren zu untersuchen, dann kamen sie durch das robotgepflegte Gras auf Cascal zu.

Roi setzte sich auf eine bloßliegende, knorrige Wurzel. Er spähte über den Rasen und meinte:

»Diese Robots dort. Ungefährlich?«

Cascal zögerte mit der Antwort. Es gab hier überall kleine Robots. Sie waren Maschinen, streng für einen bestimmten Zweck konstruiert. Einer hatte mächtige Scheren wie eine Languste. Mit diesen Scheren kappte er die Triebe der Bäume ab.

»Ich hoffe es, denn bisher hat sich keiner um mich, jeder aber intensiv um seine Arbeit gekümmert«, antwortete Cascal.

Sie sahen alle drei wie auf Kommando nach oben, als von dort ein Summen ertönte.

»Ovaron? Ist er wahnsinnig?«

Cascal schüttelte den Kopf und sagte halblaut:

»Er wird sich dabei etwas gedacht haben. Offenbar will er auffallen.«

Einer der Gleiter, mit denen die Teams zwischen Schiff und Archiv pendelten, schwebte in einer riesigen Schleife herunter. Er kam augenscheinlich von der Balustrade des Eingangs, flog eine Kurve um den stählernen Mast und kam direkt auf den einzelnen Baum am Rand des Parks zu.

Er fegte, scharf an einem Robot vorbeirasend, dicht über den Rasen und bremste neben den drei Wartenden.

Ovaron schwang sich heraus und blieb stehen.

»Danke, daß Sie gekommen sind«, sagte er. »Ich habe in verschiedenen Teilen der Spirale Gruppen von Takerern gesehen. Ich habe auffallen müssen. Jetzt wissen sie, wo ich zu finden bin. Wer bei mir ist, wissen sie vermutlich nicht genau.«

Roi Danton überlegte kurz und fragte lakonisch:

»Wie soll die Nachtarbeit aussehen?«

Ovaron antwortete:

»Wir werden ganz gezielt vorgehen. Wir nehmen uns das letzte Archiv hier vor, es müßte wenigstens teilweise ganz neue Informationen enthalten, denn es ist von der Generation um Ybsanow eingerichtet worden.«

Dr. Troyanos meinte unschlüssig:

»Das wäre Gelegenheit für eine ähnliche Falle wie gestern!«

»Damit rechne ich«, sagte Ovaron. »Deswegen habe ich meinen Auftritt auch so provozierend gestaltet. Fünfzig Takerer gegen vier Fremde – das ist ein gesundes Verhältnis für einen Attentatsversuch.«

Roi deutete auf die Stahlplatte und brummte:

»Beide Gleiter dicht neben dem Ausgang parken. Vielleicht müssen wir schnell fliehen!«

Troyanos und Cascal schwangen sich hinter die Steuer. Die Gleiter schwebten schnell an die angegebenen Plätze, und neben Roi ging Ovaron auf den Archivraum zu.

Die Platte glitt auf, nachdem Ovaron den großen, rechteckigen Kontakt gedrückt hatte.

»Hinein!«

Cascal legte seine Hand auf den Paralysator und blieb genau im Rahmen des Durchgangs stehen. Von hier aus konnte er sowohl den Raum überblicken als auch einen großen Sektor des Parks. Und natürlich den Korridor und beide Gleiter.

Roi Danton ging, seinen entsicherten Strahler in der Hand, mitten durch den Raum und auf die erleuchtete Gabelung eines Verbindungsganges zu. Eine Minute später war er zurück und schüttelte den Kopf.

»Leer!« stellte er fest.

»Keine Fallen?« fragte Ovaron.

Er setzte sich an das Programmierpult und schaltete die Anlage ein. Tausend Lichter erwachten zum Leben, ein summendes Dauergeräusch ertönte.

»Keine sichtbaren«, sagte Roi.

Dr. Troyanos schwieg und kaute auf der Unterlippe.

»Ovaron«, sagte er plötzlich. »Fragen Sie: *Erwartet diese Galaxis einen bestimmten Mann oder eine bestimmte Persönlichkeit?«*

»Einverstanden.«

Die Finger des Cappins glitten über die Tasten und gaben die Frage ein. Ein Schnelldrucker begann zu rasseln.

Roi las die Antwort ab.

»Die Maschine sagt: JA!«

»Zweite Frage«, sagte der Historiker. »Fragen Sie: *Dieser Mann stammt aus dem Volk der Ganjasen und wird Ganjo genannt. Richtig?«*

Wieder hämmerte der Schnelldrucker los.

»Information richtig«, sagte Roi anerkennend und ließ die Folie fallen.

Dr. Troyanos sagte abschließend:

»Geben Sie ein: *Ich bin der Ganjo. Welche Verhaltensregeln liegen für mich vor?«*

Roi las wieder die Antwort:

»Bestätigung nach Bildinformation benötigt.«

Gleichzeitig begann ein vier Quadratmeter großer Schirm zu leuchten. Die Umrisse eines Bildes zeichneten sich ab. Eine lebensgroße Gestalt wurde sichtbar. Dann ertönten nacheinander ein Summer, eine Sirene, ein langgezogener Heulton und ein häßliches, durchdringendes Schnarren.

Ovaron fuhr herum und sah auf den Schirm.

Für eine Zeitspanne von zwei Sekunden sahen alle vier Männer das Bild von Ovaron. Zwei Sekunden lang, dann barst der Schirm.

Der Alarm lief aus, und in die verebbenden Geräusche hinein schrie Cascal:

»Volle Deckung! Die Triebkapper kommen!«

Ein Stoßkeil von etwa drei Dutzend Robotern, die mit ihren halbmeterlangen Scheren drohend klapperten, jagte heran. Die Scheren waren ohne die geringste Mühe in der Lage, Holz bis Armesdicke zu kappen. Oder Stahl in entsprechendem Verhältnis. Oder Arme, Beine und Wirbelsäulen.

»Feuer! Los!« brüllte Cascal, glitt in die Kammer hinein und schoß.

Der erste Robot verglühte im Feuer von Cascals gutgezieltem Schuß, als er die Unterkante der ersten Spirale unterflog. Die Schere kippte, und eine zweite Maschine fing sie im Flug auf und zerschnitt sie mit einem schnappenden Geräusch, das den vier Männern das Blut in den Adern gefrieren ließ.

Die Reste fielen zu Boden, abgeschnitten, als wären sie Sperrholz.

Cascal schoß nur, wenn er sicher war, zu treffen. Der zweite Robot zerkrachte zehn Meter vor dem Stahltor. Dann spürte Cascal, wie hinter ihm die anderen drei Männer zu schießen begannen. Sie trafen ausgezeichnet. Cascal schoß die erste Maschine, die sich dem Raum genähert hatte, dicht vor der Platte ab und hechtete dann flach über den Boden, rollte sich ab, ohne die Waffe zu verlieren.

Er erreichte den Schalter und schlug ihn mit der linken Hand herunter, während er mit der Rechten die Waffe bediente. Die Platte schob sich aus dem Bodenschlitz nach oben. Viel zu langsam, wie es schien.

»Achtung! Nicht heranlassen. Streufeuer!« schrie Roi Danton.

Die Schußfolge wurde schneller.

Die Bedingungen wurden günstiger. Je höher sich die Blende schob, desto kleiner wurde das Zielgebiet. Fast jeder Schuß traf, aber die Treffer schienen nur die Wut der Maschinen anzustacheln.

Endlich war die Platte oben. Rauchend und schmelzend fiel der letzte Robot in den Archivraum und blieb liegen. Cascal drehte sich herum und gab ihm einen Tritt, der ihn zehn Meter weit schleuderte und Cascal fast die Zehen brach. In maschinenhafter Agonie schnappten die blitzenden, messerscharfen Zähne nach dem Stiefel des Mannes, dann krachte das teuflische Gerät gegen einen Schaltschrank.

Einen Moment lang herrschte Ruhe.

Dann krachte Metall. Eine zugeklappte Schere drang zwanzig Zentimeter weit aus der Stahltür heraus, wurde zurückgezogen, wurde, diesmal aufgeklappt, erneut durchgestoßen und begann, das Stahlblech aufzuschneiden. Dies geschah mit maschinenhafter Präzision und Schnelligkeit.

»Wie simpel!« sagte Cascal, zielte sehr sorgfältig und schoß.

Außerhalb des Tores zerbarst ein Robot.

Dieses Verfahren wiederholte sich genau dreizehnmal, dann herrschte Stille. Immer wieder hatte ein Triebkapper durchzudringen versucht. Das Loch war schließlich, als der letzte detonierte, ziemlich groß geworden. Cascal schob ein neues Magazin in den Kolben der Waffe und warf das leergeschossene zu den Scherben des Bildschirmes.

»Es war Ihr Bild, Ovaron!« sagte er.

»Ich weiß. Aber es war . . . irgendwie unrichtig. Etwas störte mich, aber ich kann es nicht sagen.«

Troyanos murmelte:

»Zwei Sekunden sind entschieden zu wenig für ein tachyskopisches Experiment dieses Informationsinhaltes. Ich habe den gleichen Eindruck, aber ich kann nicht sagen, worauf ich diesen Eindruck stütze.«

Cascal hob die Hand und sagte:

»Hier kommen wir also nicht weiter, jedenfalls jetzt nicht. Ich schlage vor, wir spurten zu den Gleitern und fliehen mit ihnen zur Oberfläche. Sie sind schneller als die verschiedenen Roboter.«

Die Männer stellten sich hinter der langsam heruntergleitenden Platte nebeneinander auf. Zwischen ihnen waren etwa eineinhalb Meter Abstand. Jetzt befand sich die Oberkante der Tür mit ihren Gesichtern auf einer Höhe. Als die Männer endlich einen Teil der Parks und dann den Korridor sehen konnten, blickten sie auf einen Wall brennender und qualmender Maschinen.

Cascal und Roi nahmen einen kurzen Anlauf und sprangen durch die Flammen und den Rauch. Sie orientierten sich schnell und sahen, daß die Maschinen in ihrer blinden, so sehr vermenschlicht wirkenden Wut die beiden Gleiter vergessen oder übersehen haben mußten; die schalenförmigen Fahrzeuge standen unversehrt da.

»In Ordnung!« sagte Cascal laut. »Sie können nachkommen.«

Ovaron und Troyanos kamen durch die Wand aus Glut und Rauch.

Roi entwickelte einen genauen Fluchtplan. Es kamen keine Roboter mehr.

Troyanos, Ovaron und Roi Danton kletterten in den stärkeren und größeren Gleiter. Roi hob die Hand und nickte Cascal zu.

»Alles klar, Joak?«

Der Mann mit den silbernen Strähnen im Schläfenhaar nickte schweigend.

»Los!«

Der schwere Gleiter beschleunigte und wurde mit durchgetretenem Geschwindigkeitsregler voll nach vorn gerissen. Die drei Insassen preßte der Andruck an die Rückenlehnen, dann fegte die Schale summend und fauchend den Korridor entlang und ging mit mehr als hundert Stundenkilometern Geschwindigkeit in die erste Umkreisung. Die Geschwindigkeit steigerte sich. Roi saß am Steuer, hörte das Knattern und Heulen des Fahrtwindes und warf, während er eine leichte Rechtskurve steuerte, einen Blick auf die Geschwindigkeitsanzeige.

Einhundert . . .

einhundertfünfzig . . .

zweihundert . . .

zweihundertdreißig . . .

Cascal kletterte in den kleineren, weniger komfortablen Gleiter, schaltete die Maschinen ein und bugsierte die Schale vorsichtig bis unter den Baum, umrundete ihn und blieb dann sitzen.

Er sah, wie der Zuschauer eines Rennens, den anderen Gleiter bereits in der ersten Spirale, an derjenigen Stelle, wo sie in die zweite Umkreisung überging. Die Männer und die Schale waren nur helle Schatten in dem Korridor, aber sie waren als Ganzes deutlich zu sehen. Alle vier waren sie überzeugt gewesen, daß die nächsten Treppen, Rampen und Schächte besetzt waren – dort warteten entweder Takerer oder Robots mit Fehlschaltungen, die sie dazu veranlaßten, Menschen anzugreifen.

Der Weg durch das Innere des Archivs schien der sicherste zu sein.

Wieder wartete Cascal.

Schon nach wenigen Minuten ging es los. Zwischen den Pfeilern des zierlichen Tempelchens, etwa einen knappen Kilometer von ihm entfernt auf einem Hügel stehend, zuckte ein dünner Feuerstrahl auf und spannte sich bis zur Wand des Korridors. Dort, wo er auftraf, gab es funkensprühende Blitze und Flammen. Und der Gleiter der drei Männer würde diese Stelle binnen weniger Sekunden passieren. Das bedeutete den Tod für drei Terraner.

Cascal trat den Beschleunigungshebel voll durch, hielt sich fest und steckte den Strahler zwischen die Sitze. Mit der anderen Hand nahm er den Paralysator aus der Tasche und stellte ihn auf höchste Leistung, während er unter Bäumen, unter einer Brücke hindurch und durch

Zierbeete fegte. Hinter ihm riß der Fahrtwind Grasstücke hoch, Erde und Kies.

Der andere Gleiter bog, haarscharf über der Brüstung entlangfegend, aus dem Korridor in den freien Innenraum ein. Roi ließ ihn, sobald er den Korridor hinter sich wußte, hart durchsacken, flog einen verwegenen Zickzackkurs und unterflog die Strahlbahn, die etwas zitterte, als der unsichtbare Schütze versuchte, sich neu einzuschießen.

Cascal duckte sich tief hinter die Windschutzscheibe, raste genau auf den Tempel zu und erkannte, daß sein Gleiter gerade zwischen den Säulen hindurch konnte.

Dann nahm er den Paralysator hoch, zielte mit hochgerecktem Arm.

Vor dem Gleiter breitete sich die Strahlbahn aus. Geräuschlos und unsichtbar. Der Gleiter fegte auf das undeutlich sichtbare Ziel zu, durchquerte den Raum des Tempelchens und raste auf der anderen Seite in einer S-Kurve ins Freie hinaus.

Cascal bremste ab, schlug das Steuer ein und flog eine so enge Kurve, daß es ihn fast aus dem Sitz riß.

Er kam zurück.

Der Takerer hinter dem Strahlgeschütz war bewußtlos. Cascal schwebte langsam heran, nahm den Strahler aus der Falte zwischen den Sitzen heraus und feuerte auf das Geschütz. Der bewußtlose Mann wurde von dem detonierenden Energiemagazin des Projektors zwei Meter zurückgeschleudert und blieb liegen.

»Das wär's also«, sagte Cascal zufrieden und steuerte auf eine Baumgruppe zu.

Der andere Gleiter flog jetzt außerhalb der Spirale weiter, gewann zusehends an Höhe und befand sich, kaum mehr sichtbar, etwa in eintausend Metern Höhe. Cascal grinste, beschleunigte wieder und raste auf die Stahlstrebe in der Mitte des künstlichen Himmels zu.

Er hielt den Gleiter an, als das mächtige Stahlrohr so nahe war, daß Cascal es mit ausgestrecktem Arm berühren konnte. Dann arretierte er die Beschleunigungssysteme und drückte den Wählhebel auf *Steigflug*.

Der kleine, starke Gleiter kletterte langsam an der Stange entlang, wie ein schneller Käfer an einem sehr schlanken Baumstamm.

Cascal versuchte, weitere Einzelheiten zu erkennen, aber er sah weder Takerer noch, daß der andere Gleiter angegriffen wurde.

Sicher war Roi mit dem Steuern überbeschäftigt.

Cascal schaltete den Minikom ein und rief die CMP-1.

Dann gab er gelassen seine Meldung durch.

Der Gleiter kletterte ununterbrochen. War er fast ganz oben angelangt, dann hatte Cascal noch eine Strecke von fünftausend Metern zurückzulegen.

Er regelte die genaue Aufwärtslinie neu ein und legte seine beiden Waffen zurecht.

»Ich warte förmlich auf einen Zwischenfall! Das kann doch nicht alles gewesen sein!« sagte er.

Leider hatte er recht.

Roi Danton ahnte ebenfalls, daß bestenfalls Schnelligkeit, gepaart mit Gerissenheit, sie retten konnte. Er dachte daran, wie leicht es war, einen Gleiter, der einen durch die Geschwindigkeit notwendigerweise ziemlich stabilen und vorausschaubaren Kurs flog, zu treffen.

Den ersten Schützen hatte wohl Cascal gelähmt, aber Cascal war nicht überall.

Die drei Männer waren tief in ihre Sitze geduckt, als der Gleiter in einer letzten Steigung die Rampe des Einganges anflog. Roi nahm die Geschwindigkeit weg, drehte das Steuer nach rechts und links, betätigte unablässig den Höhenregler. Der Gleiter taumelte förmlich der steinernen Barriere entgegen.

»Vorsicht! Rechts!« schrie Ovaron und drehte seinen Arm. Es war fast unmöglich, einigermaßen genau zu zielen. Aus der drittuntersten Spirale und aus der vierten von oben wurde das Fahrzeug unter Beschuß genommen.

»Noch fünfhundert Meter!« brüllte Roi durch den Fahrtwind.

Ovaron stellte seinen Strahler auf Höchstleistung und hielt beide Hände aus dem Fluggerät heraus. Er schoß auf die Stelle, wo der Schütze stehen mußte, und seine Waffe spie unaufhörlich lange Feuerstrahlen aus. Sie schlugen in einem großen Kreis um den Schützen herum ein. Dann, plötzlich, hörte das Feuer auf.

»Festhalten!«

Der Gleiter schwang sich über die Barriere, bremste hart ab, so daß die Männer nach vorn gerissen wurden.

Dann setzte Roi ihn auf und fuhr bis auf die Tür zu, die sie vom Ausgang trennte. Die Maschinen wurden abgeschaltet, der Gleiter berührte mit der Nase die Tür.

»Hinaus!« rief Roi und kippte seitwärts aus dem Sitz.

Die Tür war verschlossen. Sie ließ sich weder mit den Händen noch mit dem Schalter öffnen.

Ratlos standen die Männer da.
»Das ist eine riesige Stahlplatte mit undurchdringlichen Schutzschirmen dahinter. Ich weiß das leider genau«, sagte Ovaron bedrückt.
»Also sind unsere Waffen nutzlos!« stellte der Historiker fest.
Roi sagte entschlossen:
»Noch leben wir. Wir verteidigen uns, falls jemand angreift, mit dem Rücken zur Tür. Und . . .«
Er schaltete sein Gerät ein und gab die zweite Meldung durch, wie er nach den ersten Worten erfuhr.
»Perry ist informiert und unterwegs!« sagte er.
»Hoffentlich sind sie schnell genug!« sagte Ovaron und lehnte sich an die riesige Platte.
»Sie können sicher sein, lebensgefährdeter Ganjo aller Ganjasen, die uns jetzt auch nicht mehr helfen können, daß mein Herr Vater alle stehenden Rekorde im Gleiterflug brechen wird, um Ihren kostbaren Leib zu retten.«
Ein dumpfes Krachen unterbrach ihn. Da mußte sich Roi korrigieren.
»Allerdings hoffe ich selbst, daß er diesmal noch etwas schneller sein wird. Wir haben's, fürchte ich, nötig.«
Einige unsichtbare Schützen schossen oder warfen Gasbomben.
Rund um die drei Männer gab es eine Kette dumpfer Detonationen. Kleine Kugeln rissen auf und verströmten ein dunkelblaues Gas oder einen Rauch, der die Szene verdunkelte. Roi warf sich nach vorn und trat einige der Bomben zur Seite. Eine traf er voll, und sie segelte geradeaus, über die Brüstung und hinunter.
Das war ein Signal für Cascal.
Aber es waren zu viele Bomben, zuviel Rauch. Binnen einer halben Minute befanden sich die Männer in einem dichten Gemisch. Roi streckte die Arme aus und zog die anderen zu sich heran.
»Sie wollen den Ganjo lebend«, flüsterte er. »Wir können, wenn auch nur mühsam, atmen. Aber wir sehen nichts. Auf die Knie!«
Sie erkannten sich gerade noch gegenseitig.
»In Hüfthöhe mit den Paralysatoren jeweils sechzig Grad bestreichen. Nicht unüberlegt feuern«, zischte Troyanos.
Cascal raste heran, als er die ersten Takerer auftauchen sah. Sie trugen Brillen. Cascal setzte alles auf eine Karte, hob den Strahler und feuerte wie besessen. Er legte einen Wall aus Feuer und Glut zwischen die Takerer, die das letzte Stück der ersten Spiralwindung entlangkamen, und die Rauchwolke.

Dann setzte er den Paralysator ein – diesmal gezielt.

Sein Gleiter hielt sich, nachdem die Brüstung erreicht war, an der Außenseite der Spirale, von den Takerern gesehen. Cascal gelang es, drei Männer bewußtlos zu schießen. Die anderen feuerten serienweise jene Rauchbomben auf ihn ab, die auch Roi und Ovaron in jene fatale Situation gebracht hatten.

Dann rissen die fliehenden Takerer, als ob sie ein Signal erhalten hätten, ihre bewußtlosen Kollegen an sich und flohen durch eine der Stahltüren. Langsam trieb der dicke Rauch an die Ventilationsschächte und wurde abgesaugt.

»Hört auf, die Paralysatoren leerzuschießen«, sagte Cascal laut, hielt sich aber wohlweislich hinter der Barriere auf.

»Auf Sie schieße ich am liebsten!« schrie Ovaron begeistert.

Dann hörten sie, gedämpft wie durch eine sehr dicke Mauer, hinter der stählernen Wand Geräusche. Roi hatte eine Ahnung, die sich binnen Sekunden bewahrheiten sollte, und zerrte Ovaron und Troyanos entlang der Platte bis in die Ecke.

Icho Tolot nahm einen Anlauf von zweihundertfünfzig Metern. Dann senkte er den Kopf, ließ sich auf die Laufarme nieder und stürmte los. Man glaubte förmlich, Stücke des Betons davonschwirren zu hören, als sich die vier Gliedmaßen wie eine Maschine bewegten.

Binnen Sekunden hatte der Koloß seine Endgeschwindigkeit erreicht und raste wie ein lebender Rammbock auf das Zentrum der Platte zu, vor der inzwischen kein Energieschirm mehr flimmerte.

Ein knirschender Schlag erschütterte das gesamte Oberflächenbauwerk.

Eine hundertstel Sekunde vor dem Anprall hatte der Haluter seine Körperstruktur verändert.

Ein Block, härter als Terkonitstahl und mit der Geschwindigkeit einer Expreßbahneinheit, massiv und wuchtig, krachte gegen die Stahlplatte.

Eine Vertiefung entstand binnen Sekundenbruchteilen, dehnte sich aus, wurde dünner und riß auf wie Papier, die Flächen wölbten sich nach innen. Icho Tolot schleuderte sich durch ein Loch, überschlug sich und hieb riesige Flächen aus dem Beton heraus.

Dann verwandelte er sich zurück, schüttelte sich und öffnete die rotglühenden Augen.

»Ist hier noch etwas zu erledigen?« rief er.

Die Schallwellen schienen die Terraner noch weiter in die Ecke zu treiben. Cascal, der genau in der Fallinie geschwebt war, stabilisierte seinen Gleiter wieder – er hatte vor Schreck sämtliche Hebel gleichzeitig berührt. Dann schwebte er hoch, setzte den Gleiter auf und hielt sich die Ohren zu.

Icho Tolot lachte, als er hinter den verwehenden Nebelschleiern die Gesichter der Terraner auftauchen sah.

Cascal trat ihm gegen das Schienbein. Der Haluter wurde auf ihn aufmerksam.

»Was ist los?« fragte er.

Cascal wich zurück und brüllte aus Leibeskräften:

»Wir haben zwar mehrere Mordversuche überstanden, aber Ihr Gelächter wird uns umbringen. Danke! Wir sind inzwischen mit diesem Problem allein fertig geworden.«

Der Lachanfall des Haluters, der jetzt folgte, löste einen weiteren Geräuschorkan aus. Das gesamte Gewölbe des Archivs wurde, wie von krachenden Donnerschlägen, von Icho Tolots Gelächter ausgefüllt. Noch ehe Rhodan und die Moritatoren durch die Öffnung klettern konnten, flohen die vier durch das Loch.

Rhodan deutete auf Ybsanow:

»Patriarch!« sagte er mit einer Stimme, die nur wenige Menschen kannten und meist Grund hatten, sie zu fürchten. »Sie werden sich jetzt anhören, was diese Männer zu berichten haben. Dies ist nämlich die Wahrheit. Und dann werden Sie handeln. Ich fordere Klärung der Sachlage. Der Ganjo wird es Ihnen später danken.«

Ovaron sog die frische Nachtluft in sich hinein und sagte erschöpft: »Zuerst ins Schiff. Ein Bad, einen Kaffee, etwas zu essen. Dann sage ich alles. Es war nicht gerade lustig.«

Sie warteten die zweite Galavorführung dieses Abends, nämlich Icho Tolots Öffnung der schweren Stahltür nicht mehr ab und zogen sich ins Schiff zurück.

Wieder befand sich ein kleiner Kreis von Männern in der Kabine des Kommandanten, der größten an Bord des Kreuzers.

Cascal sagte:

»Sie haben unsere Schilderungen gehört, Patriarch Ybsanow. Sie werden, wenn Sie intensiv genug nachforschen, mindestens vier bewußtlose Takerer finden, oder zumindest Takerer, die an den Primärfolgen dieses starken Schocks leiden. Sie werden ein Bild der

Zerstörung an gewissen Punkten des Archivs finden – noch ist, abgesehen von dem Bildschirm mit Ovarons Bild, nichts zerstört worden. Was werden Sie tun?«

»Ich weiß, daß Sie etwas unternehmen werden, Moritator!« sagte Ovaron. Er war erschöpft wie sie alle, aber in diesem Moment hielt er sich wirklich wie ein echter Herrscher aufrecht.

»Ja. Ich werde handeln«, sagte Ybsanow gebrochen. »Ich habe lange mit mir gerungen. Ich werde jetzt in mein Haus zurückkehren und einen Funkspruch auf Dakkarebene absetzen.«

»Wohin?« fragte Ovaron.

»Kein Ziel. Ich rufe einen der Wissenden herbei. Dann haben Sie, Ovaron, zwei Möglichkeiten, nicht mehr.«

»Welche?«

Ovaron war nicht im geringsten beunruhigt.

»Entweder wird der Wissende Sie als den Ganjo identifizieren. Damit wären Sie am Ziel Ihrer Wünsche, und wenn es richtig ist, auch am Ziel Ihrer Bestimmung. Oder aber er wird Sie moralisch so vernichten, daß Ihnen nur die Flucht aus dieser Galaxis bleibt.«

Ovaron richtete sich auf und erklärte mit einem Maß an Würde, das selbst die hartgesottenen Männer wie Cascal und Roi überraschte:

»Ich scheue diese Auseinandersetzung nicht. Lieber jetzt gleich als morgen. Wie schnell kann der Wissende hier sein?«

Ybsanow erklärte, indem er sich erhob:

»Es wird etliche Tage dauern. Aber er wird kommen.«

»Ausgezeichnet. Ich danke . . . wir alle danken Ihnen!«

Ovaron und der alte Moritator tauschten einen langen, festen Händedruck aus. In diesem Augenblick bemerkte Rhodan so etwas wie die Hoffnung in den Augen des Alten, Ovaron könnte wirklich der ersehnte Ganjo sein, der Einiger dieser blutenden, zerrissenen Galaxis. Ybsanow wandte sich rasch ab und verließ das Schiff.

Eine Stunde später verließ der Funkspruch sein Haus.

. . . und wurde von den Takerern abgehört . . .

Der nächste Tag:

Unter dem zeltartigen Dach des Versammlungshauses herrschte das konturscharfe Licht des Morgens. Der Wassernebel, der über dem dichten, dunkelgrünen Rasen lag, bildete einen Regenbogen aus. Lautlos bewegten sich zwei junge Frauen zwischen den drei Takerern und den vier Moritatoren.

Das Schiff Kalabaschs, die NORRO, war in der Nacht gestartet. Vorher, kurz nach dem Absetzen des Dakkarspruchs, hatten Ybsanow und Kalabasch noch ein langes, sehr tiefes und entscheidendes Gespräch gehabt, unter vier Augen.

Als die Frauen sich entfernt hatten, fragte Ybsanow tonlos:

»Was wollen Sie?«

Misyen sagte kalt und fast drohend:

»Wir wollen Sie vor einem Irrtum mit katastrophalen Folgen bewahren, mein Lieber.«

Ybsanow lächelte verbindlich.

»Ich bin nicht sicher, ob ich ›Ihr Lieber‹ bin. Sicher bin ich hingegen, daß Sie nicht *mein* Lieber sind. Wer hat dieses Gefecht im Archiv auf dem Gewissen?«

Misyen fragte kühl:

»Welches Gefecht?«

Ybsanow flüsterte, blaß vor Wut:

»Sie wollen mir weismachen, daß gestern nacht im Archiv nichts geschehen ist?«

»Doch. Einige Robots sind außer Kontrolle geraten, weil die Fremden irgendwelche Störgeräte eingesetzt haben. Sonst ist nichts geschehen.«

»Und das, was wir gefunden und gesehen haben?«

Misyen gab sich harmlos und breitete die Arme aus.

»Sie konnten gar nichts finden, weil es keine Zerstörungen gegeben hat. Es sei denn, die Fremden haben inzwischen weitere Sabotageakte vorgenommen.«

Ybsanow blickte den Takerer durchdringend an.

»Was wollen Sie?«

»Ihnen beweisen, daß dieser Ovaron ein Betrüger ist, der die technischen Möglichkeiten seiner verbrecherischen Freunde ausnutzt.«

»Beweisen Sie es!«

Eine Stunde lang versuchte dies der Takerer. Er spielte Aufzeichnungen ab, zeigte Bilder, verglich sie mit anderen. Uralte Mikrobänder mit gespeicherten Individualdaten wurden ausgewertet. Dann setzte man die Daten dagegen, die man gewonnen hatte, als Ovaron im Archiv zu tun gehabt hatte. Die Daten stimmten nicht. Sie bewiesen, daß Ovaron nicht der Ovaron war, den man erwarten mußte, wenn man den Informationen glauben sollte. Diese Daten, die nach Misyens Angaben identisch mit denen des seinerzeit – vor zweihundert Jahrtausenden! – verschwundenen Ganjo sein sollten, schienen tatsächlich echt zu sein. Die neuen Daten waren mit jenen alten nicht zu vereinbaren, nicht deckungsgleich. Dann aber holte Misyen aus und verriet Ybsanow und seinen drei lauschenden Moritatoren, daß sich der echte Ganjo seit vielen Jahren innerhalb der Galaxis Gruelfin aufhalte und sich auf seine große Aufgabe vorbereite. Auch dies wurde mit Filmen, Ansprachen, Ausschnitten und Kommentaren belegt.

Ybsanow sagte:

»Es ist nicht möglich, die Echtheit dieser Daten zu prüfen. Das wissen Sie genau.«

Misyen winkte ab.

»Sie wissen ebenso wie ich, daß wir nur die betreffenden Speicher abzufragen brauchen.«

Die Hintergründe, dachte Ybsanow verzweifelt und abermals unsicher geworden, sind nicht zu klären. Was hatten diese fünfzig Männer hier tatsächlich vor?

»Ich werde alles gründlich überdenken«, sagte er. »Gehen Sie jetzt und lassen Sie mir das Verzeichnis der Speicher da. Ich werde alles eigenhändig überprüfen und meine besten Schalttechniker ansetzen. Das kann lange dauern. In der Zwischenzeit wird sich nichts ändern. Ich danke Ihnen, Misyen, aber dieser Dank kommt aus einem unruhigen Herzen.«

Misyen stand auf, seine schweigenden Helfer ebenfalls. Sie verabschiedeten sich.

»Es genügt mir bereits, wenn ich Sie nachdenklich gemacht haben sollte. Wir sehnen den Ganjo ebenfalls herbei, wie Sie auch. Deswegen unsere Ablehnung gegenüber diesem Betrüger.«

Er hätte nicht später gehen dürfen.

Gerade als Misyen den Saal voller farbigen Glases und hellen Morgenlichts verließ, tauchte neben Ybsanow der kleine Mausbiber auf. Er nahm den Patriarchen bei der Hand, und plötzlich verschwanden beide. Mit einem seufzenden Geräusch strömte Luft in das hinterlassene Vakuum.

Im gleichen Augenblick befanden sich beide in einer großen Archivhalle, ziemlich weit oben in der Spirale, etwa in der fünften Windung.

»Aufhören!« schrie Ybsanow.

Ein terranisches Team kämpfte hier erbittert gegen eine Übermacht von Robotern. Es waren schwere, schnellbewegliche Maschinen, die wie kleine Cappins aussahen. Ohne Sinnesorgane, aber mit Waffen anstelle von Händen.

Sie feuerten auf die Terraner.

Und diese wehrten sich. Hin und wieder wurden wertvolle Speicher getroffen und gingen in Flammen auf. Einer der Robots nach dem anderen sank um, brannte aus. Dann kam dieser metallisch glänzende Riese hereingestürmt, riß seine mächtigen Arme hoch und griff in den Kampf ein.

Binnen weniger Minuten hatte sich die Halle mit schreienden Terranern gefüllt und mit ausgeglühten Robotkörpern.

Gucky sagte zu Ybsanow:

»Ich habe dich geholt, alter Mann, damit du mit eigenen Augen siehst, was hier unten vorgeht!«

»Sie haben gekämpft und auf lebende Wesen geschossen!« stammelte der Patriarch.

Rhodan und Ovaron stürmten in den Raum hinein.

Aber der Kampf war beendet. Es gab für sie nichts mehr zu tun.

Rhodan entdeckte Gucky und Ybsanow und hob den Arm.

»Sie haben . . .«, konnte er gerade noch sagen, dann waren beide wieder verschwunden. Ras Tschubai griff ebenfalls ein und transportierte nacheinander dreißig Moritatoren hier herunter, die er auf den Straßen oder in den Gärten ihrer Häuser angetroffen hatte. Die Männer und Frauen sahen, was die Maschinen angerichtet hatten.

Ybsanow aber war plötzlich wieder in einem anderen Raum.

»Hier, Alterchen«, sagte Gucky. »Schau dich genau um!«

Ähnliche Robots hantierten in einer Zone künstlichen Lichts, das aufgestellte Scheinwerfer verbreiteten, an einigen riesigen Speicherbänken. Sie hatten die Deckplatten abgehoben und führten an den kostbaren Uraltspeichern schematisch verändernde Schaltungen durch, löschten einzelne Speicherflächen, spielten rasend schnelle Bänder ab, und . . .

»Sie verändern die Speicher!«

»So ist es!« meinte der Mausbiber. »Wenn sie wenigstens Mohrrüben pflanzen würden!«

Ybsanow atmete tief ein und schrie aus Leibeskräften:

»Hört auf! Ihr beschädigt . . .!«

Ein Takerer tauchte zwischen zwei Schränken auf und griff nach der Waffe. Er hatte zumindest den Moritator genau sehen können. Gucky teleportierte mit Ybsanow zurück in den anderen Raum . . .

. . . und ins Chaos.

Einunddreißig Moritatoren hatten die Wahrheit gesehen. Noch unter diesem tiefen Schock stehend, hielt Ybsanow eine Ansprache von nur drei Sätzen. Dann stürmten sämtliche Moritatoren zum nächsten Lift, die Terraner hinter ihnen her.

»Sie müssen uns helfen!« rief Ybsanow Rhodan durch den Schacht zu. »Greifen Sie ein. Setzen Sie Ihre Waffen ein. Betäuben Sie diese Verbrecher!«

»Nicht mit Vergnügen«, sagte Rhodan, »aber ich werde Sie unterstützen.«

Jetzt war die Wahrheit endlich erkannt worden. Die Moritatoren hatten gesehen, daß die Takerer ihre Befugnisse in verbrecherischer Weise überschritten und die kostbaren und heiligsten Geheimnisse der Moritatoren willkürlich geändert und mit Gewalt beschädigt hatten. Das führte zum Aufstand.

Als die Gruppe den Ausgang des Archivs erreichte, sahen die Teilnehmer nur noch den letzten Akt der Flucht.

Ein Schiff der Takerer, ziemlich klein, startete aus einem künstlichen, tarnenden Hügel heraus. Es kippte ab, schüttelte die Verkleidung ab und gewann mit Höchstwerten der Beschleunigung an Höhe. Rhodan hob den Arm, schaltete den Minikom ein und gab seine Befehle.

»Warum aber dies?« fragte Ovaron.

»Später!« sagte Rhodan.

Er gab Befehl an die Funkzentrale, alle Einheiten anzufunken und das Schiff entkommen zu lassen. Es sollten aber ununterbrochen Ortungen und Funktests laufen.

Das Schiff verschwand im All.

Eintragung im Logbuch der CMP-1:

Genaue Einpeilungen haben ergeben, daß das takerische Raumschiff pausenlos Funksprüche sowohl auf Hyperwelle als auch mit Hilfe des Dakkarkoms absetzt. Sein Fluchtweg wird genau angemessen. Leider verfügen wir über kein Dakkarkom, was die Entzifferung der Sprüche unmöglich macht.

Zweite Eintragung, eine Stunde später:

Ras Tschubai und Gucky haben genau unter unserem Schiff eine atomare Bombe angemessen. Sie wurde ausgegraben und entschärft. Nach unseren Messungen wäre die Bombe mühelos in der Lage gewesen, unser Schiff in Gas zu verwandeln, die Stadt zu verwüsten und große Teile des Archivs zu vernichten. Wie diese Bombe an genau diesen Platz kam, wird kaum geklärt werden können; Fachleute scheinen am Werk gewesen zu sein. Es steht für uns fest, daß gleichzeitig mit der Flucht der fünfzig Takerer unser Schiff vernichtet werden sollte.

Nachtrag: Eben wurde die Vermutung geäußert, daß möglicherweise nicht alle fünfzig Takerer geflohen sind.

Cascal sagte, erschüttert über die Vorkommnisse der letzten Stunden, aber bestärkt in seiner Überzeugung, alles sei fragwürdig und jede Wahrheit anzuzweifeln:

»Es ist wohl klar, daß unsere Zeit sehr knapp geworden ist, Ovaron!«

Der Cappin bestätigte und betrachtete das Bild in seiner Hand. Eine fast einen Viertel Quadratmeter große, gestochen scharfe Farbholographie.

»Die Takerer werden natürlich genauesten Bericht über die Landung der Terraner geben.«

Alle standen sie fassungslos vor der Bombe und darüber hinaus vor den grauenvollen Perspektiven, die dieses Mordinstrument eröffnete.

Roi sagte:

»Jedenfalls hat sich der Argwohn gegen Ovaron und uns restlos gelegt. Wir werden hier jede Hilfe finden.«

»Ja«, meinte Rhodan. »Verblüfft fragen sich nur alle, ich eingeschlossen, was das hier tätige takerische Kommando nun eigentlich anstrebte.«

»Jedenfalls fälschten sie systematisch die Unterlagen über den echten Ganjo und statteten die Archive mit falschen Informationen aus!«

Sie sahen auf das Bild in Ovarons Händen.

»Das Bild aus dem letzten Raum?«

»Ja.«

Ovaron sagte:

»Dies ist der erwartete Ganjo – nach Auskunft der Speicher.«

»Er gleicht Ihnen bis aufs Haar«, sagte Rhodan.

»Ja. Aber ich weiß jetzt, daß es dies einfach nicht sein kann.«

»Warum nicht?«

Ovaron sagte mit einem Lächeln der Verzweiflung:

»Ich sehe es an gewissen Eigentümlichkeiten des Anzugs, den ich hier trage. Dieses Bild ist in unserer Realzeit rund zehn Jahre alt. Zu dieser Zeit befand ich mich noch in Ihrer Galaxis, Perry, und war dort – sehr weit in der Vergangenheit also! – mit meinen Aufgaben als

Bewacher und Hüter der terranischen Menschheitsentwicklung mehr als beschäftigt. Können Sie dieses Rätsel klären?«

Rhodan schüttelte den Kopf.

30.

Einige Tage später.

Die Forschungen in den zahllosen Räumen des Archivs eskalierten. Dreihundert Terraner aus der MARCO POLO und hundert Moritatoren bildeten einhundert Teams.

Jedes Team also setzte sich weiterhin aus vier Personen zusammen, die mit modernsten Methoden die Archive durchsuchten. Übersetzungen wurden angefertigt, Daten kopiert – ein breiter Strom von Informationen begann zu fließen.

Waringer und Ovaron leiteten die Untersuchungen.

Sie kontrollierten und fanden Fehler über Fehler – also gefälschte Informationen und Daten.

Die Moritatoren, die ständig mit Ovaron zusammenarbeiteten, stellten fest, daß er unendlich viel Wissen über die Zeit besaß, die zweihundert Jahrtausende zurücklag. Es waren unzählige kleine Dinge und Geschehnisse, Meinungen, Aussagen und Geschichten, die nur dem damaligen Ganjo des Ganjasischen Reiches bekannt sein konnten.

Lange Gespräche wurden in den Labyrinthen und Katakomben des weiträumigen Archivs geführt.

Daten über sämtliche Sonnen und Planeten, über wirtschaftliche, wissenschaftliche und politische Konzentrationen, über Tausende von kosmologischen Daten und Zusammenhängen wurden entdeckt, überspielt und gespeichert. Kuriere liefen aus den Archivräumen hinaus, sprangen durch den transportablen Transmitter in die CMP-1 und von dort durch den Bordtransmitter in die MARCO POLO.

Dort bemächtigten sich die zuständigen Zentralen der Daten und integrierten sie in die Speicher der Bordpositroniken.

Mit einem der Kuriere kam Alaska Saedelaere nach Molakesch, befreit und wachsam. Kein Takerer würde so schnell wieder von ihm Besitz ergreifen können.

Er traf, kaum daß er aus dem transportablen Transmitter auf der zehnten Spiralwindung herauskam, auf Gucky und Ras Tschubai und auf Cascal, der zu seiner Begrüßung herbeigeeilt war.

»Alaska!« rief er und schüttelte die Hand des Mannes mit der Plastikmaske.

»Sie sehen übermüdet aus«, stellte Alaska mitfühlend fest.

»Ich bin es auch, und wenn Sie ein paar Stunden hier sein werden, merken Sie sicher, wie erschöpfend diese Arbeit ist.«

Alaska sagte: »An Bord der MARCO POLO kann sich auch kaum jemand über Beschäftigungsmangel beklagen. Sogar das Küchenpersonal sortiert Sternphotos und wertet Spektralanalysen aus.«

»Prächtig. Kommen Sie mit!«

Die endlose Spirale über der runden Landschaft füllte sich mit Leben. Es gab wenig Gelächter, dafür lange Diskussionen und viele rennende Terraner. Mit unerschütterlicher Ruhe stapften Icho Tolot und der Paladin durch den Korridor, schwebten in den Lifts aufwärts und abwärts und überwachten alles.

Die Sensoren und Antennen des siganesischen Wunderwerks versuchten Fallen festzustellen, die von den Takerern hinterlassen worden waren.

Die Mutanten bewegten sich sprunghaft hin und her.

Sie testeten Räume, die noch nicht betreten worden waren und untersuchten die energetischen Anlagen.

Röntgengeräte wurden eingesetzt, Gasspürer und andere Detektoren.

Immer mehr Türen schlossen sich, nachdem die Daten gesichtet und ausgewertet worden waren.

Diese Archivräume waren »leer« – das bedeutete, daß jeder Informationsblock, der die Terraner und Ovaron interessiert hatte, überspielt worden war. Auch die vermutlichen Fehler in den Informationen hatte man notiert.

Ovaron sagte dazu:

»Die endgültige Auswertung kann erst mit den großen Rechnern an Bord der MARCO POLO stattfinden.«

Cascal, der ihn kurz nach dieser Äußerung im allgemeinen Durcheinander traf, fragte ihn daraufhin:

»Was stellen Sie sich unter einem entsprechenden Resultat vor?«

Ovaron machte eine vage Geste und sagte:

»Nichts anderes als eine Geschichte dieser Galaxis. Stets dort, wo es interessant zu werden anfängt, sollte diese galaktische Geschichte mit Daten untermauert und entsprechend breit ausgelegt werden.«

Ovaron sprach nicht weiter.

Cascal, der den Klang der Worte genau verstanden und interpretiert hatte, wußte über Ovarons Gefühle Bescheid. Und auch darüber, daß es zwischen ihm und Perry Rhodan wieder zu Auseinandersetzungen gekommen war. Rhodan begann, ungeduldig zu werden. Er hatte Ovaron eine Frist von nur noch fünf Tagen für die Erforschung des Archivs gesetzt, dafür aber die Suche intensivieren lassen.

Die Terraner durchforsteten die Archive schonungslos.

Inzwischen betrug die Anzahl der geleerten Speicherräume bereits fünf Prozent des Ganzen. Sie arbeiteten mit einer rasenden Eile, als wüßten sie, was die Zukunft für sie bereithielt. Weitere fünfzehn Prozent wurden gerade bearbeitet. Die Informationen verließen den Planeten, natürlich nur die Duplikate. Die Moritatoren arbeiteten unaufhörlich mit, waren jetzt fabelhafte Partner. Sie kannten wenigstens einen Großteil der Archive und übernahmen die Vorauswahl.

Ganze Themenblöcke wurden zwar gesehen, aber nicht kopiert.

Die Terraner zerlegten das Archiv wie mit chirurgischen Instrumenten.

Zwei Schichten waren beendet, die dritte Schicht war bereits halb fertig. Ein Team schloß seine Arbeit ab, die Forscher verließen die sieben ineinander geschachtelten und auf verschiedenen Ebenen liegenden Räume, schlossen die Türen und brachten einen Vermerk an.

Sie würden eine Ebene tiefer einen neuen Raum öffnen und dort suchen.

Die Robots von der MARCO POLO trugen die Geräte nach unten.

Dann folgte die Mannschaft.

Sie kamen in einen großen, wohltemperierten Raum. Er war nicht höher als drei Meter, und auch hier waren wieder mit Ausnahme der Türfläche und eines schmalen Durchganges an allen Wandflächen bis hinauf zur leuchtenden Deckenfläche Speicherelemente aufgestellt. Dies schien ein ziemlich altes System zu sein: Die Speicher waren würfelförmig und an der Vorderseite mit einem rasterförmigen, durchlöcherten Bezug aus Stahlgewebe versehen.

»Los, an die Arbeit! Anlage Eins aktivieren!«

Zwei Moritatoren kamen herein und setzten sich vor das langgestreckte Schaltpult in der Mitte. Ein Terraner passierte den Durchgang und sprach über Funk seine Beobachtungen. Seine Stimme quäkte aus dem Lautsprecher der anderen Minikoms.

»Der erste Nebenraum, moderner ausgelegt. Dahinter zwei weitere. Rechts und links dieses letzten, also vierten Raumes, zwei runde Nebenräume. Vom zweiten Raum führt je ein kurzer Gang in die anderen. Ich komme zurück . . . ich . . . schnell! Raus! Ich werde . . .«

Aus dem winzigen Lautsprecher kam ein lauter, heller Schrei.

Die Terraner reagierten unterschiedlich.

Die beiden Moritatoren, die inzwischen die Anlage eingeschaltet hatten, flohen in panischer Furcht aus dem Raum. Der übriggebliebene Terraner riß seine Waffe heraus und lief in die entgegengesetzte Richtung. Er raste im Zickzack durch den ersten Raum, bog ab und blieb stehen, als er das Netz und darunter den bewegungslosen Körper sah.

»Verdammt!« fluchte er, schaltete auf einen anderen Kanal und gab Alarm.

Dann stellte er den Strahler ein und analysierte die Situation. Sein Partner lag zusammengekrümmt auf dem Boden und bewegte sich langsam – er schien teilweise gelähmt zu sein. Der Raum wurde von einem feinmaschigen Netz sich rechtwinklig kreuzender Strahlen durchzogen. Das Netz lag etwa fünfundsiebzig Zentimeter über dem Boden.

»Hilf mir . . . verdammt . . .«, sagte der andere keuchend.

Der Wissenschaftler zielte sorgfältig und feuerte dann in schneller Folge zwanzig Schüsse ab. Sie trafen die Stellen, an denen die Strahlen aus den Schaltkästen hervorkamen. Sie hatten Ähnlichkeit mit Laserstrahlen, glühten aber hellgrün. Krachend und mit knisternden Funken detonierten die winzigen Projektoren, und das Netz bestand nur noch aus einer Reihe von parallelen Strahlen.

Die gequälten Gesichtszüge verrieten, daß der Zusammengebrochene starke Schmerzen hatte.

»Ich hole dich heraus. Rühr dich nicht, Joy!«

Wieder feuerte er. Zehn der zwölf Strahlbahnen erloschen, als die Projektoren barsten. Die zwei letzten zerstörte der Wissenschaftler mit zwei noch sorgfältiger gezielten Schüssen.

Dann warf er sich vorwärts, faßte den anderen am Gürtel und zog ihn heraus.

Gerade, als er die Schwelle passierte, ertönten Serien von knallenden, peitschenden Geräuschen. Schaudernd drehte sich der Wissenschaftler um und sah, wie Funken vom Boden zur Decke loderten – Starkstrom floß anscheinend durch den Boden und durch die Geräte.

Zwischen den Schaltschränken bewegten sich schmale, schwarze Rauchsäulen aufwärts. Das Leuchten der Decke erlosch.

»Kannst du gehen?« fragte der Wissenschaftler, schob die Waffe zurück und versuchte, den Körper hochzuziehen.

»Nein, Lähmstrahlen.«

Es war um Sekunden gegangen.

Der Wissenschaftler bückte sich, lud sich den schlaffen Körper über die Schultern und zog den Arm herunter. So wankte und stolperte er durch den anschließenden Raum und den Terranern entgegen, die hereingestürmt kamen.

»Eine Falle!« stöhnte er.

Binnen weniger Minuten war der Unglückliche in der MARCO POLO und dort im Schiffslazarett. Er zeigte alle Spuren eines starken Lähmungsschocks, der sich auf sämtliche Nerven des Unterleibes und auf die Wirbelsäule erstreckte, aber nach unbestimmter Zeit wieder vergehen würde.

Rhodan kam in den Raum und sagte:

»Das wird uns eine Lehre sein. Ab sofort wird im leichten Raumanzug gearbeitet, mit eingeschaltetem Abwehrschirm. Und ein besser ausgerüstetes Vorauskommando betritt systematisch alle neu geöffneten Räume. Also sollte dieser Teil des Archivs unangetastet bleiben. Vermutlich haben die Takerer hier noch nichts unternehmen können. Wir werden wahllos sämtliche Daten überspielen. Alles!«

Eine Spezialistengruppe kam herein und untersuchte zuerst einmal sämtliche Wände und Anschlüsse. Man entdeckte eine zweite Leitung, die beim Abrufen der zehnten Informationsgruppe sämtliche Metallteile dieses ersten Raumes unter Starkstrom gesetzt hätte. Auch diese Falle hätte jedes lebende Wesen umgebracht, das sich innerhalb des Raumes aufgehalten hätte.

Man stellte binnen kurzer Zeit ein Kommando zusammen, das jeden Raum testen würde. Es waren die besten Spezialisten des Schiffes, und sie gingen in gepanzerten und mit technischen Schutzeinrichtungen versehenen Raumanzügen an die Arbeit.

Der zweite der Ovaron zugebilligten fünf Tage brach an.

Man weckte Rhodan aus einem bleiernen, tiefen Schlaf. Rhodan gähnte, stellte seine Füße auf den Boden und schaltete den Interkom ein.

»Sir!« meldete der Chef der Funkabteilung der CMP-1. »Die Moritatoren verlangen Sie zu sprechen. Dringend.«

»Legen Sie um!« befahl Perry Rhodan.

»Ybsanow ist auf dem Kontaktschirm in der Hauptzentrale. Er will Sie offiziell sprechen. Und er sagt, es sei ein Ultimatum!«

Rhodan befand sich fünf Minuten später in der Zentrale. Im Schiff war es ruhig – wer nicht gerade schlief wie ein Toter, befand sich im Archiv. Nur die Passage Polschleuse-Transmitterraum wurde häufig benutzt.

Rhodan stellte sich vor den Schirm. Dort war Ybsanow zu sehen.

»Sie müssen starten!« forderte er.

Rhodan stutzte und betrachtete den Patriarchen genauer.

»Warum?« fragte er.

Er mußte eine Hinhaltetaktik anwenden, das war ihm klar.

»Ihr Gastspiel ist beendet!« sagte Ybsanow mit nicht mehr erwarteter Schärfe.

»Aber nicht doch«, widersprach Rhodan nachsichtig. Ein Verdacht stieg in ihm auf.

Die angespannte Miene des hageren, weißhaarigen Mannes mit dem langen Haar verriet, daß er unter einer starken Spannung litt. Sein Gesicht war seltsam unbelebt. Rhodans Verdacht wurde zur halben Gewißheit.

»Ich habe Anweisungen gegeben, daß Ihnen ab sofort kein Moritator mehr helfen darf. Starten Sie!«

Rhodan hob beide Hände und sagte eindringlich:

»Ich werde Sie besuchen und mit Ihnen alles absprechen. Das, was Sie sagen, meinen Sie nicht im Ernst!«

Ybsanow wiederholte stur:

»Innerhalb einer Stunde muß Ihr Schiff gestartet sein.«

Ybsanow schaltete ab, ohne ein weiteres Wort zu verlieren.

Rhodan bat Ras Tschubai, Alaska Saedelaere, Icho Tolot und Gucky zu sich und ließ Danton wecken.

Gucky stellte fest, wo Ybsanow sich befand, ortete ihn in dem Gebäude mit den gläsernen Wänden und der Glasdecke, die wie ein geschwungenes Zelt aussah.

Dann brachten die Teleporter die anderen zu Ybsanow.

Rhodan hatte das Richtige erraten.

Der Paladin III hatte wieder einen neuen Raum betreten, den die Terraner noch nicht gesehen hatten. Er ging bis zur Mitte des Raumes und blieb vor dem Pult stehen.

Seine wuchtigen Arme bewegten sich ungewöhnlich behutsam, als die Finger die einzelnen Schalter betätigten.

Die Raumdecke erhellte sich.

Die Optiken drehten sich. Die Siganesen sahen, daß sie sich in einem Raum befanden, der rund zehnmal größer war als alle anderen bisher untersuchten. Die Kantenlänge betrug etwa hundertfünfzig Meter, und die einzelnen Speicher standen als Blöcke ausgeformt wie ein Raster im Raum.

Paladin III zählte.

Dreizehn Reihen zu je zehn Speichereinheiten. Hundertdreißig Riesenspeicher modernster Bauart, also eine gewaltige Informationsflut.

Langsam erwachten, einer nach dem anderen, die Blöcke. Lichter glühten auf, Signale ertönten. Vorsichtig ging der Superroboter, den sechs kleine Menschen dirigierten, durch die Reihen der Blöcke.

Gab es hier eine Falle?

Paladin war vorbereitet.

Die Detektoren spürten etwas.

Die Luft in diesem Raum, der an die riesige Umwälzanlage angeschlossen war, die wie ein zweites Labyrinth die gesamte Riesenkonstruktion durchzog und in versteckte Öffnungen der Oberflächengestaltung mündete, war anders.

Unhörbare Befehle gingen innerhalb des Paladins hin und her.

Prüfgeräte wurden eingeschaltet.

Und dann stand das Ergebnis ganz fest:

Gas.

Ein Funkspruch verließ Paladin III und wurde von Cascal empfangen:

»Ich befinde mich im Raum dreihundertfünfzig, also im letzten Raum der fünfzehnten Spiralenwindung. Es ist der letzte Archivraum dieser Reihe. Der Raum füllt sich erstaunlich schnell mit giftigem Gas – wir ermitteln die Komponenten. Ich werde einige Dutzend Kleinstraketen in die Schächte der Luftversorgung schießen. Das wird die Sperren beseitigen, und das Gas kann sich verteilen.«

»Ausgezeichnet. Rhodan ist übrigens der Ansicht, daß Ybsanow von einem Pedotransferer übernommen worden ist. Er ist noch bei ihm.«

»Verstehe. Ich melde mich wieder, wenn ich wieder etwas festgestellt habe!«

Der Paladin suchte zuerst sorgfältig nach den verkleideten Schächten der Luftumwälzanlage und fuhr dann die Geschützrohre aus. Nacheinander verließen heulend und fauchend Projektile den Robot, suchten sich ihren Weg und detonierten innerhalb der Schachtanlagen.

Filter flogen krachend und berstend aus den Öffnungen.

Die Plastikkissen, die den Luftstrom hemmten, zerplatzten mit Getöse und fielen brennend und qualmend aus den Öffnungen. Es regnete Splitter von detonierten Gasflaschen mit übergroßen Ventilausrüstungen.

Dann heulte der neu entstandene Luftzug durch den Raum und zog die Gasschwaden ab.

Die stählerne Tür zum Korridor blieb offen. Die Terraner arbeiteten sich langsam abwärts, Meter um Meter, durch ein beispielloses Chaos von Informationen.

Sie wußten:

Trotz der Eile und der ununterbrochenen Arbeit von drei Schichten, die mit modernsten Mitteln vorgingen und schufteten, als ginge es um ihr eigenes Leben, würden sie nicht fertig werden.

Sie konnten nur auf einen glücklichen Zufall warten.

Darauf nämlich, daß die Auswahl, die sie gezwungenermaßen treffen mußten, zusammengesetzt eine nahtlos logische Kette ergab, auch wenn einige Teile fehlten. Sie dachten daran, daß die riesigen biopositronischen Geräte der MARCO POLO ihnen helfen konnten, Vergessenes zu ersetzen und zu ergänzen.

Und sie erhofften sich von dem Test, den Ovaron vornehmen wollte, eine echte Chance. Für ihn und für Terra.

Aber dazu mußte das älteste Gerät dieser Anlage gefunden werden.

Auf Roi Danton wirkte die Szene wie der Ausschnitt eines antiken Dramas.

Ybsanow saß auf einem geschwungenen Sessel, um ihn herum standen Rhodan und seine Begleiter. Icho Tolot sah Ybsanow aus roten, glühenden Augen an. Ras Tschubai richtete einen Strahler auf den Patriarchen, ohne ein Wort zu sagen. Seine Augen kontrollierten den Raum und die Wände. Rhodan stand direkt vor dem Patriarchen und hielt ebenfalls einen kleinen Strahler auf ihn gerichtet. Die Mündung der Waffe zielte genau zwischen die Augen des Moritators.

Gucky flegelte in einem anderen Sessel und schien auf das winzigste Zucken des Mannes zu lauern. Er hatte Ybsanow mit seiner telekinetischen Kraft in den Sessel gepreßt und ließ ihn nicht los.

»Ich weiß, daß Sie nicht Ybsanow sind«, sagte Rhodan.

»Das ist eine böswillige Unterstellung!« entgegnete der Moritator mit einer seltsam fremden Stimme.

»Wir haben Erfahrungen mit Cappins, die andere Wesen anpeilen und übernehmen können. Nicht zuletzt durch Ganjo Ovaron, der uns alles über diese Möglichkeiten berichtet hat. Und wir haben ein hervorragendes Verfahren entwickelt, das gegen die totale Versklavung des Verstandes hilft«, sagte Rhodan unbarmherzig.

»Erfahrung?«

Alaska deutete auf seine Maske und erklärte:

»Ich habe Reste eines Cappins im Gesicht. Ich zähle jetzt langsam bis elf. Das entspricht etwa zehn Sekunden. Wenn Sie innerhalb dieser Zeit noch in Ybsanow sind, Misyen, dann sterben Sie mit diesem Körper.«

»Das . . . das ist Wahnsinn!« stammelte Ybsanow.

Alaska sagte ruhig:

»Eins!«

Roi Danton nahm die Waffe hoch.

»Zwei!«

Rhodan bewegte den Strahler.

»Drei!«

Icho Tolot streckte die vier Arme nach dem Patriarchen aus. Dumpf röhrend und mit Schritten, die die gesamte Glaskonstruktion zum Klirren brachte, kam er langsam näher.

»Vier!«

Ybsanow stemmte sich in panischer Furcht gegen seine unsichtbaren Fesseln. Gucky spielte mit und lockerte den Druck, verstärkte ihn wieder. Der alte Mann wand sich in Panik zwischen den federnden Polstern der Glasschale.

»Fünf. Sechs.«

Es war offensichtlich, daß der Patriarch von einem Cappin übernommen worden war. Somit durfte die Frage nach der Menge und der Möglichkeit der zurückgebliebenen Takerer als beantwortet gelten. Zumindest einer von ihnen, und dies war sicher Misyen. Er war geblieben und hatte den wichtigsten der Moritatoren übernommen.

»Sieben!«

»Sie können mich nicht ermorden!« kreischte der alte Mann auf.

»Acht! Neun!«
Alaska hob die Stimme.
»Zehn!«
Rhodan feuerte, als Alaska »Elf!« sagte.
Der Schuß fauchte eine Handbreit am Kopf des Patriarchen vorbei, und plötzlich wich der starre Ausdruck. Fast gleichzeitig sagten Gucky und Ras Tschubai:
»Aufhören! Misyen hat ihn freigegeben.«
Die Waffen verschwanden. Icho Tolot begann mit dröhnendem Gelächter. Gucky löste seine telekinetische Fessel, und entgeistert fragte Ybsanow mit vor Schrecken bebender Stimme:
»Was geht hier vor, Rhodan?«
Perry zog einen Sessel heran, setzte sich und erklärte, was geschehen war.
Ybsanow stöhnte auf.
»Übernommen?« fragte er und bebte panikerfüllt.
»Ja«, sagte der Mausbiber. »Ich habe festgestellt, wie Misyen unter unserer Todesdrohung verschwand. Wo wird er sein?«
Alaska machte eine hilflose Bewegung mit beiden Händen.
»Ich bin normal«, sagte er entschuldigend.
»Ich weiß, Dürrer!« versetzte Gucky. »Und außerdem wird mein Fell stumpf, wenn ich zuwenig schlafe.«
Er verschwand.
Ybsanow war vollkommen verwirrt, aber Rhodan erklärte ihm, was vorgefallen war, was der Patriarch alles gesagt hatte, und eine Stunde später war der alte Zustand wiederhergestellt. Nachdem die Terraner nacheinander verschwanden, blieb Ybsanow allein zurück.
Er zitterte vor Furcht und Erschöpfung.
Vielleicht hätte Ybsanow sich selbst umgebracht, wenn er gewußt hätte, was sich im Dunkel der nahen Zukunft verbarg.
Das Duell mit der Vergangenheit begann erneut, und, wie es schien, mit doppelter Kraft und Schnelligkeit.

31.

Der Ganjo sah das Getränk in seinem Becher an, und seine Kiefer preßten sich aufeinander. Die Lippen wurden schmal. Das Gefühl, das er während dieser Konferenz empfand, machte ihn bitter. Die Dinge, über die hier verhandelt wurden, erregten Widerwillen in ihm. Dr. Troyanos hob die Hand.

»Heute, gegen Ende des vierten Tages, wissen wir sehr viel mehr über das Archiv«, sagte Troyanos. »Wir sind hier in der MARCO POLO zusammengekommen, um kurz und schnell zu diskutieren, was noch zu geschehen hat.«

Geoffry Abel Waringer schaltete sich ein.

»Die Lage hat sich nach dem Exorzismus, den Perry Rhodan und sein Team vorgenommen haben, wieder normalisiert.«

Merceile fragte irritiert:

»Was ist ein Exorzismus?«

Waringer erklärte:

»Eine Teufelsaustreibung – Rhodan hat den Takerer aus Ybsanow vertrieben. Vermutlich versteckt sich Misyen irgendwo. Ob in Tuo Fryden oder an anderer Stelle, wissen wir nicht. Jedenfalls haben wir mit erneuter Unterstützung der Moritatoren inzwischen zweihundert Teams gebildet, die im Archiv suchen. Wir haben immerhin einige Hoffnungen, nun doch einen repräsentativen Querschnitt durch das Archiv zu bekommen, wenn uns auch nur noch dreiunddreißig Stunden bleiben.«

»Ja«, sagte Perry Rhodan.

Seine Gedanken waren bei Ovaron und dessen verzweifelter Stimmung. Seine Entscheidung schwankte noch. Sie konnten so das Rätsel nicht auflösen, und diese Überlegungen, diese Unsicherheit waren Rhodan deutlich anzusehen.

Roi Danton stützte die Ellenbogen auf den Konferenztisch und sagte:

»Ovaron – wir werden Wochen und womöglich Monate brauchen, um das Chaos zu sichten und eine gewisse Ordnung hineinzubringen. Diese Aufgabe geht uns im Augenblick nichts an. Wir werden zu gegebener Zeit die Wissenschaftler der MARCO POLO unterstützen. Ich habe eine Frage.«

Ovaron hob den Kopf und musterte Roi mit einem langen, nachdenklichen Blick. Sie arbeiteten alle unter Zeitdruck, trotzdem waren die Hauptakteure der Untersuchungen über die Transmitterbrücke zu dieser Konferenz zusammengekommen.

»Bitte. Ich gebe jede Antwort, soweit ich es vermag.«

Roi nickte zufrieden.

»Schön. Halten Sie es für möglich, daß ein Informationsblock innerhalb dieses ausgedehnten Archivs Ihre Individualimpulse enthält? Ich meine natürlich nicht die sogenannten Individualdaten. Sie würden die Identifizierung schlagartig herbeiführen.«

»Nein«, sagte Ovaron.

»Warum – nein?« erkundigte sich Rhodan.

Ovaron seufzte tief, dann antwortete er:

»Zu meiner Regierungszeit, vor zweihunderttausend Jahren, gehörten sie zu den bestgehüteten Geheimnissen des Staates.«

»Begreiflich«, meinte Merceile.

»Aus welchem Grund?«

Ovaron versuchte eine Erklärung:

»Meine Individualimpulse waren – und sind es noch heute – sozusagen schicksalsbedeutend. Wenn sie jemand gekannt hätte, von einigen sehr wenigen Personen abgesehen, dann wäre eine Pedotransferierung jederzeit möglich gewesen. Ich hätte von jedem, der über diese Fähigkeit verfügt, übernommen werden können. Ein ständiges Kommen und Gehen wäre die Folge gewesen.«

»Ich verstehe«, sagte Roi. Entspannt lehnte er sich zurück. »Das ist klar einzusehen.«

Ovaron schloß: »Aus diesem Grund werden die Daten hier im Archiv nicht vorhanden sein. Unter keinen Umständen.«

Rhodan zeigte ein undurchdringliches Gesicht und sagte:

»Also müssen wir wohl einen anderen Versuch unternehmen.«

Er streckte die Hand aus, wies zuerst auf Ovarons Brust und dann auf sein Handgelenk, an dem sich das breite Kommandogerät befand.

»Dieses Gerät?« fragte Ovaron.

»Ja«, sagte Perry.

»Wir könnten es versuchen«, schränkte der Ganjo ein. »Aber dazu müssen wir erst einen Speicher entdecken, der die Daten enthält.«

»Dafür sind die Chancen wesentlich gestiegen«, sagte Rhodan. »Aber jetzt sollten wir unsere Fachleute hören.«

Eine Abteilung des Schiffes hatte ein spezielles Untersuchungsprogramm ausgearbeitet. Sie setzten zuerst eine Maxime fest:

Ovaron war der wirkliche Ganjo.

Dann überarbeiteten sie sämtliche Daten nach diesem Schema. Sie verglichen, sofern sie Material hatten, die willkürlichen Änderungen der Takerer mit den ermittelten unveränderten geschichtlichen Daten.

Natürlich war ihre Arbeit unvollständig – erst nach Wochen würden sie ein zeitliches Schema in die vielen Millionen Einzelinformationen gebracht haben. »Bitte, Geoffry!« sagte Rhodan.

Professor Waringer hatte bisher sehr passiv an der Besprechung teilgenommen und unablässig in seinen Unterlagen nachgesehen, Notizen gemacht und Linien gezogen. Jetzt hob er den Kopf und sah Ovaron fast bedauernd an.

»Zuerst zu unserer Arbeit: Wir haben bisher dreiundvierzig Fallen entdeckt. Dreiundvierzig Räume waren präpariert. Es hat fünfzig Verwundete gegeben, davon vier schwere Fälle von Säureverätzungen. Riesige Säle füllten sich mit tödlichem Gas, Säuresprüher vernichteten wertvolle Unterlagen und verletzten die Mitglieder der Teams. Die Tatsache, daß die Männer und Frauen Raumanzüge trugen, in denen sie sich allerdings schlechter bewegen konnten, hat vielen von ihnen das Leben gerettet. Hochenergiefelder bauten sich auf und brachten Menschen in Lebensgefahr.

Das alles geschah nur aus einem Grund: Die Takerer wollten verhindern, daß in diesen Archiven nachgesucht wurde. Natürlich sind die Anlagen nicht unseretwegen eingerichtet worden, die Moritatoren wären ebenso gefährdet gewesen.

Wir widmeten uns also ganz besonders den Daten dieser Archivräume und ließen sie von den biopositronischen Anlagen hier an Bord vordringlich durchrechnen. Meine Ergebnisse resultieren aus lückenhaften Informationen, aber die Informationen reichen aus, um eines klar zu schildern. Ich will Sie alle nicht mit Einzelheiten aufhalten, wie wir darauf gestoßen sind, welche Menge Arbeit es war und so weiter. Ich kann aber sagen, es haben sich erschreckende Ergebnisse herausgestellt. Erschreckend für unseren Freund, den Ganjo.«

Er brach ab und sah den Cappin an.

Ovaron war aufgestanden und flüsterte:

»Sagen Sie es schon, Abel!«

Der ausgeglichene Ausdruck in seinem Gesicht verließ ihn. Seine Mundwinkel wurden starr, und mit undurchschaubarer Miene wartete er auf das, was Waringer mitteilen würde.

»Für die herrschenden Takerer ist der Zeitpunkt X angebrochen.«

»Nein!« flüsterte Ovaron entsetzt.

Waringer beugte seinen Kopf und sah auf die Notizen vor sich.

»Doch. Leider!« erwiderte er.

Der Zeitpunkt X war nach den gewonnenen Erkenntnissen der Tag, an dem der Ganjo in dieser Galaxis Einzug halten und seine ehemalige Macht wieder übernehmen sollte. Das hatten die Forschungen ergeben. Die Mitteilung wirkte selbst auf Lordadmiral Atlan, der schweigend in seinem Sessel saß und zuhörte, wie ein starker Schock.

Rhodan fragte nach einer Weile:

»Wie kann dies der Fall sein, Abel?«

Waringer schob schweigend seine Unterlagen zurück.

»Die Erklärungen sind von einer zwingenden Logik«, sagte er dann leise.

Perry Rhodan überlegte fieberhaft. Er suchte nach der Klarheit, der objektiven Wahrheit unter der schillernden Oberfläche der geheimnisvollen Vorgänge seit ihrem Einflug in Gruelfin. Er konnte nicht anders – er fühlte ein dumpfes Gefühl der Unruhe. Die harte Schulung seiner langen Lebenserfahrung hatte ihn zum schweigenden Überlegen erzogen, zu einer ständigen Wachsamkeit gegenüber den politischen Verschiebungen zwischen den Sternen. Das war in der heimatlichen Galaxis nicht anders als hier. Vage konnte er erkennen, worauf Waringer hinweisen würde.

Waringers faltiges, hageres Gesicht verlor den verbissenen, strengen Ausdruck. Sein Ton wurde weicher, als wolle er Ovaron und Merceile schonen.

»Ovaron ist, nachdem er bereits mit uns in die Relativzukunft, unsere Gegenwart, gereist war, noch einmal um zweihunderttausend Jahre in die Vergangenheit zurückgekehrt, um dort auf dem Saturnmond Titan seine geheime Ausrüstungsbasis aufzusuchen.«

»Richtig!« bestätigte der Ganjo.

»Einer seiner engsten Vertrauten und ein Mann, dem auch die Individualdaten bekannt waren, war der Kapitän des eiförmigen Raumschiffes, das Ovaron auf Titan abgesetzt hatte. Später wurde aus Kapitän Moshaken der Admiral Moshaken.«

»Ich erinnere mich – schmerzlich!« bestätigte Ovaron.

Waringer fuhr fort:

»Es kam in der Vergangenheit zu einem Gespräch zwischen Ihnen, Ganjo, Ovaron II und Moshaken. Moshaken war sich darüber klar, daß Ovaron mit der terranischen Zeitmaschine, dem Nullzeit-Deformator, um zweihundert Jahrtausende in die Relativzukunft eindringen würde.«

»Etwas verwirrend das Ganze!« kommentierte Roi halblaut.

Waringer hob seine Stimme und dozierte:

»Der logische Schluß liegt folgendermaßen: Ovaron *mußte* also zweihunderttausend Jahre später wieder auftauchen, ohne nennenswert gealtert zu sein. Wir wissen: Moshaken kehrte hierher zurück, in die Galaxis NGC 4594, Gruelfin oder Sombrero genannt, und hier herrschte damals noch das ganjasische Volk. Es wartete auf seinen Ganjo, der eine Löschung seines Gedächtnisses auf sich genommen hatte, um das Wirken der Takerer und des Nandor-Clans auf der Erde verhindern zu können.«

Fassungslos sagte der Patriarch:

»Das ist die Begründung dafür, daß die Moritatoren auf die Rückkehr des Ganjos warten. Es ist die Quelle aller Legenden um eine Rückkehr Ovarons nach zweihunderttausend Jahren.«

Rhodan fügte hinzu:

»Aber nicht nur den Moritatoren ist dies bekannt, sondern auch den Takerern.«

Ovaron sagte dumpf und der Verzweiflung näher als je zuvor:

»Der Tag X!«

»So ist es«, erläuterte Waringer weiter. »Die Takerer haben kurz nach der Rückkehr des Kapitäns, beziehungsweise des alten Admirals Moshaken, Ovarons Familie gestürzt und die Macht übernommen. Desgleichen wurde der Nandor-Clan beseitigt. Sie erfuhren die Geschichte, die Moshaken erzählt hatte. Nun, also in diesen Tagen und Wochen, liegt für sie der Zeitpunkt X.«

»Das ist ein dicker Hund!« sagte Gucky burschikos.

»Ein dicker Hund, ja«, sagte Cascal. »Die Takerer und vermutlich auch einige Moritatoren wissen, daß der echte Ganjo zurückkehren wird. Der echte Ganjo ist Ovaron – wissen Sie jetzt, Ovaron, weswegen wir vor einigen Tagen dieses Gefecht mit den Takerern hatten?«

Ovaron nickte nur.

»Meine Zeitreise, falls wir diesen Ausdruck benutzen dürfen, ist also beendet.«

»Nicht nur chronologisch«, sagte Rhodan, »sondern auch lokal . . . Die normal ablaufende Zeit hat den gigantischen Sprung aufgeholt, den Ovaron mit Hilfe der terranischen Nullzeit-Technik überwunden hatte. Viele Rätsel haben sich schlagartig gelöst – und die Vorkommnisse der letzten Zeit bekommen ihre gegenseitigen Bezüge.«

Ybsanow stellte resignierend fest:

»Die Moritatoren sind also wider Willen Wegbereiter für den Ganjo geworden. Aber nicht für den echten Ganjo, also für Sie, Ovaron, wenn ich nicht ganz irre, sondern für eine andere Figur. Für einen Betrüger!«

Völlig zerschlagen saß er in seinem Sessel.

»Genau so ist es!« rief Ovaron. »Die Takerer, die alle Daten und Informationen systematisch gefälscht haben, zwangen auf sehr leichte Weise die Moritatoren, viele tausend Jahre lang zu berichten. Sie haben einen ungeheuerlichen Plan aufgestellt, eine Planung für sehr lange Zeit!«

So war es.

Die Takerer, die niemand hier auch nur eine Sekunde lang unterschätzte, wußten als kluge Wissenschaftler, daß Ovarons Zeitreise nicht zu verhindern war. Auch konnte seine Rückkehr kaum aufgehalten werden. Das gezielte Attentat im Archiv war nur ein Teil ihrer Planung, eher ein Zufall.

Die Takerer vermuteten – und inzwischen gab es für sie auch schon eine Menge von Beweisen für diese Vermutungen –, daß die ehemaligen Ganjasen höchstwahrscheinlich versteckt existierten. Zweihundert Jahrtausende sind eine sehr lange Zeit. In dieser Zeitspanne konnten selbst zahlenmäßig geringe Völker einen ungeheuren Machtblock aufgebaut haben.

Den Takerern mußte daran gelegen sein, daß die sagenhafte Gestalt des Ganjos zum erwarteten Zeitpunkt wieder auftauchte. Dieser Zeitpunkt war nun gekommen. Aber war es auch der richtige Ganjo? Nicht für die Takerer.

Für sie war Ovaron nur der Mann, der ihre Langzeitplanung scheitern lassen konnte.

Welche Schlüsse waren daraus zu ziehen?

Wieder dozierte Geoffry Abel Waringer:

»Die Positroniken der MARCO POLO haben ausgerechnet, daß die Takerer über zweihunderttausend Jahre hinweg mit gewaltigem Können und großer Umsicht auf diesen Zeitpunkt hingearbeitet haben. Unser Erscheinen hier auf Molakesch war für sie eine ernste Panne.«

»Es ist ernst«, bestätigte Ybsanow. »Sehr ernst!«

Er verbarg seine Resignation sofort wieder hinter der unbeweglichen Maske seines alten Gesichtes.

»Ihre Tätigkeit auf Molakesch beweist mir deutlich, daß die Takerer selbst hier in diesem wichtigen Archiv über einen Zeitraum von unfaßbar langer Dauer hinweg alles vorbereitet haben«, sagte Ybsanow dann leise. »Die fünfzig Takerer nannten sich, wie wir jetzt wissen, das *Zukunftskommando*. Nun ist auch klar, warum.«

Uralte Daten waren gefälscht worden. Sie sollten das Erscheinen eines von den Takerern ausschließlich für ihre Zwecke nachgeahmten Ganjos vorbereiten. Die Daten ergaben, zusammengenommen und ausgewertet, ein leicht verändertes Bild.

Es war das auf dem dreidimensionalen Photo.

»Also sieht die Planung der Takerer über zweihunderttausend Jahre hinweg vor, einen falschen Ganjo zu präsentieren«, sagte Waringer. »Mit diesem falschen Ganjo soll nach unseren Informationen folgendes erreicht werden: Die vielen gegeneinander kämpfenden und miteinander rivalisierenden Völker dieser Galaxis sollen befriedet und anschließend unter einer zentralen Leitung zusammengefaßt werden.«

Waringer schloß, schob seine Unterlagen ineinander und richtete pedantisch die Kanten aus.

Rhodan schüttelte den Kopf. Als erwache er aus langem Nachdenken, sagte er:

»Ferner soll, wenn wir alle Informationen richtig ausgewertet und die Erzählungen und Berichte Ovarons richtig interpretiert haben, das Volk der geheimnisvoll verschwundenen Ganjasen aus seinen Verstekken herausgelockt werden. Das ist für die Takerer und ihren falschen Ganjo die beste Gelegenheit, auch die Ganjasen unter ihre Gewalt zu bekommen.«

»So ist es«, sagte Ovaron.

Die Hypothesen, die einen sehr hohen Wahrscheinlichkeitsgrad besaßen, bedeuteten viel für diese Galaxis. Plötzlich schien fast alles klar zu sein: Ein Rädchen paßte ins andere.

Rhodan sagte erregt:

»Jetzt verstehen wir auch, warum Cappins als Pedotransferer in unserer Galaxis und im Sonnensystem aufgetaucht sind.«

Waringer nickte und fuhr fort:

»Auch unsere Befürchtung, daß eine Invasion der Cappins bevorsteht, ist jetzt deutlicher erklärbar. Die Takerer denken daran, die Völker der Milchstraße und uns Terraner an erster Stelle zu überfallen. Muß ich erst noch an die Drohung des Todessatelliten erinnern?«

Atlan stand auf.

»Nein«, sagte er mit Nachdruck. »Jetzt wissen wir, warum kurze Zeit vorher wagemutige Cappins Zeitexperimente durchgeführt haben. Sie wollten in die Zukunft vordringen. Achttausend Cappins dieses Zeit- Experimentalkommandos war es gelungen, in den Sonnensatelliten zu springen. Per Pedotransfer.«

Roi Danton gesellte sich zu Atlan, es schien ihn wieder ins Archiv zurückzuziehen.

»Selbst mir als nicht unmittelbar mit diesen Vorgängen Beschäftigtem ist klar, daß die Existenz dieses Sonnensatelliten – jetzt nichtexistent, denn das Ding ist ja verglüht – inzwischen allen Cappins aus dem Volk der Takerer bekannt ist.«

Roi Danton und Atlan blieben neben der breiten Tür stehen und sahen sich die Versammelten aufmerksam an. Die Teilnehmer dieser Konferenz schienen alle sehr bedrückt zu sein.

Es war klar, daß die Gesamtplanung der Takerer auch darauf hinzielte, das Auftreten des echten Ganjos vorsorglich zu verhindern, um an seiner Stelle in Ruhe ihren falschen in die Galaxis Gruelfin einzuschleusen.

»Das ist etwas nach meinem Geschmack«, sagte Lordadmiral Atlan betont.

Ovaron fragte verwirrt: »Was meinen Sie?«

Die zwei Männer, die so etwas wie ein gemeinsames Schicksal hatten, sahen sich lange und schweigend an.

»Sie werden gegen einen Schatten kämpfen müssen!« stellte Atlan fest.

»Gegen einen . . .?«

»Ja. Nämlich gegen den falschen Ganjo, den es jetzt schon geben muß. Irgendwo in dieser Galaxis bereitet er sich auf seinen wirkungsvollen Auftritt vor.«

Ybsanow beklagte sich:

»Wie seltsam. Erst müssen Fremde hierher kommen, um dies alles festzustellen. Die Erkenntnisse sind nicht nur erstaunlich, sondern sie werfen alles um.«

Die Takerer waren also über das Erscheinen der Terraner und über die Gründe dafür informiert.

Man wußte nicht nur, daß Ovaron hier war – man wußte auch, daß er mächtige Helfer hatte.

Waringer stand auf.

»Das wäre alles«, sagte er. »Ich springe über die Transmitterbrücke zurück auf den Archivplaneten. Wir können jede Sekunde unterbrochen werden – den letzten Tag sollten wir noch mit möglichst viel Arbeit ausfüllen.«

Rhodan und Ovaron verständigten sich mit einem kurzen Blick.

»Wir gehen auch zurück«, sagte Rhodan. »Die Konferenz ist beendet, und jeder weiß, was er zu tun hat. Ich danke Ihnen.«

Dann verließen die Teilnehmer dieser Sitzung den Raum, und die meisten von ihnen waren Minuten später wieder in den Spiralwindungen des Archivs anzutreffen.

Insgesamt drei Viertel der Archivräume waren untersucht worden. Es wimmelte von Menschen und Maschinen. Schirme waren aufgestellt worden, und ununterbrochen eilten die Kuriere hin und her und brachten das Material in die MARCO POLO.

Ybsanow stand neben Cascal, als ein weiterer Raum erschlossen wurde, nachdem die Mutanten und der Paladin III festgestellt hatten, daß es keine Fallen gab.

Ein Summen ertönte, ein häßlicher Laut, dessen Echo zwischen den Wänden und Brüstungen nachhallte.

Ybsanow schaltete den Schirm ein und sah sich einer jungen Moritatorin gegenüber.

Sie berichtete aufgeregt:

»Patriarch, eben haben wir einen Kurzimpuls auf Hyperwelle aufgefangen. Er stammte von einem unserer Schiffe. Der Wissende nähert sich. Der Kommandant betonte, daß von einer takerischen Flotte nichts zu sehen wäre. Offensichtlich zögert das Generalkommando der Takerer sich einzumischen.«

»Das gibt uns noch etwas Zeit«, sagte Ybsanow. »Wann will der Wissende landen?«

»In eineinhalb Tagen!«

»Ausgezeichnet.«

Der Schirm wurde dunkel, und die Terraner widmeten sich wieder ihrer Tätigkeit. Einzelne Gruppen waren nach ganz unten vorgestoßen und arbeiteten sich jetzt in fieberhafter Eile ihren Kameraden entgegen, die weiter oben arbeiteten. Viele Informationen wurden nur in Form von Stichproben überspielt, aber noch immer rasten die Kuriere hin und her. Stunde um Stunde verging, und langsam rückte die letzte Stunde des fünften Tages näher.

Die Moritatoren waren erschöpft, die terranischen Teams nicht weniger. Einige der Geräte wurden bereits weggeräumt, und in den Abteilungen der MARCO POLO stapelten sich die Datenträger, die unablässig in die Biopositroniken gefüttert wurden.

Schließlich unterbrach Rhodans Stimme die Arbeit.

»Hier spricht Perry Rhodan. Sämtliche Teams, ohne Ausnahme, die von der MARCO POLO hierher gekommen sind, müssen binnen der nächsten Stunde wieder im Schiff sein. Dies ist ein Befehl. Die Teams, die aus Leuten der CMP-1 und Moritatoren bestehen, können weiterarbeiten, bereiten sich aber auf einen schnellen Rückzug vor.«

Der Weg zurück in die MARCO POLO begann.

Langsam leerte sich das Archiv.

Joaquin Manuel Cascal, der hier seit Tagen als Mädchen für alles fungierte, lehnte an einer Wand und sah zu, wie nacheinander die Paare in dem kleinen Transmitter verschwanden. Sie tauchten kurz in der CMP-1 auf, sprangen dort in den eingebauten Transmitter, und ihre Robots mit den Maschinen, den Daten und den Prüfgeräten und anderer technischer Ausrüstung folgten ihnen.

»Dieses verdammte Gefühl . . .«, sagte Cascal leise.

Es schien, als lauerte etwas im Raum um oder über Molakesch. Etwas Unbegreifliches, das andere Männer, die nicht inmitten Gefahren großgeworden waren, vermutlich gar nicht empfinden konnten. Aber in Cascal, dessen Leben eine einzige Kette von Abenteuern gewesen war, berührte es die empfindlichen Empfindungen des Mannes und regte ihn auf. Wie eine kalte Welle lief es über seine Haut. Da war etwas.

Er war also keineswegs überrascht, als der Minikom an seinem Handgelenk summte. Er hob den Arm, schaltete das Gerät ein und sagte:

»Cascal. Wer spricht?«

»Hier ist Rhodan. Die Moritatoren und die MARCO POLO haben eben einen Notruf des Moritatorenschiffes aufgefangen. Es wird von mehreren takerischen Einheiten angegriffen. Joak – Sie sind Chef der Kreuzerflotte. Gehen Sie an Bord der MARCO POLO.«

Cascal lief bereits auf den Transmitter zu.

»Haben Sie Atlan verständigt?«

»Natürlich. Schnell!«

Cascal war jetzt vor der Schlange, die sich vor dem Transmitter gebildet hatte.

»Aber die Leute hier?«

Rhodan rief:

»Bis die MARCO POLO in den Linearraum geht, sind sie an Bord.«

»Gut«, sagte Cascal. »Ich komme in drei Sekunden!«

Er sprang vorwärts und verschwand zwischen den beiden Torsäulen, stolperte mit voller Wucht im Transmitterraum der CMP-1 in den anderen Transmitter hinein und rematerialisierte in der MARCO POLO.

Jetzt überstürzten sich die Ereignisse. Cascal stieß fast mit Atlan zusammen, der ihn an der Schulter herumwirbelte und vom großen Transmitter wegzerrte. Es dauerte nur Sekunden. Aus dem Transmitter kamen im Laufschritt ständig Männer und Robots mit Ausrüstungsgegenständen.

Atlan brüllte durch den Lärm:

»Sie begeben sich sofort in die CMP-11, der Kreuzer ist schon unterwegs! Dieser Transmitter hier! Treffpunkt ist der Ort des Überfalls, ganz in der Nähe. Viel Glück!«

»Danke!«

Cascal rannte über einen Metallrost und schlug einen Haken, dann warf er sich in den kleinen Transmitter, der auf die CMP-11 einjustiert war. Die Maschinengeräusche, mit denen die MARCO POLO Fahrt aufnahm und beschleunigte, waren die letzten Geräusche, die er von dort hörte.

Er landete in der CMP-11.

Er raste hinauf in die Zentrale, wo ihn Rimano Betschul begrüßte, der in seinem Sessel kauerte, ein untersetzter, dunkelhaariger Mann mit Bürstenhaarschnitt. Der Kreuzer befand sich bereits in hoher Fahrt.

Cascal grüßte kurz und sagte:

»Ich brauche Informationen. Zuerst eine Frage: Besteht Funkverkehr zwischen den Einheiten?«

Der achtunddreißigjährige Terraner antwortete kurz:

»Ja. Wir haben Verbindung mit allen. Sämtliche Stationen sind besetzt.«

»Ausgezeichnet. Was ist passiert?«

Das Schiff beschleunigte mit sämtlichen Maschinen. Die Zeiger und Lichtsignale der Anzeigen pendelten ständig an der Grenze der Höchstbelastbarkeit.

Rimano Betschul berichtete, während sich Cascal in einem freien Sessel festschnallte:

»Rhodan bleibt auf Molakesch. Atlan mit der MARCO POLO und sämtliche Einheiten haben vor etwa hundertfünfzig Sekunden die Verfolgung der Takerer aufgenommen. Oder besser gesagt: die Suche nach ihnen.«

Hundertfünfzig Sekunden – Cascal war die verflossene Zeit wie eine Ewigkeit erschienen.

Betschul fuhr fort, ohne den Schirm der Fernortung aus den Augen zu lassen:

»Der Überfall der Takerer auf das Raumschiff der Moritatoren ist sieben Lichtstunden entfernt geschehen. Also in unmittelbarer Nähe des Systems. Sämtliche Einheiten rasen auf diesen Fleck zu. Vermutlich haben die Takerer dort gelauert.«

Cascal fragte überrascht:

»Ich war eigentlich der Ansicht, daß unsere Schiffe den Raum um das Pysoma-System durchgeortet hatten?«

»Das ist richtig«, antwortete Betschul. »Aber keiner von uns hat etwas entdeckt. Vielleicht sind auch die Schiffe alle gleichzeitig aus dem Linearraum gekommen.«

»Möglich«, sagte Cascal und wunderte sich.

Der Überfall konnte natürlich nur im Normalraum durchgeführt werden. Das Moritatorenschiff war aus dem Linearraum hervorgekommen und hatte sich mit geringer, unterlichtschneller Fahrt dem Planeten Molakesch genähert.

Cascal drückte eine Taste und forderte:

»Ortung bitte!«

Ein Schirm erhellte sich.

»Ich brauche sofort die Position unserer Einheiten.«

Das Bild kam.

Die MARCO POLO, neunundvierzig Kreuzer und fünfzig Korvetten waren weit innerhalb und außerhalb des Systems gestaffelt. Die größte zwischen zwei Schiffen liegende Distanz lag bei mehr als einer Milliarde Kilometer. Dadurch aber, daß die Schiffe in den angegebenen Positionen standen, bildeten sie einen riesigen Ortungsschirm, also eine gewaltige Antenne. Sie streckten ihre ortenden Fühler weit in den Raum hinein und maßen den Ort des Überfalls genau an.

»Wir liegen ziemlich an erster Stelle. Zufällig«, sagte Betschul.

Cascal sah in die Augen des Mannes, blickte anschließend auf den Geschwindigkeitsanzeiger und fragte:

»Ein kurzes, aber riskantes Linearmanöver?«

Betschul sagte lächelnd:

»Ich habe es vor. Genehmigt?«

»Klar«, sagte Cascal. »Los, springen Sie!«

Das Schiff ging für ganz kurze Zeit in den Linearraum und schwang sofort wieder daraus hervor.

»Ortung?« rief Cascal.

Die Bilder auf der Panoramagalerie sagten nichts.

»Hier. Wir haben ihn!«

Cascal las laut die Meßwerte des Ortungsschirms ab und sah zu, wie Betschul den Kurs geringfügig änderte. Das Schiff stürmte jetzt in noch fast lichtschneller Fahrt auf den Punkt zu, an dem ein Schiff ohne meßbare Energieemission trieb – mit Sicherheit das Wrack der Moritatoren.

»Verdammt!« rief Cascal aufgeregt. »Zu spät. Die Takerer haben getan, was sie tun wollten, und sind mit großer Geschwindigkeit in den Linearraum gegangen. Halbraumspürer einsetzen!«

»Verstanden, Geräte liefen bereits. Keine Ergebnisse – sie waren zu schnell, zu weit entfernt.«

»Mist!« rief Betschul. »Auf das Wrack zu?«

Die Kugel des Leichten Kreuzers näherte sich mit dem Tempo eines Sonnenstrahles dem Wrack, das auf den Schirmen anwuchs und deutlicher wurde. Es drehte sich langsam um zwei Achsen.

»Ja. Direkt darauf zuhalten und dicht davor stoppen. Wir gehen von Bord.«

Binnen weniger Minuten war ein fünfzehn Mann starkes Kommando gebildet, das sich entsprechend ausrüstete. Cascal steckte in dem schweren Raumanzug mit den zusätzlichen Aggregaten auf dem Rücken und wartete in der offenen Polschleuse auf den Moment, da das Schiff erstens nahe genug am Wrack war, zweitens die Fahrt ganz aufgehoben hatte.

Er sagte über Funk:

»Zentrale: Alle Scheinwerfer ausrichten und das Wrack anstrahlen.«

Die Männer um ihn herum begannen unruhig zu werden. Sie bewegten sich vorsichtig bis zum Rand der luftleeren Schleuse. Vor ihnen lag der fremde Weltraum, und inmitten der Sterne kreiste eine dunkle Masse. Jetzt brandete die Lichtflut auf – einige zerfetzte Umrisse schälten sich aus der Dunkelheit hervor.

Cascal hob die Hand, als er an dem sich nicht mehr verändernden Abstand zwischen beiden Schiffen erkannte, daß der Kreuzer keine Fahrt mehr hatte.

»Los!« sagte er.

Im gleichen Augenblick meldete Betschul aufgeregt:

»Oberst! Ich habe etwas geortet – auf einer vollkommen irrsinnigen Position! Sie haben einen Haken geschlagen!«

Cascal fragte aufs höchste beunruhigt:

»Wer, verdammt noch mal?«

Die Stimme des Schiffsführers wurde ruhiger.

»Takerische Schiffe. Sie gehen eben an der Grenze des Auflösungsvermögens in den Linearraum. Es sind vier. Wir haben wenig Chancen, sie zu bekommen!«

»Wir nicht, da wir keine Fahrt haben. Sofort Rundspruch an alle, besonders an Atlan. Koordinaten und Winkelberechnungen durchgeben! Schnell!«

»Verstanden!«

Dann kam über Helmfunk nur noch das aufgeregte Schalten, Sprechen und Bestätigen an seine Ohren.

Die Folge war, daß sämtliche anderen Schiffe in den Linearraum gingen und die vier Takerer verfolgten.

Cascal würde folgen, wenn er hier die Untersuchungen abgeschlossen hatte. Es war nur ein kleines Schiff.

»Hinüber!« rief er.

Während sämtliche anderen terranischen Einheiten die Position der Takerer anflogen und Linearmanöver durchführten, schwebten die fünfzehn Männer langsam zu dem Wrack hinüber. Die Landescheinwerfer der CMP-11, des Flaggschiffs der zweiten Kreuzerflottille, beleuchteten die aufgerissene Hülle.

Cascal gab seine Befehle:

»Verteilen, Lampen an, genaue Untersuchungen anstellen. Wenn möglich, dokumentarische Aufnahmen anfertigen.«

»Verstanden!« kam es zurück.

Die Männer in den schweren Anzügen verteilten sich und sahen jetzt immer deutlicher, daß ein hartes kurzes Gefecht stattgefunden haben mußte. Das Schiff war brutal überfallen worden. Man hatte zuerst die Antriebsaggregate getroffen, was innerhalb des Schiffes weitere Detonationen nach sich gezogen hatte. Dann war, vermutlich mit wahnsinniger Schnelligkeit, ein Enterkommando an Bord gegangen und hatte sich rücksichtslos einen Weg durch das Schiff gebahnt.

Zerschnittene Schotte, aufgesprengte Wände . . .

Tote Moritatoren in Raumanzügen und ohne Schutzanzüge . . .

Fast alle Leichen wiesen Schußverletzungen auf.

Eine halbe Stunde lang hielten sich die fünfzehn Männer innerhalb des grauenhaft zugerichteten Wracks auf.

Sie stellten fest, daß die zahlreichen Überlebenden durch das takerische Enterkommando erschossen worden waren, ohne sich gewehrt zu haben.

Cascal sagte:

»Wir haben so gut wie jeden Raum untersucht, wenn auch flüchtig. Es gibt hier keinen Lebenden mehr. Zurück ins Schiff. Abzählkontrolle.«

Nacheinander schwebten fünfzehn Männer zurück in die hellerleuchtete Luke der Schleuse. Sie waren kaum drin, als sich die Tore schlossen und die CMP-11 mit Höchstbeschleunigung davonraste, den anderen Schiffen nach.

Ein zusätzlicher Kurzfunkspruch an Perry Rhodan wurde abgesetzt.

Insgesamt hundert terranische Schiffe jagten vier takerische Raumer. Aber der Vorsprung der Takerer war groß, sehr groß . . .

32.

Nur der Kreuzer CMP-1 war unter der Leitung von Menesh Kuruzin auf Molakesch zurückgeblieben.

Alle Besatzungsmitglieder der MARCO POLO waren mit ihrem technischen Gerät und den letzten Datenträgern durch die Transmitterbrücke in das Trägerschiff zurückgekehrt, buchstäblich Sekunden, bevor die Brücke abgeschaltet werden mußte.

Nur die Stammbesatzung, verringert um eine Person, nämlich Cascal, war noch hier.

Davon hielt sich ein Teil im Archiv auf.

Roi Danton befand sich an Bord, er mußte etwas essen, denn er hatte würgenden Hunger. Ihm gegenüber saßen in der kleinen Messe Merceile und Claudia Chabrol.

Claudia sagte bedauernd:

»Nun weilt er nicht mehr unter uns, der Gute.«

Roi nickte verständnisvoll und zerteilte eine Kartoffel zierlich und mit abgespreiztem kleinem Finger mit dem Messer.

»Sie meinen Ihren erfolglosen Romeo, teuerste Julia?«

»Ja. So ist es. Was wurde eigentlich wegen der Rückkehr der Schiffe vereinbart?«

Roi trank etwas von der warmen Milch, die er sich in einem Riesenglas geholt hatte.

»Atlan soll mit der MARCO POLO und den ausgeschleusten anderen Einheiten hierher zurückkommen, wenn er etwas erreicht hat. Auch wenn er nichts erreicht haben sollte, was jedoch bei den Kenntnissen, der Erfahrung und dem Können meines sehr verehrten arkonidischen Freundes nur sehr schwer vorstellbar ist.«

Merceile schien es nicht mehr zu schmecken, sie empfand mit Ovaron.

»Hierher?« fragte sie unschlüssig.

Roi erklärte:

»Ja. Denn mein nicht weniger verehrter Herr Vater will hier auf Atlan warten. Das Ziel Atlans ist wichtig: die Befreiung des Wissenden.«

Claudia schränkte ein: »Oder der Versuch dazu. Wann will Ovaron seinen Versuch starten?«

Roi sah auf die Uhr.

»In einer Stunde.«

Undeutlich fragte die dunkelhaarige Ärztin:

»Ist eigentlich etwas Neues herausgefunden worden . . . ich meine über den Cappin, von dem Patriarch Ybsanow besessen war?«

Roi atmete auf.

»Günstigerweise nicht, nein. Offensichtlich hat er sich zurückgezogen. Entweder hat er hier irgendwo ein Versteck, oder er hat sich vom Planeten selbst entfernt.«

»Und was ist mit Alaska Saedelaere?«

Roi sah Merceile in die Augen und sagte:

»Alaska, der ständig von den Mutanten beobachtet wird, reagiert völlig normal, er ist fraglos kein zweites Mal übernommen worden. Wir sollten zu Ende essen und dann hinunter ins Archiv gehen, beziehungsweise den Transmitter benutzen.«

»Merkwürdig, daß gerade heute diese Uralt-Speicherbank entdeckt worden ist.«

Roi schloß die Unterhaltung:

»Wir haben es mit zwei Verwundeten bezahlen müssen. Die Moritatoren hatten selbst keine Ahnung, daß es diesen Speicher gab. Die Takerer haben einfach einen Raum zugemauert, und nur die Anmessungen von Paladin ergaben, daß die Energiekabel durch die Mauer geleitet worden sind.«

Kurz darauf waren sie im Archiv.

Alle anderen Arbeiten waren abgebrochen worden; die mit Symbolen verzierten Stahltüren waren geschlossen, und der transportable Transmitter stand fünf Meter vom Eingang dieses Speichersaales entfernt. Inzwischen befand man sich auf der dritten Spiralbahn von unten aus gesehen.

Zehn Personen waren noch anwesend.

Der Rest befand sich in der CMP-1 und erholte sich. Die Teams waren bis an die Grenze ihrer Leistungsfähigkeit belastet worden.

Rhodan unterhielt sich mit Ovaron, als Roi und die beiden jungen Frauen ankamen. Ovaron drehte pausenlos an seinem Kommandoarmband, als wäre er ein aufgeregtes junges Mädchen, das an seinem Schmuck herumnestelte.

Waringer und Dr. Troyanos waren anwesend und hatten das uralte Positronen-Speichergerät aktiviert.

Gucky und Ras Tschubai standen in der Nähe und fragten sich, ob sie wieder eingreifen mußten.

Von Moritatoren war nichts zu sehen.

Paladin III und Icho Tolot standen rechts und links neben dem Eingang und bewachten ihrerseits das gesamte Team.

»Fangen wir an?« fragte Waringer leise.

»Ich bin bereit!« erklärte Troyanos.

Natürlich wurden hier keine einwandfreien Individualdaten erwartet, die nur Ovaron besitzen konnte, aber dafür hatte man sich mit großer Wahrscheinlichkeit etwas anderes ausgerechnet.

Das Armbandgerät.

In diesem Gerät war in beispielloser Miniaturisierung ein spezieller Funkschlüssel. Seine verschiedenen Frequenzabstimmungen konnten deswegen nicht nachgeahmt werden, weil ihre Kodierung eine Anzahl überstieg, die einer quadrillionenfachen Verschlüsselung entsprach.

Dieser Funkschlüssel war schon einmal aktiviert worden, nämlich, um die komplizierte Überwachungsmaschinerie des Saturnmondes Titan zum Öffnen des Depots zu bringen. Er sollte jetzt und hier eingesetzt werden.

»Los!« Waringer drückte einen Knopf.

Dann gab er eine lange Reihe von Befehlen ein. Auf einem riesigen, altertümlichen Bildschirm tauchten die ersten Datenfolgen auf, ausgedrückt durch die cappinschen Schriftzeichen, die inzwischen unzählige terranische Wissenschaftler fließend lesen konnten.

Ovaron näherte sich Waringer. Niemand sprach – gespannte Ruhe breitete sich aus. Dann schaltete Ovaron das Kommandogerät ein.

Knirschend öffnete sich eine Platte auf dem Programmierpult, und Sensoren schoben sich hervor. Sie sahen aus wie ein kleiner Wald verschiedener Antennen.

»Erste Reaktion!« sagte Waringer.

Die erste Schriftreihe, die dem Signal entsprach, das die Öffnung der Maschine veranlaßt hatte, verblaßte. Dann begann die Maschine zu arbeiten.

»Zweite Reaktion!«

Ovaron schickte durch Drücken und Loslassen der Taste, während er gleichzeitig die Ziffern seiner Uhr betrachtete, ein Kommando aus.

Der Schirm wurde farbig. Linien und Kreise huschten darüber, und plötzlich stand das Bild des Ganjos wieder auf dem Schirm.

Zweidimensional – dann flackerte der Schirm auf, und das Bild wurde dreidimensional und farbkorrekt. Aber es war ein altes Gerät: Hin und wieder kippte es auf zwei Dimensionen zurück.

»Genau diese Daten sind hier gespeichert«, sagte Ovaron glücklich.

»Abwarten!« warnte Roi.

Er fühlte an seinem Arm die Hand Merceiles, deren Finger sich schlossen. Die junge Frau merkte es gar nicht und sah gebannt vom Bild zu Ovaron und wieder zurück. Niemand schien zu atmen.

Dann hörte die Maschine auf zu arbeiten.

Das Bild verschwand.

Knackend sprangen verborgene Lautsprecher an. Eine Stimme sagte:

»Die ausgesendeten Daten sind mit den gespeicherten Daten völlig identisch. Das Gegengerät ist das einzige, das jemals hergestellt wurde. Der Kode ist exakt. Die Folgerung: Sämtliche Informationen können, da sich der Ganjo Ovaron hier befindet, freigegeben werden. Fragen werden erwartet.«

Ovaron wandte sich blaß und erregt an Rhodan.

»Wir sollten Ybsanow und einige Moritatoren holen!«

Rhodan nickte. Dann forderte er Waringer auf:

»Frage diesen Kasten, wie lange die Informationen über das Allzweckarmband schon in seinen Speichern sind. Ich hole inzwischen Ybsanow.«

»In Ordnung.«

Eine kurze Zeit später erkannten die Moritatoren, daß vor ihnen der echte Ganjo stand, und sahen, daß alle Beweise für Ovaron sprachen und somit gegen jeden anderen, und daß alle anderen Unterlagen, die man hier gefunden hatte, von den Takerern gefälscht worden waren.

Und die Uralt-Positronik gab die Antwort:

»Das Alter der Informationen beträgt zweihunderttausend Jahre.«

Dann, zur Sicherheit, wurde die gesamte Prozedur noch einmal wiederholt. Diese Wiederholung leitete die ersten Detonationen ein, das Chaos, das Inferno und die Todesängste der mehr als sechstausend lebenden Intelligenzwesen auf diesem Planeten.

Die erste atomare Bombe detonierte mitten im See, der auf der untersten Ebene angelegt worden war und vom umgeleiteten Grundwasser gespeist wurde.

Immerhin hatte vorher der Alarm die Anwesenden zum Teil in den Transmitter springen lassen, zum Teil hatten die Teleporter zugegriffen.

Als sich der weiße Explosionspilz ausbreitete, befand sich kein lebendes Wesen mehr im Archiv.

Die letzten Stunden von Tuo Fryden begannen.

In der Erinnerung dehnten sich die Sekunden zu unfaßbar langen Einheiten aus. In Wirklichkeit aber reagierten die Terraner sehr schnell. Zuerst aber reagierten die Maschinen.

Auf dem Bildschirm erschienen die Worte: *Sonderschaltung läuft in vier Sekunden an.*

Rhodan ahnte so genau, was das bedeutete, daß er direkt in einem Reflex handelte. In das leise, tiefe Geräusch einer langsam anlaufenden Sirene hinein brüllte er aus Leibeskräften.

»Alles raus! Schnell! Ins Schiff!«

Er riß Dr. Troyanos aus dem Sitz vor dem Gerät und warf sich kopfüber durch den Transmitter.

Jetzt war das Geräusch der Sirene schon heller und lauter; es schien wirklich ein uraltes Modell zu sein. Vier Moritatoren wurden von Ras Tschubai und Gucky ergriffen – sechs Personen verschwanden.

»Ich komme, Rhodanos!« schrie der halutische Riese, duckte den Kopf und griff mit einem seiner Handlungsarme wie spielerisch nach Roi Danton. Dann schoß der Gigant von Halut nach vorn und verschwand zwischen den Säulen des Transmitters.

Waringer packte Merceile und rannte los.

Die Sirene heulte jetzt schon lauter, greller und in einem schaurig hohen Ton. Die elektrische Anlage dieses Speicherraumes schien außer Betrieb zu geraten, denn das Licht flackerte in einem nicht zu deutenden Rhythmus auf.

Ovaron und Claudia Chabrol waren die nächsten.
Inzwischen war erst die dritte Sekunde angebrochen.
Noch einmal erschienen die beiden Teleporter und rissen die letzten Moritatoren aus der Gefahrenzone.
Als letzter donnerte der Paladin durch den Transmitter.
Sämtliche Männer und Frauen waren im Schiff. Sie sahen nicht mehr, was nach diesen drei Sekunden in den Räumen des Archivs geschah.

Zuerst knisterten und krachten schwere, hellblaue Blitze durch sämtliche Speicherelemente.
Sie vernichteten die wertvollen, uralten Daten. Schwarzer Rauch und giftige Gase brennender Verbindungen, detonierender Röhren und durchschlagender Schalter kochten und brodelten hoch.
Dann lief, sehr langsam, die Sirene aus.
Mit diesem Geräusch starb das Archiv.
Zuerst gab es einen überirdisch weißen, lautlosen Blitz. Einige tausendstel Sekunden später verwandelte sich der Blitz in einen Glutball, der sich nach allen Seiten ausbreitete.
Die Stahlsäule, die den künstlichen Himmel über dem runden Park inmitten der fünfzig Windungen der Spirale hielt, schmolz, verbog sich, bildete eine spiralig-schmelzende Figur, die nur zwei Sekunden lang ihre Schönheit behielt.
Dann riß die Detonation sämtliches Erdreich, die verkohlten Bäume, das pulverisierte und glühende Gras, die Robots und die Tiere des Parks, alles in Nebel und Asche verwandelt, in der typischen Form eines atomaren Explosionsblitzes in die Höhe.
Die Decke, obgleich ihrer einzigen tragenden Stütze beraubt, fiel nicht herunter, sondern wölbte sich auf wie ein Ballon. Dann erst erreichte der Druck seinen kritischen Punkt und schleuderte einen Kreis von zehn Kilometern Durchmesser, abseits der Stadt Tuo Fryden gelegen, in die Höhe.
Der Atompilz stand neben der Stadt.

Rhodan und Ovaron standen nur wenige Augenblicke später in der Zentrale der CMP-1. Rhodan zwang sich zur Ruhe.

Er gab nacheinander seine Kommandos.

»Maschinen an, Leerlauf. Sämtliche Schleusen zu – vermutlich werden die Bomben der Takerer noch mehr zerstören.«

Ybsanow und einige andere Moritatoren kamen in die Zentrale herauf. Auf dem Schirm der Panoramagalerie stand der hochtreibende, charakteristische Atompilz. Ybsanow wirkte wie ein Mann, der ohne zu begreifen, was geschah, vor dem Ende all dessen stand, was ihm etwas bedeutete.

Er fragte, sich mühsam beherrschend:

»Werden wir alle sterben?«

Rhodan schaute ihn an. Sein Gesicht war schneeweiß geworden.

Er deutete auf den zweiten Atompilz.

»Zumindest dachten es die Takerer. Kennen Sie jetzt die wahren Feinde? Macht, Bomben und Vernichtung . . . das sind die Takerer, an die Sie geglaubt haben.«

Mit der Befragung des uralten positronischen Speichergehirns hatte die Katastrophe begonnen. Das Rechenzentrum war der auslösende Mechanismus für die Bomben gewesen.

Eine Stimme aus der Ortungsabteilung schrie:

»Das sind Fusionsbomben!«

Rhodan bestätigte die Meldung.

Langsam hob sich das Schiff, flog vorbei an den Resten einiger zerstörter Reinigungsmaschinen und näherte sich langsam der Stadt. Es waren kaum Maschinengeräusche zu hören. Hinter der Stadt wuchs ein fünfter Atompilz in die Höhe – eine riesige Blase, die sich am Horizont wölbte und wuchs . . .

Rhodan wandte sich an Ybsanow. »Sie fragten mich vorhin, ob Sie alle sterben müssen?«

Ybsanow antwortete mutlos: »Ja.«

»Nach dem Willen der Takerer muß ich sagen: *Ja!* Diese Fusionsbomben, und selbst wenn es nur eine einzige wäre, werden den Planeten in langsamem Atombrand vernichten. Sie haben kein Raumschiff – Kalabasch ist gestartet.«

Ybsanow flüsterte:

»Was können wir tun?«

Die Fusionsbomben explodierten nur mit einer geringen optischen Wirkung. Ihre tödliche Bedeutung lag darin, daß sie in einen Kernfusionsprozeß überleiteten, der eine unvorstellbare Hitze entwickelte.

An einigen tausend Stellen des Planeten Molakesch brachen plötzlich Vulkane aus.

»Nichts«, sagte Rhodan. Er versuchte die Chancen für einen wahnwitzigen Plan auszurechnen.

Während das Schiff auf seinen Befehl im Zentrum der Stadt landete, sagte Rhodan zu Ybsanow:

»Gehen Sie hinaus! Versuchen Sie, alle, ich wiederhole: alle Moritatoren dieses Planeten hier auf diesem Platz zu versammeln. Wie viele sind es?«

»Sechstausenddreiundachtzig Cappins!«

Rhodan schaltete den Kanal zur Funkabteilung ein und sagte:

»Holen Sie sie her! Schnell, ehe die nächste Bombe in der Stadt detoniert!«

Wortlos verschwand Ybsanow aus der Zentrale. Seine Begleiter folgten ihm in großer Eile.

Rhodan wandte sich an den Chef der Funkzentrale und sagte:

»Geben Sie pausenlos eine Standortmeldung und einen Hilferuf an Atlan und alle anderen Einheiten durch. Und verständigen Sie mich erst, wenn Sie Kontakt haben. Klar?«

»Selbstverständlich, Sir!«

Rhodan schaltete auf Rundspruch und sagte dann in die Mikrophone:

»Ich habe mich entschlossen, die Moritatoren zu retten. Es sind etwas mehr als sechstausend. Das bedeutet für uns in den nächsten Stunden oder Tagen eine mehr als große Einschränkung.

Folgendes muß geschehen:

Sämtliche Fahrzeuge, Gleiter und ähnliches, werden sofort aus den Luken gekippt. Alle Räume, also jeder einzelne Hohlraum des Schiffes, wird ausgenutzt. Wir können einen Großteil der Ausrüstung, sind wir wieder an Bord der MARCO POLO, ergänzen.

Die Mannschaft muß an ihren Plätzen bleiben, weil das Schiff funktionsfähig zu bleiben hat. Ich rechne nur mit Stunden, bis dieser Zustand aufhören wird, aber es geht nicht anders. Und ab jetzt sofort werden die Moritatoren ins Schiff kommen – ich bitte, zuerst die peripheren Bezirke zu belegen, dann erst die Zentralen. Alle anderen Arbeiten haben zu ruhen.

Das war es. Ich wünsche uns viel Glück. Es darf geflucht werden.«

Die Lautsprecher knackten.

Rhodan drehte sich um, sah das verdächtige Schimmern in Ovarons Augen und sagte mit rauher Stimme:

»Keine langen Reden, Freund Ovaron, sondern schnelles Handeln.«

Die Besatzung begann zu arbeiten.

Während sich von allen Seiten der Stadt die Gruppen der Moritatoren näherten, öffneten sich die Luken. Ein paar Gleiter und leere Verpackungsmittel flogen heraus und bildeten Haufen unterhalb des Schiffes.

Die Kabinen wurden dadurch, daß man alle Einbauten in die Wände zurückklappte, größer gemacht – die Menge der freien Kubikzahlen erhöhte sich.

Alles, was nicht unmittelbar gebraucht wurde, verließ das Schiff. Jemand schrie:

»Schnell! Zuerst die Laderäume!«

Unter der Leitung einiger Besatzungsmitglieder bildete sich eine lange Schlange auf dem Platz. Zweitausend Gruppen zu je drei Menschen, oder einige mehr.

Die Schlange näherte sich der Polschleuse, verschwand dort, und die Mannschaften fingen an, die Moritatoren einzuweisen.

Zuerst die rund siebzig Kabinen an Bord des Kreuzers.

»Mit Eile, aber vernünftig! Keine Panik!«

Man schichtete die Moritatoren sozusagen ins Schiff. In jede der siebzig Kabinen konnte man, wenn die Männer standen, fünfzehn Personen hineinbringen. Kein Zentimeter des Bodens war mehr frei, aber man würde eventuell über den Köpfen der Männer noch einige weitere Moritatoren hineinbringen.

Innerhalb von zehn Minuten waren eintausendfünfzig Cappins untergebracht.

Dann ertönte vor dem Schiff ein Schrei des Entsetzens – die erste Explosion in unmittelbarer Nähe der Stadt erschütterte die Luft.

»Verdammt!« sagte Rhodan alarmiert.

Eine riesige Blase aus verflüssigtem Gestein, einhundertfünfzig Meter durchmessend, wölbte sich. Noch sah man Reste der Oberfläche auf der Blase. Bäume und Felsen, die langsam einsanken und brannten, zerknallten – alles geschah wie in einer Zeitlupenaufnahme.

Die Blase wurde höher und höher, wuchs um Kilometer und platzte dann, als sie die Grenze der Atmosphäre erreicht hatte. Der dröhnende Knall und der Orkan, der über das Land raste, versetzten die Moritatoren in Aufregung und Panik.

»Weiter!«

Die Schlange löste sich auf und drängte gegen die Polschleuse. Jetzt griffen die Mutanten ein. Die letzten Nachzügler der Moritatoren kamen herbeigerannt, und vom Raumhafen her näherten sich vollbesetzte Gleiter und hielten am Platzrand. Das Chaos begann nach den Wartenden zu greifen. Viele von ihnen hatten Gepäck mitgebracht, das erbarmungslos ausgesondert und weggeworfen wurde.

Jetzt füllten sich die Laderäume.

In einem nur hundert Meter durchmessenden, kugelförmigen Kreuzer gab es, abgesehen von der technischen Einrichtung, eine ziemlich große Menge von Hohlräumen. Aber kaum einer von ihnen war darauf eingerichtet, Menschen dieser riesigen Menge zu beherbergen. Die Besatzungsmitglieder gingen mit rücksichtslosem Nachdruck vor.

Sie gestatteten keinem Moritator, sich zu setzen. Die Männer und Frauen wurden hineingepackt wie in ein überfülltes Massenverkehrsmittel der präatomaren Zeit in den Stunden des Berufsverkehrs.

Weitere zweitausend Moritatoren wurden innerhalb von Minuten untergebracht. Sie kamen in die Polschleuse, schwebten hinauf und verteilten sich in alle Richtungen. Die Schleusenräume wurden gefüllt. Noch waren die Korridore und die Zentralen des Schiffes frei.

Die Maschinen liefen leer durch – das Schiff war startbereit. Es konnte innerhalb von Sekunden abheben.

Die Gefahren kamen nicht lautlos, und sie kamen schnell.

Ein glühender Wind, der die Äste der Bäume herunterfetzte und die Blätter gelb färbte, heulte von Westen heran. Der Horizont war von den Schleiern hochstäubender Materie und den detonierenden Blasen des verflüssigten planetaren Oberflächenmaterials unsichtbar geworden. Die Sonne verschwand hinter Wänden von gelbgrauem Rauch und hinter flackernden Feuersäulen. Eine Apokalypse begann, ihren schaurigen Siegeszug um Molakesch anzutreten.

Die Außenlautsprecher und die Lautsprecher der Rundspruchanlage heulten auf:

»Hier Rhodan. Wir haben nicht mehr viel Zeit. Gucky, Ras, wir müssen uns beeilen. Es ist erst die Hälfte der Moritatoren im Schiff!«

Rings um das Schiff und die Landestützen wimmelte es. Tausende warteten noch auf die Evakuierung.

Ovaron fragte, mitten in der Zentrale stehend:

»Bringen wir wirklich alle unter?«

Rhodan lachte trocken, diese Aufgabe forderte ihn heraus.

»Ich schwöre es Ihnen, Ovaron.«

Wieder eine Explosion in der Nähe.

»Schneller!«

Die Ungewißheit, wann die Lage kritisch würde, beeinträchtigte die

Arbeit nur wenig; notfalls würde das Schiff mit offener Polschleuse starten, aber sie würden aushalten, bis der letzte Mann an Bord war.

»Die Korridore!«

»Verstanden!«

Wieder schob sich die Schlange ein Stück weiter in das Schiff hinein. Der Strom in dem Aufwärts-Antigravschacht ergriff sie, und eilends, im Laufschritt, verteilten sich die Moritatoren nach Anweisungen der Besatzungsmitglieder in die Gänge, die Kreuzungen und in die Rahmen der Türen – sie preßten sich eng an die Wände und stellten sich dicht nebeneinander auf. Immer mehr kamen hinein, liefen an den anderen vorbei und füllten die Gänge wie Kugeln, die man in eine Röhre schob. Eineinhalbtausend Menschen fanden auf diese Weise Platz.

Der Himmel wurde zerfetzt – ein Teil des Parks wirbelte in die Luft, und die Gebäude des Raumhafens sanken in sich zusammen und wurden als Trümmer wieder hochgerissen und in die Luft getragen.

Ungeheure Mengen der planetaren Materie wurden in die Jetströme der oberen Atmosphäre geworfen.

Diese Effekte waren auf die ungeheure Hitze im Inneren der Blasen zurückzuführen. Sie machten das Gestein glutflüssig und entwickelten riesige Gasmengen, die sich ausdehnten, sich entzündeten und in einer gewaltigen Explosion ganze Teile des Planeten in den Weltraum hinaussprengten.

Der Magmakern wurde angegriffen.

Dies geschah in allen Teilen dieser Welt. Das Zukunftskommando war rücksichtslos vorgegangen und hatte den gesamten Planeten unterminiert. Nur die Stadt stand noch, obwohl das Feuer bereits nach ihr griff – ein Teil des Parks stand in hellen Flammen. Niemand wußte, ob nicht die nächste Bombe die Stadt zerreißen würde.

Kuruzin sagte leise:

»Sir . . . wir befinden uns in Lebensgefahr. Wollen Sie hier sterben?«

Rhodan schlug mit der Faust auf die flache Hand. Sein Gesicht war schneeweiß und schweißüberströmt. Ovaron lehnte an einem Sessel, krampfte seine Finger in die Lehnen und schien mit geschlossenen Augen auf die Explosion zu warten, die das Schiff in die Höhe schleudern würde.

»Ich weiß. Nur noch fünfzehnhundert Menschen, etwa.«

»Wir können doch nicht einfach starten . . .«, flüsterte jemand ununterbrochen und wiederholte es in sinnloser Folge.

Der Planet brannte im atomaren Feuer.

»Die Zentrale füllen!«

Jetzt schoben sich die Moritatoren in die Ortungszentrale, in die Räume der biopositronischen Speicher, in die Funkzentrale und in die Nischen zwischen den Instrumenten. Die Schlange auf dem Platz, auf die ein unaufhörlicher Regen heißer Asche niederging, wurde kleiner.

»Wieviel Zeit haben wir benötigt?« fragte jemand.

»Insgesamt vierzig Minuten«, sagte ein anderer.

Das Schiffslazarett füllte sich mit zweihundert Menschen. Sie lagen unter den eingebauten Betten, saßen auf den Betten und auf den Vorratsschränken, und immer mehr drängten hinein. Irgendwo zischte Preßluft auf, Flüche ertönten.

»Schneller!« schrie es aus einem Lautsprecher.

Die Aufregung griff jetzt auch auf die Männer und Frauen der Besatzung über.

Rhodan befahl erregt:

»Schwerkraft! Kuruzin – regeln Sie die Schwerkraft auf ein Drittel des Normwertes ein. Wir können dann auch den freien Raum über den Köpfen vollstopfen!«

»Verstanden.«

Die Bordkommunikationsanlage heulte auf:

»Achtung. Wir verringern die Schwerkraft. Darauf einrichten – über die Köpfe einschichten!«

Ein neuer Strom ergoß sich ins Schiff.

In den Laderäumen gab es plötzlich mehr Platz, weil die Mutanten förmlich mit Moritatoren warfen. Sie ließen sie nacheinander über die Köpfe der Menschen schweben, drückten unbarmherzig in die Eingänge hinein. Die Luftversorgungsanlagen wurden auf einen weit höheren Wert eingerichtet.

Kostbare Minuten vergingen, als das Schiff zu schaukeln und zu beben begann – ein Erdstoß schüttelte es.

Die gläsernen Gebäude der Stadt brachen zusammen. Brände loderten auf. Ein echter Vulkan brach durch das Gelände und begann, eine mächtige Feuersäule in den Himmel zu speien.

Riesige Flächenbrände verwandelten Erdreich, Felsen, Flüsse und Seen, Gebirge und Wüstenflächen in zähflüssiges Magma. Die Hitze schlug jetzt von allen Seiten auf den Platz nieder, und die Köpfe der Wartenden waren weiß von Asche.

Die Moritatoren husteten und rangen nach Luft. Aber jetzt war die Schlange schon sehr viel kleiner geworden – man sah deren Ende.

Unaufhörlich huschten die Mutanten hin und her und arbeiteten bis zur Erschöpfung.

»Schneller! Die Stadt – der Planet droht zu explodieren!«

Der Abwärtsschacht der Antigravanlage füllte sich mit dreihundert Menschen. Sie schwebten ineinander verkeilt in der künstlichen Schwerkraft. Die Arbeit der Besatzungsmitglieder wurde schwieriger, weil sich niemand mehr wie gewohnt bewegen konnte in der um zwei Drittel verringerten Schwerkraft.

»Wir schaffen es!« rief Rhodan überzeugt. Kuruzin drehte sich halb um und zeigte seine Faust, den Daumen nach oben.

»Wie viele sind noch draußen?«

Jemand schaute auf den Schirm und schrie:

»Etwa fünfhundert.«

Die Maschinenräume füllten sich langsamer, weil die Terraner wußten, wie gefährlich es dort war. Neben den Stromleitern, zwischen den Schaltbänken und den Umgängen aus Stahlgeflecht, hinter den Umformern und den wenigen Leerräumen des Waring-Konverters, überall stauten sich die Menschen. Sie banden sich mit Seilen und Gürteln fest, trieben hilflos in der verringerten Schwerkraft und ahnten, daß es nicht gut ausgehen konnte.

Jetzt verschwand die Menschenmenge bereits unter dem Schiff. Der Aufwärtsschacht begann sich zu füllen. Die Polschleuse war voller Menschen. Sie standen vorläufig noch entlang der Wände.

Langsam rollte eine Brandungswelle aus reinem Feuer auf den Platzrand zu. Die Stadt Tuo Fryden war gestorben – ihre Bauten und ihre Parks waren vom Feuer überflutet worden. Die letzten Moritatoren unter dem Schiff drängten sich in die Schleuse.

Von Ovaron kam wildes Stöhnen.

Rhodan schlug Kuruzin auf die Schulter.

»Startsignal!« sagte er.

Dann krachten die übersteuerten Lautsprecher wieder.

»Wir haben es geschafft!«

Die Besatzungsmitglieder rissen die letzten Moritatoren in die Schleuse hinein. Der Summer der Startvorbereitungen ertönte im Kreuzer.

Rhodan sah wie hypnotisiert auf die Lampe, die jetzt glühte – sie sagte aus, daß die Schleuse noch offenstand.

Sie würde flackern, wenn die Schleusenportale sich zusammenschoben.

Und – sie würde erlöschen, wenn die Schleuse geschlossen war.

Rhodan sah das erste Flackern, schrie: »Start!« und Kuruzin schaltete.

Das Schiff stieg langsam auf.

Zwei, drei Meter, dann gewann es langsam Fahrt und kletterte höher. Um eine bessere Verteilung der förmlich hineingestapelten Moritatoren zu erreichen, schaltete Kuruzin die künstliche Schwerkraft vorübergehend kurz aus.

Die Mutanten brachten einige ältere Männer und Kinder, die ohnmächtig geworden waren, in die Hauptzentrale.

Rhodan fragte:

»Der Start verläuft normal?«

»Völlig. Das Schaukeln und Stampfen des Schiffes kommt von den verdammten Stürmen.«

Das rote Licht erlosch.

Die Schleuse war geschlossen, und kein lebendes Intelligenzwesen war mehr auf Molakesch.

33.

Das Schiff erhob sich über einer Landschaft, die der eines Urplaneten in den ersten Millionen Jahren nach seiner Ausformung als Kugel glich.

Seit der Detonation der ersten Bombe innerhalb des Archivs und dem Zeitpunkt, an dem der Leichte Kreuzer einen Kilometer hoch war und unaufhörlich beschleunigte, waren achtundsiebzig Minuten vergangen.

Rund sechstausendeinhundert Personen befanden sich in dem Schiff.

Die Oberfläche des Planeten Molakesch war ein Muster aus weißer Glut, aus roten und schwarzen Feuersäulen und Rauchwolken, aus feuernden Vulkanen und aus mächtigen Glutseen, die sich ausbreiteten wie große Geschwüre.

Zwischen diesen Flächen wölbten sich die riesigen Gasblasen, die ganze Teile des Planeten in den Raum hinausschleuderten. Riesige Brocken beschrieben eine ballistische Kurve, wandelten ihre Farbe von weißer Glut zu stumpfem Schwarz und fielen wieder zurück.

Durch einen Tornado aus Energie, atomaren Wolken und bewegtem Gas flog die CMP-1 ihren senkrechten Kurs. Sie kletterte unaufhörlich, erreichte jetzt die Zwanzig-Kilometer-Grenze und stieß weiter in den Raum vor.

Die spontan detonierenden Fusionssprengkörper rissen den Glutteppich auf, der über dem Magma des Planeten lag. Die Druckwellen schlugen gegen das Magma, spalteten die Oberfläche, und der Innendruck des feuerflüssigen Kerns warf mächtige, mondgroße Teile des Planeten hoch.

Züngelnde Feuersäulen griffen hoch.

Die Wasserläufe und die Ozeane ergossen sich in das Feuer und bildeten Dampf. Der Ruß, die Asche der verbrannten Oberfläche und dieser Dampf wurden in riesigen Flächen gegeneinander geworfen, verbanden sich und erzeugten einen Sturm, der um den Planeten wanderte und die Glut noch anzufachen schien.

Menesh Kuruzin sagte laut:

»Höhe dreißigtausend Meter. Start noch immer normal.«

Die Schlingerbewegungen des Schiffes hatten aufgehört. Die Schirme der Panoramagalerie zeigten nunmehr das ganze Ausmaß des Schreckens.

Rhodan bahnte sich mühsam einen Weg durch die Menschenmassen in der Hauptzentrale zu seinem Sessel, fiel erschöpft hinein und schloß die Augen.

So saß er einige Minuten da und richtete sich endlich auf.

»Funkzentrale«, sagte er halblaut, dicht vor dem Mikrophon.

Der Lärm, die Flüche und Schreie, die Geräusche von Tausenden von Verzweifelten waren etwas leiser geworden.

»Sir?« meldete sich der Sprecher.

»Etwas von Atlan?«

»Nein, nichts. Wir geben unsere Notrufe auf sämtlichen Wellen durch, die die MARCO POLO empfangen könnte. Atlan hat sich nicht gemeldet.«

Rhodan sagte leise:

»Geben Sie mir dann Bescheid – wir werden es, denke ich, eine Weile lang aushalten können.«

»Aber sicher, Sir. Wir haben schon andere Dinge überstanden.«

»Da mögen Sie recht haben«, sagte Rhodan und schaltete in die Ortungszentrale.

Die Schirme wurden dunkel, das heißt, sie boten das Bild, das immer entstand, wenn ein Raumschiff sich einer kleinen roten Sonne näherte – der Planet war jetzt voll als Kugel sichtbar. Das Licht von der Sonne Pysoma wurde unwichtig: Molakesch glühte wie ein riesiger roter Ballon, in dessen Innerem ein loderndes Feuer brannte. Schwarz, weiß und hellrot, grau und braun – das alles bildete ein Muster, das sich ständig bewegte, veränderte und ineinander überglitt. Zwischen den Feldern rissen die Teile auseinander, stoben lautlos und gespenstisch langsam Feuersäulen hoch und loderten wie kosmische Fackeln.

Inzwischen leerten sich die am meisten überfüllten Räume, allerdings nur in geringem Ausmaß.

Dort, wo die Menschen einigermaßen gerade stehen konnten, drängten sich bald mehr zusammen, die von dort kamen, wo die Enge einfach zu groß war. Noch immer herrschte keine Schwerkraft, der Effekt war berücksichtigt worden. Es war so, als verteile sich in einer großen Menge Wasser ein Salzbrocken – die Moritatoren gehorchten dem gleichen Gesetz, bis die Verhältnisse an allen Stellen des Schiffes gleich waren. Gleich schlecht. Schon jetzt merkte man, daß die Anlagen des Kreuzers, obschon für große Kapazitäten ausgelegt, unzureichend waren . . . ein Geruch von schwitzenden Individuen breitete sich aus wie träges Gas.

»Ortungszentrale, hier Rhodan . . . Sie haben ab jetzt den verantwortungsvollsten Posten an Bord.«

Der Chef der Zentrale sagte sorgenvoll:

»Ich weiß. Spezielle Befehle?«

Rhodan schüttelte leicht den Kopf und antwortete:

»Nein, keine. Orten Sie weiterhin mit allen verfügbaren Geräten und suchen Sie den gesamten Weltraum ab.«

Der Mann schien einen Fluch zu unterdrücken. »Geschieht bereits. Wir haben, ohne es zu wollen, eine neue Sonne erzeugt.«

Rhodan überlegte gequält. Er war müde und erschöpft, und er mußte warten, bis sein Zellaktivator diese umfassende, elementare Müdigkeit von ihm genommen haben würde. Ein tiefes Bedauern war in ihm über die Art des Vorgehens, das er hier wieder erlebt hatte. Die Takerer hatten nicht gezögert, durch Tausende tödlicher Bomben einen blühenden Planeten zu vernichten, nur weil sie machtgierig und ohne jeden Skrupel waren.

»Ja«, antwortete er erschöpft, »ein unübersehbares Signal. Ich hoffe nur, daß wir auf Atlan treffen oder Atlan auf uns trifft, bevor eine riesige Flotte der Takerer hier ist und nachsieht, was vorgefallen ist.«

Das Raumschiff war jetzt einhundertfünfzigtausend Kilometer von dem Planeten entfernt.

Die Reste der Lufthülle loderten weiß auf.

Dann brach Molakesch in einzelne Stücke auseinander. Sein Inneres entfaltete sich wie eine riesige, exotische Blüte. Das Rot und die anderen Farben wurden überstrahlt von einem gewaltigen schneeweißen Sonnenrad, das sich langsam drehte. Dann stand, nur Minuten später, an der Stelle des Planeten Molakesch mit seinen unersetzlichen, einmaligen Archiven eine neue, weiße Sonne im Raum.

Schwerkraftlinien griffen ins All hinaus und versuchten, das Schiff zu überholen, aber der Kreuzer hatte bereits halbe Lichtgeschwindigkeit erreicht, wurde zusehends schneller und raste den Grenzen des Systems entgegen, die Sonne Pysoma im Rücken.

»Verloren!« flüsterte der Patriarch Ybsanow. Er konnte den Anblick seiner sterbenden Welt nicht ertragen, aber er nahm den Blick nicht von den Schirmen.

Rhodan sagte hart:

»Sie werden auf anderen Stützpunkten der Moritatoren eine neue Heimat finden. Sie alle leben!«

Wie lange, fragte er sich selbst.

Als das Leuchten so grell zu werden begann, daß sich die automatischen Filter einschalteten und die Männer von der Panoramagalerie wegsehen mußten, drehte auch Ybsanow den Kopf und sah Rhodan an.

»Warum haben Sie uns gerettet?« fragte er, als erwache er aus einem langen Schlaf.

»Weil wir keine Takerer sind«, antwortete Rhodan. »Ovaron, versuchen Sie Ihrem Freund zu erklären, daß wir nur dann zu den Waffen greifen, wenn wir vor der Alternative stehen, uns zu wehren oder umzukommen.«

Mit einer gewissen Entschlossenheit hob Ovaron das Kinn, sah Rhodan an und sagte zu dem Patriarchen:

»Er hat recht. Da ist nichts mehr hinzuzufügen.«

Rhodan sagte leise zum Kommandanten des Schiffes:

»Schalten Sie langsam die Schwerkraft wieder ein und stabilisieren Sie sie bei drei Zehnteln des Normalwertes.«

Kuruzin führte den Befehl unverzüglich aus.

Das Schiff fegte über die Bahn des dritten Planeten hinweg und wurde schneller. Es war nur noch ein Pünktchen zwischen den Sternen, aber das Licht zweier Sonnen leuchtete die Bordwand an.

Der Kreuzer war allein.

Rhodan schätzte, daß es nicht viel länger als vierundzwanzig Stunden dauern konnte, bis hier an Bord der Aufenthalt unmöglich wurde. Das Problem der Toiletten, das der Versorgung mit Sauerstoff, mit Wasser oder Getränken und zuletzt mit Essen würde in kurzer Zeit auftauchen, denn es befanden sich hundertmal soviel Wesen an Bord als sonst. Auf eine hundertfache Überkapazität waren die Maschinen der Versorgungsanlagen nicht eingerichtet.

Schon ein zweites Schiff, sogar eine Korvette, hätte die Chancen der Überlebenden des brennenden Planeten wesentlich verbessert – man hätte beispielsweise alle alten Menschen und die wenigen Kinder dort hinüberbringen können. Aber die MARCO POLO und alle ihre Begleitraumschiffe befanden sich im Linearraum, auf der Jagd nach den takerischen Raumern, von denen der Wissende entführt worden war.

Pausenlos ging der Notruf hinaus.

Niemand hörte ihn.

Die CMP-1 raste dem äußersten Planeten entgegen.

Hinter ihr blieb ein leuchtender, sich ständig vergrößernder Gasnebel zurück, der langsam auf der Bahn des Planeten Molakesch die Sonne Pysoma umrundete.

Nach einer Weile sagte Menesh Kuruzin:

»Sir, wir haben die Grenze des Planetensystems erreicht. Drei Lichtsekunden neben uns, in der Flugbahn gesehen, befindet sich der vierte Planet. Soll ich ihn anfliegen?«

Rhodan stimmte nach kurzer Überlegung zu.

»Ja. Gehen Sie in einen stabilen Orbit um ihn und schalten Sie dann die Maschinen ab.«

»Verstanden.«

Das Schiff flog noch zwanzig Minuten lang, begab sich dann in die gewünschte Position und blieb im Schatten des vierten Planeten in einer stabilen Umlaufbahn, also stets über dem gleichen Punkt der Planetenoberfläche.

Die Hyperfunkstation des Kreuzers sendete pausenlos.

Sie verwendete die Flottenfrequenz und strahlte den Notruf aus. Sie schilderte kurz die Situation und erbat sofortige Antwort.

Die Antennen der Ortungszentrale suchten jeden Fleck der Umgebung ab und versuchten, Energien fremder Schiffe anzumessen. Aber es zeichneten sich weder die charakteristischen Merkmale der terranischen Triebwerke noch die ebenfalls bekannten Ströme ab, die entstanden, wenn takerische Schiffe sich in den Raum innerhalb des Planetensystems begaben.

Nichts.

Und dann brach der dreißigste November des Jahres 3437 an.

30.11.3437 – 1 Uhr 30 Minuten:

Logbucheintragung – Kreuzer CMP-1:

Wir befinden uns im Orbit um den vierten Planeten des Pysoma-Sonnensystems. Seit unserem Alarmstart vom brennenden Planeten Molakesch sind acht Stunden vergangen. Die Lage an Bord ist katastrophal, aber bisher gab es noch keine Ausfälle. Bewußtlose werden von Dr. Chabrol versorgt, und die Essensportionen reichen noch lange. Ein Problem wird die Versorgung mit Flüssigkeit und die dadurch entstehenden Schwierigkeiten.

Nach wie vor strahlen wir den Notruf ab.

Keine Antwort.

Unsere Ortungszentrale hat außer einer Menge von störenden stellaren Strömen, die der leuchtenden Gaswolke zugeschrieben werden, keinerlei Energie anmessen können. Wir sind allein.

Perry Rhodan rechnet damit, daß sich im Laufe der nächsten vierundzwanzig Stunden entweder die Lage an Bord dramatisch zugespitzt haben wird, oder daß die Takerer nach uns suchen, uns finden und angreifen werden. Im Augenblick laufen Besprechungen mit den einzelnen Moritatoren.

gez. Kuruzin

Jeder an Bord hatte seine eigenen Probleme, zuzüglich denen, die die hoffnungslose Überfüllung mit sich brachte. Ybsanow, dem es gelungen war, sich auf zwei Kissen, die man auf den Boden der Zentrale gelegt hatte, hinzusetzen, umfaßte seine Knie mit den Armen und dachte nach.

Wenn man den Sturm seiner durcheinanderwirbelnden Gedanken als »Nachdenken« bezeichnen konnte.

Er fühlte die zunehmende Wärme um sich herum, und diese Wärme machte ihn müde. Er war ein alter Mann, der zeit seines Lebens das Archiv gehütet hatte wie einen kostbaren Schatz – was auch der Bedeutung der Milliarden Informationen entsprach. Jetzt war dieses Archiv restlos zerstört. Sein Leben hatte den Sinn verloren, und auch die Arbeit der Moritatoren, die ja ihre Informationen aus dem Archiv schöpften, war innerhalb einiger Stunden sinnlos geworden.

Oder nicht?
Soweit es die eng stehenden Menschen zuließen, schwankte der Oberkörper des Mannes hin und her.
Diese Fremden mit ihrer Technik hatten einen Großteil des Archivs gerettet und bei sich gespeichert. Zusammen mit dem, was die herumfahrenden Schiffe der Moritatoren besaßen, ergab es vielleicht eine größere Menge. Das bedeutete, daß man ein neues Archiv anlegen konnte.
Doch die Zuversicht schwand erneut. Entmutigt dachte Ybsanow daran, daß die Informationen zum größten Teil gefälscht waren. Schonungslos und ohne jede Rücksicht, nur weil die Takerer durch einen falschen Ganjo . . . es war nicht auszudenken. Wut loderte in dem Greis hoch. Seit zweihundert Jahrtausenden sangen die Moritatoren unaufhörlich den falschen Text. Sie waren Werkzeuge der Takerer gewesen; gute, hervorragende Werkzeuge. »Der Ganjo wird zurückkehren!« – das war einmal die Hoffnung der Ganjasen und aller friedliebenden Völker Gruelfins gewesen, aber längst schon eine Hoffnung, derer sich die Takerer bedienten, um zum »Zeitpunkt X« durch *ihren,* den falschen Ganjo, endgültig alle Macht zu gewinnen.
Sein Leben hatte keinen Sinn mehr.
Sein Heim war zerschmolzen, verbrannt, explodiert.
Die Bäume, die er gepflanzt hatte, waren verbrannt und zu leuchtendem Gas geworden.
Und er war alt. Zu alt, um wieder neu anfangen zu können. Und diese Wärme . . . die Hitze, der fehlende Sauerstoff und die durchdringenden Gerüche der zahllosen Personen hier und in den anderen Räumen des Schiffes. Er wurde müde, sein Kopf sank auf die Brust, und Ybsanow schlief ein. Er erwachte eine Stunde später, als ihm ein Terraner, der im Raumanzug steckte, auf die Finger trat.
Unaufhörlich ging der Notruf hinaus. Niemand antwortete. Das Raumschiff war verlassen und allein – und an Bord stiegen Hitze, Spannung und Verzweiflung.

30.11.3437 – 2 Uhr 46 Minuten:
Perry Rhodan lag schwitzend und erschöpft in seinem Sessel. Er hatte die Ärmel seines Bordhemdes bis zu den Schultern hochgekrempelt, und der Saum des Hemdes war bis zum Gürtel offen. Trotzdem lastete die schwüle Luft der Hauptzentrale auf dem Mann, der mit geschlossenen Augen hier lag.

Der Rücken entlang der Wirbelsäule juckte.

Rhodan öffnete die Augen. Er sah genau auf die Panoramaschirme. Außer den Sternen war nichts zu sehen.

Um ihn herum regte sich wenig.

Die meisten Menschen in der Zentrale schliefen, erschöpft von den Arbeiten der letzten Stunden. Moritatoren und Terraner lehnten sich aneinander, an die Seiten der Pulte, an die Sessel und an die Sockel der Apparate. Menesh Kuruzin lag einigermaßen entspannt in seinem Kommandantensessel, und vorsichtig drehte Rhodan seinen Sitz um neunzig Grad.

Rhodan achtete darauf, daß der herumschwingende Sessel niemanden berührte und weckte.

»Kuruzin?«

Der Afroterraner öffnete die Augen und legte seinen Kopf schräg.

»Wie fühlen Sie sich?«

Menesh machte eine kurze Bewegung mit der Hand und erwiderte leise, um niemanden zu wecken:

»Besser als alle anderen. Und Sie?«

Rhodan sah zum Erbarmen aus.

»Miserabel.«

»Die Enge und die Hitze?«

»Nein«, sagte Rhodan und wollte den Kopf schütteln, besann sich aber dann und unterließ es. »Es ist die Situation, in der wir uns befinden. Verstehen Sie? Atlan wird nicht einmal im Traum daran denken, einige Einheiten zurückzuschicken, denn er glaubt, wir stehen noch immer auf dem Raumhafen von Tuo Fryden.«

»Fatal«, sagte der Oberstleutnant.

Rhodan trocknete sich die schweißnasse Stirn ab und meinte:

»Glücklicherweise schlafen jetzt die meisten. Sie verbrauchen dabei weniger Sauerstoff und entspannen sich, soweit dies möglich ist. Ich werde einmal die Ortung anrufen.«

»Ist gut.«

Rhodan bekam die Antwort, mit der er gerechnet hatte.

Noch immer war nichts geortet worden, weder ein feindliches noch eines der eigenen Schiffe. Ununterbrochen lief der Notruf.

Ununterbrochen lief auch die Luftumwälzanlage. Die Filter arbeiteten noch immer ausgezeichnet, und das Summen der schnellaufenden Turbinen war eines der vielen Dauergeräusche im Schiff.

30.11.3437 – 9 Uhr 25 Minuten:

Rhodan tauchte aus der Tiefe eines kurzen Schlafes wieder auf und überlegte, was zu tun sei. Er hatte nur eine einzige Idee.

»Menesh?« fragte er.

Der Kommandant war eingenickt, fuhr hoch und sah Rhodan schuldbewußt an.

»Machen Sie keinen Unsinn!« befahl Rhodan grob. »Die Ortung ist besetzt, und die Funkpulte ebenfalls. Wissen Sie, wo sich Waringer befindet?«

»Klar!« sagte Kuruzin. »Ich habe seinen letzten Anruf aus seiner Kabine bekommen. Er war dort, nachdem Sie an Bord kamen. Vermutlich ist er nicht mehr herausgekommen dank der Zwangseinquartierung.«

»Gut«, sagte der Großadministrator.

Er beugte sich langsam vor, wählte die Nummer von Waringers Kabine und wartete einige Sekunden. Dann rief er leise:

»Geoffry!«

Eine mürrische Stimme meldete sich.

»Hier. Ich kann dich hören, Perry. Aber sehen – das ist unmöglich. Sechstausend Moritatoren stehen zwischen uns wie eine Mauer.«

Rhodan antwortete mit einer Spur Optimismus:

»Es freut mich, daß du deinen Humor nicht völlig verloren hast. Ich habe eine Idee.«

Waringer bat wortkarg:

»Laß hören.«

»Was hältst du von meiner Überlegung: Wir ersetzen langsam alle Stickstoffbestandteile der Atemluft durch Sauerstoff und verringern dann langsam den Druck der Atemluft um zwei Drittel. Das hilft uns weiter, nicht wahr?«

Waringer überlegte einige Minuten, dann sagte er:

»Die Luftanalysen von Molakesch habe ich nicht durchgeführt, aber . . . ja. Ich bin deiner Meinung. Das spart uns eine riesige Menge Sauerstoff.«

»Danke, Abel«, erwiderte Rhodan, »bitte frage mich nicht, ob Atlan schon da ist.«

Waringer meinte verdrossen:

»Das ist unnötig. Ich hätte einen Erleichterungsschrei von sechstausend Kehlen kaum überhören können, selbst wenn, wie jetzt, mir zwei Moritatoren auf den großen Ohren sitzen.«

»Danke.«

Rhodan wandte sich wieder an Kuruzin und sagte:
»Haben Sie alles verstehen können, Menesh?«
»Fast alles. Binnen einer halben Stunde den Druck auf ein Drittel des Normwertes senken und gleichzeitig die Stickstoffzufuhr verringern und schließlich ganz drosseln.«
Rhodan sagte, tief atmend:
»Genau das hatte ich vorgeschlagen.«
»Wird ausgeführt.«
Wieder sah Rhodan zu den Schirmen der Panoramagalerie. Er sah die Sterne, wie sie sich zu bewegen schienen, weil das Schiff sich mit dem Planeten zugleich drehte. Er sah nach einer Weile die weit entfernte Sonne und links von ihr die riesige Gaswolke, die weniger hell als die Sonne, aber wesentlich größer aussah. Bald würden die Takerer auftauchen und dort suchen . . . und das Schiff hier finden. Das bedeutete, daß man verschwinden sollte. Das wiederum hatte zur Folge, daß Atlan sie nicht mehr finden würde.
Was konnte er, Perry Rhodan, also unternehmen?

30.11.3437 – 11 Uhr 9 Minuten:
Logbucheintragung – Kreuzer CMP-11:
Gerade vor wenigen Minuten hat der Leichte Kreuzer wieder Kontakt mit einigen Schiffen des Hauptverbandes bekommen, nicht jedoch mit der MARCO POLO. Wir flogen mit äußerster Kraft hinter den anderen Schiffen her, um die vier Takerer zu verfolgen.
Nachdem alle einzelnen Berichte des Enterkommandos ausgewertet worden sind, ergibt sich folgendes Bild:
Die vier takerischen Schiffe befanden sich im Linearraum.
Sie fielen etwa zur gleichen Zeit in den Normalraum zurück, als das Schiff der Moritatoren den Linearraum verließ. Dieses Schiff beförderte in einer seiner Kabinen den Wissenden. Jedenfalls wurde eine große, sehr gut und umfangreich ausgerüstete Kabine gefunden, deren Inneres von einem kurzen Gefecht verwüstet war.
Dann, nachdem beide Gruppen im Normalraum waren, etwa zweieinhalb Lichtsekunden von der Sonne Pysoma entfernt, nahmen die Takerer die Moritatoren unter schwersten Beschuß. Die Initialdoppler-Kanonen vernichteten Bug und Heck des Pyramidenschiffes.
Dann näherten sich die Schiffe dem leckgeschossenen und bewegungsunfähigen Raumer der Moritatoren und schleusten ein Kommando aus, das durch die Öffnungen der Schiffshülle eindrang und rücksichts-

los jeden Moritator niederschoß, der sich ihnen in den Weg stellte. Bei keinem der ermordeten Moritatoren haben wir eine Waffe gefunden.

Anschließend wurde mit Sicherheit der Wissende entführt und auf ein Schiff der Takerer gebracht.

Die CMP-11 hielt sich mit der Untersuchung des Falles genau fünfundvierzig Minuten auf, dann beschleunigte sie und ging ebenfalls in den Linearraum, um an der Verfolgung der Takerer teilzunehmen.

Wir hatten die vier fliehenden Schiffe, die rätselhafterweise zusammenblieben, mehrmals auf den Schirmen der Halbraum-Fernortung. Die vier Schiffsführer sind ausgezeichnete Fachleute – sie führten nahezu synchron eine große Anzahl von Manövern aus, die sie in den Normalraum brachten, sprangen dann wieder in den Linearraum zurück und flohen vor uns in einem fünfdimensionalen Zickzack. Dadurch und durch die zahlreichen Kursänderungen wurde die Verfolgung nahezu unmöglich gemacht, aber bisher haben wir ihre Spuren noch immer.

Ich bin skeptisch – vermutlich holen wir sie nicht ein.

Eben, um 11 Uhr 1, erhalte ich Kontakt zu Lordadmiral Atlan an Bord der MARCO POLO. Ich werde ihn fragen.«

Joaquin Manuel Cascal.

Cascal legte das Mikrophon weg, schaltete das Logbuch aus und sagte in den Kommunikator:

»Funkbude, habt ihr ein Bild?«

Die Antwort ließ drei Sekunden auf sich warten.

»Einen Moment. Es ist etwas weit, aber . . . hier ist es.«

Cascal grüßte salopp, als er Lordadmiral Atlan erkannte.

»Cascal hier«, sagte er. »Lordadmiral, ich fliege mit überlasteten Maschinen hinter Ihnen her. Und ich habe mehrere Fragen.«

Atlan raste mit der MARCO POLO durch den Linearraum, wie auch Cascals Kreuzer und die anderen Einheiten. Die schweren, auf Höchstleistung gebauten Geräte des Riesenschiffes hatten die Verfolgten noch immer auf den Schirmen.

»Ja?«

Cascal fragte leise, und er bemühte sich möglichst wenig Kritik aus seiner Stimme hören zu lassen.

»Denken Sie an Molakesch, Sir?«

Atlan stutzte und wollte wissen, was die Frage sollte.

Cascal sagte halblaut:

»Sir, ich habe ein verdammt schlechtes Gefühl, und wenn ich dieses Gefühl habe, pflege ich leider meist recht zu haben. Einige unserer Einheiten sollten zurückkehren und sich um Rhodan und den Kreuzer kümmern.«

Atlan schien zu überlegen.

»Glauben Sie, daß wir zu weit entfernt sind?«

»Nein«, sagte Cascal, der unter anderem auch an Claudia dachte, »ich denke daran, daß diese fünfzig Takerer nicht nur einige Fallen im Archiv, sondern auch noch andere Teufeleien eingebaut haben könnten. Vielleicht ist die CMP-1 in Gefahr, und keiner von uns weiß es!«

»Unsinn!« sagte Atlan. »Rhodan würde starten!«

»Das schon. Trotzdem . . . sehen Sie, ich bin der momentan am weitesten von den Verfolgten Entfernte. Sollte ich nicht vorsichtshalber zurückfliegen?«

»Nein«, sagte Atlan. »Natürlich wollen Sie sich nicht drücken, das weiß ich auch.«

»Aber . . .«

Atlan schüttelte den Kopf.

»Wenn wirklich etwas vorgefallen ist, wird das Schiff starten und auf uns warten. Ob Perry allein wartet oder zusammen mit Ihnen, ist dabei gleichgültig.«

Cascal blieb skeptisch. Das ungute Gefühl, das er hatte, schwand nicht.

»Gut«, sagte er. »Mein Schiff nimmt also weiter an der Verfolgung teil?«

Atlan nickte entschlossen.

Perry Rhodan-Buch Nr. 51

Vasall der Mächtigen

erscheint im Mai 1995

Technische Daten:

1. Positionsblinklicht
2. Kombinierte Hyperfunk- und Dakkarkomantenne
3. Funk- und Ortungsstation
4. Steuerzentrale mit Navigationspositronik und Maschinenkontrolle
5. Wissenschaftliche Abteilungen mit Observatorium und Labors
6. Zentraler Personenantigravschacht
7. Ausstellungsraum für Gegenstände aus der Frühzeit der Cappins
8. Spezial-Filmprojektor für Außenvorführungen
9. Lastenantigravschacht
10. Überlichttriebwerke für Linearflug
11. Energiespeicherbänke für die Triebwerke
12. Maschinenraum mit Schutzschirmgeneratoren, Fusionsreaktoren, Andruckneutralisatoren und Lufterneuerungsanlagen
13. Große, aufrollbare Filmprojektionswand mit eingebauten Stereolautsprechern
14. Laderaum mit Antigravkran, Ersatzteillager, zusammensetzbaren Sitztribünen und Atmosphärengleitern
15. Ausfahrbare Laderampe
16. Durchsichtiges Kuppeltor aus Panzerplast
17. Schwerer Lastentraktor mit Spezialgreifer für Projektionswand
18. Antischwerkrafttriebwerke
19. Hauptimpulstriebwerke (4 Stück)
20. Dreifach verstärkte Heckplatten
21. Ringförmiger Landeteller (4 Stück) mit je vier Hydraulikbeinen
22. Hydraulikanlage für Landebeine
23. Steuerimpulstriebwerk mit autarker Energieversorgung
24. Beiboothangars (4 Stück) mi Abschußvorrichtungen und je einem Raumgleiter für ma ximal 20 Personen
25. Turbinen für das Leerpumpe der Beiboothangars und zur Luftumwälzung des Raumschiffs
26. Flutlichtanlage
27. Spezialisolierter Raum mit Materietransmitter
28. Energiefeldumwandler und Verteiler mit nach unten gehenden Kraftfeldröhren zu den Impulstriebwerken
29. Archiv mit Bild- und Schrift- material über die Cappin-Vö ker
30. Innerer Vorführraum mit Mo nitor-Bildschirm und Sitzplä zen für 850 Personen
31. Wohnräume für die Besat zung
32. Kleine Mannschleuse
33. Geisterbildspürgerät: Diese Gerät erfaßt Geschehnisse, welche vor Monaten erfolgten, und projiziert sie auf ei nen Spezialbildschirm inne halb der Steuerzentrale
34. Hochempfindliche Energie-Ortungsantenne
35. Individualstrahlungsmeßgerät

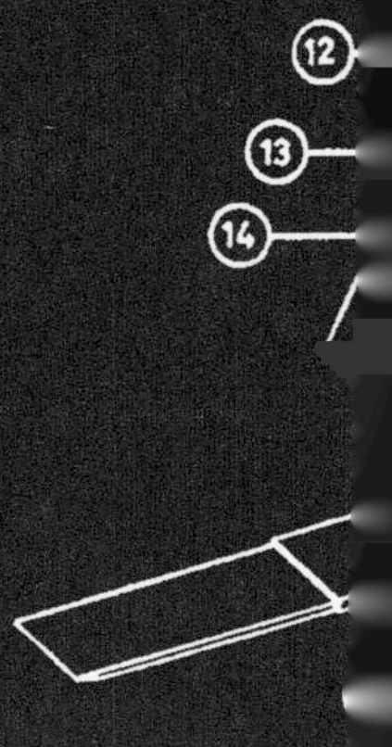